BESTSELLER

Leopoldo Mendívil López es un escritor mexicano nacido en 1970. Estudió Comunicación en la Universidad Iberoamericana. Ha trabajado como publicista en la casa Nautilus-Grupo Elektra; produjo y escribió programas televisivos para la Presidencia de la República y participó como conductor en la serie *El otro México*. Obtuvo para el INFONAVIT el premio INNOVA del presidente Vicente Fox por combate a la corrupción. Es autor de *Psi-Code*, una novela sobre la tecnología militar estadounidense en materia del cerebro humano, así como de los bestsellers *Secreto 1910*, *Secreto 1929*, *Secreto R*, *Secreto Vaticano*, *Secreto Biblia*, *Secreto Maximiliano*, *Secreto Pemex* y *Secreto azteca*, todos publicados por Grijalbo.

 leopoldo.m.lopez

 leopoldomendivillopez

 leopoldomendivi

 Leopoldo Mendívil López

 leopoldomendivil@yahoo.com.mx

LEOPOLDO MENDÍVIL LÓPEZ

SECRETO VATICANO

DEBOLS!LLO

| Penguin
Random House
Grupo Editorial

Secreto Vaticano

Primera edición en Debolsillo: marzo, 2023

D. R. © 2016, Leopoldo Mendívil López

D. R. © 2023, derechos de edición mundiales en lengua castellana:
Penguin Random House Grupo Editorial, S. A. de C. V.
Blvd. Miguel de Cervantes Saavedra núm. 301, 1er piso,
colonia Granada, alcaldía Miguel Hidalgo, C. P. 11520,
Ciudad de México

penguinlibros.com

Diseño de portada: Penguin Random House
Fotografía de portada: © Proceso Foto

ISBN: 978-607-382-683-9

Para los que quieren saber la verdad.
Para los que buscan la verdad.

PIEZAS DE UN ROMPECABEZAS GLOBAL

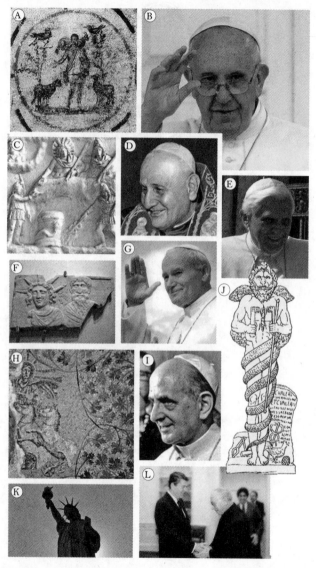

A. Imagen más antigua de Cristo. B. Papa Francisco. C. Dios persa Mitra. D. Papa Juan XXIII. E. Papa Benedicto XVI. F. *Sol Invictus* (mezcla Apolo-Mitra). G. Papa Juan Pablo II. H. Versión *Sol Invictus* de Cristo. I. Papa Pablo VI acusado de ser masón. J. León en templo de Mitra. K. Estatua de la Libertad. L. Presidente Reagan y cardenal Casaroli. Uno de los dos es masón, ¿cuál?

ANTE PORTAM

Ante la puerta

Secreto Vaticano es una novela de misterio basada en un problema real del mundo. La novela es ficción. El complot es real. Los eventos y los personajes de *Secreto Vaticano* son, en lo general, reales. Algunos personajes son ficticios, y han sido ubicados en la trama para guiar al lector a través de este mundo de túneles que es desconocido para la mayoría de las personas —el asesinato del papa Juan Pablo I; los atentados contra Juan Pablo II; las amenazas de muerte a Benedicto XVI y su renuncia al papado; el enigma de las apariciones de Fátima; las funciones secretas del Banco Vaticano y su papel en la desestabilización del mundo; el verdadero origen del Evangelio y de la Iglesia, y el grupo católico que está contra el nuevo papa.

Los diálogos han sido novelizados con fines dramáticos. Algunos hechos han sido condensados en el tiempo para facilitar el viaje a través de los últimos siete pontificados —y de dos mil años de cristianismo—. Algunos personajes reales, vivos en este momento, aparecen en la novela haciendo cosas que no han realizado necesariamente en el mundo real pero que ejemplifican la trama de la que son parte.

La investigación realizada para sustentar esta novela recurrió a fuentes múltiples, cuyos autores se refieren al final de este libro.

ETTORE GOTTI TEDESCHI
Presidente del Banco Vaticano (Instituto para las Obras de Religión, IOR).
Cesado por "carta de no confianza" el 24 de mayo de 2012:

Me han combatido hasta el agotamiento por buscar la transparencia, sobre todo en algunas de las cuentas [cuentas del Banco Vaticano implicadas en lavado de dinero]. Temo por mi vida. Tengo tres copias, que deben ser entregadas a las autoridades pertinentes si me ocurre algo. Me debato entre el ansia de contar la verdad y no querer turbar al Santo Padre [Benedicto XVI] con tales explicaciones.

CARL ANDERSON
Miembro del Consejo Directivo del Banco Vaticano:

Como presidente y jefe ejecutivo de los Caballeros de Colón, que es la más grande empresa católica de seguros [...] sé muy bien la importancia del ior [el Banco Vaticano] como instrumento de la voluntad del Santo Padre. Por eso, he leído los rumores que en estos últimos meses giran alrededor del instituto con trepidación y ansiedad, y de manera particular, en torno al cierre de la relación bancaria correspondiente a J. P. Morgan. Tras haber reflexionado y rezado mucho, he llegado a la conclusión de que el señor Gotti Tedeschi no es capaz de guiar el instituto.

THOMAS JEFFERSON
Carta a William Short —su ex secretario privado
en París e "hijo adoptivo", promotor de la igualdad de las razas
y de la antiesclavitud—, 24 de octubre de 1820:

Tú como yo crees que Jesús existió, que buscó la igualdad de todas las razas. Pero ¿vamos a tomar como verdadero todo lo que está en este libro que ha llegado a nosotros, lleno de contradicciones, donde Jesús habla de guerra, de odio, de levantar al hermano contra el hermano? ¿Esto realmente lo dijo Jesucristo?

PADRE PAUL LEONARD KRAMER:
Líder en el movimiento mundial Fatima Crusader,
teólogo con máster en Ciencias Divinas, autor de
Mystery of Iniquity, *6 de marzo de 2013*
(siete días antes de la elección del papa Francisco):

Hay una mafia dentro del Vaticano. Esto tiene que ver con los secretos de Fátima, especialmente con el tercero. El 26 de junio del año 2000 el Vaticano sacó a la luz un documento de cuatro hojas y afirmó que esas cuatro hojas eran el tercer secreto de Fátima. Esto sólo ha renovado la controversia sobre el tercer secreto. El secreto [según testigos que lo vieron] consistía en una única hoja de papel, con aproximadamente veinticinco líneas. [Esta hoja, con el tercer secreto] había sido de repente suprimida [en 1960] y a los católicos se les dijo que podría permanecer probablemente bajo sello para siempre.

MONJA LUCÍA DOS SANTOS
Mujer que el 13 de octubre de 1917 recibió en Fátima,
Portugal, un importante mensaje para el mundo de la Virgen
María, declaración revelada al padre Agustín Fuentes en
entrevista en el convento de Coímbra, Portugal,
el 26 de diciembre de 1957:

Padre [Agustín Fuentes], Nuestra Santísima Virgen está muy triste porque nadie ha prestado atención a su mensaje. Todas las naciones están expuestas al riesgo de desaparecer de la faz de la tierra, y muchas almas van a ir al Infierno como resultado de ignorar el pedido de Nuestra Señora.

FUENTE ANÓNIMA DE LA CANCILLERÍA DE COÍMBRA
Comunicado dirigido el papa Juan XXIII, agosto de 1959:

LA ENTREVISTA CON EL PADRE AGUSTÍN FUENTES ES FALSA.

CORTE CENTRAL MASÓNICA:
Decreto núm. 444. L. S. Censura Solemne contra el gran maestro
de la logia Propaganda Due [posteriormente encontrado culpable
de infiltración masónica en la Iglesia católica, y de ser parte de una
conspiración de gran escala para conducir y financiar organizaciones
terroristas en el mundo], 18 de diciembre de 1976:

La Corte Central Masónica, en forma solemne, censura al gran maestro de la logia Propaganda Due, Licio Gelli, por conducir su logia en forma no regular con respecto al Gran Oriente de Italia y a la masonería. Se le prohíbe por tres años desempeñar cualquier asignación en la Hermandad.

Memorando NSC-68.
Consejo de Seguridad Nacional. Estados Unidos
2 de abril de 1950:

Los asuntos a los que nos estamos enfrentando ahora [la amenaza soviética por parte de Rusia] implican el cumplimiento de la destrucción no sólo de esta república [los Estados Unidos], sino de la civilización misma. [Por lo tanto se sugiere en el apartado 7, página 57:] Intensificación de […] operaciones por medios encubiertos […] para fomentar y apoyar la intranquilidad y la rebelión en países satélites seleccionados estratégicamente.

Gerald Posner
Experto en política vaticana, autor de
God's Bankers: A History of Money and Power at the Vatican:

Una parte integral de las operaciones financieras de tiempo de guerra de Dulles [Allen Dulles, director de la CIA] involucró al Banco Vaticano: clérigos protegidos por inmunidad diplomática y un banco que sólo les respondía a Pío [el papa Pío XII] y a Nogara [hombre vinculado a J. P. Morgan].

Papa Clemente XII
Encíclica In Eminente, 28 de abril de 1738:

Hemos resuelto condenar y prohibir, como de hecho condenamos y prohibimos, los susodichos centros, reuniones, agrupaciones, agregaciones o conventículos de *Liberi Muratori* o Franc-Masones. […] Si no hiciesen nada malo no sentirían ese odio por la luz. […] A todos los fieles les ordenamos abstenerse completamente de estas asociaciones o asambleas, bajo la pena de excomunión.

[…] Su Santidad establece cuatro puntos claros que se deberán acatar por parte de las autoridades financieras de la Santa Sede, como leyes emanadas de la Ley CXXVII […] *b)* Constituyo la Autoridad de Información Financiera (AIF) indicada en el artículo 33 de la Ley sobre la prevención y la lucha contra el blanqueo de ingresos procedentes de actividades criminales y de la financiación del terrorismo [para cortar las actividades de lavado de dinero y de financiación del terrorismo perpetradas a través de cuentas del Banco Vaticano].

Recen por mí para que no huya de los lobos.

El Banco Vaticano cuenta con un estatuto que impide que sea controlado por los altos miembros de la Santa Sede.

[…] el cardenal Romeo ha anunciado que al Santo Padre le quedan sólo doce meses de vida. El cardenal Romeo ha profetizado la muerte del papa en los próximos doce meses. […] sus interlocutores en China han pensado, con horror, que se esté programando un atentado contra el Santo Padre.

He llegado a la certeza de que mis fuerzas, debido a mi avanzada edad, ya no son las necesarias para el ejercicio del ministerio petrino.

G. M. Gianfranco Pilloni
Gran maestro de la Gran Logia de Italia, en carta al Santo Padre
Francisco, 10 de octubre de 2013:

Con extrema conmoción e infinita alegría me dirijo a usted, Santidad, para hacerle un humilde pedido a fin de que se actúe para dar fin a las divisiones que se interponen a las relaciones entre la Iglesia católica y la masonería.

Padre Mário País de Oliveira
Sacerdote portugués. Preso político durante la dictadura en
Portugal, director del Jornal Fraternizar.
Fragmento de "Fátima nunca más", abril de 1999:

Primero la internaron, secretamente [a Lucía dos Santos, niña que vio a la Virgen en Fátima, Portugal, en 1917], en el asilo de Vilar, en Oporto, y después la mandaron a España y la convirtieron en una monja enclaustrada para el resto de su vida, situación que, luego de 76 años de los acontecimientos de 1917, ¡aún continúa! […] Porque el Dios que allí se anuncia y revela (en *Memorias* de la hermana Lucía) no tiene nada que ver con el Dios revelado en Jesús de Nazaret. Se relaciona más bien con un Dios sanguinario […]. Catequesis terrorista. […] Por lo que cuenta Lucía en este libro, los dos hermanos, Jacinta y Francisco, vivían aterrorizados.

Pablo de Tarso, apóstol de Jesucristo
Carta a los ciudadanos de Galacia, actual Turquía (Gálatas 1:7):

Algunos que os perturban quieren pervertir el Evangelio de Cristo.

Pastor Stephen Kyeyune
"Shaping the Society Christianity and Culture", 2012:

[El emperador romano] Constantino fusionó [en el año 325 d.C.] el culto pagano del Sol Invictus con el cristianismo. Esta hibridación puede ser vista en el hecho de que cambió el día de adoración cristiano de sábado a domingo [día del dios Mitra]. Constantino ordenó la canonización de la Biblia y al mismo tiempo la destrucción de los documentos opuestos.

0

La caída de un papa

Febrero 11, 2013: en medio de condiciones hasta hoy envueltas en el misterio, el papa Benedicto XVI —Joseph Ratzinger— anuncia su renuncia al cargo de sumo pontífice. Ningún papa lo había hecho desde hacía seiscientos años. Su renuncia permitirá la elección de Jorge Mario Bergoglio como papa —se llamará Francisco—. Con el tiempo, el mundo sabrá que Benedicto XVI recibió amenazas de muerte meses antes de su renuncia, y que existe un vasto complot dentro del Vaticano, al que el propio Benedicto ha definido desde el día de su llegada al papado, cuando dijo: "Recen para que no huya de los lobos".

Este libro será la exploración de este complot: quiénes son estos "lobos", esta "mafia vaticana"; qué quieren, quién los respalda y desde dónde; y cuál será su actitud hacia el papa Francisco, a quien llamarán abiertamente "destructor" e incluso "antipapa", invocando a profecías católicas como el tercer secreto de Fátima, san Malaquías e, incluso, el Apocalipsis. Existe una línea que lo conecta todo desde hace siete décadas: un poder que ni siquiera está en el Vaticano, pero lo controla.

Ahora hablaré sobre mí y sobre por qué estoy involucrado en todo este complot:

Cinco años antes de su renuncia —y bajo las críticas del mundo contra la "falta de acción" del Vaticano respecto a los sacerdotes pederastas— el papa Benedicto XVI ordenó una acción sin precedentes: aplicar exámenes psicológicos a los nuevos prospectos al sacerdocio, con el fin de detectar y suspender "a tiempo" a posibles homosexuales y pederastas.

Entre todos esos "detectados", cuatrocientos jóvenes fueron suspendidos y enviados de vuelta a sus casas. Algunos pocos fueron retenidos en celdas y habitaciones del Vaticano, para interrogatorios de profundidad. Uno de ellos fui yo, Pío del Rosario Camposanto. El otro fue mi amigo y hermano en Cristo, Iren Dovo, irlandés, también legionario de Cristo.

1

Dentro de la celda, le dije:

—Soy inocente –y con la mano toqué la humedad de la pared—. Nos tienen aquí sólo porque somos Legionarios de Cristo. Ahora nos van a culpar de todo —y acaricié el yeso podrido—. Todo porque nuestro fundador, el padre Marcial Maciel Degollado, fue un criminal, un abusador de docenas de niños. Ahora nos van a inculpar a nosotros —y lo miré a los ojos—. ¿O tú qué piensas? Yo no soy homosexual y mucho menos un pederasta.

Iren Dovo, pelirrojo, con pecas en la nariz, miró hacia la muy oxidada puerta de la celda, hacia las anchas rejas de acero.

—Querido Pío del Rosario: lo que tú y yo opinemos es lo que menos importa. Nos aplicaron el Inventario Multifásico de Personalidad de la Universidad de Minnesota. Es un test científico. Si ahí dice que tú y yo somos homosexuales, entonces somos homosexuales —y me sonrió.

—¿Cómo dices? ¿Estás loco?

—Si ahí dice que somos propensos a la pederastia, entonces somos propensos a cometer pederastia, y que Dios nos perdone —y comenzó a persignarse—. Señor Jesús, te ofrezco este momento por la salvación eterna de mi padre Maciel —y cerró los ojos—. Perdona a mi padre Maciel. Toma mi sufrimiento. Admítelo a él en tu Presencia. Castígame a mí, y también castiga a Pío del Rosario.

Lo tomé por las solapas.

—No puedo creer que seas tan idiota. ¿Vas a dejar que un estúpido test de quinientas preguntas diga ahora qué eres, cuando en realidad no lo eres? ¿Vas a dejar que mientan sobre tu personalidad?

Comenzó a luchar para zafarse.

—¡Pío! ¡Estos test psicológicos detectan las tendencias subconscientes! ¡Para eso son sus "preguntas cruzadas", para detectar lo subconsciente!

—¿De qué hablas?

—Tal vez ellos tienen razón. Tal vez tú y yo en el fondo somos homosexuales —y respiró profundo—. Tal vez somos proclives a la pederastia. ¿Nunca te preguntaste por qué buscaste el sacerdocio? —y me sonrió.

—¿Qué quieres decir con esto?

—Si hubiéramos sido personas normales habríamos tenido vidas "normales". Pero nosotros buscamos el sacerdocio. No somos normales.

Miré hacia la ventana, cerrada con barrotes. Cerré los ojos. En mi mente apareció un hombre calvo, de lentes delgados, cuadrados. Sentí mucho miedo. Su nombre: Marcial Maciel Degollado, fundador de los Legionarios de Cristo, muerto hacía cinco años.

—¿Tú eres nuestro padre? —le pregunté a esa visión de ultratumba. Me dijo:

—Et Verbum Caro Factum Est: "Y el Verbo se hizo carne".

Desde la negrura me sonrió. Un relámpago me golpeó en la cara. Volví a estar en Jacksonville, Florida, en la habitación de playa donde murió el padre Maciel. Justo antes de su muerte hubo una tormenta: las palmeras se torcieron hasta el suelo. Las cortinas se metieron por las ventanas, por el viento. Las mujeres comenzaron a gritar:

—¡Tráiganle la unción de los enfermos! ¡El padre no quiere recibir los sacramentos!

El padre Maciel empezó a golpear con los brazos:

—¡No quiero los sacramentos! ¡Les digo que no!

—¡Traigan a un exorcista! ¡El padre Maciel necesita un exorcista!

Sacudí mi cabeza. Escuché un zumbido en mis oídos. Escuché a un médico en mi cerebro:

—Es la morfina —y lo sentí tocándome la cabeza—. Le aplicaron doscientos miligramos en serie. Tendremos suerte si no perdió capacidades cognitivas. Tiene destrucción celular en la sección tres del hipocampo. Significa pérdida en la memoria. La morfina destruye secciones de la memoria.

Abrí los ojos. Le dije a Iren Dovo:

—Yo me hice sacerdote porque el mundo tiene que cambiar —y miré hacia la ventana—. Yo puedo cambiarlo si difundo el mensaje de Cristo —y lentamente levanté mi pulsera africana—. Esta es la máscara del dios Unkulunkulu. Me la dio la señora zulu en Kariba, con malaria. Me dijo: "Tú estás aquí para mejorar al mundo. Haz que cambie".

—Esa pulsera es pagana. No deberías usarla.

Miré hacia los muros, llenos de mohos.

—Increíble —le dije a Iren Dovo—. Hace quinientos años esta celda fue un calabozo de la Inquisición. Ahora tú y yo estamos aquí. La Congregación para la Doctrina de la Fe no es más que el nombre actual de la Inquisición —y me aproximé—. Nos están acusando de ser "subliminalmente" homosexuales y propensos a cometer pederastia —y le puse la mano sobre el hombro—. Tal vez tú sí seas homosexual —le sonreí—. Si lo eres, para mí eres perfecto. Ni tienes por qué cambiar, y nadie tiene derecho a juzgarte. Iren Dovo, hijo del Clan Duach de

Tigernach Duí de Irlanda: Eres mi hermano y eres mi amigo, y así me lo ordenó a mí Jesucristo hace dos mil años. El papa Benedicto ha confundido "pederastia" con "homosexualidad", y ese es el verdadero pecado. Nunca debió haber iniciado esta persecución.

Afuera, a doscientos metros de nosotros, el papa Benedicto XVI estaba renunciando

2

Bajo la enorme estructura modernista del salón para el Concistorio General Ordinario, el imponente y delicado papa Benedicto XVI, arqueando su dolorosa espalda de 86 años, se aproximó arrastrando sus rojos zapatos de piel hacia su imponente y dorado trono de respaldos rojos acolchonados.

—Queridos hermanos. Los he convocado a todos a este consistorio, no sólo para las tres canonizaciones —y lentamente los miró de lado a lado. Comenzó a cerrar los ojos y a sonreírse a sí mismo—. Después de examinar mi conciencia una y otra vez frente a Dios, he llegado a la certeza de que mis fuerzas, debido a mi avanzada edad, ya no son las necesarias para el ejercicio del ministerio petrino.

Cientos de prelados vestidos de rojo cardenalicio empezaron a murmurar, a mirarse entre ellos.

—¿Qué está diciendo? —le preguntó uno a otro.

—¿Está renunciando?

El papa continuó:

—Queridos hermanos, les pido perdón por todos mis defectos —y suavemente bajó la cabeza. El aire, desde atrás de su trono, empujó hacia él las transparentes cortinas.

El papa se sonrió suavemente a sí mismo. En su mente escuchó una palabra: "Murdkomplott" ("Complot para matarte"). Vio a un viejo amigo a los ojos, y sus labios diciéndole: "El cardenal Romeo lo ha anunciado. Hay un complot para matarte".

—Y ahora —terminó el papa—, confiemos la santa Iglesia al cuidado de Nuestro Pastor Supremo, Nuestro Señor Jesucristo, e imploremos a su Santa Madre María que asista a los padres cardenales, con su cuidado maternal, para que ellos elijan a un nuevo supremo pontífice.

Sonaron las campanadas. Un relámpago de noventa millones de watts, captado por el fotógrafo Filippo Monteforte, de AFP, cayó sobre el pararrayos de la cúpula máxima del Vaticano. El shock para los humanos apenas se inició en ese instante.

3

Comenzaron los gritos afuera, en los corredores vaticanos:

—¡Inaudito!

—¡¿Es esto posible?!

—¡Sin precedentes!

Apenas la noticia salió de los corredores, apenas la noticia salió de una boca para llegar a un oído, apenas la noticia levantó vuelo en las mesas de redacción de los noticieros, apenas llegaban las palabras de renuncia comenzó el estallido de los editores y directores de noticias, y de ellos al mundo entero:

—¡Por primera vez en seiscientos años un supremo pontífice de la Iglesia católica romana renuncia a su cargo!

Paul Owen y Tom McCarthy, del diario británico *The Guardian*, anunciaron:

—¡Ningún papa había renunciado desde 1415! Líderes religiosos alrededor del mundo comienzan a expresar su apoyo a la decisión del Santo Padre, pero los miembros de la Iglesia católica se encuentran en *shock* ante la noticia.

En Londres, el historiador experto en asuntos vaticanos Michael Walsh se petrificó:

—Esto es desastroso.

En Washington, el cardenal Donald Wuerl acercó la boca al micrófono de una televisora:

—Estoy… estoy sólo muy sorprendido. Pero esto es comprensible: el Santo Padre habría querido hacer esto, si pudiera continuar —y comenzó a apretarse las manos—. Pero esto es una gran sorpresa —y miró hacia un lado—. No hubo ninguna señal de esto; cuando escuché la noticia lo primero que hice fue llamar a Roma. Me han confirmado que todo es cierto, que lo están anunciando.

En Roma, el periodista identificado como "Redactor A" de la Associated Press confirmó ante el micrófono y ante la cámara:

—El papa Benedicto XVI, en los dos últimos años de su papado, antes de verse obligado a abdicar, ha destituido a cuatrocientos sacerdotes por presuntos o posibles abusos sexuales contra menores. Sólo entre 2008 y 2009 su pontificado excomulgó a ciento setenta y un sacerdotes.

—Nadie —complementó otro reportero, a su lado— se había atrevido nunca antes a actuar enérgicamente contra esta red criminal de pederastia generalizada por parte de clérigos organizados de la Iglesia católica en el mundo, ni siquiera el anterior papa, Juan Pablo II, pues se ha confirmado que miembros aún no identificados de su alta curia protegieron durante años a importantes eclesiásticos miembros de esta mafia oculta, de la que fue marcadamente líder el hoy difunto mexicano Marcial Maciel Degollado, fundador y jefe de los Legionarios de Cristo. ¿Son acaso hombres vinculados a dicha red criminal de encubrimiento, complicidad y sexo los responsables de esta renuncia hoy por parte del papa Benedicto XVI? ¿Se trata tal vez de la venganza de esta red siniestra por el cesamiento y denigración de su líder Marcial Maciel por parte del papa Benedicto?

En el Palacio Apostólico, el Santo Padre avanzó tortuosamente —como Jesucristo en el Monte Gólgota dos mil años en el pasado— hacia la puerta que decía PAVLVS III PONT MAX—Paulo III, sumo pontífice—. Arrastró sus delgados y temblorosos pies sobre el mármol, rodeado por una asfixiante masa de prelados y miembros de la Iglesia que lo comenzaron a interrogar con violencia:

—No puedes bajarte de la cruz… —le susurró al oído el cardenal polaco Stanislaw Dziwisz, alguna vez poderoso secretario privado del papa Juan Pablo II—. ¡No puedes bajarte de la cruz! ¡Debes morir en la oficina papal!

Benedicto lo miró a los ojos. En las retinas del polaco vio la borrosa imagen del difunto Marcial Maciel Degollado haciéndose grande, susurrando las palabras "Et Verbum Caro Factum Est" ("Y el Verbo se hizo carne").

En su mente comenzó a resonar el recuerdo de una voz imperiosa, estentórea: la del temido y revolucionario jesuita, ex arzobispo de Milán, Carlo María Martini, muerto hacía menos de un año:

—La curia no va a cambiar, Benedicto. Tú debes irte.

—¿Perdón…? —le preguntó el papa, atemorizado.

—Éste es el momento. No tienes opción. Ya no puedes hacer nada más aquí —le dijo el 2 de junio, tres meses antes de morir, ocho meses antes de esta renuncia al papado.

El papa miró hacia el cielo. Vio un águila volando en la inmensidad.

—¿Carlo?

En su mente escuchó al jesuita, ocho años atrás, en las votaciones del cónclave que lo hizo papa —en abril 19 de 2005—:

—Quédate con mis votos. Es mejor que ganes tú. Eres inteligente y honesto. Trata de reformar a la Iglesia —y lo tomó por los brazos—.

Pero si no lo logras, renuncia —y lo miró firmemente a los ojos—. ¿Lo harás?

Benedicto cerró los párpados. Comenzó a llorar.

En la Argentina, el arzobispo de setenta y seis años Jorge Mario Bergoglio —jesuita amigo de Carlo María Martini—, dentro de la dorada y enorme catedral metropolitana de Buenos Aires, empezó a clamar ante sus feligreses:

—... ¡El imperio del dinero con sus demoniacos efectos, como la droga, como la corrupción! —y miró al auditorio. Estaban muy silenciosos. Vio muy pocos jóvenes. Los ecos de su propia voz resonaron hacia él desde las lejanas columnas del edificio—. La trata de personas... incluso de niños —y comenzó a entrecerrar los párpados. Observó sobre el blanco mantel del altar una pequeña mano que sutilmente le deslizó un papel. Tenía un mensaje. Decía: "El papa Benedicto XVI acaba de renunciar. *Il Sole 24 Ore* ya está publicando que usted es uno de los candidatos, *il leader del fronte progresista*".

4

En el Vaticano, afuera del Palacio Apostólico, en uno de los jardines —el jardín inglés—, el jardinero Sutano Hidalgo, alto, canoso y devoto *latin lover* parecido a George Clooney, vestido con un suéter verde y con un grueso pantalón de mezclilla verde oscuro, de cuyo ancho cinto colgaban sus pesadas herramientas cortadoras, rebanó con sus tijeras el tallo de una mojada flor naranja.

—Por esta santa unción —le sonrió a la planta—, el Señor te libre ya de tus pecados, te salve y te alivie con su amor. Por Cristo Jesús y por la Virgen de Fátima, descansa en paz —y dulcemente besó el tallo cortado de la flor, que supuró una cristalina resina o "sangre", y le dijo—: Yo no inventé la realidad. Sólo habito en la misma. Somos cristianos, pero somos gladiadores.

Sutilmente levantó la mirada hacia el Palacio Apostólico y le susurró al diminuto micrófono que tenía oculto en el cuello de su camisa:

—Ya está sucediendo. Los dos sacerdotes pederastas de Maciel Degollado están detenidos en la sección antisabotaje, en la gendarmería —y deslizó los ojos hacia las ventanas sur del *Palazzo del Tribunale*, por debajo de la gigantesca basílica de San Pedro.

—Excelente —le respondió la voz en el dispositivo—. Que no tengan contacto con el papa ni con los cardenales. Prepara la operación Caja Flotante.

Sutano Hidalgo forzó una sonrisa:

—Lo único peor que investigar un complot es ser parte de él —y comenzó a avanzar entre las plantas.

5

Nosotros —Iren Dovo, mi pelirrojo amigo irlandés, y yo, Pío del Rosario, mexicano guadalupano— nos miramos el uno al otro. Iren Dovo me dijo, con lágrimas en los ojos:

—Te amo —y me guiñó con el párpado.

—Eres la muerte —le dije—. ¿Cómo puedes hacer bromas con todo esto? ¡Estamos en el estiércol! ¡Esto es el maldito infierno!

Iren Dovo se levantó de golpe:

—¡Tranquilo, Pío del Rosario! ¡No te compliques, y no te acomplejes! Aún no estamos realmente en el fondo del agujero —y señaló hacia la oxidada puerta de la celda—. Aún no han venido por nosotros. Aún no nos han amarrado, ni encadenado, ni esposado; ni se nos ha dictado ninguna sentencia por ser subconscientemente homosexuales, ni por tener "proclividad para cometer pederastia". ¡Si esto fuera la crucifixión, este instante es el del Monte de los Olivos: tú y yo lloramos por lo que nos va a pasar, pero aún no nos pasa! —suavemente inclinó su pelirroja cabeza hacia mí y le brilló uno de sus pervertidos ojos.

—¿Qué quieres decir con eso?

—Quiero decirte lo siguiente: si aún no nos la han metido, aún podemos impedir que nos la metan, salvar el trasero.

—No seas vulgar. ¡Eres un sacerdote!

—Aún podemos escapar de todo esto.

—Diablos —y comencé a levantarme—. ¿Cómo? —y me volví hacia la puerta metálica reforzada—. ¿Quieres que tú y yo rompamos estos muros?

Iren lentamente comenzó a caminar en diagonal, por el piso, como si saltara de puntillas.

—Primero analicemos lo primero: ¿somos realmente pederastas? ¿Somos realmente homosexuales? —empezó a ladear la cabeza—. ¿Te gusto? —y me sonrió.

—Diablos, Iren… Eres el infierno.

La puerta comenzó a tronar. Escuchamos llaves contra el metal oxidado. El cerrojo empezó a crujir. Tragamos saliva. Con un largo rechinido la puerta lentamente se abrió. Un sacerdote de barbas blancas, con la frente muy ancha, entró a nuestra celda, con una tabla de grapa en la mano, con papeles.

Se paró frente a nosotros. Nos miró fijamente. Tardó varios segundos en preguntarme:

—¿Sueles tomar duchas? —y suavemente levantó su tabla con papeles.

—¿Perdón? —y miré hacia Iren Dovo.

—¿Te gusta correr? —me preguntó el sacerdote.

—¿Correr? —le pregunté. Traté de ver sus papeles—. Si me gustara correr no habría buscado el sacerdocio. No entiendo qué tiene qué ver esto con la "pederastia".

Comenzó a apuntar en su tabla, en mis expedientes.

—¿Cuándo fue la última vez que tuviste sexo con alguien? —me preguntó, y miró hacia Iren Dovo.

—¿Se está burlando? ¡Soy sacerdote!

—¿Qué tipo de experiencias sexuales tuviste? —me preguntó.

—Al parecer usted no me está escuchando. ¡Le estoy diciendo que no he tenido sexo! ¡Soy sacerdote!

—¿Te gusta la pornografía?

Iren Dovo me susurró con una voz muy baja:

—Pío del Rosario, no te pongas a la defensiva. Los psicólogos consideran que eso demuestra que la acusación es verdadera.

—No puede ser —le dije.

El sacerdote nos miró a ambos.

—En efecto los dos han sido encontrados con potencialidad —y con los dedos golpeó su tabla—. A continuación van a ser invitados a interrogatorio profundo —y con la mano llamó a dos guardias.

—¿Potencialidad? –le preguntó Iren Dovo. Vimos a los dos guardias. Entraron a la celda, con dos palos de plástico, de color negro.

—Potencialidad para incidir en pederastia y en psicosis. Los dos fueron encontrados también con Personalidad Límite —y revisó nuestros expedientes.

—¿Cómo dijo? —le pregunté— ¿"Personalidad Límite"?

—Transtorno de Personalidad Límite. Significa inseguridad, inestabilidad emocional, baja autoestima, cambios extremos en el estado de ánimo, tendencia al suicidio.

—Diablos —le dije—. ¿Todo eso? ¿Sabe una cosa? —y comencé a caminar detrás de él, mientras él caminó por el cuarto con su tabla, seguido por sus guardias—. Yo no soy suicida, ni tengo "potencialidad de ser pederasta", ni soy homosexual. ¿De dónde sacó usted todo esto? ¿En qué maldita parte de este test dice que yo soy "gay"?

El sacerdote revisó mi expediente. Se lamió el dedo para pasar las hojas. Los dos guardias me miraron de arriba abajo, sonriéndome.

—Bueno —me dijo—, esa parte procede de la sección de testimonios.

—¿"Testimonios"? —le pregunté—. ¿Qué diablos es eso?

—Testimonios de los compañeros. Son las pruebas cruzadas. Los compañeros señalan a otros que han demostrado desviaciones en la conducta.

—No puedo creerlo —le dije—. ¿Un compañero mío, que debe ser un absoluto idiota, les dijo a ustedes que yo soy gay, y ustedes lo creyeron? ¿Así funcionan sus famosas "pruebas"?

—Deberías hablar con respeto de tus compañeros —me dijo el sacerdote—. Tu compañero de cuarto es el que rindió este testimonio —y señaló hacia Iren Dovo, mi pelirrojo compañero irlandés. Iren Dovo me sonrió. Se encogió de hombros.

—No puedo creerlo —le dije—. ¿Tú? —y lo señalé. El sacerdote me bajó la mano:

—Jóvenes: el Vaticano ya no va a permitir más acciones de pederastia. La Iglesia está bajo ataque por parte de los enemigos de Cristo. Personas con tendencias hacia la desviación y hacia el delito, especialmente cuando existe el cuadro de Personalidad Límite, como es el caso de ustedes, son precisamente la herramienta del Enemigo para destruir a la Iglesia. A continuación procederán a pasar con el Interrogador —y nos mostró la puerta de la celda, que estaba flanqueada por los guardias.

—¡Momento! —le grité al sacerdote. Me rehusé a que me aferrara del brazo con sus dedos—. ¡Todo esto es ilegal, anticonstitucional! ¿Cómo pueden hacer esto? ¿En qué están basando estas acusaciones contra mí; en testimonios de un imbécil que está mintiendo?

El sacerdote me sujetó fuertemente. Me empujó hacia la puerta.

—El Interrogador te está esperando, con los Hombres del Jurado. Te recuerdo que tu compañero de cuarto, Iren Dovo, tiene una acusación formal por parte de la Policía de Roma por molestar sexualmente a dos menores en la escuela Santa Griselda Palatina. Este interrogatorio es preámbulo para procedencia, para entregarlos a las autoridades policiales de Roma.

—¿Cómo dice? —y miré a Iren Dovo—. ¿Es cierto? ¡¿Tú hiciste eso?!

—No, Pío del Rosario —me sonrió Iren Dovo. Comenzó a caminar detrás de mí—. Lo hicimos los dos. Tú también lo hiciste. Te mencioné también ante los investigadores de la Fiscalía de Roma. Tú y yo somos el trofeo del Vaticano en el último día del pontificado de Benedicto. Somos su regalo para los "lobos". Prepárate para la cárcel y para ser violado.

6

Arriba de nosotros, en la gigantesca nave olorosa —incienso con mirra y flores de dulces gardenias— de la colosal y renacentista basílica de San Pedro —corazón mismo del Vaticano—, el anciano papa Benedicto XVI levantó sus frágiles brazos cubiertos de blanco:

—En esta última homilía, este Miércoles de Ceniza… —y en silencio miró hacia todos los prelados. Entre las cabezas distinguió las duras miradas que más lo preocuparon. Los "lobos". Cerró los ojos—: Estoy pensando en particular en los pecados contra la unidad de la Iglesia —e hizo una larga pausa. Se impuso un gran silencio. Respiró lentamente. Comenzó a abrir los ojos, apretó la quijada y procuró agravar la voz para dirigirse con fuerza a la concurrencia—. Estoy pensando en las divisiones en el cuerpo de la Iglesia.

Afuera, el periodista Steve Jalsevac, de Lifesitenews.com, apretó firmemente su micrófono mientras informaba:

—En esta última homilía de su pontificado, el Santo Padre Benedicto XVI está hablando de "pecados contra la unidad de la Iglesia" y de "divisiones en el cuerpo de la Iglesia". ¿A qué se refiere? Imposible no recordar sus propias palabras, que pronunció hace ocho años, en su primera misa como papa: "Recen por mí, para que no termine escapando por miedo a los lobos". Hoy es el día en el que parece estar escapando, pero aún no se sabe de qué lobos huye. ¿Quiénes son esos "lobos"?

—¿Quiénes son esos lobos? —se preguntó ante el micrófono otro reportero, situado bajo de la gran columnata circular que rodea a la gigantesca plaza de San Pedro—. ¿Cuál es esa misteriosa conspiración que parece estar maniobrando en silencio detrás de la renuncia de este papa, y de la que la población del mundo simplemente no sabe nada? En este momento ya son pocos los que siguen aceptando el argumento de que la renuncia de Benedicto XVI se debe a su edad o a motivos de salud. El mismo sumo pontífice acaba de confirmar ante miembros de la prensa que en el interior del Vaticano existe una "mafia oculta".

—¿Quiénes forman esta "mafia" de la que no saben nada mil doscientos millones de católicos en el mundo? —se preguntó un tercer periodista, de frente a la basílica de San Pedro, ante la Segunda Puerta de Bronce o Puerta del Bien y del Mal—. ¿Quiénes son este "grupo oculto" que parece tener realmente el control del Vaticano, debajo de los ojos del mundo? ¿Son ellos acaso los que van a designar al nuevo papa que va a gobernar a los católicos? ¿Acaso ya lo eligieron?

7

Lejos, a cuarenta kilómetros al noreste de Milán, en el norte de Italia, en el distante, montañoso y quieto paraje llamado Sotto il Monte —lugar de nacimiento del gordo papa Juan XXIII— sopló un viento temible entre chirridos de lechuzas. Dentro de su rústica casa de ladrillos de barro, el anciano sacerdote Loris Francesco Capovilla, de noventa y ocho años, se enteraba de la noticia en su arcaico y abombado televisor.

A su espalda sonreía, desde su fotografía colgada, su anterior jefe: el obeso papa Juan XXIII —sentado en su trono, con las piernas desparramadas—Loris Capovilla había sido su secretario privado (en el distante periodo de 1958 a 1963, que abarcó toda la presidencia del asesinado presidente John F. Kennedy).

—Monseñor Capovilla… —le susurró su leal ayudante, el pequeño, gordito y sonriente Felitto Tumba, que venía vestido con un mandil—. ¿Usted sabía algo sobre esto? ¿Qué está pasando?

El hombre casi centenario se volvió lentamente hacia su ayudante. Lo observó con sus grises ojos membranosos.

El tercer secreto de Fátima.

—¿Perdón? —y sonó un tremendo relámpago. El tronido sacudió la ventana.

—Ella profetizó algo extraordinario —y se llevó las manos al regazo—. Va a suceder una manifestación de lo sobrenatural —se volvió hacia su papa: Angelo Roncalli: Juan XXIII—. El momento es este instante —y le sonrió—. Estoy listo para iniciar el final.

8

En la Santa Sede, el exorcista oficial del Vaticano, el imponente y calvo padre Gabriele Amorth —de ceño fruncido, casi sin cejas, de mirada preocupada y bondadosa— con lentitud se aproximó al periodista Marco Ansaldo, del informativo *La Repubblica*. Casi en silencio le murmuró:

—Il diavolo abita anche in Vaticano... —y miró hacia otro lado. El periodista no tardó en procesar las palabras del padre y volvió a verlo con incredulidad.

—El diablo habita... ¿en El Vaticano?

El exorcista continuó:

—Quando si parla di "fumo di Satana" nelle Sacre stanze é tutto vero. Anche queste ultime storie di violenze e di pedofilia —y le mostró un objeto, una pequeña bolsa—. El diablo es espíritu puro, invencible —y frunció aún más el ceño—. El diablo se muestra con las blasfemias dolorosas que provienen de la persona a la que posee. Puede permanecer oculto —y cautelosamente miró hacia los edificios vaticanos—. El diablo puede hablar en diferentes lenguas. Puede transformarse a sí mismo. El Diablo dice: "Nada de esto me asusta" —y el sacerdote le comenzó a pasar al reportero por enfrente la pequeña bolsa llena de objetos. En ella sonaron los artefactos metálicos vomitados—. Algunos han vomitado metal del tamaño de un dedo —y abrió los ojos detrás de los anteojos—. Otros han vomitado pétalos de rosa. Hay cardenales que no creen en Jesús. Y hay obispos que ya están relacionados con el demonio —y se le aproximó—. El diablo vive en el Vaticano, y usted puede ver las consecuencias.

9

En el centro del poder vaticano comenzó la expectación. Los poderosos prelados empezaron a transitar por los antiguos pasillos del Renacimiento como hormigas ansiosas ante el inminente concilio. Todo lo que antes era un movimiento febril por las labores vaticanas, ahora empezaba a exudar un aire de urgencia. Los protocolos de la sucesión papal se habían iniciado. Se podía percibir en el aire una sensación eléctrica. Los murmullos invadían los pasillos, los nervios se encontraban crispados en los cardenales, obispos y arzobispos presentes en la Santa Sede. Esa misma urgencia y necesidad de vaticinar el futuro se repetía en las redacciones de los medios de comunicación del mundo entero.

El periodista Juan-Fernando Dorrego Tiktin, de Hechosdehoy.com, comenzó a informar del proceso desde dentro: "Scherer, Sandri, Scola, Schönborn y Tagle, el enigma de los papables. En la lista de los papables, donde puede haber al final una gran sorpresa, hay tres grandes líneas y una incógnita: *a)* un papa de América Latina: Odilo Sherer, arzobispo de la enorme diócesis de Sao Paulo, Brasil, o el ítalo-argentino Leonardo Sandri, que ahora dirige el departamento vaticano de las Iglesias Orientales... O bien *b)* un papa de África: Peter Tuckson, de Ghana, actualmente al frente del departamento de Justicia y Paz del Vaticano... O bien *c)* Un papa de Europa: el italiano Angelo Scola y el austriaco Christoph Schönborn".

En Madrid, el periodista Miguel Mora, de *El País*, dijo a su auditorio: "Angelo Scola es amigo del papa Benedicto XVI, Joseph Ratzinger. Son buenos amigos desde hace cuarenta años. Entre 1986 y 1991, Angelo Scola fue consultor de Ratzinger en la Congregación para la Doctrina de la Fe. Son maestro y discípulo. Pero ¿será él el próximo papa?"

El "cura rojo de Génova," Paolo Farinella, dijo a *Il Fatto Quotidiano*: "La elección de Angelo Scola como arzobispo de Milán por parte del papa Benedicto completó una lectura del pontificado en la cual ha muerto no sólo la esperanza, sino también toda hipótesis de esperanza. ¡Qué pena ver las fotografías de Angelo Scola brillando con sus puños dorados, con su reloj de oro, con su crucifijo de oro, con su manto rojo púrpura y su sombrero de tres picos, rigurosamente rojo! Me pregunto si alguien vestido así podría entrar en el cenáculo o pegaría mejor en la corte de Nabucodonosor, entre los sátrapas y los eunucos de la corte".

En Italia, el periodista Giorgio Bernardelli, de *La Stampa*, empezó a dictar a su computadora: "Hacia el cónclave, ¿cuál será el papel de los cardenales Kasper y Bergoglio? Walter Kasper, de Alemania, y Jorge Mario Bergoglio, de Argentina, son dos personalidades que, por experiencia y autoridad, podrían orientar el voto en la Capilla Sixtina. La pregunta de ahora es: ¿quiénes podrían ser los cardenales *kingmakers*, hacedores de reyes, en este cónclave, si a la hora de cerrar las puertas de la Capilla Sixtina no hay un candidato fuerte? El arzobispo de Buenos Aires, Jorge Mario Bergoglio, según algunas reconstrucciones del cónclave de 2005, habría obtenido bastantes votos".

En *La Stampa* los redactores escribieron: "No hay claros favoritos para ocupar el papado. Pero hay 'hacedores de reyes', y estos hacedores de reyes van a jugar el papel decisivo en el cónclave. En este cónclave los hacedores de reyes pueden ser los cardenales Walter Kasper, de Alemania, y Jorge Mario Bergoglio, de Argentina".

En Caracas, el redactor internacional de *El Universal* afirmó ante el auditorio venezolano: "El público parece olvidar o ignorar que en 2005, cuando Benedicto XVI obtuvo el papado, dos cardenales se disputaron la sucesión de Juan Pablo II. Al reproducir el diario secreto de un cardenal no identificado que participó en ese cónclave, la revista italiana *Limes* y el diario madrileño *El País* han dado a conocer esta información: El cónclave que convirtió a Joseph Ratzinger en Benedicto XVI no se desarrolló como se pensó en su momento. La principal alternativa a Ratzinger no fue el cardenal jesuita Carlo María Martini, sino otro jesuita, el argentino Jorge Mario Bergoglio, quien finalmente se atemorizó y renunció. Eso es lo que se sabe a través de esta fuente.

En sus habitaciones papales, el anciano Benedicto XVI —ahora renunciante al poder del papado— cerró de nuevo sus ojos mojados y de comisuras arrugadas. Apoyó su cabeza contra la fría ventana. Escuchó las palabras en sus oídos:

—Quédate con mis votos. Eres inteligente y honesto. Es mejor que tú ganes. Trata de reformar a la Iglesia. Pero si no lo logras, renuncia —y Benedicto abrió los ojos.

En Argentina, el cardenal Jorge Mario Bergoglio respondió a los reporteros de la agencia italiana de prensa ANSA:

—Creo que lo que hizo nuestro papa Benedicto XVI es una decisión muy pensada delante de Dios, y muy responsable por parte de un hombre que no quiere equivocarse o dejar la decisión en manos de otros.

—¿En manos de otros…?

—Nuestro papa tuvo un gran deseo en la búsqueda de la unidad. Él creía que era superior al conflicto, y siempre tuvo la mano tendida.

—¿Tendida a quién, cardenal? Superior a un…, ¿conflicto? ¿Qué conflicto, cardenal? ¿Existe un conflicto dentro del Vaticano?

El jefe de prensa de Jorge Mario Bergoglio, Federico Walls, les dijo a los periodistas de la AFP, a través de la radio:

—Nuestro cardenal Bergoglio es papable, como todos los demás cardenales. Cuando llegue la convocatoria por parte de Roma, él va a viajar a Roma. Tiene la experiencia del cónclave pasado.

—Señor Walls, ¿es verdad que él podría haber ganado el pasado cónclave? ¿Él es el que iba a ganar y regaló sus votos a Benedicto?

Federico Walls miró hacia un lado. El cardenal Bergoglio, afuera de la catedral de Buenos Aires, dijo a los reporteros de la ANSA:

—La decisión de nuestro papa Benedicto es un gesto revolucionario. Es un cambio a seiscientos años de historia.

—Cardenal, ¿quiénes son el "conflicto" dentro del Vaticano? ¿A qué se debió la renuncia del papa?

10

Al otro lado del mundo, dentro de las instalaciones de la emisora Fatima TV, el impresionante y muy barbado padre Paul Leonard Kramer —con una melena semejante a la de un poderoso león o a la de un sabio muy antiguo de la Biblia— dirigió su mirada fuerte hacia Peter Diychtiar:

—Usted me pregunta qué está detrás de la renuncia del papa Benedicto XVI. Bueno, el papa mismo afirmó con toda claridad que se sentía debilitado, que su salud se estaba deteriorando…

—¿Usted piensa que habría otras influencias que han afectado esta decisión?

—Yo diría que sí, porque ya hace cuatro años que el papa tenía en mente resignar el mando.

—¿Hace cuatro años?

—Oí informes según los cuales —y miró al joven Peter Dychtiar— hay facciones diversas dentro de la Iglesia. El 10 de abril de 2009, el papa Benedicto visitó el túmulo del papa Celestino V, y se quitó el *pallium*, la banda, señal de su poder como obispo de Roma. Se lo quitó de sus hombros y lo colocó sobre el túmulo de san Celestino; y lo dejó ahí. El significado de este gesto viene del hecho de que Celestino V fue un papa que renunció por su propia voluntad.

—Vaya… ¿Qué género de facciones podrían estar envueltas en este proceso, del papa tomando una decisión como ésta?

El padre Kramer lo miró fijamente:

—He oído hablar de esto durante bastante tiempo —y levantó la mirada— a personas que ocupaban elevados puestos dentro del Vaticano. Eran *monseñor Zanoni y monseñor Mario Marini*, siendo este último ex secretario de la Comisión Ecclesia Dei. *Hablaron ellos de la masonería eclesiástica, el partido masónico que existe en la Santa Sede.*

—Perdón… Dijo usted… ¿Partido masónico dentro de la Santa Sede?

En Roma comenzaron los preparativos para el cónclave: se inició la colocación de las dos grandes estufas quemadoras dentro de la Capilla Sixtina, y también la instalación de la chimenea en el elevado techo de la misma. Hombres con uniformes negros caminaron por encima de los murales del génesis del universo, pintados por Miguel Ángel en el año 1512, extendiendo cordeles metálicos y soldándolos con llamaradas. Hombres de azul empezaron a colocar la larga rampa de acceso a la propia capilla. Remacharon el largo y pesado madero con una poderosa clavadora eléctrica, provocando tronidos.

Jennifer Preston, reportera del *New York Times*, inició el recorrido, con cámara: "Estos hombres están colocando aquí un falso piso encima de los mosaicos, sobre el cual en muy poco tiempo van a estar caminando los ciento quince cardenales que van a votar y a elegir al nuevo papa que va a dirigir al mundo católico. Y como ven allá —señaló hacia los muros—, se está colocando equipo de alta tecnología que va a impedir la transmisión o salida de cualquier tipo de señal electrónica hacia fuera de esta capilla".

Dio un paso por encima del gran madero o piso falso. Su compañera Tanya Drovskaya dijo: "Al entrar a este espacio 'secreto', cada uno de los cardenales deberá pronunciar solemnemente el siguiente juramento —y leyó de un documento parecido a un papiro—: 'Prometemos y juramos con la máxima lealtad observar, tanto hacia los clérigos como hacia los laicos, el secreto de todo lo que se refiera a la elección del pontífice romano, y sobre todo aquello que suceda en este lugar de la elección' —y bajó el papel—. Esto significa que, si los cardenales cumplen con lo que en este juramento están a punto de prometer, nosotros en el exterior nunca vamos a saber lo que está por ocurrir dentro de estos muros. Será un secreto para siempre, a menos que uno de ellos traicione este juramento solemne y rompa el silencio. Y si ello sucede —y lentamente levantó otro papel—, el cardenal que lo haga deberá ser excomulgado y expulsado automáticamente de la Iglesia católica. Canon UDG-58, o *Universi Dominici Gregis*, apartado 58.

Las periodistas caminaron dos pasos más. Tanya miró hacia arriba, hacia la cósmica imagen de los cientos de figuras bíblicas distribuidas en el techo de la capilla. Parecieron estar bajando tridimensionalmente de la bóveda, incluyendo a siete profetas bíblicos y cinco "profetisas" de la antigua Roma. Por un instante se preguntó por qué estaban ahí, en un templo católico. La profetisa de Eritrea —actual Turquía— pareció desempotrarse lentamente de su pictórico nicho celeste, torcer su cuello y mirarla, sonriéndole.

"Una vez que los cardenales abandonen sus habitaciones del hotel vaticano, llamado Casa Santa Marta, un hotel que cuenta con un total de 128 habitaciones, de las cuales ya han sido retirados los aparatos de comunicación y los televisores —y señaló hacia el suroeste—, los cardenales serán traídos acá en autobuses. Durante el trayecto tendrán prohibido recibir cualquier tipo de llamada o comunicación. Así lo estipula este código UDG en sus apartados 43 a 46. Cuando los cardenales hayan entrado a este espacio neorromano, este lugar se convertirá en toda una caja fuerte de información y se transformará en el cofre blindado del más grande secreto del mundo: el Secreto Vaticano.

11

En Buenos Aires, Argentina, una fuerte ráfaga de viento frío arrastró toneladas de polvo con olor a *pizza* y aceite de oliva, y combustible quemado, en un área de unos novecientos metros por lado en el aeropuerto internacional de Ezeiza. Con el cielo rojo de nubes volviéndose negro y con estrellas, las turbinas del avión de cien toneladas comenzaron a vibrar con un chasquido metálico.

Con su chaqueta oscura, el cardenal Jorge Mario Bergoglio comenzó a aproximarse hacia las escaleras. Se ajustó sus anchos anteojos de armazón negro de plástico, desgastados. Se encendieron los motores secundarios de la aeronave. Por detrás de él se le aproximaron cuatro personas: su hermana María Elena Bergoglio, de sesenta y cinco años —con el cabello largo, blanco, con su cara dulce, los ojos mojados de lágrimas—, y sus dos hijos: José Ignacio, de treinta años, y Jorge, y finalmente Walter Sívori, el otro sobrino del cardenal, también sacerdote.

Mariela lo tomó por las manos. Entre el ruido de la aeronave, le gritó:

—¿Hermano?

El cardenal le murmuró en el oído:

—No tardo nada. Nos vemos hasta la vuelta —y le sonrió.

—Pero ¿y si te hacen papa? Están diciendo que esta vez van a hacerte papa —y ella miró hacia el horizonte. Vio los dos aviones colosales lejanos, recorriendo la pista. El viento le pegó en la cara, haciéndole tragarse sus palabras.

—No me van a hacer papa —y suavemente él le besó la cabeza. Se abrazó con ella, y envolvió también a sus tres sobrinos—. Nos vemos hasta la vuelta, chicos, en dos o tres días. Prepárenme una buena *pizza*.

Los chicos le besaron las mejillas.

—Hasta la vuelta, tío. Va a ganar el River.

—No. Va a ganar el San Lorenzo —le sonrió a José Ignacio. Le sacudió los cabellos.

El hombre de setenta y seis años caminó hacia la escalerilla de metal. Comenzó a subir, zapato por zapato. Sus suelas estaban rasgadas. Eran zapatos ortopédicos. José Ignacio suavemente recargó la cabeza de su tierna madre contra su pecho.

—Mamita, no pasa nada.

—Pero, ¿y si lo hacen papa?

El sobrino Walter les dijo:

—Si lo hacen papa ya no va a volver a la Argentina. Va a terminar sus días allá, sirviendo a la Iglesia. No va a regresar más a la Argentina.

Mariela se volvió hacia él.

—¿Cómo estás diciendo?

—Vendrá en viajes, tía, rodeado de gente. Ya no va a ser como antes. Va a ser otra cosa. Va a ser un papa.

Mariela se volvió hacia la escalerilla. Vio a su hermano entrando por la ruidosa compuerta, saludado por varias personas.

—¡Jorge! ¡Jorge! ¡¿Jorge?!

—¡Calma, mamita!

El cardenal comenzó a recorrer el pasillo de la aeronave. Olía a frío, a dentífrico de aerolínea.

—¿Listo para el segundo *round*, cardenal Bergoglio? —le gritaron los de la prensa—. ¡Bergoglio! ¡Bergoglio! ¡Bergoglio!

Les sonrió. Cerró los ojos. Vio en un destello a su hermana Mariela saltándole a los brazos, de catorce años. En el aire vio volar un pedazo de *pizza*, estrellándose contra la televisión; y vio a sus hermanos gritando, y oyó una trompeta de la ópera Otelo, en la sinfonola, y a su mamá diciéndoles a todos: "Callados, aquí es donde la mata".

Todo eso se fue por un embudo.

En Roma, dentro de las gélidas estancias vaticanas, el anciano papa Benedicto XVI fue detenido por un brazo:

—Su Santidad, la prensa quiere saber ya si usted va a seguir residiendo aquí en Roma o si se va a marchar.

El Santo Padre lentamente torció su cabeza hacia el sujeto.

—¿Perdón…?

El hombre le presentó un artículo del periódico inglés *Daily Mail*, firmado por Steve Doherty y Hannah Roberts: "La presión aumenta sobre el papa Benedicto XVI para que se aleje de Roma después de la elección de su sucesor, para que no interfiera en el trabajo del nuevo jefe de la Iglesia católica. Existe cada vez más evidencia de que varios cardenales están ansiosos de que Benedicto XVI no consiga materializar su plan de continuar viviendo en un edificio de apartamentos dentro de los muros del Vaticano, donde su presencia crearía dificultades para el nuevo hombre que está a punto de tomar el papado".

El anciano Benedicto lentamente comenzó a levantar las cejas:

—Ya quieren que me vaya —y suavemente le sonrió al sujeto—. Aún sigo siendo el papa —y en el muro observó a un personaje monstruoso, dibujado durante el Renacimiento, seiscientos años en el pasado. El personaje siniestro le devolvió la mirada.

En su mente apareció el rostro del amable cardenal estadounidense Raymond Burke, diciéndole preocupado, en un susurro: "Recuerda la aparición de la Virgen en Akita, Japón, en abril de 1984. Se repitió el mensaje de Fátima. El trabajo del demonio se infiltrará dentro de la propia Iglesia. Uno verá a cardenales en contra de cardenales, obispos en contra de obispos".

Benedicto cerró los ojos.

12

Iren Dovo y yo fuimos llevados hacia otra celda, aún más profunda y oscura que la de la Gendarmería Vaticana. Nos condujeron a través de los negros pasillos subterráneos, llenos de gárgolas de piedra, chorreando agua con óxido por sus bocas.

—¡Avancen, idiotas! —y nos arrojaron hacia adelante.

—¡Yo no hice nada! —les grité a los guardias— ¡Suéltenme, bastardos!

Uno de ellos me tomó por detrás, por la nuca. Comenzó a prensarme el pescuezo con los dedos.

—No me agradan los que abusan de niños —me dijo en el oído, y me impulsó hacia adelante—. ¿Sabes lo que les hacemos en las cárceles a los violadores de niños?

Miré al piso. Nunca olvidaré lo que en ese momento el sujeto me dijo:

—Comienza a agrandarte el hoyo del trasero, maldito pederasta disfrazado de sacerdote, porque mis amigos en la cárcel Regina Coeli lo van a usar a diario. Van a gozarte como si tú fueras el mismísimo padre Maciel, que nunca pisó un maldito reclusorio por sus múltiples delitos. Esta es la hora de la justicia, y tú vas a ser la carne para nuestra venganza.

Iren Dovo comenzó a llorar. Lo tenían avanzando a empujones, con los brazos torcidos, uno de ellos ya fracturado. Me gritó:

—¡No me importa sufrir, Pío del Rosario! —y miró hacia arriba- ¡Señor Mío, voy hacia el tormento, como tú hiciste hace dos mil años! ¡Te ofrezco mi castigo, mi calvario, por la salvación de mi padre Marcial Maciel, para el perdón de sus pecados! ¡Toma en cuenta mi sufrimiento y a él no lo dejes estar en el Infierno! ¡Toma también el sufrimiento de Pío del Rosario!

Pensé:

—Todo esto es horrible.

13

En el estudio de Fatima TV, el entrevistador Peter Dychtiar se volvió hacia su impresionante entrevistado, el poderoso padre Paul Leonard Kramer —de grandes barbas canosas—. El padre Kramer suavemente se viró hacia Dychtiar:

—El partido masónico que está en la Santa Sede. ¿Es un club de negocios? ¿Es un club de caballeros? ¿Qué es realmente la masonería?

El padre se recargó hacia atrás, sobre el asiento.

—A ellos les gusta presentarse de ese modo —y miró hacia los técnicos de las cámaras—. Hay un programa que ellos anunciaron hace siglos.

—¿Hace siglos? ¿Un programa? —y Dychtiar se aproximó hacia el padre Kramer.

—Desde los años mil setecientos ellos dejaron muy claro que están trabajando en un sentido: en el de establecer en el mundo un gobierno mundial único, una república a escala mundial, una religión que abarque a todas las religiones.

—¿A todas?

—… bajo una sola estructura organizativa.

—Y esa estructura organizativa es…, ¿los propios masones?

El padre Paul Kramer lentamente asintió.

—¿Cómo puedo reconocer a un masón? ¿Quiénes son los masones que están dentro del Vaticano en este momento? ¿Puede decirnos sus nombres?

—Están por todo el mundo. A veces usan un emblema masónico, o tienen una insignia en su coche; pero en la mayoría de los casos, si no quieren que los reconozcamos, no hay manera de hacerlo —y lo miró fijamente—. Ellos intercambian entre sí su apretón de manos secreto, como éste —y lo mostró ante la cámara—, por el cual un masón se da a conocer a otro hermano masón. Es como sucedía con los primeros cristianos, que usaban un simbolismo críptico, trazar el pescado en la arena.

—La cabeza de la Iglesia es Cristo mismo. Si miramos la orden masónica, ¿quién los guía? ¿Quién es al que ellos siguen?

—Éste es el punto fundamental respecto a la masonería. Ellos tienen patriarcas desconocidos. Tienen consejos supremos, pero los nombres de sus miembros no son publicados para los masones de los niveles inferiores. Los secretos de la orden son internos. Hay una pena de muerte para aquellos que los revelen.

Como un relámpago apareció en las mentes de los presentes la figura de un hombre ahorcado, colgando de una cuerda debajo de un puente en Londres, con ladrillos dentro de los bolsillos, con las piernas torcidas dentro del agua. En su camisa había un papel mojado. Decía: "Banco Vaticano. Orden 400".

—¿Por qué este grupo quiere destruir a la Iglesia católica? ¿Cuál es su motivo?

El padre Kramer miró hacia un lado.

—El motivo que tienen es el hecho de que ellos mismos sirven al demonio. Ellos nos lo han dicho abiertamente. Noventa por ciento de los masones no saben lo que es realmente la masonería. El otro diez por ciento saben exactamente de qué se trata.

—¿De qué se trata?

14

En el Vaticano, sobre el distante y oscurecido jardín americano, en la esquina oeste de las murallas de la Santa Sede, los anchos helicópteros Augusta W-101 y Sikorsky comenzaron a descender batiendo sus pesadas aspas de un cuarto de tonelada sobre la base aérea llamada Helicopterum Portum.

El reportero Fabio Iwwa, de *Postale*, informó ante la cámara, tapándose el rostro de la ventisca: "Algunos de los ciento quince cardenales que en las próximas horas elegirán al nuevo sumo pontífice están llegando en este momento —y se volvió hacia atrás—. Otros arribarán vía terrestre desde el aeropuerto internacional Leonardo da Vinci de Roma, en autobuses y por medio del servicio de transporte vaticano. Se calcula ya una población aproximada de cinco mil quinientos reporteros y corresponsales de prensa de noventa países que se están reuniendo aquí para cubrir y transmitir en vivo este trascendental momento. Sin embargo —y miró hacia el Palacio Apostólico, por encima de los oscurecidos árboles—, lo más importante de este histórico suceso no podrá ser atestiguado por nadie. El propio jefe de prensa del Vaticano, cardenal Federico Lombardi, lo ha advertido en forma enfática: "Si alguno de los cardenales sabe de otro que está violando el voto de confidencialidad, debe decirlo. El cumplimiento del Canon UDG-48, y el temor a la excomunión automática, impedirán que nunca nadie en el exterior sepa lo que está por ocurrir debajo de la bóveda de la Capilla Sixtina".

A tres kilómetros hacia el este, al otro lado del río Tíber, en la antigua vía romana hoy llamada Vittorio Veneto, en la embajada de los Estados Unidos en Italia el encargado de Asuntos susurró al teléfono al embajador en Guyana, el rubio Brent Hardt:

—Aquí dice que los probables eran dieciséis. ¿Entre ellos estaba Bergoglio, de Argentina?

—Bergoglio era uno de los dieciséis. Ha sido renuente a aceptar honores y puestos altos. Suele dirigirse hacia su trabajo en autobús público. Bergoglio es un ejemplo de las virtudes de un pastor sabio; muchos electores lo valoran.

En los colosales corredores renacentistas del complejo vaticano comenzó la procesión de los cardenales —115 hombres de avanzada edad, cubiertos con sotanas rojas brillantes tapadas con blancos delantales bordados, semejantes a manteles de mesa, llamados *rochettum*. Salieron marchando lentamente de la llamada Capilla Paulina o de Paulo III —papa entre los años 1534 y 1549— sobre el costado noreste de la basílica de San Pedro, y comenzaron a avanzar pausadamente, como hormigas rojas, a lo largo de un vasto e imponente corredor de mármol café oscuro de un muy alto techo cilíndrico, llamado Sala Regia, observados por los personajes congelados de los murales de Giorgio Vasari, Taddeo

Zuccari y Livio Ricciutello Agresti. Luces amarillentas arrancaban los tonos dorados de los murales y proporcionaban al espacio un permanente tono donde el oro parecía sobreponerse al resto de los colores.

Bajo la estricta mirada de los protectores del Vaticano —los guardias suizos, vestidos como soldados amarillo-púrpuras de un palacio de la Edad Media—, los cardenales comenzaron a introducirse por la puerta de madera llamada la Gran Puerta hacia el vasto interior de la Capilla Sixtina —un espacio predominantemente azul por el color del cielo pintado en la bóveda de mil metros cuadrados por Miguel Ángel Buonarotti.

Comenzaron a escalar la recién colocada rampa de madera.

Afuera, en los olorosos jardines de flores, el cortador de plantas Sutano Hidalgo, semejante a George Clooney, vestido de verde, se dirigió con sus pesadas herramientas de jardinero hacia los muros del Palacio Apostólico. Miró hacia arriba. Se persignó.

—Somos cristianos, pero somos gladiadores —y besó su escapulario del cuello, que de un lado tenía la imagen de George H. W. Bush y del otro la Virgen de Fátima. Con los dedos se acercó el micrófono del suéter hacia la boca—. Ya están entrando los cardenales.

—¿Tienes señales?

—No me llegan señales MUSCULAR. Pusieron barreras contra pulsos EM.

—¿Recibes señales de WISE PASTOR? ¿*Inputs* de código "Humildad"?

—No recibo nada. Hay bloqueo electrónico.

La voz en su oreja le dijo:

—Dammit.

Sutano Hidalgo suavemente le susurró al micrófono:

—El detenido fue movido de su celda de Gendarmería 1 Antisabotaje. Lo están trasladando hacia otra celda. Él es ahora nuestro acceso hacia la Sociedad Secreta Orden 400.

Dentro de la Capilla Sixtina, el cardenal Jorge Mario Bergoglio, de Argentina, en medio de los cánticos del coro, lentamente se aproximó —sobre sus zapatos gastados, ortopédicos, observado por los demás cardenales— hacia el enorme tomo abierto en medio de la gran sala: el tomo de los juramentos.

Colocó la palma de su mano derecha sobre la antigua página. Pronunció las palabras del voto de secrecía: "Et ego, Giorgius Marius

Cardinalis Bergoglio, spondeo, voveo ac iuro. Sic me Deus adiuvet et haec Sancta dei Evangelia quae manu mea tango".

Miró hacia arriba, hacia la parte alta del muro frontal: el gigantesco mural llamado El Juicio Final. Vio en la parte alta, al centro, la fornida, poderosa figura prácticamente desnuda de Jesucristo, el día de su regreso. El maestro de celebraciones litúrgicas pontificias, el delgado y solemne Guido Marini, pronunció las palabras "Extra omnes".

Todas las personas ajenas al cónclave comenzaron a salir del recinto, empujadas por guardias suizos de cascos negros con plumas. El maestro Guido Marini caminó tronando sus duros tacones sobre el mármol hacia la puerta. Ceremoniosamente la tomó por los dos filosos bordes y la cerró con un tronido. El sonido se escuchó en toda la sala. Afuera, hombres de hábitos negros, con birretes rojos, pasaron el orificio de un misterioso documento por las dos manijas y las amarraron con un simbólico cordel rojo.

"No sea desatado este nudo hasta que salga de aquí un nuevo papa."

15

Siete metros por debajo, en los túneles subterráneos del Vaticano, los guardias nos arrojaron hacia adelante del negro corredor a Iren Dovo y a mí, golpeándonos en las espaldas con sus palos de vinilo.

—¡Transfiéranlos hacia la Cisterna Magna, hacia la cámara de Interrogatorios del sótano del edificio Nicolás V! ¡Avisen al prelado!

Nos jalaron por los cabellos. Nos arrastraron por el suelo de negras piedras mojadas. Nos escupieron en la cara. Nos arrojaron hacia una rejilla de hierro para los flujos del desagüe. Con una palanca oculta hicieron rotar el mecanismo. El metal hizo tronidos.

—¡Métanlos al ducto! ¡El Interrogador los está esperando, con los instrumentos!

Iren Dovo me dijo, llorando, con sangre en su cara:

—Ofrécelo todo por la salvación de nuestro padre Marcial Maciel. Él no debe estar en el Infierno. Es necesario que tú y yo seamos lastimados.

—No soporto más las idioteces que dices —y me zambutieron dentro del ducto—. ¡Tú me metiste en todo esto, bastardo! ¡Ahora diles a estos estúpidos que yo no hice nada! ¡Tú sí eres un maldito pederasta! ¡Yo no tengo nada que ver con todo esto!

—¡Nadie es inocente, Pío del Rosario! —y lo arrastraron por el pasaje subterráneo—. ¿Acaso hay alguien libre de culpa? Si acaso tú lo fueras, arrojarías la primera piedra, y eso te convertiría en una tumba blanqueada, y estarías pecando de soberbia, que fue el pecado de Satanás. ¡Preferible tu dolor en este mundo que la pérdida de Marcial Maciel para el universo! —y lo arrojaron más profundo dentro del ducto. Cayó al agua en la oscuridad.

Los guardias lo golpearon en la cabeza.

—¿Adónde crees que vas, miserable homosexual pederasta? —y con la bota lo arrojaron contra el muro. Se le quebró una articulación del otro brazo. Comenzó a gritarme:

—¡Pío! ¡Pío! ¡Mi dolor por la salvación de nuestro Padre! ¡Ofréce-lo todo a Cristo, por nuestro Padre Maciel! ¡Cristo aceptará tu sufrimiento!

—¡Hablas de Cristo como si fuera un dios azteca que necesita tragar sangre humana!

Por detrás de mí, los guardias me golpearon con sus negros palos de vinilo.

—¡Sabemos que tú estuviste presente el día de la muerte del sacerdote Marcial Maciel Degollado! —me dijo uno de ellos—. ¿Quién era el hombre de la CIA? ¿Por qué estaba ahí? ¿Quiénes son las mujeres que pidieron que se le trajera un exorcista? —y me golpeó de nuevo en la columna vertebral.

—¿Agente de la CIA? —le pregunté—. ¡¿De qué hablan?!

—¡Tú sabes quién fue ese agente de la CIA! Ustedes dos saben la verdad que miles de millones desconocen.

Cerré los ojos. Vi un estallido: una imagen roja; el viejo sacerdote —Marcial Maciel Degollado— en la cama, retorciéndose de dolor, gritándoles a sus jóvenes sacerdotes: "¡No quiero la confesión! ¡No quiero la unción de los enfermos! ¡Digo que no!", y escuché el llanto de las dos mujeres: "¡El padre no quiere recibir los sacramentos! ¡Traigan a un exorcista! ¡El Padre Maciel necesita un exorcista!"

En mi mente vi a los periodistas, Idoia Sota y José M. Vidal, de *La Crónica* y *El Mundo*, de España, cuando me entrevistaron. Ella me dijo: "Cuentan que Maciel no tenía cama… que tenía una habitación rara… que dormía en un ataúd", y me tomó por el brazo; "es un imperio calculado en unos veinte mil quinientos millones de euros".

Vi un destello. Sentí a los doctores agarrándome la cabeza, echándo-me la luz blanca sobre la cara:

—Es la morfina —y uno de ellos le dijo al otro—. Le aplicaron dosis de doscientos miligramos en serie. Lo hicieron con otros Legionarios de Cristo. El mismo Marcial Maciel se administró a sí mismo dosis de cincuenta. Tendremos suerte si este joven no perdió capacidades cognitivas. Tiene destrucción celular en la sección tres del hipocampo. Significa pérdida en la memoria.

Se abrió la compuerta. Entraron cuatro hombres muy fuertes, con largos instrumentos de metal. Contra la luz que tenían detrás, me gritaron:

—¡Prepárate para el Interrogatorio! —y empezaron a gritar— ¡Malleus maleficarum, maléficas, earum haeresim, ut phramea potentissima conterens! —y levantaron sus instrumentos. Significaba: "Martillo contra las brujas, que destruye a las brujas y a su herejía, con el filo de la espada", un texto de la Inquisición, compuesto al final de la Edad Media.

Adentro me estaba esperando el prelado, el "Interrogador", con su cortejo de "jurados".

16

Arriba, el "jardinero" Sutano Hidalgo —semejante a George Clooney— caminó velozmente por la parte posterior de la basílica de San Pedro, a través de los jardines ubicados entre las vialidades Rampa dell'Archeologia y Governatorato. El complejo estaba lleno de guardias y agentes de seguridad. "Giardinaggio Vaticana", les dijo, mostrándoles su gafete falso. Siguió avanzando entre ellos. Se llevó el micrófono del suéter a la boca:

—El detenido está siendo trasladado hacia el Banco Vaticano, Torre Nicolás V, sótanos de servicio. Lo están trasladando por debajo, por los pasajes de las fosas sépticas. No quieren que tenga contacto con los obispos. El equipo de rastreo lo indica así.

A Sutano Hidalgo lo siguió otro hombre, de muy ancha corpulencia, con un apretado traje negro y un denso olor a colonia francesa. Su cara estaba muy abultada, como la de un mastín. Habló hacia su propio dispositivo de audio, oculto en su ancho reloj con perlas:

—Corvus Corax a Heliodromus. El hombre desnudo con gorro frigio está naciendo de la piedra. Está empuñando su puñal. En la otra mano está portando su antorcha.

Avanzó y detrás de él también avanzaron sus cuatro hombres de escolta.

En el estudio de Fátima TV, el entrevistador Peter Dychtiar le preguntó al padre Paul Kramer:

—¿Cuál es entonces el objetivo final de los masones que están infiltrados dentro de la Iglesia católica? ¿Qué es lo que quieren?

—Se trata de alcanzar posiciones de poder dentro de la Iglesia, para subvertirla, para destruirla; alcanzar posiciones de poder dentro de los gobiernos de naciones para subvertirlas; destruir los Estados soberanos y crear una república a escala mundial, un gobierno mundial y una religión masónica mundial que desvía la adoración y la devoción lejos de Dios, y entroniza a Satanás.

El entrevistador tragó saliva.

—¿A Satanás…? ¿Y éste es el trasfondo de la renuncia del papa Benedicto XVI?

—En 1917, san Maximiliano Kolbe vio en Roma, en un desfile conmemorativo del bicentenario de la masonería, un cartel que decía: "Satanás reinará en el Vaticano, y el papa será su esclavo".

Peter Dychtiar agregó:

—¿Piensa usted que ellos tuvieron algún involucramiento en el asesinato del papa Juan Pablo I en 1978?

El sacerdote lentamente se echó hacia atrás.

17

Entre los más de cinco mil periodistas que cubrían el cambio de poder dentro de la Santa Sede, el reportero Ramón Cordero, de *Córdoba Noticias*, recargado sobre el blanco barandal del techo de la basílica de San Pedro, por debajo de las estatuas de cinco metros de los apóstoles, señaló hacia abajo, hacia el techado de la Capilla Sixtina. Informó:

"La catastrófica renuncia del hasta este instante papa Benedicto XVI sucede a consecuencia de la filtración no autorizada de documentos secretos vaticanos llamada ahora *Vatileaks*: una colección de documentos privados del papa que fueron robados y entregados al periodista Gianluigi Nuzzi directa o indirectamente por parte del mayordomo personal del papa Benedicto, el joven Paolo Gabriele. Las cartas pertenecían a Carlo Maria Vigano, actual nuncio apostólico del Vaticano ante los Estados Unidos. ¿Qué revelan esas cartas? ¿Qué oscuros secretos hicieron públicos y llevaron al papa Benedicto a la primera renuncia al papado desde hace seiscientos años?"

A su lado, el reportero Amadeo Malone informó: "De momento podemos decir que el Vaticano investiga a este joven Paolo Gabriele. ¿Quién le dio la orden de sustraer esos documentos pertenecientes a Benedicto y de filtrarlos a los medios de comunicación? ¿Con qué propósito? ¿Para lograr la renuncia del papa? Y esto nos conduce a la más importante de todas las preguntas: ¿qué intereses estaba tocando el papa Benedicto XVI como para que esta maquinaria de poder se pusiera en acción y hoy parezca estar logrando su cometido: tomar el control del Vaticano? ¿Quiénes son estos hombres?

18

Le golpearon la cabeza a Iren Dovo contra los tubos calientes del pasaje subterráneo llamado Acheron —que corre a lo largo de la Cisterna Magna, por debajo—. Sus cabellos pelirrojos ya estaban negros, con costras de sangre. Los hombres de caretas negras no se preocuparon por llevarnos con docilidad. El suelo, resbaladizo, olía a mierda. El aire abajo era más sofocante que en las mazmorras. Iren me dijo llorando:

—¿Qué está pasando, Pío? ¡Sácame de esto! ¡Quiero ir a Irlanda! —su ojo ya era una bola de color morado.

Los hombres uniformados que nos estaban trasladando nos aferraron con mucha violencia por el cuello. Nos empujaron como si fuéramos cabras a lo largo del ducto, que también olía a carbonato.

—¡Irlanda ya está en la época del Cretácico, idiota! —le dijeron, y le patearon el trasero. Cayó de frente, sobre el agua, por encima de los arneses metálicos de los tubos de gas. Se abrió la cara de inmediato y la sangre le bañó el rostro. Comenzó a gritar:

—¡Mis papás son príncipes en Irlanda!

Por mi espalda sentí el rostro caliente de una persona. Me dijo:

—¿Qué sabes tú sobre lo que está pasando, miserable rata? ¿Quién le dio la orden a Paolo Gabriele para filtrar los documentos del papa a la prensa?

—¿Perdón?

—¿Qué hacías con Marcial Maciel el día que murió en Florida?

Sentí una mano fuerte y ancha en la nuca. La mano me empujó contra la pared mojada, contra los ladrillos con grasa. Se me embarró la pasta en la frente. Escuché el tronido de un hueso en mi cabeza.

El guardia me gritó:

—¿Los hombres de Marcial Maciel están ahora detrás de este complot contra el papa Benedicto? ¿A quién quieren colocar ahora como papa? ¡Contesta! —y me volvió a azotar la cabeza contra el muro—. ¿Quién era el hombre de la CIA que estaba el día de la muerte de Maciel Degollado?

Comencé a escuchar un zumbido. En un destello vi al padre Marcial Maciel delante de mí, al fondo del túnel, como si viniera caminando hacia mí desde la luz.

Estaba ahí: semicalvo, con sus delgados anteojos cuadrados. Sentí un miedo profundo. Se me enfriaron los brazos y las piernas.

—No traiciones mi cuarto voto —me dijo—. Nunca me acuses. No me traiciones ante Jesucristo. No es pecado que me toques. El papa Pío XII me dio permiso para pedirte estos masajes. Por eso tú te llamas Pío.

19

Por el costado norte de la basílica de San Pedro, el "jardinero" Sutano Hidalgo caminó con prisa hacia la Fuente del Sacramento —Fontana delle Torri—, esquivando a los hombres de la prensa y a los gendarmes.

—Giardinaggio Vaticana. Giardinaggio Vaticana —y les mostró su gafete.

Se colocó frente a la fuente, un imponente edificio de color naranja, con una gran fuente en forma de pato brotando de entre las rocas, por debajo de un rectilíneo arco romano, rodeado por dos anchas torres. En lo alto Sutano leyó: Paulus V Pontifex Maximus Ad Avgendum Palati Prospectus. "Aquí todos se llamaban Paulus", se dijo.

—Usted no puede estar aquí.

Sutano Hidalgo lentamente se volteó hacia el sujeto. Era un guardia uniformado, con casco liso, brillante.

—Sí puedo estar aquí. Soy jardinero —y le mostró su gafete.

—Señor jardinero, aquí no hay ninguna maldita planta. Lárguese de aquí o me veré obligado a detenerlo.

—Tienes razón —y Sutano Hidalgo bajó la cabeza—. Aquí no hay plantas. Pero ¿ves esa escotilla? —y señaló a un lado del pato de piedra—. ¿Sabías que debajo de esa escotilla está la bomba, y que esa bomba mueve toda esta agua y que los conductos de presión hidráulica pasan por todo allá abajo, por debajo de los sótanos del palacio y de la residencia del papa, y también por debajo de los sótanos de la Torre Nicolás V, el edificio del Banco Vaticano, antigua prisión de la Santa Sede?

—No. No lo sabía.

—Pues ahora lo sabes —y sonriéndole le encajó las tijeras de jardín en el estómago—. Ahora de qué te sirve saber sobre esta fuente. Tú no eres el que va a tener que meterse a esas malditas cloacas que huelen a caca de santo.

Le acercó la boca al oído. Le susurró:

Si yo te despaché, yo mismo te administro aquí los santos óleos, porque somos cristianos, pero somos gladiadores —y con su frente le cerró los ojos—. Por esta santa unción —y le apoyó su propia frente en la cabeza— y por su bondadosa misericordia, el Señor te auxilie con la gracia del Espíritu Santo; que te libre ya de tus pecados, te salve y te alivie con su amor. Por Cristo Jesús, y por la Virgen de Fátima, descansa en paz —y lo dejó deslizarse hasta el suelo. Le dio la bendición con los dedos—. Discúlpame por el inconveniente —y depositó el cuerpo en un sitio donde no lo encontraran pronto, detrás de unas jardineras, y saltó hacia la copa de la fuente.

Se dijo a sí mismo: "Yo no inventé la realidad. Sólo habito en la misma. Nos vemos en unos minutos, puto Pío del Rosario. Tú eres ahora mi puerta hacia la maldita Sociedad Orden 400, la mafia del Vaticano.

20

En el estudio de Fátima TV, frente a las cámaras, el barbado e imponente padre Paul Leonard Kramer le dijo a Peter Dychtiar:

—Hay una mafia dentro del Vaticano. Todo esto tiene que ver directamente con los secretos de Fátima, especialmente con el tercero.

—¿Qué es lo que dice realmente el tercer secreto?

—El 7 de agosto del año 2000, en el sitio Fatima.org, se publicó el artículo "Vatican Coverup of Third Secret; the Fatima Crusader Discloses". Dice básicamente: "Por más de cuarenta años el tercer secreto de Fátima, que es la tercera parte del mensaje que la Virgen María transmitió a los tres niños pastores portugueses durante sus apariciones en 1917, ha sido ocultado bajo llave".

—¿Qué significa eso?

—A pesar de las promesas de que iba a ser revelado al mundo en 1960, el secreto, que consistía en aproximadamente veinticinco líneas escritas en una única hoja de papel, fue de repente suprimido ese año y a los católicos se les dijo que probablemente permanecería bajo sello para siempre. El documento de cuatro hojas que sacó a la luz el Vaticano el 26 de junio del año 2000, presentado como el tercer secreto de Fátima, sólo ha renovado la controversia sobre el tercer secreto. No es la hoja de papel que contiene las palabras de la Virgen María que todo el mundo había esperado y a la que el Vaticano mismo se había referido en 1960.

—De ser así, ¿quién sustituyó el documento de una hoja con veinticinco renglones por uno de cuatro páginas? ¿Por qué habrían hecho algo así? ¿Esto es un complot? ¿Alguien remplazó lo que estaba ahí y nos está dando otra cosa? ¿Cuál es el verdadero secreto de Fátima? ¿Cuántos lo saben, si es que alguien lo sabe, y quiénes son?, y ¿por qué están ocultando la página del tercer secreto, la original, la de veinticinco renglones?

—El texto dado a conocer ese 26 de junio dice que el tercer secreto, o sea, esas cuatro páginas, se refería a cosas que ya habían sucedido, como el complot para asesinar a Juan Pablo II en 1981.

Mirando hacia la cámara, el entrevistador dijo:

—El padre Paul Kramer, teólogo con máster en Ciencias Divinas, autor de *Mystery of Iniquity*, ha iniciado lo que se llama Fatima Crusader, en su Fatima Centre de Fort Erie, Ontario —y se dirigió hacia él.

—Tras darse a conocer la versión de cuatro páginas del tercer secreto el 26 de junio del año 2000, según la cual es una simple profecía de lo que sucedió el 13 de mayo de 1981, es decir, el atentado contra el papa Juan Pablo II, al principio todos parecieron decir: "Muy bien, *okay*, ya estamos a salvo, no va a haber ningún apocalipsis", o lo que se había imaginado el mundo con las previas "revelaciones" de lo que era ese secreto. Incluso el experto Antonio Socci aceptó lo dicho, pero después de analizar el proceso comenzó a dudar de esta versión oficial sacada por el Vaticano. Su investigación se sumó a la del padre Nicholas Gruner, director de *The Fatima Crusader* y directivo del Fatima Center. Todo esto ha sido convertido en una gran investigación mundial, con expertos como Christopher A. Ferrara, abogado católico, presidente de la American Catholic Lawyers Association, y John Vennari, director del *Catholic Family News*. Antonio Socci publicó *El cuarto secreto de Fátima*, confrontando al cardenal Tarcisio Bertone.

—El cardenal Tarcisio Bertone, ¿fue el autor de la versión oficial que se dio a conocer al mundo el 26 de junio del año 2000, que consta de cuatro páginas, y que muy probablemente es una falsedad?

—Hace muchos años, el padre Nicholas Gruner, director de *The Fatima Crusader*, entrevistó al cardenal Joseph Ratzinger, ahora papa Benedicto XVI, en el número 229 del programa de radio *Heaven's Peace Plan*, y lo confrontó.

—¿Lo confrontó?

—Aún no era papa —le sonrió—. Ratzinger, a diferencia de gente como tú y como yo, sí conoció el verdadero texto del tercer secreto de Fátima, el que viene en una sola hoja de veinticinco renglones, no en las cuatro páginas que reveló el Vaticano el 26 de junio del año 2000; y Ratzinger le dijo a Nicholas Gruner que, como prefecto de la Doctrina de la Fe, en 1984 había dado otra entrevista sobre el tercer secreto y que había escrito un artículo sobre ese verdadero texto el 11 de noviembre de ese año, en la revista *Jesus Magazine*.

—¿Y qué decía ese texto?

—Tal vez es porque —y miró hacia un lado—; tal vez porque el tercer secreto de Fátima habla sobre este momento —y respiró con fuerza—. Si habla sobre este momento, entonces tal vez en esas veinticinco o veintiséis líneas están los nombres.

—¿Los nombres?

—Sus propios nombres.

21

En el techo de la basílica de San Pedro, recargado contra el blanco barandal, a la sombra de la colosal estatua de 5.5 metros de Jesucristo, y rodeado por camarógrafos y periodistas, el reportero mexicano Ramón Cordero dijo a los micrófonos: "Un reporte afirma —y lo mostró a la cámara— que el vocero del Vaticano, Federico Lombardi, aseguró en su momento que el mayordomo papal Paolo Gabriele, autor de la filtración de documentos que hoy está causando el remplazo de un papa por otro, fue arrestado a sólo unas cuantas horas de que ocurriera un hecho tal vez mucho más importante pero que pasó inadvertido para la opinión pública: la expulsión, aparentemente silenciosa, del presidente del Banco Vaticano, Ettore Gotti Tedeschi. ¿Por qué fue obligado a renunciar? ¿Qué es lo que hay detrás de toda esta madeja que parece empezarse a complicar más y más cada segundo? La piedra se ha levantado, y apenas comenzamos a ver lo que está escondido debajo del gran Secreto Vaticano".

Abajo, en el interior sellado de la Capilla Sixtina comenzó a tener lugar una cadena de acontecimientos que aún hoy permanece en secreto.

El reportero mexicano concluyó frente a la televisión: "Se ignora quién y por qué ordenó al mayordomo del papa Benedicto hurtar y difundir los documentos confidenciales que hoy llamamos *Vatileaks*, y que en última consecuencia provocaron la renuncia misma del sumo pontífice, así como el proceso actual para su sustitución por otro jefe de la Iglesia católica. Lo que sí sabemos son dos cosas: los documentos en conjunto revelan las transacciones cuestionables de su poderoso secretario de Estado, Tarsicio Bertone, que hoy conduce el cónclave; y también la información de que altos jerarcas de la Iglesia encubrieron y protegieron al fundador de los Legionarios de Cristo, el mexicano Marcial Maciel Degollado, para que no se procediera ni informara sobre sus actos de pederastia cometidos por él mismo y por una red muy vasta de criminales; y que entre los altos jerarcas que lo encubrieron se encuentra el propio secretario de Estado, Tarcisio Bertone.

22

—Hay una presencia maligna dentro del Vaticano —me dijo una voz—. Nos tenían dentro de un sótano negro. Olí la brea. —Hay una presencia demoniaca en el seno mismo de la Iglesia— me dijo en el oído—. El papa Paulo VI lo advirtió hace cuarenta años, el 29 de junio de 1972, en homilía: "Es como si por una misteriosa grieta el humo de Satanás se hubiera filtrado a la Iglesia." Él mismo, el papa Pablo VI, perteneció a la Masonería.

Me volví hacia el sujeto:

—¿De qué está usted hablando?

—¿Qué hacías con Marcial Maciel Degollado? ¿Qué te dijo en privado? ¿Quién es su protector aquí dentro del Vaticano?

Miré hacia el muro. Distinguí la cabeza de Iren Dovo.

—¿Qué le están haciendo a mi amigo?

La voz me dijo:

—Algo muy oscuro está cerniéndose sobre la Iglesia católica. Tú eres parte de ese complot.

—Diablos. Yo no hice nada. Todo esto es una maldita locura.

—Hay una misma fuerza que asesinó a Juan Pablo I y atentó para asesinar a Juan Pablo II, por la misma razón que ahora hicieron renunciar al papa Benedicto y están tratando de imponer un nuevo cambio en el gobierno del Vaticano. Quiero que me digas lo que tú sabes. ¿Quiénes forman la Sociedad Ordo 400?

—¿Sociedad Ordo 400?

—En 1981, el 13 de agosto, tres meses después de que ocurrió el atentado para asesinar al papa Juan Pablo II, monseñor Marcel Lefebvre dijo en Argentina, en una confesión para la revista *Roma*: "Fui testigo, en una última sesión del consejo preparatorio del Concilio Vaticano II, pues yo era miembro de la comisión central en la cual había setenta cardenales y veinte obispos, de lo que también afirma el padre Ralph Wiltgen: el papa Juan XXIII pidió expresamente a los cardenales de la curia romana, que eran sin duda los más tradicionalistas, que no intervinieran en las discusiones del concilio. De hecho, los cardenales de Roma, aunque integraron las comisiones, ya no hablaron más".

—No entiendo de qué está hablando —y busqué a los otros hombres que estaban sumidos en la oscuridad.

—Lo que Marcel Lefebvre, citando al padre Wiltgen, dice sobre el Concilio Vaticano II es lo siguiente, Pío: "Nosotros, por nuestra parte, hicimos todos los esfuerzos posibles para que se condenara el comunismo. Este concilio, donde estaban reunidos dos mil quinientos obispos responsables de la Iglesia católica, ¡no fue capaz de condenar formalmente el comunismo!" —y se me aproximó en la oscuridad—. ¿Entiendes lo que esto significa?

—No —y miré a Iren Dovo. Se estaba moviendo.

—Pío del Rosario —me dijo el hombre—, Marcel Lefebvre afirmó en Argentina: "Si nos remontamos hasta las primeras causas de la situación actual, si buscamos quién es el primer autor de estos cambios, nos encontraremos con el primer enemigo, el gran enemigo de Nuestro Señor Jesucristo, su enemigo jurado".

—¿Su enemigo jurado…?

—Satanás mismo.

—Diablos.

—Monseñor Lefebvre nos lo dice: "El papa san Pío X, en su primera encíclica de 1904, lo señala textualmente: 'De ahora en adelante el enemigo no está fuera de la Iglesia, sino dentro de la Iglesia misma', y el papa san Pío X citó los lugares exactos donde se encuentra el enemigo: el enemigo está en los seminarios, el enemigo se infiltró en los seminarios, entre los profesores de los seminarios".

—Dios santo… yo no sabía nada de esto. Lo juro. Me parece que usted está realmente loco.

—Pío del Rosario, esto es mucho más antiguo. El papa Pío IX, mucho antes que Pío X, ya lo había advertido cuando reveló el plan final de los masones: penetraremos las parroquias, los obispados, los seminarios; y tendremos párrocos, obispos y cardenales que serán nuestros discípulos, y de esos cardenales esperamos un día tener un papa, y ese papa estará imbuido de nuestras ideas. Así, el pueblo cristiano nos seguirá a nosotros.

—¿Un papa masón?

—Sí, Pío. Eso es lo que está a punto de suceder ahora.

Bajé la cabeza.

—¿Y Marcial Maciel fue parte de eso?

En la oscuridad el hombre me aproximó una hermosa estatuilla de la Virgen.

—No voy a decirte mis palabras. Voy a decirte las palabras de monseñor Marcel Lefebvre: "La Santísima Virgen María en La Salette predijo que un día el enemigo subiría hasta los más altos puestos de la Iglesia. Si yo diera todos los detalles de este complot, y de la forma en que se llegó a la condenación de mi seminario y de la Fraternidad Sacerdotal San Pío X, ustedes se quedarían impactados" —y suavemente recargó la estatuilla de la Virgen en el suelo—. Pío: la sociedad que Marcel Lefebvre creó para defender a la Iglesia es la Sociedad Pío X.

—¿Sociedad Pío X?

—El 25 de octubre de 1958, cuando murió el último papa verdadero de la Iglesia católica, Su Santidad Pío XII, se inició un cónclave como el que hoy estamos viviendo. En ese cónclave de 1958 fue elegido un hombre: el cardenal Giuseppe Siri. Caminó hasta el balcón para proclamarse, con el nombre de Gregorio XVII. Ese hombre iba a ser el papa. Pero un grupo de masones estaba ahí presente, apoyado por el KGB de Rusia. Lo jalaron hacia atrás. En su lugar colocaron a otro hombre, un masón: Angelo Roncalli. Pasó a la historia como Juan XXIII: el antipapa que convocó al Concilio Vaticano II para modificar y destruir el catolicismo. Desde entonces ninguno de los papas que tú has conocido es verdadero. Son impostores. Son antipapas.

—Dios mío —y me volví hacia mi amigo Iren Dovo—. ¡¿Tú sabías algo de esto?!

—Pío —me dijo el hombre. Me tomó las mejillas con los dedos—: No somos pocos los que sabemos esto. Somos muchos. Somos todo un movimiento de la Iglesia. Esto está documentado. El propio gran comandante del Supremo Consejo masónico de México, Carlos Vázquez Rangel, también presidente de la Comisión de Honor y Justicia del Partido Revolucionario Institucional, lo ha revelado en tu país, en la revista *Proceso*: "Fue en París donde los profanos Angelo Roncalli y

Giovanni Montini fueron iniciados, el mismo día, en los augustos misterios de la Hermandad. Por eso no es de extrañar que mucho de lo logrado en el Concilio Vaticano II, de Juan XXIII, se fundamente en los principios y postulados de la masonería".

—Señor mío y Dios mío... Esto no puede ser cierto.

—Sí lo es, Pío. Giovanni Montini, a quien se refiere don Carlos Vázquez, es el que tú conoces como papa Paulo VI. Los dos fueron masones.

—Jesús mío y Dios mío. ¿Dos papas? ¿Fueron masones?

—Juan XXIII, Paulo VI, Juan Pablo I, Juan Pablo II, Benedicto XVI; ninguno de ellos ha sido un verdadero papa. Han sido antipapas. El verdadero papa, a quien le robaron el trono de san Pedro, fue Gregorio XVII, Giuseppe Siri. Los otros cinco papas son parte de una conspiración, de una usurpación que comenzó el 26 de octubre de 1958. Todos ellos han trabajado, sabiéndolo o sin saberlo, para la masonería.

Me quedé perplejo.

—No puedo creerlo. ¡No puedo creerlo! ¡¿Y Marcial Maciel?! ¡¿Fue parte de esto?!

—Estamos bajo ocupación masónica, Pío del Rosario. Todo esto está contenido en un documento: el sobre secreto de Loris Capovilla, que ocultó en una caja fuerte por órdenes de su jefe, el papa Juan XXIII. Ese sobre contiene una hoja con veintiséis renglones: el verdadero tercer secreto de Fátima.

23

Debajo de nosotros, en el punto de intersección de los conductos de presión hidráulica de los edificios Central Postal y Residencia Pontificia, el "jardinero" Sutano Hidalgo, con su linterna encendida, caminó agachado por la oscuridad. Se cantó a sí mismo una canción: "Me doy cuenta de que no me soportas... Tienes razón en no soportarme... No tienes idea de lo que es ser yo..." Y comenzó a gritar: "¡Yo tengo que soportarme a mí mismo! ¡Vivir conmigo toda la vida! ¡Y ni siquiera cuando me muera voy a poder deshacerme de mí!"

Sonó su teléfono celular —estaba oculto en el pequeño mango rojo de sus tijeras para cortar tallos de rosas.

—John F. Kennedy está contestando a tu llamada —respondió y siguió avanzando hacia el claro de luz donde estaba cayendo agua luminosa desde las tuberías de un edificio.

—Todo está en un documento. Se llama "Plico".

—¿"Plico"?

—También se llama "Sobre secreto de Loris F. Capovilla".

—Bien. Me lo dices como si no lo supiera. Llevo siete años investigando todo esto. Plico es el texto original de lo que los católicos llamamos el "tercer secreto de Fátima", escrito de su puño y letra por la pastorcita que tuvo la visión de la Virgen en 1917, Lucía Dos Santos. Esa hoja contiene los nombres de las personas de la Orden 400. La Virgen se los reveló antes de que ellos nacieran.

Sutano Hidalgo se detuvo. Permaneció petrificado.

—¿Estás ahí? —le preguntaron.

Sutano miró hacia el agua de luz que comenzó a caer del techo. La luz formó una figura realmente perturbadora.

—¿Estás ahí?

—Sí. Aquí estoy.

—Entonces encuentra el documento. Esto puede cambiar el futuro. La Iglesia Católica es clave para lo que estos hombres planean hacer con el mundo.

—Lo sé. El detenido es ahora nuestro mejor recurso para saber dónde está el documento. Marcial Maciel se lo dijo —y suavemente susurró—: Somos cristianos, pero somos gladiadores.

24

Arriba, dentro de la sellada Capilla Sixtina, el secretario de Estado del Vaticano, Tarcisio Bertone, camarlengo o secretario del concilio, observó con gran consternación la conmoción y agitación dentro del salón. Fue increíble creer, o aceptar, que 115 seres humanos de la dignidad de los cardenales pudieran gritarse. Alguien comenzó a vociferar:

—¡Esto no es acorde con lo que nuestra inmaculada madre, la Virgen María, madre de Cristo, pidió al mundo en su aparición en Fátima en 1917! ¡Todo esto es una herejía! —y soltó algo semejante a un alarido.

Al lado del cardenal Cormac Murphy-O'Connor, arzobispo emérito de Westminster, Inglaterra, tres cardenales le susurraron en el oído:

—Siamo confusi, siamo confusi —"Estamos confundidos".

Lejos, en las remotas montañas del norte de Italia, en Sotto il Monte, el hombre de noventa y ocho años, Loris F. Capovilla, artífice del "Sobre Secreto Loris F. Capovilla", apoyó su frágil cuerpo contra la delgada ventana. Miró hacia los picos nevados de los remotos Alpes. Cerró los ojos para recordar.

El imponente y obeso papa Juan XXIII, parado detrás de su escritorio, en la oscuridad gris azulada, cincuenta años atrás en el tiempo, con un incandescente filo de luz blanca en la cara, le dijo:

—Joven Loris, amado de Cristo, monseñor Paul Philippe me está haciendo llegar esto. Quiero verlo contigo. Dice que este es el texto del tercer secreto de Fátima, que es la letra misma de la hermana Lucía, la que de niña vio a la Virgen en Fátima, en 1917.

Loris —joven en ese momento— comenzó a acercarse. Bajo la potente luz blanca que venía de un costado del recinto, vio la página resplandeciendo sobre el escritorio como una llamarada.

Vio a su jefe Juan XXIII rompiendo los sellos de cera con sus anchos dedos. Vio en el anular el pesado anillo plateado del Pescador.

—No quería abrir este documento sin tenerte a ti conmigo —le sonrió el papa a su secretario privado. Loris vio los dedos del sumo pontífice abriendo hacia los lados las dos partes dobladas de la página. El papa comenzó a leer.

—¿Qué dice? —le preguntó Loris. El Santo Padre permaneció en *shock*. Lentamente levantó la vista. Miró a su secretario.

—¿Qué dice, Su Santidad? —le insistió Loris. El papa Juan XXIII comenzó a llorar en silencio. Empezó a cerrar de nuevo el papel. Con las yemas de los dedos intentó volver a soldar el bermellón lacre sellado.

—Escribe por favor una nota sobre todo esto.

—¿Una nota?

—Sí, amado de Cristo. Una nota. Llámala "Involucro".

—Sí, Su Santidad —y Loris Capovilla, con la mano temblándole, comenzó a escribir sobre un papel nuevo, blanco, en el escritorio. Trazó en la parte superior las grandes letras "INVOLUCRO"—. ¿Qué debe decir la nota, Su Santidad?

El pesado papa Juan XXIII se volvió hacia la ventana. Detrás de él, Loris alcanzó a ver en la penumbra a un hombre alto, delgado, de nariz aguileña. Sus ojos refulgieron, grandes como canicas luminosas, como si estuvieran hechos de "brillante vidrio". El papa observó a Loris con atención y comenzó a dictarle.

—Éstos son los nombres de quienes deben saber sobre todo esto. Nadie más —y lo miró fijamente.

—¿Qué dice el secreto, Su Santidad? ¿Qué dice el tercer secreto de la Virgen en Fátima? ¿Puedo saberlo?

Su jefe lentamente bajó los ojos de nuevo hacia el papel ahora doblado. Se quedó mudo por unos segundos. Miró el papel con el sello quebrado.

—No puedo decírtelo. Por favor escribe en el *Involucro* lo siguiente: "Dejo esto para otros que lo comenten o decidan".

—¿Para otros, Su Santidad? —le preguntó Loris. En la oscura pared distinguió la presencia de otro ser humano que estaba mirándolo todo, igual que el alto de los ojos de "refulgente vidrio": el hombre que estaba ahí por si el papa lo necesitara para traducir del portugués el mensaje, monseñor Paulo José Tavarez, enviado por la Secretaría de Estado del Vaticano.

Loris lentamente se levantó de su asiento:

—Su Santidad, al parecer la Virgen le pidió a la hermana Lucía, en 1917, que la tercera parte de su revelación fuera dada a conocer a más tardar en 1960. Faltan cuatro meses. ¿Usted piensa archivar esto, dejarlo para el futuro? —El Santo Padre miró hacia las pinturas del muro. Su joven secretario privado prosiguió—: Su Santidad, hace menos de dos años, en diciembre de 1957, el padre Agustín Fuentes entrevistó a la hermana Lucía. Ella le dijo que ha vuelto a ser visitada por nuestra santísima Virgen, en el convento de Pontevedra, en su celda, y que la Virgen le ha dicho: "La santísima Virgen está muy triste porque nadie ha prestado atención a su mensaje. El Santo Padre y el obispo de Fátima tienen permitido por la Virgen conocer el tercer secreto de Fátima, pero han decidido no conocerlo".

—Sí, conozco ese artículo —le sonrió el obeso papa—. Se ha difundido en América y en los países de habla inglesa —y miró hacia el hombre que observaba la escena con sus luminosos ojos de "refulgente vidrio"—: "Todas las naciones corren el peligro de desaparecer de la faz de la tierra, y muchas almas ciertamente irán al Infierno si el Vaticano sigue ignorando, como lo ha hecho, lo que ha solicitado en su aparición Nuestra Señora, en Fátima, en el año de 1917".

Loris, con los ojos muy abiertos, le preguntó:

—Su Santidad... —y quiso arrodillarse—, ¿usted va a ignorar lo que la Virgen María pidió al mundo en Fátima? —y miró hacia la hoja que ahora estaba doblada de nuevo sobre el escritorio—. ¿Qué dice el mensaje? ¿Qué dicen esos renglones?

El sumo pontífice abrió el cajón delgado del escritorio. Sin dejar de mirar a Loris, extrajo un documento. Suavemente se lo deslizó por encima del escritorio.

—Me acaba de llegar esto.

Loris comenzó a leer:

—"Cancillería de Coímbra. Remitente anónimo. La presunta entrevista realizada por el padre Agustín Fuentes a la monja Lucía dos Santos es falsa. Nunca tuvo lugar. Alguien está fabricando las palabras de esa mujer."

El secretario privado del papa se quedó pasmado. Miró hacia el hombre de los ojos cristalinos, hacia la carta doblada con el sello de lacre ya tronado. Lentamente lo señaló con el dedo.

—Su Santidad… ¿Y ese documento? ¿Ese documento es real? ¿Esa carta es verdaderamente la letra de la hermana Lucía?

El Santo Padre desvió la mirada hacia un lado. Comenzó a sonreír.

—¿Qué dice el texto? —le preguntó Loris F. Capovilla—. ¿Qué dice ahí, Su Santidad?

El pesado papa Juan XXIII caminó hacia la ventana. Arrastró sus pequeños zapatos sobre la dura alfombra. En sus ojos había una incierta molestia.

—Lo que está en esta página no puede ser revelado, o tú y yo vamos a desencadenar una guerra. Lo que está en la carta tal vez nunca deberá ser revelado a la población del mundo —y con sus anchos dedos tomó el delicado papel doblado.

—¿Por qué, Su Santidad? ¿Por qué no puede ser revelado? ¿Puedo leerlo? —y Loris comenzó a aproximar su delgada mano hacia la carta.

El Santo Padre, con su caliente y ancha mano, se la detuvo en el aire. Le sonrió.

—Lo que va a suceder en poco tiempo va a ser algo extraordinario —y la poderosa luz blanca lateral le formó en la cara un estremecedor filo de resplandor—. Va a ocurrir una manifestación extraordinaria de lo sobrenatural.

Loris observó a Juan XXIII metiendo la carta doblada dentro de un sobre, junto con su nota llamada *Involucro*. El papa ató el delgado cordel rojo alrededor del sobre. En la oscuridad se dio vuelta hacia la aparatosa caja de madera con cerradura de caja fuerte. Su placa metálica decía: SECRETUM SANCTI OFFICI: "Secreto del Santo Oficio" o "Inquisición".

Loris escuchó el rechinido del mecanismo de la cerradura, seguido por el tronido de la clausura de los pasadores.

"Pocos saben lo que pasó realmente. Eres el último hombre vivo que conoce todo. Tú eres el eslabón viviente hacia el secreto de Fátima."

Un tronido le hizo abrir los ojos. Ahora, a sus noventa y ocho años, sus pupilas estaban hundidas dentro de grises membranas. Comenzó a levantarse. Empezó a temblar, a susurrar:

—Llévenme a ver al nuevo papa. ¡Llévenme a ver al nuevo papa!

Su leal asistente, el gordito y amigable hermano Felitto Tumba, de grandes dientes separados y cabellos erizados, lo tomó del esquelético antebrazo:

—¡Su Eminencia, tenga cuidado! ¿Adónde quiere ir con tanta prisa, y sin su bastón?

El asesor de cinco papas, ahora recluido en silencio en la montaña donde nació su anterior jefe, lo miró con una dulce sonrisa:

—El silencio ha terminado. El nuevo papa debe saber la verdad.

26

En el calabozo oscuro donde me tenían, la voz me dijo en el oído:

—El papa Juan XXIII fue un masón —y a la luz de un foco que estaba en el techo me mostraron una terrible imagen. Me deslumbró. Me dejó petrificado. Era una imagen en blanco y negro, una fotografía. El papa Juan XXIII estaba arrodillado a los pies de un hombre de traje negro, de anteojos gruesos, ante la presencia de otros hombres de trajes negros de etiqueta. El hombre de anteojos le estaba colocando al papa el birrete "cardenalicio" en la cabeza. La voz me dijo:

—Esta foto fue tomada el 13 de abril de 1959. Es Vincent Auriol, presidente de Francia, masón del grado 33. Esta imagen puedes considerarla la iniciación masónica del papa.

En la oscuridad resonó la voz de otro hombre, bastante más joven:

—Pocos días antes, otro masón, también del grado 33, el barón Yves Marsaudon, del Rito Escocés, escribió estas palabras a sus hermanos masones del mundo: "El sentido de universalismo, que es rampante en Roma en estos días, es muy cercano a nuestro propósito de existencia. Con nuestros corazones apoyamos la revolución del papa Juan XXIII". Este masón había sido nombrado por el mismo Juan XXIII, antes de que fuera papa, cuando era nuncio del Vaticano en París, dirigente de la rama francesa de la Orden de los Caballeros de Malta, que es la más antigua orden católica que existe hoy en el mundo, y que proviene de los Caballeros Templarios y de las Cruzadas —y lentamente se me aproximó y me dijo en el oído—: Todo esto puedes encontrarlo en los escritos del erudito José Alberto Villasana. Su portal se llama Los Últimos Tiempos.

Me quedé perplejo.

—No entiendo qué hago aquí —les dije—. ¿Ustedes creen que yo soy pederasta? ¿Van a tomar como verdadero un testimonio que es falso, una maldita calumnia? —y miré hacia Iren Dovo, al que estaban golpeando.

En la oscuridad me aproximaron dos fotografías, también en blanco y negro. Las imágenes brillaron bajo la poderosa luz que caía desde los tubos de arriba.

—Éste eres tú, Pío del Rosario. ¿Acaso no reconoces tu propio cuerpo? ¿No es esta tu cara? —y con el dedo me movieron el rostro hacia la foto—. Éste es tu cuerpo desnudo, sodomizando a este niño en una habitación de un convento.

—No puede ser cierto —y me eché hacia atrás—. ¡Esto es una maldita mentira! ¡Éste no soy yo! –y me levanté de golpe— ¡Esto lo están creando ustedes en una computadora! ¡Esto lo fabricaron con retoques de computadora!

27

En el norte de Italia, en el circuito periférico de Milán —Viale Marche, en la Piazza Carbonari—, dentro de una gigantesca sala de máquinas giratorias —la poderosa rotativa del periódico *Avvenire*, perteneciente a la Conferencia Episcopal Italiana—, un pequeño hombre, escurriendo aceite, corrió entre la maquinaria hacia los colosales rodillos que estaban chorreando disparos de tinta de *offset*.

—¡Detengan todo! ¡Detengan las máquinas! —y con sus guantes de trapo violentamente levantó hacia el cielo un documento—. ¡Tenemos nuevo papa! ¡Acaban de elegir al nuevo papa!

En Milán, en la Via L. Majno, en la redacción del periódico *Libero Quotidiano*, un comunicado de prensa apareció en la computadora. El reportero que estaba sentado frente a la pantalla abrió los ojos, y la boca. Dejó caer su café. Comenzó a leer:

—¡Diablos, tengo aquí un comunicado de la CEI, de la Conferencia Episcopal Italiana! ¡Está llegando desde Milán: ya tenemos papa!

—¡¿Qué dice?! —le gritaron. Comenzaron a correr hacia él, hacia su pantalla.

—"Salutiamo l'elezione del cardinale Scola a successore di Pietro" —y los volteó a ver a todos—. ¡Nuestro nuevo papa es el cardenal Angelo Scola! ¡Lo está anunciando la Conferencia Episcopal Italiana!

Comenzaron a gritar de alegría.

El comunicado llegó también a la sala de redacción del periódico *Corriere della Sera*. Los redactores permanecieron mudos por unos instantes.

—Dios Santo… ¿Esto está confirmado? —les preguntó uno de los encargados de la mesa—. ¿Quién más está publicando ya este comunicado? ¿Es auténtico? —y les ordenó a los reporteros—: ¡Quiero que me verifiquen de dónde salió esto, si es auténtico! ¡Contacten más fuentes! ¡Contacten a alguien del propio Vaticano!

Las puertas de madera de la sagrada Capilla Sixtina continuaban cerradas. Estaban aún amarradas por las manijas enlazadas con un sacro lazo rojo, y ensartadas por un documento agujereado que nadie había aún roto.

Alguien estaba comenzando a filtrar una noticia falsa.

28

—¡¿Alguien me puede decir qué demonios está pasando realmente ahí dentro?! —caminó con ferocidad el jefe de una de las mesas de análisis de la poderosa televisora y agencia de prensa de Moscú Russia Today.

En el circuito periférico de Milán, Italia, las colosales prensas del periódico *Avvenire* comenzaron a expulsar con disparos hidráulicos una cantidad inconmensurable de periódicos calientes.

—¡Detengan todo, malditos! —les gritó otra vez el pequeño hombre engrasado, ahora chorreando también lágrimas con sudor y "sangre"—. ¡Detengan todo de nuevo, maldita sea! ¡La noticia es falsa!

En Roma —Viale Liegi número 41—, el sistema informativo L'Unità comenzó a reproducir partes del comunicado de la CEI: "Gaffe di CEI e Cl 'Auguri papa Angelo Scola'. Gaffe della CEI che in un comunicato arrivato tra la fumata bianca e l'annuncio del Vaticano festeggia 'con gioia e riconoscenza il Cardenale Angelo Scola a succesore di Pietro'".

El redactor encargado del periódico italiano *La Repubblica* comenzó a dictar a toda prisa: "papa, l'errore della CEI: telegrama di auguri a

Scola. Gaffe della Conferenza episcopale. Prima dell'Habemus papam, manda un mail di congratulazioni all'archivescopo di Milano" ("Antes del *Habemus papam*, la Conferencia Episcopal envía un comunicado de felicitación para el arzobispo de Milán, Angelo Scola").

En Japón, el jefe de noticias de la Agencia Hikaru comenzó a gritar:

—¡¿Qué demonios está pasando?! ¡¿Ya podemos publicar esto o todavía no está confirmado?!

En el Vaticano, en la sala de prensa, tres hombres se aproximaron al vocero del Vaticano:

—Su Eminencia Lombardi: la Conferencia Episcopal Italiana está distribuyendo este comunicado hacia los periódicos del mundo. Están informando a los medios que el ganador del cónclave es el cardenal Angelo Scola.

El jesuita Federico Lombardi se quedó paralizado. Con los ojos completamente abiertos miró hacia las ventanas.

—¿Quién está haciendo esto?

En Rusia, los redactores de la televisora y agencia informativa Russia Today (RT) se dirigieron a las cámaras: "Obispos italianos están felicitando por error al cardenal Angelo Scola como nuevo papa. Así lo informan las agencias AFP, RT y Corbis. Obispos italianos quedan en evidencia al emitir un comunicado en el que dan gracias a Dios por la elección del arzobispo de Milán, Angelo Scola, como nuevo papa, aunque en realidad el elegido fue el argentino Jorge Mario Bergoglio. El mensaje fue enviado a los medios de comunicación pocos minutos después de que el papa Francisco apareciera en el balcón de la basílica de San Pedro".

En el sótano oscuro donde estaba, el hombre que me tenía sentado en una silla me susurró las noticias que oía atraves de un aparato colocado en su oído, un sutil intercomunicador:

—Es obvio lo que está pasando. Está ocurriendo una operación de desestabilización. Quieren dividir a la curia romana. La destrucción del Vaticano se ha iniciado.

Me quedé perplejo.

—No entiendo —le dije—. ¿Qué es lo que está pasando?

—Está ocurriendo un golpe de Estado —y el hombre suavemente se reclinó sobre sus rodillas, frente a mí. Con mucha dulzura me dijo desde la oscuridad—: Pío del Rosario, hermoso hijo de Dios. Lo que ocurrió hace sesenta años, cuando el papado lo usurpó el masón Juan XXIII, se está repitiendo otra vez ahora. El ciclo se está reiniciando. Estos hombres acaban de detener ahora al papa electo Juan XXIV, Angelo Scola, y le han impedido llegar al balcón para proclamarse papa.

29

Buenos Aires, Argentina, barrio de Ituzaingó. En una pequeña y sencilla casa de un piso, de paredes de ladrillos rojos y llena de plantas, frente a un ancho televisor estaban sentados la hermana del cardenal Jorge Mario Bergoglio, de largos cabellos blancos, y sus dos hijos de treinta y veintinueve años, José Ignacio y Jorge. También estaba sentado ahí el otro sobrino, Walter Sívori, el joven sacerdote de la parroquia de Nuestra Señora de los Milagros, en Villa Elisa. Estaban con la boca abierta, sorprendidos, con los ojos que denotaban incredulidad.

Observaron el balcón central de la basílica de San Pedro, que ocupaba toda la pantalla. En los barandales vieron a siete cardenales y muchos otros individuos. Salió de ahí un hombre delgado, de apariencia impactante, extremadamente estrecho, hasta los huesos: el cardenal Jean-Louis Tauran.

Comenzó a leer un papel con voz rasposa, temblorosa:

—Annuntio vovis gaudioum magnum —y sonriendo hacia la multitud de miles en la plaza de San Pedro—: Habemus papam; Eminentissimum ac reverendissimum Dominum, Dominum Jorge Sanctae Romanae Ecclesiae Cardinalem Bergoglio, Qui sibi nomen imposuit Franciscum.

Los sobrinos, en Buenos Aires, vieron salir a su tío, ahora vestido de blanco. Mariela lentamente comenzó a levantarse de su asiento.

—No. No. ¡No, hermanito! —y se llevó las dos manos a la cara—. ¡¿Ya no vamos a volver a verte, mi hermanito?! —y miró hacia la pared, hacia las fotos—. ¡¿Jorge?! —y vio las fotos de los otros hermanos, todos ellos ahora muertos. Cerró los ojos.

En la televisión, su hermano comenzó a declamar frente a una multitud de medio millón de personas, y frente a un público televisivo de 125 millones en todos los continentes.

—Fratelli e sorrelle, buona sera! —dijo Bergoglio: "Hermanos y hermanas, buena tarde"—. Mis hermanos cardenales han ido a buscar a un nuevo papa casi al fin del mundo —y les sonrió a todos.

Mariela comenzó a llorar. Se tapó de nuevo la cara.

—¡Por favor, a él no me lo quites!

—Mamita, tranquila —la abrazó José Ignacio. La abrazaron también Jorge y su sobrino Walter.

Entre las fotografías estaban las oraciones a los otros hermanos. Todos ellos ya habían muerto.

30

En el oscuro sótano donde me tenían alcanzamos a escuchar las campanadas. Sonó música. Una poderosa voz venida de arriba gritó con altavoces:

—¡Omnis Mundus Iucundetur! —"Todo el mundo está feliz".

—Yo no —se dijo a sí mismo el "jardinero" Sutano Hidalgo. Tenía sus manos embarradas de su propia sangre. Se había cortado con las abrazaderas de las tuberías. También tenía sangre escurriéndole de los lados de la frente. Comenzó a cantar dentro del apretado ducto:

—¡Nos encontramos en el culo del Universo, y nos va a llevar la chingada! —y al doblar el tubo descubrió el brazo de un hombre muerto. Estaba descompuesto. Tenía larvas empastadas retorciéndose en una sustancia viscosa. Sutano se echó hacia atrás.

—Diablos en un mar del chile habanero. Esto es peor que reencontrarme con mi primera mujer, que fue el monstruo del que Satanás escapó cuando fue a refugiarse en el Infierno —y con los ojos llorando se tapó la nariz—. ¡Señor Jesucristo! ¡Esto arde! —y comenzó a alejarse aterrorizado, agachado por debajo de los tubos grasosos, que le rasparon la cabeza—. ¡Señor mío! ¡Esto huele más feo que mis huevos grasosos, y eso que llevo más de diez días sin bañarme!

Arriba, en la celda de detención de la antigua prisión del Vaticano —el edificio de la Torre Nicolás V, actual Banco Vaticano—, los hombres que me tenían capturado encendieron una luz de color anaranjado. Por primera vez pude verles las caras. Eran tres sujetos: dos de ellos, sumamente musculosos y de traje negro, llevaban ametralladoras cortas. Uno era joven, agradable, de cabellos relamidos, gran mandíbula y piel blanca.

—Él se llama Gavari Rafaello —me dijo la voz detrás de mi espalda—. Su nombre código aquí es 1503.

El otro de ametralladora era de raza negra, con una expresión aterradora. Me miró con auténtico odio, bufando hacia mí por las anchas narices, como un toro. Apretó con fuerza su arma, sin dejar de mirarme.

—Él se llama Jackson. Su nombre código es 1502. Ellos van a ser ahora tus protectores, y también te vigilarán. Te van a acompañar a todo lugar al que vayas. Van a estar a tu lado cuando llames a alguien por teléfono y cuando estés sentado en la taza del baño. No dejarán ni un instante de estar contigo por el resto de tu vida. Gavari y Jackson van a ser desde hoy como tus ángeles guardianes. Tus pecados están a punto de ser totalmente perdonados.

—¿Perdón? —le pregunté.

Jackson violentamente agarró del suelo a mi amigo Iren Dovo. Lo sujetó por los pelirrojos cabellos, que estaban pegajosos con su propia sangre endurecida, y con descomunal fuerza lo jaló hacia arriba. Comenzó a arrastrarlo hacia fuera, pateándole las piernas.

—¡Tú vas a sufrir, maldito príncipe de Irlanda, maldito y malnacido pederasta violador de niños! ¡Yo mismo te voy a violar, y luego, como eres un maldito gadareno lleno de demonios, te voy a golpear hasta sacarte la maldita caca, y después, cuando aún estés vivo, te voy a arrojar por un abismo, tal como me lo ordenó Jesucristo en el pasaje de Lucas, capítulo 8, versículo 33! —y declamó con mucha energía—: ¡"Y los demonios, salidos del hombre, entraron en los cerdos; y el hato se arrojó al abismo y se ahogó"!

Iren Dovo, con sangre saliéndole de la boca, comenzó a gritarme, llorando:

—¡No dejes que me lleven a donde hacían las torturas! ¡Pío del Rosario! ¡Si dejas que me torturen, ellos también van a torturarte, y aquí vas a conocer al Demonio! ¡El Demonio vive aquí en el Vaticano!

Lo sacaron. Cerraron la puerta. Aún seguí oyendo sus gritos. Rebotaron en los pasillos. Les dije a los sujetos:

—Todo esto es horrible.

El guardia que se llamaba 1503 caminó hacia mí. Se detuvo haciendo una pose extraña, como de "agente secreto". Se llevó la mano, como si fuera un revólver, a la frente.

—A mí me caes bien, Pío del Rosario —me dijo. Me sonrió—. No te lamentes por tu "amigo". No es tu amigo. Iren Dovo es la persona que te entregó. Él fue el que sacó todas esas fotografías mientras no lo veías. Tú no sabías lo que él hacía.

—Pero el crimen lo cometiste —me dijo la voz detrás de mi espalda—. Es verdad que abusaste de esos niños.

—¡Eso no es verdad! ¡Eso es mentira! —y miré hacia todos los que estaban ahí—. Esto es una trampa.

—Existen las fotografías y también videos que grabó tu amigo Iren Dovo, además de muestras de ADN. Pero esta tarde Dios te está ofreciendo un camino para obtener el perdón —y me tomó por los hombros—. Este es un momento de redención.

Lo volteé a ver. Era un sujeto que tenía la cara completamente deformada. Tragué saliva.

—Esto es una maldita pesadilla —le dije—. Esto no puede estar pasando.

—Sólo tienes que salvar a tu Iglesia.

—Vaya… —y escuché un rechinido. La puerta de pesado hierro se estaba abriendo desde fuera. Entró una monja con una tabla para portar papeles: una chica de hábito color crema, extremadamente hermosa. Me miró con una expresión muy seria, inclinando la cabeza. Debajo del manto de la cabeza tenía una cara delicada y enigmática: ojos verdes, rasgados como los de un feroz gato; el cabello rubio, recogido por atrás con una coleta.

Sus ojos me miraron en una forma desconcertante y me ordenó:

—El prelado Santo Badman quiere hablar contigo.

Me volví hacia el sujeto de cara deformada. Él me dijo "sí" con un movimiento de su extraña cabeza.

La impresionante monja me condujo por un pasillo circular, de paredes mojadas de ladrillos redondeados, en medio de una oscuridad apenas doblegada por pequeñas luminarias hundidas que alumbraban el techo como minúsculas antorchas. Detrás de mí venía tarareando con su ametralladora el señor 1503, también llamado Gavari Rafaello. De tanto en tanto me empujaba de la espalda con sus dedos.

La monja no me dijo nada. Sólo siguió avanzando delante de mí, y de momento a momento se volvía a mirarme con sus ojos impactantes de gato, dejándome paralizado.

En su nuca pude leer un extraño tatuaje. Decía en pequeñas letras: "D21s11".

Comenzó a subir por unas escalinatas hacia un pasillo situado más arriba. Al dar vuelta, me esperó escondida detrás de la esquina del muro; ahí se me acercó, me pegó la boca a la mejilla y me susurró muy rápido:

—No creas en nada de lo que te están diciendo. Te están engañando —y continuó avanzando.

Me dejó paralizado. Caminé tras ella. Llegamos a los jardines. Ya era de noche. Olía a lluvia. Había música. Todos estaban festejando al nuevo papa. Las televisoras grababan cada rincón del Vaticano. Comenzaron a tronar cohetes, fuegos pirotécnicos.

A lo lejos, detrás de unas flores rojas, en una jardinera colocada arriba del pasto y protegida por rejillas de acero, estaban los ojos de un hombre que luego supe era Sutano Hidalgo. Me miró muy fijamente y luego me confesó lo que se dijo a sí mismo:

—No hay nada más peligroso que una mujer que ya se dio cuenta de su belleza —y comenzó a bajarse el zíper. Sacó su pene—. Yo soy el gran meador —se dijo, y comenzó a silbar y a orinar—. Hay muchas cosas que me salen mal, pero ésta me sale bien.

Entré a una "oficina" de paredes doradas, con pinturas del Renacimiento, con una muy esponjosa alfombra que me hacía sentir rico al posar sobre ella mis zapatos y aún más después de la ruta que había recorrido desde las mazmorras, el túnel debajo de la ciudad, el olor terrible de las cloacas. Un gigantesco candelabro iluminaba todo desde el techo.

Llegó un imponente prelado, de rojo, envuelto en mantones y capas que lo hacían a él mismo también esponjoso. Con el gesto de asco me miró de arriba abajo, ajustándose sus anteojos. Con la mano, envuelta en un guante blanco, me indicó que me sentara.

La hermosa monja gesticuló para que lo obedeciera y me dijo:

—Le presento al eminentísimo, veneradísimo, prelado santo Badman, gran secretario de la Sociedad Orden 400.

Tragué saliva. Ella se inclinó ante él, doblando su rodilla para reverenciarlo.

—Su Eminencia —le dijo. Él le respondió:

—Ya —y me miró por encima de sus anteojos—. Las mujeres son necesarias. Alguien tiene que atendernos —y me sonrió, y se encogió de hombros—. Para eso las creó Dios cuando dijo "que sean ayuda idónea" —y la miró de arriba abajo, con asco—. Pero que sí obedezcan —me sonrió de nuevo.

Se levantó de su asiento dorado.

—Cuando una mujer se sale de la obediencia al hombre, entra en inmediata desobediencia al mandato de Cristo —y me observó a los ojos. A un lado, la monja estaba de pie, con la cabeza hacia abajo, pero mirándome—. Las mujeres son fuente de pecado, Pío del Rosario. Son el instrumento o carne misma de Satanás. ¿Estás de acuerdo? —dijo aquello sin tiempo para ser rebatido.

—Puees…

—¿No estás de acuerdo?

—Verá... —él miró a la monja—. La verdad es que no recuerdo ningún pasaje del Nuevo Testamento que diga eso.

Con una vara de madera, el prelado golpeó durísimamente la mesa. El sonido me dolió en el oído. La monja inclinó su cabeza hacia abajo.

—¡Lo estoy diciendo yo! —me gritó el prelado—. ¡Yo soy la verdadera voz fiel de la Iglesia!

Atrás de mí estaba disimulando su sonrisa el guardia 1503. Se volvió hacia la monja. Discretamente le guiñó un ojo. El prelado me dijo:

—Esta hermana también perteneció a los Legionarios de Cristo. ¿Verdad, hermana?

—Sí, Su Eminencia —y siguió mirando hacia la alfombra.

—La consagraron en el Instituto Mater Ecclesiae College en Greenville, Rhode Island, de los Legionarios de Cristo. Ella misma participó en abusos contra las menores.

La monja me miró de reojo. Volvió la mirada de nuevo hacia la alfombra. El prelado continuó:

—Cuando Benedicto inició la persecución contra los Legionarios de Cristo, el instituto comenzó a vaciarse. Ochenta chicas abandonaron la educación religiosa. Sólo quedaron trece. Esta belleza es una de ellas. Ahora es mi secretaria de Dictados, mi *Scriba Apparitor*. Se presentó ante mí con esta carta de recomendación que me dirigió el arzobispo primado de México, Norberto Rivera Carrera —e intentó leer mi reacción al escuchar el nombre—. ¿Conoces al cardenal Rivera?

—No... no tengo el gusto.

—¡Deberías conocerlo! —y de nuevo, con la vara de madera, golpeó fortísimamente la porcelanizada cubierta de la mesa. Nos quedamos todos pasmados. Sólo Gavari Raffaello se rio en silencio, tapándose la boca con los dedos. Comenzó a negar con la cabeza.

El prelado me dio una noticia que me aterró.

—Pío del Rosario. Hermoso hijo de Cristo. Este día acaba de suceder un golpe de Estado aquí en la Santa Sede. El enemigo de Nuestro Señor ha estado usando hombres contra la propia Iglesia —y me miró fijamente—. ¡Algunos lo saben! Otros no saben que son instrumento del maligno.

La monja, aún con la cabeza hacia el suelo, abrió muy grandes sus ojos verdes. Apretó la mandíbula. Me miró un instante y volvió la vista hacia la alfombra. El guardia Gavari Raffaello notó esta extraña conducta de la hermana. La observó fijamente, entrecerrando los ojos. Cuando ella lo miró, él le guiñó el ojo de nuevo, con una sutil sonrisa. Ella se volvió de nuevo hacia la alfombra.

—Pío del Rosario —me dijo el prelado—. Hoy tuvimos un papa y fue forzado a no aceptar el trono de Pedro, a esconderse en las tinieblas como hace sesenta años tuvo que hacerlo el legítimo papa Gregorio XVII —y con gran ceremonia se colocó él mismo con una rodilla en el suelo. Suelo es un decir. Era una alfombra esponjosa. Con una lágrima en el ojo dijo, cerrando los párpados—: Leal hoy y siempre a mi verdadero papa, Su Santidad Gregorio XVII, a quien aún no han permitido ocupar su trono petrino —y abrió los ojos. Me miró en una forma temible—. Pío del Rosario. Hoy tus pecados están a punto de ser perdonados. Voy a borrar tu expediente criminal de pedofilia. Voy a limpiar tu pasado. Evitaré que tu cuerpo llegue a una cárcel. Nunca serás lastimado. Si haces esto bien, dejaré también de atormentar el cuerpo pedófilo de tu amigo de Irlanda. Pero tú debes ser ahora el hijo que salve a la Iglesia.

Me hizo tragar saliva.

—¿Cómo dice?

La monja me miró de reojo. Sus labios se movieron lentamente, en silencio. Susurró:

—Te están manipulando.

31

En la dorada oficina del "prelado", el gran hombre de la curia, arropado en sus mantos, me arrojó a los brazos un papel. Era un cable. Acababa de llegarle. Decía:

GRAN LOGIA DE ARGENTINA. Hombre de vida austera y consagrada a sus devociones, la designación del nuevo pontífice de la Iglesia católica supone un alto reconocimiento para la nación argentina. En el nombre de todos, la gran logia de la Argentina saluda al cardenal compatriota que acaba de alcanzar tan alta distinción mundial. Ángel Jorge Clavero. Gran maestre.

—¡¿Comprendes ahora, Pío del Rosario?! —me gritó el prelado. Tomó su gran vara de madera y de nuevo, con una fuerza sobrehumana, golpeó la mesa. Mis oídos zumbaron de una manera de pesadilla. Ahora también la misma monja no pudo disimular su sonrisa. Inmediatamente después, se aterró por haberse reído. Miró de nuevo hacia la alfombra. Cerró los ojos.

El prelado, encolerizado, me dijo:

—¡El hombre que acaba de presentarse como nuevo papa es un masón!

Todos abrimos los ojos. Miramos hacia el piso. Incluso Gavari Raffaello, el guardia llamado 1503, abrió los ojos como platos. Hasta levantó una de sus cejas. Comenzó a ladear la cabeza.

"Estoy seguro de que todo esto tiene que ver con los Illuminati y con el Nuevo Orden Mundial."

El prelado caminó hacia mí. Con las cejas levantadas por en medio, con expresión de sufrimiento, con sus labios para afuera, me dijo gimiendo:

—Pío del Rosario —y me sonrió—. Hermoso hijo de Jesucristo. Tú eres el que hoy está siendo llamado para remediar este gran sufrimiento de su Iglesia: combatirás al monstruo que se ha creado conforme a las promesas de nuestra señora de Fátima. Ella prometió que todo esto iba a suceder —y suavemente comenzó a afirmar con la cabeza—. Sí, Pío. Ella se lo dijo a Lucía el 13 de octubre de 1917. Nada de esto está sucediendo sin advertencia. Estamos comenzando a presenciar el final de los tiempos.

Me quedé congelado. Continuó:

—Nuestra Señora profetizó lo siguiente: "Será obispo contra obispo. Será cardenal contra cardenal". Se iniciará la gran apostasía, y el mundo será fuego y sangre: el reinado de Satanás; y los hombres se comenzarán a comer sus propias carnes y será el crujir de dientes —y dulcemente me sonrió. Comenzó a acariciarme la cabeza—. Pío del Rosario, hermoso hijo de Dios, ¿alguna vez pensaste que tú mismo ibas a ser parte fundamental en esta gran profecía revelada por la madre del creador del mundo?

Miré hacia la monja. Ella sin voltear la cabeza me devolvió la mirada. Lentamente comenzó a negar con la cabeza.

El prelado suavemente comenzó a levantar sus brazos. Con los ojos cerrados empezó a orar:

—Puer natus est nobis. Un niño nos ha nacido —y sonrió, mirando hacia el techo—. Ese niño eres tú, Pío del Rosario. Tú eres Bello Latrociniisque Natus, nacido para la guerra y el latrocinio. Tú eres O Gladio Natus, el hijo de la Orden 400 —y miró aún más arriba, y comenzó a llorar, arrugando la cara. Sonrió sin abrir los ojos—. Lictor, tráele a Pío del Rosario la copa.

El fornido y jovial Gavari Raffaello trajo a la mesa una brillante y fina copa de cristal. Fuertemente me tomó el dedo pulgar. Con su navaja me cortó el dedo. Sentí el dolor entrando a mi hueso. Me dijo:

—Nada personal, mi hermano. A mí también me cortaron el dedo, mira —y me mostró la cercenadura en su pulgar. Le faltaba un pedazo del dedo meñique.

Me dije a mí mismo:

—Todo esto es horrible.

Mi sangre comenzó a caer dentro del cristal Gavari Raffaello se encargó de exprimirme el pulgar para que me saliera más sangre, más negra y más roja. El prelado me mostró una pequeña fotografía mía que tenía ahí. Era yo, de niño. La puso dentro de la copa y me dijo:

—Serás conocido dentro de la orden como 20-19.

—¿20-19? —y miré hacia la monja. Ella comenzó a llorar en silencio. Disimuladamente negó con la cabeza.

—Ahora inicia el juramento —ordenó el prelado—. Repite lo que yo te diga. Juro ante la Orden 400, y particularmente ante ti, gran protector de la verdadera santa Iglesia de mi Santo Padre Gregorio XVII…

—Juro ante la Orden 400, y particularmente ante ti, gran protector de la verdadera santa Iglesia de mi Santo Padre Gregorio XVII…

—… que seré leal a nuestros hermanos y a la causa, in il momento di passare alla azione. —En el momento de pasar a la acción—. Juro sobre este cristal luchar contra los males del comunismo. Y si fallo, que mi cuerpo sea mutilado en pedazos.

Repetí todo. El prelado, con la expresión de un demonio, tomó entre sus dedos con anillos dorados la copa donde estaba mi fotografía mojada con mi sangre. La levantó. La colocó en el aire, como si brindara conmigo. Con gran violencia la arrojó contra la columna, cerca de donde estaba la rubia monja. Ella se contrajo por el miedo.

Los pedazos del cristal, y mi foto, y mi sangre cayeron juntos en las flamas de la pequeña chimenea, detrás de la columna.

El prelado me tomó por la cabeza. Me forzó hacia abajo, para que me arrodillara frente a él. Sin soltarme la cabeza, pidió que Gavari y la monja colocaran también sus manos sobre ella. Luego me dijo:

—Ésta es la forma en la que Dios te está perdonando para siempre los defectos de tu cerebro y de tu personalidad. Que toda malformación en tu cerebro sea indultada por la misericordia del Altísimo. Que cada error demoniaco que exista en tus genes por los defectos de tu nacimiento sean pasados por alto por Nuestro Señor en el cercano Día del Juicio del final de los tiempos, ¡pues tú mismo vas a librar por Él esta batalla, la batalla final! ¡Pues hoy tú mismo te estás declarando, en este mismo instante de gloria, un soldado de Cristo! —y desde lo alto me miró con ferocidad—. Que la tendencia demoniaca que la naturaleza te dio para pecar y para multiplicar el pecado y la revolución en el mundo, y que hoy reina con Satanás en tu subconsciente malformado —y con la otra mano me enseñó los documentos psiquiátricos del test de homosexualidad—; que todo lo que es desviado sea borrado —y me sonrió—, o que tu maldad ahora sea tu fuerza para combatir por Cristo y por su Iglesia contra el maligno. Hoy has nacido. Bello Latrociniisque Natus.

32

—¿Qué tengo qué hacer? ¿Cuándo termina esta maldita pesadilla?

El prelado suavemente sentó su anchísimas nalgas arropadas en su dorado asiento de relucientes joyas.

—Jurarás que serás leal al verdadero papa Gregorio XVII, que en 1958 fue obligado a no asumir el papado y que hasta hoy nunca tuvo permitido sentarse en su trono petrino.

Miré hacia los demonios que parecieron estarse asomando muy sonrientes desde las pinturas renacentistas de los muros.

—¿Sólo eso? ¿Ya puedo irme?

—No —y lentamente comenzó a sonreírme de lado—. Un grupo masónico se ha apoderado del Vaticano. Tú puedes cambiar todo, Pío.

La verdad es que sí me sentí importante. No siempre te dicen algo como eso. Miré a la chica, la monja. Ella me observaba discretamente y negó con la cabeza, como si nada de esto fuera cierto.

El prelado me dijo:

—El monstruo masónico que está infiltrado diabólicamente dentro de la Iglesia para destruirla, para causar la gran apostasía del mundo, aún puede ser detenido. Si cumples con esta divina encomienda, vas a ser abrazado con todo el amor de María.

—¿De verdad? —y me brillaron los ojos.

Me acarició la cabeza.

—Tu nuevo nombre ahora es Operación Fátima 3.

—¿Fátima 3…?

En ese momento no pensé que yo fuera parte de una operación mundial de lavado de cerebro, ni que me estaban ingresando a un protocolo de Pájaro Azul, ni que hubiera sido "criado para la guerra y el latrocinio", ni que fuera parte de una "raza" de agentes manipulados.

—Tu nombre operativo es Vatileaks 3.

—¡¿Vatileaks 3?! ¡Eso suena muy bien!

—Tendrás dos funciones para defender a la Iglesia de Cristo del efecto blasfémico del nuevo antipapa: una función primaria y una función secundaria.

La monja estaba aterrorizada. Permaneció viendo la alfombra.

—Oh —le dije a él—. Me interesa.

—Tu función primaria es la siguiente. Vas a ser mis ojos y mis oídos donde yo no puedo ver ni oír.

—Entiendo.

El prelado se levantó. Con su blanco guante aferró su larga vara de madera. Comenzó a ondearla en el aire. Me miró de reojo.

—Quiero documentos. Quiero "info". Quiero grabaciones.

—¿Grabaciones…?

—Quiero que tú seas Vatileaks 3, que seas mi *Agens Recolector*.

—¿Agente recolector? —y miré a la monja.

—Me traerás la información que necesito para el derrocamiento de este antipapa, y me ayudarás para que realice la colocación del nuevo papa: el papa de los verdaderos soldados de Cristo, la Orden 400. Ése, y sólo ése, va a ser el papa de las Trece Estrellas.

—¿Trece Estrellas?

—Quiero que le saques cosas del escritorio —y me mostró una foto del nuevo papa, Francisco, en su habitación del hotel del Vaticano, la Casa Santa Marta, habitación 201, donde se hospedó apenas llegó desde Argentina para el cónclave. Me señaló el escritorio—. Quiero que copies con fotografías del celular que estoy a punto de darte, todos los documentos, proyectos, encíclicas, que veas sobre este escritorio. ¿Comprendes?

—Comprendo.

—Y que nadie se dé cuenta. Y que no sepan que trabajas conmigo.

—¿Así voy a salvar a la Iglesia?

El prelado me sonrió.

—En el escritorio de Santa Marta, habitación 201, vas a ver un portapapeles blanco, de piel, con el escudo del Vaticano, el que tiene estampadas las dos llaves. En verdad quiero que abras esas llaves, que me abras ese portapapeles y me traigas foto a foto todos los tesoros de lo que vas a encontrar ahí dentro.

—No parece tan difícil.

—Quiero los planes del nuevo papa. Quiero ver qué come y con quién come. Quiero saber si tiene amantes o cualquier otra cosa que pueda ser llevada a la prensa. ¿Me entiendes? —y se me acercó—. Si cumples bien con tu función primaria, como mi hombre Vatileaks 3, lograremos este derrocamiento sin sangre, esta renuncia, como la que presentó Benedicto, y no será necesario apelar a tu función secundaria.

—Diablos. ¿Cuál es mi "función secundaria"?

—Es asesinar —me lo dijo la rubia monja de ojos de gato. Me condujo hacia mi "habitación".

—¡Diablos! ¡¿Asesinar?! —le pregunté.

—"Fátima 3" es el asesinato del papa.

Delicadamente metió la llave en el cerrojo. Se inclinó hacia delante, para que no la viera Gavari Raffaello, que venía detrás de nosotros tarareando y mirándole el trasero. Con gran discreción ella me susurró en el oído:

—Te espero a la media noche en la fuente del jardín americano, junto al helipuerto. Te voy a decir todo lo que está pasando.

Ya en la habitación no pude cerrar los ojos. Me quedé tendido sobre la cama, con los brazos en mi cabeza, mirando la mosca que estaba en el techo. ¿Cómo iba a procesar toda la información y lo que había vivido en las últimas horas? Intenté dormir, pero no pude. Sólo recordaba las palabras de Iren Dovo, mi amigo irlandés, y también el misterio con el que la monja de ojos felinos me intentaba mantener cuerdo o, tal vez, loco.

Sí está cómoda esta cama, me dije. Observé por la ventana. La Luna era un filo rojo, un arco flotando en el cielo. Me llevé el reloj a los ojos. Decía: 23:54. Mi corazón comenzó a latir muy fuerte.

Junto a la puerta estaba sentado el señor 1503, Gavari Raffaello, con la cabeza recargada sobre su pecho, roncando. La ametralladora la tenía sobre sus piernas. Con precaución comencé a bajar la manija de hierro. Con precaución comencé a bajar la manija de hierro. Empezó a rechinar. Gavari entreabrió un ojo. Le tembló la cabeza. Dijo:

—En veinticuatro horas me la voy a comer en salsa boloñesa —y se sonrió a sí mismo—. Te amo, hermana Carmela.

Me quedé inmóvil. En mi boca forjé un silencioso y denso bolo de saliva. Suavemente dejé caer la larga y viscosa gota sobre el gozne de la manija. Entre las burbujas infladas pareció verse multiplicado mil veces Gavari Raffaello, con la luz del lamparón, soltando sus pequeñas carcajadas.

—Nos veremos al rato, asesino —le dije—. Por cierto, te bendigo en el nombre del Padre, del Hijo y del Espíritu Santo —y lo persigné con mis dedos.

Salí hacia los jardines. Me vino siguiendo Sutano Hidalgo, el jardinero. Había estado espiándome detrás de un árbol. Y detrás de Sutano Hidalgo lo vino siguiendo a él otro hombre, el robusto del traje apretado que tenía la cara abultada como un perro mastín, con anillos masónicos. Venía susurrando en su micrófono del reloj de oro frases muy enigmáticas:

—El hombre desnudo de gorro frigio está naciendo de la piedra. Está empuñando un puñal. En la otra mano está portando una antorcha. Nacimiento de Mitra. Cambio y fuera.

Parecíamos una procesión de hormigas programadas: cada persona estaba siguiendo a otra sin que esa otra lo supiera —salvo en el caso de la monja—, y lo hacíamos siguiendo las órdenes o manipulaciones de otras personas aún más distantes. Así como las hormigas no "saben" que otras hormigas las están siguiendo porque no "piensan", y tampoco "desacatan" los mensajes químicos que se les ponen en las mandíbulas, y simplemente los "ejecutan", pues las hormigas no tienen "libre albedrío," así tampoco nosotros lo teníamos. Ninguno de nosotros, ni siquiera el habilidoso Sutano Hidalgo, operó con ningún tipo de libre albedrío. El libre albedrío sólo existe cuando eres libre para usarlo, y eso no sucede cuando eres manipulado.

33

Llegué a la fuente. Bajo la roja y filosa luna, bajo las estrellas, que eran violetas, estaba la monja. Estaba apoyada contra la fuente. Me sonrió. Comencé a subir por el pasto, a caminar hacia ella. Nunca olvidaré su rostro. Sus ojos eran en verdad rasgados hacia los lados, como los de un gato. Su cara era dulce y exótica. Labios carnosos. Nariz respingada. Me dije: "*Sacerdotalis caelibatus*. Carta encíclica de Paulo VI. 'No necesito la carne.' 'No necesito de caricias, si tengo el amor eterno de mi Dios y de su madre.'"

Me recibió con una sonrisa espectacular, con los ojos verdes muy abiertos. La luz de la noche, que hacía azul al pasto, se reflejaba también azul hacia su cara.

—Hola, Pío del Rosario —y suavemente ladeó la cabeza—. ¿Sí sabes lo que te hicieron?

—¿Perdón…?

Comenzó a caminar a mi lado.

—Lo de la copa, lo de la sangre en la copa, con tu fotografía de niño. Te iniciaron en un ritual masónico.

Me detuve en seco.

—¡¿Cómo dices…?!

—Ahora eres masón, Pío del Rosario. Te iniciaron en la masonería.

—Jesús. ¿De veras?

—Ya hiciste el juramento. Si crees en el canon de la Iglesia católica romana, Ley Canónica 2338, ya no eres un miembro del catolicismo ni de la Iglesia católica. Fuiste excomulgado en forma instantánea y automática, *latae sententiae*. Ahora estás con Satanás —y me sonrió—. Eso, desde luego, si es que compartes la versión de que la Masonería pertenece a Satán.

—Diablos… Todo esto es realmente horrible.

Me sonrió. Siguió caminando.

—Ellos son los masones, Pío. Te están manipulando. Ellos son los masones que penetraron a la Iglesia desde hace cincuenta años, y ni siquiera son masones aceptados dentro de la masonería llamada "regular". Estás metido en un verdadero problema. Quieren usarte para que asesines al papa.

Me quedé pasmado. Entre los arbustos estaba escondido Sutano Hidalgo. Nos estaba observando. Nos estaba grabando. Más atrás de él, aún más escondido, se hallaba el hombre robusto de traje apretado cuchicheando cosas a su ancho reloj de oro, que tenía la escuadra y el compás —signos masónicos. Le susurró:

—"El hombre del gorro frigio está empuñando su cuchillo, montado sobre un toro, cortándole el cuello al toro con el cuchillo. Renacimiento de Mitra. Cambio y fuera."

Le dije a la monja:

—Creo que todos me están manipulando —y la observé a los ojos—. Tú también me estás manipulando.

Ella se llevó la mano a la cabeza para quitarse el manto.

—Sí, Pío. No te voy a mentir. —Su cabello rubio terminado en coleta quedó al descubierto—. Yo no soy una monja.

—Vaya —y miré hacia abajo—. ¿No eres una monja?

—No —y me sonrió.

—*Okay* —y comencé a caminar hacia los arbustos—. Cuando el Señor creó los astros y la Tierra dijo: "Los astros están bien". Pero ¿cuándo dijo: "Crearemos a los mentirosos"? —y la miré a ella—: ¿Qué eres?

En mi habitación, el musculoso guardia de seguridad 1503 —también llamado "Gavari Raffaello" o "Calvario pintado por Raffaello" — comenzó a abrir un ojo. En forma borrosa contempló la cama donde yo debía estar acostado. Observó las sábanas desarregladas, iluminadas con el resplandor amarillo del lamparón encendido. Con los ojos abiertos comenzó a roncar.

—¿Pío del Rosario…? Te voy a matar, Pío del Rosario… —y se le cerraron los párpados. Volvió a roncar.

—No soy una monja —y comenzó a caminar bajo las estrellas—. No estudié en ningún instituto de los Legionarios de Cristo, y mucho menos soy una "consagrada" —y miró hacia el cielo—. Jamás he conocido a ningún "arzobispo primado de México" llamado Norberto Rivera Carrera, y él jamás escribió ninguna carta recomendándome a mí para trabajar aquí con el prelado Santo Badman. Esa carta de recomendación la escribí yo misma, hace seis meses, porque quería conseguir este trabajo. El prelado es tan tonto que ni siquiera se ha molestado en tomar el maldito teléfono y verificar si la carta de recomendación es verdadera.

—Dios… —y seguí caminando alrededor de la fuente. Miré a la chica. Ella me dijo:

—No soy la única persona aquí que no es realmente lo que parece. Hay cocineros, hay guardias de seguridad, choferes que no son lo que dijeron cuando llegaron. Están aquí, igual que yo, infiltrados.

—Demonios. ¿Qué eres? —Ella miró hacia el lejano Palacio Apostólico.

—Soy periodista, Pío. Soy reportera —y me miró fijamente.

—¡¿Reportera?!

Se me aproximó con mucha violencia. Me tapó la boca. Sus uñas comenzó a enterrármelas en las mejillas. Me miró con sus verdes ojos muy abiertos.

—No grites, Pío del Rosario. Te lo suplico. Te estoy confiando mi vida —y agachándose miró hacia los matorrales, hacia los árboles, hacia las torres de la muralla, hacia las cámaras ocultas en las ramas.

—¿Por qué estás disfrazada de monja? ¡¿Por qué no les dices que eres reportera?!

Me soltó.

—¿Sabes cuántos quieren saber la verdad sobre por qué renunció el papa Benedicto, y sobre quién filtró los *Vatileaks*, y sobre qué es realmente la sociedad secreta que está detrás de todo esto?

—¿Y por qué te escondes como una monja? ¿Crees que así te van a dar más datos?

—Parece que no has leído a Manuel Mejido. Una vez se disfrazó de mesero para entrevistar a Elizabeth Taylor. Así entró a la suite Marco Polo, piso 18, hotel María Isabel, Ciudad de México, cuando la prensa estaba prohibida. Cuando eres periodista te vuelves un guerrero, Pío del Rosario. Todos estamos buscando la nota —y me señaló a la cara—: la nota que pueda convertirse en la noticia del mundo, la primera plana en todos los periódicos.

—Pero no tenías que disfrazarte de monja. Eso es mentir. Eso es un pecado.

—Pío del Rosario: Ni siquiera estoy acreditada por mi periódico para estar aquí. En mi periódico no saben dónde estoy y ni siquiera les importa. Nadie me envió al Vaticano. Yo me envié a mí misma, igual que un día lo hizo Manuel Mejido. ¿Sabes por qué? Porque en este momento yo no soy nadie, Pío del Rosario. Ni siquiera trabajo ya en el periódico donde trabajaba. Me corrieron igual que a todos por esta crisis. Estoy desempleada.

—Diablos —y me rasqué la cabeza—. ¿De veras?

Se quedó viendo hacia las plantas por varios segundos.

—La verdad es que ni siquiera sé qué estoy haciendo con mi vida —me dijo—. Tal vez todo esto es un error —y miró hacia el pasto.

Me quedé callado por unos segundos.

—No te preocupes. Al parecer mi vida se acaba de empeorar más que la tuya. O como diríamos en mi país: "los dos estamos bastante jodidos".

Ella me dijo:

—Supuestamente todo iba a ser más fácil. Un día me iban a dar un trabajo. Un día yo iba a ser una gran periodista —y me sonrió. Con los ojos brillosos miró hacia las estrellas. Con los brazos abiertos "dibujó" entre las constelaciones un gran letrero en el cielo—: "Clara Vanthi: la mejor periodista del mundo".

Sutano Hidalgo y el hombre robusto nos miraron desde detrás de las plantas.

Sutano en voz muy baja le susurró al diminuto micrófono que tenía oculto en su suéter:

—La monja se llama Clara Vanthi. Es reportera. Eso es lo que está diciéndole al detenido.

Atrás, en el Palacio Apostólico la música comenzó a sonar muy fuerte. Estaban de fiesta. Afuera de las murallas vaticanas toda Italia estallaba con música, con fuegos pirotécnicos. La chica me dijo:

—Si alguno de estos hombres se entera de todo lo que te estoy diciendo, me van a arrestar; me van a procesar por traición, infiltración, espionaje y por violación a la seguridad. Me van a encerrar aquí, en el pasillo donde ahora tienen a tu amigo. Te suplico que no les digas nada de esto ni al prelado ni a los demás —y suavemente me tomó por las manos—. ¿Me lo prometes?

—¿Por qué me estás diciendo todo esto? ¿Por qué confías en mí? No me conoces.

—En seis meses no he conseguido nada de lo que estoy buscando. Tienen más confianza en ti. Ellos te están seleccionando. Eres hombre. Ellos sólo confían en hombres. Te están asignando para ir con el papa. Vas a ir hasta el centro de la telaraña. Sólo te pido que me lleves contigo. Diles que quieres que yo sea tu secretaria de documentos, tu *Scriba Apparitor*.

—Vaya... —y miré hacia las estrellas—. Quieres que te ayude a encontrar lo que tú estás buscando, que te lleve conmigo.

Con suavidad zafé mis manos de entre sus dedos. Comencé a caminar hacia los matorrales.

—Déjame pensarlo —y me sonreí a mí mismo.

La chica comenzó a trotar detrás de mí, de puntillas.

—Espera, Pío. ¿Adónde vas ahora?

—No me presiones —y me puse las manos en la cabeza.

Se me pegó por la espalda. Me tomó por el brazo. Comenzó a decirme:

—Yo me pagué mi universidad. ¡Yo me pagué la maldita renta de mi departamento, mi ropa, mi carro! Ya vendí el carro, sigo debiendo las tarjetas. No tengo nada, Pío. Nadie me financia. Nadie me protege. Ésta es la única cosa que puedo hacer en este maldito mundo para cambiarlo todo. Si hoy me muriera... —su aliento era fresco, como a menta—. A veces preferiría que todo esto se terminara ya. Estoy tan cansada.

Me detuve. Me le aproximé.

—¿Qué es lo que tanto buscas y qué quieres que te ayude a encontrar?

Me miró al fin con mucha fe.

—Quiero saber quién está detrás de todo. Quiero el Secreto Vaticano.

34

A la mañana siguiente el mundo estaba dominado por un solo tema: el nuevo papa, Francisco.

El reportero de Telegraph de Londres, Nick Squires, habló hacia su cámara desde la Vía dei Mosaico, teniendo a sus espaldas la Casa Santa Marta, hotel del Vaticano y lugar de habitación hasta ahora del nuevo papa:

"El papa Benedicto calzó zapatos rojos hechos a mano por un artesano de Borgo, la zona cercana al Vaticano compuesta por calles de tipo medieval muy apretadas. Poco antes de iniciarse este cónclave, esos finos zapatos del anterior papa fueron expuestos en la prestigiosa tienda Gammarelli, de los diseñadores papales. Sin embargo, ha sorprendido a todos que este nuevo papa, Francisco, haya rehusado recibir zapatos de diseñador."

En la Casa Santa Marta, rodeado por docenas de clérigos y periodistas, el nuevo pontífice caminó por el corredor arrastrando sus viejos zapatos negros rotos.

"El nuevo papa —siguió Nick Squires— se ha apegado a su antiguo calzado. Tenemos conocimiento de que varios amigos suyos, durante el trayecto a Roma y aquí mismo en Roma, se ofrecieron a comprarle unos zapatos nuevos, y que él se negó."

En el estudio de Radio Vaticano, el sacerdote argentino Ricardo Sáenz le dijo al seminarista mexicano Carlos Padilla:

—Es un pastor muy humilde. Incluso en estas pequeñas cosas podemos ver su humildad.

Detrás del periodista Nick Squires, el nuevo sumo pontífice salió a la calle. Una poderosa limosina con las placas SCV1 tenía abierta la puerta. Un hombre de seguridad, vestido de negro, con guante blanco, le abrió paso para que subiera. El Santo Padre se detuvo. El reportero de Telegraph observó el incidente.

"Al parecer, el papa Francisco no está ingresando a la limosina papal, cuyas siglas en la placa significan Stato della Citta del Vaticano, o Estado de la Ciudad del Vaticano —y el periodista comenzó a avanzar por detrás de la aglomeración—. Sabemos que el sumo pontífice se dirige ahora hacia las reuniones preparatorias en el Palacio Apostólico, donde hoy comenzará a dirigir diversos encuentros con cardenales y enviados diplomáticos de más de cincuenta naciones. Su primera actividad programada es oficiar una misa en la Capilla Sixtina.

El papa Francisco se aproximó a un minibús oficial vaticano, que estaba esperando llenarse con personal de la Casa Santa Marta. "Al parecer, el Santo Padre se está subiendo al minibús del personal."

El padre Antonio Spadaro, editorialista de *La Stampa*, consiguió entrar al minibús. Comenzó a sacar fotografías. El chofer del vehículo empezó a levantarse, pasmado. El papa Francisco le dijo:

—Está bien —y le puso la mano sobre el hombro—. Me voy a ir junto con los muchachos. —El chofer se sentó. Se ajustó la gorra y tomó el volante.

En el Palacio Apostólico, el padre Tom Rosica dijo a la prensa:

—Estamos en los primeros días del pontificado. Es lo que nosotros llamamos "los días de las sorpresas" —y les sonrió.

En las afueras de Milán, en el norte de Italia, en la granja de Villa-pizzone el sacerdote Jesuita Silvano Fausti, consejero del también jesuita Carlo María Martini, observó la transmisión en vivo en la pequeña televisión de su cocina. Comenzó a juntar las palmas. Cerró los ojos. Empezó a cantar, llorando:

—Nunc Dimittis. Nunca Dimitas —y comenzó a gritar—. Por fin. ¡Por fin! Siempre soñé que iba a llegar un papa así.

En Buenos Aires, Argentina, colonia de Ituzaingó, la hermana del cardenal Bergoglio se hallaba en su pequeña casa recibiendo a periodistas y camarógrafos flanqueada por sus hijos, José Ignacio y Jorge. El primero le respondió a la reportera Josefina Giancaterino Stegmann, de ABC de España:

—Nos enteramos por televisión. Mi madre es la única hermana que le queda a Jorge Bergoglio.

—¿Qué fue lo primero que le dijo a tu madre?

—Llamó la misma noche de la elección.

—¿Ayer por la noche?

—Mi madre le preguntó cómo estaba, y él le dijo: "Bien, gordita, no podía decir que no".

La reportera le sonrió a José Ignacio.

—¿Y cómo te sientes tú? ¿Cómo te sientes de que tu tío sea ahora el papa de la Iglesia católica, cabeza de mil doscientos millones de seres humanos en el mundo?

José Ignacio lentamente comenzó a mirar las fotografías.

—Lo único que le pido a Dios es que no cambie.

—¿Que no cambie?

—Tío Jorge es el que me enseñó a preparar la *pizza* y el dulce de leche —y le sonrió a la periodista.

La mamá del chico de treinta años, Mariela, con su larga cabellera blanca de canas y con un rostro dulce, tenía los ojos mojados de lágrimas.

—Estoy feliz —le dijo a los reporteros—. Jorge va a ser el mejor papa.

35

Me presenté de nuevo en la "oficina" del prelado Santo Badman, en el bloque de ladrillos al lado del Palacio Apostólico.

—¿Dormiste bien? —me preguntó el hombre santo, de nuevo envuelto en sus acolchonados ropajes de color rojo. Olía a acetona y a esmalte para uñas.

—Sí, Su Eminencia. Gracias por el hospedaje.

El prelado se volvió hacia el hombre 1503, Gavari Raffaello.

—¿Tú dormiste bien?

—Sin duda —y con el dedo trazó en el aire una especie de línea horizontal que siguió con los ojos—. Soñé que en la habitación entraba y salía un ángel. Debe de ser un ángel de la guarda.

Una voz grave atemorizante dijo:

—Debe de ser Vanth, la diosa etrusca que cuida esta colina. Vanth es el espíritu del Vaticano.

Tragué saliva y me volví hacia la "monja", Clara "Vanthi". Ella tenía la cara hacia abajo, hacia la alfombra. No me miró. En ese momento supe que el nombre que me había dicho era falso.

El prelado comenzó a caminar lentamente hacia mí.

—Pío del Rosario, éste es literalmente el primer día de tu nueva vida, y también para la Iglesia. ¿Crees en la salvación del mundo? —y suavemente colocó sus dedos sobre mi cabeza—. Tengo informes de que el nuevo antipapa tiene entre sus primeros planes el de crear una Comisión de Doce Miembros para investigar y perseguir los "escándalos por abuso sexual", a los que ya está llamando "la vergüenza de la Iglesia" —y desde arriba me sonrió—. Tu nuevo papa va a "combatir el abuso sexual infantil en la Iglesia católica". ¿Sabes lo que eso significa para ti?

—No… —y miré a Clara Vanthi. Siguió sin mirarme.

—Significa que tú, Pío del Rosario, debes ser sentenciado. Así, su papado va a iniciarse con un acto de justicia y grandeza. Tú eres el pederasta, el abusador sexual de niños. Tú eres la vergüenza de la Iglesia y debes ser sacrificado. Tu condena en una cárcel de Roma va a ser el signo magno de que el nuevo papa es "grande" y "bueno" —y me sonrió—. ¿Quieres que el antipapa te haga eso?

Miré hacia la pared. Había cuadros pintados al óleo, muy grandes. En uno de ellos estaba san Esteban, amarrado a un tronco, con flechas encajadas en su cuerpo, con seres malignos a su alrededor arrojándole las flechas.

—No, Su Eminencia.

—Hoy los Legionarios de Cristo significan más de doscientos millones de dólares anuales para el Vaticano. ¿Lo sabías?

—No tengo acceso a las finanzas, Su Eminencia.

—Ningún papa o antipapa puede cortar esa línea de financiamiento —me sonrió—. Los Legionarios de Cristo son el nodo de una gigantesca red de poder en América Latina y en otros países del mundo. Marcial Maciel y sus hombres triunfaron al vincularse a la aristocracia del dinero de varios países. Los convirtieron. Los manipulan. Los controlan. Ése es el poder que creó Marcial Maciel, tu padre —y de nuevo me sonrió—. Ahora vas a anclarte en la oficina más poderosa del mundo, la del papa, y vas a ser el *Mediator*.

—¿Mediator...?

—Café con leche —pidió el prelado a Clara.

—Sí, Su Eminencia —y ella respetuosamente dobló su rodilla para reverenciarlo. El prelado la miró. Ella se quedó inmóvil por un segundo—. ¿Sí, Su Eminencia?

Comenzó a gritarle:

—¡¿Qué estás haciendo ahí parada?! —y de la mesa tomó su larga vara de madera. Comenzó a ondularla en el aire—. ¡¿Dónde está el maldito café que te estoy pidiendo?! ¡¿Qué estás esperando?! —y con gran fuerza estrelló la vara contra las manos.

En el muro Gavari Raffaello y el monstruoso Jackson —agente de seguridad número 1502— cerraron los ojos cuando sonó el impacto. Jackson comenzó a reírse en silencio. Clara aguantó el golpe, apenas si soltó un breve gemido, pero mantuvo la posición. El prelado me sonrió:

—Las mujeres fueron creadas por Dios, pero se introdujo un poco de Satanás. ¿Estás de acuerdo? —Miré hacia Clara.

—Pues... —Ella caminó temblando hacia la máquina de los preparados. Comenzó a vaciar el café caliente en la taza.

—El arzobispo de México, Norberto Rivera Carrera, me envió a esta chica tonta para que fuera mi *Scriba Apparitor*, pero en realidad no sirve para nada. No tiene cerebro. Las mujeres no piensan. ¿Para qué sirven? —y la miró con lujuria—. Carmela es la que me trae el café, y debe hacer lo que yo le ordeno. Para eso sirven las mujeres.

—¿Carmela? —le pregunté. Miré a Clara. Ya venía de regreso con una taza humeante, dorada.

—Aquí tiene, Su Eminencia.

El prelado, con expresión de asco, le sopló al oloroso humo. Me susurró, con los ojos brillándole:

—Si te portas bien conmigo, vas a tenerla para ti, como tu sirvienta —y le miró el trasero—. O puedo conseguirte otras, las que quieras. Aquí hay muchas. Para eso están las consagradas, y más aún las que tuvieron que escapar de las instituciones de los Legionarios de Cristo. Se quedaron sin escuela, y ahora también están implicadas en abusos. Aquí las protegemos —y me sonrió de nuevo.

—Sí me interesa —le dije. Le guiñé un ojo a Clara.

—Pío del Rosario —me dijo el prelado—: tu misión es ahora lo más importante. Vas a insertarte en el club de las personas más cercanas al nuevo papa, el antipapa. Vas a ser ahí mis ojos para ver lo que yo no veo, y mis manos para hacer lo que yo no puedo.

—Con todo respeto… —le dije. Levanté mi endurecido trasero del asiento, al que ya estaba "pegosteado"—. Su Eminencia… ¿cómo espera usted que el nuevo papa, que está atacando la pederastia, me reciba dentro de su "club de personas cercanas" si yo soy un sacerdote acusado de pederastia?

El prelado me sonrió con desdén.

—Hermoso hijo de Dios, aún eres demasiado inocente y tonto dentro de la maleza del mundo. Tu pregunta es tu respuesta. Tienes tres segundos para pensar. —Nos quedamos todos en silencio. Observé a Clara Vanthi. Ella siguió mirando hacia abajo. El prelado comenzó a contar.

—Uno, due…

Con su larga y dura vara de madera violentamente azotó la mesa. El zumbido nos vibró a todos en los oídos: a Clara, a Gavari Raffaello, al guardián Jackson y al hombre anciano que estaba sentado tomando notas en el rincón. Jackson comenzó a reír en silencio. Se llevó la mano a la boca. Se volvió hacia su amigo Gavari Raffaello.

—¡¿Eres idiota, Pío del Rosario?! —me dijo el prelado—. ¡¿Quieres que te torture allá abajo igual que a tu amigo el irlandés Ireneo Dovo?! ¡¿Quieres que te apliquemos aquí mismo los suplicios sólo por tu falta de inteligencia?! —y con mucha ira levantó de la mesa los papeles engrapados—. ¡Aquí dice, en tu maldita batería de pruebas, que tienes tendencias sexuales desviadas, peligrosas para la Iglesia, y que tienes personalidad limítrofe, con una alarmante compulsión hacia el delito, hacia la guerra y el latrocinio! ¡Pero aquí nada sugiere que seas un absoluto idiota retrasado mental con un coeficiente intelectual bajo!

Reinó el silencio. Jackson se dijo a sí mismo: "Esto no tiene precio". Con gran temor, la "monja" Clara Vanthi, llamada "Carmela" por el prelado, comenzó a decirle en temblorosos susurros:

—Si me lo permite, Su Excelencia, puedo traducirle a Pío lo que usted le está ordenando —y con gran cautela se dirigió a mí. En voz muy baja me dijo—: Lo que Su Eminencia ha vislumbrado es que el papa te va a recibir precisamente porque está iniciando una investigación contra los sacerdotes pederastas. Tú eres precisamente alguien a quien el nuevo papa va a desear entrevistar para conocer por dentro la Legión de Cristo, las conexiones del padre Marcial Maciel dentro del Vaticano, y debido a ello puedes perfectamente convertirte en su mejor confidente, si logras ganarte su confianza. Vas a ser su informante supremo sobre el interior de los Legionarios de Cristo.

Me dejó asombrado.

—Vaya —le dije—. Ahora veo por qué te recomendó el arzobispo Norberto —y le sonreí. Ella me sonrió de vuelta.

El prelado estruendosamente estrelló su rígida vara contra la columna donde estaba parada Clara Vanthi.

—¡¿Te ordené hablar, secretaria?! ¡¿Te ordené interpretar mis indicaciones a terceros?! ¡Tú estás aquí para servirme el café y para hacer otras actividades que te ordene! —Clara comenzó a temblar. Miró hacia la alfombra.

—Le suplico me perdone, su excelencia.

El prelado comenzó a rodearla:

—Bien lo decía Heinrich Kramer en el *Malleus Malleficarum*. Una maldita hembra como tú corrompió con su diabólico sexo al mismísimo papa Sergio III. Lo tentaste, Marozia —y lentamente comenzó a caminar alrededor de ella—. Tú eres la mujer que hace caer al sacerdote, al hombre de Dios. Tú te encarnaste, espíritu demoniaco, primero como la serpiente; después como la bestia del desierto que describe Isaías, y luego como Marozia, madre de la pornocracia. Engendraste a un hijo diabólico y también lo hiciste papa, hasta que él te encerró en tu prisión en el Castel San Angelo —y con furia, con su guante blanco, señaló hacia el otro lado del río Tíber, hacia al puente Aelius—. Nuestro Dios te condenó desde hace mil años a vagar por las noches, como bruja, como engendro del Río, por los laberintos de esa prisión, gritando cada noche "Destrúyeme, Señor".

Comenzó a tocarle el trasero.

—Pero Dios no te destruye. El demonio te envió aquí para tentarme —y comenzó a pegarle la cara a las mejillas—. ¿Qué, acaso no crees que te reconozco, Satanás, enemigo de Cristo? Tú misma eres la encarnación del que debe ser castigado.

—Su Eminencia —le dije—. Quisiera que la "encarnación" me acompañe a las oficinas del nuevo papa, que ella sea mi asistente.

—¿Cómo dices?

—Necesito que la monja "Carmela" sea mi *Scriba Apparitor*. —El prelado se quedó perplejo.

—¿Acaso estás mal del cerebro, Pío del Rosario? La hermana Carmela es mi secretaria de documentos —y siguió pasándole los dedos por el trasero. Ella apretó la quijada. Miró hacia el techo. La recordé la noche anterior diciéndome: "Ni siquiera sé qué estoy haciendo con mi vida. Tal vez todo esto es un error". La recordé como me miró a los ojos, bajo la luna. "¿Esto es un error, Pío del Rosario?"

Ahora me volvió a ver. Tenía los deliciosos ojos verdes, rasgados como los de un gato, muy grandes y muy abiertos, apuntados hacia mí. El prelado le susurró en el oído:

—Ahora decidiste tentar la carne de Pío del Rosario. Lo viste joven, entregado a Cristo. ¿Ahora quieres hacerlo caer a él también? ¿Quieres hacerlo romper su juramento de celibato, para que traicione a Cristo? ¿Quieres alejarlo de Dios; llevarlo a tu satánico abismo? No te lo voy a permitir, secretaria. Y a mí no me importa si te protege Norberto Rivera de México. Si vas a tentar a alguien aquí, si vas a hacer caer a algún hombre santo, me harás caer a mí, y yo mismo me encargaré después de castigarte por eso —y le restregó sus mejillas contra la cara.

Clara me miró con terror. Me levanté.

—Su Excelencia: Creo que ésa es una gran idea —y comencé a caminar hacia ambos—. Ella puede ayudarme, porque yo no conozco nada de los edificios vaticanos ni a los hombres que guardan las puertas hacia el papa. Yo voy a ser para usted el *Mediator*, el hombre Vatileaks 3. Voy a traerle muy pronto lo que usted necesita y vamos a derrocar al antipapa.

El prelado empezó a sonreírme. Comenzó a alejarse de Clara. Con mucha fuerza me señaló directo a la cara.

—¡Vas a ir a la oficina personal del nuevo papa! ¡Vas a ofrecerte a él como informador para contarle toda la trama de la pederastia! Vas a ir acompañado por esta hermana, que no va a abrir la boca durante las reuniones, y a ambos los van a acompañar mis hombres 1502 y 1503. ¡Y si esta ramera o tú me traicionan, yo mismo voy a despellejarlos vivos en las celdas más profundas y más antiguas de esta ciudad santa! —y miró a sus dos hombres, Gavari Raffaello y Jackson Perugino. Ambos asintieron—. Ahora, introito ad altare Dei. Entren al altar de Dios.

36

En Boston, el periodista y editor John L. Allen Jr. comenzó a dictar para el *National Catholic Reporter*: "Precaución con el papa Francisco y con el reconocimiento de las uniones gays —y observó al nuevo pontífice en la pantalla, acercándose a los apartamentos papales, dentro del Palacio Apostólico—. Mientras el mundo comienza a conocer más y más acerca de Jorge Mario Bergoglio, el hombre que ahora es el papa Francisco, nuevos detalles sobre sus antecedentes y su pasado en Argentina están comenzando a emerger. Este miércoles, el *New York Times* reportó que a la cabeza de un problemático debate en su país sobre el matrimonio gay, el entonces cardenal Bergoglio puso a flotar la idea del reconocimiento civil de las uniones del mismo sexo como un compromiso posible".

Tomó un trago de agua. Continuó: "El nuevo papa ha sido un firme oponente del matrimonio homosexual, pero ha estado abierto a los arreglos legales para proteger los derechos de las parejas del mismo sexo en materias como beneficios de salud y herencias".

En el Palacio Apostólico, en el tercer piso, el Santo Padre caminó sobre sus viejos zapatos negros ortopédicos. Lo siguieron en procesión sus muchos asesores y asistentes hacia los apartamentos papales, los dormitorios tradicionales donde todos los papas desde hace cien años han vivido. El papa Francisco se asomó por la puerta de orillas de mármol. Observó un recinto enorme, con candelabros.

—Santo Cristo… —susurró—. ¿Esto es la habitación de un papa? —le preguntó al hombre de la Guardia Suiza que lo acompañó: un hombre de negro, con "expresión inexpresiva", el hombre de cuarenta y dos años Daniel Rudolf Anrig, jefe de la guardia.

—Adelante, Su Santidad. Son doce habitaciones. Ahora ésta es su zona de dormir.

El papa dio un paso hacia dentro. Se detuvo. Todos los que iban detrás de él se perturbaron. Se miraron unos a otros. El reportero Nick Squires, del informativo Telegraph, afuera, se preguntó:

—¿Qué está pasando?

El pontífice permaneció sin entrar a la *suite*. Lentamente la observó toda, de lado a lado: las lámparas doradas, los lienzos pintados al óleo, los techos abombados pintados con paisajes del Renacimiento. Al fondo, detrás de los inmensos ventanales, vio el patio de Sixto V.

—Aquí podrían dormir trescientas personas… —y miró a su jefe de la Guardia Suiza—. ¿No lo crees? —El hombre se ajustó el comunicador en su oreja.

—¿Disculpe, Su Santidad? No comprendo.

Afuera, el reportero Nick Squires comenzó a transmitir para Telegraph: "Al parecer, el papa Francisco ha sorprendido de nuevo a la curia aquí en el Vaticano, en una forma aún más inesperada. Acaba de rechazar oficialmente la habitación papal que ha sido ocupada por cada papa desde el santo Pío X en 1903. Aún no se ha aclarado si permanecerá en la habitación donde se encuentra alojado en este momento, el cuarto 201 del hotel del Vaticano, llamado Casa Santa Marta. De ser éste el caso, será la primera vez que algo así suceda en la historia de la Santa Sede".

Se volvió hacia la masa de reporteros a su espalda: "Testigos desde Buenos Aires, Argentina, nos reportan aquí que este mismo tipo de decisión fue tomada por el actual vicario de Cristo cuando fue obispo en Buenos Aires, donde rechazó la opción de vivir en una suntuosa residencia oficial para en su lugar habitar un modesto departamento, y donde se trasladaba en autobús junto con los ciudadanos bonaerenses".

Caminando de vuelta por el enorme corredor Constantino del Palacio Apostólico, de vastas escaleras que se abren hacia los lados con la forma de un caracol, el papa Francisco le dijo a una mujer de la prensa:

—En la Casa Santa Marta hay buenas personas: cocineros, personas que limpian.

—¿Es verdad que usted come con esas personas, incluso ahora que ya es papa?

—Es una compañía muy agradable —y miró hacia los imponentes cardenales que venían a su lado, algunos con anillos dorados—. Me gusta rodearme de gente sencilla. Yo mismo soy demasiado sencillo —le sonrió—. Tenemos una pequeña capilla en el hotel. Celebramos misa todos los días a las siete de la mañana, para quien quiera acompañarnos mañana —y le sonrió. Se fue hacia el exterior del edifico. La reportera quedó pasmada mirándolo, sonriendo con el micrófono aún pegado a su boca.

Afuera, en el edificio de Prensa Vaticana, el vocero oficial de la Santa Sede, Federico Lombardi, les dijo a los periodistas:

—No puedo hacer predicciones de largo plazo sobre esto, pero parece que por ahora el Santo Padre está experimentando con este tipo de vida sencilla. Éste es aún un periodo para irnos acostumbrando a las cosas.

—¿Señor Lombardi? —dijo un hombre muy robusto, de traje negro muy apretado, con cuatro gruesos anillos y un reloj dorado. Tenía el rostro abultado, como un perro mastín o un *bulldog*. Ceremoniosamente se levantó de su asiento para terminar la pregunta—: ¿Acaso este tipo de decisión es por su seguridad, para evitar un asesinato como el de Juan Pablo I, que murió en su habitación? ¿Acaso desconfía de la curia que administra los Apartamentos papales?

Lombardi le respondió:

—Ciertamente, en esta fase él ha expresado su deseo de permanecer donde se encuentra: en el Hotel Casa Santa Martha —y le sonrió.

37

—Llegará un papa que lo va a transformar todo —le susurró una voz oxidada a Sutano Hidalgo, el "jardinero" del Vaticano. —Sutano comenzó a ladear la cabeza.

—¿Sí? ¿Y qué más? —Sutano tenía al sujeto cogido por el cuello, contra la pared roja dentro del corredor subterráneo que da a la cocina. El sujeto, con la garganta obstruida, le susurró:

—El obispo de blanco va a comenzar a subir por una montaña, en una ciudad que va a estar mitad en ruinas y mitad temblando; y cuando llegue a la cima de la montaña, cuando toque la cruz que está en la cima, los enemigos de la Iglesia lo van a asesinar con balas y con flechas, y dos ángeles van a recoger su sangre con aspersorios.

—Vaya. Eso suena bastante como la versión oficial que revelaron Angelo Sodano y Tarcisio Bertone el 26 de mayo del año 2000. Éste no es el verdadero tercer secreto de Fátima —y con furia lo azotó contra el muro—. Discúlpame, es que estoy un poco estresado. En mi infancia me recetaron Ritalín porque les pegaba a los demás niños. Cuando cuente hasta tres, comienza a hacerme un exorcismo rápido.

—¿Cómo dice usted? —le preguntó el monaguillo.

Sutano cerró los ojos. Miró hacia el techo.

—Estoy poseído, pero no por el demonio, sino por algo que es peor: yo. Habito mi propio cuerpo desde el día en que nací, y ni siquiera el día en que me muera voy a poder deshacerme de mí. Uno… Dos… —y le colocó la punta de su cuchillo en el agujero de la nariz.

—¡Espere! ¡Yo no soy exorcista! ¡Yo no estoy autorizado para practicar un exorcismo!

Sutano comenzó a introducirle el cuchillo por la fosa nasal:

—Nadie te prepara para nada en la vida. Todo lo haces por primera vez, sin saber cómo hacerlo, y lo haces cuando te urge.

Escuchó un ruido en el pasillo.

—Olvida el exorcismo rápido. Dime dónde está el tercer secreto de Fátima.

—¡Yo no lo sé!

—Oh… me lo hubieras dicho antes —y lentamente comenzó a soltarlo—. Discúlpame. Pensé que lo sabías. —Lo azotó de nuevo contra el muro—. ¡No me mientas, pedazo de mierda! ¡¿Sabías que este miedo, esta preocupación que sientes ahora sólo está consumiendo tus energías; las energías que necesitas para salir de aquí, para librarte de mí?! Tienes que aplicar la economía del miedo.

—¿Economía del miedo…?

—Tú trabajaste para monseñor Loris Francesco Capovilla, el hombre que fue secretario personal del papa Juan XXIII. Tuviste acceso al sobre, a la nota llamada "Involucro" y a la página que los testigos aseguran que tiene veinticinco renglones. ¿Dónde está el maldito sobre?

—¡Yo no lo sé! ¡Lo juro!

—¡Entonces dime qué dicen esos veinticinco renglones! ¡¿Dicen los nombres de personas actuales, que están vivas?! ¡¿Habla de masones?! —El sujeto sólo cerró los ojos.

—Ya mátame. No puedo responder. No sé. Nunca he visto el sobre.

—¡Pero trabajaste con Loris Capovilla! ¡¿Qué clase de asistente idiota eres?! ¡Vives al lado de un tesoro y no tienes la maldita iniciativa de abrirlo!

—Los que saben el verdadero tercer secreto de Fátima están vivos. Son los que ahora están alrededor del nuevo papa.

—Diablos en salsa de chile habanero. ¿A quiénes te refieres?

—A los que llamas "masones". En realidad no son masones.

38

Clara Vanthi, la bella de ojos rasgados, vestida como una monja de hábito color crema, acompañada por los "orangutanes italianos" Gavari Raffaello —alto y jovial, con el cabello engomado, tarareando— y Jackson Perugino —de raza negra, con mirada de odio— caminaron conmigo hacia el hermoso y simple edificio doble llamado Domus Sanctae Marthae, Casa Santa Marta, de seis pisos, también de color crema rosado.

Estaba ubicado a una cuadra al sur de la gigantesca basílica de San Pedro, debajo de la cual parecía una pequeña caja de cerillos.

—Avanza, cerdo gadareno —me dijo el musculoso Jackson Perugino. Me empujó las nalgas con su ametralladora—. Miserable violador de niños. Miserable pederasta. Miserable apóstol del crimen. ¿Cómo pudiste encubrir los crímenes de Marcial Maciel Degollado? ¿Así son todos en México? —y negó con la cabeza—. Eso es lo que eres: un miserable pederasta del Tercer Mundo. ¡Por eso son pobres! —y me pateó en la parte baja de la espalda.

Me tambaleé hacia delante. Clara me tomó por el brazo.

—No le hagas caso. Sopórtalo todo. Estamos aquí por una causa —y me miró con sus verdes ojos de gato. Jackson le dijo a ella:

—¿Ahora lo estás defendiendo? —y la señaló con el dedo—. ¡Y respecto a ti, zorra legionaria, monseñor Badman me indicó expresamente lo siguiente: "Si ves a la puta resbalándosele al padrecito pederasta, tráemelos acá para procesarlos por adulterio y por violación al Concilio de Elvira, canon 33, y el Concilio de Cartago, canon tercero; y a la Sacrum Diaconatus Ordinem del 18 de junio de 1967.

—Los Legionarios de Cristo han hecho muchas cosas buenas —le dijo ella.

—¡¿Qué malditas cosas buenas han hecho esos hijos de Marcial Maciel Degollado?!

—Han dado comida y cuidado a millones de niños. Han hecho fuerte a la Iglesia en muchos países del mundo donde el poder de Cristo se está debilitando. Los Legionarios de Cristo no son sólo Marcial Maciel Degollado. Él sólo fundó la orden. Los Legionarios de Cristo, el Regnum Christi, son más de treinta mil seres humanos.

La miré fijamente. Ella me devolvió la mirada.

—¡¿Ahora estás defendiendo a los Legionarios de Cristo?! —le gritó Jackson Perugino—. ¡Sería mejor si defendieras a Jack el Destripador o a cualquier maldito terrorista! ¡¿Y cómo estoy yo —y se golpeó el pecho— discutiendo con una mujer, si las mujeres no piensan y no tienen cerebro, y si Nuestro Señor las creó para ser nuestra ayuda idónea, y si sólo un idiota discute con otro idiota!

Gavari se relamió el cabello. Le dijo:

—Tranquilo, hermano —y se me aproximó por el costado—. Verás, yo te aprecio. Leí tu informe sobre la imagen de tu cerebro. A mí me detectaron esas cosas —y me sonrió—. Tú no me conoces ni yo te conozco, pero ya somos hermanos de sangre —y me mostró la rajada profunda de su dedo pulgar—. Nos seleccionaron porque tenemos esto en común —y señaló al violento Jackson—. Todos tenemos un gen parecido.

Se llama TPH. Tenemos menos materia gris aquí —y se tocó la frente—. Por eso tenemos personalidad limítrofe. Por eso nos reclutan para esto —y se tocó la ametralladora—. Pronto vamos a ser realmente hermanos —y me mostró su dedo meñique. La última falange no estaba. Se la amputaron.

—Señor mío Jesucristo… ¿Qué les hacen a los pedazos de los dedos? —me miró en una forma muy estremecedora, pero muy amable. Hasta me guiñó los ojos.

—Los quemamos en un altar. Se los ofrecemos al demonio —y me sonrió—. No es cierto, Pío del Rosario. No te creas todo. Algunas cosas no son ciertas.

Estuvimos frente al monumental edificio plano y rosado llamado Casa Santa Marta. Afuera había aproximadamente treinta soldados de la Guardia Suiza y periodistas. Nos miraron con hosquedad. Jackson y Gavari se limitaron a avanzar con absoluto aplomo capaz de infundir terror. Mostraron gafetes que decían: "Sociedad Ordo 400". Clara sutilmente me susurró:

—Pío: hagas lo que hagas, por favor no te equivoques —y cerró los ojos—. Si te equivocas, vas a hundirnos a todos: al prelado, a mí y a estos dos idiotas. —La miré a los ojos.

—¿Crees que voy a fracasar? —y le sonreí—. Yo también. ¿Qué puedes esperar de un acusado de pederastia que tiene trastorno limítrofe de la personalidad, la enfermedad de los criminales?

Al subir el primer escalón me arrodillé y me persigné. Le dije a Jesús:

—No hago nada sin ti, amado Cristo, Señor de mis acciones. No tengo nada que temer, ni nada qué pensar. Sólo soy el utensilio de tu voluntad. Nunca pensé que iba a conocer personalmente a un papa.

39

Adentro el Santo Padre Francisco, vestido de blanco, suavemente se levantó de la larga mesa. Los demás hombres de la alta curia lo imitaron. Jorge Mario Bergoglio los bendijo. Les dijo:

—Ahora vayan y vivan la felicidad del Evangelio. Recuerden que Jesús no vistió joyas. Despréndanse de todo lo que en realidad no necesitan. La Iglesia católica no necesita príncipes. Reflejen al mundo la persona de Cristo. Recuerden a Mateo 19:21. "Jesús le dijo: 'Si quieres ser perfecto, anda, vende lo que tienes y dalo a los pobres, y tendrás tesoro en el cielo; y ven y sígueme'".

Afuera, en el corredor, el corresponsal de *La Stampa* dijo al micrófono: "Acaba de suceder un nuevo acto sin precedente. El nuevo papa, Francisco, acaba de constituir un nuevo organismo dentro del gobierno vaticano. Será llamado G8. Estará compuesto por ocho cardenales selectos, representando a todos los continentes, y han sido elegidos personalmente por el sumo pontífice. Sus nombres: cardenal Giuseppe Bertello, de Italia, presidente del Gobierno de la Ciudad del Vaticano; cardenal Laurent Monsengwo Pasinya, de la República Democrática del Congo, arzobispo de Kinshasa; cardenal George Pell, de Australia, arzobispo de Sidney; cardenal Óscar Andrés Rodríguez Madariaga, de Honduras, arzobispo de Tegucigalpa; cardenal Francisco Javier Errázuriz Ossa, de Chile, ex arzobispo de Santiago; cardenal Reinhard Marx, de Múnich; cardenal Sean Patrick O'Malley, de Boston, y cardenal Oswald Gracias, de la India, arzobispo de Bombay."

A sus espaldas, un reportero rubio del mismo informativo dijo: "La decisión anunciada hoy por Francisco, de constituir algo semejante a un consejo privado compuesto por ocho cardenales de los cinco continentes, representa el primer paso concreto en respuesta a las discusiones de las congregaciones previas al cónclave. Cabe indicar que de los ocho cardenales seleccionados por el nuevo papa para ayudarlo a conducir desde ahora la política del Vaticano, sólo uno pertenece a la llamada curia romana. Esto significa un importante giro de timón en la forma en la que se van a hacer las cosas".

En Boston, el periodista John L. Allen Jr, del *National Catholic Reporter*, comenzó a transmitir: "El papa Francisco elige a ocho cardenales para dirigir la reforma del Vaticano. Esto señala que una reforma de gran escala se puede estar aproximando por el horizonte. Dos de estos cardenales seleccionados por el pontífice son hombres que han combatido la pederastia: el alemán Reinhard Marx, de Múnich, y el estadounidense Sean O'Malley, de Boston".

A noventa metros de distancia, dentro de una habitación sumida en la oscuridad, afuera del hotel, el prelado Santo Badman les gritó a 12 obispos:

—¡Claramente esto es un instrumento contra la curia! —y con su larga vara golpeó la mesa de mármol. Se quebró la vara—. ¡Claramente esto es un contrapeso a las estructuras existentes establecidas de gobierno colegiado vaticano, creadas durante dos mil años por anteriores papas! ¡Este antipapa está creando un contra-gobierno! ¡Con este nuevo "gobierno" ya no va a necesitar pedirnos permiso de nada! ¡Él y sus ocho impostores ahora van a decidir lo que se hace aquí en Roma!

—y gritó en forma espeluznante—: ¡Así es como hoy está comenzando a actuar el enemigo de la Iglesia! ¡Así es como hoy está empezando a cumplirse la destrucción de la Iglesia! ¡Esto es lo que profetizó la Virgen a la hermana Lucía! ¡Éste es el verdadero tercer secreto de Fátima! ¡Será obispo contra obispo, y cardenal contra cardenal! ¡Esta es la revelación que el Vaticano no quiso dar a conocer en el año 2000! ¡Por esto publicaron su redacción falsa, para ocultar este plan, para ocultarse a sí mismos! ¡Ellos obligaron a Lucía a decir que las falsedades de esas cuatro páginas eran su letra!

Los gritos alcanzaron a escucharse en los muros de azulejo azul de la cocina del hotel. Los cocineros se inclinaron hacia la aceitosa pared.

—¿Escuchaste algo?

—Debe de ser un gato.

Como si se tratara de un espejismo, los cocineros no tardaron en ver que había entrado a verlos el papa. Se quedaron pasmados. Entró solo, sin compañía. Bajo la luz de la lámpara del techo, el ropaje blanco del pontífice brilló como una llamarada. Se colocaron de rodillas.

—Su Santidad.

—¡Levántense! —les gritó—. Nunca se arrodillen ante un ser humano. Yo sólo soy un obispo —y les sonrió—. Arrodíllense sólo ante Jesucristo —y con el dedo señaló hacia arriba—. Yo vine aquí porque me gusta la cocina. ¿Les importa?

Comenzaron a negar con la cabeza.

—Bienvenido, Su Santidad Francisco. Ésta es su cocina.

—Sólo dime Francisco —y suavemente lo tomó por el hombro—. ¿Sabes hacer dulce de leche argentino?

—¿Dulce de leche…? —y miró a su compañero—. No, Su Santidad.

—Dime Francisco —le sonrió de nuevo.

—¿De verdad?

—De verdad. ¿Tú cómo te llamas?

—David Geisser, Su Santidad. Quiero decir… Francisco —y miró hacia abajo—. Soy cocinero chef de la Guardia Suiza, a las órdenes del comandante Daniel Rudolf Anrig, y… de usted.

—Te voy a enseñar cómo se hace un dulce de leche argentino —y tomó los utensilios de la cocina—. ¿Puedo?

—Por supuesto, Su… Francisco.

—¿Tienes una palita para revolver cremas?

—Aquí tienes… Francisco —y miró a su compañero. El otro tragó saliva. "El papa está aquí, cocinando con nosotros. Esto sí lo voy a poner en mi diario", pensó.

—Hay que colocar gradualmente. Tomas un litro de leche. Debe ser entera —y metió la mano en el refrigerador. Revisó cuidadosamente la botella—. Esto está bien. Luego tomas trescientos gramos de azúcar, así —y avanzó por la tabla metálica—. Le pones media cucharada de bicarbonato de sodio y una varita de vainilla. ¿Tenés vainilla, en varita?

—Déjeme traerle una, Su Santidad.

—Dile Francisco —le dijo su compañero. Le sonrió al papa—. Yo sí te voy a decir Francisco.

—La varita de vainilla la cortas a lo largo, mira, así —le dijo el papa—: hasta la mitad, para que se asomen las semillas, ¿lo ves? Son las que dan el sabor al dulce de leche. Ponés a calentar la leche, a todo fuego —y encendió la estufa—; le echas el azúcar y la vainilla, mira.

Tomó la cacerola con la mano. Comenzó a revolver. David Geisser observó en la mano del papa el plateado anillo del Pescador. Bajo la lámpara resplandeció la cruz de Cristo.

—Cuando saca espuma le apagas. Le echas el bicarbonato y dejas todo dos horas, batiendo cada quince minutos. ¿Okay? —y les sonrió.

—*Okay* —le sonrió David Geisser.

—Vas a amar esto, hijo —y le dijo al otro—: Sólo les pido un favor. Hace muchos años le prometí a Jesús y a la Virgen no ver el futbol en la tele. Amo el futbol —y se sonrieron entre ellos.

—¿Qué desea que hagamos por usted, Francisco?

Se les aproximó. Los tomó a los dos por los hombros.

—Quiero que me cuenten los partidos. Mi equipo es el San Lorenzo de Almagro, de Argentina.

40

El papa Francisco cerró la puerta de su dormitorio, la habitación 201 del hotel Casa Santa Marta.

—Su Santidad —le dijo un asistente—. Tiene una visita más: de la Congregación para la Doctrina de la Fe. El confesor de la fe, doctor Curio Badman. —El pontífice entrecerró los ojos.

—¿Curio Badman…?

Suavemente abrió la puerta. Vio el rostro del prelado. El sujeto se inclinó ante el papa. Le tomó la mano. Le sopló un aliento muy caliente sobre los dedos. Suavemente le besó el anillo.

—Eminentísimo y veneradísimo papa Francisco. Su Santidad. Bendito seas, elegido eres. Del cielo eterno llueven bendiciones sobre el mundo por tu designación. Alabado sea Nuestro Señor. Que siempre sea Él tu compañía, santo.

El papa lo miró unos segundos. Se volvió hacia su asistente.

—No sabía que querías verme. No pensé que ibas a querer verme. ¿Ahora le dices bendito a un... jesuita?

El prelado, con los ojos llenos de lágrimas, le respondió:

—Yo te amo, obispo de Roma. Perdóname por mis incomprensiones del pasado. Vengo a contribuir para que tu pontificado sea grande, para que traiga al mundo la justicia —y lentamente bajó la cabeza—. Haec pederastis confessus ego introducturus sum ad vos: traigo para ti a este pederasta confeso.

Se abrió otra puerta, por el otro lado. Entré a la habitación. Mi destino estaba a punto de cambiar. Detrás de mí llegaron, como era de esperarse, mi "secretaria de documentos", Clara Vanthi, intimidada, y mis dos guardianes y vigilantes: Gavari Raffaello y Jackson de Monteripido. Se inclinaron ceremoniosamente ante el Santo Padre.

—Su Santidad.

Fue como un *déjà vu*, como si yo ya hubiera estado ahí. Todo estaba exactamente igual que en la fotografía: las paredes estampadas con un blanco y cremoso tapiz de flores, el piso de mármol oscuro con claros hexágonos de color arena, la alfombra persa, la mesa de madera.

Sobre la mesa vi los dos blancos portadores de documentos, de piel blanca, con el estampado dorado, el emblema del Vaticano. Sentí una mirada sobre mí. Era Prelator. Me estaba viendo desde el muro del otro lado.

El papa caminó frente a nosotros. Me vio de arriba abajo.

—Imagino que eres el abusador de niños.

—Mis hombres de seguridad están aquí para protegerte de él. Es un criminal. No te hará daño.

El Santo Padre me miró con extrañeza.

—Estás tan joven... No pareces un criminal... ¿Lo eres?

—Su Santidad —y me incliné hacia él. Coloqué una rodilla en el suelo. Miré al piso. Comencé a llorar. Sentí su mano en mi cabeza.

—Nunca te arrodilles ante un ser humano —y me comenzó a levantar por el brazo—. Hay hombres que han sido acusados en falso. El Vaticano está lleno de historias de acusaciones falsas —y miró hacia el prelado—. ¿Eres lo que se está afirmando de ti?

El temible agente 1502, Jackson Perugino de Monteripido, le pasó al papa mi informe psiquiátrico.

—Ésta es la batería de pruebas que el papa Benedicto ordenó hace semanas.

El clip metálico del documento sujetaba también las fotografías. El Santo Padre comenzó a revisarlas.

—Señor amado —y cerró los ojos. Permaneció callado por unos segundos—. Esto es muy grave —y me vio a los ojos—. Vas a ser castigado. Entiendes que debes ser castigado, ¿verdad?

El prelado lentamente avanzó en la oscuridad.

—Su Santidad —le dijo—, Pío del Rosario conoce íntimamente a las personas de la cúpula de los Legionarios de Cristo. Trabajó personalmente con el deleznable fundador de esa orden.

—¿Maciel?

—Así es. Les suministraron medicamentos a muchos estudiantes y seminaristas, incluso a sacerdotes destacados, como el padre Adolfo Flores Acosta y Benito Aguilar Mendívil, que son inocentes en toda forma, y trataron de denunciar aspectos terribles de la Legión. Pío fue parte de esta operación de control psiquiátrico. Conoce los detalles, los nombres de los involucrados. Personas de alto nivel. Empresarios. Políticos. Cabezas aquí mismo en el Vaticano.

El Santo Padre abrió los ojos. En sus pupilas negras había un destello, no sé si de compasión o indignidad:

—¿Conociste personalmente al sacerdote Maciel?

Asentí.

—Hay cosas que no recuerdo bien, Su Santidad.

—Es el efecto de las drogas —le dijo el prelado—. Con el transcurso de los días, y por medio de otras drogas, va a comenzar a recuperar los detalles.

El papa miró detenidamente al prelado.

—¿Me podrías permitir un momento a solas con Pío del Rosario? —y miró también a mis guardias y a Clara, y a su propio asistente. El prelado se quedó impávido.

—¿Desea que me salga, Su Santidad?

—Debo hablar a solas con este muchacho.

Salieron todos. El papa Francisco esperó hasta que su asistente cerró la puerta. Me miró a los ojos.

—Puedo ser bueno, o al menos trato de serlo. Pero no soy tonto. —Me paralizó el corazón.

—¿Su Santidad?

—A mí puedes decirme la verdad —y comenzó a caminar a mi alrededor. De la mesa tomó el enorme portapapeles de piel color blanco.

De él sacó varios papeles. Volvió a caminar a mi alrededor. Me mostró los papeles.

—Éstos son los proyectos que mueven mi corazón, Pío del Rosario. Son los proyectos que mis hermanos cardenales y yo comenzamos a discutir en las congregaciones antes del cónclave.

Alcancé a leer los nombres de los proyectos. *Laudato Si', Evangelii Gaudium, Amore Laetitia.* Significaban: Alabado seas, La alegría del Evangelio y La alegría del amor.

—¿Son encíclicas?

Me miró a los ojos.

—Sí, Pío del Rosario. Son las herramientas para hacer que la Iglesia renazca, para que volvamos a ser lo que siempre quiso Jesucristo —y se acercó hacia mí—. Por mucho tiempo la Iglesia dejó de amar como Cristo. Amaron la riqueza, y no a los demás —y con los dedos empezó a acariciar el muro. Afuera vio la imponente basílica de San Pedro—. Pío del Rosario: hay un evangelio verdadero que no fue deformado. Desentierra el verdadero Evangelio de Cristo. Ésta es la verdad para cambiar al mundo. Juan 19:42.

Empezó a caminar de nuevo, pegado a las ventanas, tocando las cortinas de velo con los dedos.

—He celebrado misas dentro de penitenciarías, rodeado de criminales. He dado el sacramento de la confesión a criminales. He vivido entre criminales, Pío del Rosario —y me vio a los ojos—. Tú no eres un criminal. Estas fotos las hicieron expertos en un programa digital, de diseño. Dime quién eres. ¿A qué te enviaron a esta mi oficina? ¿Te enviaron por estos documentos? —y me los mostró de nuevo. Tragué saliva—. ¿Quién te envió, hijo? ¿Este hombre que está afuera? ¿Él está a cargo de todo?

No pude contestarle. Pensé en Clara.

—No puedes decirme —me susurró él—. Te tienen amenazado —y miró hacia las puertas. Me susurró en voz muy baja—: ¿Ellos están contigo para vigilar lo que me digas?

—Su Santidad —mi garganta se entumeció como una piedra—, he pecado contra el cielo y contra usted. —Lentamente se aproximó hacia mí.

—¿Cuál ha sido tu pecado, hijo de Cristo? Estoy listo para escuchar tu confesión. —Suavemente colocó su mano sobre mi cabeza. Cerró los ojos.

—Me iniciaron en la masonería —le dije—. ¿Estoy excomulgado para siempre, Santísimo Padre? —y comencé a llorar.

El sumo pontífice empezó a rezar sobre mí. Dijo con los ojos cerrados:

—Señor Jesucristo, tú nos has enseñado a ser misericordiosos como el Padre del Cielo, y nos has dicho que quien te ve, lo ve también a Él. Muéstranos tu rostro y obtendremos la salvación —y me dijo—: Pío del Rosario, el Señor es amor infinito, lo perdona todo. Si en verdad decides estar para siempre en su amor y ser para siempre su amor, e imitarlo siempre con los demás. ¿Lo vas a hacer?

—Sí, Su Santidad. Se lo prometo.

—Dime Francisco.

Suavemente me tomó por el brazo. Me acercó hacia la ventana. Alcanzamos a ver el imponente costado de la basílica de San Pedro.

—Ayúdame, Pío del Rosario. Ayúdame y dime quiénes son estos hombres que no me quieren, y qué es lo que buscan, y por qué te envían hacia mí para traicionarme.

—No quiero que dañen a la chica. Ella no le ha hecho nada malo a nadie. Es sólo una periodista.

—No van a dañarla —meditó un instante—. Me gusta su ingenio. Todos tenemos que ganarnos la vida. Pero tienes que ayudarme a saber quiénes son ellos. No sé quién o quiénes son los que le marcan la pauta al doctor que te trae hoy conmigo.

—Voy a averiguarlo. Lo prometo.

—Quiero que investigues esto por mí. ¿Lo harás?

—Su Santidad… Esos guardias van a estar todo el tiempo conmigo. Me acompañan hasta al escusado. Me es difícil moverme en forma libre hacia cualquier lugar sin que ellos se den cuenta.

—Involúcralos en lo que haces. Hazles pensar que lo que haces es por indicaciones de su jefe. Ellos sólo son hombres de armas. Ámalos. Van a seguirte.

Pensé: "Tiene toda la razón".

Me aproximó un pequeño copón que dentro tenía algo parecido a crema, de color café, con una cucharilla enterrada.

—¿Quieres dulce de leche? —me preguntó—. Una vez que lo pruebes no vas a poder vivir sin él —me sonrió. Cuidadosamente metí la cucharilla dentro de la sustancia cremosa. Lo probé.

—Santo Cristo, sí que está muy bueno.

—¿Te gusta el futbol?

—Más o menos.

—¿Más o menos? —comenzó a reír—. ¿Eres del país de Hugo Sánchez y dices "más o menos"? Te voy a llamar Huguito, y vas a meter muchos goles. ¿De acuerdo?

—Sí, Su Santidad.

—Ahora haz lo que ellos te han pedido. Deben creer que me has traicionado. Toma esto. —me entregó un pedazo de papel que estaba en la mesa—. Dáselo —y suavemente me sonrió—. Sigue con el plan de este doctor que te ha traído a verme. Actúa normal. Que él piense que me has engañado. Dile que hay mucho más aquí en mi escritorio, como para que logre despedazarme. Síguelo a él. Busca quién le da las indicaciones. Explora sus conexiones. Averigua qué es lo que quieren que le suceda a la Iglesia y al mundo, y qué es lo que le dijeron a Benedicto.

Comencé a preguntarle:

—Su Santidad… —lo miré a los ojos—, ¿usted es… —y observé su único anillo, que era la cruz de Jesucristo. La cruz plateada empezó a brillar bajo la luz del techo. No pude terminar la pregunta. La última palabra era "…masón?"

41

Debajo de nosotros, diez metros bajo tierra, el "jardinero" Sutano Hidalgo comenzó a explorar el extraño laberinto de roca, perforado desde tiempos anteriores al surgimiento de Roma.

—Esto es la Necrópolis Vaticana —le dijo el jefe de guardia del complejo subterráneo—. El emperador Calígula construyó aquí el Circus Vaticanus. Todo esto era el gran cementerio.

—Diablos. ¿Cementerio…? —y Sutano miró a su alrededor. Vio un letrero oxidado. Decía "Hacia Mausoleo M-Necrópolis-Ciudad de los Muertos".

—Esto fue un cementerio desde la edad de los etruscos. Lo llamaron Vanthi o Vatikus, la parcela protegida por la diosa etrusca de la muerte, Vanth.

En el deteriorado muro mojado, con la luz de la linterna le mostró a Sutano una extraña pintura antigua. Era una mujer flotando, con un velo lleno de ojos, un cetro blanco en la mano izquierda y un rollo en la derecha.

—Ese rollo es el libro del destino —le dijo a Sutano—. De los etruscos no conocemos prácticamente nada. Ni siquiera su lengua. Ni siquiera su origen. Sólo tenemos especulaciones, teorías —y siguió avanzando—. Cuando los romanos llegaron a estas colinas, la historia anterior, la de los etruscos, fue arrojada a un barranco, a un maldito agujero negro. Es como si se hubieran evaporado —y tronó los dedos.

Comenzó a bajar. Le dijo a Sutano:

—Allá abajo —señaló hacia la derecha—, justo por debajo de los pilares de la fachada de la actual basílica de San Pedro, en 1609, los hombres del Renacimiento encontraron un pedazo de mármol muy antiguo con una inscripción de los tiempos romanos. Dice "Templo de Cibeles *Magna Mater Frigianu*". Era aquí. Año 305 después de Cristo.

—¿Cibeles?

—Esto era su templo.

—¿En medio de un cementerio?

—En una de estas tumbas los arqueólogos encontraron una moneda romana del año 318 después de Cristo. Eso ya era la época de Constantino, primer emperador que apoyó al cristianismo.

—Vaya… ¿Eso significa algo?

—Significa que para ese año este lugar seguía siendo un cementerio en uso, probablemente centrado en el templo de la diosa Cibeles, o tal vez de su antecesora etrusca, Vanth, Vatika. Constantino decidió excavar y aplanar aquí, y edificar en este terreno de Vanth, de la muerte, la primera basílica de San Pedro.

Continuaron avanzando. Sutano Hidalgo le preguntó:

—¿Por qué demonios los que "saben" el mensaje real que la niña portuguesa Lucía dos Santos recibió de la Virgen en Fátima habrían guardado algo aquí? ¿Por qué en estas putrefactas catacumbas? ¿Por qué no allá arriba, en la Biblioteca Apostólica Vaticana?

Su guía siguió pisando hacia la profundidad, con la linterna.

—La revista *Chiesa Viva* —Iglesia viva— dio a conocer hace dos años un acontecimiento escalofriante que sucedió "allá arriba".

—¿Escalofriante? ¿A qué te refieres?

—Ocurrió a los siete días de que el papa Paulo VI fuera elegido sumo pontífice. Probablemente él mismo autorizó que sucediera. —Siguió caminando.

—¿Qué sucedió?

—Fue escalofriante.

—¡Dime ya, demonios!

El informante se detuvo en seco, delante de una perturbadora imagen del techo curvado, hecha con diminutos mosaicos de color dorado: una figura humana montando un carruaje, con una corona de rayos o picos saliéndole de la cabeza. Debajo decía "Sol Invictus Mithra". Sutano lentamente sacó de su bolsillo una brillante moneda de un dólar. La giró entre sus dedos. Vio en el resplandor del metal la cabeza de la Estatua de la Libertad, con los mismos rayos en la corona:

—*Santa Sinfonía del Terror*... ¿La estatua es Mitra? —y miró hacia arriba y luego hacia su guía—. *Esto es peor que reencontrarme con mi primera mujer...* Mi primera mujer fue el monstruo hediondo del que Satanás escapó en el Neolítico cuando fue a refugiarse en el maldito Infierno.

—¡Celebraron una misa negra! —le gritó el guía, y fuertemente golpeó el muro—. ¡Celebraron una misa satánica!

Sutano se quedó petrificado.

—¿Qué estás diciendo? —y miró el rostro del Sol Invictus Mithra. A los lados, el recinto tenía pintadas figuras geométricas: tres cuadrados dorados y un rombo con un misterioso círculo de color dorado en su interior.

—Lo que el número de septiembre de 2011 de la revista *Chiesa Viva* dice es aterrador. Puedes encontrar algo aún más espeluznante en el portal de internet de Los Últimos Tiempos, del aparentemente ex legionario de Cristo Alberto Villasana, experto en Fátima. Según fuentes muy discutibles, fue secretario particular de Marcial Maciel Degollado. Dice: "Terminado el concilio, un grupo de sacerdotes, obispos y cardenales adheridos a la masonería entronizaron a Satanás en una misa negra llevada a cabo en la Capilla Paulina del Vaticano. El rito tuvo lugar en la fiesta de san Pedro y san Pablo, la noche del 28 al 29 de junio de 1963. Hubo un sacrificio ritual con un menor y cada uno de los asistentes, con su propia sangre sellada sobre un pergamino, ofreció su alma a Lucifer y juró solemnemente trabajar por la 'Iglesia Universal del Hombre'".

Sutano Hidalgo se quedó sin poder respirar.

—¿Capilla paulina...? —y miró hacia arriba, hacia las goteras del techo de mosaicos—. ¿Es la capilla donde empezó la acción para este cónclave? ¿Es de donde salieron los cardenales?

El hombre se le acercó:

—Encontrarás los restos borrados de una estrella masónica en el dorso de la mano del papa Paulo VI, justo arriba de nosotros, en la segunda puerta de la basílica de San Pedro, la puerta de bronce. Se la regalaron al papa Paulo VI. Se llama Puerta del Bien y del Mal. Todo esto está documentado en la revista *Chiesa Viva* de septiembre de 2011, número 441. En esa estrella masónica del dorso de la mano de Paulo VI está la llave del verdadero tercer secreto de Fátima.

Sutano se quedó inmóvil. Contempló pasivamente la imagen sonriente del Sol Invictus Mithra.

—No sabía que eras la Estatua de la Libertad de los Estados Unidos de América —le sonrió—. Mucho gusto.

Suavemente colocó frente a los mosaicos dorados su moneda de un dólar. Le dijo a su guía:

—Sí se parecen, ¿verdad? Observa las cabezas. Ahora vive frente a Manhattan. ¿Es algo masónico? ¿Es algo pagano?

Tomó a su guía por el cuello. Lo impactó contra el rocoso muro mojado.

—¡¿Cómo te atreves a hablar así contra los papas de la Iglesia católica, pedazo de mierda?! ¡¿Cuáles son tus malditas pruebas?! ¡¿Un par de revistas?! ¡¿Estás diciendo que Paulo VI y Juan XXIII fueron masones?! ¡¿Estás diciendo que Paulo VI autorizó o permitió una misa satánica aquí, en el Vaticano?!

Su guía, con el cuello estrujado, le dijo gruñendo:

—El tercer secreto de Fátima es un arma.

—¿Un arma? ¡¿De qué estás hablando, maldito?!

—¡Por eso no quieren que se sepa la verdad! ¡No van a dejar que la gente sepa nada de esto!

—¡¿Qué quieres decir con "es un arma"?! —y le estrelló la cabeza contra el muro.

—¡Es para controlar a la gente! ¡El tercer secreto de Fátima es un arma! ¡Es un mecanismo de miedo!

—Diablos —y comenzó a sacudirlo contra el muro, bajo los ojos de Mitra—. ¡¿Estás diciendo que nunca vino la Virgen?! ¡¿Todo fue una mentira?!

El sujeto comenzó a derramar saliva. Sus ojos empezaron a rodarse hacia arriba, hacia el techo.

—Amo demasiado a Dios como para tener una religión. Las religiones dividen. Ellos van a destruirlo todo. Inventaron las armas de miedo para controlarnos. La religión misma fue modificada. El mensaje de Cristo fue distorsionado hace 1700 años.

Se mordió el dedo índice. Se arrancó un pedazo de carne. Lo escupió al piso mojado. En la pared comenzó a escribir con su propia sangre: "Gálatas 1:7… 2 Corintios 11:13… Falsos apóstoles modificaron el Evangelio de Cristo". Sutano quedó impactado.

—No esperaba que te dañaras —le dijo. Le arrojó un pañuelo—. Ahora ya no tienes tu dedo. Te hace falta un control de estrés.

De su bolsillo lentamente comenzó a sacar su viejo y oloroso librito negro, muy pandeado, con las pastas de plástico olorosas —efectivamente, olían al sudor de los testículos de Sutano Hidalgo:

—"Manual de Combate y Supervivencia 21-76. Ejército de los Estados Unidos. Psicología de la supervivencia: cualquier evento puede conducirte al estrés. El estrés puede transformar a un soldado bien entrenado y confiado en un individuo indeciso, inefectivo, con cuestionable habilidad para sobrevivir" —y cerró su manual—. En esta primera prueba de la vida, estás reprobado.

Lo tomó por el cabello y comenzó a estrellarlo de nuevo contra las rocas:

—¡¿Estás diciendo que nunca se apareció la Virgen en Fátima?!

—¡No estoy diciendo eso! —y comenzó a escupir sangre.

—¡¿Entonces qué estás diciendo, estiércol del universo?!

El sujeto empezó a llorar como un animal:

—¡Constantino fusionó la religión cristiana con la religión de Mitra para crear su imperio! ¡Esto es parte de lo que en verdad informa el tercer secreto de Fátima! ¡Por eso lo están ocultando! —y señaló hacia el techo, hacia los mosaicos—. ¡Desde el año 400 las imágenes de Cristo tienen esa corona de rayos! ¡Ése no es Jesucristo! —y con los ojos revisó las otras paredes oscuras del Mausoleo M.

Sutano divisó en la oscuridad, con la luz de la linterna, una ballena. Debajo decía: "Jonás y la ballena". A un lado había un joven pastor cargando a una oveja.

—¡Ésa fue la última imagen verdadera de Jesucristo! —le dijo su guía.

Sutano, estupefacto, comenzó a acercarse, ladeando la cabeza. La figura del joven en el muro no tenía el cabello largo ni rubio. Estaba rasurado como un romano.

—¿Es Jesús?

—Busca la Catacumba de Priscila. Ahí vas a encontrar el verdadero origen de Cristo. Busca a las sacerdotisas de Cristo. Busca el verdadero rollo que no fue adulterado por Constantino. Se llama Fuente Q, el Evangelio de Cristo.

—¿Fuente Q...?

—El diácono que estás persiguiendo dentro del Vaticano va a ser asesinado en la Catacumba de Priscila. Ellos deformaron también el mensaje de la madre de Cristo. Busca a la verdadera Lucía Dos Santos. Que ella te diga la verdad, el verdadero secreto de Fátima.

El individuo impulsó su cabeza en forma muy violenta contra el muro. Estrelló su cráneo justo en medio del gran círculo de pintura dorada, debajo del joven pastor que tenía en sus hombros una oveja. El hueso frontal se rompió. Comenzó a resbalar tallando su frente hasta el piso. Su sangre quedó estampada en el mural. Sutano lentamente bajó la cabeza. Se limpió un ojo.

—No debiste echar a perder una pieza arqueológica de valor inestimable. Comenzó a levantar la mano:

—Por esta santa unción —y comenzó a persignar al hombre— y por su bondadosa misericordia, el Señor te auxilie con la gracia del Espíritu Santo; que te libre ya de tus pecados, te salve y te alivie con su amor. Por Cristo Jesús —y miró hacia el pastor del muro— y por la Virgen de Fátima —y cerró los ojos— descansa en paz.

Se inclinó para cerrarle los ojos.

—Discúlpame por esta discusión innecesaria. Yo mismo me odio. Yo no inventé la realidad. Sólo habito en la misma. Somos cristianos pero somos gladiadores.

42

Arriba, Jackson y Gavari Raffaello me llevaron a empujones hacia el Palacio Apostólico. Me subieron por las curvadas y marmóreas escaleras de Constantino. Subimos al tercer piso, hacia los majestuosos Apartamentos Papales. El papa Francisco acababa de desechar esos espacios gigantescos como su dormitorio, por "ostentosos". Me llevaron a través de las amplias recámaras llamadas Stanza di Raffaello (Estancia de Rafaelo). Pensé: "Sí me gustaría dormir aquí, completamente solo".

Las paredes estaban pintadas con escenas de batallas, incluso el techo.

Me detuvieron frente a un gigantesco muro de 32 metros cuadrados que se proyectaba hacia el techo. Las figuras humanas parecieron salirse de la superficie. El musculoso Gavari Raffaello me jaló por el brazo:

—Mira, éste lo hice yo —y suavemente puso su dedo sobre la firma, en la esquina inferior derecha, junto al marco de la puerta. Decía: "Giulio Romano. Scuola di Raffaelle Sanzio d'Urbino. Battaglia di Constantino". Me sonrió.

—No... —le dije—. Éste no lo hiciste tú... —y le sonreí. Así comenzó nuestra amistad.

Se nos aproximó por detrás el temible Jackson Perugino de Monteripido. Me empujó contra el muro. Se golpeó la callosa mano con la ametralladora.

—Como ven, señoritas —y miró hacia arriba—, este mural fue pintado por Giulio Romano, alumno de Rafael Sanzio de Urbino, en el año de 1524 —y señaló hacia lo alto, hacia la bóveda—. Describe la batalla final en la que Constantino derrotó a su enemigo Majencio en el puente Milvio, sobre el río Tíber, a cuatro kilómetros de aquí —y se volvió hacia las ventanas, hacia el río—. Como pueden observar —y de nuevo apuntó hacia el techo, hacia la luminosa cruz entre las nubes—, el monarca, que antes era un convencido y devoto pagano romano adorador de Júpiter y Apolo, vio en su sueño anterior a esta batalla la cruz de Cristo, quien desde el Cielo le dijo las palabras que cambiaron la historia del mundo: "Bajo este signo vencerás". Constantino se habría de convertir al cristianismo, y con él todo el Imperio romano. Las persecuciones terminaron. Comenzó la era de la Iglesia —y me sonrió—. Este cuadro, para resumir, es el origen mismo del imperio del cristianismo, origen del Vaticano.

Caminaron hacia nosotros 18 hombres que me hicieron sentir un instantáneo miedo. Eran el prelado y tres cardenales, con otros sujetos más que eran muy ancianos. Tenían anillos, trajes muy brillosos y anteojos polarizados. Parecían políticos, empresarios. Uno de ellos le dijo a otro:

—La promoción de candidaturas durante el cónclave está penada por el canon UDG-81…

Me miraron como si fuera poca cosa, lo era. Se sonrieron entre ellos.

—¿Es él?

El prelado me señaló:

—Éste es mi hombre. —Tomó mi mano. La levantó en alto, en el aire. Los hombres comenzaron a aplaudirme. Me sentí feliz. Miré hacia Clara Vanthi. Ella se volvió hacia el piso.

—Este hombre nos va a llevar hasta el corazón mismo de la bestia —les dijo el prelado—. Él va a ser la piedra que nosotros vamos a arrojar hacia los pies de barro del coloso, y el coloso será derrumbado —y me sonrió—. ¿Qué conseguiste para mí, precioso Pío del Rosario, hermoso hijo de Dios?

Miré a los sujetos. Pensé: "No parecen hijos de Dios. A estos sujetos no les confiaría ni un clavo". Comencé a sacar de mi bolsillo el papel doblado, el que me acababa de dar el papa. Ni siquiera yo mismo lo había podido leer.

—Esto estaba en el portapapeles de piel del Santo Padre —le dije al prelado. Le ofrecí el documento. Me tembló la mano. El prelado lo tomó entre sus guantes blancos y comenzó a leerlo en silencio. Hizo una mueca de asco. Me miró a los ojos.

—Bravo, Pío del Rosario. Simplemente bravo —y se lo pasó a los hombres que estaban atrás de él. Lo devoraron como si fueran pirañas. El papel decía:

"Querido doctor Eugenio Scalfari, fundador del periódico *La Repubblica*:

"Usted me pregunta: ¿el Dios de los cristianos perdona a los que no creen y no buscan la fe? Mi respuesta es ésta: la misericordia de Dios no tiene límites si nos dirigimos a Él con corazón sincero y contrito; la cuestión para quien no cree en Dios radica en obedecer a la propia conciencia. Escucharla y obedecerla significa tomar una decisión frente a aquello que se percibe como bien o como mal. No es necesario creer en Dios para salvarse."

Comenzaron a sonreír.

—Blasfemia.

Uno de ellos dijo:

—Esto es justo lo que necesitamos para filtrar a la prensa.

El prelado me tomó por el hombro.

—Me enorgulleces, Pío del Rosario —y comenzó a avanzar debajo de *La batalla de Constantino*—. Ahora te voy a pedir una pequeña misión subsidiaria —y se detuvo—. No es tu verdadera misión, pero te va a entrenar para la siguiente etapa de tu renacimiento —y de reojo miró a sus "amigos"—. Irás al aeropuerto en este momento —y se llevó el reloj a los ojos—. Te dirigirás hacia la puerta de llegadas. Buscarás el vuelo de Zúrich. Esperarás ahí a monseñor Nunzio Scarano.

—¿Nunzio Scarano? —y miré a los sujetos. Todos suavemente subieron y bajaron sus cabezas. Me sonrieron—. No sé quién es Nunzio Scarano.

—Lo reconocerás porque carga consigo una maleta de piel; es la que quiero que recojas. Viene acompañado por dos hombres. Tiene el cabello blanco y las cejas negras. Tiene los ojos muy abiertos, como si viviera asustado o sorprendido, igual que tú —y me pellizcó la mejilla—. Tomarás la maleta y la llevarás al inmueble que está en Via di Pietra número 84. Te acompañarán mis hombres Gavari y Pietro Jackson —y ellos asintieron—. Si alguien te detiene, si alguien te pregunta algo sobre esta maleta, dejarás que Pietro Jackson les responda. Tú no abras la boca, porque aún eres un idiota. ¿Entendido?

—Entendido.

—Si insisten, si te preguntan de dónde salió lo que está dentro de la maleta, les dirás: son donaciones. Si te preguntan para qué es el dinero, les dirás: es para caridad. ¿Entendido?

—Diablos… ¿Es dinero?

El prelado me sonrió.

—No tienes que saber más —comenzó a persignarme—. Que Dios te bendiga —y cerró los ojos—. Leal hoy y siempre a mi verdadero papa,

Su Santidad Gregorio XVII, a quien aún no han permitido ocupar su trono petrino. Lucharé por siempre contra la maldad del comunismo —y le dijo a Jackson—: Llévalo al aeropuerto. Después llévalo a Vía di Piedra 84. Que no entre al inmueble.

Comencé a avanzar hacia la puerta.

—¿Para qué es el dinero? —le pregunté.

El prelado miró a sus "amigos". Con increíble fuerza me dio una bofetada en frente de todos. Me tiró al piso.

—¡Dios sabe que el día que pruebes la fruta del árbol del bien y del mal tus ojos se abrirán, y entonces conocerás la verdad: "Y entonces seréis como dioses"…! —y me miró fijamente. Me sonrió. Arriba y en los muros, los hombres antiguos pintados hace siglos por alumnos de Raffaello Sanzio de Urbino me miraron horrorizados. Uno, incluso, se estaba tapando los ojos.

El prelado tomó a Clara Vanthi por el brazo.

—Tú te quedas aquí conmigo, ramera, vamos —y la jaló hacia los dormitorios—. Ya te has tardado demasiado en tentar mi carne. Déjame ofrecerte a mis amigos.

Me quedé en *shock*. Le dije:

—¡Su Eminencia! ¡Quisiera que la hermana Carmela me acompañe al aeropuerto!

Sonó detrás de él un teléfono. Se quedó paralizado.

—Su Eminencia —le dijeron—. Le está llamando a usted el arzobispo primado de México, el cardenal Norberto Rivera Carrera. Dicen que es respecto a una iniciativa de usted, que él no está de acuerdo. —El prelado lentamente levantó una ceja:

—¿El arzobispo Rivera? —y miró hacia Clara—. Parece que tu protector me está llamando… —y le susurró en el oído—: Le voy a decir ahora mismo lo mal que te estás portando aquí —y comenzó a arrastrarla hacia el teléfono.

43

En Río de Janeiro, Brasil, el canoso y sonriente sacerdote Nunzio Scarano, en su traje negro, con sus grandes cejas negras y sus ojos muy abiertos mirando hacia todos lados, caminó con su gran maleta de piel dentro del avión, hacia su asiento.

—¿Estás nervioso? —le preguntó uno de sus dos acompañantes, que eran Aldo Stefano Cocco, agente del Servicio Secreto de Italia, y Dino Valerio Russo, intermediario financiero.

—¿Estás nervioso? —le insistieron.

El sacerdote miró hacia delante, hacia el respaldo del asiento. Acarició su maleta de piel. Adentro había 20 millones de euros en efectivo.

—No te preocupes —le dijo su acompañante—. Nadie va a sospechar de un bondadoso sacerdote.

—Eso espero —y le sonrió a la aeromoza.

—Tranquilo —le apretaron los antebrazos—. Y aun si alguien sospecha, nadie va a atreverse a detener a un sacerdote de la Iglesia católica para registrarle su maleta. Actúa naturalmente.

—Tienes razón —y miró a los demás pasajeros—. Actuaré naturalmente. Actuaré naturalmente. Actuaré naturalmente.

—Ya no digas eso. Disfruta el vuelo.

—Está bien —miró hacia la ventana— ¿Cómo se llama el contacto en el aeropuerto de Roma?

Su acompañante revisó la pantalla de su teléfono. Encontró la fotografía.

—Un chico, Pío del Rosario.

44

En Estrasburgo, Francia, dentro de un edificio blanco con banderas al frente, semejante a un crucero, en un redondo salón parecido a una nave espacial, un hombre calvo se levantó debajo de un gran letrero luminoso que decía: "Moneyval-Lucha del Consejo de Europa contra el Terrorismo y el Lavado Internacional de Dinero".

—El Consejo de Europa en principio aprueba el proyecto de reformas de transparencia que aquí está impulsando el nuevo papa, Francisco, por medio de su representante —y señaló hacia la redonda mesa—. Estamos iniciando este proceso conforme al estatuto del año 2003 del Grupo de Acción Financiera FATF, atendiendo las dieciséis principales recomendaciones que en el año 2012 emitió este comité de Moneyval para combatir las operaciones de lavado de dinero que se están realizando en instituciones hasta ahora no reguladas, como el Banco Vaticano, así como para impedir que esas transacciones encubiertas se sigan utilizando para la financiación secreta del terrorismo.

Se levantó una mujer:

—Es urgente iniciar aquí la aplicación de la Resolución 1267 del Consejo de Seguridad de las Naciones Unidas, emitida desde el año 1999, para congelar fondos y cuentas de personas implicadas en el tráfico secreto de recursos para la financiación del terrorismo y de organizaciones terroristas. En esta tubería subterránea figura el Banco Vaticano.

En la Stanza di Raffaelle, en Roma, el prelado caminó imperiosamente hacia la Stanza della Segnatura. Lo estaban esperando nueve cardenales. Le susurró a su asistente:

—Abran ya una cuenta para Pío del Rosario, en el Banco Vaticano, con el número 20-19. La va a firmar él pero la voy a controlar yo. Preparen todo para una importante transferencia de fondos. Regístrala bajo código de inexcrutabilidad dentro del secreto bancario.

En el hotel del Vaticano, la Casa Santa Marta, el papa Francisco caminó sobre sus desgastados zapatos negros ortopédicos por el pasillo de afuera de la cocina. Se despidió de dos meseros. Caminó hacia él un viejo amigo, de cincuenta y siete años: el mismo hombre que tenía a su cargo la administración de la Casa Santa Marta. El Santo Padre lo tomó por las manos.

—Battista Ricca —le sonrió—. Gracias por tu hospitalidad aquí en esta casa.

—No puedes agradecerme nada. Tú eres el papa.

—Battista —y lo miró a los ojos—. Quiero que te encargues de inspeccionar el banco. Quiero una inspección completa.

—Dios… ¿Te refieres al Banco Vaticano, al IOR? —y señaló hacia la Torre Nicolás V.

—Sí.

—¿Quieres que yo me meta ahí? ¿Qué te hice? Yo soy tu amigo. —El papa suavemente lo tomó por el brazo.

—No le pediría esto a alguien que no fuera mi amigo. Quiero que veas esto personalmente. Quiero que seas ahí mis ojos y mis oídos.

—Señor Jesucristo.

—Ten extremo cuidado. Ahí es donde viven todos los lobos.

Unas horas después el anuncio se había regado por todo el Vaticano. Afuera, en la plaza Santa Marta, el corresponsal en Europa de la BBC News comenzó a anunciar frente a su cámara:

"El papa Francisco sorprende de nuevo al mundo. Acaba de designar a un hombre de la curia para supervisar el Banco Vaticano. Con esta acción, el papa Francisco da su primer paso de gran magnitud hacia la reforma del complicado Banco Vaticano, nombrando para esta operación a un hombre de su confianza: Battista Mario Salvatore Ricca. Aun cuando monseñor Ricca acaba de ser nombrado oficialmente por el secretario de Estado, Tarcisio Bertone, el anuncio de prensa fue claro al afirmar que el mismo papa Francisco respaldó esta designación. Monseñor Battista Ricca ahora rendirá cuentas a la Comisión de los Cinco Cardenales, que hasta este momento supervisa al banco, y tendrá acceso completo por parte de ellos a todas las operaciones financieras del mismo.

En un corredor oscuro, monseñor Battista Ricca se persignó. Seguido por 10 hombres y cargando una carpeta con documentos, se introdujo por debajo de las letras grabadas en la piedra que decían en tres partes MISERI-COR-DIA. Traspasó las pesadas puertas hacia el recibidor cilíndrico del Banco Vaticano, en la Torre Nicolás V, ex prisión de la Santa Sede.

Lo estaban esperando cinco imponentes hombres. Les sonrió:

—Buenas tardes.

Ellos lo miraron con los ojos muy brillosos.

—Eres bienvenido.

Monseñor Ricca observó en el fondo, contra el luminoso muro del esférico recibidor de color amarillo, a dos monjas que lo miraban. Estaban temblando, crujiendo sus dientes.

Afuera, en lo alto del Palacio Apostólico, en la Stanza della Segnatura, el prelado violentamente arrojó un jarrón de cristal contra la pared.

—¡¿Qué demonios está haciendo ahora este antipapa?! —y se dirigió hacia los otros obispos—. ¡¿"Mis ojos y mis oídos dentro del Banco Vaticano"?!

Caminó dos pasos, hacia los dorados muebles recubiertos de oro.

—¿Cómo se atreve? —y susurró para calmarse—. Es sólo un antipapa. El Banco Vaticano no puede ser auditado por un blasfemo e ilegal antipapa.

Un alto jerarca comenzó a leerles a los demás:

—Carta de Su Santidad Francisco al fundador del periódico *La Repubblica*: "Usted me pregunta también, como conclusión de su primer artículo, qué decir a los hermanos hebreos acerca de la promesa que Dios les ha hecho cuando se mostró a Moisés en el monte Sinaí: ¿Se ha malogrado del todo? ¿Ya no está vigente el pacto del pueblo hebreo con Dios? Éste es en verdad un interrogante que nos concierne radicalmente como cristianos porque, con ayuda de Dios, sobre todo a partir del Concilio Vaticano II, hemos redescubierto que el pueblo hebreo sigue siendo para nosotros la raíz santa de la cual Jesús ha brotado".

El jerarca miró a los obispos.

—¿Qué les parece?

El prelado le dijo:

—Blasfemia. Este antipapa es judío.

El jerarca siguió leyendo:

—"También yo, Francisco, en la amistad que he cultivado durante todos estos años con los hermanos hebreos en Argentina, muchas veces en la oración he interrogado a Dios, especialmente cuando la mente traía el recuerdo de la terrible experiencia de la Shoah. Lo que puedo decirle, con el apóstol Pablo, es que jamás se ha quebrantado la fidelidad de Dios a la alianza estrecha con Israel, y que a través de las terribles pruebas de estos siglos los hebreos han conservado su fe en Dios. Y por esta razón, jamás les estaremos suficientemente agradecidos, como Iglesia, pero también como humanidad."

El prelado dio dos pasos hacia los enormes ventanales. Miró hacia arriba.

—Ya no puedo más con este antipapa. No soporto más —y cerró los ojos. Comenzó a llorar en silencio—. Todo esto lo previó el papa san Pío X. Todo esto lo anunció la Virgen en Fátima. Manden ya todo esto a la prensa. Que no sepan de dónde salió. Quiero ver esto en las primeras planas. Gracias, Pío del Rosario.

45

En la ciudad de Ontario, condado de New Hamburg, Canadá, dentro de la Academia de Nuestra Señora del Monte Carmelo, el obispo Bernard Fellay, superior general de la Orden Sacerdotal San Pío X —siglas SSPX— se dirigió a cerca de doscientas personas:

—Los judíos apoyaron el Concilio Vaticano II. Esto demuestra que el Concilio Vaticano II es de ellos, no de la Iglesia —y con su poderosa mirada observó a todos—. ¿Quiénes, durante ese tiempo, más se oponían a que la Iglesia reconociera a nuestra Sociedad Sacerdotal Pío X? ¡Los enemigos de la Iglesia! Los judíos. Los masones. Los modernistas.

Una periodista que estaba presente le preguntó con un grito:

—¿Qué es lo que usted considera tan deplorable del Concilio Vaticano segundo; que lo único que hizo fue que la misa católica pudiera ser impartida en los idiomas de los muchos países donde se imparte, y no forzosamente en latín que nadie entendía? ¿Acaso eso es tan malo?

En la Casa Santa Marta, al papa Francisco se le aproximó majestuosamente el alto, imponente, solemne y sonriente secretario de Estado, Tarcisio Bertone, con una mirada semejante a la del actor cómico Will Ferrell.

—Su Santidad —y se volvió hacia el inexpresivo hombre de lentes que estaba apostado contra el muro, a la distancia, vestido con un impecable traje negro y con un transmisor en el oído: el comandante de la Guardia Suiza, Daniel Rudolf Anrig—. Respecto a su Guardia Suiza, Su Santidad, el periodo del comandante Daniel Anrig ya está a punto de expirar. Son cinco años. ¿Desea renovarlo?

El papa en silencio observó al comandante. El jefe de la Guardia Suiza lo miró. Luego volvió la vista hacia la pared de enfrente. Una densa gota de sudor comenzó a correrle por su frente.

—Verás… —le dijo el pontífice a Tarcisio Bertone. Lo tomó por el brazo—. No puedo nombrarlo, ni tampoco removerlo. La verdad es que ¡no lo conozco! —y le sonrió a Bertone—. ¿Qué te parece la fórmula *Donec Alitur Privideatur*?

—¿Hasta que se requiera de otra forma?

—Sí.

Tarcisio Bertone lentamente bajó la cabeza.

—Sí, Su Santidad.

Entró, seguido por una procesión de acompañantes, el poderosísimo prefecto del Supremum Tribunal Signaturae Apostolicae o Tribunal Supremo de la Signatura Apostólica: el cardenal estadounidense Raymond Leo Burke, con la cabeza cúbica de un preocupado estrigiforme, esto es, un búho. Se acercó ceremonioso. Le tomó la mano al papa.

—Su Santidad, mi periodo como prefecto de la Signatura Apostólica está expirando. Deseo saber si usted desea que continúe.

El sumo pontífice lo miró en silencio. Se dio cuenta de que en el fondo del pasillo el comandante Anrig lo estaba observando.

—¿Podrías darme un tiempo…? —le dijo al cardenal Burke—. Estamos pensando en una reestructuración legal del grupo G-9.

—¿G-9, Su Santidad…? —y lo miró con los ojos muy abiertos a través de sus delgados anteojos.

El papa Francisco observó que el comandante Anrig volvió lentamente la vista hacia el muro que tenía enfrente.

—¿Qué te parecería la fórmula *Donec Alitur Provideatur*?

—¿Mientras Dios lo disponga?

El papa asintió con la cabeza.

El cardenal Raymond Leo Burke salió del pasillo, vistiendo su larga sotana cardenalicia de color rojo, cubierto por su blanco "mantel" de filigrana, semejante a un complejo vestido de novia, el *rochettum*.

Pareció una auténtica lechuza emprendiendo vuelo, con las partes bajas de la sotana ondeando sobre el suelo. Salió imperioso, bufando por la nariz. Cruzó rápida y silenciosamente frente a la mirada del jefe de la Guardia Suiza, Daniel Anrig, quien apenas movió los ojos, tragando saliva.

El papa entró al vasto salón. Lo estaban esperando los nuncios apostólicos del Vaticano en todos los países del mundo.

—Queridos hermanos —les dijo. Tomó con sus manos los dos micrófonos. Les sonrió—. En estos días, en el Año de la Fe, yo le agradezco al cardenal Tarcisio Bertone —y lo señaló con la mirada— por las palabras que me ha dirigido aquí representándolos a ustedes.

Los nuncios apostólicos lo miraron fijamente.

—Ustedes me representan en Iglesias distribuidas a través del mundo y con los gobiernos de las naciones, pero el verlos a todos ustedes juntos aquí me hace sentir la catolicidad de toda la Iglesia, su universalidad. ¡Les agradezco con todo el corazón!

Comenzaron a levantarse, a aplaudirle. En el pasillo exterior del edificio, el poderoso cardenal estadounidense Raymond L. Burke, con ayuda de un asistente, empezó a bajar las escalinatas, arrastrando su imperial ropaje de color rojo.

—¿Su Eminencia? —le preguntó uno de los reporteros—. ¿Va a continuar a cargo del tribunal? ¿Tiene ya alguna respuesta del papa?

El cardenal se detuvo para mirarlos.

—Me preocupa, igual que a todos, el rumbo que está tomando la Iglesia —y con gran resolución se metió a un poderoso vehículo de color negro.

—Voy a comunicarles varios pensamientos —siguió diciendo el papa—. Primero que nada, déjenme decirles que la de ustedes es una vida nómada. Ustedes cambian de lugar, pasando de un continente a otro, de un país a otro, siempre con un portafolios a la mano. ¿Qué es lo que esta vida nos dice? Yo diría que esto nos da una sensación de travesía —y les sonrió—. Como cuando Abraham dejó todo.

En la sala notó las expresiones de los nuncios asintiendo. Continuó:

—Éste es el sacrificio de quitarnos todo a nosotros mismos: quitarnos amigos, vínculos, es siempre comenzar de nuevo. Esto no es fácil. Significa vivir siempre en el borde, sin tener nunca un lugar para echar la raíz; siempre en un camino —y lentamente se aproximó al micrófono—. Cuando un pastor se entrega al espíritu del mundo, a los lujos, a las riquezas, a los reconocimientos, se expone al ridículo. La misma gente que parece aprobarlos después nos critica por la espalda —y los señaló—: ¡Nosotros somos pastores! ¡Esto no lo debemos olvidar jamás! ¡Los que vayamos a elegir ahora como obispos deben ser pastores cercanos a la gente, animados por un sentido interno de pobreza! ¡Los obispos de la Iglesia de Cristo no deben tener la psicología de príncipes!

Afuera, una mano con cuatro anillos dorados se apoyó en el descansabrazos de la puerta de una limosina que tenía las placas SCV2.

—No lo soporto más. Llévame a las Catacumbas de Priscila.

Sobre la banqueta, el reportero Thomas Reese, del *National Catholic Reporter*, dijo al micrófono: "El papa Francisco acaba de indicar las nuevas líneas que desde ahora habrán de seguir los nuncios apostólicos para la designación de nuevos obispos: 'Ser gentiles, misericordiosos y motivados por pobreza interna; no tener la psicología de príncipes, y no ser ambiciosos'".

46

En el aeropuerto de Roma, en el andador de equipajes, el jovial y canoso monseñor Nunzio Scarano, contador de la Santa Sede durante dos décadas, levantó sus negras cejas y lo observó todo con los ojos muy abiertos, "como si viviera asustado o sorprendido". En su mano aferró su olorosa maleta de piel color negro. "Actúa naturalmente —se dijo—. Actúa naturalmente. Actúa naturalmente. Actúa naturalmente."

Su cara estaba mojada de sudor. Les sonrió a los policías. A su lado, sus acompañantes Aldo Stefano Cocco, agente secreto italiano, y Dino Valerio Russo, intermediario financiero, lo tomaron suavemente por los brazos.

—Bon giorno… —les sonrieron a los policías.

Había una cara ahí: la mía. Tenía en mis manos un letrero que decía: "Nunzio Scarano". Estaba parado entre las otras personas, junto con Clara Vanthi en su cremoso hábito de monja.

El sacerdote hizo un gesto de alivio en cuanto me encontró.

—Va a tener que acompañarnos —le dijo un policía. Lo tomó por el brazo.

—¿Perdón…? —y el sacerdote me miró fijamente. Me hizo un gesto horroroso. Nunca lo voy a olvidar.

—Ustedes también vengan con nosotros —les dijeron a los acompañantes del monseñor.

—¡Un momento! —les dijo el agente secreto Aldo Stefano Cocco. Les mostró un documento. Alcanzaron a leer las palabras "Servicio Secreto".

—No importa. ¡Usted viene con nosotros! ¡Están detenidos! ¡Ya están bajo proceso!

Monseñor Nunzio Scarano comenzó a gritar:

—¡No pueden sospechar de un bondadoso sacerdote! ¡No pueden registrar a un hombre de Cristo! ¡Esto es de donaciones! ¡Esto es para las obras de caridad de la Iglesia!

Uno de los oficiales me miró. Le sonreí. Señaló mi letrero:

—Arresten a este idiota. Éste es el contacto.

—Pero es que…

Clara muy fuertemente me tomó por el brazo:

—¡Ustedes no toquen a Pío del Rosario!

—Tráigan_sela también. Debe de ser parte de la red de trasiego.

A veinte metros de distancia, colocados cada quien a un lado de columnas separadas, se miraron uno al otro Gavari Raffaello, agente 1503, y el temible Jackson Perugino di Monteripido, agente 1502. Jackson se llevó el micrófono de la pulsera hacia la boca.

—Acaba de suceder un problema. Aprehendieron también al pederasta.

Escuchó una voz que le dijo:

—Suprímelo.

En el exterior del aeropuerto, el corresponsal en Europa de BBC Mundo comenzó a transmitir hacia su agencia de noticias: "El sacerdote Nunzio Scarano, hombre de finanzas del Vaticano, acaba de ser detenido por la Guardia de Finanzas de la autoridad italiana. Al parecer, estaba traficando secretamente veinte o veintiséis millones de euros. El fiscal de Roma, Nello Rossi, quien está ya a cargo de esta investigación, asegura que las discusiones preliminares recogidas en grabaciones electrónicas parecen indicar que este dinero en Suiza está ligado a la familia D'Amico, magnates de la construcción de barcos en Salerno".

Otro reportero añadió: "El presidente de D'Amico International Shipping es Paolo D'Amico, oriundo de Salerno, igual que el sacerdote detenido, Nunzio Scarano. Se ignora si esta vinculación es real con respecto al dinero, o si el sacerdote está inculpando a terceros para encubrir el fondo verdadero de este trasiego".

El periodista de BBC Mundo continuó: "Nos están llegando reportes que indican que el sacerdote detenido puede haber realizado más operaciones de este género, y que están a su nombre propiedades y cuentas bancarias con valor de más de ocho millones de dólares, incluyendo un lujoso departamento en Salerno. Las autoridades informan que los cargos contra el clérigo están relacionados con "falsas donaciones", que supuestamente recibió de cuentas extranjeras a través del Banco Vaticano. Las autoridades creen que Scarano no es el único que ha usado el Banco Vaticano para lavar dinero. La pregunta de todos ahora es para qué iba ser utilizado este dinero ahora incautado, y a qué organización iba a ser entregado.

En el Palacio Apostólico, el prelado lentamente comenzó a levantar en el aire un sagrado cirio —una ancha y larga vela blanca que tenía estampado un hermoso retrato de Cristo.

—Detuvieron a Nunzio Scarano —les dijo a los hombres de trajes finos que lo rodearon. Con mucho amor besó la vela, en el rostro de Cristo—. Este papa va a ser un problema. Esto no pudo hacerse sin el apoyo del antipapa.

En su mente apareció una imagen, un estallido. Duró sólo dos segundos: la mano de Pío del Rosario justo antes de despedirse de él para irse al aeropuerto, cuando le dijo: "Sí, Su Eminencia", los dedos de Pío tocando suavemente su teléfono celular.

—Maldito pederasta… —susurró—. ¡Maldito pederasta! ¡Maldito traidor del infierno! ¡Este pedazo de imbécil delató la operación ante la policía del aeropuerto! —y arrojó el cirio divino hacia el muro. Se impactó contra el mural renacentista, que ya tenía pintado a un sujeto en lágrimas. Escurrió cera caliente con vidrios.

47

En el aeropuerto, Clara Vanthi y yo fuimos metidos a un vehículo de color gris plateado de la Guardia de Finanzas del gobierno italiano. Estábamos los dos con las manos esposadas. En el vehículo de adelante trasladaban a monseñor Scarano y a sus acompañantes. Le dije a Clara:

—¿A esto te referías con "cuando eres periodista te vuelves un guerrero", y "todos estamos buscando la nota"?

—Eso lo dijo el reportero Manuel Mejido —y miró hacia la ventana—. Una vez se disfrazó de mesero para entrevistar a Elizabeth Taylor. Viajó a Rusia para entrevistar al premier Nikita Jrushchov; sin dinero y sin empleo, usó lo poco que tenía para el boleto, sin conocer a nadie. Eso es lo que yo llamo ser periodista.

Le dije:

—Tú no sólo conseguiste "la nota". Ahora eres parte de la misma. Tú y yo estamos ahora implicados en este maldito problema, y si no me equivoco, esto es lavado de dinero —y me le acerqué—. ¿Cómo sabes que no nos crearon ya a nosotros un archivo de antecedentes de todo esto?

—Dios Santo —susurró ella. Miró hacia el techo de la patrulla. Miró el foco. De un lado era azul y del otro lado era rojo.

—Mi vida está comenzando a volverse surrealista —me dijo, y suspiró—. ¿Esto es un error, Pío del Rosario? ¿Estamos obrando mal al hacer esto? ¿Estoy arriesgando demasiado mi vida sólo por triunfar en algo? —y observó por la ventanilla el paso de los automóviles.

—Estás arriesgando la mía.

Me sonrió. Su nariz respingada se vio preciosa. Sus verdes ojos de gato se abrieron mucho. Con la luz del exterior le brilló el cabello dorado. Me dijo:

—Ningún gran descubridor en la historia se echó atrás en el momento del máximo peligro —y suavemente me sonrió—. Tú y yo somos los que vamos a descubrir para el mundo el Secreto Vaticano.

Adelante, el conductor del vehículo, con su uniforme gris y su boina verde en la cabeza, nos observó a ambos por el espejo retrovisor. Sentí terror. Sentí un deseo incontenible de besar a Clara Vanthi —o cualquiera que fuera su verdadero nombre.

Cerré los ojos. Comencé a orar en silencio: "Señor Jesús, Dios y hombre verdadero: no cederé a las tentaciones de la carne. Nada es más dulce y completo que el amor a Cristo. Soy hombre de Dios. Vivo para mi santa Iglesia. *Sacerdotalis caelibatus. Sacerdotalis caelibatus. Sacerdotalis caelibatus.*

Clara me acercó su hombro:

—Pío del Rosario —y me sopló su caliente olor a frutas picantes—: Jesucristo nunca ordenó el celibato. No creas nada de eso. Casi todos los apóstoles estaban casados. ¿Lo sabías? Lee Mateo 8:14: "Vino Jesús a la casa de Pedro, y vio a la madre de la esposa de Pedro reposando en la cama, con fiebre" —y me miró fijamente—. ¡Pedro estaba casado!

117

¡Pedro fue el primer papa! ¡¿Por qué tú, Pío del Rosario, no puedes darme un beso?! —y me sonrió.

Me quedé pasmado. Miré al conductor a través del espejo retrovisor. Estaba muy interesado en la plática. Se ajustó su atersada boina de color verde.

—¿Perdón…? —le pregunté a Clara.

—¡Lee a Isaac Asimov! ¡La imposición de no casarse fue para impedir que los obispos se hicieran "príncipes", que les heredaran sus obispados a sus hijos, y sus hijos a los nietos, como si fueran príncipes feudales. Si el papa de Roma quería tener el control total centralizado, obispos y cardenales debían ser eunucos o castrados, incapaces de generar descendencia o herederos.

Miré al conductor. Él muy alegremente me dijo:

—Tu chica es demasiado inteligente y es una mujer muy bella. Si no te lanzas tú, me lanzaré yo.

Clara me dijo:

—Pío: esta prohibición estúpida, que fue obra de los hombres enfermos de la Edad Media, es lo que comenzó todo este problema de la pederastia. ¿No lo entiendes?

—Señor Jesucristo… —y cerré los ojos. Me llevé las manos a la cara—. No. No lo entiendo. Deja de atormentarme la mente —y entre mis dedos miré hacia fuera, hacia la calle—. Me basta con ser un acusado de lavado de dinero.

—Pío: los hombres de la Edad Media pervirtieron todo. Pervirtieron el sexo. Pervirtieron el Evangelio mismo. Pervirtieron el mensaje de Cristo. Fueron hombres enfermos, Pío del Rosario. ¿No crees que ellos le metieron mano al Evangelio para modificarlo? ¡¿Y eso es lo que crees que es verdadero?! ¿Cuántas veces has visto los escritos originales de los cuatro apóstoles autores de los Evangelios?

—¿Cómo dices?

Me miró muy dulcemente.

—Pío del Rosario: nunca vas a encontrar en ningún lugar del mundo los papiros originales con la letra autógrafa de Lucas, de Marcos, de Juan o de Mateo. No existen. No los vas a encontrar en ningún museo, en ningún archivo clasificado. Todo lo que crees ha sido reinterpretado, reescrito, recodificado por los hombres enfermos de la Edad Media. El Evangelio verdadero de Jesucristo es un misterio. Éste es el verdadero Secreto Vaticano. El Evangelio actual en el que el mundo cree ha sido falsificado. Pregúntate por Cristo.

El conductor, con su verde boina de terciopelo colgándole por un lado, comenzó a asentir con la cabeza. Le dijo a ella:

—Eres una mujer hermosa, y yo sí estoy dispuesto a casarme ahora mismo contigo. No tengo ningún voto de celibato, pero me gustaría tenerlo ahora mismo, para romperlo. Quiero estar contigo y encontrar juntos el verdadero Evangelio de Jesucristo.

Yo le dije a Clara:

—Pero ¿y la carta encíclica *Sacerdotalis caelibatus* del papa Paulo VI? ¿Nada de eso es cierto? En ella se dice claramente: "El celibato sacerdotal ha sido guardado por la Iglesia durante siglos como una brillante joya".

48

—El papa Paulo VI fue un completo y absoluto masón.

Esto se lo dijo un hombre de barbas hasta las rodillas al "jardinero" vaticano Sutano Hidalgo, quien ya tenía el suéter verde muy manchado de lodo, de aceite y de sangre. Sus herramientas de jardinería las tenía por detrás, colgándole del cinto, y ya estaban retorcidas. Estaban parados frente a la enorme puerta segunda de la gigantesca y sólida basílica de San Pedro. Había muchos turistas.

—¿Es aquí? —le preguntó Sutano al hombre de barbas. Miró hacia la gente. Con su morena y velluda mano comenzó a acariciar suavemente los modernistas relieves de pulido bronce.

—Ésta es la puerta que aquí conocemos como Porta del Bene e del Male o Puerta del Bien y del Mal —le dijo el hombre de barbas—. La diseñó el escultor boloñés Luciano Minguzzi, como un regalo especial para el papa Paulo VI, cuando cumplió los ochenta años, en el año 1977.

—No me parece muy masónica —y miró hacia arriba, hacia las figuras escalofriantes de la parte alta.

—El mal está representado en este otro lado —y el hombre barbado señaló hacia la puerta izquierda. Sutano se horrorizó. Vio en el bronce una cruz de la que estaban colgando dos pellejos humanos. Debajo decía: "Vitale" y "Agricola".

Se persignó.

—Qué feo es esto.

De su bolsillo sacó una hoja con una impresión a color. La acababa de obtener en el café internet de afuera de la muralla del Vaticano. Era una fotografía amplificada. Se la mostró al hombre.

—Esto fue publicado en la revista *Chiesa Viva*, número 441, en septiembre de 2011 —y con el dedo tocó la figura del papa Paulo VI, repujado en el bronce, con una enorme tiara o mitra cónica en la cabeza, con complejos decorados; con la inscripción arriba "Paolo VI" y con las manos juntas para rezar. En el dorso de la mano había una terrorífica estrella de cinco puntas, dentro de un círculo.

—Quiero ver esta parte de la puerta. Quiero ver esta maldita estrella —y pensó: "En la estrella masónica, en el dorso de la mano de Paulo VI, está la llave del verdadero tercer secreto de Fátima".

El hombre de las largas barbas frunció las cejas. Cuidadosamente tomó el papel. Comenzó a revisarlo. Le susurró a Sutano:

—Me han traído muchas veces esta misma imagen.

—¿De verdad?

—Sí.

—¡¿Dónde está, maldita sea?! ¿Está en esta puerta?

El hombre de barbas se asustó. Sutano cerró los ojos. Pensó: "Manual de Supervivencia y Combate 21-76. Ejército de los Estados Unidos. Ansiedad. La ansiedad puede abrumar al soldado, al punto de convertirlo fácilmente en alguien confuso, con dificultad para pensar".

Abrió los ojos.

—Quiero ver esta maldita mano.

El hombre de barbas lentamente se volvió hacia el lado derecho de la puerta.

—Este lado es "El Bien" —y suavemente empezó a levantar su velludo brazo hacia el segundo panel horizontal de repujados de bronce, a la altura del tórax—. Esta parte se llama "El Concilio".

Sutano Hidalgo vio cinco altos prelados, todos ellos con sus grandes sombreros o tiaras o mitras.

—Éste es Paulo VI —le dijo el hombre a Sutano.

Sutano comenzó a aproximarse.

—Dios santo…

Pensó: "En el mundo real hay un complot real, y este complot se esconde detrás de la realidad suplementaria, que ellos crearon como un espejismo…"

—*Un momento…* —y comenzó a ladear la cabeza. Se llevó de nuevo a los ojos el papel con la fotografía. Observó algo perturbador. Entre la fotografía y el bronce real había discrepancias. En el bronce real el papa Paulo VI estaba también sentado en un trono, y también con un letrero encima que decía PAOLO VI, pero la imagen era realmente diferente.

—*What the fuck...* —susurró Sutano. Volvió a ver el papel.

El hombre de barbas se le aproximó por detrás:

—No sabemos cuál es la verdad sobre todo esto. Alguien modificó lo que usted está viendo, o bien el relieve, o bien la fotografía. Una de estas dos cosas es falsa.

—*Dios santo...* ¿cómo puede ser esto?

—Presuntamente, un eminentísimo, el sacerdote Luigi Villa, que fue el fundador de la Revista *Chiesa Viva*, protestó cuando vio aquí la estrella de la masonería, y entonces los constructores remplazaron toda esta sección de la puerta.

Sutano se quedó pasmado. Lentamente se acercó al bronce, hacia la dorada mano del papa Paulo VI. El dorso de la mano estaba completamente limpio.

—No hay ninguna estrella —le dijo al hombre de barbas—. ¡No hay ninguna maldita estrella! ¿Cómo pudieron haber remplazado toda esta sección de la puerta? ¿Existen otras fotografías como la de la revista, de esa misma época, de antes de que esta sección fuera remplazada?

—No.

Sutano permaneció mudo.

—Esto huele peor que mis huevos sudados. Y eso que llevo más de diez días sin bañarme —y suavemente pasó la mano por encima de los filos del relieve metálico dorado—. Esto es realmente peor que reencontrarme con mi primera mujer, y eso que ella o "eso" fue el monstruo del que Satanás huyó cuando fue a esconderse en el maldito... —y comenzó a frotar el bronce—. Si alguien hubiera remplazado todo este pedazo, aquí se notaría algún rastro. Habría restos de soldadura en estos bordes... ¿no es cierto? El color del bronce tendría alguna diferencia de tono.

El hombre de barbas le sopló en el oído:

—El único hombre que sabe todo es monseñor Loris F. Capovilla. Fue el secretario personal del papa anterior a Paulo VI.

Sutano vio en el bronce, en el otro extremo del mismo panel, la imagen del papa Juan XXIII. Era uno de los cinco prelados. Arriba decía "Concilio 1962".

El hombre de barbas le dijo:

—Busca en la Catacumba de Priscila. Busca el secreto de Loris Capovilla, la verdad sobre el origen del cristianismo, sobre el origen de Cristo. Busca a la verdadera niña Lucía. Busca a Loris Capovilla. El tercer secreto de Fátima es un arma para la mente humana.

—¿Perdón…? —y lentamente se volvió hacia el hombre de barbas.

El sujeto lo miró por última vez con los ojos vacíos. De su cabeza comenzó a dispararse una serie de ráfagas de sangre. Empezó a caerse hacia el suelo.

—No… Dios… —y Sutano trató de cacharlo. Se volvió hacia la plaza.

En la plaza de San Pedro, al pie del monumental obelisco, que tenía empotrada un águila con la corona de Mitra, vio a un sujeto completamente tapado con un manto negro. Le apuntó a Sutano directamente a la cabeza, con una ametralladora.

49

—Pinche terror —le dije a Clara Vanthi dentro de la patrulla.

—El terror no es esto, Pío —me dijo ella—. El terror es que varios de los jefes de la policía de Roma son amigos del prelado y son miembros de su misma logia. Él mismo los inició, como te inició a ti, en el propio Vaticano, sin autorización de ningún papa. Son hermanos de sangre. Ellos son la contra-Iglesia. En cuanto lleguemos al distrito de la policía nos van a enviar de regreso con el prelado, y con Jackson. Ellos son una red, Pío. Hay políticos en esta red: en el gobierno de Italia, en las Naciones Unidas, en el gobierno de los Estados Unidos.

Expulsé el aire.

—Tienes razón. Todo esto es horrible. ¿Cómo me regreso a mi casa? —y miré hacia la calle—. No sé en qué punto exacto comenzó a descomponerse mi vida. ¿Fue cuando te conocí a ti?

Clara volvió a pegarme su caliente hombro.

—Si esto es lo último que voy a hacer en la tierra, el estar contigo, no me voy a sentir mal, porque eres un buen ser humano, y eres valiente, y eres el que estuvo conmigo en el momento del máximo peligro.

La miré a los ojos.

—¿Momento del máximo peligro…? —le pregunté.

El conductor de la patrulla, con su aterciopelada boina verde, la miró por el espejo retrovisor:

—Señorita: yo también estoy aquí, en este "momento del máximo peligro" —y violentamente torció el volante hacia la izquierda. Se desvió del camino. Literalmente nos sacó de la ruta.

—¡¿Adónde nos lleva?! —le gritó Clara.

—Me han convencido, amigos. Ya estoy de parte de ustedes. Los voy a llevar a las Catacumbas de Priscila.

50

En la Casa Santa Marta, el papa Francisco suavemente meneó con una pequeña cuchara la espesa crema caliente de color café llamada dulce de leche. Olía a vainilla. Le murmuró a su amigo Battista Ricca:

—Después de que hayas probado esto, ya no vas a poder vivir sin comerlo —y se lo puso en las manos.

—¿Qué es lo que sigue ahora? —le preguntó su amigo con la mirada. El papa Francisco le apretó el antebrazo. Bajo la luz del techo brilló en su anillo la cruz plateada de Cristo.

—Quiero que les pidas sus renuncias a Paolo Cipriani, director general del Banco Vaticano, y a su segundo, Massimo Tulli.

El amigo del sumo pontífice se tragó de golpe el dulce de leche.

—Me hubieras dado algo con alcohol.

La noticia corrió como la chispa sobre la pólvora. El reportero corresponsal de Associated Press, cuyo nombre permaneció en el anonimato, empezó a dictar su informe para CNN Expansión:

"Jefes del Banco Vaticano renuncian. El director de la entidad, Paolo Cipriani, y el subdirector Massimo Tulli, anuncian su dimisión. Cipriani era investigado desde 2010 por sospechas de favorecer el lavado de dinero. Sus renuncias se presentan después del arresto de monseñor Nunzio Scarano, quien a través de su abogado Silverio Sica está solicitando a las autoridades italianas que su arresto sea en su propio domicilio, debido según dice a que en la prisión de Roma, llamada Regina Coeli, no se siente bien".

Mientras eso se daba a conocer, el prelado, con toda su fuerza, dentro de la Stanza della Segnatura, azotó la larga vela contra el muro. Los pedazos de la cera de color blanco, junto con la imagen de Jesucristo que estaba estampada en dorado, comenzaron a resbalar a través del fresco pintado hace siglos por un alumno de Raffaello Sanzio d'Urbino.

—¡Ya no soporto esto! —comenzó a llorar—. ¡Ya no puedo más! —y se llevó un pañuelo a los ojos—. ¡Este antipapa es una verdadera desgracia para la Iglesia! ¡¿Ahora está desbaratando nuestro banco?!

—y miró hacia los demás obispos—. ¡Éste es el fin! Ya va a dar inicio la gran apostasía. Éste es el fin de los tiempos —y se enjugó la nariz—. Te pedimos perdón, nuestra señora de Fátima. No escuchamos tu llamado. Tú nos lo advertiste hace cien años por medio de la niña Lucía dos Santos. Va a ser obispo contra obispo. Va a ser cardenal contra cardenal. Todo esto lo supo claramente la hermana Lucía antes de su muerte en el convento de Coímbra. Que venga ya Pío del Rosario. Tráiganmelo ya, así sea atado a un palo, como un carnero para el asado.

—Su Eminencia, el diácono Pío Ramiro del Rosario Camposanto se encuentra hora en custodia de la Guardia di Finanza del Ministerio de Economía del gobierno de Italia. Lo van a trasladar hacia Regina Coeli.

—Tráiganmelo como sea. Secuéstrenlo. Róbenlo. Secuestren o compren a toda su maldita escolta. Vamos a iniciar ya la secuencia Fátima 3. Vamos a iniciar ahora la Operación Cisma. Ustedes y yo vamos a iniciar juntos el tercer Gran Cisma de la Iglesia católica romana. Éste es el inicio del fin.

Por su arrugada cara comenzaron a correr las lágrimas del amor.

"Y la bestia fue apresada, y con ella el falso profeta. Y los demás fueron muertos por la Espada, y las aves se saciaron con las carnes de ellos" (Apocalipsis 19:21).

Sonrió.

51

—¿Has escuchado la expresión "psicópatas en la Iglesia"?

Se lo preguntó Sutano Hidalgo a un taxista. Estaba en el asiento trasero del vehículo. El taxista le dijo:

—Es aquí —y señaló hacia fuera—. Via Salaria 430. Catacumbas de Priscila.

Sutano Hidalgo observó el macizo caserón de color anaranjado, con tejados. Era el acceso hacia el interior del campo arqueológico.

—Vaya. Me siento como si estuviera a punto de meterme al culo del universo —y se volvió hacia el taxista—. ¿Alguna vez has sentido que estás a punto de entrar al culo del universo?

—No sé de qué me está hablando.

—Quisiera saber si alguna vez se subió a este taxi monseñor Loris Francesco Capovilla, secretario privado del papa Juan XXIII, que hoy vive en Sotto il Monte, en la frontera con Suiza.

—No tengo idea de qué está preguntando, señor. Son diez euros —y miró hacia la luz del semáforo.

—Loris Capovilla es el último hombre vivo que conoce la verdad sobre el tercer secreto de Fátima. Ahora tiene noventa y nueve años. Es el último eslabón viviente hacia la verdad, tomando en cuenta de que la vidente, la chica que hace cien años vio a la Virgen, Lucía dos Santos, murió hace más de diez —y se apoyó sobre el respaldo—. Y todo eso tiene que ver con esta maldita cueva —y señaló hacia fuera, hacia el complejo de color anaranjado—. Supongo que monseñor Loris Capovilla debe de haber venido personalmente a este lugar inmundo, si no es que lo voy a encontrar aquí mismo dentro de los próximos minutos: a él o su cadáver.

—Señor, está corriendo el medidor.

Sutano Hidalgo cerró los ojos. Suspiró. Miró hacia la entrada a las catacumbas.

—Escucha, mi querido amigo: aun cuando me encuentre dentro del mismísimo culo del universo —y observó las rejas hacia las excavaciones—, y aun si me matan en el interior de este sitio, o si intentan matarme, siempre ahí me llegará una soga, una cuerda, desde afuera, desde arriba, desde adentro mismo del universo; y esa soga me la manda siempre Dios para salvarme. ¿Lo comprendes? ¿Te ha sucedido? Así me ha ocurrido una y otra vez cada que estoy en el maldito hoyo del infierno, en el mar del chile habanero.

—Son diez euros.

—Amigo, este traslado no vale diez euros. ¿Acaso me trajiste en una aeronave de la NASA?

—Así cobramos en Roma —y le extendió la mano—. Me está quitando el tiempo.

—Vaya.

Le disparó en la cabeza.

—Perdóname —y abrió la puerta—. No traigo tanto efectivo —le dijo—. Yo te despaché, yo mismo te administro aquí los santos óleos —y miró hacia los lados de la calle. Lo comenzó a persignar—. Por esta santa unción, y por su bondadosa misericordia, el Señor te auxilie con la gracia del Espíritu Santo; que te libre ya de tus pecados, te salve y te alivie con su amor. Por Cristo Jesús, y por la Virgen de Fátima, descansa en paz.

Desde afuera un policía le gritó:

—¡Oiga, amigo! ¡No pueden estar aquí estacionados! Muevan el auto —y el oficial observó al conductor muerto, con la cabeza ensangrentada

125

sobre el volante. Se llevó el intercomunicador a la boca—. ¡Traigan refuerzos!

Sutano le disparó en la cabeza.

—Perdóname, amigo —y con calma se bajó del vehículo—. Tengo que proteger mi estado de ánimo. La depresión destruye al soldado —y se sacudió las manos. Comenzó a avanzar hacia la entrada al complejo—. "Cualquier soldado se vuelve ineficaz si sucumbe a su propio estrés." ¿De qué le serviría a cualquiera, incluyéndome a mí mismo, el que gaste mis energías en estar angustiado? Economía del miedo.

Avanzó decididamente hacia la entrada de las Catacumbas de Priscila, hacia la cúbica caseta de cobro. Miró hacia todos lados, pero casi no había quien diera cuenta de lo recién ocurrido. Leyó en lo alto el letrero que decía: "Biglietto ordinario: 8.00 euro". Del bolsillo lentamente sacó su plateada moneda de un dólar. Bajo la luz del cielo observó en el metal el resplandor de la Estatua de la Libertad con su "corona" del dios pagano Mitra. "Hola, amigo, dios ario de los persas. ¿Qué haces aquí contaminando el origen del cristianismo, y el origen mismo de los Estados Unidos? Si me he vuelto malo debes culpar todos estos psicópatas que me han hecho perder la fe."

Detrás de él caminó trotando un hombre robusto, con su negro traje apretado y el rostro abultado. Se llevó su ancho reloj dorado a su carnosa boca.

—Corvus Corax. El hombre desnudo con gorro frigio está naciendo de la piedra. Está portando su antorcha. En la otra mano está empuñando su puñal, degollando al buey Hadhayosh Sarsaok. Nacimiento de Mitra.

52

En una cavidad oscura dentro del Vaticano, frente a la sombría estatua despostillada de Mitra, que estaba desnudo, brotando de las calcáreas vetas de una roca viva de la propia cueva, un hombre le acarició en la cabeza el curvado gorro frigio. Le susurró a otro hombre:

—Esto proviene del presunto ex legionario de Cristo José Alberto Villasana, teólogo experto en Fátima y autoridad en el Apocalipsis. Habita en la Ciudad de México. Dirige el portal "Últimos Tiempos". Según algunas fuentes trabajó para el padre Marcial Maciel Degollado, pero probablemente nunca tuvo contacto con él: "Bergoglio no pertenece a ninguna logia, pero va de la mano con la masonería. Lo han cuidado mucho desde Buenos Aires para no quemarlo, pero baste recordar la carta pública de la gran logia de Oriente. Le dicen a Bergoglio: 'No olvides que nosotros tuvimos mucho que ver en el cónclave'".

—¿Qué tan auténtico es esto?

A 1.3 kilómetros de ahí, en el portentoso Palacio Giustiniani, de color anaranjado, frente al Senado italiano, un hombre de anteojos oscuros se apoyó contra un enigmático letrero masónico que estaba en la imperial fachada. Decía: "Grande Oriente D'Italia, 1805". Le sonrió a la delgada y sensual chica de Turquía que miraba desde abajo:

—Ésta es la sede de la masonería en Italia. Uno de sus grandes maestros en esta gran logia fue el gran Giuseppe Garibaldi. En 1925 el dictador fascista Benito Mussolini prohibió la masonería. Mussolini fue derrocado al terminar la segunda Guerra Mundial y la masonería resurgió. Pero sucedió algo muy extraño.

—¿*Algo muy extraño…?* —y la chica comenzó a caminar, tocando apenas el barandal.

El hombre suavemente acarició la cabeza del gran león hecho de piedra, cuyas fauces estaban abiertas.

—En este momento las grandes logias de los Estados Unidos aceptan y reconocen al Gran Oriente de Italia como legítimo —y rozó al león en su melena—. Sin embargo, la gran logia Unida de Inglaterra, no. Ésta, que es realmente el corazón de la Hermandad en el mundo, reconoce como auténtica a la gran logia Regular de Italia, que está allá —y señaló hacia el norte, hacia la via Lungotevere dei Mellini, al otro lado del río Tíber—. ¿Por qué? —y le sonrió a la chica.

La joven turca lo miró con ojos traviesos.

—No sé. ¿Por qué? —y se apoyó en el barandal. El hombre bajó un escalón.

—Alguien produjo un cisma dentro de la propia masonería.

—¿Un cisma?

—Esto fue parte de la gran operación secreta que se detonó en el Vaticano, contra el Vaticano y contra la propia masonería. La gente no sabe nada sobre esto.

—Un momento… —y ella arrugó el ceño—. Whaaat…?

—Esto es parte de la gran operación global Ordo 400, Orden 400.

—¿Orden 400…?

—Éste es el máximo secreto de la actual época del mundo: el quiénes están detrás de todo lo que estamos viviendo, el Nuevo Orden, el

Ordine Nuovo —y acarició la garra del león—. Todo lo que estamos viviendo es parte de una gigantesca operación de inteligencia. Se está librando aún ahora mismo dentro del Vaticano. Los que están jugando este ajedrez mundial están jugando con el final mismo del mundo. A ellos no les importa. Quieren la destrucción del mundo.

53

Como si no tuvieran suficiente con los anuncios del Banco Vaticano, comenzó a llegar a las redacciones de todos los periódicos de Italia y del planeta un ejemplar impreso o la versión digital de la recién publicada revista *L'Espresso*. La portada eran dos prelados en ropajes cardenalicios subiendo las escaleras, con el título "La Lobby Gay" o "Los promotores de la causa homosexual".

En la mesa del *New York Times* dos hombres se abalanzaron para alcanzarlo. Comenzaron a leerlo en voz alta: "Éste es un primer cable sobre *L'Espresso* por parte de la Catholic News Agency, de Denver, Colorado —y se lo mostraron al jefe de mesa—: 'Nuevo oficial a cargo de supervisar al Banco Vaticano es reportado como miembro del grupo promotor de la homosexualidad. El sacerdote apenas nombrado por el papa prelado provisional para supervisar las operaciones del Banco Vaticano, monseñor Battista Mario Salvatore Ricca, tuvo una relación con otro hombre. Así lo reporta el periodista de la revista italiana *L'Espresso*, Sandro Magister. El otro hombre implicado en este incidente homosexual es un amigo suyo con el que vivió en Montevideo, llamado Patrick Haari'".

El resto del reporte lo leyó, en el Vaticano, el joven chef de la Guardia Suiza, David Geisser, a Su Santidad, Francisco, bajo la lámpara de la habitación:

—"La 'intimidad' entre Battista Ricca y su pareja sexual Patrick Haari era tan 'abierta' en Montevideo que 'escandalizó a numerosos obispos' en Uruguay, donde Battista Ricca sirvió en la nunciatura de 1999 a 2004. Sandro Magister dice en su reporte que al papa Francisco le informaron sobre todo esto apenas poco antes de que nombrara a Ricca supervisor del Banco de la Santa Sede, lo cual significa que el sumo pontífice 'está enterado'."

El papa cerró los ojos.

—Dios mío.

El joven de la Guardia Suiza le leyó más del informe:

—En el año 2000, cuando el nuevo representante del Vaticano en Uruguay, Janusz Bolonek, fue informado sobre este incidente homosexual, expulsó a Patrick Haari y trasladó a Battista Ricca, a quien sorprendió en dos circunstancias altamente comprometedoras. En uno de los incidentes, Ricca fue encontrado "golpeado" dentro de un lugar de encuentro de homosexuales. A causa de todo esto, según informa *L'Espresso*, en el año 2004 Battista Ricca fue enviado al Vaticano, donde sirvió para la Secretaría de Estado. Desde el año 2006 fue asignado al cuidado de las instalaciones de alojamiento de visitas de la Santa Sede, entre ellas la Casa Santa Marta —y miró hacia los muros—. Esto, siguiendo el informe de Sandro Magister, le permitió tejer una intrincada red de relaciones con los niveles más altos de la jerarquía católica en el plano internacional.

El papa permaneció callado. Bajó el rostro hacia el suelo.

—No entiendo de dónde proviene esto.

—Su Santidad —le preguntó el joven chef David Geisser—. ¿Es verdad todo esto?

El papa lentamente se puso de pie. Con sus zapatos gastados, que olían a betún fresco, caminó cojeando hacia la ventana y comenzó a negar con la cabeza.

—¿Cómo pueden armar tan rápido un caso como éste para destruir a un hombre?

David Geisser se le aproximó.

—Pero Su Santidad..., ¿monseñor Battista Ricca es realmente homosexual? ¿Es verdad?

El Santo Padre miró hacia fuera, hacia la basílica de San Pedro, hacia la gigantesca estatua de roca de Jesucristo. En la mano del redentor estaba sostenida una poderosa cruz de piedra.

—Querido David. Sólo Dios es nuestro juez en este mundo. Si alguien ama a Dios y a los demás... —y lo miró a los ojos—. Yo quién soy para juzgar.

A cuatrocientos metros de distancia, en el Palacio Apostólico, dentro de la Stanza della Segnatura, el prelado, con expresión de asco, recibió en sus manos el periódico.

—Mire, Su Eminencia: acaban de publicar esto. Es sobre el hombre de confianza del nuevo papa. Se le acaba de descubrir un inconveniente gravísimo. Lo están transmitiendo en las televisoras de Asia y Europa.

El prelado comenzó a leer. Se le fue dibujando una sonrisa, llorando.

—¡Siento tanto dolor por el pecado del mundo! —y con lágrimas en los ojos miró hacia arriba—. Señor Altísimo: ¿así se maneja la prensa?

54

Nosotros —la "monja" Clara Vanthi y yo— estábamos dentro de la patrulla de la Guardia Financiera del Gobierno de Italia. Las torretas sonaban. En su radio estaba recibiéndose repetitivamente un mensaje: "Unidad SPQR-5614, reintégrese a ruta hacia área de ingresos para reclusión de la Carcere di Regina Coeli. Responda a la radio".

El conductor, con su aterciopelada boina verde caída por un lado, permaneció obstinadamente trasladándonos hacia otro lugar, que él llamó "Catacumbas de Priscila". Suavemente se le aproximó por detrás de su espalda la hermosa Clara Vanthi. Con sus grandes y verdes ojos de gato, le dijo:

—Con todo respeto, señor oficial, ¿no se está arriesgando usted mucho por nosotros? ¿Va a desobedecer las indicaciones de su central de comando?

El hombre, uniformado de color gris, con su camisa clara de mangas cortas, y con sus insignias en los hombros, le dijo:

—Hermana, he vivido dentro de una cárcel yo mismo toda la vida. Se llama: "Mi Vida". Éste es el día de mi escape.

—Usted está realmente loco —le contesté.

—No, mi apreciable —y me señaló a través del espejo—. Usted es un fracasado miedoso que tiene terror de la vida, y no valora a la gran mujer que tiene a su lado. Yo sí estoy dispuesto a arriesgar mi pellejo, y mi carrera, y mis ahorros por una hembra como ésta. No me importa perder ahora mismo mi trabajo ni acabar recluido con ella en su misma celda. Será un honor, doncella —y la miró por el cristal—. Usted misma nos lo acaba de decir: "Ningún gran descubridor en la historia se echó hacia atrás en el momento del máximo peligro". El momento de máximo peligro es éste.

Torció el volante de nuevo. Nos fuimos de lado contra la puerta. En la radio sonó: "Urgente localizar y detener unidad SPQR-5614. Rastreador GPS de la unidad está apagado. Probable secuestro. Detenidos de incidente Scarano, sospechosos preliminares. Enviar todas las unidades". Clara me miró a los ojos.

—Este hombre habla en serio —y se asomó por el respaldo del asiento—. Señor oficial, ya que usted se está arriesgando tanto, ¿sería una molestia que nos llevara antes hacia otro lugar?

—Lo que usted me ordene, dulce hermana.

—Verá: las personas que nos enviaron a recoger el maletín con los veinte millones de euros de monseñor Nunzio Scarano nos indicaron que lo trasladáramos hacia una dirección que está aquí mismo en Roma: Via di Pietra número 84. ¿Sabe usted algo sobre esa dirección?

El hombre se quedó paralizado. Cerró los ojos.

—Sí, mi doncella —y suavemente hizo girar el manubrio hacia la izquierda—. Se encuentra a dos cuadras de la fuente de Trevi. Es un lugar bien conocido por la policía de Roma.

—¿Bien conocido...? ¿Qué hay en ese lugar? —El hombre miró hacia el cielo.

Dos minutos después, los tres comenzamos a caminar sobre una calle estrujante, atrapada entre dos macizos bloques de construcciones viejas de cinco pisos de altura, con techos de dos aguas. Los ventanales de persianas de maderas de ambos edificios se enfrentaban unos a otros.

—Ésta es la Vía di Pietra —nos dijo el oficial de la Guardia di Finanza. Empezamos a avanzar sobre los adoquines de piedra. Estaban mojados, chorreando agua. A los lados vimos los muros, descarapelados, con grafitis. Por la coladera subió hacia donde estábamos un olor a defecaciones.

—Por debajo de nosotros están corriendo las aguas de un antiguo acueducto romano, Acqua Virgine —nos dijo el heroico guardia de finanzas—. Aún funciona. Las aguas corren hasta acá desde la fuente, al noreste, en las afueras de Roma, desde más allá de la Via Vittorio Veneto. Ése es el chorro antiguo que alimenta a la fuente de Trevi, con el que se mojan los turistas. Surge de debajo de la tierra.

Nos aproximamos al siniestro inmueble de piedra que tenía el corroído y sucio número "84". Hacia lo alto vimos cuatro pisos de ventanales cerrados, tapiados con palos y hierros. Mi corazón comenzó a latir con mucha fuerza. Escuchamos ruidos en el interior. Observé las ventanas. Estaban completamente selladas con viga y metal, amarradas con cordeles metálicos con púas. En el exterior vi cinco cámaras de vigilancia, en movimiento, dirigiéndose hacia mí, parpadeando con pequeñas luces rojas.

Clara me susurró en el oído:

—¿Quién puede habitar un lugar como éste, como para esperar hoy una entrega en efectivo de veinte millones de euros? ¿Y para qué quieren ese dinero?

Observé hacia un lado, hacia un letrero que decía: "Spa Prometeo". Le dije a Clara:

—Ojalá fuera ese *spa* adonde tuviéramos que meternos.

Me volví hacia el edificio de las púas. En el muro observé un prominente relieve de yeso, justo al lado de la puerta de hierro. Estaba cuarteado, con marcas negras de la lluvia de muchos años, como si llorara: un gran cráneo humano debajo de una esvástica nazi, con las cuencas deformadas hacia abajo. En la parte inferior decía: "Ordine Nuovo. Ordo 400". Pensé: "Pinche terror. Todo esto es tan horrible".

Clara lentamente se acercó. Me tomó del brazo para que no me fuera:

—¿Ordine Nuovo…? ¿Orden Nuevo…? —y me miró a los ojos—. ¿Para qué crees que estos hombres querrían usar veinte millones de euros?

Las cámaras ya estaban dirigidas hacia nosotros. Sus pequeñas luces rojas comenzaron a parpadear en una forma muy extraña. Empezamos a escuchar movimientos de personas bajando escaleras. El guardia de finanzas nos dijo:

—Ciertamente ese dinero no es para reparar el edificio. A estas personas les gusta la decoración degradante —y comenzó a quitarle a Clara Vanthi las esposas—. Si vas a vivir conmigo la aventura de la vida, no vas a poder hacerlo encadenada.

—¿Qué hay dentro de este edificio? —le preguntó Clara.

El hombre recibió un disparo en la cabeza. Clara Vanthi comenzó a gritar. Mi teléfono celular empezó a sonar. Lentamente me llevé la mano hacia el bolsillo. Me arrojé al piso, contra la pared. Sentí la vibración del aparato entre mis dedos. Me llevé el celular a los ojos. En la pantalla vi un mensaje. Decía:

"Maldito pederasta. Traidor. Aquí tengo todas las pruebas que te vinculan al sacerdote Nunzio Scarano, incluyendo cinco fotografías y tres cuentas de bancos. Te quiero aquí de regreso en mi oficina, de inmediato, o te voy a encontrar y te voy a arrancar la piel con mis propias manos. Prelado di Curia Santo Badman. Te espero aquí en quince minutos."

Me llevé el celular de nuevo al bolsillo. Clara se había echado a correr hacia el fondo de la calle, por debajo de unas sombrillas de lona, hacia algo que parecía ser una plaza.

—¡Clara, espera! —le grité. Comencé a correr detrás de ella. Escuché los disparos. Pegaron en el piso. Me volví por un instante hacia el guardia de finanzas. Estaba en el suelo, sonriendo, con su propia sangre en la cabeza. Le dije—: Dios te guarde, hombre valiente. Que hoy mismo te envuelva Dios entre sus brazos.

A dos cuadras de ahí, en la burbujeante fuente de Trevi, el musculoso agente de cabello engomado Gavari Raffaello se ajustó su negra y sedosa corbata y se llevó a los labios el popote de una Coca-Cola. Su temible y fornido compañero, el africano Jackson Perugino —agente 1502—, le dijo:

—Aquí tengo la localización de esos dos malditos cerdos gadarenos —y tocó la pantalla de su aparato de teléfono—. Coordenadas 41-54-3, 12-28-50. Piazza di Pietra.

—Están en Ordine Nuovo. Ya llegaron. Los ratones suelen meterse a sus ratoneras —le dijo Gavari Raffaello y arrojó la Coca-Cola hacia la fuente. Una turista le gritó:

—Pick up your damned trash, yo fuckin' asshole!

Gavari susurró a su aparato celular:

—Que salgan las avispas.

55

De las tres angostas callejuelas de la Piazza di Pietra salieron motocicletas montadas por hombres vestidos de civil. Giraron sus manubrios e hicieron mucho ruido. El eco rebotó en las cuatro paredes de la empedrada plaza. Todos tenían en particular algo espeluznante en la cabeza: se las habían tapado con capuchas de tela al estilo del Medio Oriente, con la parte del frente abierta a la altura de los ojos. Uno de ellos levantó un arma: una aparatosa ballesta.

—¡Abajo, Pío! —me gritó Clara—. El disparo voló zumbando en el aire. Se clavó justo detrás de mí, en un letrero que decía "Macarrones".

—¡Santo Señor Jesucristo! —me agaché. Comencé a correr hacia Clara. Ella avanzaba encorvada hacia la tienda que estaba abierta. Las personas de dentro comenzaron a cerrarla, gritando.

—¡Fuera de aquí! ¡Fuera de aquí! ¡No a la violencia! ¡No más Años de Plomo!

Nos dimos vuelta. Contra la luz del sol que nos cayó desde el techo de un gran edificio de muy altas columnas romanas, carcomidas por miles de años, los motociclistas, haciendo mucho ruido, comenzaron a circundarnos como aves de rapiña, como literales avispas. Nos gritaron en algo que se escuchaba como un idioma del África. Nos apuntaron con sus ballestas.

—¡Bravo, bravo, bravo! —nos dijo con su estruendosa y alargada voz el euroafricano Jackson Perugino, agente 1502 de la entidad "Orden 400"—. Se nos aproximó, contra la luz del sol, por enfrente de los motociclistas, con gran aplomo. Nos comenzó a aplaudir pausadamente.

A su lado, Gavari Raffaello observó hacia un lado, hacia las ventanas. La luz del sol estaba produciendo un color amarillo muy hermoso. Había una dama en toalla observándolo todo. Suavemente le guiñó un ojo.

Jackson le gritó a Clara:

—¡Hermana Carmela, hay algo que nunca me ha gustado de ti, y no sé exactamente qué es! —y le sonrió de lado—. No confío en ti, ¿sabes? ¿Eres una maldita infiltrada?

Clara lentamente cayó sobre sus rodillas. Miró hacia el piso, hacia los rocosos rombos del pavimento. Comenzó a levantar los brazos.

—Pido perdón por todos.

56

Al noreste, en las Catacumbas de Priscila, Sutano comenzó a descender por un estrecho escalerón de rocas, detrás de un grupo de turistas. El guía del grupo dijo:

—Están entrando a la que es llamada "La reina de todas las catacumbas". Ésta es una red subterránea de túneles que mide más de diez kilómetros. Aquí hay más de cincuenta mil fosas donde fueron enterrados muchos de los primeros cristianos. Las más antiguas están en la parte central, que es el sótano de la mujer que donó este espacio profundo para el primer cristianismo, Priscila, mujer romana esposa del cónsul Acilio. En unos minutos van a conocer lo que fue el cristianismo antes del gran momento de transición.

Sutano se preguntó: "Gran momento de transición". El guía continuó:

—Lo que van a ver en pocos minutos es la más antigua imagen existente, en todo el mundo, de la Virgen María abrazando a su hijo.

Sutano avanzó apoyándose en las paredes de roca volcánica caliza, llamada "tufa". La erosión se deshacía con los dedos. Olía a hierro oxidado.

—También van a conocer en breve uno de los primeros retratos jamás encontrados del verdadero Jesús histórico —les dijo el guía—. Prepárense —les sonrió—, porque lo que van a ver en esa pintura del año 270 no es como lo que ustedes conocen y han visto por décadas. Lo que van a descubrir a continuación los va a enfrentar a una realidad con la que ustedes no han tenido contacto, una verdad que los separará, en forma radical, de todo lo que hasta ahora han creído sobre los orígenes del cristianismo —y misteriosamente se detuvo—. *Veritas Mutare Mundo*: "La verdad para cambiar el mundo".

El hombre comenzó a abrir una puerta de carcomida madera. Las bisagras de hierro empezaron a rechinar, a hacer ecos en la inmensidad profunda.

—Bienvenidos a la caverna artificial más grande del mundo antiguo.

Afuera, en la Via Salaria, frente a la entrada de acceso a las catacumbas, sonaban las sirenas de la policía. La calle estaba bloqueada al tránsito por parte de la autoridad. Valiéndose de los postes, cuatro oficiales empezaron a delimitar el área con cinta amarilla.

—Dos causaron baja —le dijo un oficial a su aparato comunicador—. Uno fue el chofer de un taxi. El otro es un guardia de seguridad de este sitio —y miró en la vía vehicular los dos cadáveres tirados, sus contornos delineados con gis—. El asesino, al parecer, ingresó hace quince minutos a las instalaciones. Se están realizando avistamientos del sujeto en las cámaras de seguridad. El personal del interior ya está informado. Están alerta. Aún no se activa captura para no detonar reacción violenta por parte del homicida. Estamos esperando refuerzos.

En los monitores del museo tres atemorizados policías, con bocadillos en las manos, observaron al individuo que estaba a punto de convertirse en el autor del "mayor incidente de espionaje y terrorismo de Europa": mi "perseguidor" Sutano Hidalgo, un "jardinero".

57

En el Vaticano, el Santo Padre lentamente bajó el último escalón hacia el resplandor amarillo-plateado de la cocina.

—¿Puedo pasar…? —les preguntó a los cocineros, que se sorprendieron.

—¿Su Santidad?

Se alertaron. El sumo pontífice comenzó a introducirse al corredor de cerámica con mármol, arrastrando sus zapatos negros viejos. Respiró las especias mediterráneas con que asaban un salmón. Cerró los ojos. Se acercaron a él.

—Papa Francisco, ésta es su cocina. Qué bueno que viene.

Arriba, en el escalón más alto, contra la luz alta del muro, estaba la recta figura del inexpresivo jefe de la Guardia Suiza, el comandante Daniel Rudolf Anrig. Miraba, abajo, los movimientos del sumo pontífice a través de sus delgados anteojos reflejantes.

—Ahora sé cómo sacar bien la espuma —le dijo al papa el joven chef David Geisser, también de la Guardia Suiza. Le acercó un cuenco con dulce de leche argentino. El papa olfateó la caliente vainilla. Cerró los ojos. Sonrió—: Gracias, amigo mío —y entre sus manos apretó el caliente tazoncillo.

—Francisco —se le aproximó el otro cocinero—, hemos querido informarte los resultados del San Lorenzo de Almagro, tu equipo, en la liga femenil. Le ganamos al River Plate uno a cero. Lo metió Argentina Fernández.

El papa sonrió. Con una mano forjó un puño.

—Sin embargo —siguió el cocinero—, el juego contra el Boca Juniors se suspendió. Los fans de los dos equipos se agarraron a golpes por la Copa de Invierno. Hubo setenta disparos. Hubo dos muertos.

—¿Dos muertos…?

El Santo Padre lentamente bajó la mirada. Observó los mosaicos del suelo y recordó otros días.

—¿Por qué hay maldad en el mundo? —le preguntó a su mamá, Regina María Sivori Gogna.

La joven mujer de cuarenta le sonrió a su hijo de dieciséis y le acarició la cabeza.

—Siempre voy a estar contigo. Nunca me iré. La muerte es sólo el principio de la vida —y en sus manos le puso un vaso transparente con caliente dulce de leche. El resplandor del filo del vidrio brilló como una estrella. Por encima de ambos comenzaron a volar tomates, de hermano a hermano, entre ecos de música, entre gritos congelados, en la era cuando los hermanos aún estaban vivos.

Un microinstante en la cocina. El Santo Padre cerró los ojos.

Comenzó a correr sobre la hierba, hacia la chica, hacia el mantel donde harían el pícnic.

—¿Puedo hablar con Giovanna?

La chica lo miró a los ojos, que reflejaron el mundo de plantas. Ella le devolvió la sonrisa.

"Este instante se volvió eterno. Tal vez ella ya está muerta. Pero sigue viva aquí."

El chico de dieciséis años comenzó a avanzar hacia ella, con el corazón latiéndole con fuerza. Sus manos comenzaron a escurrir sudor.

"Siempre me has gustado. ¿Sabes? Vengo a pedirte hoy que te cases conmigo."

En los destellos del sol entre las hojas vio la cruz de la parroquia. Debajo, sobre la hierba vio pasar a un hombre alto, delgado, por detrás de la chica: un hombre de huesos marcados; un sacerdote imponente, vestido de negro, con la Biblia contra el pecho.

"Ven y sígueme."

El chico cautelosamente siguió al desconocido. El hombre se introdujo a la blanca y marmólea basílica de San José, barrio de Flores.

Jorge Mario caminó callado a través de la nave de la iglesia. Todo estuvo en silencio. Miró hacia los costados. El hombre ya no estaba.

"Ven y sígueme", escuchó de nuevo. Miró hacia una puerta que estaba entreabierta, de madera. Un confesionario. El chico lentamente avanzó. Entró al confesionario. Se arrodilló sobre el reclinatorio. Por la rejilla vio fragmentariamente una cara.

—Cambia el mundo: *Veritas Mutare Mundo*.

El sumo pontífice abrió los ojos. Vio a su madre, Mamá Regina, en la cocina, en su silla de ruedas, paralítica después de que nació Mariela.

—Voy a estar bien —y le acarició la alta cabeza a su hijo—. Voy a estar contigo siempre. Nunca me iré —y con mucho amor lo apretó entre sus brazos—. La muerte es sólo el principio de la vida —y apoyó su cara contra el pecho de su hijo, y escuchó su corazón.

Jorge Mario comenzó a llorar en silencio.

—Yo tampoco me iré, mamita linda —y le pegó la cara al cabello—. Voy a estar contigo siempre, y nunca voy a abandonar a tu hijita, mi hermanita.

Oyeron risas y gritos de los hermanos: Alberto Horacio, Óscar Adrián, Marta Regina y Mariela, la "hermana chiquita", la más querida. Se arrojaron de un lado al otro las rebanadas de los tomates, los pedazos de queso. La ópera *Otelo* comenzó a sonar como un estruendo en el fonógrafo. En la radio tronaron los alaridos del partido de futbol del San Lorenzo de Almagro.

—¡Qué locura es esta casa! —gritó la pequeña Mariela. Se tapó las orejas con las manos.

El hermano Alberto Horacio, el mayor de todos, alzó hacia el techo su trofeo. Empezó a gritar hacia la radio:

—¡Cuervos! ¡Cuervos de San Lorenzo! ¡Vamos San Lorenzo, Ciclón ponga huevo! ¡Quiero ser campeón! ¡Soy de Boedo! ¡Voy a todos lados, voy descontrolado! ¡San Lorenzo, yo a vos te amo! ¡Qué pasó con esos putos de la quema!

—¡No seas grosero! —le gritó Mamá Regina—. A ver si terminan esta *pizza*.

Jorge Mario le gritó:

—¡A los cuervos nos gusta la *pizza*!

La pequeña Marta le dijo a su mamá:

—Ya voy, mamá, no te me enojes —y agarró un tomate grande. Se lo arrojó a Alberto Horacio en la cara.

—¿Pero qué haces, nena? —Alberto se limpió la pulpa mojada. Se tragó los pedazos con la lengua. Tomó el frasco de orégano. Comenzó a rociárselo a su hermana persiguiéndola por toda la casa. Saltaron por encima de los muebles.

—¡No los tolero! —les gritó Mamá Regina— ¡No los tolero! ¡No están escuchando esta ópera! ¡Es muy buena! ¡Escuchen bien! ¡Ahora va a cantar una canción muy linda!

El hermano Óscar Adrián le dijo a Jorge Mario:

—Siento como si estuviéramos oyendo una ópera y al mismo tiempo estuviera ocurriendo el mejor juego del San Lorenzo, y no pudiéramos entender nada.

Jorge Mario le sonrió. Siguió partiendo el queso. En su mente vio a la niña del pícnic. Por la rejilla del confesionario vio al hombre de ojos brillosos. "Cambia el mundo: *Veritas Mutare Mundo*".

Mamá Regina les gritó a todos:

—¡Escuchen! ¡Escuchen la ópera! ¡Ahora es cuando la mata!

—¿Cómo dices, mamá? —preguntó la pequeña Mariela.

—¡Otelo la mata!

En la radio, San Lorenzo metió gol. Todos comenzaron a gritar:

—¡Goooool!

Empezaron a brincar, gritando: "¡Cuervos! ¡Cuervos! ¡Cuervos!" Mariela le arrojó una cebolla a Jorge Mario en el ojo. Jorge comenzó a correr detrás de ella y le arrojó en la cabeza un pedazo del queso *mozzarella*.

—Debo preguntarte otra cosa —le dijo el Santo Padre Francisco al chef David Geisser, de la Guardia Suiza—: ¿Sabes hacer *pizzas* al estilo argentino? —Se quedó perplejo.

—No, Su Santidad. Pero podemos aprender. ¿Nos va a enseñar ahora? —y miró a sus compañeros—. Traigan todos los utensilios para una *pizza*.

—Por favor, llámame Francisco —y suavemente lo tomó por el antebrazo—. ¿Te es tan difícil decirme "Francisco"? Sólo soy un amigo —y tortuosamente caminó por entre las planchas de acero, apoyándose contra los bordes. Encorvó la espalda. Comenzó a golpearse la columna con la mano.

—¿Se encuentra bien, Su Santidad? —y David lo sostuvo por el brazo.

—Me duele la ciática —y lo miró a los ojos—. No es nada. Ya tiene tiempo.

"La muerte es sólo el principio de la vida."

El joven David observó los zapatos ortopédicos del papa. De un lado eran ligeramente más altos que del otro.

—Su Santidad. El doctor nos acaba de traer una orden para modificarle la dieta.

—¿Para modificarme la dieta? ¿De qué hablas?

—El doctor nos está diciendo que usted está comenzando a subir de peso —y cautelosamente miró hacia el dulce de leche. Con suavidad se lo quitó de las manos al Santo Padre—. Tal vez vayamos a tener que racionar algunas de estas cosas, si a usted no le importa. Eso incluye también las *pizzas*. Si hacemos esto es porque lo amamos.

El Sumo Pontífice lo miró a los ojos.

—No, no… ¿Me vas a quitar el dulce de leche?

—Su Santidad… —tragó saliva—. No puede haber tantos azúcares, tantos carbohidratos en su sangre.

El papa lentamente recargó su mano sobre la plancha. Miró hacia abajo, hacia el resplandor de la luz en el acero.

—Amigo querido, los carbohidratos nunca son demasiados —y le sonrió.

Mientras esto ocurría, en los noticiarios se inició el estruendo:

—Tras el escandaloso anuncio de que el hombre de confianza recién colocado por el papa para supervisar el Banco Vaticano, Battista Ricca, está implicado en incidentes homosexuales, el Santo Padre acaba de darle un vertiginoso giro a los acontecimientos.

El reportero del noticiero *Telegraph*, Nick Squires, empezó a informar en el micrófono: "Bajo la dirección del Sumo Pontífice, el presidente del Banco Vaticano, Ernst von Freyberg, miembro de la Orden de Malta, acaba de llamar a una firma externa al Vaticano, de expertos financieros internacionales, la consultora Promontory Financial Group, para que inicie de inmediato una auténtica 'autopsia forense' de las aproximadamente diecinueve mil cuentas que maneja el Banco Vaticano, de las cuales algunas han sido sospechosas de actividades de lavado de dinero y financiación del terrorismo. Los investigadores de esta consultora ya iniciaron un sistemático peinando que revisará cada una de estas cuentas, en busca de cualquier indicio de lavado de dinero y de financiación de actividades terroristas."

58

En Roma, en su oficina de la siniestra torre medieval llamada Nicolás V, en el Vaticano, el joven y calvo presidente del Banco Vaticano, Ernst von Freyberg, se aproximó al reportero del *Daily Telegraph*:

—Hemos hecho un progreso enorme en los últimos meses, antes de la coronación de Su Santidad Francisco —y lentamente separó los dedos de las manos—, en abrirnos al mundo.

—¿Abrirse al mundo? —preguntó el reportero.

—Nuestro trabajo ahora es hacer que este banco sea transparente. Lo segundo es limpiar todas nuestras cuentas. Promontory Financial Group significa una revisión forense. Vamos a convertirnos en una organización que va a cumplir con las leyes internacionales financieras, incluyendo lo tocante al lavado de dinero, para evitar que el banco sea usado por los que impulsan el terrorismo.

—¿Por qué existe tanta preocupación respecto al lavado de dinero a través del Banco Vaticano?

El señor von Freyberg miró hacia la ventana. Frunció el semblante.

—El papa tiene una gran firmeza al apoyar al Banco Vaticano para que sirva a la Iglesia y a nadie más.

El reportero lentamente se inclinó hacia él, haciendo rechinar su oxidado asiento. Le susurró:

—¿A nadie más...?

—A nadie más —susurró el prelado en el Palacio Apostólico. Miró hacia los enormes frescos de las paredes—. Estos tipos empezarán a explorar todas las malditas cuentas.

—Hay que sacar todo, inmediatamente —le dijo un hombre de traje gris, abrillantado, con anteojos oscuros—. Vamos a tener que trasladar todo a las Islas Caimán y a Myanmar. Mira esto —y le acercó su celular al prelado. En la pantalla, éste vio al reportero de *Times*, Noah Rayman. El periodista dijo a cuadro: "El Vaticano acaba de contratar una firma consultora más para apoyar esta reforma a las finanzas. Se trata de Ernst and Young, presidida por el experto en auditorías y transparencia Mark Weinberger, quien ha sido también secretario asistente del Tesoro de los Estados Unidos para Política de Impuestos".

—¿Otra firma?

—Ahora son dos.

El reportero de *Times* continuó en la pantalla: "El Vaticano ya contrató a la firma estadounidense Promontory Financial Group para iniciar la modificación del Banco Vaticano. Están cerrando muchas cuentas. La función de Ernst and Young será básicamente de verificación y de consultoría".

El prelado se quedó inmóvil.

—¿Por qué aún no me traen a Pío del Rosario? Su función como *Agens Recolector* fue un fracaso. A partir de este momento se activa su función secundaria. Fátima 3. Tráiganme también viva a la monja legionaria. Ella va a ser la perpetradora del suceso.

Abajo, a la sombra de la basílica de San Pedro, en la casa Santa Marta, dentro de la habitación 201, la puerta del sumo pontífice se abrió. Entró hacia el dormitorio la luz del pasillo. Un hombre apareció con sotana: un hombre serio, sonriente, sin mucho cabello, de mirada inteligente.

Se aproximó lentamente hacia el Santo Padre.

—¿Me llamó, Su Santidad?

Era su secretario, Alfred Xuareb.

—Querido Alfredo —y por el antebrazo lo jaló hacia la mesa—. Tú estuviste con el papa Benedicto —y miró hacia la ventana, hacia el lejano convento Mater Eccleasiae, dentro del Vaticano, donde ahora vivía el papa emérito Benedicto, entre árboles de naranjas—. Tú fuiste su segundo secretario personal. Viajaste muchas veces con él, al lado de Georg Ganswein. Eres un caballero de la Orden de Malta. Tienes mi absoluta confianza.

—Santo Padre, esas palabras me alegran mucho —y apoyó su frente sobre la mano del papa.

—Alfredo, quiero que seas desde ahora mi delegado en la Comisión Pontificia.

—¿Comisión Pontificia…?

—Quiero que ahora seas mis ojos y mis oídos dentro del Instituto para las Obras de Religión, el Banco Vaticano.

El secretario tragó saliva.

—¡Dios!

—Alfred, quiero que veas esto personalmente. Necesito a alguien en quien pueda confiar mi vida. Ahí es donde viven los lobos.

59

En Argentina, ciudad de Buenos Aires, colonia de Ituzaingó, un aire frío avanzó con hojas secas por la calle. La hermana del Santo Padre, María Elena Bergoglio, de sesenta y cinco años, se asomó por la ventana. Entreabrió la cortina. Se reacomodó su larga cabellera blanca.

En la calle vio a su hijo, el alto y rubio José Ignacio. Estaba hablando con una periodista del diario *ABC* de España, Josefina Giancaterino Stegmann.

—¿Qué es lo que más le gustaba hacer a tu tío, el papa Francisco, antes de irse al Vaticano?

José Ignacio miró hacia la ventana. Le guiñó el ojo a su madre. Ella le sonrió. Lo saludó con los dedos.

—Mi tío se llevaba muy bien con la cocina.

—¿La cocina…? —la periodista abrió los ojos.

—Siempre le ha gustado cocinar. Hacía muchas pastas. Siempre le gustó mucho la cocina italiana. Cocinaba para la gente.

—¿Para la gente…?

—Se preparaba su desayuno él mismo. También se hacía la cama, incluso cuando fue arzobispo primado de Argentina.

—¿Ahora también lo hace, siendo papa?

—Sí, sigue haciéndose la cama —le sonrió a ella.

—¿De verdad?

—Lo que no le dejan es cocinar.

—¿No lo dejan cocinar?

—Eso es lo que nos dice. A pesar de ser una de sus aficiones.

A ambos se les aproximó un reportero del informativo *Extra*, de Paraguay.

—Hola, José Ignacio, ¿puedo hacerte unas preguntas?

—Por supuesto.

—Tu tío Francisco es un papa muy "rebelde". ¿Él no siente miedo?

José Ignacio miró hacia la ventana, hacia su madre.

—De eso hablamos una vez.

—¿Hablaron? ¿Fue por teléfono?

—Sí. Me llamó para mi cumpleaños. Le preguntamos si no tenía miedo de salirse tanto del protocolo. Él nos dijo: "Yo puse mi vida en manos del Señor y le pedí que me protegiera, que me haga llegar hasta donde Él quiera que yo llegue. Si Dios me cuida ¿por qué voy a tener miedo?" Eso nos dijo.

El reportero lentamente se le aproximó con el micrófono.

—Y tú, ¿no tienes miedo?

60

En Roma, en la empedrada y claustrofóbica Piazza di Pietra, nos quedamos parados, aterrorizados.

Se me acercó el fornido y malhumorado Jackson. Me observó con sus negros y fúricos ojos saltones, como un toro drogado.

—Me están ordenando que te lleve encadenado a las oficinas de Su Eminencia, en nuestra Casita Redonda —y me tomó por la clavícula. Me metió sus dedos alrededor del hueso, tronando mis músculos. Comencé a gritar.

—¡Clara!

Gavari tomó a Clara.

—¡Suéltame, imbécil! —le gritó ella. Comenzó a golpearlo en la cara.

—Lo siento, hermana —le dijo el engomado agente 1503—. Me pagan por hacer esto —y la sujetó con su fuerte brazo—. Si fuera por mí, te estaría llevando a cenar con vino —y pensó: "Esta chica me la voy a comer en salsa boloñesa en menos de veinticuatro horas".

—Vente conmigo, maldito pederasta del Tercer Mundo —me dijo Jackson y me jaló por el hueso—. Vamos de vuelta a nuestra Casita Redonda.

—¿"Casita Redonda"?

Clara me gritó:

—¡Es la Torre Nicolás V, el Banco Vaticano, antigua prisión de la Iglesia!

—No otra vez —y cerré los ojos. Clara siguió dándole patadas a Gavari Raffaello para zafarse. Él le dijo:

—¿Así me tratarías en nuestra noche nupcial? Qué agresiva eres. Yo no planeé nada de esto. Sólo soy un empleado.

Los hombres de las motos, tapados con sus "burkas", nos miraron en silencio desde las rendijas de sus capuchas. Con las manos hicieron rugir sus aceleradores. Sus motores comenzaron a tronar como matracas, con explosiones. Jackson me clavó más los dedos por debajo de mi hueso. Empezó a abrirme la carne.

—Miserable violador de niños —me dijo—. Miserable pederasta traficante de dinero —y con mucha fuerza me escupió en la cara—. Miserable apóstol del violador Marcial Maciel Degollado. ¡¿Sabes que el mundo no es mejor gracias a ti?! ¡Imbécil! —y levantó su gran mano en el aire.

Me soltó por un instante. Me dije: "Qué alivio". Con sus duros nudillos de piedra me golpeó detrás de mi cabeza. Me tiró al suelo. Caí sobre mi nariz, que se quebró en el adoquín de roca mojada. Sentí un instantáneo dolor como de fuego inundándome la nariz y la cara. Comencé a escuchar un zumbido.

—¡Miserable pederasta! —me gritó—. ¡Y los demonios salieron del hombre gadareno! ¡Y se metieron a los cerdos, y el hato de cerdos se arrojó hacia el abismo, y se ahogó! ¡Lucas 8:33! —y me comenzó a ahorcar con su gruesa, huesuda y callosa mano, sacudiéndome contra el piso de piedras—. A mí no me engañas, maldito cerdo gadareno. Tú eres el Anticristo.

Lo golpearon. A Jackson lo golpearon. Entraron por los lados 15 hombres armados vestidos de blanco, con cascos de careta negra, de plástico. Con sincronía militar, con muchos gritos, se descolgaron con cuerdas desde los tejados. Siete entraron por los lados, por las dos callejuelas laterales. Comenzaron a lanzarnos disparos que causaron llamaradas, estallidos de colores. Los hombres de las motocicletas empezaron a lanzarles proyectiles con sus ballestas y ametralladoras.

Jackson le lanzó un pesado golpe a uno de ellos. Le trozó la careta. Los pedazos de acrílico se le clavaron dentro de la fracturada cara. Gavari se llevó a jalones a Clara Vanthi.

—¡Vámonos! ¡Vámonos! —le gritó a Jackson.

—¿Quiénes son estos malditos? —y vio a los otros sujetos de blanco que seguían bajando desde las tejas.

Por la calle de Bergamaschi entró una monstruosa camioneta Hummer, de color blanco, con las llantas blindadas con alambres y con placas de polímero antibalas. En los costados tenía las muy grandes letras "UN".

Jackson susurró:

—¿Naciones Unidas…? —Se quedó perplejo. Miró por un momento hacia arriba, hacia los tiradores que se desplazaban entre las columnas romanas. Levantó las manos—. ¡Estoy desarmado! ¡Somos guardia vaticana!

Miró hacia la plaza. Los hombres de las motos ya no estaban. De la blanca y monumental Hummer salió un sonido:

—Tiene usted tres segundos para abandonar el lugar y dejar a estos individuos en libertad.

Jackson apretó los puños. Con gran lentitud me apuntó con su gran dedo nudoso, sangrado tras el golpe al hombre. Me observó, lleno de odio y resentimiento.

—¿Para quién trabajas, maldito cerdo gadareno? ¿Eres un estúpido infiltrado? ¡Tenemos amigos en las Naciones Unidas! ¡No puedes hacernos esto! ¡Estos sujetos trabajan para los hombres del prelado!

—Ehhh… —y miré hacia el vehículo blindado. La gruesa portezuela se abrió. Del gran automotor salió un pequeño y viejo amigo mío, con su traje negro de legionario de Cristo: el pelirrojo ordenado irlandés Iren Dovo, con su cara molida a golpes. Estaba parcialmente quemado. Uno de sus ojos estaba cerrado por la hinchazón.

—¿Iren…? —y me tallé los ojos.

—Ya llegó por quien llorabas —me gritó—. Ya llegó tu papá.

61

Iren venía muy golpeado. Un lado de su cara estaba verdaderamente quemado. Tenía las huellas de objetos metálicos que habían dejado letras o signos antiguos, de la Edad Media.

—¿Qué te hicieron, mi querido amigo? —le pregunté. Sentí ganas de llorar. Le apreté la mano. Le vi las quemaduras en los nudillos.

—Lo ofrecí todo por Cristo, Pío —me sonrió sin ocultar sus lágrimas—. Mi tormento, mi suplicio. Los flagelos en mi carne —y se puso la mano en la espalda—. En realidad nunca abusé de ningunos niños. Lo inventaron. Lo hicieron para que yo fuera el cebo contigo, para atraerte a la carnada. Ofrecí todo mi martirio por la salvación del padre Maciel —y me miró seriamente.

—¿De verdad hiciste eso?

Comenzó a asentir. Miró por la ventana los automóviles en movimiento. Estábamos avanzando hacia las afueras de Roma.

—No hay ningún sufrimiento nuestro, Pío, ni tuyo ni mío, que no valga la pena para sacar a nuestro padre Maciel del Infierno. Él no debe estar ahí. Lo que yo sufrí por él no fue suficiente para expiar sus pecados. Se necesita aún más.

—¿De qué estás hablando?

—Jesús ofreció mucho más por nosotros, para pagar nuestra maldad de tantos siglos. Tú y yo tenemos que continuar expiando en nuestras carnes los pecados de nuestro padre Marcial Maciel Degollado. No hay tormento suficiente. Tenemos que continuar en sacrificio —y me sonrió—. Por amor a nuestro padre.

Clara permaneció mirando hacia la otra ventana. Tenía los verdes y felinos ojos completamente abiertos. Pensó: "Santos lavados de cerebro."

—Iren —le dije—, dime qué demonios está pasando. ¿Quiénes son estas personas? ¿Adónde nos están llevando? ¿Por qué estás con ellas? ¿De qué lado están?

—Me iban a matar allá abajo, en la Casita Redonda. Me iban a aplicar el potro. Tienen muchas cosas allá —y comenzó a arrugar la cara, como si fuera a empezar a llorar.

—¿Te refieres a…?, ¿la Torre Nicolás V?

—Hay un sujeto increíble. Entró vestido como jardinero. También te está siguiendo. Me sacó de allá abajo. Es amigo de estos hombres.

Clara Vanthi, sin dejar de mirar hacia la vía, le dijo:

—¿Qué hay dentro del edificio que tiene la calavera, en Via di Pietra?

Iren Dovo le extendió la mano:

—Mucho gusto, hermana. Mi nombre es Iren Dovo, legionario de Cristo.

Ella rechazó el gesto. Lo miró. El joven tenía la cara parcialmente deformada. Ella le preguntó:

—¿Qué hay dentro del edificio? ¿Qué hay en Ordine Nuovo?

Cerré los ojos. En verdad se me quedó grabado el cráneo de yeso con las cuencas deformadas, debajo de una esvástica nazi, que vimos en Via di Pietra. "Todo esto es horrible", me dije.

Iren Dovo respondió:

—No sé mucho más que ustedes. Sólo sé lo que escuché en el calabozo. Estos hombres —y los señaló— no están aquí para decirnos nada, ni para quitarnos las dudas sobre nada. Ellos no me han dicho nada. No van a darnos ninguna explicación sobre ninguna cosa. Yo ya lo intenté todo. Ni siquiera sé si les importa un bledo si existimos. Tienen estrictamente prohibido hablar con nosotros. Nosotros somos extraños. Pero resulta que nos necesitan para esto. Van a ayudarnos.

—Vaya —le dije.

Los miré con atención. Estaban muy quietos: sentados en sus asientos, sin moverse, sin hablar. Sin quitarse sus cascos de careta negra de plástico. Sus manos estaban cubiertas con guantes de goma negra.

—¿Quiénes son ustedes? —les pregunté. No me respondieron. Iren me dijo:

—Yo ya lo intenté varias veces. Es más fácil hablar con un hongo.

Hubo silencio. Los hombres se menearon con el vaivén del vehículo.

—Ya entendí —le dije.

—Por lo que puedes leer en el costado de este vehículo, es probable que estos individuos sean una unidad de paz de la Organización de las Naciones Unidas, pero también podría ser un maldito vehículo blanco al que estos terroristas le pusieron unas letras negras de imán. ¡Yo no sé! —y miró hacia los sujetos. No dijeron nada.

Me volví hacia Clara:

—Esta situación comienza a tornarse más y más trastornada. ¿Qué dice la mujer periodista? —Clara Vanthi apretó los labios—. Quiero decir, la consagrada legionaria…

Iren Dovo se nos aproximó:

—Hay gente que sabe ya sobre todo esto. En la cúpula del Vaticano se sabe todo esto. Estos hombres nos van a llevar hacia ellos.

—¿A dónde?

—Con los que saben qué está pasando.

—¿Quiénes son?

—Los Legionarios de Cristo. Por eso los persiguieron desde que empezó Benedicto. Ellos denunciaron esto.

—Dios mío… Iren Dovo. ¿Estás bromeando?

—Pío del Rosario —y con mucha fuerza me golpeó en el hombro—. En los Legionarios de Cristo hay treinta mil personas. Algunos de ellos fueron criminales y cómplices de la pederastia que cometieron Marcial Maciel y sus hombres, como Lucatero. Y otros miles lucharon y luchan contra la pederastia. El problema es que ahora todos somos pintados con la misma maldita brocha. Nadie distingue que una cosa es Marcial Maciel y otra cosa es la gente buena de la Legión de Cristo.

Observé hacia delante. Estábamos saliendo de la ciudad. A los lados vi pastizales y campos, y condominios multifamiliares, y fábricas distantes.

—¿Adónde nos están llevando?

—Vamos hacia la entrada del Municipio Trece, en las afueras de Roma. Via Aurelia número 677. Es la casa de los Legionarios de Cristo en Roma, fundada en 1950 bajo la directiva del papa Pío XII al padre Maciel, cuando era joven. La directiva fue *Sicut Acies Ordinata*: un "ejército en orden de batalla". Estos hombres quieren que tú y yo hablemos con un sacerdote legionario que se llama Ancestor. Él sabe la verdad de todo lo que está pasando.

62

—¿Ancestor…? —se preguntó Sutano Hidalgo, en las Catacumbas de Priscila. Lentamente avanzó a través del último tramo de los curvados pasillos rocosos, mojados. Frente a sus ojos vio una imagen. Lo perturbó. Estaba entrando a un "templo" subterráneo del año 255 después de Cristo. Aún no comenzaba siquiera la Edad Media.

El guía de turistas, en medio de sus propios ecos, explicó a los visitantes:

—Esto es lo que normalmente es llamado "la Capilla Griega". No es que haya sido griega, pero aquí hay dos letreros escritos en griego. Todo este complejo de laberintos, y más aún esta capilla, fue un cementerio, un mausoleo para los primeros cristianos. Todo lo que no sabemos por la vía de los cuatro Evangelios que han llegado hasta nosotros, que fueron escritos después del gran momento de transición, es decir, después de 325, puede estar codificado aquí, en estas paredes, y revelarnos el verdadero origen del cristianismo. Aquí es donde los más antiguos cristianos dejaron plasmado lo que realmente sucedió: lo que ellos mismos vivieron y supieron.

Empezó a avanzar dentro del recinto subterráneo.

—Este lugar es la llamada "Capilla Sixtina de la Antigüedad", y la "madre de todas las catacumbas". Ciertamente es una de las más antiguas. Lo que ven aquí data de alrededor del año 250 después de Cristo. Ningún lugar mejor en todo el planeta para investigar los más remotos inicios del cristianismo y la personalidad misma de Cristo, el personaje histórico que realmente vivió, y que está documentado fuera de los Evangelios oficiales, en los textos de los historiadores romanos y sirios, como Cornelio Tácito, gobernador de Asia, Tertuliano de Cartago y Thallus de Samaria. ¿Cristo en verdad existió? ¿Qué es lo que vieron los historiadores romanos? ¿Se trata acaso de una leyenda creada por los cuatro hombres que escribieron los Evangelios que nosotros conocemos?

¿O acaso esos evangelistas también son parte de una leyenda creada por los hombres que instituyeron la Iglesia? ¿Quién fue Jesús realmente? ¿Cómo ocurrió en verdad el evento que conmocionó al mundo?

Sutano empezó a avanzar por debajo de la redonda bóveda de la capilla subterránea, detrás de los turistas. Olfateó el olor mojado del sulfato. Cerró los ojos.

"En el momento de la acción no pienses que tú eres tú. Si piensas que tú eres tú te vas a llenar de miedo. Sé otro. Sé Arnold Schwarzenegger, Silvester Stalone, Steven Seagal, cualquier cosa que empiece con 's'."

A sus espaldas, un guardia que cargaba un instrumento largo en la mano se llevó la radio a la cara:

—Lo tengo al alcance —y comenzó a levantar el instrumento—. Aplicaré descarga en dos cuatro. Introduzcan los refuerzos.

63

Dentro de la unidad Hummer de color blanco, el pelirrojo Iren Dovo, con su cara hinchada, nos dijo a mí y a la hermana Carmela:

—Ancestor es un padre legionario de Cristo. Vive en la Via Aurelia número 677.

—¿Por qué ese nombre? —le pregunté—. ¿Cuál es su verdadero nombre?

—Ésta es una trama muy compleja, Pío del Rosario —y miró hacia Clara Vanthi—. Todo está muy mezclado —y sacudió las manos—: el Banco Vaticano, la red de la pederastia, los Legionarios de Cristo, Maciel, el asunto de los masones, la profecía de la Virgen de Fátima. Todo está muy mezclado. Es como si alguien lo hubiera integrado todo para crear una casa de espejos. Es como una especie de caleidoscopio.

—No te entiendo —y miré hacia fuera, hacia una planicie arbolada.

—Ya estamos en la Via Aurelia —nos dijo uno de los hombres de los asientos de adelante, al parecer el único que podía hablar con nosotros. Tenía puesta su careta. Nos lo dijo por medio de las bocinas de la Hummer—. Lo que tienen a su izquierda, tapado por la vegetación, es el Mausoleo Antiguo de los antipapas.

Sentí un calambre frío en la espalda. Me enderecé sobre mi asiento.

—¿Antipapas…? —le pregunté. Observé el tenebroso espacio de pasto rodeado por muchas formaciones de cipreses, los árboles "de la muerte". En una roca vertical quebrantada, ladeada, vi la desgastada inscripción *Felix II Pontifex Maximus*.

—Durante toda la historia del cristianismo han existido más de cuarenta antipapas —nos dijo el sujeto—. La gente ha dejado de asombrarse con este fenómeno habitual del catolicismo. En cada siglo suele haber un papa y un antipapa. Eso ha ocurrido muchas veces. El papa y el antipapa se combaten. A menudo el gobierno o rey de un país apoya a uno; y el rey o gobierno de otro país apoya al otro y dice que ése es el verdadero pontífice. El vencedor es llamado papa y el derrotado es calificado como antipapa.

Miré hacia fuera:

—Diablos… ¿Y es entonces cuando los entierran aquí?

Clara le dijo a Iren Dovo:

—Amigo, creo que nos dijiste que estos tipos no hablan. Éste ya está hablando bastante —y lo señaló—. Por favor, continúe.

El hombre le dijo:

—Nada de esto debe extrañarles. Tampoco debe extrañarles el hecho de que en este momento de la historia, que les está tocando vivir a ustedes, un nuevo combate vuelva a presentarse. Hay personas que no quieren lo que está haciendo el nuevo papa. El nuevo papa va a enfrentarse contra una fuerza realmente violenta y poderosa porque él quiere cambiar las cosas.

Nos quedamos callados. El hombre nos dijo:

—En el año 1946, día 12 de junio, el papa Pío XII le sugirió este lugar al joven sacerdote mexicano Marcial Maciel Degollado para construir este nuevo "templo".

—Un momento —le dije—. ¿Está usted implicando que el lugar fue elegido por ser un cementerio de antipapas? —y me incorporé para mirar el terreno.

—Lo inauguraron el 24 de diciembre de 1950. Centro de Estudios Superiores de la Legión de Cristo en Roma. Cinco días después, el 29 de diciembre, Maciel estaba sentado otra vez frente al papa Pío XII, en audiencia, rodeado de sus alumnos.

—Eso no es cierto —le dije—. Usted está mezclando información, igual que todos.

Cerré los ojos. Vi una ráfaga de fuego. Escuché un grito cortado. Vi los ojos de un hombre de enorme frente, de delgados anteojos cuadrados, con la cara chupada. Un "santo". Suavemente me puso su palma sobre la pierna.

—Nunca me acuses. No traiciones a Jesucristo. No me traiciones ante los hombres. Te comprometiste a cumplir mi cuarto voto —y me puso el dedo de la otra mano sobre la boca—. El papa Pío XII me dio permiso para pedirte estos masajes. Son para aliviarme de mis dolores. Por eso te llamas Pío —y me sonrió, con mucha dulzura—. Serás llamado Pío del Rosario.

Sentí un miedo profundo. Se me enfriaron los brazos por dentro, y las piernas. Mi corazón empezó a retumbar.

Por encima de los árboles vi aparecer el complejo de color arenoso: el centro de estudios de los Legionarios de Cristo. Era una mole rectangular, con pequeñas ventanas cuadradas. Parecía un edificio de gobierno, un antiguo laboratorio secreto. El muro era una pared de ladrillos de color arena.

"Yo he estado aquí." Me pegué con los dedos a la ventana.

Iren Dovo me dijo:

—Pío, los padres superiores de la Legión están informados sobre todo este complot. Ahora tienen prohibido hablar. Los tienen amenazados con todo este asunto de la pederastia. Fue para callarlos. Es una campaña, una estrategia del Nuevo Orden Mundial para amordazar a los Legionarios. Ahora están obligados a no decir nada.

—¿Quién hizo eso? ¿Benedicto?

Clara Vanthi se enderezó:

—Un momento, joven irlandés —lo señaló con el dedo—. No nos vas a decir ahora que la pederastia es un invento para callar a unos tipos que son violadores, ¿o sí?

—Hermana...

—No, no. ¿Vas a decir que un violador de niños es un héroe que quiso decir la verdad, y que por eso lo acusaron, para callarlo?

Iren se le aproximó:

—A mí me están acusando de pederastia, igual que a Pío del Rosario. Nosotros no hicimos nada. Nos están creando todos estos cargos.

El hombre de blanco, con la cabeza oculta dentro de su careta, nos dijo:

—La orden la fundó Marcial Maciel el 3 de enero de 1941, en un sótano de la Ciudad de México. Pero en esa época México tenía un gobierno anticatólico. México acababa de vivir una de las más violentas y sanguinarias persecuciones masónicas contra el catolicismo en el mundo. El papa Pío XI, antecesor de Pío XII, llamó a esto "el Triángulo Terrible". Los jóvenes de México se rebelaron contra su gobierno. Se llamó "Cristiada", o "Guerra Cristera". En 1929 el gobierno anticatólico promasónico destruyó a la Cristiada. ¿No se preguntan ustedes por qué, en un ambiente tan hostil contra el catolicismo, este joven sacerdote Marcial Maciel se convirtió de pronto en un hombre poderoso, que reclutó dentro de su organización católica a los políticos masones para educar en sus escuelas a sus hijos, para volverlos católicos?

"Un hombre visionario", pensé. Miré hacia las ventanas cuadradas del edificio. "Maciel fue un hombre visionario."

—Siempre me lo he preguntado —le dijo Clara Vanthi. Se recargó sobre el respaldo del asiento de adelante—. Según el periodista Emiliano Ruiz Parra, de la revista mexicana *Gatopardo*, el ex legionario Pablo Pérez Guajardo dijo que Marcial Maciel cabildeó la prelatura de Quintana Roo, donde está Cancún, para los Legionarios de Cristo porque poseía información, debido a su cercanía con el secretario de Gobernación y luego presidente de México Luis Echeverría, que era un completo izquierdista, de que el gobierno de México iba a invertir mucho dinero para desarrollar un gran centro turístico en el Caribe. Lo que hoy llamamos Cancún.

La miré.

—¿Qué estás diciendo? —Clara me puso su mano sobre mi brazo.

—Pío del Rosario, ¿cómo te explicas que un cura católico obtuviera de pronto tanto poder en una de las épocas más masónicas de la historia de América Latina, cuando el catolicismo mismo estaba perseguido?

—Lo logró porque estableció escuelas católicas. Además, Echeverría visitó al papa Paulo VI en Roma. Los empresarios y los políticos, aunque fueran masones, inscribieron a sus hijos en las escuelas de Marcial Maciel.

—¡Poner escuelas católicas estaba completamente prohibido por la ley mexicana! —me gritó Clara—. ¡Éste es el misterio! ¡La ley de México prohibía enseñar religión en cualquier escuela! ¡Artículos 24 y 130, Constitución de México! Alguien en un área de poder que hoy desconocemos estuvo respaldando a Marcial Maciel Degollado desde un principio, incluso en contra de los dirigentes masónicos que estaban en el gobierno de México.

El hombre de blanco les dijo a través de sus amplificadores:

—El solo hecho de que el joven Maciel pudiera impartir educación católica o religiosa de cualquier tipo en esa época sin que le fueran cerradas sus instituciones, revela la probable participación o apoyo por parte de algún poder externo al gobierno de México.

Iren Dovo le respondió:

—Ese poder fue el papa mismo, Pío XII. Por eso le dijo a Maciel: 'Ustedes deben ser *Sicut Acies Ordinata*, un ejército en orden de batalla'.

La batalla era la que se estaba librando en México contra los masones: la persecución contra la Iglesia, la Cristiada. Era la misma guerra entre los masones y la Iglesia que se sigue librando ahora mismo. La profecía de la Virgen de Fátima. El respaldo de Maciel fue el papa.

—¿Y por qué el papa anterior a Pío XII, que fue Pío XI, se hincó, llorando, cuando en 1929 le dijeron que los cinco mil jóvenes de México habían sido asesinados por el gobierno, por los que tú llamas "masones"? —me preguntó Clara Vanthi— ¿Por qué de pronto, en 1950, un nuevo papa, Pío XII, tuvo completo poder para, por medio de un solo individuo, ese delgado joven enfermo y cocainómano Marcial Maciel, lograr lo que no lograron veinticinco mil jóvenes armados en la Cristiada, incluidos los cinco mil ejecutados? ¿Qué fue lo que cambió?

64

En el centro de Roma, observando mi localización por medio del GPS integrado a mi teléfono celular, el musculoso y envaselinado agente 1503, Gavari Raffaello, le informó telefónicamente al prelado:

—Esto ya comenzó a complicarse. Estos sujetos se están llevando a Pío del Rosario y a la hermana Carmela hacia las afueras de Roma. Imagino que se están dirigiendo hacia el cuartel central de los Legionarios de Cristo.

El prelado apretó los labios. Se colocó frente a la gran pantalla, en el módulo de comunicaciones del Palacio Apostólico.

—Ya hice dos llamadas a las Naciones Unidas. Ese vehículo no es de ellos. Ellos no lo enviaron. Alguien está usando esta maldita pantalla para engañarlos, idiotas, para investigar lo que no queremos que investiguen.

—¿Quiénes son, Su Eminencia?

El prelado miró hacia el techo, hacia la cúpula llena de ángeles. Los seres celestiales estaban flotando en un remolino de nubes doradas, dirigiéndose hacia una luz.

—Quiero que te dirijas con Pietro Jackson hacia esa maldita camioneta, y que la destrocen con balas hasta sacar de ahí vivos a Pío del Rosario y a la maldita ramera. Quiero que me los traigan.

—Su Eminencia, el vehículo tiene blindaje de nivel siete.

—Te estoy enviando refuerzos con artillería contra blindaje.

De los estacionamientos Lacus Curtius y Acheron, en el suroeste de Roma, salieron bamboleándose seis pesados automotores Volvo C-303, cada uno de cuatro toneladas, de brillante y pulido esmalte negro con malla de titanio, con las llantas acorazadas y motores B30A. En sus torretas comenzaron a girar sus tubos lanzadores de granadas antitanque. En sus costados decían: "Emoción para todos. Parque Aventura".

65

El hombre de blanco nos dijo:

—Por orden del papa Pío XII, Maciel creó la iglesia de Guadalupe en Roma, que también está muy cerca —y señaló hacia un lado—. Los Legionarios de Cristo se multiplicaron en el mundo. Tienen ciento setenta y cinco institutos en veintidós países. Controlan a ciento veintitrés mil estudiantes de las clases poderosas: hijos de políticos, de empresarios. Los nombran directivos de la organización, como es el caso de Luis Garza Medina. Hoy, sólo aquí en Roma, gran parte de lo que ven pertenece a los Legionarios: el Pontificio Colegio Internacional María Mater Ecclesiae; el centro de estudios de Via degli Aldobrandeschi; el Ateneo Pontificio Regina Apostolorum; el Instituto Irlandés La Giustiniana; el Instituto Highlands; el Villaggio dei Ragazzi. En 2005 constituyeron la Universidad Europea de Roma. Quitarlos ahora es totalmente imposible. Por eso el papa Benedicto, cuando se atrevió a atacar todo lo que había alrededor de la pederastia del creador de la orden, terminó él mismo renunciando.

Clara observó a los hombres de seguridad apostados contra la imponente puerta blanca de acceso al complejo. Les dijo:

—Los Legionarios de Cristo significan aproximadamente doscientos veinte millones de dólares anuales para el Vaticano. El experto Raúl Olmos, autor del informe "El imperio financiero de los Legionarios de Cristo", dijo en una entrevista: "Su poder económico es tan grande que cortarlos de tajo sería cortar un suministro enorme de fondos al Vaticano. Ellos financian parte del Estado Vaticano. Sería darse un balazo en el pie".

El hombre de blanco agregó:

—Hugh O'Shaughnessy, de *The Guardian*, tiene un informe sobre todo esto —era imposible adivinar sus facciones a través de su negra careta de acrílico—. Los activos de la Legión de Cristo valen veinticinco mil millones de dólares, más del triple que los que componen los activos totales del Banco Vaticano, de ocho mil millones.

—¡Dios!… —Miré a Iren Dovo—. ¿Sabías eso?

—El presupuesto anual de los Legionarios de Cristo —nos dijo el hombre— es de seiscientos cincuenta millones de dólares. Los ingresos anuales del Vaticano son de trescientos millones. Menos de la mitad. La Legión gana el doble que el Vaticano y vale el triple. ¿De dónde sale todo esto? De un tipo especial de manipulación de ricos que inventó el joven sacerdote Marcial Maciel Degollado, que tuvo la visión de un empresario global. Los Legionarios de Cristo son una de las mayores fuentes económicas de la Iglesia católica, y ese dinero es obtenido en forma legal, por medio del negocio de la educación y de las donaciones de magnates que desean purificar sus conciencias.

Detrás de nosotros, a exactamente 600 metros de nuestras cabezas, 15 motociclistas con "burkas" se nos aproximaron a toda prisa, seguidos por una escuadra de tres colosos de cuatro toneladas Volvo C-303.

66

—Las actividades sexuales criminales del sacerdote Marcial Maciel Degollado y de sus subalternos comenzaron a registrarse desde antes de 1983 —nos dijo el hombre de la careta—, en el Instituto Cumbres de la Ciudad de México, una escuela primaria donde sus hombres Lucatero y Francisco Rivas cometieron y encubrieron un número aún no cuantificado de violaciones de pequeños cuyos padres no eran importantes o influyentes. La escuela se convirtió en una especie de proveeduría de niños para el sexo de sacerdotes y probablemente también para contactos de alto nivel en el gobierno y del círculo de aliados poderosos. Las denuncias comenzaron a ser presentadas ante el Vaticano durante el pontificado de Juan Pablo II.

—Maciel fue acusado desde 1956 por abuso de morfina —intervino Clara—. Lo destituyeron desde el Vaticano, pero con sus influencias fue reinstalado en 1959. Fue él quien convirtió al uso de la morfina y de otras drogas en algo regular para tratar psiquiátricamente a sus sacerdotes, al grado de afectarles el cerebro.

El hombre de blanco nos dijo:

—En 1998 eran ya nueve las acusaciones de violación y más de treinta niños los violados por sacerdotes de Maciel. Pueden haber sucedido muchos más incidentes que nunca fueron reportados. En México las violaciones, y más cuando son homosexuales, se mantienen en secreto porque causan demasiada vergüenza a las víctimas. Todo esto fue llevado ante el papa Juan Pablo II, pero el Santo Padre no hizo nada.

Clara miró el sobrecogedor edificio recto y arenoso de cuatro pisos.

—¿Cómo un hombre puede cometer los actos más malignos y escudarse con Jesucristo?

El hombre le dijo:

—Éste es uno de los casos de encubrimiento más masivos e impunes en la historia humana. No hay virtualmente nadie en la cárcel. Ahora entendemos por qué —y se volvió hacia nosotros. Le dije:

—Doscientos millones de dólares anuales para el Vaticano.

—Así es —y el hombre de blanco se llevó las manos hacia el casco. Empezó a desacoplarse los seguros—. Maciel había sido el mago que convirtió un país de gobierno masónico en un país donde el gobierno y la cúpula empresarial fueran católicos y legionarios, dispuestos a obedecer el dictado de un solo hombre, un hipnotizador capaz de doblegar a cualquier millonario u hombre de Estado: él mismo, aunque estuviera acusado de violación de menores y ellos lo supieran, y aunque ese mandato suyo implicara donarles a él y a su organización todo su dinero y desheredar a sus propios hijos. Para algunos, estos logros increíbles no sólo son un auténtico milagro, sino la obra de un santo. El propio papa Juan Pablo II, aun cuando estuvo perfectamente enterado de todos estos crímenes con los niños, convirtió secretamente a Marcial Maciel en uno de los selectos cardenales capaces de elegir a un nuevo papa, o él mismo aspirar a convertirse en pontífice.

A su lado, uno de sus acompañantes se quitó rápidamente el casco. Era un hombre maduro, moreno, canoso, de anteojos. Un imperioso intelectual. Nos dijo:

—*Ego voxifer sum*. Yo soy un portador de una voz. *Apud te Voxifer Raúl Domínguez ero*. Para ti voy a ser la voz del jurista mexicano Raúl Domínguez. Marcial Maciel fue ungido cardenal por Juan Pablo II bajo la modalidad *in pectore*. Significa "desde su pecho" o "en secreto". Cuando las denuncias llegaron, Juan Pablo se opuso a tramitarlas. El responsable de recibirlas y procesarlas era el eminente Joseph Ratzinger, entonces prefecto de la Congregación para la Doctrina de la Fe. Él mismo explicó después por qué no hizo nada: dos hombres protegieron a Marcial Maciel y le indicaron a Ratzinger que no hiciera nada.

—¿Quiénes? —le preguntó Clara. Se agazapó sobre el respaldo del asiento.

—Hombres que controlaron al propio papa. Ratzinger acató las órdenes. Obedeció. En el año 2004 se les escribió a las víctimas para informarles que el caso se iba a reabrir. Pero en realidad nada ocurrió. Se les notificó a los afectados que Maciel ya estaba muy "viejito" como para procesarlo por un crimen.

A doscientos metros de nosotros, por cada lado por detrás de las edificaciones, los conductores de los monstruosos Volvo C-303 comenzaron a tomar sus posiciones.

El hombre de blanco empezó a quitarse la careta:

—Claramente, la brillante mente empresarial de Marcial Maciel, que creó en forma legal y constructiva un emporio de escuelas tan grande como las corporaciones multinacionales Mitsubishi, el Banco de Brasil, Hitachi o Christian Dior, combinada con su magnetismo y su astucia para seducir y manipular utilizando a Jesucristo, lo transformó en un poder inatacable. Murió sin jamás pisar un reclusorio.

En mi cabeza vi una explosión de color rojo. Todo se llenó de gritos, de alaridos. Vi a los reporteros de *La Crónica* y *El Mundo* de España, Idoia Sota y José M. Vidal. Ella me dijo: "Es un imperio calculado en unos veinte mil quinientos millones de euros". Comencé a avanzar dentro de la oscura habitación de Jacksonville, Florida. En la cama vi a Marcial Maciel. Olí su cuerpo. Olía a acetona. Se volvió hacia mí:

—Nadie conoce el verdadero tercer secreto de Fátima. Busca a Lucía. Que ella te diga la verdad.

Cerré los ojos. Vi un estallido: una imagen roja. Entraron hombres de negro, sacerdotes.

—¡Tienes que aceptar la extremaunción! —le gritaron al creador de la Legión de Cristo.

—No quiero —les dijo Maciel. Se volvió hacia un lado. Lo sujetaron con mucha fuerza.

—¡Tienes que tomarla! ¡Es para salvarte!

El viejo empezó a retorcerse:

—¡No quiero la confesión! ¡No quiero la extremaunción! ¡Digo que no!

Dos mujeres comenzaron a gritar en forma apocalíptica:

—¡Por favor! ¡Traigan ya al exorcista! ¡El padre no quiere recibir los sacramentos!

En la parte de atrás, por delante del espejo, vi a un sujeto borroso. Estaba ahí, sonriéndome, observándome.

—¿Quién era el hombre de la CIA? —me preguntó una voz, en un dormitorio gris metálico. Sentí un vacío frío dentro de mi cabeza.

—Es la morfina —dijo un médico que olía a acetona con nitrofenol—. Le aplicaron doscientos miligramos en serie. Tendremos suerte si no perdió capacidades cognitivas. Tiene destrucción celular en la sección tres del Cornus Ammonis, CA-3 del hipocampo. La morfina causa destrucción en la memoria.

Vi en la habitación del padre Maciel a uno de sus más poderosos sucesores: el vicario Luis Garza Medina, de limpio rostro, con delgados anteojos. Se inclinó hacia él:

—Le doy dos horas para venirse con nosotros o llamo a todos los medios para que todo el mundo se entere de quién es usted de verdad.

Lentamente me le aproximé al padre Maciel:

—Padre mío… —y sentí un terror imposible de describir—. ¿Usted alguna vez visitó a la hermana Lucía, la niña que en 1917 vio a la Virgen en Fátima? ¿Alguna vez usted la fue a ver a la celda, al convento donde la tuvieron recluida, en Coímbra, Portugal? ¿Qué le dijo ella?

El hombre "santo" comenzó a retorcerse como una bestia. Empezó a gruñir.

—¡Escriban estas palabras! —nos gritó a todos. Sus ojos se rodaron hacia el techo—. *Et Verbum Caro Factum Est. ¡Et Verbum Caro Factum Est!*

*¿Y el Verbo se hizo carne…?,*pensé. Vi, como en un espejismo, el pasaje exacto donde esa frase está dentro del evangelio de Juan, el Apóstol. "Ioannes 1:14", "Y el Verbo se hizo carne, y habitó entre nosotros…"

En el Hummer, el hombre de blanco nos dijo:

—Durante años nadie supo con claridad quién fue el protector secreto de Marcial Maciel en los niveles más altos del Vaticano. Hoy se tienen prácticamente todos los nombres: el cardenal polaco Stanislaw Dziwisz, secretario privado del papa Juan Pablo II; el cardenal Martínez Somalo y el poderosísimo secretario de Estado del papa Juan Pablo II, Angelo Sodano. Uno de ellos detuvo las investigaciones.

Clara volvió a intervenir:

—La periodista Carmen Aristegui ha explorado profusamente todo este episodio. Cuando el líder sindicalista de Polonia Lech Walesa, que era católico, se levantó en una "rebelión pacífica" contra la opresión de la Rusia comunista, el aparato de comunicación que usó para comunicarse directamente con el papa Juan Pablo II lo pagó Marcial Maciel Degollado, con dinero de la Legión de Cristo.

El hombre que se llamó a sí mismo Voxifer o "portador de la voz" del jurista Raúl Domínguez nos dijo:

—El alzamiento del polaco Lech Walesa se multiplicó a los demás países que estaban bajo la dominación de la Unión Soviética. Este fue el incidente que derrumbó al imperio Soviético.

—Esto convierte a Marcial Maciel en un héroe de la Guerra Fría —nos dijo el hombre de blanco. Lentamente se volvió a bajar la careta. No pudimos verle aún su cara—. Maciel no tiene ninguna estatua en ningún lugar del mundo por este hecho. Fue él, con esa radio de alta tecnología, el que probablemente logró el sueño de la segunda promesa de Fátima: derribar al comunismo y a la Rusia Soviética. El cardenal que hizo todo esto posible fue el antecesor y mentor de Angelo Sodano: Agostino Casaroli, secretario de Estado del Vaticano, todo esto durante el papado de Juan Pablo II. Fueron ellos los que derrumbaron a la Unión Soviética. Crearon el mundo que actualmente estamos viviendo.

Diez años atrás, saliendo de ese mismo edificio de color arena, el secretario privado del aún vivo y aún poderoso Marcial Maciel Degollado, el joven Rafael Moreno, de veintidós años, se dirigió hacia el Vaticano, hacia el Palacio Apostólico, hacia los apartamentos papales. Caminó apresurado, con sus papeles en el pecho, tronando sus negros tacones contra el mármol de las oscuras Estancias de Rafael.

Lo condujeron hacia el importante secretario Personal del papa Juan Pablo II: el rubio Georg Gänswein.

—Necesito verlo ahora —le dijo Rafael Moreno.

Georg Gänswein lentamente levantó la cara:

—Querido Rafael, Hermano en Cristo.

El secretario de Marcial Maciel se le aproximó:

—Necesito ver al papa.

—Su santidad no tiene tiempo ahora. Puedes ver a su secretario de Estado, Angelo Sodano. Tiene tiempo para recibirte.

—El cardenal Sodano no quiere verme. No quiere escuchar nada de esto. Tengo que ver al Santo Padre. Mi vida misma está en riesgo.

George Gänswein abrió los ojos. Comenzó a levantarse.

—¿Qué es lo que sucede? ¿Es así de serio? —y comenzó a crear un apunte. Apuntó la fecha. Octubre 19. 2003.

—He tenido que destruir evidencias. Lo incriminan.

—¿A quién? ¿A Marcial Maciel? —y cautelosamente se volvió hacia la imponente puerta dorada. Detrás estaba el papa Juan Pablo II.

Georg Gänswein, ahora secretario del papa Benedicto XVI, cerró los ojos. Comenzó a escribir en el papel:

Octubre 19, 2011.

Rafael Moreno fue por 18 años el secretario privado de MM. En 2003 insistió en informar a PPII, pero este no soportaría escucharlo, y no le creía. Quiso informar al cardenal Angelo Sodano, pero éste no le otorgó una cita. Moreno dijo que había tenido que destruir evidencias.

En la blanca Hummer, que olía a plástico nuevo, el hombre de blanco nos dijo:

—En el reporte de Jason Berry se informa que la vinculación de Marcial Maciel con el secretario de Estado Angelo Sodano fue tan fuerte que Maciel le organizó fiestas familiares, probablemente en este mismo inmueble que tenemos enfrente —y señaló hacia el impactante edificio de pequeñas ventanas cuadradas—, aquí en *Via Aurelia 677*. Berry informa que Maciel entregó regalos a Sodano por quince mil dólares, y que Maciel le ofreció contratos arquitectónicos de la Legión de Cristo al sobrino del cardenal: Andrea Sodano. Las fiestas que le organizó en estos inmuebles fueron para cuando menos doscientos invitados.

El hombre situado a su lado, que se dijo Voxifer o "portador de la voz" del gran jurista mexicano, nos dijo:

—En 13 de mayo del año 2000, el cardenal Angelo Sodano anunció al mundo que el tercer secreto de Fátima por fin iba ser revelado. Se publicó el 26 de junio del año 2000. El texto que se hizo público es la versión de cuatro páginas que se ha dado a conocer al mundo, sobre un obispo asesinado al subir por una montaña, hacia una cruz en la cima, donde dos ángeles recolectan su sangre con "aspersorios" o "rociadores de agua bendita". Ésta es la versión que gran parte del mundo cree que es una mentira para ocultar la verdad.

67

En las remotas montañas del norte de Italia, municipio *Sotto il Monte*, lugar de nacimiento del antiguo papa Juan XXIII, el anciano y delgado monseñor Loris Francesco Capovilla, de 98 años, comenzó a ser por primera vez vestido con ropas rojas, cardenalicias.

Le colocaron la casaca, de color sangre escarlata. Empezaron a abrocharle cada uno de los treinta y tres botones.

—Estos treinta y tres botones, monseñor, representarán para usted cada uno de los treinta y tres años de la vida de Nuestro Señor.

El ahora virtual cardenal suavemente le sonrió. Con sus ojos membranosos los observó:

"Si vieras cuántas veces he visto esto, amigo mío."

Encima le colocaron la tela blanca con bordados y craquelados, semejante a un mantel de mesa:

—Éste será su *Rochettum*, su eminencia.

—Se ve muy bien —le sonrió a Loris Capovilla su gordito ayudante, Felitto Tumba, con sus dientes separados—. Usted siempre muy guapo —y le mostró en lo alto los dos pulgares, símbolo de "Muy Bien".

Le colocaron al monseñor la roja *Mozzetta*: una capa sobre los hombros. La tela olía a nuevo. Se la cerraron alrededor del cuello. Empezaron a abotonarlo.

—Estos doce botones son cada uno de los Doce Apóstoles.

Loris Capovilla miró hacia arriba, hacia el techo. Cerró los ojos. Recordó la escena en la que el papa Juan XXIII había guardado el tercer secreto de la Virgen de Fátima, cuando había puesto el sello nuevo para que nadie leyera aquello. También recordó algo más.

—La cancillería de Coímbra, donde está el convento que tiene recluida a la hermana Lucía, me está enviando un informe anónimo. Dicen que la entrevista del padre Fuentes con ella es falsa —y lo miró a los ojos.

—¿Falsa…?

—Nunca tuvo lugar. Dicen que alguien está fabricando las palabras de esa mujer. Están manipulando a los papas.

Loris Capovilla abrió de nuevo los ojos, llenos de membranas. En el espejo se vio a sí mismo convertido en un anciano.

Lo llevaron hacia el templo parroquial de Sotto il Monte, donde él había impartido misas desde hacía veinticinco años. Ahora toda la gente estaba afuera, con prensa de muchos países.

—Nos encontramos a cuarenta kilómetros de Milán, en el norte de Italia —dijo el reportero Nathan Rose—. En pocos minutos, el hombre de edad más avanzada de la alta jerarquía de la Iglesia católica, Loris Francesco Capovilla, de casi cien años, va a ser ascendido a cardenal elector por decisión del nuevo papa Francisco. El consistorio tuvo lugar hace días en Roma, fue de las primeras acciones del nuevo papa, pero monseñor Capovilla no pudo asistir por razones de salud.

Se le aproximó, arrastrando sus zapatillas, el propio Loris. Le dijo en el micrófono:

—No me siento suficientemente fuerte. No me siento cómodo con la idea de ver a tanta gente —Estaban en medio de una multitud de visitantes, la mayoría de ellos amigos del propio monseñor Capovilla.

El reportero avanzó detrás de él, entre la multitud, hacia el atrio de la parroquia, seguido por su esforzado camarógrafo:

—¡El Santo Padre Francisco —gritó el reportero— ha enviado como su representante a esta localidad, para declarar cardenal a monseñor Capovilla, a una destacada figura dentro del Vaticano! ¡Este representante de alto nivel será quien le coloque en la cabeza, en nombre del papa, la *biretta* cardenalicia, un gorro de cuatro puntas que es el símbolo de esta suprema investidura, y lo hará el decano del colegio de los cardenales del Vaticano, el secretario de Estado del papa Juan Pablo II y actual consejero de la Santa Sede, cardenal Angelo Sodano. A su lado se encuentra también el embajador de Polonia ante la Santa Sede, Piotr Nowina.

El poderoso hombre de cabeza redonda y labios sonrientes empezó a avanzar imperiosamente hacia el delgado Loris Francisco Capovilla. Frágilmente, monseñor Capovilla caminó hacia el cardenal, apoyado por su leal ayudante, el gordito y sonriente Felitto Tumba, de cabellos parados y dientes separados.

—Eminencia, éste va a ser un gran día. Estoy emocionado.

Loris arrastró una, y después otra, sus rojas zapatillas, sobre las duras piedras de la montaña. Se dirigió hacia los brazos abiertos del cardenal Sodano. Le susurró a su ayudante:

—Éstos son los hombres que ahora me van a llevar de regreso a Roma. El nuevo papa tiene que saber la verdad. La espera ha terminado. El futuro va a cambiar. Va a cambiar en el pasado.

68

En el jardín "Cocina" del Vaticano, en medio de 20 olorosos árboles de naranjas, cuyas hojas se frotaron con el viento, el ahora papa retirado Benedicto XVI —Joseph Ratzinger— se acercó, alargando su frágil mano de 87 años, hacia una de las naranjas. Suavemente se la llevó hacia la nariz. Cerró los ojos.

Se vio a sí mismo debajo del gigantesco techo curvo de la Capilla Sixtina, en su rojo traje cardenalicio, durante la primera votación en el cónclave que lo hizo papa. Escuchó la voz de un jesuita vigoroso que lo tomó por el antebrazo:

—Querido Joseph: tienes treinta y ocho votos. Yo tengo cuarenta. Quédate con mis votos.

—¿De verdad? ¿Por qué harías eso?

El jesuita le sonrió.

—Eres inteligente y honesto. Es mejor que ganes—y lentamente se le acercó—. Trata de reformar a la Iglesia —y lo miró firmemente a los ojos—. Pero si no lo logras, renuncia.

Entre sus delicados dedos Benedicto acarició la naranja. Miró hacia el huerto, hacia las murallas vaticanas.

"Alguna vez fui papa."

Oyó la voz del cardenal colombiano Darío Castrillón Hoyos. Cerró los ojos.

—Benedicto —y lo tomó por las manos—: el arzobispo de Palermo, Paolo Romeo, que es parte del grupo de Angelo Sodano, está diciendo que tu relación con el cardenal Tarcisio Bertone, tu nuevo secretario de Estado, es muy conflictiva; que tú lo odias, que deseas remplazarlo ya por otro cardenal —y Benedicto observó en los enormes muros las vetas de mármol antiguo. Estaban en la Sala Regia, estancia máxima de la diplomacia vaticana—. Tal vez debiste dejar en el cargo a Angelo Sodano.

Los grises ojos del primer ex pontífice en los últimos seiscientos años se abrieron. Miró hacia los troncos. Estaba completamente solo.

—Paolo Romeo está diciendo en Pekín que estás preparando en secreto a tu propio remplazo —le dijo el cardenal Castrillón Hoyos—, y que ya escogiste a Angelo Scola porque se parece a ti mismo en su personalidad, y porque tampoco soporta a Tarcisio Bertone. ¿Es verdad esto? —y lo apretó por los antebrazos.

—¿Quién está difundiendo todo esto? ¿Qué quieren?

—Benedicto: el cardenal Paolo Romeo ha anunciado que sólo te quedan doce meses de vida. Ha profetizado tu muerte. Existe un serio complot delictivo contra tu vida. Los que lo escucharon en China piensan, con horror, que se está programando un atentado, un complot para matarte.

Le mostró un pedazo de papel. Decía la palabra alemana *Murdkomplott*, "complot para matarte".

69

En la unidad Hummer, el hombre de blanco continuó contándonos el secreto:

—Cuando Joseph Ratzinger fue convertido en papa, cuando adoptó el nombre de Benedicto XVI, desató la furia de la venganza. Se convirtió en un agente de la justicia. Lo habían obligado a callar, a no actuar, a ser cómplice de una red masiva de explotación de alumnos de primarias para la pederastia. Estaba harto de Marcial Maciel Degollado. Decidió actuar. Empezó descalificándolo públicamente. Lo denigró. Le prohibió seguir al mando de la orden de los Legionarios de Cristo. Esto significó uno de los más grandes *shocks* en la historia del Vaticano.

Clara Vanthi le dijo:

—Al parecer, a Benedicto XVI no le importaron los seiscientos cincuenta millones de dólares que anualmente gana la Legión de Cristo con sus escuelas y con las donaciones de los magnates del mundo. Se arriesgó a quitarle al Vaticano una de sus mayores fuentes de ingreso.

—Al parecer, tampoco le importó la mafia a la que estaba a punto de afectar con todo esto. Políticos, empresarios de todo el mundo. No fueron sólo sacerdotes los que se beneficiaron de este abuso sexual de niños. En 2006, Benedicto le ordenó a Maciel retirarse. Le dijo: "Deberás vivir una vida de oración y penitencia, y renunciar a todo ministerio público".

Clara le susurró:

—Qué castigo para un maldito violador.

—En diciembre de 2006 Benedicto ordenó la eliminación del cuarto voto de la Legión de Cristo —y se volvió hacia mí. Yo le dije:

—El cuarto voto es no criticar a los superiores ni informar sobre ellos a nadie.

—Este voto lo instauró el propio Marcial Maciel —nos dijo el hombre—. Es el mejor dispositivo criminal jamás creado para mantener los delitos de una organización secreta bajo llave. Benedicto expulsó a Maciel de Roma y lo envió a Jacksonville, Florida, donde murió el 29 de enero de 2008. El papa Benedicto ordenó intervenir la Legión. Puso a cargo de esta intervención a Velasio de Paolis, un hombre de su confianza. En 2010, en el libro llamado *Luz del mundo*, Benedicto dijo sobre Maciel: "Torcido; una vida desperdiciada. No fue hasta el año 2000 cuando tuvimos pruebas concretas".

Clara apoyó su barbilla contra el respaldo del asiento delantero. Abrió sus grandes ojos verdes de gata:

—Pero murió feliz en una cama —y comenzó a negar con la cabeza.

—No murió feliz —le dije—. Yo estuve ahí. Tuvieron que llamar a un exorcista.

Iren Dovo cerró los ojos:

—La habitación estaba llena de cosas feas —y se sacudió los brazos, como si se estuviera quitando criaturas.

—Mientras por un lado actuó contra el amo mismo del poderoso imperio legionario, es decir, contra Marcial Maciel, el papa Benedicto actuó también contra el hombre mismo que desde el propio Vaticano lo había protegido y "encubierto": el omnipotente secretario de Estado de Juan Pablo II, Angelo Sodano. Se declaró la guerra. Benedicto demostró que ahora él era el papa. El día 15 de septiembre de 2006 hizo renunciar a Sodano como secretario de Estado. En su lugar nombró a un amigo personal, Tarcisio Bertone, que no tenía ninguna preparación para ese cargo diplomático.

El "portador de la voz" del jurista mexicano nos dijo:

—A partir de este momento, yo seré para ustedes el portador de la voz del periodista Eric Frattini: "Cuando en el cónclave 2005 salió elegido sumo pontífice el cardenal Joseph Ratzinger, Sodano supo entonces que tenía los días contados como secretario de Estado. Sodano presionó para elegir al sucesor del cardenal Camillo Ruini como presidente de la Conferencia Episcopal Italiana, la CEI, pero el propio Benedicto XVI lo desautorizó públicamente. Sodano, sin consultar con el papa, había mantenido una reunión secreta con monseñor Paolo Romeo, entonces nuncio en Italia y ahora cardenal y arzobispo de Palermo."

Miré hacia un lado, hacia la ventana. "Todo esto es horrible." Observé las ventanillas cuadradas del centro de estudios de los Legionarios de Cristo. "Siento como si estuviera viviendo una historia policiaca dentro de una conspiración en el interior de un complot."

El hombre "portador de la voz" nos dijo:

—Cuando Benedicto hizo saber que el nuevo secretario de Estado iba a ser su amigo personal Tarcisio Bertone, el aún secretario Angelo Sodano, protector de Maciel, envió a su fiel secretario, Piero Pioppo, a Génova, para que hablara con Bertone y lo convenciera de no aceptar el cargo.

En el hermoso jardín del Arzobispado de Génova, el solemne y alto cardenal Tarcisio Bertone, con la expresión sutil, risueña y a la vez monárquica del actor cómico Will Ferrell, lentamente alzó la cabeza. Extendió la mano hacia el visitante, un joven de anteojos y cejas pobladas.

—Su Eminencia —le dijo el joven—. Mi secretario de Estado me pide insistirle a usted, con todo mi corazón, que no acepte el cargo.

Tarcisio Bertone se quedó pasmado.

—¿Cómo dice usted?

—Debo insistirle que no acepte el cargo de secretario de Estado.

—Pero el papa mismo me está llamando a ocuparlo.

—Sí, pero mi jefe dice que no.

—"Cuando en septiembre de 2006 se produjo el cambio" —nos continuó diciendo en la Hummer el "portador de la voz" del periodista Eric Frattini—, "Sodano se negó a abandonar su oficina" —y miró hacia un lado—. "Esto creó una mayor tensión entre el cardenal Bertone, que deseaba asumir con mano de hierro su nuevo cargo, y el cardenal Sodano. Sodano tardó un año en abandonar su despacho de secretario de Estado. Benedicto XVI destituyó también a los hombres clave de Sodano, llamados 'los diplomáticos': monseñor Pietro Parolin, monseñor Gabriele Caccia y el cardenal Leonardo Sandri."

El hombre de blanco nos dijo:

—Como ven, fue un exterminio. Benedicto asumió su cargo de nuevo papa demostrando su poder: eliminó a los protectores de Maciel y también a los hombres de gran influencia que iban a impedirle tener él mismo el control del Vaticano. Tal vez por eso tuvo que recurrir a un viejo amigo que no tenía gran experiencia para el más importante cargo después del suyo, la Secretaría de Estado. Pero podía confiar en él porque era su amigo.

—¿Tarcisio Bertone? —le pregunté.

—Así es.

Clara le dijo:

—Es como cuando traes gatos para acabar con las ratas, y luego tienes el problema de cómo sacar a los gatos.

—Así es. Pero todo volvió a acabar una vez más cuando el propio papa Benedicto finalmente renunció a su cargo, el 13 de febrero de 2013, tras recibir una amenaza de muerte. En ese momento, el cardenal Angelo Sodano, ahora retirado de su enérgica actividad diplomática, le dijo a la periodista Sara Carreira, del diario *La Voz*, una frase que quedó registrada en la edición del 4 de marzo: "La renuncia de Benedicto XVI es como [...] un rayo caído en un cielo despejado".

70

A tres kilómetros de nosotros, en la Casa Santa Marta, hotel del Vaticano, ahora residencia y dormitorio del nuevo papa Francisco, dentro de la habitación 201 el sumo pontífice se acomodó en la silla. Se llevó la mano a la espalda. Tenía un profundo dolor en la ciática.

Frente a él estaba la periodista mexicana Valentina Alazraki. Ella muy dulcemente le sonrió. Les estaban apuntando dos cámaras. Les echaron luz seis calientes reflectores.

—Papa Francisco, usted ha creado una comisión para investigar los abusos, para la protección de los menores. Y también está el tema de Marcial Maciel. Durante años este tema fue tabú. Fue un tema tabú dentro y fuera del Vaticano. Se habló mucho de gente que encubrió, de facilidades, de grupos de poder. ¿Usted siente que éste haya sido un caso que haya tenido que ver con encubrimientos?

El papa miró hacia la ventana, hacia el Palacio Apostólico.

—Lo que yo sé... —y observó hacia fuera—. Yo nunca tuve contacto con los Legionarios de Cristo porque no estaban en Buenos Aires. Cuando me enteré del escandalazo realmente me dolió mucho. Me escandalicé.

La periodista comenzó a asentir con la cabeza. El Santo Padre le dijo:

—¿Cómo pudo esa persona llegar hasta esto? Creo que se trataba de un enfermo, un gran enfermo. Segundo: ¿hubo encubrimiento? Uno puede presumir que sí. Aunque siempre en justicia hay que presumir la inocencia. Pero sería raro que no tuviera algún padrinito por ahí, medio engañado, medio que, que sospechaba y no supiera. Bueno, eso yo no lo he investigado.

—Pues debería investigarlo. —Esta última frase nos la dijo a nosotros, en la Hummer, Clara Vanthi, también periodista pero sin empleo. Estábamos escuchando la radio en el vehículo.

Iren Dovo le dijo al hombre de blanco:

—¿El nuevo papa, Francisco, también está en peligro? ¿Éste es el Secreto Vaticano? ¿Todo fue por la pederastia? ¿Ésta es la razón por la que hicieron renunciar a Benedicto XVI? ¿Son ellos los que están controlando el Vaticano?

El hombre de blanco nos dijo:

—Hay algo mucho más profundo y mucho más oscuro.

71

El papa Francisco recibió casi en seguida al periodista Eugenio Scalfari, de *La Repubblica*.

—Bienvenido —y le apretó las manos.

Afuera, la guapa periodista argentina Inés San Martín, del informativo Cruxnow.com, con sus largos cabellos castaños y sus anteojos, empezó a reportar ante el micrófono: "El papa Francisco acaba de aprobar estatutos nuevos para la Legión de Cristo. El padre Eduardo Robles-Gil, quien es el director general de la orden, definió el documento como 'un camino que nos habrá de guiar hacia la santidad y hacia una vida apostólica fructífera, para servir a la Iglesia, y a los hombres y a las mujeres'. Las nuevas reglas, dice el director de la Legión, 'describen en forma específica el camino que cada uno de nosotros deberá seguir en la vida religiosa y en la Legión'".

A su lado, el reportero del británico *Telegraph* Nick Squires reportó ante su cámara: "El papa Francisco está informando al rotativo italiano *La Repubblica* que, como resultado de los trabajos de la comisión que creó para investigar y combatir la pederastia por parte de sacerdotes y para proteger a las víctimas, se cuenta ya con información confiable para sugerir que hasta dos por ciento del clero tiene tendencias hacia la pedofilia".

Los sacerdotes que estaban junto a él se petrificaron. Comenzaron a mirarse unos a otros. "¿Dos por ciento?"

"En palabras del sumo pontífice —siguió el reportero—, incluso obispos y cardenales pueden tener tendencias hacia la pedofilia."

Adentro, en la habitación, el Santo Padre le dijo al periodista Eugenio Scalfari de *La Repubblica*:

—La cifra que ha sido encontrada, de dos por ciento, no me tranquiliza. Considero que es muy grave. Encuentro esto muy inaceptable. Tengo la intención de enfrentar este hecho con la severidad que se requiere.

A metros de distancia, en el edificio de Prensa Vaticana, justo frente a la redonda Torre Nicolás V, el vocero de la Santa Sede, el canoso jesuita de mirada severa Federico Lombardi, dijo a los reporteros:

—La frase que el Santo Padre acaba de decir respecto a "cardenales" ha atraído mucha atención, pero no puede ser atribuida al papa.

Desde atrás, un reportero le gritó:

—¿Hasta dónde van a llegar con esta comisión? ¿Es una tomada más de pelo, como lo que siempre han hecho aquí en el Vaticano? ¿Van a investigar realmente a los cardenales superiores que participaron en todo este encubrimiento? ¿A quién realmente van a llevar a la cárcel?

Quinientos kilómetros hacia el norte, en el remoto Sotto il Monte, en las altas montañas cercanas a Milán, el ahora cardenal Loris Francesco Capovilla estrechó la caliente y ancha mano del ex secretario de Estado del Vaticano, Angelo Sodano.

—Caro amico —Sodano le dijo sonriente. Con ternura le tocó el recién puesto birrete cardenalicio de cuatro puntas. Loris Capovilla le susurró con ojos vidriosos:

—Sto per essere aggregato al collegio cardenalizio per decisione di papa Francesco. Il regno di papa Giovanni XXIII e stato una meraviglia, un miracolo moderno… superare tutte le barriere di classe, di casta, di colore, di razza per toccare i cuori di tutti i popoli… il mondo puo diventare migliore…

La última frase impresionó al cardenal Sodano:

—Il mondo puo diventare migliore… El mundo puede ser mejor… —y el cardenal miró hacia las montañas.

Loris le apretó las manos:

—Debemos ser lo que el papa Francisco continuamente nos está diciendo ahora. Ternura. Amistad. Respeto y amor.

Desde atrás, tres periodistas comenzaron a gritarles a ambos:

—¿Qué dice el maldito tercer secreto de Fátima? ¿Por qué lo ocultaron? ¿Por qué siguen ocultando la verdad?

Una mujer se abalanzó entre los fotógrafos:

—¿Dónde está el "Sobre Capovilla"?

Loris comenzó a darse vuelta. El cardenal Sodano lo tomó por los hombros.

—¿Por qué nunca dijo nada? —le gritaron los periodistas—. ¡Diga lo que sabe, ahora, antes de que se muera!

Una turista se interpuso:

—Cardenal Sodano: ¿es verdad que ustedes obligaron a Lucía a escribir la versión que usted publicó en junio del año 2000 para engañar al mundo? ¿Cuál es la verdadera versión del tercer secreto de Fátima? ¿Cuál fue la verdadera revelación de 1917? ¿Qué es lo que la Virgen le dijo a Lucía en la cueva de Iria? ¿Por qué nunca han querido decirle al mundo la verdad?

El hombre de las comisuras arrugadas, Loris Francesco Capovilla, cerró los ojos.

En la camioneta Hummer, afuera de los militarizados muros de losas del cuartel general de los Legionarios de Cristo, en Vía Aurelia 677, le dije al hombre de blanco:

—Amigo, se suponía que ustedes nos trajeran a este lugar para que habláramos con un legionario de Cristo que sabe todo sobre lo que está pasando y que se llama Ancestor.

El sujeto comenzó a quitarse la careta. Clara y yo nos quedamos inmóviles. La piel de su cuello estaba quemada.

—Yo soy Ancestor. Yo soy uno de los Legionarios de Cristo.

74

Al otro extremo de la ciudad de Roma, hacia el oriente, en Via Salaria 430, dentro de las Catacumbas de Priscila, el "jardinero vaticano" Sutano Hidalgo, semejante al actor George Clooney, delicadamente se aproximó al guía de turistas.

—Mi apreciable —y suavemente lo jaló por el brazo—: ¿Alguna vez ha estado aquí de visita monseñor Loris Francesco Capovilla, ex secretario del papa Juan XXIII?

—¿Perdón...?

—No. Perdóname —y con mucha violencia tiró de él hacia la cavidad oscura que estaba en el costado. Sutano vio una pintura de una mujer vestida como sacerdote, con los brazos alzados hacia los lados, mirando hacia arriba, como impartiendo una antigua misa—. Tengo entendido que monseñor Capovilla estuvo aquí en varias ocasiones, y que la persona que lo envió a este lugar fue la hermana Lucía. ¿Es verdad eso?

—Señor, yo no sé nada de eso. ¿De qué habla? —contestó, perplejo, el guía de turistas.

—¿Es verdad que el tercer secreto de Fátima tiene que ver con un descubrimiento arqueológico realizado en esta cueva?

—No sé de qué me está hablando. —El guía de turistas lo miró absorto, aterrorizado. Sutano observó con cuidado hacia el muro. Vio los muchos misteriosos pájaros de color azul.

—Todo esto es tan bello. ¿Lo pintaron los primeros cristianos? Me pregunto cómo eran. ¿Qué pensaban? ¿Eran como nosotros? ¿Qué significan estos pájaros azules?

El guía de turistas no le respondió. Sutano vio en el techo circular un inquietante pastor vestido como romano. El pastor lo miraba directamente desde lo alto, sonriendo. Cargaba sobre sus hombros una cabra. Tenía la cara completamente afeitada.

—¿Quién eres tú, hombre joven?

Escuchó una voz en la parte interna de su oreja:

—En esta cueva está el final y el principio del tiempo.

Sutano se sorprendió. Suavemente tomó al guía por las solapas.

—¿Sabes? No tengo tiempo para perder el tiempo —y con mucha dureza lo estrelló contra la porosa roca volcánica—. ¡¿Dónde está lo que vino a ver aquí monseñor Loris Francesco Capovilla?! ¡Habla ahora, maldito!

No muy lejos de ahí, otra guía le explicaba a un grupo:

—El código está aquí arriba, en medio de la cúpula —y apuntó hacia el joven pastor afeitado, pintado entre ovejas y cabras, y pájaros azules—. Éste es un mensaje encriptado por los cristianos del año 250, cuando supieron que los agentes de Persia ya estaban en Roma con órdenes imperiales de crear una versión híbrida del cristianismo y el zoroastrismo con el culto de Mitra, y deformar la memoria de Cristo. Los símbolos de este techo sólo los puedes decodificar si sabes arameo. El arameo fue la lengua que habló Jesucristo. Los cristianos de esta catacumba aún la hablaban, en secreto, a espaldas del gobierno imperial romano. La utilizaron para crear los códigos de esta imagen de Cristo, que es la más antigua que se conoce hasta el momento.

Sutano observó detenidamente al guardia.

—¡Si no me dices qué demonios vino a ver aquí monseñor Loris Francesco Capovilla, me voy a ver obligado a reventarte contra estas rocas y convertirte en una más de las pinturas!

En las pantallas, los guardias de seguridad observaron a Sutano Hidalgo.

—Prepárense para ingresar a la Cámara Velatio. El delincuente ya comenzó acciones violentas.

Cuatro hombres armados con puntas eléctricas se introdujeron desde el pasillo llamado "criptopórtico" o "túnel oculto". Dos más se aproximaron desde el otro lado, desde el corredor de la "capilla griega", en medio de las grietas.

Sutano le dijo al guía:

—¿Sabes? He estado un poco estresado. Tengo que proteger mi estado de ánimo. Me afecta mucho no lograr mis objetivos —y lo miró a los ojos—. ¿Sabías que el fracaso es una de las mayores fuentes de depresión en un soldado?

Lentamente se llevó la mano hacia el bolsillo. Sacó un pequeño libro pandeado, maloliente, con las cubiertas de plástico rotas por las esquinas. Olía como el sudor mismo del trasero del propio Sutano Hidalgo.

—Manual de Supervivencia y Combate 21-76 —le leyó al guía turístico—. Ejército de los Estados Unidos de América. "Frustración. La frustración aparece cuando una persona es continuamente desviada en sus intentos de alcanzar un objetivo. Uno de los brotes de la frustración es la ira" —y lo observó fijamente—. "Es imperativo que cada soldado resista sucumbir a la depresión."

Sutano cerró el pequeño libro. El guía de turistas permaneció callado. Tragó saliva. A su lado, la mujer germánica continuó con su explicación para los otros turistas.

Sutano le dijo al hombre:

—Quiero saber qué fue lo que en 1960 vino a ver a este lugar el secretario del papa Juan XXIII, monseñor Loris Francesco Capovilla. ¿Dónde está el descubrimiento que se hizo aquí gracias al tercer secreto de Fátima?

El guía de turistas miró hacia abajo.

—Señor, yo no sé nada sobre eso que usted menciona.

Sutano le sonrió.

—Perdóname, mi amigo. Me suspendieron los medicamentos.

Con mucha fuerza le metió el manual del ejército dentro de la boca.

—Necesito un exorcismo rápido —le susurró en la oreja—. Estoy poseído por algo que es peor que el demonio: yo mismo. Habito mi propio cuerpo desde el día en que nací, y no sé cómo deshacerme de mí.

No muy lejos de ahí, una mujer alemana explicaba a los turistas:

—La cabra que está aquí arriba, en el centro del techo, sobre los hombros del joven pastor, es el símbolo clave de todo este mensaje cifrado. En realidad no una verdadera cabra. Es sólo un símbolo que pusieron aquí los primeros cristianos. "Cabra" se dice en arameo "spyr". Con pequeñas variantes fonéticas se convierte en los sonidos "sryr" y "spr", que significan "verdadero" y "documento" o "mensaje". Alrededor del pastor y de estas cabras, y de estos cuatro pájaros azules, como ven, todo está encerrado dentro de este amplio círculo rojo, cuyo centro es el pastor mismo. Este gran círculo es chrysos, el símbolo alquímico del oro y del sol. En Grecia y Roma el símbolo se refería a algo que tenía aún más valor que el oro: la roca de cristal verde que resplandece en las noches, llamada "crisolita" o "crisoberilo", cristal de oro —y con el dedo suavemente delineó, apuntando hacia el redondo techo, el extraño marco de color verde, en forma de cruz, que estaba pintado alrededor del círculo rojo—. Chrysolitos es la piedra de oro, la palabra griega de la que proviene el nombre de Cristo. Cristo es el cristal de luz que brilla en la oscuridad.

—¿Chrysolitos…? —susurró una joven turista francesa.

—Chrysos es el Hombre de Luz que ilumina las tinieblas; y su verdadero mensaje —y señaló hacia la cabra sobre los hombros del joven pastor—, el mensaje auténtico, que existió antes de la deformación de los cuatro Evangelios ocurrida después de que estos muros fueran clausurados por el Imperio romano, y que cambió para siempre el futuro del cristianismo, está guardado en un lugar dentro de esta cueva.

Sutano Hidalgo apareció de entre la oscuridad y se le pegó muy alegre la chica francesa.

—¿En un lugar dentro de esta cueva? —dijo y abrió los ojos. Se volvió hacia los muros—. ¡¿Es verdad esto?! ¿Aquí está el verdadero relato del Apocalipsis? ¿Usted cómo sabe todo esto?

La mujer alemana le mostró su gafete. Tenía un logotipo de un león azul con alas. Decía: "Deutsches Archäologisches Institut" (Instituto Alemán de Arqueología).

—Trabajo para el Ministerio de Relaciones Exteriores de Alemania. Estuve en Coímbra. Hablé con la hermana Lucía —y dicho esto recibió un disparo en el centro de la frente. Los seis guardias de seguridad, con sus largas armas electrónicas, se precipitaron contra Sutano Hidalgo.

—¡Al suelo, miserable! —le gritaron—. ¿Tú iniciaste esto?

Comenzaron a dispararle las descargas de dos mil voltios hacia los brazos. Le gritaron:

—¡Está usted bajo arresto por asesinato de ciudadanos romanos, y por actividades de espionaje por parte del gobierno de los Estados Unidos contra la República de Italia!

Sutano se convulsionó en el piso. Les gritó:

—¡Déjenme, putos! ¡Justo cuando comenzaba a sentirme mejor de ánimo! ¡Tengo estrés postraumático, por mis días en Vietnam!

En el muro vio una frase romana que se desvaneció frente a sus ojos, por debajo de los pies del joven pastor de las ovejas:

SEVERA INDEOVI VAS ANTECESSOR MUNDI ("Que puedas estar en Dios, el Ancestro del mundo").

75

En la Hummer, frente al cuartel general de los Legionarios de Cristo, el hombre que se llamó a sí mismo Ancestor nos mostró completa su cabeza. Su piel estaba quemada. Era el mismo hombre que me había hecho el primer interrogatorio, debajo del edificio Nicolás V, cuando me sacaron de mi celda.

—Dios mío… —me dije— ¿Es usted…? —y lo señalé a la cara— Usted… ¿No trabaja para el prelado?—y me horroricé. Traté de abrir la portezuela del vehículo. Estaba bloqueada con un seguro.

—No, joven Pío del Rosario. Tranquilízate. Trabajé para infiltrarlo, justo igual que tú —y me acercó sus largos dedos quemados—. Calma —y me sonrió—. Tú y yo somos de los muchos que estamos infiltrados dentro del Vaticano con un mismo y único propósito: averiguar la verdad —y lentamente se volvió hacia Clara Vanthi—. ¿No es cierto, reportera, "hermana Carmela"?

Clara tragó saliva. Abrió sus verdes ojos de gato.

—Todos queremos lo mismo —nos dijo el hombre—. Todos queremos la *Veritas Mutare Mundo*, la verdad para cambiar el mundo. Ése es el Secreto Vaticano. ¿Saben que una parte entera del Nuevo Testamento, de los Evangelios que conoce el mundo, es completamente falsa? Fue insertada por alguien tres siglos después del nacimiento de Cristo. La Iglesia lo sabe. La Iglesia misma ha estado encubriendo todo esto por años.

Iren Dovo le preguntó:

—¿Por qué demonios está usted haciendo esto? ¿En verdad trabaja para la ONU?

El hombre le sonrió. Se tocó el cuello con sus largos dedos quemados.

—Me hicieron esto, igual que a ti —y lo miró afectuosamente—. Si te hubieras quedado ahí más tiempo, te habrían dejado peor que a mí, o tal vez habrías muerto. Se llama *Purificatio per Igni Ferroque*, purificación por hierro al rojo. Está en el *Malleus Maleficarum*, el *Martillo contra las brujas*, de 1487, "Questio XVII". Una joya de la Inquisición —y lentamente se volvió hacia mí—. Pío del Rosario, los hombres del prelado no son parte de la Iglesia. Son infiltrados para destruirla. Son agentes espora.

Miré a Clara.

—¿Agentes espora…?

Ella abrió sus verdes ojos de gata. Se encogió de hombros. Ancestor nos dijo:

—Los hongos se reproducen generando miles de esporas, cápsulas que son sus semillas para infectar cuerpos vivientes. Se esparcen en el aire. Impregnan los tejidos de los seres a los que seleccionan. Las esporas se incuban, se multiplican debajo de la piel de sus víctimas para pudrir al organismo desde adentro, fingiendo que son células de ese mismo organismo. Los agentes espora del prelado no son parte de la Iglesia. Dicen que lo son. En realidad son agentes enviados para destruirla.

—Dios... —le dije.

En el Palacio Apostólico, el prelado se aproximó a nueve hombres que estaban vestidos de negro. Hombres de empresa. Los tomó por los brazos:

—Hermanos: este antipapa acaba de contratar a dos despachos internacionales de judíos para auditar al Banco Vaticano.

—Esto es intolerable. Ahora pone a judíos a cargo del Vaticano.

Su asistente, el delgado joven de facciones afeminadas y mirada temerosa, con dos golpes marcados en los ojos, se le aproximó con la vista hacia abajo:

—Su Eminencia, escuche lo que está diciendo el papa—: "El dinero tiene que servir, no dominar. El amor al dinero en nuestra sociedad actual es exactamente una versión moderna de la adoración al becerro de oro que aparece en la Biblia. La Iglesia tiene una obligación especial de defender a los pobres".

Afuera, en el auditorio, frente a tres mil empresarios romanos, el papa Francisco se acercó a los micrófonos. Suavemente se los aproximó a la boca:

—Yo quisiera una Iglesia que sea pobre, que sea para los pobres. Jesús le dijo al joven rico que estaba junto al río Jordán: "Si quieres ser perfecto, anda, vende lo que tienes y dalo a los pobres, y entonces ven y sígueme".

Los hombres de negocios se miraron unos a otros.

—Es un socialista —les dijo el prelado a sus nueve acompañantes, entre los exquisitos muros pintados de los Apartamentos papales—. Ésta es la maldita teología de la liberación de los jesuitas. ¿Amar a los pobres? Este antipapa es un maldito jesuita. Ahora va a atacar al capitalismo. Esto nunca debió pasar.

Se le acercó uno de sus asesores.

—Su Eminencia —y le mostró la pantalla de su teléfono celular—, el portal Sipse está publicando este informe: "Masones tienden la mano a la Iglesia católica; el gran maestro de la Gran Logia de Italia [Gianfranco Pilloni] envía una carta al papa Francisco donde le pide reiniciar relaciones".

El prelado le arrancó el documento.

—¿*Reiniciar relaciones...*? —y leyó el reporte—. ¿Tienes la carta, la carta del gran maestro de la gran logia? ¡Esto no es la carta! —y le arrojó el papel a la cara.

Su asesor le mostró un papel.

—Aquí está, Su Eminencia —y con gran nerviosismo y excitación se la leyó—: "Con extrema conmoción e infinita alegría me dirijo a usted, Santidad, para hacerle un humilde pedido a fin de que se actúe para poner fin a las divisiones que se interponen a las relaciones entre la Iglesia católica y la masonería. No somos un componente adverso a la Iglesia católica por usted dignamente representada; todo lo contrario. Nuestros caminos son paralelos, de hecho pensamos como ustedes en la totalidad de los problemas que aquejan a la sociedad contemporánea, como ustedes actuamos por un mundo de paz".

El prelado comenzó a sonreír. Miró hacia el techo. Sus ojos empezaron a chorrear lágrimas.

—Soy tan feliz —y cerró los ojos. Se volvió hacia los nueve hombres que estaban con él—. Esto es además de la otra carta —les sonrió—. Me refiero a la carta que *Actualidad Masónica* publicó el 13 de marzo de 2013; el comunicado de la gran logia de Argentina, dirigido al antipapa Bergoglio, que dice: "En el nombre de todos, la gran logia de la Argentina saluda al cardenal compatriota que acaba de alcanzar tan alta distinción mundial. Ángel Jorge Clavero. Gran Maestre".

Su ayudante le susurró:

—Su Eminencia, desafortunadamente no hemos encontrado aún ningún indicio de que el propio pontífice sea de hecho un masón. No hemos encontrado una sola prueba.

—¡Eso no me importa! ¡No necesito pruebas! ¡La bula *In Eminenti*, del papa Clemente XII, del 28 de abril de 1738, estrictamente prohíbe la masonería! ¡Dice lo siguiente: "Hemos resuelto condenar y prohibir, como de hecho condenamos y prohibimos, los susodichos centros, reuniones, agrupaciones, agregaciones o conventículos de *Liberi Muratori* o Franc-Masones, bajo la pena de excomunión"! ¡El antipapa debe ser excomulgado!

—Pero, Su Eminencia, el Santo Padre no es…

El prelado lo golpeó por el otro lado. Le destrozó la parte media de la oreja.

—¡Te dije que silencio! ¡Demonio! ¡¿Cómo te atreves a dudar de mí, si soy tu pastor?! ¡El Canon 2335 del Código de Derecho Canónico de 1917 establece la sentencia contra los católicos que son adeptos de las organizaciones que conspiran contra la Iglesia, las *Machinantur Contra Ecclesiam*! ¡Lleven a este miserable a los sótanos de la Torre Nicolás V, debajo de los Registros Secretos del Banco Vaticano!

El chico empezó a gritar.

—¡No, Su Eminencia! ¡No me pongan en los hierros!

Hombres semejantes a Gavari Raffaello y Jackson Perugino lo arrastraron con violencia hacia fuera. El muchacho gritó:

—¡Se lo ruego, mi pastor! ¡No me pongan los hierros rojos!

—Tienen a la Iglesia infiltrada —nos dijo el hombre del rostro quemado—. La controlan desde adentro por medio del Banco Vaticano, por medio del mito de que los papas desde 1958 son masones. Dicen que ellos mismos son la verdadera Iglesia —y con sus quemadas mejillas me sonrió—. Pío del Rosario: ellos son los que están dentro de la Iglesia católica para romperla, para dividirla, para provocar el Tercer Cisma. Ellos son los que van a detonar la Gran Apostasía, la destrucción de la Iglesia, y lo están logrando al hacer pensar a los católicos que sus líderes mismos son antipapas. ¿No lo entiendes?

—Diablos.

—Ellos son los hombres de los que habla la profecía de la Virgen de Fátima. Ellos son los enviados. Son los agentes espora. Por eso están ocultando el verdadero contenido del mensaje que recibió la niña Lucía. Ellos son el tercer secreto de Fátima.

A su lado, uno de sus compañeros se desacopló la careta de plástico.

—Para ti voy a ser la voz del padre Mário País de Oliveira, apresado durante la dictadura militar en Portugal. A la niña que en 1917 recibió el mensaje en Fátima, "primero, la internaron secretamente en el asilo de Vilar, en Oporto, y después la mandaron a España y la convirtieron en una monja enclaustrada para el resto de su vida, situación que continuó luego de setenta y seis años de los acontecimientos de 1917". Murió el 13 de febrero de 2005, a los noventa y siete años, encerrada en el convento de Coímbra.

Otro de los hombres de blanco se quitó la mascarilla. Era un joven con barba en forma de candado:

—Para ustedes yo voy a ser la voz de Antonio Socci, experto vaticanista, autor de *El cuarto secreto de Fátima*: "Por años todos han podido hablar públicamente sobre Fátima, excepto Lucía dos Santos, la única testigo viviente de la aparición. Desde 1960 se le ordenó guardar silencio. Cuando el Vaticano publicó su versión oficial sobre el tercer secreto, el 26 de junio del año 2000, el cardenal Tarcisio Bertone jamás mencionó siquiera una vez al hombre que tuvo acceso al verdadero secreto, el arzobispo Loris Francesco Capovilla, quien trabajó para el papa Juan XXIII y cuyas palabras fueron reunidas por Solideo Paolini.

El hombre de la cara con la carne quemada nos dijo:

—Lo que Lucía vio o no vio del 13 de mayo al 13 de octubre de 1917 ya no existe manera de conocerlo. Fue apresada en vida hasta su muerte. Durante siete décadas fueron otros los que fabricaron sus palabras, y las palabras de la Virgen María para el mundo.

76

Miré a Clara Vanthi.

—Todo esto es horrible. ¿Por qué lo harían? Todo esto es tan detestable. ¿Qué diablos tiene que ver todo eso conmigo? —y miré hacia el techo de la Hummer—. Me pregunto en qué exacto momento mi vida se torció hacia esta situación de pesadilla.

Clara les preguntó:

—Señores, yo no sé de apariciones, y francamente no me importan. Yo quiero saber sobre el dinero. ¿Para qué iban a ser usados los veinte millones de euros que el padre Nunzio Scarano iba a darnos en el aeropuerto? ¿Para quién trabaja el prelado? ¿A quién le íbamos nosotros a entregar ese dinero en Via di Pietra, en la dirección de Ordine Nuovo? Y por cierto, ¿qué es Ordine Nuovo?

En mi mente vi la enorme calavera de yeso, descarapelada, en el muro de Via di Pietra número 84, debajo de una enorme esvástica. Vi un destello rojo. Vi la larga vara del prelado. "Tu función primaria es ser mi agente recolector. Me vas a traer la información que necesito para derrocar a este antipapa. Tu función secundaria es ser Fátima 3."

Miré hacia Clara. Ella comenzó a hablar con el hombre quemado, pero yo no escuché su voz.

"¿Qué es Fátima 3?", pensé. Una voz en un corredor negro me dijo:

"Fátima 3 es un obispo de blanco que está subiendo a una montaña. Ahí es asesinado. Tú vas a cometer el magnicidio. Tú vas a iniciar la guerra más grande que se ha librado en los últimos diez mil años."

El sujeto me sacudió por el brazo:

—Ordine Nuovo es la rama militar de una sociedad que se llama Orden 400. —Tragué saliva.

—Diablos... ¿*Orden 400*...? —y miré a Clara— ¿Qué es "Orden 400"? ¡Pasamos de una palabra extraña a otra más extraña!

77

En Brasil, el papa Francisco caminó por el pasillo del enorme avión Airbus A 330-202 de Alitalia, lleno de periodistas. Le aplaudieron:

—¡Bravo, papa!

En la punta trasera, los reporteros Philip Pullella y Anthony Boadle, de Reuters, empezaron a transmitir: "El papa Francisco deja en este momento Brasil y regresa a Roma, con Río de Janeiro aún pulsando de emoción después de una misa histórica que el pontífice impartió en la línea de la playa de Copacabana, con más de tres millones de personas escuchando a Su Santidad al lado del océano, donde él les pidió a los jóvenes cambiar el mundo. Les pidió crear un mundo nuevo, basado en la tolerancia y en el amor, y lo hizo frente a los presidentes que estuvieron presentes: Dilma Rousseff de Brasil, Cristina Fernández de Argentina y Evo Morales de Bolivia, además de visitantes de ciento setenta naciones. En el gigantesco manto de tres millones de espectadores pudieron verse miles de banderas ondeando en el aire, y escucharse guitarras y tambores, y cantos religiosos en distintos idiomas. El papa increíblemente aceptó un brebaje que le ofreció un extraño".

A su lado, el periodista argentino Ignacio Zuleta, secretario de Redacción del informativo *Ámbito Financiero*, dijo ante el micrófono: "El pasado viernes el papa Francisco dijo a una amiga mía de Buenos Aires que deseaba estar cerca de la gente. Le dijo textualmente: 'A mí la seguridad no me va a hacer un cerco, no me va a separar de la gente. Esto me tiene molesto'. Ignoramos si el personal encargado de su seguridad está resintiendo esta actitud del papa por acercarse a la gente".

Adelante, frente a todos los reporteros, pegado al mamparo de los baños, el papa Francisco les gritó:

—¡Vamos de regreso, compañeros!

A sus espaldas, el serio comandante de la Guardia Suiza, el inexpresivo y formal Daniel Rudolf Anrig, miró por encima de las cabezas. Señaló hacia los fotógrafos del fondo, de la agencia EPA.

El reportero Rodo Roggo preguntó:

—Su Santidad, se ha dicho que usted impulsará una reforma para que las personas divorciadas que se han vuelto a casar puedan volver a recibir la comunión. ¿Es verdad?

El papa, con la espalda torcida por el dolor de sus vértebras coxales, se recargó contra el primer respaldo de un asiento.

—Creo que éste es el momento de la misericordia. Los que se han divorciado pueden tener acceso a los sacramentos. El problema actual lo tienen los que se han vuelto a casar. No pueden recibir la comunión. Pero, entre paréntesis —y marcó un "paréntesis" con sus manos—, en la Iglesia ortodoxa tienen una práctica distinta. Ellos les dan una segunda oportunidad.

—¿Está diciendo que la Iglesia católica debería hacer lo mismo? ¿No sería un sacrilegio?

—Hace unos días hablé con el secretario del Sínodo de los Obispos. Nosotros vimos este tema como un problema antropológico.

—¿Antropológico?

—Éste es un problema para mucha, mucha gente. Todas esas mujeres y todos esos hombres, ¿deben ser excluidos para siempre de la comunión? Nos lo preguntamos. Es un tema para el sínodo.

A metros de distancia, la periodista Aida Edelman, de *The Guardian*, mostró un documento a la cámara: "Éstas son las cifras de 2012 de la Oficina Nacional de Estadísticas. El número de los divorcios aumenta a cuarenta y dos por ciento de los matrimonios. Significa que prácticamente la mitad de los casamientos se están convirtiendo en divorcios, la mayoría de los cuales ocurren en los primeros diez años de la unión matrimonial. Esto en el Reino Unido. En los Estados Unidos, según DivorceRate.org, la cifra es de cuarenta y un por ciento de los primeros matrimonios".

—Toda esta gente, ¿debe permanecer para siempre impedida de recibir la comunión en el mundo? —preguntó el papa a los reporteros de *La Stampa*—. Los tiempos han cambiado. La Iglesia enfrenta muchos problemas, en parte por el testimonio negativo que dan algunos sacerdotes. El clericalismo ha causado muchas heridas y estas heridas necesitan ser sanadas con misericordia. La Iglesia es una madre. En la Iglesia necesitamos ser misericordiosos con todos.

—Usted es jesuita. Los jesuitas deben obedecer al papa, pero si el papa es jesuita, ¿a quién obedece él? ¿A su superior general jesuita?

—Yo me siento un jesuita en lo espiritual. Pienso en mí mismo como un jesuita, y pienso como un jesuita, pero no hipócritamente.

—Su Santidad, ¿qué nos puede decir sobre monseñor Nunzio Scarano? ¿A quién iban dirigidos los diecisiete o veinte millones de euros? ¿Por qué no se revela eso?

—Este monseñor está en la cárcel. No fue a la cárcel por ser un santo —les sonrió—. Estos escándalos hacen daño.

—¿Para quién era el dinero?

El reportero de *Telegraph*, Nick Squires, le preguntó:

—Su Santidad, varios hemos notado que usted mismo lleva en la mano su maleta. ¿No le ayuda nadie?

El papa calurosamente le puso la mano sobre el hombro:

—No deberían de extrañarse y sacarme fotos cargando mi maleta. Siempre viajo con esta maleta de viajero. Es normal. Es importante permanecer normal.

Nick Squires le sonrió. La reportera Zara Iwwe le preguntó:

—Santidad, ¿es verdad que existe un grupo dentro del Vaticano que promueve la homosexualidad? —El papa levantó las cejas.

—Bueno, se ha dicho y escrito mucho sobre este *lobby gay*. Pero yo aún tengo que encontrar a alguien que me muestre un gafete de identidad que diga "gay" —y les sonrió.

—Pero, Su Santidad —le insistió la reportera—, ¿realmente existe un grupo presionando dentro del Vaticano para que la Iglesia se vuelva homosexual? ¿Qué puede decirnos respecto a su amigo Battista Ricca, que usted asignó al Banco Vaticano?

El papa miró hacia las ventanillas. El avión comenzó a avanzar por la pista.

—Si una persona es gay, y si busca a Dios y hace el bien, ¿quién soy yo para juzgar?

La reportera entrecerró los ojos.

En Londres, en la calle Buckingham Palace Road número 111, el sonriente y despeinado joven editor de Telegraph Blogs, del *Daily Telegraph*, se dirigió a sus seguidores: "Católicos divorciados, cristianos homosexuales, ateos en el Cielo. El misterio es qué cree realmente el papa Francisco. Yo les escribí el sábado que el papa Francisco parecía deleitarse en decir cosas controversiales que sugieren, pero aún no anuncian, un cambio en un aspecto impopular de las enseñanzas católicas".

En Kansas City, Estados Unidos, en un amplio salón de conferencias de paredes lisas y amarillas, un sujeto calvo de cráneo fornido, mandibulado, con una sotana negra y cinto magenta —el superior general de la Sociedad Sacerdotal Pío X, Bernard Fellay—, habló ante una asamblea de periodistas:

—Tenemos enfrente a un genuino modernista.

—¿Se refiere al papa Francisco?

Alguien desde atrás le gritó:

—¡El modernismo fue condenado por el papa San Pío X en 1907! ¡El liberalismo fue condenado por el papa Pío IX, quien en 1864 señaló ochenta de sus más graves errores en el *Syllabus* y en la encíclica *Quanta cura*! ¡Para más informes pueden investigar en el portal Últimos Tiempos, de José Alberto Villasana!

El obispo Fellay se aproximó al micrófono:

—La situación de la Iglesia es un verdadero desastre, y el actual papa lo está haciendo diez mil veces peor.

—¿Por qué ocurre esto, señor obispo? ¿Acaso están empezando a aproximarse los últimos tiempos? ¿Están comenzando a cumplirse las profecías del tercer secreto de Fátima?

El poderoso hombre de fe observó detenidamente a su auditorio. Se hizo un silencio absoluto. En la parte de atrás alguien dejó caer una moneda.

—Si quieren saber los contenidos del tercer secreto de Fátima —y con gran cuidado miró a la concurrencia—, lean los capítulos 8 a 13 del Apocalipsis.

Los periodistas se miraron unos a otros.

—¿Ocho a 13…? ¿Apocalipsis…?

—Como lo dijo el *cardinal* Luigi Ciapi: en el tercer secreto leemos, entre otras cosas, que la misma gran apostasía de la Iglesia va a comenzar desde la cúpula.

—¿Qué está diciendo?

—Y como lo dijo Lucía al padre Fuentes en 1957, "varias naciones van a desaparecer de la faz de la tierra. El demonio va a hacer todo lo que está en su poder para dominar a las almas consagradas a Dios. Va a ser la mayor tragedia que ustedes puedan imaginar para la Iglesia católica".

Los periodistas se asustaron mucho. Uno de ellos tomó el teléfono y llamó a su esposa.

—¿Hermosa? No recuerdo si desconecté el cargador de los teléfonos.

En la Hummer, frente al centro de estudios de los Legionarios de Cristo, el hombre llamado Ancestor, presunto sacerdote legionario, con lesiones de tercer grado en su piel, nos dijo:

—La mujer que vio o dijo ver a la Virgen María en Fátima hace cien años ya murió, y su verdadero secreto se lo llevó a su sepulcro, o quedó en algún lugar de su celda, en el convento donde murió. Lo que cientos de hombres dijeron que ella dijo, incluso mientras ella aún vivía, y que de hecho ya se convirtió en "la verdad", es que el tercer secreto de Fátima es el apocalipsis, el final de los tiempos.

—Diantres —le dije—. ¿Y no es verdad?

—La versión que estos hombres han hecho circular es que el tercer secreto de Fátima es la anunciación de los capítulos 8 a 13 del Apocalipsis, escrito por el apóstol Juan, discípulo de Cristo: la llegada del apocalipsis.

Me quedé pasmado. Le dije:

—¿La llegada del anticristo…?

—Apocalipsis 13 es la llegada del anticristo.

Clara Vanthi respondió:

—Santas cabezas llenas de cucarachas. ¿Y quién cree eso?

—Veintisiete por ciento de la población de los Estados Unidos es supersticiosa, y ellos mismos lo afirman, según la encuesta Gallup de septiembre de 1996. Incluso personas inteligentes, que dicen no ser supersticiosas ni creyentes, se llenan de miedo cuando se les habla de algo como el apocalipsis. Hay una razón para esto: una parte del cerebro se encarga de la superstición y del miedo: los ganglios basales y la amígdala. Son las partes causantes del "crujir de dientes", llamado clínicamente bruxismo. Son las partes primitivas de nuestro sistema nervioso que en nuestros ancestros, los primates, activaban las reacciones colectivas de violencia, terror, defensa y angustia. El Apocalipsis está hecho para inspirar terror y miedo, y lo logra; exactamente igual que la versión "apocalíptica" del tercer secreto de Fátima.

—Dios mío, no entiendo —le dije—. ¿Hacia dónde nos lleva todo esto?

El sujeto nos tomó por los hombros a Clara Vanthi y a mí.

—Muchachos: hay una corriente dentro de la actual Iglesia católica que está utilizando el supuesto "tercer secreto de Fátima" para decir que ya está vivo el anticristo, y que el antipapa es el Santo Padre Francisco.

Esto es una repetición de lo que se urdió hace sesenta años para destruir al papa Juan XXIII.

—Demonios —miré hacia la ventana—. La verdad es que ya no sé qué creer. ¿Por qué voy a creerle a usted? ¿Qué tal si usted es parte de la conspiración? Ya me mintió una vez.

Clara, con mucha violencia, lo aferró del brazo. Lo miró fijamente, apretando los dientes.

—A mí no me diga mitos. Yo quiero que me diga qué es la Orden 400. Quiero nombres, datos periodísticos. Algo que pueda publicarse en un periódico. ¡¿Qué demonios es?! ¡¿Quién los comanda?!

El sujeto suavemente le aproximó su quemada cabeza:

—Hija —le sonrió—. Te pareces a tu padre. Existe una cripta. Esa cripta es una puerta. "Infra civitatem Romam non longe ab Aecclesia Sancti Apolinaris in Templum Alexandrini." Crónica de Benedetto del Soratte.

—No le entiendo —le dijo ella—. ¡Hábleme claro!

—La puerta pertenece a Ordine Nuovo. Está a dos cuadras de la plaza Navona. Fue el antiguo templo del dios romano Apolo, de la Legión Romana XV o "Legión de Apolo", *"Apollinaris"*. Actualmente es la basílica de Sant'Apollinare. Debajo del altar está la cripta, la puerta hacia la Orden 400. Son los que están controlando el mundo.

En un costado de la Hummer estalló una detonación. Nos comenzamos a volcar. El espacio se quedó sin aire. No pudimos respirar. Clara quiso gritar. Se creó un gran silencio. Caímos de golpe contra la portezuela que estaba abajo. El vehículo siguió girando hacia el otro lado, crujiendo con rechinidos. Se reventaron los cristales de polímero. El vehículo de tres toneladas empezó a crujir, a ladearse hacia el techo. Nos golpeó otra explosión. Nuestras cabezas se impactaron contra el piso. Todo se llenó de fuego, con llamaradas de color verde. El hombre de la cara deformada empezó a arder, igual que mis dos manos. Nos habían rociado un líquido calcinante, pegajoso como gelatina.

—¡Esto no está pasando! ¡Esto no está pasando! ¡Señor! ¡Señor! —empecé a gritar.

Afuera corrieron hacia nosotros 20 hombres con ametralladoras, tronando las piedras y los cristales con sus botas. Nos dispararon proyectiles de 30 milímetros:

—¡No muestren resistencia! ¡Están bajo arresto y bajo custodia de la Guardia de Finanzas del gobierno de la República de Italia! ¡La Interpol ya los tiene identificados!

En Milán, un maduro hombre de setenta años, de frente calva, dos grandes mechones de canas a los lados y cejas pobladas, vestido con un impecable traje de seda azul, lentamente se recostó sobre el respaldo de su asiento.

—Señor Ettore Gotti Tedeschi —le dijo la periodista Zara Iwwe—. Usted fue el presidente del controversial Instituto para las Obras de Religión, más conocido por el mundo como Banco Vaticano.

El hombre le sonrió.

—En el año de 2012 usted declaró ante las autoridades italianas que usted mismo estaba siendo víctima de una conspiración masónica.

El hombre se quedó inmóvil. Se volvió hacia su asistente. La reportera continuó:

—Usted también dijo: "Temo por mi vida" al periódico *Corriere della Sera*. *Il Fatto Quotidiano* publicó que usted "contrató guardaespaldas y una agencia privada de investigación para protegerse" y que les entregó copias de su archivo a sus amigos, diciéndoles: "Si soy asesinado, aquí está la causa". Todo esto ocurrió en el último año del papado de Benedicto XVI, apenas siete meses antes de que el pontífice presentara su renuncia. Usted informó que había hecho tres copias de todos los documentos clave del Banco Vaticano, incluyendo cuentas sospechosas de vínculos con el terrorismo y el lavado de dinero; y que estos documentos serían dados a conocer si a usted le pasara algo. Todo esto sucedió, insisto, siete meses antes de la histórica renuncia del papa Benedicto XVI.

El anterior director del banco de la Iglesia católica tragó saliva. La reportera le dijo:

—Señor Gotti Tedeschi, la gente ya dejó de creer que estos dos hechos estén desconectados. ¿Cuál es la verdad? ¿Qué es lo que realmente sucedió? ¿Usted es la razón de la renuncia del papa Benedicto XVI?

El ex director del Banco Santander en Italia observó las líneas de las cortinas. Se vio a sí mismo contra el sol pegándole en su cara, en el restaurant Il Sapore de Roma, frente al fabricante de armamento Giuseppe Orsi.

—Amigo mío —le dijo Orsi.

—Me están involucrando en todo lo que haces. Me quieren enredar en tu asunto de los helicópteros Augusta AW 101 con el gobierno de la India. Eres uno de los más importantes fabricantes de armamento en

Italia: Finnmecannica, Alpha Romeo, los misiles MBDA, los helicópteros Augusta Westland, NH Industries, Eurocopter. Se preguntan por qué yo tengo relaciones de negocio contigo, siendo yo la cabeza de la banca del Vaticano.

A metros de distancia, la policía de Italia arrestaba al mayordomo del papa Benedicto, Paolo Gabrieli, por filtrar los documentos hoy llamados *Vatileaks*. Las sirenas comenzaron a sonar por todos lados.

El magnate de la fabricación de armamento Giuseppe Orsi sintió algo extraño debajo del mantel de la mesa. Extrañado, introdujo el brazo.

—¿Qué es esto…? —y sacó un pequeño dispositivo electrónico, que emitió un pitido y un destello luminoso—. ¿Qué demonios es esto? ¿Es un micrófono? ¿Alguien nos está poniendo micrófonos? —y lentamente se separó de su asiento—. ¿Me estás haciendo esto, Ettore? ¿Me quieres afectar con esto?

Ettore Gotti Tedeschi frunció el ceño. La reportera le dijo:

—¿Señor Gotti Tedeschi? ¿Me está escuchando? ¿Está usted bien?

El ex presidente de la Torre Nicolás V del Vaticano escuchó una voz dentro de su cabeza:

"Señor secretario de Estado del Vaticano Tarcisio Bertone, soy Carl Anderson, presidente y jefe ejecutivo de los Caballeros de Colón, que es la más grande empresa católica de seguros en el mundo. Sé muy bien la importancia del Banco Vaticano como instrumento de la voluntad del Santo Padre Benedicto. Por eso, he leído los rumores que en estos últimos meses giran alrededor del instituto. Tras haber reflexionado y rezado mucho, he llegado a la conclusión de que el señor Ettore Gotti Tedeschi no es capaz de guiar el instituto. No tengo ninguna confianza en Gotti Tedeschi, y con gran reluctancia informo a Su Eminencia que sería para mí un sacrificio muy grande seguir trabajando en este consejo con Gotti Tedeschi."

El secretario de Estado de Benedicto XVI, el alto e imperioso Tarsicio Bertone, cuya fornida mirada era la del actor cómico Will Ferrell, comenzó a arrugar la cara. Lentamente se volvió hacia el Santo Padre.

—El doctor Anderson está proponiendo remover al señor Gotti Tedeschi del Banco Vaticano.

El Santo Padre Benedicto comenzó a torcer la cabeza hacia un lado.

Ettore Gotti Tedeschi escuchó un teléfono. Extendió la mano hacia el auricular.

—¿Quién llama?

—Soy Georg Gänswein, secretario privado de Su Santidad Benedicto XVI. El Santo Padre desea verlo en Castel Gandolfo lo antes posible.

Ettore Gotti Tedeschi caminó solitario, apresurado, cargando sus muchos papeles con evidencias, por el enorme corredor arqueado llamado Albano, en la residencia de verano de los papas, palacio de Castel Gandolfo, en las afueras de Roma, junto al lago Albano. Escuchó las duras campanadas del Angelus.

Vio al papa Benedicto aproximándosele en la sala, inclinando hacia él su frágil cuerpo de ochenta y tres años.

—Ettore —le dijo el papa—, la Ley 127 está aprobada —había desilusión en sus ojos grises—. Hazlo lo antes posible. No te detengas ante nada.

—¿Está usted preparado para las consecuencias?

El papa Benedicto levantó la cara y asintió.

—Sí. Estoy preparado.

En el edificio Nicolás V, Torre del Banco Vaticano, sonó una campanada. El segundo hombre a cargo del instituto, un hombre calvo, con el rostro redondo y la expresión despierta de una vivaz ave —Paolo Cipriani—, recibió en sus manos un documento de una hoja.

—Aquí está el reporte psiquiátrico que me pediste sobre la salud mental de tu jefe Ettore Gotti Tedeschi —le dijo su amigo Pietro Lasalvia, psiquiatra—. Este informe se basa en lo que observé durante la cena a la que me invitaste. Observé sus conductas durante el banquete.

Paolo Cipriani, el jovial calvo de lentes, le sonrió:

—Fantástico, Pietro —y se ajustó los delgados anteojos—. Dime tus conclusiones.

—Verás —y tomó de nuevo el papel—: Me ha sorprendido la indiferencia de Gotti Tedeschi, el alejamiento de la dirección. En lo específico ha manifestado egocentrismo, narcisismo y un parcial alejamiento de la realidad asimilable a una psicopatología conocida como "pereza social".

El sonriente Cipriani alzó una ceja.

—¿"Pereza social"? Eso suena muy grave, ¿no?

Ettore Gotti Tedeschi frunció el entrecejo. Ya estaba de regreso en su oficina, a unos metros del sonriente Paolo Cipriani. Se hundió dentro de sí mismo en la oficina de la Presidencia, dentro de la Torre Nicolás V, sede mundial del Banco Vaticano.

Sonó una segunda campanada. Los relojes de cuerda, algunos de cuatrocientos años de antigüedad, comenzaron a sonar como matracas.

"Yo no controlo el Banco Vaticano."

Se introdujo a verlo su hombre de confianza, un joven del Archivo de Registros Secretos del Banco Vaticano:

—Señor Gotti Tedeschi, está ocurriendo algo serio. El Consejo de Supervisión acaba de emitir este memorándum. Es sobre usted. Lo están denunciando —y le mostró el papel. Ettore Gotti Tedeschi comenzó a levantarse de su asiento.

—¿Qué dice?

—Dice —y revisó el papel—: "Mayo 24, 2012. Consejo de Supervisión del Instituto para las Obras de Religión" —y con el dedo repasó las líneas—: "*1*. Fracaso en cumplir con las tareas de presidente del banco [...]. *3*. Abandono y ausencia de las reuniones del consejo [...]. *9*. Creciente actitud personal errática e incoherente [...]". Quieren que usted renuncie.

El presidente del Banco Vaticano se alejó de su asiento. Se dirigió hacia la ventana de su oficina redondeada.

—Le prometí al papa Benedicto permanecer aquí hasta el final. Hasta que la Ley 127 sea un hecho.

—El final es ahora. Van a destruirlo. También a él.

Gotti Tedeschi miró hacia el suelo.

—Me debato entre el ansia de contar la verdad y no querer turbar al Santo Padre con tales explicaciones —y miró hacia los lados. En el rincón estaba sentado el periodista italiano Eric Frattini.

—¿Estás aquí?

—Señor Gotti Tedeschi, alguien de la Secretaría de Estado ha filtrado convenientemente este documento.

De nuevo en Milán, norte de Italia, el hombre de setenta años, ahora retirado del Banco Vaticano, observó a la reportera.

—Perdóneme, señorita. Olvidé cuál fue su pregunta.

La atractiva chica pelirroja le acercó el micrófono:

—Señor Gotti Tedeschi, cuando usted dijo que había sido víctima de una "conspiración masónica", la gente pensó que no iba a decir los nombres. Pero sí los dijo. Usted dio dos nombres. ¿Quiénes fueron los dos nombres a los que usted identificó como parte de una "conspiración masónica" operando dentro del Banco Vaticano? ¿Siguen ahora en el banco, durante el pontificado del papa Francisco? ¿El nuevo papa los ha mantenido en sus puestos?

El banquero y economista miró hacia el techo.

—Todo eso ya está en el pasado —suavemente ondeó la mano en el aire.

—Señor Gotti Tedeschi, usted dio dos nombres: uno fue el de su segundo de a bordo en el Banco Vaticano, el señor Paolo Cipriani; y también dio el del doctor Marco Simeon, que era un hombre del secretario de Estado, Tarsicio Bertone, quien lo implantó en el equipo de usted, dentro del Banco Vaticano, para tenerlo controlado. ¿Los dos son masones?

En un jardín cercano, un hombre joven, vigoroso, moreno, enfrentó al reportero Carlo Tecce del diario *Il Fatto Quotidiano*.

—Doctor Marco Simeon, ¿es verdad que usted es parte de la "conspiración masónica" a la que se refiere el señor Ettore Gotti Tedeschi, ex director del Banco Vaticano?

El doctor Simeón miró hacia un lado.

—No.

—¿Usted no es masón? ¿O no es parte de la "conspiración masónica" de la que habla el señor Ettore Gotti Tedeschi?

—Lo que puedo decirle a usted es que la masonería es un elemento fundamental del poder en Italia.

—¿Qué quiere decir con eso?

—Verá. Ésta es mi primera entrevista —y le sonrió.

—Doctor Simeon, ¿qué relación tiene usted con la logia masónica que ha sido identificada por la policía italiana con el nombre de "P-4", cuyo líder es un hombre influyente y con conexiones en el gobierno italiano, identificado como Luigi Bisignani?

El doctor Simeon suavemente torció la boca. Miró hacia las macetas de flores.

—Mire, yo soy miembro del Opus Dei. Soy un católico devoto. Bisignani es una persona valiosa. Es un hombre de bien. No me necesita a mí para tener contactos con el Vaticano. Él es un ojo informado de todo lo que pasa en Italia.

80

En el interior de la camioneta Hummer todo comenzó a tronar, a estallar, calcinado por las llamaradas. En mis brazos el gel incendiario pegostioso comenzó a quemarme la carne.

Escuché la voz del sacerdote Ancestor, legionario de Cristo:

—¡Vayan a la cripta, a la puerta de Ordine Nuovo! ¡Basílica de Sant'Apollinare, debajo del altar! —y me tomó por el brazo—. La Legión de Cristo es una obra buena. Haz que lo bueno venza a lo malo.

Le explotó la cabeza. La lluvia de tejidos nos mojó a Clara Vanthi y a mí. Ella empezó a gritarme:

—¡Pío, encuentra la salida! ¡Encuentra el maldito control de estos seguros!

Entre las ráfagas vi una mano. Un brazo. Destrozó lo que quedaba de los cristales. Era la tela verde de un suéter. El suéter estaba mojado con sangre del conductor. Vi un cinturón ancho, con herramientas de jardinero:

—Vengo a salvarte el trasero.

Alcancé a ver los verdes ojos de Clara Vanthi. La cara la tenía ensangrentada, con cortaduras. Un hombre de blanco la jaló con mucha violencia hacia fuera.

Dos grandes brazos quemados entraron a trozos al vehículo. Tomaron violentamente a Iren Dovo. Lo jalaron fuera.

—¡No me lleven a mí! —comenzó a patalear—. ¡No me lleven de regreso a la Torre Nicolás V!

Ocurrieron cuatro explosiones en secuencia afuera del vehículo. Pareció una escena de guerra. Comencé a oler pólvora mezclada con ácido de fuego. Era ciclotrimetileno trinitramina. Las explosiones formaron burbujas de plasma que poco después estallaron en serie. La gente en la Vía Aurelia estaba horrorizada. Un hombre disfrazado de musulmán, con un megáfono, comenzó a gritarles:

—¡Por favor no se aproximen, amigos! ¡Se está filmando una película para el Parque Aventura! ¡Emoción para todos! ¡Estos efectos especiales pueden ser peligrosos!

Arriba, cuatro helicópteros de noticias empezaron a sobrevolar nuestras cabezas.

Dos brazos tiraron de mí.

—¡Corre conmigo, Pío del Rosario! ¡No mires hacia atrás! ¡Corre conmigo!

—Pero ¿y Clara? —y comencé a regresarme.

Me jaló con mucha fuerza por el antebrazo:

—¡Las mujeres son máquinas de esclavizar hombres! ¡No pienses en ella!

—¡Pero es que Clara…! —y empecé a golpear al sujeto—. ¡Suéltame, pendejo!

—¡Pío del Rosario! ¡No hay nada más peligroso que una mujer que ya se dio cuenta de su belleza, y esta mujer ya se dio cuenta de su belleza! ¡Te tiene más controlado que tu propio culo cuando te ordena ir a cagar!

Detrás de nosotros corrió hacia nosotros, jalando a Clara, el hombre de blanco canoso, de rostro moreno, que se había identificado como Voxifer o portador de la voz.

—¡Nos rociaron fósforo blanco! —nos gritó—. ¡No se limpien con agua! ¡El fósforo blanco no va a dejar de arder hasta que se consuma por completo, hasta llegarnos a los huesos!

Yo miré mis piernas. Estaban ardiendo, pero la ropa no permitía que la sustancia entrara en contacto con mi piel. El fósforo estaba pegado a la carne de uno de nuestros salvadores, como costras de burbujas. Comencé a gritar.

Por los costados nos cercaron dos enormes, poderosos y monstruosos cargueros de seis llantas Volvo C-303 de color negro. Cada llanta medía 1.6 metros de altura. En los costados tenían letreros muy grandes: "Emoción para todos. Parque Aventura".

Desde su ventana, a tres metros del suelo, me miró hacia abajo el agente asesino Jackson Perugino. Me apuntó con su revólver a las piernas.

—¡Miserable violador de niños! —y comenzó a reírse—. ¿Pensaste que podías librarte de mí, cerdo gadareno? ¡Prepárate para el infierno! ¡Yo soy tu infierno! ¡El prelado ya te está esperando en su oficina! —y disparó muy cerca de mi pierna. Caí al suelo. Comencé a gritar:

—¡Te aborrezco, maldito simio de mierda! ¡Yo te voy a destrozar! —y lo observé abriendo la puerta de su Volvo. Comenzó a bajar con un gancho de púas para capturarme. Le grité—: ¡Yo voy a ser tu maldito infierno, primate hijo de tu chingada!

Me jaló una mano. Me prensó del brazo con una fuerza descomunal.

—¡No seas grosero! ¡Eres un sacerdote, demonios!

Era Clara, completamente cortada por los vidrios rotos, pero a salvo. Me arrastró hacia delante.

—Dios… —la miré contra la luz de la tarde. Me dijo:

—Pío del Rosario, si esto es lo último que voy a hacer en la vida, el estar contigo, no me voy a sentir mal, porque eres un buen hombre y has sido muy valiente; y eres el que estuvo conmigo en el momento del máximo peligro.

Se volvió hacia atrás. Levantó su brazo hacia Jackson. Le mostró su dedo de en medio:

—¡Métete esto por tu maldito trasero amargado! ¡Y tiene razón Pío del Rosario, eres un maldito primate hijo de tu chingada! ¡Simio horrible!

Jackson la miró con una furia inaudita. Le apuntó con su revólver a la cabeza.

—Ahora sí vas a morir, bruja maldita. ¿Cómo te atreves a hablarle así a un hombre? —y comenzó a jalar del gatillo—. ¡Yo soy el rey de la creación! ¡Yo soy la imagen y viva semejanza de Dios! ¡Tú no eres más que una sirvienta rebelde, que no sabe obedecer a su pastor!

Sutano Hidalgo le apuntó con un tubo verde de su cinturón de herramientas. El tubo decía: "Rocío contra plagas. Fumigación efectiva". Disparó hacia él una descarga de Composición C-4 —dimetil dinitrobutano—. El cilindro magnético se acopló al costado del Volvo con un zumbido estridente. Jackson comenzó a gritar:

—¡No, no, no!

El cilindro estalló. El Volvo comenzó a voltearse. Jackson alcanzó a salvarse. Comenzó a gritar:

—¡Te voy a despedazar en vida, maldita puta! ¡Maldito seas por toda la eternidad, Pío del Rosario!

81

Corrimos sin mirar hacia atrás. Así nos lo gritó una y otra vez Sutano Hidalgo, el "jardinero" del Vaticano, semejante al actor estadounidense George Clooney.

—¡Nunca pierdan el ánimo —nos gritó—, aunque se los esté comiendo el maldito demonio por el trasero! —y siguió trotando—. ¡No importa cuán grave sea lo que te suceda en esta vida: tu única opción es permanecer tranquilo y reaccionar bien y vencer! —y saltó por encima de los pedazos del vehículo Volvo, que estaban en llamas—. ¡Pío del Rosario! ¡El secreto de ser hombre es comportarte como rey aunque te estés derritiendo de miedo! ¡Y si te cagas en tus pantalones, escóndelo con una sonrisa! ¡La gente no tiene por qué saber que te embarraste en tu propio excremento! ¡"Mantén la calma bajo el fuego"! ¡"Mantén la calma bajo el fuego"! —y se volteó. Disparó tres cargas de explosivos hacia los que nos venían persiguiendo.

Por la izquierda se nos emparejó otro enorme Volvo. Por la ventana se asomó el agente 1503, Gavari Raffaello, con sus cabellos relamidos. Nos gritó:

—¡Amigos, no me hagan esto! —y sacó su ametralladora—. ¡Tírense al suelo! ¡Déjenme llevarlos con vida! ¡No quiero tenerlos en mis pesadillas! ¡Soy un hombre de paz! ¡Me pagan por hacer esto! ¡Amigo Pío, sé razonable! ¡Esto no tiene caso! ¡Tírense al suelo!

Sutano Hidalgo se llevó la mano hacia su cinturón de herramientas de jardinería. Agarró una cápsula de color rosa con flores de colores.

—A ver qué haces con esto, mi apreciable —y se llevó la cápsula a los ojos. Decía: "Acidificador pH. Magia floral. Que sus tulipanes despierten la envidia de sus vecinos".

Sutano mordió la cápsula por en medio.

—¡Si hubiera purgatorio —le gritó a Gavari Raffaello— nos veríamos en él! ¡Pero tu jefe, el papa Benedicto XVI, lo eliminó para siempre! —y le arrojó la cápsula hacia la ventana—. ¡Nos vemos pronto en el maldito Infierno!

La capsula llenó todo el interior del Volvo con un humo de color rojo e intenso olor a huevo podrido. El vehículo se desvió hacia los postes de la acera, doblándolos contra los basureros, que se trozaron. Las llantas comenzaron a trepar las escalinatas, derribando una caja de teléfonos. Los vidrios estallaron. Los metales se retorcieron y rechinaron. El Volvo se empezó a volcar. Gavari alcanzó a gritar:

—¡Pinches putos!

82

—No se va a morir —nos dijo Sutano Hidalgo—. Sólo se le atrofió temporalmente el sistema nervioso. Es tabún. Mucho peor es lo que tuve que hacer hace minutos dentro de una catacumba. Sólo sobrevivieron dos, incluyéndome a mí. Así sucede con los explosivos. Es por seguridad nacional.

—¿Cómo dices? —le preguntó Clara—. ¿Mataste personas?

Sutano siguió avanzando.

—Yo no inventé la realidad. Sólo habito en la misma. Si el mundo fuera perfecto, entonces ni ustedes ni yo estaríamos aquí. Somos pequeños organismos que crecen en el excremento de la vida.

—Diablos… —le dije—, ¿quién eres?

Avanzó muy decididamente. Las sirenas de la policía se escuchaban cada vez más cerca.

—Yo soy el que dejó todo por venir a ti, Pío del Rosario —y de reojo me sonrió—. Te conozco desde antes de que empezara todo esto.

Vi un destello. Vi un pasillo negro: la casa de Jacksonville, en Florida, hacia la ventana. Dentro de la habitación deformada vi a seis hombres: los sacerdotes legionarios. Estaban llorando, vestidos de negro. Me miraron. Sus caras se derritieron. Vi a Iren Dovo, hincado junto a nuestro padre. Marcial Maciel se estaba retorciendo en la cama.

—¡No quiero los santos óleos! ¡No quiero los sacramentos! ¡Digo que no!

Una voz me dijo en el oído:

—¿Quiénes fueron las dos mujeres que estuvieron ahí, en la muerte de Marcial Maciel Degollado, antes de que empezara el exorcismo? ¿Quién fue el agente de la CIA?

Observé hacia la pared. Vi un hueco, una cortina. La empujó el aire hacia dentro. En el hueco estaba una persona oscurecida. Una silueta borrosa.

—Diablos… —le dije— ¿Tú quién eres?

—Yo soy el que ha dejado todo por venir a ti, Pío del Rosario. Vengo a salvarte.

Me tropecé con una grieta. Todo me olió a pólvora mezclada con un quemadero de basura podrida. Sutano Hidalgo me jaló por la muñeca:

—¡No te detengas, maldita sea!

Se nos comenzaron a aproximar 20 policías de la Guardia de Finanzas, con sus armas de voltaje.

—¿Nos van a arrestar? —le pregunté a Sutano.

—Tú no los mires a los ojos. Camina como si no pertenecieras a este mundo. Tu amiga se está comportando con más virilidad que tú. Dale el ejemplo —y me guiñó un ojo.

—Oye, no me insultes, amigo.

—Deténganse —nos dijo uno de los policías. Sutano pasó frente a él como si no existiera. De hecho, lo golpeó con su hombro.

—¡Hey, le dije alto! ¡Les ordeno que se detengan! —y nos colocó su vara de descargas en los hombros. Colocó su dedo en el botón rojo. Se le emparejó el hombre del traje blanco que se había llamado a sí mismo Voxifer.

—Compañero —y suavemente le puso un billete en la mano—, estás haciendo un buen trabajo pero estás deteniendo a tu propia escuadra—y le mostró una placa de color bronce—. No me hagas pasar este momento vergonzoso con mis amigos —y nos miró a nosotros.

—¿Coronel?

El hombre Voxifer le habló al oído.

—Se te están yendo los chicos malos —y señaló hacia los vehículos Volvo volteados. Las llantas aún se estaban moviendo—, ¡anda, vamos! —y le dio una calurosa palmada en la espalda.

Empezó a avanzar. Sutano Hidalgo se le pegó. Le sonrió.

—Regresaré victorioso o moriré luchando aquí mismo junto a ti, Quinto Fabio.

—Hermano en el Fuego.

Sutano le apretó el cuello:

—Hermano en el Fuego.

—La policía de Roma nos va a estar buscando ahora.

—Al diablo con la cubierta —y se estiró el suéter verde.

—Al diablo con la cubierta —y se jaló el traje blanco de asbesto.

—¿Adónde nos llevan ahora? —le preguntó Clara a Sutano. Trotó detrás de ellos. Yo troté detrás de ella.

Sutano nos dijo:

—Basílica de Sant'Apollinare, antiguo templo de Apolo, a dos cuadras de la plaza Navona. Cripta central, abajo del altar. Puerta hacia una instalación secreta de la organización Ordine Nuovo.

Su amigo, Voxifer, suavemente se volvió hacia Clara.

—La salida de este lugar va a ser por abajo, por las tumbas de los antipapas —y le sonrió. Lentamente comenzó a subir por el pasto hacia los montículos de rocas abandonadas, forradas de hierbas, que estaban a un lado de la Via Aurelia. Acabábamos de pasar frente a ese terreno antes de llegar a la central de los Legionarios.

Sutano desacopló de su cinto tres pequeñas botellas PET. Nos las arrojó a las manos.

—Embárrense esto en las quemaduras.

Los frascos tenían un líquido oscuro. Decían: "Ácido tánico".

Voxifer avanzó. Comenzó a escalar el más alto de los montículos. En la parte superior había una gran losa vertical. La habíamos visto desde la avenida. Estaba ladeada, hundida en la tierra. Tenía una antigua inscripción romana, muy erosionada. Decía: *Felix II Pontifex Maximus. Antipapa.*

Voxifer nos dijo:

—Debajo de estas tumbas están los túneles más viejos que se construyeron donde iba a ser el metro, la estación Cornelia. Vamos a utilizar los accesos hacia los restos restaurados de la Cloaca Máxima, el antiguo sistema de drenaje de Roma. No vamos a ser los primeros ni los únicos en usarlos.

83

En el Vaticano, dentro de la redonda y rocosa Torre Nicolás V, sede mundial del Banco Vaticano, el hasta entonces segundo hombre al mando —el calvo y sonriente Paolo Cipriani, con el rostro de una vivaz ave—

caminó hacia la oficina del nuevo presidente, el banquero alemán Ernst von Freyberg, de cincuenta y cinco años, caballero de la Orden de Malta. Los candelabros estaban encendidos.

—Señor Freyberg —le dijo el sonriente Cipriani—, quisiera saber si aún puede ser revocada mi renuncia —y tomó asiento frente a él—. No comprendo por qué el papa Francisco ya no desea que permanezca aquí. He disfrutado mucho mi estancia en el instituto.

El alemán von Freyberg se levantó de su asiento:

—Aquí estuvo sentado mi antecesor, Ettore Gotti Tedeschi —y miró hacia la ventana, hacia el edificio Prensa Vaticana—. En los diarios él habló de una "conspiración masónica". Mencionó directamente tu nombre —y lo miró a los ojos—. ¿Para quién iban a ser los veinte millones de euros que acaban de serle decomisados a monseñor Nunzio Scarano en el aeropuerto internacional Leonardo da Vinci de Roma?

El sonriente Paolo Cipriani lentamente cruzó una pierna sobre la otra. Respiró profundamente.

—Es muy grato para mí tener la amistad y la confianza del secretario de Estado del Vaticano, el cardenal Tarcisio Bertone —y le sonrió.

Al otro lado de la calle, llamada Via Sant'Anna, en el edificio Prensa Vaticana la reportera Carol Glatz, del *Catholic Herald*, informó: "El papa Francisco, aparte de solicitar las renuncias de los directivos del Banco Vaticano Paolo Cipriani y Massimo Tulli, está creando una comisión para vigilar las finanzas del Vaticano. Su misión va a ser aumentar la transparencia, y va a colaborar con el grupo de los ocho cardenales elegidos por el papa para ser su cuerpo de asesores. En la nueva comisión, el secretario va a ser monseñor Lucio Vallejo Balda. El presidente, el economista Joseph Zahra. Participarán el ex ministro de Estado de Singapur George Yeo y la italiana Francesca Chaouqui, quien trabaja en relaciones públicas en la consultora Ernst and Young, recientemente contratada por el Vaticano".

A su lado, el español Rafael Plaza Veiga, periodista de Público.es, dijo ante la cámara: "Tal como lo señalamos antes del inicio de este papado: Benedicto XVI tuvo frente a sí a unos lobos disfrazados de *hermanos*. Particularmente a su antiguo amigo Tarcisio Bertone, que se convirtió en sospechoso número uno de las intrigas de la curia y al que no pocos cardenales acusaron de 'ambición desmedida', de 'relaciones peligrosas' y hasta de 'influencias masónicas'. Según el diario *La Repubblica*, Bertone boicoteó sistemáticamente los intentos del papa Benedicto de limpiar la Banca Vaticana y adecuarla a las normas internacionales sobre el lavado de dinero. Son sorprendentes los logros de este nuevo pontificado en la materia, tomando en cuenta que durante el de Benedicto XVI el secretario de Estado se encargó de desmantelar la comisión encargada de limpiar el banco. Tan sólo Paolo Cipriani, el hombre de Bertone en la institución, supo quiénes son los titulares de las cuentas vinculadas a lavado de dinero; quiénes lavan su dinero en el IOR, de dónde vienen y a dónde van los millones de dólares, euros y liras que ahí se mueven. Para el diario *La Repubblica*, el IOR es hoy día 'una gigantesca lavadora de dinero'".

A su lado, una reportera asiática se le pegó y habló hacia su cámara: "La pregunta de todos es: ¿por qué el nuevo papa Francisco conserva aún consigo, en el segundo puesto más poderoso de la Iglesia católica, al cardenal Tarcisio Bertone?"

A cuatrocientos metros de distancia hacia el suroeste, dentro del hotel Casa Santa Marta, el Santo Padre entró a su habitación, la 201, del brazo de su viejo amigo jesuita, el delgado y canoso padre Antonio Spadaro, director de la revista de la Compañía de Jesús *La Civiltà Cattolica*. Detrás de ambos avanzó el alto y poderoso secretario de Estado Tarcisio Bertone. Les sonrió con la expresión solemne, imperial y satisfecha del actor cómico Will Ferrell.

El secretario de Estado observó sobre la mesa de trabajo del papa los dos blancos portadores de documentos, ambos revestidos de piel blanca, con el emblema del Vaticano estampado en dorado.

El director de la revista jesuita miró hacia los humildes tapices blancos de flores. Le dijo al papa:

—¿Usted prefiere realmente esta habitación que los apartamentos del Palacio Apostólico?

El papa, con dolor en su columna, se sentó en la silla de brazos de madera, frente al portapapeles de la mesa.

—No me veía como sacerdote solo. Aquí trabajan unas doscientas personas. Cocineros, personal de servicio. Puedo comer con ellos aquí abajo. Puedo ayudarles. Tengo necesidad de comunidad.

El joven director le sonrió.

—¿*Comunidad*…? —y cerró los ojos. Comenzó a asentir con la cabeza. Se volvió hacia el imponente secretario de Estado de Benedicto XVI.

—El Palacio Apostólico es como un embudo —le dijo el papa Francisco—, pero es un embudo al revés. Es grande, espacioso, pero con una entrada de verdad muy angosta. No es posible entrar sino con cuentagotas, y yo sin gente no puedo vivir. Necesito vivir mi vida junto a los demás.

Desde el muro le sonrió el secretario de Estado.

84

En el Palacio Apostólico, dentro de la Sala di Constantino, el prelado Santo Badman majestuosa y silenciosamente avanzó, envuelto en sus rojos y aterciopelados ropajes, sobre el piso, arrastrándolos sobre los mármoles. Observó los cientos de coloridos personajes que estaban pintados en los muros, trazados hacía cinco siglos por los discípulos de Raffaello Sanzio di Urbino. Se detuvo en silencio frente al más monumental: el fresco apocalíptico que abarcaba todo el muro mostrando la batalla del emperador Constantino en el puente Milvio.

Con los ojos llorosos se arrodilló. Observó al emperador romano herido en combate bajo un majestuoso cielo de tormentosas nubes doradas. Comenzó a gemir: "¡Leal hoy y siempre a mi verdadero papa, Su Santidad Gregorio XVII, a quien aún no han permitido ocupar su Trono Imperial de Constantino!"

Por sus dos mejillas bajaron dos lágrimas. Cayeron al suelo de traslúcida roca. Las vetas del mármol brillaron. Con sus dedos envueltos en guantes blancos, el prelado comenzó a tallar el líquido salado sobre la piedra. Apareció un pequeño círculo de bronce. Tenía marcada una X hecha con incisiones en el metal: delgadas ranuras. Con mucha fuerza lo oprimió hacia abajo. Escuchó un tronido. La parte inferior del inmenso fresco de *La batalla de Constantino* —los tres paneles con relieves falsos de color barro— comenzó a sumirse dentro del muro.

El prelado se enderezó. Se sacudió las manos. Avanzó hacia las "Interparedes" o "Inter Muris" del Vaticano.

85

Sutano Hidalgo nos miró desde el asiento del copiloto del taxi romano con placas LM999SB. Afuera vimos el gigantesco Castel Sant'Angelo. Nos estábamos aproximando a la calle Via Triboniano, con dirección a la basílica de Sant'Apollinare. En el asiento trasero estábamos Clara Vanthi, el hombre de blanco llamado Voxifer y yo. Teníamos los brazos y las frentes vendados con trozos del hábito color crema de Clara. Ahora ella estaba mucho más descubierta: llevaba la ropa veraniega que había traído oculta debajo del manto: *shorts denim* de mezclilla y una camiseta negra sin mangas.

—Como habrán descubierto —nos dijo Sutano Hidalgo—, está ocurriendo algo realmente grave dentro del Vaticano —y tranquilamente se ensambló sus pinzas de jardín. Les lamió una mancha. Escupió hacia la calle—. Les voy a contar una historia muy tierna. Se llama "Complot en el Banco Vaticano" —y nos sonrió.

Nos encaramamos hacia delante, para escucharlo. Nos dijo:

—En este momento yo voy a ser la voz del periodista Eric Frattini —y miró a su amigo Voxifer—. Poco antes del 21 de septiembre de 2010, siendo aún papa Benedicto XVI, la fiscalía de Roma ordenó el bloqueo de veintitrés millones de euros. Habían sido depositados en el banco Crédito Artigiano, en una misteriosa cuenta que pertenecía al Banco Vaticano. Los investigadores sospecharon que podía tratarse de una operación de lavado de dinero.

—*¿Lavado de dinero…?* —le preguntó la bella Clara, de grandes ojos verdes de gato.

—El entonces presidente del Banco Vaticano, un hombre de sesenta y cinco años, Ettore Gotti Tedeschi, y su segundo de a bordo, Paolo Cipriani, acusado de tener vínculos con la masonería, fueron puestos bajo vigilancia.

Tragué saliva.

—El presidente del Banco Vaticano, Ettore Gotti Tedeschi, perturbado por esta situación, comenzó a investigar.

—¿De quién son estos malditos veintitrés millones de euros? —preguntó el canoso señor Ettore Gotti Tedeschi, de anchas cejas, en su oscuro y curvo despacho de roca de la Torre Nicolás V.

—No tenemos autorizado revelar el nombre del tenedor de esta cuenta. Nos lo prohíbe el secreto bancario.

—¿Qué estás diciendo? Yo soy el presidente de este banco. ¡Me están acusando de encubrir algo vinculado a esta cuenta! ¡Quiero que abras esta cuenta! ¡Quiero que me digas quién es el beneficiario de esta cuenta, y para qué son esos veintitrés millones de euros que se transfirieron a J. P. Morgan en Fráncfort!

Minutos después, el señor Gotti caminó bajo los candelabros del Palacio Apostólico. Pasó por en medio de los guardias suizos, de largas lanzas, hacia la oficina del papa Benedicto XVI, en los Apartamentos papales.

Lo detuvo en el pasillo el rubio secretario del papa Benedicto, Georg Gänswein, cuya larga sotana negra se arrastró por el suelo.

—¿Señor Gotti Tedeschi? ¿Se encuentra bien? —y lo saludó con ambas manos.

—Necesito ver a Su Santidad.

—Veré que lo reciba. ¿Cuál es el asunto?

El señor Gotti Tedeschi miró hacia los guardias suizos. El jefe del comando lo observó en una forma perturbadora.

—Me están acusando de no proporcionar informaciones a la Fiscalía de Roma sobre el beneficiario de una cuenta de nuestro banco. Esta cuenta del Banco Vaticano transfirió veintitrés millones de euros desde el banco Crédito Artigiano hacia otra cuenta del Banco Vaticano en J. P. Morgan, en Fráncfort. Esta transferencia ocurrió el 6 de septiembre. El fiscal de Roma está diciendo que se trata de probable ocultación de fondos y de blanqueo de dinero. Están afirmando que Cipriani y yo estamos encubriendo.

—¿De quién es esa cuenta? —le preguntó el rubio Georg Gänswein.

Entre ambos se colocó el sonriente segundo hombre del Banco Vaticano, Paolo Cipriani, con la mirada de una vivaz ave:

—Monseñor Gänswein —y lo tomó por el antebrazo—, ya le dije al fiscal de Roma que el banco Crédito Artigiano nos conoce muy bien desde hace veinte años —y le sonrió—. Le dije que no es necesario proporcionarles más informaciones sobre el destinatario de este depósito. No hay problema.

—Otra vez como con los veintiséis millones de euros del sacerdote Nunzio Scarano —le susurró la bella Clara Vanthi a Sutano Hidalgo. Todos observamos hacia arriba, hacia el imperioso ángel con alas montado sobre un carruaje, tirado por cuatro caballos de bronce con las patas levantadas, en la teja de mármol de la Corte di'Cassazione, en las orillas del río Tíber. Nos estábamos acercando hacia la basílica de Sant'Apollinare. El vehículo apuntó hacia el Ponte Umberto I, por encima del río. Sutano nos dijo:

—Nada de esto es nuevo. Esto comenzó antes de 1978, cuando el mismo papa Juan Pablo I fue asesinado.

En el asiento de atrás, el hombre moreno y canoso de anteojos que se llamó a sí mismo Voxifer nos dijo:

—Ego voxifer sum. Apud te, Voxifer Carolus Montiel ero. Yo soy el portador de una voz. Para ti seré la voz de Carlos Montiel, del Consejo de Analistas Católicos de México. Cuando Juan Pablo I fue elegido, le ordenó a su secretario de Estado, el cardenal Jean Villot, que había sido también el secretario de Estado del anterior papa, Paulo VI, "que se iniciara de inmediato una indagatoria de las operaciones económicas de la Santa Sede en todos los dicasterios. La investigación debía hacerse rápidamente, y con especial atención en el Instituto para las Obras de Religión, el Banco Vaticano".

Sutano Hidalgo nos dijo:

—Para ustedes yo voy a ser ahora la voz del periodista español Santiago Camacho: "A los diecisiete días de que subió al trono el papa Juan Pablo I, es decir, el 12 de septiembre de 1978, la agencia de noticias L'Osservatore Politico divulgó un artículo titulado 'La gran logia del Vaticano'".

—¿La gran logia del Vaticano...? —le preguntó Clara. Por la ventana vio la monumental fachada del Museo Napoleónico.

—En ese artículo —continuó Sutano— "se reproducía la famosa lista de presuntos masones del entorno de la Santa Sede. Cardenales, obispos y otros altos dignatarios de la Iglesia. Esta agencia de noticias la dirigía el periodista Carmine Pecorelli", también llamado Mino Pecorelli.

El hombre llamado Voxifer nos dijo:

—La Lista Pecorelli, de masones dentro de la Iglesia, la había dado a conocer dos años antes, el 2 de julio de 1976, el *Bulletin del'Occident Chrétien*, bajo la dirección de Pierre Fautrad.

—El problema —siguió Sutano— es que, como lo reporta Santiago Camacho, "al parecer el papa se encontraba literalmente rodeado de masones". Juan Pablo I, con apenas dos semanas como Santo Padre, "no acababa de creérselo. Para él era inconcebible que un sacerdote perteneciese a la masonería".

—¿Quiénes estaban en esa lista? —le preguntó Clara.

—En la lista estaban todos los hombres más poderosos del Vaticano, exceptuando a tres personas: el propio papa y dos hombres de su confianza: el cardenal Giovanni Benelli y el cardenal Pericle Felici, que era el cardenal diácono de la basílica de Sant'Apollinare, a la cual nos estamos aproximando.

Clara abrió los verdes ojos de gato. Miró hacia la blanca y plana fachada de la modesta y pequeña "basílica" de Sant'Apollinare, en medio de edificios apretados. Era un simple muro de color crema con columnas romanas o griegas de color arena.

—Aquí nos bajamos —le dijo Sutano al taxista. Le puso en la mano un billete de cien dólares. Abrió la portezuela—. Ante esta situación, y según lo informa Santiago Camacho junto con el periodista inglés David Yallop, el papa Juan Pablo I decidió llamar a su amigo de confianza el cardenal Pericle Felici, diácono de esta basílica —y comenzó a caminar hacia la puerta del templo—. Lo invitó a "tomar café" y a "discutir esta situación". Juan Pablo I disfrutaba de la compañía de Pericle Felici, nos dice Santiago Camacho. El cardenal Felici era "un hombre de pensamiento conservador pero inteligente, sofisticado y espiritual. Para sorpresa del papa Juan Pablo I, el cardenal Felici le comentó que conocía la existencia de la lista".

—¿La lista de masones? —le preguntó Clara.

Nos aproximamos hacia la puerta del templo. Estaba cerrada. Era una gran pieza de madera negra, de cuatro metros de altura. En la parte superior había un arco semejante al de un templo romano.

—Ésta es la iglesia más simple que he visto en Roma —le dije a Clara—. Hasta parece de México.

El hombre llamado Voxifer suavemente inclinó su rodilla ante la puerta. Susurró mirando hacia las losas:

—Infra civitatem Romam non longe ab Aecclesia Sancti Apolinaris in Templum Alexandrini. Templum Legio XV, Apollinaris. Octavius Augustus, Princeps Imperator, Pontifex Maximus —y se inclinó. Suavemente besó la acera.

—Me pregunto cómo vamos a entrar. Está cerrada —le dijo Clara a Sutano.

—El cardenal Pericle Felici salió de este templo, que estaba bajo su rectoría —refirió el "jardinero"—. Se dirigió al Vaticano, a la oficina del papa Juan Pablo I —y comenzó a palpar la puerta, por en medio—, para hablar del complot de los masones.

Cincuenta años atrás, el cardenal Pericle Felici, de sesenta y siete, con sus anchas cejas echadas hacia arriba y sus anteojos fornidos, entró a la biblioteca de los Apartamentos papales. Desde el fondo, entre el resplandor de los cristales, lo miró el delgado papa Juan Pablo I, también a través de sus reflejantes anteojos redondos.

—¿Quieres decir que estas listas existen desde hace más de dos años? —le preguntó el papa a Pericle Felici.

El cardenal caminó hacia él.

—Eso mismo, Santidad.

—¿Y la prensa las conoce? ¿La prensa ha publicado sobre esto?

—Las conoce. Nunca ha llegado a publicarse una lista completa, pero sí un nombre aquí, un nombre allá.

El papa miró hacia el piso. Bajo una luz de color plata del candelabro empezó a caminar hacia las vitrinas. Se llevó la mano hacia los labios.

—¿Y cuál ha sido la reacción del Vaticano?

El cardenal Pericle Felici le sonrió:

—La normal…, o sea, ninguna.

—¿Ninguna?

El papa se rio. Lentamente se le aproximó. Con suavidad lo aferró por los antebrazos.

—Querido Pericle, necesito saber la verdad. ¿Esta lista de masones es auténtica? —y observó el papel que estaba sobre el cristal, en el mueble sobre el mármol.

Pericle Felici se encogió de hombros.

—Esas listas parecen proceder de los allegados a Marcel Lefebvre.

—¿Lefebvre? ¿El arzobispo Marcel Lefebvre? ¿El rebelde que detesta al Concilio Vaticano II?

—No fueron elaboradas por nuestro hermano rebelde francés. Más bien las utiliza.

Juan Pablo I miró hacia los cristales. Las llamas de docenas de candelabros se mezclaron en sus ojos.

—Tú, amigo mío, Pericle Felici, ¿sabes quiénes son todos estos masones?

—Sí, Su Santidad.

Sutano Hidalgo empezó a introducir las tijeras de jardinería entre las dos partes de la enorme puerta de madera. Nos dijo:

—En palabras de Santiago Camacho, esta lista de masones "había circulado por la Santa Sede al menos desde 1976, y constituía un secreto a voces. El hecho de que volviera a salir ahora a la luz pública era un claro mensaje al nuevo pontífice para que mediase en el asunto".

—¿*Para que mediase en el asunto...?* —le preguntó Clara. Miró hacia los lados de la calle. La pequeña plaza estaba vacía. En uno de los edificios vio un muy grande letrero. Decía: "Palazzo Altemps. Los rostros del dios persa Mitra".

—"Lo que estaban requiriéndole al nuevo papa era una investigación, una purga de buena parte de la curia y varios de los papables." Una parte de la Iglesia quería destruir a otra parte de la Iglesia, igual que ahora.

Con sus pinzas rompió una parte de la cerradura de la basílica. Miró hacia las esquinas de la plaza. No vimos un solo ser humano. Sutano nos dijo:

—La lista de los masones o "Lista de Mino Pecorelli" tenía ciento veintiún nombres, entre ellos políticos muy importantes de Italia y del mundo. En la lista estaban los seis hombres más poderosos de la Iglesia católica: el secretario de Estado, que Juan Pablo I acababa de heredar de su antecesor Paulo VI, cardenal francés Jean Villot; el ministro de Asuntos Exteriores, monseñor Agostino Casaroli, que fue el mentor del actual cardenal Angelo Sodano; el cardenal Sebastiano Baggio; el cardenal Ugo Polleti, vicario de Roma; el arzobispo Paul Marcinkus, presidente del Banco Vaticano, y monseñor Donato de Bonis, secretario del Banco Vaticano. Todos ellos eran parte de una de las más poderosas logias en la historia de la masonería.

La cerradura se tronó. La grandes puertas de olorosa madera comenzaron a rechinar hacia dentro. Nos pegó en las narices un olor a incienso y a flores viejas.

—Bienvenidos —nos dijo Sutano—. Los invito al reino secreto del cardenal Pericle Felici, amigo del papa que fue asesinado trece días después de este encuentro. Aquí es donde está guardado el Secreto Vaticano.

86

Cincuenta años atrás, dentro de la biblioteca del papa, el delgado Juan Pablo I vio a su amigo Pericle Felici alejándose hacia la puerta. Pasó a su lado otro hombre, de túnica negra, que se aproximó entre los reflejos hacia el papa. El hombre tenía una muy larga barba negra con canas. En la cabeza llevaba un sombrero negro con manta. Era el arzobispo ruso Borís Georgiyevich Rotov, de cuarenta y nueve años, jerarca metropolitano de la Iglesia ortodoxa rusa, también llamado Nikodim. Se le presentó con ceremonia.

—Santidad Juan Pablo —y miró hacia los lados, hacia los soldados de la Guardia Suiza. A sus espaldas vio a un hombre que venía cargando un maletín de color blanco—. Nosotros también hemos interceptado esta información —y lentamente levantó hacia él un documento enrollado. Comenzó a desplegarlo en el aire. El delgado papa estiró el cuello.

—¿De qué se trata, hermano mío? —y empezó a aproximársele—. ¿Esto procede de Rusia?

El metropolitano de Leningrado y Novgorod miró de nuevo hacia los agentes de la Guardia Suiza. Se llevó la mano izquierda al pecho. Se apretó el tórax. Frunció la cara. Comenzó a sacar la lengua.

—¿Se encuentra usted bien, hermano mío? —le preguntó el papa.

Afuera, a quinientos metros del Palacio Apostólico, un hombre en mangas de camisa, con enormes anteojos negros y dentro de un vehículo blindado, habló frente a los instrumentos de radio:

—Este hombre Nikodim es el segundo en la Iglesia ortodoxa rusa, después del patriarca Pimen. En realidad, Nikodim es un agente encubierto del gobierno soviético. Trabaja para el KGB. Su código es "ADAMANT". Vino aquí a manipular al nuevo papa, a reclutarlo para los comunistas. Los soviéticos tienen controlados a todos los jerarcas ortodoxos, incluyendo a Pimen. El arzobispo de Metz, Paul-Joseph Schmitt, nos informa en *Le Lorrain* que este jerarca Nikodim es el que en 1960 negoció con el papa comunista Juan XXIII el pacto secreto entre ortodoxos y católicos para que los ortodoxos rusos participaran en su Concilio Vaticano II. El mismo Nikodim representó a los ortodoxos rusos en ese concilio marxista, como agente infiltrado de los comunistas. Fue presidente del Consejo Mundial de Iglesias. Durante el pontificado de Paulo VI, Nikodim pactó los acercamientos entre Roma y la Iglesia rusa de 1967. Los soviéticos lo están usando ahora de nuevo para reclutar al nuevo papa Juan Pablo I.

En la parte superior de la camioneta brilló un enorme símbolo negro: una calavera con las cuencas deformadas hacia abajo, enmarcada dentro de una esvástiva. Debajo decía: "Ordine Nuovo, Ordo 400".

El hombre oprimió un botón amarillo. El botón comenzó a parpadear. En la Biblioteca Apostólica Vaticana, en el Palacio Apostólico, el barbado metropolitano de Leningrado comenzó a caerse. Se aferró al respaldo de una silla.

—¡Su Santidad! —le gritó a Juan Pablo I. Se fue al piso. La silla le cayó en la cara. Juan Pablo se abalanzó sobre él:

—¡Traigan a los médicos! ¿Qué está pasando? —y miró a los guardias suizos—. ¿Está usted bien, hermano mío? ¡Tráiganle agua!

El arzobispo ortodoxo le susurró, con sangre saliéndole de la boca:

—Ellos quieren que se inicie una guerra del mundo —y comenzó a cerrar los ojos—. No permita que lo manipulen estos hombres. Lo van a matar. No beba lo que le ofrezcan. Usted va a ser ahora el responsable mundial de que haya paz. Usted va a ser ahora el único capaz de proteger la paz.

En la mano del jerarca de Novgorod, su documento enrollado comenzó a desplegarse. Decía: "Programa Ordo 400. Infiltración masónica del Vaticano. Destrucción interna de la Iglesia católica".

87

Dentro de la oscura nave olorosa de la basílica de Sant'Apollinare, Sutano Hidalgo, con un golpe de su mano, encendió una pequeña linterna de gas fluorescente. Empezó a avanzar iluminando el altar, que era un enorme nicho de estilo romano situado en medio de arcos paralelos, guardados entre dos anchas columnas de mármol de color verde:

—En su informe, Santiago Camacho afirma que "el 13 de septiembre de 1978, a los dieciocho días de haber ocupado el cargo de papa, Juan Pablo I llamó a Roma a uno de sus hombres de confianza, Germano Pattaro. La relación del papa con los dos más importantes masones de la lista que acababan de proporcionarle, Paul Marcinkus, presidente del Banco Vaticano, y Jean Villot, secretario de Estado de la Santa Sede, comenzó a empeorar segundo a segundo".

En la oscuridad, un hombre monstruoso, con la cara fisurada y un cuerpo masivo por el que lo llamaban "Gorila" o "Guardaespaldas", asomó la cara arrugada y fornida hacia el reflector, dentro de su oficina en la Presidencia del Banco Vaticano, en la Torre Nicolas V.

El letrero sobre el escritorio brilló en la negrura: "Paul C. Marcinkus".

—Este pobre hombre, este papa que se llama a sí mismo "Juan Pablo I", llega desde Venecia, una diócesis pequeña de gente vieja donde no hay más de noventa mil personas. De repente lo meten en un sitio como éste, sin saber siquiera dónde está cada departamento —y lentamente comenzó a sonreír en las tinieblas—. Este nuevo papa no tiene la menor idea de a qué se dedica la Secretaría de Estado.

En la negrura le brilló el anillo de la logia masónica P-2. El hombre situado frente a él, el secretario del Banco Vaticano, Donato de Bonis, también de la logia, le sonrió de vuelta. También le sonrió el invitado de honor de ambos, un hombre de cejas retorcidas con anteojos polarizados: el secretario de Estado vaticano, el francés Jean Villot, igualmente miembro de la logia.

Sutano nos dijo:

—El más temible de todos estos masones que rodearon a Juan Pablo I fue el llamado Gorila, Paul Casimir Marcinkus, de Chicago; era el presidente del Banco Vaticano por designación del antecesor del papa Juan Pablo I, Paulo VI. Marcinkus fue verdaderamente el guarura de Paulo VI.

El hombre Voxifer caminó hacia el altar. Nos dijo:

—En este momento voy a ser la voz del periodista italiano Eric Frattini: en un mitin, el papa Paulo VI estaba a punto de ser "aplastado por la muchedumbre. El corpulento y deportista Paul Casimir Marcinkus entró en acción y apartó a la gente, protegiendo con su propio cuerpo al pontífice. Al día siguiente, Paulo VI ordenó que Marcinkus se convirtiera en una especie de guardaespaldas privado". Después, en Filipinas, un psicópata se arrojó contra Paulo VI con un cuchillo. Lo detuvo "el fornido guardaespaldas. En 1971 Paul Markinkus fue nombrado obispo y elegido secretario del Banco Vaticano".

Clara Vanthi se asombró. En la oscuridad les preguntó:

—¿De guardaespaldas pasó a ser la cabeza del Banco Vaticano?

Clara se veía hermosa avanzando con la poca luz de la linterna de Sutano a pesar de las heridas recibidas en el ataque previo. El resplandor fosforescente comenzó a brillarle en sus verdes ojos de gato.

—Marcinkus inmediatamente se vinculó a los jefes de la mafia de Roma —nos dijo Sutano Hidalgo—. Se convirtió en amigo íntimo del líder de la Banda della Magliana, que era la familia criminal más poderosa de Roma. El padrino de la Magliana era un hombre de veintitrés años: Enrico de Pedis.

Clara abrió los ojos. Voxifer nos dijo:

—Siendo ya obispo, Paul Marcinkus compartió con Enrico de Pedis a la más bella amante del mafioso: la bailarina Sabrina Minardi.

—¿Ya lo ves, Pío? Un obispo no tuvo miramientos para violar su celibato —me dijo Clara.

Voxifer prosiguió:

—En el reporte de Eric Frattini se dice: "Sabrina Minardi, la que fuera amante del poderoso padrino de la banda de la Magliana, Enrico de Pedis, contó a la policía de Roma que ella era la encargada de proporcionarle jovencitas a monseñor Marcinkus para sus orgías, y que Marcinkus estuvo implicado en el secuestro de la chica de quince años Emanuela Orlandi", cuyo padre, Ercole Orlandi, era un funcionario del Banco Vaticano a las órdenes de Paul C. Marcinkus.

Sutano se colocó frente al altar de la basílica. Estaba completamente oscuro. Se inclinó. Lentamente bajó la linterna hasta el suelo. Recordó la frase que nos acababan de decir hacía sólo unos minutos: "Debajo del altar está la cripta. La cripta en realidad es una puerta. Es el acceso a una instalación secreta de Ordine Nuovo".

Se arrodilló. Permaneció varios segundos con los ojos cerrados. Hizo una cruz con sus dedos. La besó. Miró hacia Jesús, en el fondo curvo de la iglesia. Se persignó y nos dijo:

—Según Miguel Mora en el diario español *El País* del 12 de octubre de 2010, y según lo que está documentado en la página 114 del libro *Secreto criminal, banda Magliana*, de la periodista Raffaella Notariale,

Sabrina Minardi le aseguró que ella misma se acostó varias veces con el "banquero de Dios", el obispo estadounidense Paul Marcinkus, presidente del Banco Vaticano.

—¿Con Paul Marcinkus...? —le preguntó Clara—. ¿Con el Gorila...?

Como un espejismo pareció presentarse ante nosotros Sabrina Minardi, una mujer realmente hermosa, como si nosotros fuéramos la periodista Raffaella Notariale cuando la entrevistó hacía cinco años.

—No saben cuántas chicas le llevaba yo al arzobispo Marcinkus —nos dijo. Miró hacia las silenciosas columnas.

—¿Prostitutas?

—El cura era muy directo —nos sonrió—. No le gustaban los preámbulos —y con las manos se apoyó sobre la banca.

—¿Marcinkus secuestró a Emanuela Orlandi?

La ex amante del jefe de la mafia Enrico de Pedis y del obispo Marcinkus pareció inclinarse sobre la banca. Nos miró en una forma muy traviesa.

—Yo estuve con él —y había en su gesto un aire de satisfacción—. Era un hombre que nos daba mucho miedo a todos. No te puedes echar para atrás en situaciones como ésa.

—¿Qué hacían con el dinero? ¿Adónde lo enviaban? ¿Cómo era la relación del Banco Vaticano con la mafia?

—La Banda della Magliana metía su dinero al Banco Vaticano. Lo hacía a través del Banco Ambrosiano, que pertenecía al propio Banco Vaticano. El presidente del Banco Ambrosiano era Roberto Calvi, también masón de la logia P-2, igual que el obispo Paul Marcinkus, igual que el secretario de Estado Jean Villot, igual que el banquero de la mafia Michele Sindona. Todos ellos eran de la logia P-2.

—¿Qué hacían con todo ese dinero? ¿Adónde lo enviaban?

Sutano Hidalgo me preguntó:

—¿Con quién hablas? ¿Sigues inyectándote morfina?

Miré hacia la hermosa Sabrina Minardi. Ella observó hacia el costado derecho de la nave. Comenzó a disolverse en la negrura hacia la gran columna de mármol de ocho lados.

—Es por allá —les dije—. Es en esa columna.

Observamos hacia el enorme pilar de ocho caras. Arriba decía "Hacia las Tumbas". Debajo había una gran reja de hierro. El hierro estaba oxidado.

Sutano lentamente se enderezó.

—Nos aproximamos hacia el culo del universo… —Recogió del suelo la linterna de fósforo. Comenzó a caminar hacia la puerta de rejas de hierro. La alumbró. Empezó a palpar los fierros. Vio hacia abajo: vio las piedras de una escalera de espiral. Nos dijo:

—El dinero lo metía la mafia al Banco Ambrosiano para lavarlo y luego transferirlo al Banco Vaticano. De ahí se transfería a empresas fantasma. A partir de ahí, por medio de cuentas sin nombre, que sólo eran un número del Banco Vaticano, protegidas por las cláusulas de secreto que sólo se aplican dentro del Banco Vaticano por su constitución de 1942, ese dinero sirvió por años para financiar una de las operaciones más negras y criminales de la historia humana.

Clara Vanthi abrió los ojos:

—¿Qué operación?

Sutano la miró por un segundo. Yo me le aproximé por el otro lado:

—Hace unos minutos me dijiste que me conoces desde antes de que empezara todo esto. Usaste estas palabras: "Yo soy el que dejó todo por venir a ti. Vengo a salvarte". ¿Quién eres?

Vi un destello. Sobre el rostro de Sutano Hidalgo observé al hombre borroso situado junto a las cortinas, junto al espejo, en la habitación de Jacksonville, Florida, el día de la muerte de Marcial Maciel. Escuché los gritos del sacerdote. Lo vi retorciéndose en la cama: "¡Digo que no! ¡Que no quiero los sacramentos! ¡Que no!" Oí los gritos de las dos mujeres que estaban llorando: "¡Traigan ya un exorcista! ¡Que venga un exorcista!"

—¿Tú eres el hombre de la CIA? —le pregunté a Sutano Hidalgo.

Me sonrió. En la oscuridad sus ojos brillaron en una forma misteriosa. Miró hacia arriba, hacia el techo. En la bóveda estaba san Apolinar.

—Te conozco desde antes de que empezara todo esto, Pío. Es verdad. Renuncié a todo para salvarte, para llegar contigo a la verdad.

—¿A la verdad…? ¿Cuál es la verdad?

—Tuve una primera mujer. Fue el monstruo fétido del que Satanás huyó cuando fue a refugiarse en el maldito Infierno —y me sonrió.

—No estoy jugando —le dije—. ¿Quién soy yo? ¿Es verdad lo que dicen que yo hice? ¿Cometí algún acto de pederastia? ¿Hice algo malo antes de que me aplicaran la morfina?

Vi un destello. Vi en el pasillo negro, en la casa de Jacksonville, en la habitación deformada a los seis hombres: los seis sacerdotes. Se me aproximó Iren Dovo, con sangre en las orejas. Me dijo:

—Lo que tú y yo hayamos hecho ya se lo llevó la morfina. Tú y yo somos ahora lo que ellos digan que somos. Somos una operación del gobierno.

Abrí los ojos. Sutano Hidalgo me dijo:

—Pío del Rosario: la respuesta sobre quién eres ya no debes buscarla en el pasado. El pasado ya no existe para nosotros. La respuesta sobre quién eres sólo la vas a encontrar en el futuro, en lo que estamos a punto de encontrar, y en lo que tú mismo vas a hacer para cambiarlo todo.

Con sus pinzas de jardinero trozó el pasador de la puerta de hierro. La empujó hacia dentro. Las bisagras crujieron. La puerta comenzó a resonar hacia las profundidades.

88

Lo primero que alumbró la linterna de gas fosforescente fue un extraño relieve en el muro: una figura humana con la cabeza de un sol. Sutano se quedó perplejo.

—Sol Invictus Deo...

Se llevó la mano a su bolsillo trasero. Extrajo una gran moneda dorada. Se la puso frente a los ojos. Era un dólar de oro.

—Esta moneda me la dio mi maestro, Ted Shackley, el Fantasma Rubio, director de operaciones de la CIA. Es de oro puro. Mi maestro fue un gran católico, de la parroquia Little Flower, de Bethesda. Siempre me dijo: "Mantén la calma bajo el fuego". Eso es lo que trato de hacer cada segundo de mi puta vida.

Bajo la luz fosforescente hizo girar la moneda de oro en el aire. Vimos el resplandor de la corona de rayos de la Estatua de la Libertad. Sutano lentamente acercó la moneda hacia el antiguo relieve del hombre-sol en el muro, que en la parte de abajo decía *Sol Invictus Deo*.

La corona que llevaba el hombre-sol era extremadamente parecida a la de la Estatua de la Libertad del dólar. Sutano agregó:

—Éste es el dios que los romanos tuvieron antes de que la de Cristo fuera la religión dominante del mundo. Se llamaba Mitra. Mitra no era ni siquiera un dios romano. Lo importaron desde Persia. Los persas lo trajeron a Europa, lo mezclaron con el dios romano del sol, Apolo, también llamado *Sol Invictus*. Durante tres siglos los cristianos y los mitraicos se pelearon a muerte por ser la religión del Imperio romano. Cuando este conflicto terminó, Jesús y sus Evangelios ya estaban mezclados con las historias persas de Mitra —y señaló hacia el otro lado del muro. Vimos en la pared a Jesús, sentado en un trono, con una corona de rayos saliéndole de la cabeza, muy semejante a la del Sol de Mitra—. Los cristianos no sólo no lo han sabido hasta ahora —y lentamente se llevó la moneda al bolsillo—. Nos deformaron a Cristo. Hemos vivido adorando una mentira. Igual que los estadounidenses.

Iluminó hacia abajo. Comenzamos a descender a las criptas. Nos llegó desde abajo, desde la negrura, un hedor de estanque descompuesto. El hombre Voxifer nos dijo:

—Desde este momento voy a ser para ustedes la voz de Santiago Camacho: "A partir del 20 de septiembre de 1978", cuando el papa Juan Pablo I tenía tres semanas de haber asumido el trono, "ya se rumoreaba en Roma que el papa se disponía a expulsar a algunos de los hombres más representativos de la Santa Sede". El secretario de Estado, Jean Villot, que fumaba dos cajetillas diarias de cigarros Galois, comenzó a fumar tres.

Sutano nos dijo:

—El 25 septiembre, dice el informe de Santiago Camacho, el papa Juan Pablo I llamó a sus aposentos, a una reunión confidencial, a Lino Marconato, director del Banco San Marco. Le dijo que se preparara para tomar la dirección del Banco Ambrosiano, que estaba a punto de correr al masón Roberto Calvi. "Tres días más tarde", el 28 de septiembre, fue la fecha elegida por el papa "para dar comienzo a la purga" con el apoyo de su amigo el diácono de la Basílica de Sant'Apollinare, el cardenal Pericle Felici.

Seguimos bajando las apretadas escaleras de roca iluminada con su linterna fosforescente. En la pared vimos imágenes del Mitra. Había un hombre con cabeza de león. También vimos la imagen de un ser humano con un gorro frigio que estaba arrancándose a sí mismo de una piedra, de la que estaba naciendo. Voxifer nos dijo:

—Voy a ser la voz de Santiago Camacho: "El primero en ser convocado al despacho del papa fue el cardenal Sebastiano Baggio". Sebastiano Baggio era el prefecto de la Sagrada Congregación para los Obispos y presidente de la Pontificia Comisión para América Latina. Había sido elegido por el papa Paulo VI.

Cincuenta años atrás, el cardenal achaparrado Sebastiano Baggio, de ceño fruncido y anteojos pesados, entró a la Capilla Sixtina en medio de cientos de luces y ante la presencia del delgado papa Juan Pablo I, bajo la colosal sombra del mural del Juicio Final pintado por Miguel Ángel.

—¿Es usted un masón? —le preguntó el Santo Padre.

En la oscuridad, el cardenal le sonrió de lado. Miró hacia la pared. Vio en El Juicio Final las figuras humanas que estaban flotando en el espacio, con trompetas en las bocas. Observó, en la parte de abajo, en la cueva del Infierno, al hombre deformado que había sido su antecesor hacía quinientos años, llamado también Baggio; tenía orejas de bestia y una serpiente mordiéndole el falo.

Le brilló un ojo. El Santo Padre lentamente se le aproximó. Entre los destellos de los candelabros le dijo:

—¿Cómo puede ser que un sacerdote como usted, un hombre de Cristo, sea al mismo tiempo un masón? —y lo miró fijamente—. ¿No conoce usted la Ley Canónica 2338, que prohíbe a los fieles de la Iglesia católica adherirse a la masonería? ¿Qué le hicieron al arzobispo ortodoxo Nikodim? ¿Lo envenenaron?

El cardenal no lo miró. Miró hacia el piso. Sonrió. Comenzó a balbucear en silencio. El papa Juan Pablo I le dijo:

—Cardenal Sebastiano Baggio, la encíclica *In Eminente*, del papa Clemente XII, me ordena excomulgarlo —y suavemente lo tomó del hombro—. ¿Quiere usted que haga eso?

El cardenal lo miró con odio.

—Señor Luciani: usted no sabe con qué poder se está metiendo. Usted no es el poder aquí.

Juan Pablo I empezó a caminar alrededor del hombre. Sebastiano Baggio tenía en las manos cuatro anillos; dos de ellos de la logia.

—No voy a excomulgarlo —le dijo el papa—. Le ofrezco una posibilidad más de perdón —y se detuvo—. Le ofrezco salirse ya de este palacio, y aceptar la diócesis de Venecia, que yo mismo ocupé hasta hace treinta y tres días. Ahora está sin patriarca.

El cardenal Sebastiano Baggio le sonrió con desprecio.

—¡No voy a cambiar esta ciudad, Roma, capital del mundo! —y comenzó a levantar los brazos. Miró hacia los inmensos frescos de la Capilla Sixtina—. ¿Usted cambiaría todo esto por una diócesis como Venecia? —y le sonrió—. ¡Aquí en Roma voy a seguir! ¡Y voy a organizar la conferencia de México, el congreso internacional de Puebla! ¡Ya está decidido! ¡Con su permiso! —y comenzó a alejarse.

El papa Juan Pablo se quedó perplejo. A su alrededor, sus jóvenes secretarios John Magee y Diego Lorenzi permanecieron inmóviles. Se miraron unos a otros. El oficial de la Guardia Suiza, por detrás del papa, le sonrió al cardenal. Miró hacia el piso.

El papa lentamente se aproximó a Sebastiano Baggio:

—¿Está usted desacatando la orden del sumo pontífice? ¡Yo soy el jefe de la Iglesia católica!

Sutano Hidalgo siguió bajando por la escalera espiral de roca. En las paredes vimos antiguos relieves de hombres persas, con largas capas de "superhéroes" y gorros frigios. Uno de ellos aparecía constantemente matando a un toro con un cuchillo, pisándole la espalda con la rodilla, metiéndole los dedos en los hoyos de las narices. Nos dijo:

—Santiago Camacho informa en su reporte: "El pontífice Juan Pablo mantuvo la calma. Despidió a Sebastiano Baggio y se fue a almorzar. Aquel cardenal arrogante, por razones egoístas, se negaba a acatar la decisión del papa. Era algo inconcebible. Tras una corta siesta, el papa dio un paseo por los corredores del palacio. A las 15:30 volvió a su despacho. Hizo algunas llamadas telefónicas. Llamó a Padua, al cardenal Pericle Felici, diácono de la basílica de Sant'Apollinare. Llamó también a Florencia, al cardenal Giovanni Benelli". Eran sus únicos amigos. Y llamó también a Jean Villot, el secretario de Estado, que era masón de la logia P-2. "Lo convocó a una reunión unas horas más tarde. A sus dos hombres de confianza les contó lo que acababa de suceder con Sebastiano Baggio." Esto es lo que informa el periodista británico David Yallop.

Cincuenta años atrás, en los Apartamentos Pontificios, el temible secretario de Estado, el francés Jean Villot, de cejas retorcidas y anteojos polarizados, caminó en forma perturbadora a través del largo comedor de cristales de Bavaria hacia la mesa donde estaba esperándolo el papa. Les sonrió a los hombres de la Guardia Suiza.

—¿Qué necesita de mí, Santo Padre? —le sonrió. Miró el reloj del muro: las 19:21 horas.

Juan Pablo I lentamente revolvió con la cuchara su té. Observó la espuma girando bajo los resplandores del techo. El brillo de la mesa se reflejó en sus delgados anteojos. Miró a su secretario de Estado. Villot lentamente entrecerró los ojos. Observó la taza del sumo pontífice.

—¿Le gusta el té, Santo Padre?

—Quiero que antes de veinticuatro horas usted anuncie mundialmente la destitución de Paul Marcinkus como cabeza del Banco Vaticano —le ordenó el papa.

El secretario de Estado se quedó tieso. Tragó saliva. Lentamente se llevó la mano hacia el bolsillo de la casaca. Sacó su dorada cigarrera. El metal resplandeció bajo la luz. Tomó un cigarro Galois. Se lo llevó a la boca.

—Su Santidad… El obispo Paul Marcinkus es importante en nuestra relación con Washington… Lo recomendó el cardenal Francis Spellman…

—Quiero que Paul Marcinkus se vaya de Roma —y el papa le quitó el cigarro de los labios—. Quiero que mañana antes de esta hora Marcinkus declare ante la prensa que se va de regreso a los Estados Unidos, de donde vino, y que va a permanecer allá, y que va a ser obispo auxiliar en Chicago. Usted anunciará que Marcinkus va a ser destituido del Banco Vaticano y que en su lugar va a entrar mi secretario de la Prefectura de Asuntos Económicos, monseñor Giovanni Angelo Abbo.

El cardenal Villot tomó otro cigarro de su dorado estuche. Se lo puso en la boca.

—Pero, Su Santidad,…

—Quiero que usted personalmente destituya del Banco Vaticano a todos los hombres de Paul Marcinkus: a Mennini, a De Strobel y a Donato De Bonis. Quiero que lo haga ahora mismo. Debe ser inmediatamente. ¿Está claro?

El cardenal Villot observó con detenimiento la taza de té de Su Santidad. Los filos de la cerámica destellaron bajo los candelabros.

—¿Inmediatamente, Santo Padre? —y lentamente se llevó el encendedor hacia el cigarro. Comenzó a chupar del cigarro como si fuera un popote, succionando hacia sí mismo la flama. El papa Juan Pablo le quitó el encendedor. Lo arrojó hacia el suelo.

—Los remplazos de estos subalternos los analizaré mañana con monseñor Giovanni Angelo Abbo. Quiero que todos nuestros vínculos con el grupo del Banco Ambrosiano terminen inmediatamente, especialmente con la logia Propaganda Due.

El poderoso secretario de Estado comenzó a darse la vuelta.

—Hasta pronto.

—No he terminado —le dijo el papa. Lo tomó por la manga—. Al cardenal Sebastiano Baggio lo quiero fuera de Roma. Quiero que usted mismo le ordene que tome la diócesis de Venecia. Es una orden.

—Está bien, Su Santidad —y el cardenal Villot miró hacia abajo.

—Una cosa más —le dijo el papa—. Quiero la inmediata sustitución de todos los hombres que pertenecen a la masonería —y miró en la mano del Villot el anillo que tenía un gorro frigio—. Quiero que destituya al cardenal Ugo Polleti, vicario de Roma, y que coloque en su puesto al cardenal de la basílica de Sant'Apollinare, Pericle Felici. Quiero que llame a Florencia y que traiga de regreso al cardenal Giovanni Benelli.

—Como usted diga, Su Santidad. Hasta pronto.

—No he terminado —y nuevamente lo jaló por la manga—. El cardenal Giovanni Benelli lo va a sustituir a usted como secretario de Estado del Vaticano. Usted está despedido.

Villot se quedó paralizado. Miró hacia los candelabros. Sonó una campanada. El cardenal Jean Villot, a través de sus anteojos polarizados, observó los relojes. Marcaban las 19:30 horas. Comenzó a sonreír para sí mismo. Empezó a murmurar: "El hombre del gorro frigio está empuñando su cuchillo, montado sobre un toro, cortándole el cuello al toro con el cuchillo. Renacimiento de Mitra".

Sutano Hidalgo alumbró hacia abajo. La espiral de rocas aún se prolongaba descendiendo hacia el subsuelo de Roma. Nos dijo:

—El papa Juan Pablo I caminó hacia su dormitorio. Entró a verlo la hermana Vincenza, su cocinera y ama de llaves.

—Aquí está la cena, Su Santidad —le sonrió ella. Colocó la charola de plata junto a la cama, en la pequeña mesa de trabajo llamada "Escritorio Barbarigo", el antiguo escritorio del papa Juan XXIII regalado a él por Giuseppe Dalla Torre en 1960. Encima del escritorio estaba la hermosa estatua negra de la Virgen de Fátima. A su lado, pegada a la pared, había una pesada caja fuerte de madera, cerrada con una combinación desconocida. En su placa de bronce decía: *Secretum Sancti Officii* o Secreto del Santo Oficio.

El papa observó los destellos en los filos de la placa de bronce de la caja de madera y tomó el auricular del teléfono.

—Quiero hablar con mi secretario John Magee —y colgó.

Con mucha lentitud observó los objetos que estaban en el dormitorio. En el muro vio la enorme fotografía en blanco y negro del milagro de Fátima. Era una gran muchedumbre, de miles de personas, viendo hacia el cielo, hacia un sol que se había distorsionado. Algunas aparecían tapándose los ojos. Debajo decía: "Milagro del Sol. Fátima, octubre 13, 1917. Aparición de Nuestra Señora".

Sonó el teléfono. El papa tomó el auricular.

—Buenas noches.

—Soy John Magee, Su Santidad. ¿Puedo ayudarlo en algo? ¿Resultó bien su encuentro con el secretario de Estado? ¿Aceptó la orden?

El sumo pontífice miró hacia la pared.

—John, tú has estado conmigo desde Venecia. ¿Alguna vez has averiguado con alguien quién tiene la combinación de la caja fuerte que está aquí en el dormitorio de los papas? —y suavemente acarició la caja.

—No, Su Santidad. Me parece que el papa Juan XXIII no dejó a nadie la combinación para abrirla, ni siquiera a su secretario personal, Loris Francesco Capovilla. El papa Paulo VI también tuvo problemas para abrirla. Me parece que no se ha abierto.

Juan Pablo I lentamente observó por los lados la gran caja de madera.

—¿Está usted bien, Su Santidad?

El papa volvió a ver el letrero de la placa de bronce. Relució bajo la luz del techo: *Secretum Sancti Officii*. Suavemente comenzó a palpar por los costados el objeto cuadrado. Al lado de la caja vio a la Virgen de Fátima. La miró por unos segundos. Soltó la caja. Dulcemente besó a la Virgen en la cabeza. Cerró los ojos. El sacerdote irlandés, secretario de Luciani, le dijo:

—¿Todo bien, Su Santidad? ¿Logró hablar con el cardenal Villot? ¿Aceptó sus instrucciones? Ya tengo en camino hacia acá al cardenal Pericle Felici. Ya está listo para sustituir al cardenal Ugo Polleti. También viene hacia acá el cardenal Giovanni Benelli, su nuevo secretario de Estado. Está listo para la transferencia del cargo. Mañana será un gran día, Su Santidad. Mañana comienza en verdad su pontificado. Ya inicié la averiguación con el forense para investigar el infarto del metropolitano Nikodim. No vamos a dejar que esto quede así. Va a haber justicia.

—John, yo me voy a marchar.

El irlandés Magee tragó saliva.

—¿Perdón…? —y se levantó de su asiento.

—El que estaba sentado frente a mí en el cónclave, en Capilla Sixtina, hace treinta y tres días, cuando yo fui elegido, él es el que ahora va a ocupar mi lugar.

El joven irlandés se quedó inmóvil.

—¿Cómo dice, Su Santidad?

En su mente recordó a un hombre rubio, fuerte, joven. Estaba sentado frente a Albino Luciani durante las deliberaciones.

—¿El polaco? ¿Se refiere al cardenal Karol Wojtyla? ¿Quién está diciendo esto?

El papa se volvió hacia el hombre que estaba sentado al otro lado de la cama, su consejero teológico, don Germano.

—¿Por qué estás diciendo esto, Albino Luciani? —le preguntó el hombre.

El delgado papa miró hacia la ventana.

—Hace más de un año, el 11 de julio de 1977, hicimos una peregrinación desde Venecia hacia Fátima —y comenzó a entrecerrar los ojos—. Visité el convento de Coímbra, donde tienen enclaustrada a la hermana Lucía.

—¿Te permitieron hablar con ella? Entiendo que no permiten a nadie hablar con ella.

—Pude hablar con ella. Me dejaron entrar a su celda. Ella misma había pedido específicamente hablar conmigo. Por eso fuimos a Coímbra.

El asesor teológico lentamente se levantó.

—¿Qué te dijo ella? —y miró hacia la gran fotografía del milagro del sol en Fátima. El papa miró hacia el piso, extrañado.

—Lo que Lucía me dijo me ha turbado durante un año entero. Me ha quitado la paz, la tranquilidad espiritual. Desde aquel día no he olvidado jamás a Fátima —y lo miró a los ojos.

—¿Qué te dijo?

—Ahora la previsión de la hermana Lucía se ha cumplido. Estoy aquí. Yo soy el papa —y le sonrió—. Yo fui elegido antes de que empezara todo esto. Ya hay uno que va a tomar mi puesto. En el cónclave estaba sentado frente a mí. Es el cardenal Karol Wojtyla.

En las cámaras subterráneas debajo del Templo de Sant'Apollinare, Sutano Hidalgo alumbró hacia el negro y claustrofóbico pasillo de rocas irregulares. A los lados vimos dos hileras de esqueletos cubiertos con mantas de mármol. Parecieron inclinarse hacia nosotros, por el centro, formando un arco de muerte con sus cabezas apuntadas en nuestra dirección. En sus cabezas tenían coronas de plata con los rayos de Mitra.

—Esto me da ñáñaras —nos dijo la bella Clara Vanthi. Caminó girando su cuerpo para evitar los esqueletos. Se frotó sus delgados brazos. Sacudió las manos. Sutano nos dijo:

—El investigador César Cervera, de *El Correo*, ha investigado sobre todo esto. Ha tenido acceso a los registros del padre John Magee. Todo lo demás es secreto. Después de la llamada de Juan Pablo I con John Magee, el papa encendió la televisión. Se recostó en la cama. Comenzó a reír. Vincenza lo vio reír. El programa de la televisión lo estaba divirtiendo. Ella misma le sonrió. Cerró la puerta.

—Buonanotte, Sua Santita —le dijo Vincenza.

—En el buró del papa, Vincenza vio un frasco extraño. Nunca antes lo había visto ahí. Decía "Efortil Vasodiatador".

Sutano empezó a caminar hacia el fondo del pasillo. Vimos al final del corredor un portal entre dos grandes columnas de diseño romano.

Lo que había más adelante estaba completamente oscuro. Olía a flores podridas, a agua con plantas podridas.

—El altar debe de estar allá adelante —y señaló con su linterna fosforescente. Las columnas del portal tenían ramas de mármol. Salían de sus estrías—. Si todo lo que nos han dicho hasta ahora es correcto, estamos a punto de llegar al espacio que fue protegido, o bien por el último amigo del papa Juan Pablo I, el cardenal de esta basílica, Pericle Felici, o bien por los masones de la logia P-2 que tomaron el control de este templo cuando murió Pericle Felici en 1982. En cualquier caso —y nos sonrió—, nos aproximamos hacia el culo del universo.

Siguió avanzando entre los esqueletos de mármol.

Clara se colocó junto a mí. Muy discretamente me tomó de la mano. Mi corazón comenzó a palpitar.

El hombre llamado "Voxifer", por delante de nosotros, nos dijo:

—El doctor Renato Buzzonetti entró horas después al dormitorio del papa Juan Pablo I. En su dictamen médico registró que el infarto ocurrió a las 23:00 horas. Cuando Vincenza entró, el papa Juan Pablo I estaba con los ojos abiertos, con la luz encendida, con una sonrisa en la cara, sentado, con tres cojines en la espalda. En su mano tenía un papel enrollado. El segundo secretario del papa, Diego Lorenzi, le tapó la cara. Se colocó junto al cadáver. Le llamó la atención el papel enrollado que el Santo Padre tenía en la mano. Bajo la luz de las lámparas, Lorenzi tomó el documento enrollado. Con mucho cuidado lo extendió. Tenía letras con caracteres rusos. Decía:

"Programa Ordo 400. Infiltración masónica del Vaticano. Destrucción interna de la Iglesia católica". Y abajo: "Acción encubierta para activar terrorismo y desestabilización en las naciones. Operación Ordine Nuovo".

El secretario Diego Lorenzi miró hacia las ventanas.

—Diablos, no… —y miró de nuevo el papel—. ¿Nikodim…? ¿Éste es el mensaje del patriarca de Rusia…?

En forma imperiosa entró a la habitación el secretario de Estado, el cardenal de las cejas retorcidas, con sus anteojos polarizados: Jean Villot, miembro de la logia masónica P-2. Entró gritando:

—Dejen aquí todo —les ordenó a Vincenza y al secretario Lorenzi. A él le dijo—: Dame este maldito papel —y se lo arrebató de las manos—. Denme ese frasco que está sobre la mesa. Denme los lentes del papa. Desde este instante les impongo a ustedes el voto de secreto, so pena de excomunión y de encarcelamiento. Están bajo la jurisdicción de la Signatura Vaticana.

En ese momento entró el enorme y fornido presidente del Banco Vaticano, el "gorila" Paul Marcinkus, con dos bultos de sábanas. Olía a perfume de prostituta.

De su sotana, el cardenal Villot sacó un pequeño y reluciente martillo de acero. Lentamente se aproximó al Santo Padre. Se arrodilló delante de él. Se colocó frente a su rostro. Lo miró a los ojos por unos segundos.

—Hola, Albino Luciani, ¿estás muerto? —y suavemente le sonrió. Con el martillo lo golpeó en la frente.

89

Caminamos por debajo del umbral romano, entre las columnas con ramas de mármol. Era un arco. Delante de nosotros vimos una gran mampara oscura: una gran lápida. También era de mármol. Decía "Ordine Nuovo. Ordo 400". Nos aproximamos.

Tenía esculpida una gran calavera con las cuencas deformadas hacia abajo. Alrededor del cráneo vimos los trazos rectilíneos de una esvástica.

—Dios mío... —les dije—. Todo esto es horrible —y en mi mano sentí los sudorosos dedos de la bella Clara Vanthi. Ella me apretó la mano.

La piedra tenía mucho polvo. Sutano Hidalgo comenzó a limpiarla con su palma. Se escupió en la mano y limpió el rostro de la calavera.

—¿Qué me ves? —le preguntó al relieve.

Debajo vimos siete símbolos alineados horizontalmente: un cuervo, un hombre con cabeza de león, una luna con ojos, un hombre con cabeza de sol, un gorro frigio, una cabeza con una corona de rayos semejante a la de la Estatua de la Libertad y una mano.

Más abajo había un listado:

Logia Masónica Propaganda Due
G. M. Licio Gelli
Código masónico: *Ordo 400*
Iniciación en la logia: 28 de marzo de 1965.
Cardenal Sebastiano Baggio
Código masónico: Seba
Iniciación en la logia: 14 de agosto de 1957.

Cardenal Agostino Casaroli

Código masónico: Casa

Iniciación en la logia: 28 de septiembre de 1957.

Cardenal Paul Casimir Marcinkus

Código masónico: Marpa-43-649

Iniciación en la logia: 21 de agosto de 1967.

Cardenal Ugo Poletti

Código masónico: Upo-32-1425

Iniciación en la logia: 17 de febrero de 1969.

Roberto Calvi, Banca Ambrosiana

Código masónico: Il Cavalieri

Inicación en la logia: 23 de agosto de 1975.

Michele Sindona, financiero de la mafia

Código masónico: Squalo-1612

Iniciación en la logia: 13 de agosto de 1964.

Sutano alumbró hacia abajo. Había más de cien nombres.

—Al parecer, el único que no era masón dentro del Vaticano era el propio papa Juan Pablo I —y miró hacia un lado. Con la linterna iluminó hacia un espacio oscuro, con paredes de mármol verde. Empezó a caminar hacia esa dirección. Le dije:

—No puedo creer que todo esto sea cierto. Quiero decir: ¿por qué la gente no lo sabe?

—Demasiada gente lo sabe —me dijo—. El que tú no lo sepas sólo revela que tú no lo sabes —me sonrió—. Y esto es lo increíble. Lo increíble es que el pueblo mismo no lo sepa. Pero así ha ocurrido siempre en cualquier situación que tenga que ver con el poder y el complot. Los pueblos deben ser engañados, con mentiras y con realidades teatrales: aventuras falsas en mundos falsos paralelos a éste, como las que te hacen tragar en el cine, en los cómics y en la televisión, o en tu ordenación como sacerdote. La verdad es para unos pocos, los que pueden cambiar el mundo —y miró hacia Clara Vanthi.

El hombre que se llamó a sí mismo Voxifer o portavoz nos dijo:

—Apud te Voxifer ero —y me miró—. Para ustedes ahora yo soy la voz del periodista Santiago Camacho. El cónclave para sustituir a Juan Pablo I después de su asesinato por envenenamiento "comenzó el 15 de octubre de 1978. El favorito era el cardenal Giovanni Benelli," que era amigo del papa muerto. Él y Pericle Felici eran los únicos cercanos al papa que no formaban parte de la logia P-2. "Benelli estaba dispuesto a seguir con las reformas de Juan Pablo I, pero le faltaron nueve votos para alzarse como sumo pontífice. El vencedor resultó un candidato de compromiso, el cardenal polaco Karol Wojtyla, el polo opuesto de las ideas de Juan Pablo I."

—¿*Polo opuesto…?* —le preguntó Clara Vanthi.

—"Si realmente la muerte de Juan Pablo I fue fruto del asesinato, a los conspiradores todo les había salido a pedir de boca." Ésta es la voz de Santiago Camacho.

Sutano Hidalgo elevó la linterna. Nos dijo:

—Yo también voy a ser ahora la voz de Santiago Camacho, así como la de George Weigel: "La elección del polaco Karol Wojtyla como nuevo papa cogió por sorpresa a todos. Un desconocido subió al trono de san Pedro" —y me miró a los ojos—. Hoy es imposible concebir esto, porque Juan Pablo II se convirtió en una de las figuras más famosas de toda la historia. Cuando votaron por él, el mundo nunca había escuchado de su existencia. "El cardenal de Viena Franz König, al entrar en el cónclave el 14 de octubre de 1978, le preguntó al arzobispo primado de Polonia, el cardenal Stefan Wyszynski: ¿Y si el próximo papa fuera un polaco?"

El 14 de octubre de 1978, debajo de la imponente bóveda de la Capilla Sixtina, el cardenal polaco Stefan Wyszynski, de setenta y siete años, comenzó a sonreír. Se llevó las manos al pecho:

—¡Dios mío…! ¡Yo…? —y miró hacia el techo. Por sus mejillas comenzaron a rodar dos lágrimas—. ¿Te parece que yo debería acabar en Roma, como pontífice? Qué gran honor, si Dios me está llamando… —y con los ojos cerrados le sonrió a Dios. Sintió un resplandor en el rostro—. Podríamos usar a mi amada y oprimida Polonia, que ahora está bajo el horroroso yugo comunista de la Unión Soviética. Polonia será la trinchera católica del mundo para rebelarse contra el comunismo, contra el ateísmo; para derrumbar a la diabólica Unión Soviética. Así cumpliremos la segunda promesa de Fátima, la conversión de Rusia —y lentamente abrió los ojos—. Mi elección supondría un triunfo sobre los comunistas.

—No me refiero a ti —le dijo el conspicuo Franz König. Lo tomó por el hombro. Lo hizo girar hacia el joven y delgado cardenal rubio Karol Wojtyla, que también era polaco.

—Oh… ¿Él…?

—Necesitamos a un polaco joven. Tú tienes casi ochenta años. Él puede ser la espada en la trinchera.

—Oh, claro… ¿Karol? Pero… Karol es demasiado joven. Es un completo desconocido —y lo miró atentamente—. Nunca podría ser papa.

El cardenal König lo tomó por el antebrazo:

—Ya está decidido.

Afuera de las murallas de Roma, dentro de los monumentales arcos mojados del Ponte Vittorio Emanuele II, salpicados por el río Tíber, dos empleados de mantenimiento se pegaron a los monitores de seguridad. Comenzaron a reportar en ruso, hacia los intercomunicadores:

—Operación Pagoda. Ya está empezando la tercera ronda de votos. Tenemos tres micrófonos ocultos dentro de los zapatos de tres cardenales amigos. Ígor Ivanovich ocultó dos dentro de una estatua de la Virgen.

—¿Qué está sucediendo?

—El cardenal König probablemente está trabajando para los Estados Unidos. Tenemos indicios de que el señor Brzezinsky, de origen polaco, que es el asesor de seguridad nacional del presidente Carter, tiene tratos con el cardenal estadounidense John Krol para manipular este cónclave. Krol también es polaco. Hace seis años organizó la gran peregrinación a Polonia, con ciento cincuenta mil personas. Quieren hacer un levantamiento en Polonia contra nosotros. Van a elegir a un papa polaco para comandar el levantamiento.

Dentro de la Capilla Sixtina, el imponente cardenal Stefan Wyszynsky se aproximó con majestuosidad hacia el joven cardenal Wojtyla. Suavemente le apretó el antebrazo:

—Querido Karol, mi gran alumno —y comenzó a negar con la cabeza—. Si te eligen a ti, acéptalo. König y yo daremos aquí los discursos para que tú tengas tu victoria —y le guiñó un ojo.

En las criptas de la basílica de Sant'Apollinare, el hombre llamado Voxifer nos dijo:

—El 15 de marzo de 2005, el periodista Jason Horowitz publicó un artículo fundamental sobre esta conexión, que hasta entonces nunca se había divulgado de esa forma: "El cardenal Franz König fue ampliamente acreditado por haber jugado un papel decisivo en la nominación del cardenal Karol Wojtyla". El KGB aseguró que el político polaco-estadounidense Zbignew Brzezinsky operó secretamente por medio del cardenal Krol, estadounidense, para convencer a König de influenciar las votaciones. El vocero de la Secretaría de Estado de los Estados Unidos, Alan Romberg, negó todo esto. Dijo que el supuesto memorando escrito por el doctor Brzezinski era una mentira de los soviéticos. Según Camacho, en el sexto escrutinio del cónclave, el 16 de octubre de 1978,

Karol Wojtyla obtuvo sólo once votos, pero en el séptimo obtuvo cuarenta y siete, y en el octavo, noventa y nueve.

—¡Vaya ascenso! —le dijo Clara Vanthi.

—Fue la acción de Franz König —continuó Sutano Hidalgo—. Camacho dice: "El nombre de Wojtyla fue acogido con la máxima sorpresa por los presentes. Más sorprendente aún que el hecho de ser un desconocido, era el que se tratase de un cardenal de nacionalidad polaca. Incluso para los propios cardenales polacos, la elección lógica habría sido el cardenal Wysynski".

Sutano avanzó entre las paredes de mármol traslúcido de color verde. En el muro vimos los relieves de caras romanas: muecas extrañas, sonrisas diabólicas con cuernos.

—Como fuera —nos dijo—, ese mismo lunes 16 de octubre el cardenal Pericle Felici, amigo del papa muerto Juan Pablo I, salió al balcón con la cara consternada y gritó: "Habemus papam, Carolus Cardinalem Wojtyla". Karol Wojtyla se volvió papa. El periodista Victor Sebestyen ha analizado partes de este evento que han sido prácticamente desconocidas para el mundo:

En el centro de Moscú, Rusia, dentro del rojo palacio del Kremlin, el director del KGB, Yuri Andrópov, silenciosamente arrugó un papel entre sus dedos.

—Wojtyla representa una amenaza para la seguridad de la Unión Soviética.

Le trajeron un teléfono descolgado:

—Es nuestro embajador en Polonia.

Yuri Andrópov tomó el auricular:

—Aristov, ¿cómo pudo suceder esto? ¿Cómo permitiste la elección de un ciudadano de un país socialista como papa?

Le trajeron más documentos:

—Están llegando estos reportes de nuestro ministro de Defensa en Polonia, el general Wojciech Jaruzelski. En 1963, cuando Wojtyla fue arzobispo en Cracovia, la policía secreta polaca Sluzba Bezpieczenstwa reportó que dio sermones subversivos contra el régimen soviético.

—Demonios. ¿Por qué no lo detuvieron ahí? ¡Ahora es el maldito papa!

Borís Aristov, desde Varsovia, Polonia, le dijo por el teléfono:

—Sé que hubo manejos políticos en el Vaticano para la elevación de Wojtyla.

Le acercaron a Yuri Andrópov otro teléfono.

—Señor Andrópov, es de Varsovia. Es su jefe del KGB en Polonia, Vitali Pavlov.

Andrópov tomó la bocina.

—¿Vitali?

—Wojtyla tiene visiones extremas contra el comunismo. No se ha opuesto abierta y directamente al sistema socialista, pero ha criticado la forma en la que funcionan nuestras agencias del Estado del pueblo soviético.

Yuri Andrópov comenzó a cerrar los ojos.

—Nuestro arzobispo Nikodim ya había logrado nuestra paz con Roma. Sólo Roma puede mediar nuestra paz con los estadounidenses. Si ellos colocan ahora a un hombre de guerra para provocarnos, van a iniciar la escalada de esta guerra por el mundo, y nada va a poder detenerla.

En el muro miró las fotografías de sus potentes misiles nucleares Kosmos. De nuevo cerró los ojos. Su director delegado, Viktor Chebrikov, suavemente le puso la mano sobre el hombro:

—Camarada Andrópov, esto es un golpe maestro de los estadounidenses. Indudablemente van a levantar una insurrección desde Polonia. Van a utilizar a los católicos.

En el Vaticano, el joven papa Juan Pablo II, rodeado por los cardenales John Krol y Franz König, no perdió el tiempo. Ya vestido de blanco, suavemente los tomó por los brazos.

—Quiero que organicen de inmediato una visita mía a Polonia. Vamos a alborotar a la gente —y le sonrió a un hombre estadounidense que estaba sentado en una silla, un individuo con anteojos llamado el Fantasma Rubio.

En Moscú, dentro del KGB, Yuri Andrópov le tomó el antebrazo a su amigo Viktor Chebrikov:

—Esto es un fracaso mío. Esto es un desastre que se ha desencadenado contra los intereses del dominio soviético en el mundo —y de nuevo miró hacia los misiles Kosmos.

Pisos arriba, en la majestuosa oficina roja de la Secretaría General del Partido Comunista, tachonados de estrellas doradas sus muros de terciopelo, el poderoso secretario, jefe de Estado de Rusia —también llamada Unión Soviética—, el severo y mal encarado Leonid Brézhnev, con sus erizados cabellos relamidos hacia atrás y la boca fruncida hacia abajo, le dijo a su camarada Edward Gierek, cabeza del Partido Socialista en Polonia:

—¡No permitan esta maldita peregrinación a Polonia! ¡¿Qué demonios es esto?! ¡Amurallen Polonia!

—Pero, señor Brézhnev, no podemos rechazar esta visita del nuevo pontífice católico a Polonia. Los polacos son demasiado católicos. Si detenemos o impedimos esta visita, eso es lo que va a desencadenar el levantamiento. Sería un problema social —y suavemente lo tomó por el brazo—. Éste es su papa. Ellos lo están pidiendo ya, a gritos, en las calles. Lo sienten su victoria —y le sonrió.

Brézhnev se quedó inmóvil. Miró hacia el piso. Miró hacia el panel luminoso de la pared. Era un gigantesco mapa de la Tierra, con alarmas luminosas en lugares como Afganistán, Nicaragua y Camboya.

—Toma mi consejo —y lo señaló—. No le den a este papa ninguna recepción en Polonia. Eso sólo causaría problemas. Haz todo con cuidado. Esto podría ser el principio del fin.

—Camarada Brézhnev —le susurró Gierek—, la elección de este nuevo pontífice podría ser una obra más de la conspiración masónica P-2, del programa Ordo 400 —y observó el mapa del mundo—. Ellos están diciendo a los católicos que la infiltración masónica somos nosotros.

90

Sutano Hidalgo llegó hasta el muro de mármol de color verde. Iluminó las vetas con la lámpara fosforescente. Vimos un muy grande símbolo en la pared: una X grabada en el mármol. Debajo decía: "O Gladio Natus. Ordine Nuovo. Ordo 400".

Nos volteamos a ver. Observé los hermosos ojos verdes de gata de Clara. Pensé: "Estás tan bella". Cerré los ojos. Me dije: "Sacerdotalis caelibatus. Sacerdotalis caelibatus. Sacrae sisciplinae leges".

Abrí los ojos. Ella me estaba mirando. Me sonrió. Comenzó a negar con la cabeza. Pensé: "Te amo".

El hombre Voxifer nos dijo:

—En su informe, Santiago Camacho dice: "Juan Pablo II pronto demostró que estaba lejos de continuar la obra de su antecesor. Ni una sola de las reformas de Juan Pablo I se hizo realidad". El cardenal Villot, masón de la logia Propaganda Due o P-2, "volvió a ocupar el cargo de secretario de Estado" y fue aún más poderoso de lo que había sido hasta entonces. Agostino Casaroli, también masón de la logia P-2, continuó en su cargo y fue ascendido a prosecretario de Estado junto a

Villot. Marcinkus, igualmente masón de la logia P-2, siguió al frente del Banco Vaticano, y Roberto Calvi, en el Banco Ambrosiano, siguió dedicándose al fraude en gran escala" con dinero que la mafia italiana lavó e introdujo al sistema del Banco Vaticano para operaciones secretas de la operación Ordo 400 y de Ordine Nuovo.

Clara entrecerró los ojos:

—¿Qué operaciones?

Sutano Hidalgo le dijo:

—"Los mismos que habían hecho imposible el pontificado de Juan Pablo I", ahora eran los hombres de confianza de Karol Wojtyla. Esto es el reporte de Santiago Camacho.

Con las manos, Sutano palpó el frío mármol de color verde.

—Eric Frattini confirma estos mismos datos: en cuanto Juan Pablo II asumió el trono derogó la ley antimasónica de Clemente XII, de 1738. Sólo uno de sus hombres de confianza se le opuso: el alemán Joseph Ratzinger.

Clara abrió los ojos:

—¿Joseph Ratzinger? ¿El que acabó siendo Benedicto XVI? ¿El que renunció?

—Ese mismo, bella —le sonrió Sutano.

"¿Bella?", me pregunté.

—Oye, amigo —lo señalé. Todos me miraron. Lentamente bajé la mano. Tragué saliva. Sutano nos dijo:

—Por presión económica del ministro Bettino Craxi, que también era miembro de la logia P-2, "el papa Juan Pablo II derogó la ley que establecía la excomunión inmediata a todo masón. El único que se opuso a ello fue el cardenal Joseph Ratzinger, prefecto de la Congregación para la Doctrina de la Fe". Según Sabrina Minardi, la amante del padrino de la mafia Magliana de Roma Enrico de Pedis, y amante también del obispo masón norteamericano Paul Casimir Marcinkus, como ella lo reveló en su entrevista con la periodista Raffaella Notariale, el dinero que el Banco Vaticano lavó todo ese tiempo, durante el pontificado de Juan Pablo II y bajo la dirección de Paul Marcinkus, se utilizó entre otras cosas para financiar operaciones secretas, como la guerrilla de los *contras* de Nicaragua y las acciones del partido político rebelde Solidaridad en Polonia, para provocar un levantamiento católico contra los comunistas que tuviera apoyo en los medios de comunicación mundiales. Este partido, junto con los apoyos que recibió de los Legionarios de Cristo, fue lo que acabó derrumbando a la Unión Soviética.

Con susurros, el *Voxifer* del jurista Raúl Domínguez nos dijo:

—Esto significó algo extremadamente importante para los católicos en todo el mundo: el cumplimiento de la llamada "segunda promesa de Fátima". Cuando en 1917 la Virgen María se le apareció a la niña Lucía Dos Santos, le dijo tres "secretos", que Lucía fue revelando a través de los años. El 31 de agosto de 1941 dio a conocer por primera vez en forma documentada las dos primeras partes de la revelación. La segunda hablaba específicamente de Rusia: "Habré de venir a pedir la Consagración de Rusia para mi Inmaculado Corazón. Si mi requerimiento es cumplido, Rusia será convertida, y entonces habrá paz. Si no, Rusia esparcirá sus errores a través del mundo. Habrá guerras y persecuciones contra la Iglesia. Varias naciones serán aniquiladas. Al final, mi Inmaculado Corazón triunfará. El Santo Padre habrá de consagrar a Rusia para mí, y Rusia será convertida, y habrá un periodo de paz para el mundo".

Todos sentimos un alivio. Clara le preguntó:

—Entonces ¿la mafia Magliana y los Legionarios de Cristo trabajaron para la Virgen? ¿Y también los masones? —y me miró en forma traviesa. En la oscuridad comenzó a emerger, entre los muros de mármol, la figura de la hermosa mujer de Enrico de Pedis, la bella Sabrina Minardi. Sentimos una fría brizna de aire en nuestras piernas. Lentamente se movió hacia nosotros, como si ella misma fuera de mármol.

—Detrás de todo esto está el obispo Marcinkus —nos dijo. Nos sonrió. Se volvió hacia Sutano Hidalgo—. Investiga al hombre que recomendó al obispo Marcinkus con el papa Paulo VI. Todo esto lo investigaron Peter Hebblethwaite y Massimo Franco. Búscalos. El que recomendó a Marcinkus fue el obispo Francis Spellman, de los Estados Unidos. Francis Spellman fue el túnel secreto entre Washington y el Vaticano. Investiga la Operación Gladio.

Comenzó a disolverse.

—Diablos, ¿vieron esto? —les pregunté a todos. Señalé hacia la mujer. Se estaba desfigurando en la oscuridad.

—¿De qué hablas? —me dijo Sutano.

En la negrura la mujer de mármol miró hacia el lado derecho del pasillo, hacia una tumba en las tinieblas. En verdad era una estatua. Nos volvimos hacia esa dirección. Sutano alumbró hacia allá con la linterna. Vimos la tumba. La roca de color blanco tenía la forma de una pequeña casa, con techo de triángulo. Tenía en el centro del triángulo una X de bronce. Era el antiguo signo del cristianismo: la cruz llamada "Chi Rho", la unión de las letras griegas X y P, primeras letras de la palabra

Xpistos, Cristo, también llamada signo de Constantino. Debajo decía en letras grandes ENRICO DE PEDIS.

Comenzamos a acercarnos.

—Diablos… ¿Ésta es la tumba de Enrico de Pedis? ¿El jefe de la mafia? ¿Aquí, en una iglesia católica, está la tumba de uno de los jefes de la mafia…?

Lentamente me le puse a un lado:

—Al parecer, sí trabajó para la Santísima Virgen —y con gran devoción me persigné.

Sutano se colocó frente a la cripta. Tocó el mármol:

—No sólo eso. Ésta es la tumba que está justo debajo del altar de esta basílica. Estamos justamente debajo del altar —y miró hacia arriba—. Es como si la basílica misma estuviera dedicada a este hombre, Enrico de Pedis —y de nuevo miró hacia el signo de Constantino—. Ésta no es una tumba. Es una puerta —y con la mirada comenzó a buscar alrededor, en los muros, en el piso—. En 2012 vinieron oficiales de la policía para revisar esta tumba. La población de Italia pensaba que aquí iban a encontrar los restos de la chica de quince años a la que Paul Marcinkus y la mafia secuestraron en 1983, Emanuela Orlandi, hija de uno de los hombres del Banco Vaticano. Los huesos que encontraron aquí dentro no fueron los de la chica, sino los del mismo Enrico de Pedis, que fue asesinado por su propia banda en 1990, tal vez por orden del mismo Marcinkus, igual que antes asesinaron al periodista Mino Pecorelli, autor de la lista de masones que inició todo. Los huesos de Enrico de Pedis se los llevaron al laboratorio del Instituto di Medicina Legale della Sapienza para hacerles estudios de ADN. Ya no están en esta tumba.

—Diablos —le dijo Clara—. ¿Entonces qué hay dentro de esta tumba? ¿Está vacía?

Sutano observó, a un lado del sepulcro, una ancha estatua de mármol.

—Insisto, es una puerta.

La estatua que vio era de un santo, san Apolinar. Lentamente se inclinó hacia ella. La acarició.

—Quisiera ser un santo inútil como tú —le dijo.

Con mucha violencia la tomó entre sus manos. La estrelló contra la tumba de Enrico de Pedis. El mármol se partió por en medio. Sutano arrojó la estatua rota hacia el suelo. Como un poseído, comenzó a arrancar los pedazos de la tumba.

—¡Ayúdenme, miserables! —nos gritó—. ¡Ésta es la puerta hacia el complot más real y más maldito que ha existido en el mundo! ¡Detrás de todo esto hay una red de terrorismo que sigue existiendo y está amenazando hoy mismo al nuevo papa!

91

En Ghouta, Siria, 12 cohetes con capacidad cada uno para 50 litros de explosivo se estrellaron contra las áreas de vivienda Zamalka y Ein Tarma. Los estallidos levantaron una bola de fuego e hicieron llover tierra mezclada con el compuesto neuroquímico sarín. Pedazos de casas empezaron a caer desde el cielo.

El viento químico se arrastró como un ciclón hacia las construcciones. Tres mil personas empezaron a respirar el gas neurotóxico. El sarín se metió a sus células. Comenzó a destruir las moléculas de acetilcolinesterasa. Los esfínteres se les soltaron. Empezaron a defecar, a caer al suelo; a sufrir contracciones en el piso. Los músculos dejaron de recibir impulsos eléctricos, incluyendo los pulmones.

—Asfixia —le dijo un hombre a otro dentro del Vaticano—. Ghouta está en manos de los rebeldes que se oponen al gobierno de Siria. En Ghouta reciben el armamento que les llega desde Jordania, y que les están enviando secretamente los norteamericanos.

—*Los norteamericanos...* —dijo el otro hombre, en la oscuridad. Era el papa Francisco.

—Ésta es una guerra contra Vladimir Putin, de Rusia. El propio Putin lo ha dicho a Moskovsky Nóvosti y está documentado en los reportes de Patricia Lee Wynne —y le acercó un documento: "Mi antecesor permitió que derrocaran a Gadafi en Libia. Rusia fue afectada. Nuestras compañías perdieron posiciones trabajadas durante décadas. El caso de Siria es mucho más delicado, absolutamente estratégico para Rusia. Siria no es un país exterior y despoblado, como Libia. Siria es un lugar donde se cruzan todos los poderes geopolíticos en el Medio Oriente. Aquí todo está en juego. Ellos quieren que Siria caiga en otra guerra civil que se prolongue por años, como Afganistán".

El papa señaló hacia el documento:

—¿Se refiere a los estadounidenses?

—"La base ahora" —siguió leyendo el sujeto—, "en nuestra política exterior como rusos es la siguiente: no permitiremos que el escenario de Libia se repita en Siria".

Y lentamente plegó el documento.

—Lo que esto significa —le dijo al papa— es que va a ser una guerra a muerte. Ninguna de las dos potencias va a soltarle a la otra el control de Siria. Las dos potencias van a jugarse todo. Van a destruir a Siria. Después de esto el conflicto va a continuar con Irán, y por Ucrania. Se está repitiendo la Guerra Fría.

El papa miró hacia la ventana, hacia el muro de la basílica de San Pedro. Cerró los ojos.

—¿Por qué hay maldad en el mundo? —le preguntó a su mamá, Regina María Sivori Gogna, de cuarenta años.

La joven mujer le sonrió a su hijo de dieciséis y le acarició la cabeza.

—Siempre voy a estar contigo. Nunca me iré —y en sus manos le puso un vaso transparente con dulce de leche—. La muerte es sólo el principio de la vida.

—¿Por qué dices eso, mamá?

El chico comenzó a correr sobre la hierba, hacia el lugar del pícnic.

—¿Puedo hablar con Giovanna?

La chica lo miró a los ojos. Sus ojos reflejaron el mundo de plantas.

"Siempre me has gustado. ¿Sabes? Vengo a pedirte hoy que te cases conmigo."

En los destellos del sol entre las hojas vio la cruz de la parroquia. Vio a un hombre alto. El chico cautelosamente siguió al desconocido. Lo siguió hacia el confesionario.

"Cambia al mundo", le dijo el hombre de ojos refulgentes como el vidrio. "El verdadero Evangelio de Cristo no ha sido modificado."

El sumo pontífice abrió los ojos.

—¿Se encuentra bien, Su Santidad? —le preguntó el hombre en la oscura terraza del hotel Casa Santa Marta.

—Me duele la ciática —y se llevó la mano a la espalda. Detrás de ellos permaneció de pie el poderoso secretario de Estado del Vaticano, el majestuoso cardenal Tarcisio Bertone. Les sonrió en forma sutil e imperial, con la expresión del actor cómico Will Ferrell.

El Santo Padre se volvió hacia Bertone.

—Quiero que le escribamos una carta al presidente Vladimir Putin.

El secretario de Estado levantó las cejas.

—¿Perdón, Su Santidad?

92

En Moscú, dentro del edificio del Kremlin, en la oficina de madera del presidente de la Federación Rusa, por debajo de un enorme retrato al óleo del anterior líder soviético y jefe del KGB, Yuri Andrópov, el rubio presidente Vladimir Putin lentamente se levantó.

—¿Qué sucede? —le preguntó a su consejero Ígor Ivanovich.

—Le está llegando esta misiva del papa Francisco.

—¿*Del papa...?* —y le extendió el brazo.

—Esta carta dice: "En vistas de la próxima reunión que tendrá el G-20 en San Petersburgo, Rusia, me permito comentar a usted lo siguiente: es muy lamentable que, en los verdaderos comienzos de este conflicto en Siria, hayan prevalecido los intereses de un solo lado y, de hecho, hayan obstaculizado la búsqueda de una solución que podría haber evitado la masacre sin sentido que se está desarrollando en este momento".

—¿Se refiere a los estadounidenses?

—Eso parece —y suavemente colocó el papel sobre el escritorio de madera—. Al parecer, el papa Francisco está buscando un acercamiento con usted para hallar algún mecanismo a favor de la paz, para evitar la escalada del conflicto.

El presidente Putin se llevó la mano hacia la boca.

—Podría ser la primera gran oportunidad que tenemos para acabar con este problema —y miró hacia la pared, hacia el mapa de la Tierra—. El papa Francisco es el único que puede convencer a los estadounidenses de que no hagamos crecer esta maldita guerra.

—Señor presidente Putin: el papa Francisco está corriendo un enorme riesgo al hacer esto. Quienes rodean al presidente Obama quieren incrementar la guerra. Quieren a Siria como base para ir sobre Irán y el Cáucaso, y controlar totalmente el Medio Oriente. En cuanto se enteren de esta carta, el papa Francisco va a empezar a tener problemas con los estadounidesnes. Es lo mismo que les sucedió a todos sus antecesores.

93

En la basílica de Sant'Apollinare, Sutano y el hombre que se llamó a sí mismo Voxifer, y también Clara y yo, terminamos de arrancar los pedazos de la lápida de la tumba de Enrico de Pedis; los arrojamos hacia atrás. Sutano Hidalgo iluminó hacia dentro de la tumba. Estaba vacía.

—Tal como esperaba —nos dijo—. Santas decepciones decepcionantes.

—Se acabó tu teoría sobre "una puerta hacia el complot más real y más maldito que ha existido en el mundo" —le espetó Clara.

Sutano frunció el entrecejo.

—No. Ésta es una puerta. Tiene que serlo. No invertí dos terceras partes de mi vida en investigar esta maldita conspiración del Vaticano, para fracasar justo en este momento. Éste es nuestro momento de gloria.

Clara señaló hacia el interior del sepulcro. Era un muro de roca volcánica.

—Eso no es ninguna puerta.

Arriba de nosotros, justo afuera de la basílica, se estacionaron 12 negros y brillantes vehículos Mercedes Benz. Se bajaron los choferes. Estaban uniformados con gorras. Les abrieron las puertas a sus jefes, que eran hombres vestidos con trajes negros de seda, con guantes blancos en las manos, medallones masónicos y anteojos polarizados. Comenzaron a bajarse de los vehículos. Una escolta de motocicletas de la policía de Roma los estaba acompañando en caravana. Los hombres de los medallones masónicos se aproximaron en fila, conversando en cuchicheos, hacia la enorme puerta de madera de la basílica. Detrás de ellos avanzó el destacamento de policías cargando sus armas. Un individuo vestido de color rojo se apresuró con las llaves para abrirles el templo.

Adentro, en frente del altar, los esperaba un hombre robusto de traje apretado y mancuernillas doradas: el mismo que había estado siguiendo a Sutano Hidalgo desde el Vaticano. Con su cara abultada de perro mastín, cubierta en sudor, se llevó el micrófono de su ancho reloj de oro con perlas hacia los labios. Susurró:

—El hombre desnudo de gorro frigio está naciendo de la piedra —y miró hacia el piso—. Está debajo del altar, empuñando su puñal. En la otra mano está portando su antorcha. Nacimiento de Mitra —y de su costado comenzó a extraer una brillosa daga—. El hombre del gorro frigio está empuñando su cuchillo, montado sobre el toro, cortándole el cuello con el cuchillo. Renacimiento de Mitra. Cambio y fuera.

—Estamos llegando —le respondió uno de los hombres de medallón que estaban por entrar a la basílica—. Mantenlos acorralados en la tumba.

El sujeto de la daga escuchó las llaves abriendo la cerradura del templo. Comenzó a bajar por el pilar que decía "Hacia las Tumbas".

94

—No estoy acostumbrado a rendirme —le dijo Sutano Hidalgo a Clara Vanthi—. Esto tiene que ser una puerta.

Con la lámpara empezó a inspeccionar los rincones del sepulcro. La pared era roca pura, la toba gris amarillenta de la erupción del monte Albano ocurrida hace cinco mil años.

—Al parecer, ésta va a ser tu primera vez —le dijo Clara. Pasemos a lo que sigue —y comenzó a mirar hacia los lados—. Regresemos por donde vinimos.

—Me afecta mucho el no lograr mis objetivos —continuó Sutano—. Tengo que proteger mi estado de ánimo. ¿Sabías que el fracaso es una de las mayores fuentes de depresión en un soldado? —y siguió explorando la tumba del brillante mafioso del pasado—. Manual de Supervivencia y Combate 21-76, Ejército de los Estados Unidos: "La frustración aparece cuando una persona es continuamente desviada en sus intentos de alcanzar sus objetivos".

Me asomé hacia el interior de la tumba.

—Tiene razón Clara. No quiero arruinarte tus intentos de alcanzar tus objetivos, pero aquí no hay ninguna maldita puerta —y escuché un rechinido a lo lejos, por detrás de nosotros, por donde habíamos entrado. Todos escuchamos las voces.

—Diablos —nos dijo Clara. Se enderezó como una mangosta—. ¿Ahora qué está pasando?

Sutano suavemente comenzó a levantarse. "Tengo que proteger mi estado de ánimo", se dijo. Miró hacia el pasillo por el que acabábamos de llegar. Estaba completamente oscuro. Escuchamos pisadas. Oímos voces. Miramos hacia los muros de mármol de color verde. Estábamos completamente encerrados.

—Santas pesadillas del terror —susurró Clara—. Creo que éste va a ser el momento del máximo peligro.

Sutano la tomó por el brazo. Le dijo:

—El miedo y la preocupación sólo consumen nuestras energías, las que necesitamos para salir de esta situación. ¿Me comprendes? —y la miró en una forma sensual—. Tenemos que aplicar el cerebro, recurrir a la economía del miedo. ¿De acuerdo? —y le sonrió.

Los ruidos de pasos en el corredor se hicieron más intensos.

"¿Y cuál es tu gran idea, imbécil?", le dije. En realidad, esto sólo lo pensé. Le dije:

—Si aquí hay una maldita puerta, tienes cinco segundos para encontrarla.

Sutano me miró por un segundo. Se volvió hacia el interior de la tumba. Observó el muro de piedra volcánica. Nos dijo:

—¿Alguien tiene un taladro? —y nos sonrió. Ninguno de nosotros se rio. Sutano se puso serio. De nuevo miró hacia la roca—. Siento como que estoy atrapado en el culo del universo. He estado en peores situaciones. Cada vez que he estado en un trance como éste, Dios me envía una soga para rescatarme. Siempre hay una salida.

Observó algo que estaba tallado en la roca. Era una inscripción antigua. Clara se aproximó para verla. Era un hombre con la cabeza de un león. Sutano alumbró con la linterna. Al lado del hombre-león había un hombre-sol con rayos de luz saliéndole de la cabeza, como una corona.

Sutano se llevó la mano hacia el bolsillo trasero.

—¿Sol Invictus… Dios Mitra…?

Cautelosamente sacó su moneda dorada de un dólar. Nos dijo:

—Este dólar de oro me lo dio mi maestro, Ted Shackley, el director de operaciones encubiertas de la CIA. El Fantasma Rubio. Un gran católico, de Little Flower, Bethesda.

—Ya nos dijiste todo eso —le recordé.

Sutano hizo girar su brillante dólar en el aire. Lo cachó. Lo alumbró. En la oscuridad resplandeció la corona de rayos solares de la Estatua de la Libertad.

—Nación persa. Nación aria. Nación de Mitra. Tus ancestros contaminaron la Biblia. —Cuidadosamente insertó la moneda en la parte que no se había destruido del sepulcro: la cruz Chi-Rho, el signo de Constantino.

—*Bajo este signo vencerás…* —y giró la moneda. Escuchamos un tronido.

A 15 metros de nosotros, los hombres de medallones masónicos acompañados por 24 guardias armados y guiados por el hombre robusto del rostro abultado se nos aproximaron dentro del salón del sepulcro. Nos dijeron, levantando sus espadas:

—Cuando sea el final del tiempo; cuando sea el tiempo de Saoshyant Mithra, el Sol Invicto se apagará, y la Luna-Mah-Maonghah se volverá de muchos colores, y habrá terremotos y devastación, y temor y terror. Zand-I Vohuman, Yasht 3:4.

95

En Washington, dentro de la Casa Blanca, el presidente Barack Obama caminó por el corredor de las oficinas Press Corps.

—Señor presidente —le dijo su ayudante Neil Iwwa—: El presidente ruso Vladimir Putin está dirigiéndole esta carta a toda la población de los Estados Unidos. La publicó aquí en el *New York Times*.

Barack Obama con los dedos le indicó que se la leyera.

—"Amigos de los Estados Unidos: eventos recientes en Siria me están impulsando a hablarles directamente a ustedes y a sus líderes políticos. Es muy importante hacerlo ahora, cuando hay insuficientes canales de comunicación entre nuestras sociedades. El potencial ataque de los Estados Unidos contra Siria, si se hiciera a pesar de todos los países y líderes que se han opuesto, incluyendo el papa Francisco, resultaría en la muerte de más inocentes y en la escalada del conflicto, que se saldría de las fronteras de Siria. Acaba de surgir una nueva oportunidad para que evitemos la acción militar. Debemos actuar juntos para mantener viva esta esperanza."

El presidente Barack Obama miró a su ayudante a los ojos. Lo apartó con la mano. Entró a la sala de prensa. Lo recibieron los reporteros, con aplausos. El presidente de los Estados Unidos trotó hacia el podio. Se acercó al micrófono.

—Queridos estadounidenses —y con sus largas manos abrazó el podio—. El peligro para el mundo es que los Estados Unidos retroceda y con ello cree un vacío de liderazgo que ninguna otra nación está lista para llenar en Siria. Yo creo que nuestro país debe permanecer comprometido por su propia seguridad —y miró fijamente a los periodistas. Le brillaron los ojos—. Yo creo que hacemos esto por el mundo. Algunos podrán no estar de acuerdo, pero yo creo que los Estados Unidos son excepcionales.

Los reporteros comenzaron a levantarse. Le aplaudieron. Le gritaron. A espaldas del presidente destellaron los luminosos rayos solares que salían de la cabeza del águila, en el escudo de los Estados Unidos.

96

En Moscú, el consejero Ígor Ivanovich se aproximó al presidente Vladimir Putin:

—No van a detenerse —y le mostró el informe—. El presidente Obama acaba de confirmar que no van a retroceder en Siria. Quieren que haya una escalada hacia la guerra.

Putin miró hacia fuera.

—Por Jesucristo —y buscó la Virgen Panagia Paramythia del monasterio de Vatoped, del monte Athos, Grecia, en el muro de su oficina—. ¿De verdad no piensan cuáles van a ser las últimas consecuencias de todo esto?

Su asesor se le acercó:

—Los hombres que están detrás del presidente Obama no quieren que él dé un paso atrás en esta confrontación. Quieren ver si podemos llegar hasta los límites. Ya lo dijeron: "A nosotros no nos importan los arsenales nucleares que tiene Rusia. No se van a atrever a usarlos, y si los usaran, nosotros también usaríamos los nuestros". La realidad es que ellos creen que no vamos a tener las agallas para detonar uno solo de nuestros misiles. Están iniciando la instalación de sistemas antimisiles en diecinueve países. Se llama Sistema Aegis Ashore, con lanzadores MK-41 para proyectiles tipo Tomahawk. Van a poder interceptar cualquiera de nuestros misiles de tipo SM-3. Los van a colocar en Rumania y Polonia, en nuestra frontera —y señaló hacia la ventana.

Vladimir Putin observó el espacio. Comenzó a cerrar los ojos.

Cuarenta años en el pasado, su antecesor como cabeza del KGB, Yuri Andrópov, golpeó la mesa:

—¡El papa Juan Pablo II es nuestro enemigo! ¡Su inigualable capacidad y su gran sentido del humor lo convierten en un peligro, porque él es capaz de encantar a cualquiera, especialmente a los periodistas! ¡Sus hombres son agentes de los Estados Unidos! ¡Van a destruir a Rusia!

Suavemente Vladimir Putin comenzó a acariciar la mesa, ahora con un barniz nuevo. Le dijo a su leal Ígor Ivanovich:

—El papa Francisco es nuestra mayor esperanza de evitar que este conflicto se vuelva incontrolable. Él ejerce el mayor liderazgo en este momento. Él es capaz de encantar a cualquiera. Especialmente a los periodistas. Debemos ir con él, organicen a la brevedad un viaje al Vaticano —y le sonrió.

En Washington, el presidente Obama salió del salón de prensa. En el pasillo lo tomaron por los brazos tres senadores. El senador Howard P. "Buck" McKeon, del Partido Republicano por el estado de California le dijo:

—Es muy inmoral mantener a nuestras tropas de combate allá en Siria para hacer más con menos.

—¿*Más con menos...?* ¿Se refiere usted al presupuesto, al presupuesto para armamento?

—Es nuestra obligación liberarnos de este secuestro en el presupuesto.

—Senador McKeon —le respondió el presidente Obama—, esta operación en Siria no tiene por qué ser muy costosa.

Los senadores se alteraron. Se miraron unos a otros. Dos de ellos comenzaron a reírse de los nervios.

—¡Ése es el problema, señor presidente! ¡Los Estados Unidos debemos ser fuertes! ¡El ejército de los Estados Unidos es el pilar de la seguridad del mundo!

Uno de ellos se le acercó. Lo señaló. Le puso el dedo en el pecho.

—Señor presidente, usted lo acaba de decir: los Estados Unidos somos "excepcionales". Usted está haciendo más débil a los Estados Unidos, y por tanto está haciendo más débil al mundo.

En la Sala de Prensa, el reportero Andrew Stiles, de *National Review*, dijo hacia la cámara: "Una de las preocupaciones principales entre los halcones promilitares del Partido Republicano está dándole vuelta a los recortes militares en el presupuesto, promulgados bajo secuestro, que totalizan cerca de seiscientos mil millones de dólares a lo largo de la próxima década, adicionalmente a los cerca de quinientos mil millones en recortes que fueron implementados bajo la Ley de Control Presupuestario de 2011.

—Nunca el Ejército de los Estados Unidos había sido tan débil —susurró un senador en el pasillo. Con su pañuelo se secó una lágrima—. Debemos eliminar estos malditos recortes. Sin este dinero los Estados Unidos son débiles, y sin el ejército de los Estados Unidos el mundo está inseguro —y con gran tristeza sonrió.

En el Pentágono, dentro del Pentagon Briefing Room, el secretario de la Defensa delegado de los Estados Unidos, Ashton Carter, y el almirante de la marina y presidente de los jefes de Estado conjuntos, el sobrio y vigoroso James Winnefeld, hablaron ante los militares:

—Los recortes que hemos sufrido en el presupuesto han sido extremadamente disruptivos para cada uno de los programas del Departamento de la Defensa, y son devastadores para nuestro estado de alerta.

En el corredor de la Casa Blanca, uno de los senadores tomó a otros dos legisladores por los codos:

—Los Estados Unidos están más indefensos que nunca. El mundo está indefenso. Este gobierno está colocando a los Estados Unidos y al mundo en una situación sin precedentes de peligro. Tenemos que conseguir ese maldito dinero para la industria de la guerra.

En el Vaticano, el joven chef de la cocina del hotel Casa Santa Marta, el rubio David Geisser, amigo del papa, se acercó a éste. Se sentó a su lado. Miró hacia abajo:

—Su Santidad, ¿no es peligroso para usted interceder en todo este asunto de la guerra de Siria? Quiero decir… —y miró hacia un lado, hacia los basureros—. Todo el mundo sabe que estos hombres están haciendo millones de dólares con la venta del armamento. Así lo han hecho por décadas. Si no hay guerra, si no se pierden todas esas vidas… Esta gente… Quiero decir… ¿Estarían dispuestos a no recibir todo ese dinero? —y frunció las cejas.

El Santo Padre, con la espalda retorcida, con la mano en la ciática, se puso de pie. Le puso la mano sobre el hombro.

—¿Qué debo hacer para que me digas "Francisco"? —y le sonrió.

—Dejar de comer tantos carbohidratos.

El papa comenzó a negar con la cabeza.

—Vinimos a cambiar el mundo, no a que el mundo nos cambie a nosotros. El verdadero Evangelio de Cristo no ha sido modificado. Debemos conseguir que se realice.

—Su Santidad —lo llamaron desde el pasillo—. Tiene usted una llamada del cardenal Angelo Sodano. También lo está llamado el cardenal Tarcisio Bertone. Al parecer, está ocurriendo un arresto dentro de la basílica de Sant'Apollinare. Los detenidos son acusados de lavado de dinero en el caso de Nunzio Scarano.

97

A ochocientos metros de distancia, en la basílica de Sant'Apollinare, nosotros empezamos a "reptar" sobre los barrotes metálicos de una estructura suspendida dentro de un túnel semejante a una mina. En realidad, había sido una mina romana en los tiempos del emperador Octavio Augusto.

—Nunca desconfíen de mí —nos dijo Sutano Hidalgo. Avanzó a gatas por delante de nosotros—. Este lugar fue el puerto del mármol más importante del Imperio, bajo el control directo del emperador Augusto, pontífice máximo. Se llamó Statio Rationis Marmorum. Según el erudito Mariano Armellini, la basílica de Sant'Apollinare se erigió encima de un antiguo templo de Apolo, y se basa en el *Liber Pontificalis*, escrito en el año 870 después de Cristo por el papa Adriano I, quien edificó la iglesia que estuvo aquí antes de esta basílica.

Seguimos avanzando. Le pregunté:

—¿Estamos dentro de una parte de un templo de Apolo?

Sutano, con su linterna de gas fluorescente, iluminó las irregulares canteras de roca amarillenta. Había grabados extraños. Vimos la imagen de un hombre con un gorro frigio matando a un toro.

—Este lugar es lo que ocurre con la acumulación de siglos y más siglos. En breve vamos a entrar a una región donde miles de años se aplastan en centímetros. La historia humana es como un parpadeo en el ojo de Dios —y señaló hacia la otra pared, hacia el grabado de un hombre con cabeza de león.

—¿Qué es este hombre matando a un toro? —le pregunté.

—Se llama *tauroctonía*. En cualquier templo de adoración a Mitra vas a encontrar esta misma imagen de Mitra matando al toro. En todos los casos es idéntica: Mitra está montado sobre el toro, pisándole una pata y clavándole la rodilla en el lomo. Con una mano le está jalando las narices y con la otra le está clavando su cuchillo en el cuello. En todos los casos Mitra está volteando hacia el cielo, hacia un hombre con cabeza de sol, que es otra forma del propio Mitra —y lentamente nos mostró su moneda de un dólar.

—¿Por qué está matando a un toro? ¿Qué significa el toro?

—Este toro es Hadhayosh, también llamado Sarsaok. Todo esto es de origen persa. Sarsaok es un monstruo de seis cuernos metálicos que inspiró al Apocalipsis de Juan.

Nos quedamos perplejos. Le pregunté:

—¿Cómo dijiste?

—Ya dije —y siguió avanzando—. No soy yo el que te va a dar a ti las clases de teología. El propio Evangelio lo dice. Gálatas 1:7, 2-Corintios 11:13. Falsos apóstoles se disfrazarán como apóstoles de Cristo y pervertirán el Evangelio de Cristo. La perversión ya ocurrió. Sucedió hace muchos siglos. La estás viendo en estas paredes. El Evangelio que conocieron los primeros cristianos fue deformado. Es lo que hoy llamas "Biblia".

Avancé rápido detrás de él.

—Un momento. Esto no puede ser. ¿Qué estás diciendo?

—Pío del Rosario: he estudiado este tema por dos décadas. Arriesgué todo por venir a ti, para venir a esta maldita mina justo en este instante —y me sonrió—. ¿Has leído los textos persas, los textos del zoroastrismo? Supongo que no. A ningún legionario de Cristo le importa nada que no sea "los Legionarios de Cristo". Se llama autismo autoexcluyente. Es cuando crees que eres el centro del mundo, o el único habitante del universo.

—Pues... lo admito. Nunca he leído eso que dices. ¿Debería haberlo leído?

—Desde luego, si te interesan tus verdaderos orígenes como cristiano, y más si te interesa la verdad sobre Cristo, y más si eres un sacerdote que está propagando los errores de setenta generaciones de idiotas humanos. Bundahis Avesta, capítulo 19, versículo 13: "Del buey Hadhayosh, que ellos llaman Sarsaok, se dice que en la creación originaria los hombres viajaban sobre su lomo, de región a región. Y se dice que la vida está en las manos del hombre final, en el fin de los años, que monta al toro Sarsaok, y que habrá de construir la mayor cantidad de fortalezas de guerra alrededor de la tierra, hasta la destrucción y la renovación del universo".

Nos quedamos callados. Sutano nos dijo:

—No soy yo el que va a informarles que toda una parte del Evangelio que el mundo conoce actualmente es completamente falsa. Es la parte favorita de la mayoría de los creyentes. El autor de esa parte es un personaje enteramente falso. Toda esa sección fue sembrada por los agentes de Persia.

—Diablos... —le dijo Clara Vanthi y abrió muy grandes sus verdes ojos de gato—. ¿Cuál parte es falsa? ¿Qué parte de la Biblia?

Detrás de nosotros, muy atrás, reptó hacia nosotros el *voxifer* del jurista mexicano Raúl Domínguez. Ahora sé por qué iba tan detrás de nosotros. Nos venía cuidando las espaldas.

Sutano nos dijo:

—El sábado 2 de agosto de 1980, a las diez de la mañana con veinticinco minutos ocurrió una explosión en Bolonia, en la estación central del tren. Despedazó la plataforma del andén donde estaba el tren Ancona-Chiasso. Ochenta personas murieron con el estallido. La detonación se escuchó a kilómetros de distancia. Quinientas personas fueron llevadas vivas a hospitales. Las noticias dijeron rápidamente que el atentado lo había cometido una organización terrorista comunista enviada por la Unión Soviética. La policía de Roma, sin embargo, no creyó esa versión. Ya habían conocido y vivido parte de "La conspiración real más maldita de la historia del hombre". Comenzaron a investigar. Sus pistas los condujeron hacia una organización secreta neofascista, neonazi. ¿Puede alguno de ustedes decirme cuál era la organización?

En mi mente vi una gran calavera de yeso, resquebrajada, enmohecida por la lluvia. Las cuencas las tenía deformadas hacia abajo. Estaba rodeada por los brazos giratorios de un símbolo nazi.

—¿Ordine Nuovo?

—Cerca —y siguió avanzando—. La parte operadora fue el llamado Núcleo Armado Revolucionario, también fascista, amigos de la Banda della Magliana de Enrico de Pedis y de su allegado el obispo del Banco Vaticano Paul Casimir Marcinkus.

—El Gorila —le dijo Clara.

—Uno de los presuntos participantes del evento de la explosión de Bolonia, Stefano Delle Chiaie, fue uno de los fundadores de la organización Ordine Nuovo, junto con Vincenzo Vinciguerra. En su investigación, la policía italiana del entonces presidente Sandro Pertini llegó a una extraña maleta que estaba junto a una columna en el aeropuerto de Roma. La maleta pertenecía al muy venerado masón y gran maestro de la logia P-2 Licio Gelli.

Como si estuviera ahí, Pío pudo imaginar la escena, como si estuviera ya grabada en su corteza cerebral por las malditas sustancias químicas.

El imponente Licio Gelli se volteó hacia los oficiales. Suavemente los tomó por los hombros.

—¿Perdón, qué me están diciendo? Esta maleta es de mi hija.

—El periodista Paul L. Williams lo ha descrito textualmente: "El vínculo directo al atentado de Bolonia finalmente se encontró en el aeropuerto de Roma dentro de la maleta de la hija de Gelli. Dos documentos describían el plan maestro del grupo masónico, junto con un documento de alto secreto del ejército de los Estados Unidos, los cuales fueron suficientes para convencer al juez Felice Casson y su equipo de investigadores de que la logia masónica P-2 había estado involucrada en los ataques terroristas de Bolonia y que la sociedad secreta actuaba como una tapadera para la CIA".

Comenzó a faltarme el oxígeno.

—No puedo creer nada de esto —le dije—. ¡Esto no puede ser cierto! ¡¿Eres un maldito mentiroso?!

Clara suspiró. Miró hacia delante.

—Demonios. No pensé que la historia acabara en esto.

—Ya tienes tu premio Pulitzer de Periodismo —le dijo Sutano Hidalgo—. Pero en realidad esto ya lo han publicado muchos periodistas. Hay algo mucho más negro. Hay algo que nadie ha publicado

—y continuó avanzando—. El hallazgo en la maleta de la hija de Licio Gelli llevó a los policías a irrumpir en la lujosa residencia del gran maestro en la Toscana, norte de Italia, en la localidad de Arezzo, en su famosa casa llamada Villa Wanda.

Con su brillosa bata de color rojo, el poderoso masón que tenía en su bolsillo a los más poderosos hombres de Italia, y del propio Vaticano, salió personalmente a recibir a los agentes:

—¿Puedo saber quién demonios les permitió a ustedes llegar aquí? ¿Quién de ustedes está al mando? Voy a encargarme de ti, amigo —le dijo al teniente—. ¿Sabes que soy amigo de tu jefe, el coronel Tiberio Gracco? Lárguense de mi casa.

Los policías alcanzaron a ver al fondo del corredor un símbolo nazi.

Años después, el influyente jefe de la masonería le dijo a un periodista:

—Siempre he sido y siempre seré un fascista —y le sonrió.

—Los policías entraron con una orden del juez de la Suprema Corte di Cassazione, Giuliano Turone —nos dijo Sutano Hidalgo—. Esto ocurrió el 17 de marzo de 1981, dos años y medio después de que Juan Pablo II asumió su cargo como papa. Los policías estaban investigando también los atentados "suicidio" del presidente del Banco Ambrosiano, Roberto Calvi, masón de la logia P-2, y encontraron ciento setenta y nueve lingotes de oro, con un peso de ciento sesenta y ocho kilos y un valor de dos millones de dólares. También encontraron un documento "negro" que vinculaba a Licio Gelli con la CIA, con el gobierno de los Estados Unidos.

—¡Diablos! —le grité—. ¡Esto no puede ser! ¿Es verdad? ¡¿Y tú trabajas para la CIA?!

—Pío del Rosario, nadie gana nada con tu cólera —me dijo—. Lee el Manual 21-76 del ejército de los Estados Unidos. "Psicología del combate", página 13: "Ira. Si el soldado no enfoca atinadamente sus sentimientos de ira, gastará mucha energía en actividades que hacen poco por mejorar sus oportunidades de supervivencia o las de quienes lo rodean". En pocas palabras, nos estás poniendo en peligro a todos por no manejar adecuadamente tus malditas emociones. Debes gobernarte bajo la economía total de las emociones: sólo debes sentir las emociones que sirvan para tus objetivos.

Comencé a parpadear.

—Diablos. ¿Me estás dando lecciones? Yo soy el sacerdote. Yo soy el que debería decirte qué hacer.

Clara suavemente me tomó la mano. Me susurró:

—Pío, tú nunca debiste haber sido sacerdote. Eso fue un error. Lo cometieron ellos. Tú sabes que no tienes las cualidades para la vida religiosa. Lo sabes perfectamente. Vamos a hacer una nueva vida, juntos —y me sonrió.

"¿De qué está hablando?", pensé.

—Como sea —nos dijo Sutano—. Los hallazgos en la casa llevaron rápidamente a la policía del presidente Sandro Pertini a la conclusión de que todos los golpes terroristas de los años anteriores que habían aterrorizado a Italia, como el de la Piazza Fontana en 1969 y el de la estación central de trenes de Bolonia en 1980, que habían sido falsamente atribuidos a los comunistas y a la Unión Soviética, en realidad eran obra de esta conspiración secreta controlada por la logia P-2 y de una red de organizaciones terroristas de corte neonazi, utilizando para subsidiarse cuentas anónimas e inexplorables del Banco Vaticano, con dinero procedente de la mafia y de la CIA; y que todo el tiempo los atentados terroristas fueron una operación protegida por el gobierno de los Estados Unidos.

—Maldita sea —le dije—. Todo esto es horrible. Y ¿sabes? Yo no sé controlar mis emociones. Sólo Cristo me controla.

—Ni siquiera sabes correctamente quién fue Jesucristo —me dijo—. Has vivido manipulado por otros toda tu vida. No sabes lo que es ser tú mismo. No sabes lo que es la verdad —y siguió avanzando.

—¡¿Cómo te atreves?!

Clara le dijo:

—¿Para qué hacía esto la CIA? ¿Para qué eran las explosiones?

Por detrás de nosotros, los policías también gatearon por los travesaños metálicos. Interceptaron a Voxifer por las piernas. Le dijeron:

—Saoshyant, Mithra, levantará a los no vivos para el Juicio Final. Los hará avanzar sobre un río de metal derretido, y los puros podrán pasar y ser salvados; y los impuros se derretirán y arderán, y así se librará la Guerra Final entre los ángeles del bien y del mal, lo que los griegos llaman apocalipsis. *Frashokereti Avesta*. Persia.

98

A tres kilómetros hacia el noreste, en las Catacumbas de Priscila, entre las patrullas de la policía pasó caminando con escoltas el sonriente y jovial cardenal Gianfranco Ravasi, de setenta y cuatro años, ministro de Cultura del Vaticano.

—Señor cardenal —le dijeron los oficiales—, no pueden pasar. Estamos inspeccionando las instalaciones. Hubo un incidente.

—Yo voy a pasar —y suavemente levantó dos dedos—. Voy a presidir la apertura del "Cubículo de Lázaro".

Se introdujo sin mirar atrás, con toda su corte. Detrás de ellos avanzaron los reporteros y dos docenas de escritores e historiadores.

La rubia reportera Nicole Winfield, de Associated Press y *Huffpost*, transmitió a través de su camarógrafo: "Anuncian hoy la renovación y restauración de antiguos frescos en las Catacumbas de Priscila, que son un complejo cementerio laberíntico que se alarga por kilómetros debajo del norte de Roma. La llamada 'reina de las catacumbas' es conocida por contener la más antigua imagen jamás hallada de la Madona con el Niño. Hoy, más controversialmente, esta catacumba presenta dos escenas que han sido destacadas por las activistas del movimiento femenino por la ordenación de mujeres sacerdotes. Una de ellas —y señaló hacia el húmedo muro de la Capilla Griega— muestra a un grupo de mujeres celebrando un banquete, que podría ser la fracción del pan o *Fractio Panis*, llamado también eucaristía —y comenzó a avanzar por el apretado corredor—. El otro fresco es éste, el de la llamada Cámara Velatio o 'de la velación'. Fue pintado alrededor del año 350 después de Cristo. Muestra a una mujer vestida con una casaca o bata de Dalmacia, con sus brazos levantados hacia los lados, en la posición utilizada por los sacerdotes para la adoración en público. En su mano está sosteniendo un documento en rollo, que podría ser el Evangelio".

—*El Evangelio Originario… El Evangelio Auténtico que no fue deformado…* —susurró un hombre joven detrás de ella—. Era Iren Dovo. Estaba muy golpeado de la cara. Detrás de él caminaron juntos, en sus trajes negros, con sus revólveres en sus cinturones, los musculosos y perfumados agentes Jackson Perugino y Gavari Raffaello.

Por un lado de la reportera avanzó el cardenal Ravasi. Dijo imperiosamente:

—Deseo hablar de esta novedad. Ésta es la primera vez que se aplica en unas catacumbas. Esta oferta que ha hecho Google Maps, como se ha dicho, permite, y lo podrán comprobar, una experiencia completamente inédita.

A su lado, los ejecutivos de Google Maps caminaron rodeados por sus técnicos, que con sofisticadas cámaras comenzaron a transformar el santuario arqueológico en una réplica tridimensional virtual para ser explorada desde cualquier computadora en el planeta.

Nicole Winfield continuó:

—La presencia de mujeres retratadas en estos antiguos frescos cristianos ha despertado conmoción. La Asociación de Mujeres Sacerdotes Católicas Romanas, que incluye a mujeres que han sido excomulgadas por el Vaticano por participar en supuestas ceremonias de ordenación, mantiene que estas imágenes son la evidencia de que en la Iglesia cristiana temprana hubo mujeres sacerdotes, y de que por lo tanto debería haber mujeres sacerdotes hoy.

A metros de distancia, el superintendente de la Comisión de Arqueología Sagrada del Vaticano, Fabrizio Bisconti, dijo:

—Estas interpretaciones del pasado son un poco sensacionalistas… no son realmente confiables.

Atrás, la investigadora Robin Cohn, de *Women of the Bible for Thinkers*, informó: "Me llevó tres viajes a Roma el poder finalmente entrar a estas Catacumbas de Priscila. Estuvieron cerradas cinco años por la restauración. Estas catacumbas son el cementerio cristiano más antiguo en Roma, y es el mejor preservado. Aquí están enterradas cuarenta mil personas, incluyendo a siete de los primeros papas. En el fresco de la *Fracción del pan* o *Fractio Panis*, donde destaca el hecho de que sólo participan mujeres, no aparece comida sobre la mesa: nada que no sea el pan; sólo los elementos de la eucaristía".

La mujer levantó la mano hacia el muro. Un antiguo grabado decía con letras griegas: "Óbrimo para su dulcísima esposa, Nestoriana, de buen recuerdo".

Por arriba de los visitantes, el joven pastor de semblante romano, con el rostro afeitado, que estaba pintado en el techo, en la bóveda, con una cabra sobre sus hombros, los miró a todos desde los siglos de los siglos.

99

—¿Quién fue realmente Jesucristo?

Esto se lo preguntó un jesuita de rostro enjuto y ojos hundidos dentro de sus cuencas al Santo Padre, en la habitación 201 de la Casa Santa Marta. El papa lentamente se levantó.

—Algunos siguen diciendo que Jesucristo nunca existió, que fue una invención de generaciones posteriores a su época, incluso de los romanos; que lo único que sabemos sobre su vida proviene de los cuatro Evangelios, escritos muchas décadas después de los hechos que describen por personas que pudieron haberse puesto de acuerdo.

—La teoría más ampliamente aceptada hasta ahora por los investigadores es que primero existió una fuente llamada "Q", que hoy está desaparecida, con las primeras reseñas sobre la vida de Cristo, incluso con sus palabras textuales —y suavemente le deslizó por encima del escritorio la fotografía de la mujer sacerdote recién restaurada en la Catacumba de Priscila, con el rollo en la mano—. Esta imagen es del año 250 al 300 después de Cristo. Es anterior a la Gran Modificación del año 325. En paralelo surgió, alrededor del año 70 después de Cristo, el Evangelio de Marcos, por separado de la Fuente Q. Hacia el año 90, alguien mezcló los dos Evangelios originarios: la Fuente "Q" con el Evangelio de Marcos, y con ello creó el Evangelio de Mateo, que es una fusión. Probablemente lo hizo el propio Mateo, que para ese momento tendría por lo menos sesenta años de edad. Su Evangelio retomó 600 de los 661 versículos que ya estaban en el texto de Marcos. Poco después se realizó una segunda fusión, en el año 100. Surgió el Evangelio de Lucas. Lucas nunca conoció a Cristo, pero fue apóstol de Pablo, que tampoco conoció a Cristo, al menos no en vida.

El Santo Padre le dijo:

—Lo que muchos de estos historiadores no toman en cuenta es que hubo muchas otras personas, aparte de los evangelistas, que registraron todos estos hechos de la vida de Cristo. Thallos de Samaria escribió en el año 52, según lo reporta Sextus Julius Africanus en aproximadamente 235 después de Cristo: "En el mundo entero se sintió la más profunda y temible oscuridad; y las rocas fueron dislocadas por un terremoto, y muchos lugares de Judea y otros distritos se vinieron abajo". Se refería al momento de la muerte de Jesucristo.

El hombre jesuita le dijo:

—También está el informe del año 112 después de Cristo de Cornelio Tácito, que no era cristiano, sino gobernador romano en la provincia de Asia, yerno de Julio Agrícola. Lo escribió en sus *Anales*, capítulo 15, verso 44: "Cristo, el creador del nombre de los cristianos, fue ajusticiado por Poncio Pilato, procurador de Roma en Judea, en el reinado de Tiberio: pero la superstición dañina, reprimida por un tiempo, volvió a hacer irrupción, no solamente a través de Judea, donde tuvo su origen este error, sino también en toda la ciudad de Roma". Cornelio Tácito critica a Jesús y al cristianismo, pero confirma que los acontecimientos ocurrieron.

El papa comenzó a asentir. Empezó a abrir su escritorio. Lentamente sacó unos pergaminos:

—Esto es un fragmento de *Divus Claudios*, escrito en el año 120 después de Cristo, por Suetonio, historiador romano, biógrafo de los emperadores. Capítulo 24, párrafo cuarto: "Iudaeos impulsore Chresto assidue tumultuantis Roma expulit" —y miró a su amigo jesuita—: "Como los judíos estaban provocando continuos disturbios bajo la instigación de Chrestus, los expulsó de Roma".

—¡¿*Chrestus?!* —le pregunté a Sutano Hidalgo. Llegamos a un pozo vertical muy ancho. El agua estaba cayendo a cántaros desde arriba, por los bordes, como una catarata, haciendo un estruendo que nos obligó en adelante a comunicarnos a gritos. Se precipitaba hacia una región profunda que no se alcanzaba a ver ni siquiera con la linterna de gas forsforescente.

—¿Dónde diablos estamos?! —le preguntó Clara Vanthi.

—Esto es la lumbrera Via del Mastro del sistema de aguas de Roma —respondió Sutano—. Debemos de estar a unos metros del Ponte Helios, puente del Sol. Hoy se le llama Ponte Sant'Angelo. *Chrestus* es la forma más antigua de decir "Cristo". La palabra romana *Chrestus* o *Chresto* que registró Suetonio proviene del griego *Chrysos*, que significa oro. Se transformó en el latín *Chrysolithos*, que significa "piedra preciosa" y "cristal dorado". Es la hoy llamada piedra crisolita o crisoberilo, o crisópalo. Aluminato de berilio. Es la roca que ilumina todo en la oscuridad.

De pronto comenzamos a ver un extraño resplandor en las paredes del pozo. Comenzaron a destellar cientos de puntos fulgurantes, de color verde, como diamantes.

—¡¿Estamos viendo las estrellas!? —preguntó Clara.

En el Vaticano, el papa Francisco sacó de su escritorio un pergamino que tenía en los márgenes una banda azul, con estrellas. Se lo mostró a su amigo.

—Este documento fue escrito en el año 93 después de Cristo. Lo escribió el jefe militar hebreo Flavio Josefo. Desde el año 66 había trabajado para los romanos como comandante en Galilea. "Ahora: había alrededor de ese tiempo un hombre sabio, llamado Jesús, si es que es lícito llamarlo un hombre, pues era un hacedor de maravillas. Él era el Cristo; y cuando Pilato lo condenó a ser crucificado, aquéllos que lo amaron desde un principio no lo olvidaron, pues se volvió a aparecer vivo ante ellos, al tercer día; exactamente como los profetas lo habían anticipado, y cumpliendo otras diez mil cosas maravillosas. Y la tribu de los cristianos, llamados de este modo por causa de él, no ha sido extinguida hasta el presente."

Lentamente extendió otro papiro:

—Este otro es el manuscrito Apología, escrito en el año 197 por Tertuliano de Cartago, jurista y teólogo romano que se convirtió al cristianismo: "Cuando Cristo fue crucificado, el mismo emperador Tiberio ordenó una investigación. Él mismo llegó a convencerse de la verdad de la divinidad de Cristo. Presentó el asunto ante el Senado romano, con su propia decisión en favor de Cristo. El Senado rechazó la proposición".

Su amigo jesuita lentamente se puso de pie.

—Esto se suma a los informes del año 150 después de Cristo redactados por Justino Mártir, en su carta al emperador Antonino Pío. Capítulo primero, párrafo 48: "Fácilmente puede usted convencerse de que Él hizo estos milagros a través de las 'Actas' de Poncio Pilato".

El papa se quedó inmóvil. Lo miró a los ojos.

—¿*Actas de Poncio Pilato?* —y comenzó a ladear la cabeza—. ¿Dónde podrían estar hoy esas actas?

Su amigo jesuita suavemente le sonrió.

—Ése es el verdadero misterio, ¿no es cierto?

El papa comenzó a aproximársele.

—Hablo en serio. ¿Cuánta gente sabe sobre todo esto? ¿Dónde podrían estar hoy esas actas?

El delgado jesuita se volvió hacia la ventana.

—Todo estuvo documentado: las cartas de Poncio Pilato al emperador Tiberio antes de iniciarse el juicio; el proceso de la crucifixión; los informes de la investigación que organizó Tiberio después del terremoto, con los testigos de la resurrección; con entrevistas con los apóstoles que conocieron a Cristo. Todo eso debe de estar aún en los Archivos Imperiales.

El papa abrió los ojos.

—¿Dónde?

Su amigo apuntó con su dedo hacia el centro de Roma.

—Domus Tiberiana: el antiguo palacio del emperador Tiberio, en la colina Palatina. Nadie ha excavado aún las cámaras profundas. Ahí deben de estar guardados los Archivos Imperiales de la época de Cristo y de Tiberio.

El sacerdote lentamente comenzó a colocar sobre el escritorio del papa varias fotografías: los frescos de las Catacumbas de Priscila.

—Lo que todo esto significa —le dijo al papa— es que por primera vez nos estamos aproximando, como nunca antes, al verdadero origen de todo. La versión más antigua del Evangelio debe de estar en algún lugar de estas cavernas o en el Palacio de Tiberio, a cuarenta metros del Foro Romano.

El papa comenzó a sonreír. Lentamente se volvió hacia la ventana.

100

En el pozo llamado Aelius Adrianus del sistema de aguas de Roma, por debajo de la Via del Mastro, al lado del flujo del río Tíber, en la oscuridad nosotros comenzamos a trepar por unas escalerillas oxidadas. El agua nos empezó a caer desde arriba a la cara. Se nos metió por las narices. Para poder respirar tuve que escupir con las narices hacia abajo.

—Todo esto es horrible.

—Cuando en 1981 la policía italiana del presidente Sandro Pertini irrumpió en la casa del masón Licio Gelli, el papa Juan Pablo II comenzó a vivir su propio declive. Se iniciaron los proyectos para matarlo —prosiguió Sutano.

—¿Cómo dices? —preguntó Clara con su bella cara mojada y siguió escalando. Arriba de nosotros vimos una reja: una alcantarilla de gran tamaño. Por encima vimos una luz de color rojo.

—El cateo ocurrió el 17 de marzo de 1981, cuando la policía del presidente Pertini encontró los ciento setenta y nueve lingotes de oro junto con una lista con novecientos sesenta y dos nombres: los políticos, militares, magistrados judiciales y jerarcas vaticanos que el masón Licio Gelli había iniciado como masones en su logia P-2, para controlarlos.

—Pregunta —interrumpió Clara—: Si Licio Gelli tenía en su logia a los hombres más poderosos de Italia, ¿cómo es posible que la policía registrara su casa y descubriera su lista?

Sutano Hidalgo siguió subiendo.

—Ahí es donde intervino el propio papa Juan Pablo II. A pesar de estar rodeado por los miembros de esa logia, como lo eran el siniestro asesino Paul Marcinkus y el cardenal masón Agostino Casaroli, que ya era el secretario de Estado, parece que Juan Pablo II decidió dar un golpe de timón en la política del Vaticano. Los traicionó.

En un pasillo negro de tamaño descomunal, dentro del Museo Vaticano, en la galería Chiaramonti, frente a la antigua escultura mitraica llamada CIMRM 368, inventario 1379, un hombre de sotana negra le susurró a otro:

—¡¿Cómo demonios pudieron meterse a la casa de nuestro venerable gran maestro, que tiene infiltrado no sólo al Vaticano, sino a todo el gobierno de Italia?! ¿Cómo supieron quién era nuestro gran maestro?

—Alguien tuvo que decirles, desde aquí dentro. Uno de nosotros, aquí, en el Vaticano. Alguien de nuestra propia logia —y lo miró a los ojos.

El otro sujeto observó el relieve de roca. En la piedra vio un hombre con la capa ondeando al aire, con un gorro frigio en la cabeza, sobre un enorme toro al que estaba hincándole la rodilla en el lomo y hendiéndole el cuello con su cuchillo. El toro tenía en los testículos un alacrán, mordiéndolos, y un perro arrancándole la carne del pecho.

El hombre del gorro frigio —Mitra— estaba mirando hacia al cielo, hacia el lado izquierdo de todo el mural de roca, hacia la cara de un hombre cuya cabeza era el sol. Del cráneo de este Hombre Sol salían rayos luminosos, como picos, semejantes a los de la Estatua de la Libertad de los Estados Unidos. Del lado derecho del relieve estaba otra deidad mirándolo todo: un humano con cabeza de Luna, sonriendo.

Debajo decía:

SOL INVICTO DEO ATIMETVS AVGG.NN SER'ACT FRAEDFORVM ROMANORUM. CIMRM 368.

En su vientre sintió el calor de un cuchillo. Su compañero se lo enterró dentro de la carne, entre la vesícula y el hígado:

—Licio Gelli es el hombre más poderoso del mundo. ¿Cómo pudo el gobierno de Italia, que está totalmente infiltrado por nosotros, tomar una decisión tan temeraria como ésta? ¿Meterte con este hombre, que tiene a sus iniciados dentro del gobierno, y en los tribunales, y en el ejército de Italia, y en los servicios secretos? —y le sumió más el puñal, hasta rasparle el hueso de la columna. Miró hacia Mitra. Cerró los ojos—. ¿Quién traicionó a nuestro venerable maestro, a nuestro hombre león? ¿Fuiste tú, amigo del "papa"?

Sutano nos dijo desde arriba, en la escalerilla:

—Fue uno de los más grandes golpes de la humanidad contra un gobierno secreto, contra una organización secreta. Alguien tuvo que respaldar al gobierno de Sandro Petrini y de Milán. Sandro Petrini no actuó solo. Era un socialista. Los estadounidenses no lo querían, pero el papa Juan Pablo II decidió hacerse su amigo.

En la galería Chiaramonti, frente al gigantesco relieve de Mitra, el hombre del puñal sacó de su sotana una fotografía. En ella estaban el presidente de Italia, Sandro Petrini, de ochenta y cuatro años, y el joven papa Juan Pablo II, ambos con ropaje alpino, esquiando juntos. Debajo decía: "Viaje secreto. Monte Adamello".

El hombre violentamente arrojó la fotografía sobre el cuerpo cortado de su compañero.

—Ahora cómete esta fotografía —le dijo—. Ahora vivirás para los comunistas. O Gladio Natus. Bello Latrociniisque Natus. Ordo 400.

A 570 kilómetros de distancia, en el norte de Italia, a mil metros de altura sobre el nivel del mar, en las heladas placas de hielo del monte Adamello, dentro de una cabaña de troncos el presidente de Italia, Alessandro Pertini, de ochenta y cuatro años, se le aproximó al papa Juan Pablo II:

—El primer ministro Arnaldo Forlani, del partido Democracia Cristiana, me critica porque soy socialista. Él no está dispuesto como yo a actuar contra esta organización de criminales. La organización que está detrás de todo esto es la gran logia masónica. ¿Usted lo sabe?

El Santo Padre se inclinó hacia delante.

—Sé gran parte de esto.

Sandro Pertini se le aproximó. Escucharon el crepitar del fuego en la chimenea.

—Tienen gente no sólo dentro del Vaticano. También dentro de mi propio gobierno. Controlan a la policía, a la corte, a las agencias de inteligencia. Los generales Giulio Grassini, Giuseppe Santovito y Orazio Giannini, jefes del Sisde, del Sismi y de la Guardia di Finanza, todos están en la logia de este hombre. Estoy rodeado por las personas que controla este hombre.

El papa lo miró. El presidente de Italia le dijo:

—Mi pregunta es si usted, hombre de Cristo, está dispuesto a hacer esto conmigo: lo que es justo. ¿Qué es lo que haría aquí Jesucristo?

El papa Juan Pablo II miró hacia la chimenea. Por un segundo vio el rostro de Jesús.

Sutano nos gritó, mojándose en el agua:

—Cuatro días después del cateo en Villa Wanda, el 21 de marzo de 1981, la policía de Italia y la judicatura de Milán ordenaron la captura de Licio Gelli. Cincuenta y tres días después, el 13 de mayo de 1981, a las 17 horas con 17 minutos, el papa Juan Pablo II recibió cuatro disparos de nueve milímetros en el abdomen y en el brazo. El primer ministro italiano Arnaldo Forlani cayó del poder en junio 1981 por el escándalo de la lista encontrada en la casa de Licio Gelli, donde había personas de su gabinete, y por su demora en dar a conocer esta lista. Cuando renunció, sucedió algo que no había ocurrido desde 1945: entró al cargo de primer ministro alguien que no era del partido Democracia Cristiana, el partido vinculado a la mafia y a la logia masónica de Licio Gelli, y al gobierno de los Estados Unidos. Todo esto se debió a la intervención del papa Juan Pablo II. Por eso se decidieron a asesinarlo.

Continuamos subiendo por la escalerilla metálica. El agua helada nos estaba golpeando en la cara.

—No sé cómo le haces para hablar con toda esta agua —le dije. Sentí mi ropa totalmente mojada. Comencé a gritar—: ¡Todo esto es horrible! ¡Todo esto es una pesadilla de mierda! ¡Pinche terror!

Clara me gritó:

—¡No seas malhablado, Pío del Rosario! No degrades aún más tu investidura de sacerdote, la cual no te corresponde. ¡Te comportas peor que el gorila Paul Marcinkus!

Sutano nos dijo:

—Precisamente, a pesar de los balazos, el papa Juan Pablo II no pudo deshacerse de ninguno de los conspiradores. Después de sobrevivir al atentado tuvo que "gobernar" teniendo a su lado al Gorila Marcinkus. Tal vez sabía que el Gorila había asesinado a su antecesor, pero ni entonces ni antes ni después pudo actuar contra Marcinkus. En vez de procesarlo o de correrlo lo mantuvo ahí, no sabemos por qué. Lo más seguro es que Marcinkus haya estado protegido por el gobierno de los Estados Unidos.

Sentí una náusea en el estómago.

Treinta y tres años en el pasado, el 13 de mayo de 1981, el presidente de Italia, Sandro Pertini, de ochenta y cinco años, con sus lentes oscuros, vigoroso, entró con dos ramos de flores en las manos a la habitación 1013 del hospital policlínico Agostino Gemelli, en el décimo piso, en las afueras de Roma. Sintió la garganta dura como una piedra. Vio al papa tirado sobre la cama, chupado hacia dentro. El presidente comenzó a avanzar. El papa le sonrió. Le ofreció la mano. El presidente de Italia suavemente se sentó junto a él. Permaneció sentado a su lado, viéndolo, sin soltarle la mano. Se la mantuvo apretada durante toda la noche.

—Mi madre me dijo: "Me has hecho triste porque te volviste ateo y socialista" —y se volvió hacia el papa—. Hoy —y señaló hacia arriba, hacia el cielo—, mi mamá, que está allá arriba, debe de estar feliz porque estoy aquí con el papa —y le sonrió, y suavemente le besó la cabeza—. No me voy a ir de aquí, mi amigo. Pase lo que pase, yo voy a estar aquí contigo.

Por la puerta de la habitación entraron dos hombres, también con flores: el secretario de Estado del Vaticano, Agostino Casaroli, con su cara de arrugada cebolla rancia, y el enorme y robusto Gorila, Paul Casimir Marcinkus. Ambos le sonrieron al presidente de Italia. Por detrás de ellos entraron tres generales de los servicios de inteligencia: los masones Giulio Grassini, Giuseppe Santovito y Orazio Giannini. A los cinco hombres les brillaron en las manos los anillos de la logia Propaganda Due.

101

Sutano Hidalgo aferró con sus manos sangradas una apertura horizontal en el pozo. El agua estaba cayéndonos desde ahí. Se le empapó la cara:

—¡Tenemos que entrar! —nos gritó—. Ésta es la única maldita salida. Vamos a tener que gatear contra la corriente. En un lugar al final de este ducto debe de estar un escupidero hacia el río Tíber.

Clara Vanthi le dijo:

—Voy a poder entrar si avanzas —y lo empujó por el trasero.

Sutano empezó a introducir su cuerpo por el ducto. El agua le pegó en la boca, pero luego bajó de intensidad, y siguió diciendo:

—El 9 de noviembre de 2010, siendo papa Benedicto XVI, el autor de los disparos contra el papa Juan Pablo II, el joven turco Mehmet Ali Agca, les dijo a los hombres de la Televisión Pública Turca: "El Vaticano decidió el asesinato contra el papa. Ellos fueron los que planearon y organizaron el asesinato. La orden de dispararle al papa me la dio el secretario de Estado del Vaticano, el cardenal Agostino Casaroli". Cuatro meses después del atentado, el 13 de agosto de 1981, el monseñor francés Marcel Lefebvre dio una conferencia a la prensa en Argentina.

—Monseñor Lefebvre —le preguntó uno de los reporteros argentinos—, ¿es verdad que está ocurriendo un atentado masónico dentro de la Santa Sede?

El monseñor, con la cara bondadosa del actor Clint Eastwood, le dijo:

—El cardenal Agostino Casaroli, actual secretario de Estado, se encuentra en la lista de la logia masónica P-2 que están publicando los periódicos. No soy yo quien lo dice, son los periódicos italianos.

—¡Monseñor Lefebvre! ¿Teme usted por su vida?

Sutano empezó a avanzar por el ducto, con manos y rodillas dentro del agua. Nos dijo:

—En su libro *Secretos vaticanos*, mi amigo el periodista italiano Eric Frattini lo cuenta: "Entre 1987 y hasta 1990, año en que asumió el cargo de secretario de Estado", el hombre que fue "la mano derecha y a veces ejecutora de la *Ostpolitik*" o política de apertura "del cardenal Agostino Casaroli" fue el cardenal italiano Angelo Sodano.

102

En el Vaticano, dentro del hotel Casa Santa Marta, el papa Francisco salió cuidadosamente hacia el pasillo. Miró a los lados:

—¿Viene a buscarme el cardenal Angelo Sodano? —y miró hacia el otro lado—. ¿Viene con el cardenal Loris Francesco Capovilla?

Por detrás lo asustó un guardia suizo.

El papa se llevó la mano al pecho.

—Dios mío… —le sonrió al guardia—. Me asustaste.

El guardia no le sonrió. Lo miró fijamente, sin expresión, con las quijadas endurecidas. El papa le acercó la silla de madera que estaba junto a la pared.

—Toma, amigo mío, siéntate. Debes de estar cansado, ¿no?

El joven no se movió.

—No debo sentarme. Es contra las órdenes. Estoy aquí para protegerlo.

—Amigo mío —le sonrió el papa—. Yo soy el que da las órdenes por aquí. Si necesitas un descanso, debes tomarte un descanso.

El guardia permaneció de pie. El papa suavemente le puso la mano en el brazo.

—Voy a traerte un *cappuccino*. Eso va a caerte bien.

El papa comenzó a caminar por el corredor. Avanzó bajo las lámparas del techo, hacia la máquina de los cafés. Arrastró por el piso sus zapatos ortopédicos. Fue a traerle su *cappuccino*. El oficial lo observó con sus ojos entrecerrados.

103

En el ducto de agua helada, Sutano Hidalgo continuó:

—La periodista Sara Carreira, de *La Voz de Galicia*, publicó el 4 de marzo de 2013: "Angelo Sodano, un hombre del pasado, que puede ser la clave del futuro; con Paulo VI se encargó de los asuntos de Rumania, Alemania Oriental y Hungría, y allí conoció a su maestro Agostino Casaroli, secretario de Estado del Vaticano. En 1988 volvió a Roma y se encargó de dirigir las relaciones del Vaticano con Rusia". En 1991 Juan Pablo II lo nombró secretario de Estado en relevo del "maestro" del propio Sodano, Agostino Casaroli.

Clara Vanthi intervino:

—En 1988 fue precisamente cuando el dinero de los Legionarios de Cristo y de la mafia Magliana, a través de cuentas clasificadas del Banco Vaticano, culminó la financiación de la operación secreta para apoyar el levantamiento del partido Solidaridad en Polonia, que provocó una reacción en cadena en todos los países vecinos, también bajo la dominación de la Unión Soviética: Estonia, Hungría, Alemania del Este, Bulgaria, Checoslovaquia y Rumania: las llamadas "Revoluciones de 1989". Angelo Sodano no debe de ser ningún tonto. Es el hombre que cumplió la "segunda promesa de Fátima": el derrumbe de la Unión Soviética.

Sutano, avanzando contra los chorros de agua, le respondió:

—Tal vez por eso había protegido tanto tiempo a Marcial Maciel y evitó que se le procesara por pederastia: necesitaba el dinero de los Legionarios de Cristo para la Operación Polonia! ¡Por eso le dijo a Joseph Ratzinger, cuando aún no era el papa Benedicto, sino uno más de los hombres de Juan Pablo II: "No toques a los Legionarios de Cristo"! Según el periodista Gordon Thomas, la CIA transfirió anualmente doscientos millones de dólares en forma secreta para el partido Solidaridad. Mucho de esto lo hizo a través de operadores del Vaticano y por medio de redes de sindicatos controlados por la CIA, como la red AFL-CIO, de la American Federation of Labor. En *Secretos ejecutivos*, página 201, William J. Daugherty dice que para 1985 la CIA tenía infiltrada Polonia. El Vaticano fue el martillo que destruyó al enemigo más grave que han enfrentado los Estados Unidos, y para ello no tuvo que disparar un solo tiro. Todo lo realizó con la ayuda del dinero de la mafia y de las operaciones de narcotráfico apoyadas por el propio gobierno de los Estados Unidos, con auxilio de los protocolos del secreto bancario del Banco Vaticano, nacido con apoyo estadounidense, que impidieron a cualquier autoridad en el mundo investigar ninguna de estas transacciones.

Cuarenta años atrás, en 1976, un hombre delgado, elegantemente trajeado, con la frente grande y una mirada extremadamente inteligente —el polaco Zbigniew Brzezinski— recibió en sus manos el nombramiento de asesor estratégico. El candidato a la presidencia de los Estados Unidos, Jimmy Carter, lo tomó por las manos:

—He anunciado mi campaña. Voy a ser el presidente de los Estados Unidos, y en todos los medios he hecho saber que soy un entusiasta alumno de mi querido maestro Zbigniew Brzezinski —y le apretó las manos—. Con tu ayuda voy a tener esta victoria. Quiero que seas mi asesor de seguridad nacional.

El polaco le sonrió.

—En Polonia están empezando a ocurrir revueltas. Son personas católicas que quieren la libertad. Están luchando contra la opresión de los soviéticos. Sería conveniente incrementar la potencia de las estaciones de radio que ellos utilizan en la zona y también la de Radio Europa Libre.

El precandidato Jimmy Carter lo miró fijamente.

—Pero ¿eso no va a encolerizar más a los rusos?

Zbigniew Brzezinski le dijo:

—Un pequeño apoyo a los rebeldes en Polonia y otro pequeño apoyo a los rebeldes en Afganistán, en ambos casos contra la tiranía comunista del *soviet*, los va a hacer morder el anzuelo —y con las manos delineó un imaginario mapa de Euroasia—. Van a reaccionar aplastando. Esto los va a desmoronar. Vamos a darles a los soviéticos su propio Vietnam.

En el ducto de agua a presión, Sutano Hidalgo nos dijo:

—Los rebeldes que los estadounidenses apoyamos en Afganistán fueron los muyahidines, hoy llamados "Al Qaeda" y "ancestros del Estado Islámico", con financiamientos de más de seiscientos millones de dólares anuales. El 18 de enero de 1998, Zbigniew Brezinski admitió ante el periódico francés *Le Nouvel Observateur* que la CIA empezó a apoyar a los muyahidines desde antes de que los rusos invadieran Afganistán, precisamente para detonar esa invasión. Era el Vietnam que querían darle a Rusia, para destruir su economía por medio de una guerra de larga duración donde los enemigos del *soviet* iban a recibir secretamente armamento por parte de los Estados Unidos, en la Operación Cyclone, con dinero proveniente de la venta de pertrechos a otros países y probablemente canalizado en parte por la vía de las cuentas clasificadas del Banco Vaticano.

El torrente de agua comenzó a metérseme por la boca. Les grité:

—¡No puedo respirar! ¡Me tengo que ir! —y miré hacia arriba. Sólo vi tubos y el cemento mojado.

Sutano continuó:

—En pocas palabras, la estrategia fue acorralar a la Unión Soviética entre dos problemas titánicos: una guerra "de Vietnam" en Afganistán y, por el lado de Europa, un levantamiento social obrero católico en Polonia capaz de unificar al mundo contra los comunistas, apoyado por el Vaticano y por el propio papa Juan Pablo II. Pero como ya vimos, todo esto comenzó en 1976, dos años antes de que el papa Juan Pablo II siquiera fuera elegido. Ni siquiera su antecesor Juan Pablo I había sido elegido y mucho menos asesinado por oponerse a todo esto. Por consejo de su asesor de seguridad nacional, la primera gira internacional del presidente de los Estados Unidos Jimmy Carter, el 29 de diciembre de 1977, un año antes de la elección de Karol Wojtyla, fue nada menos que a Polonia. En esa visita, el presidente Carter se estrechó la mano con el cardenal polaco Stefan Wyszynski. Ahí se selló el futuro, y el fin de la Unión Soviética.

Clara Vanthi le dijo:

—Supongo que esto quiere decir que desde 1976, dos años antes de la elección de Juan Pablo II, Polonia ya era el centro del mundo, el eje de la estrategia de los Estados Unidos. Karol Wojtyla sólo fue una consecuencia.

Sutano asintió:

—Lo dicen el memorando NSDD 32 y la entrevista de Don R. Kienzle y James F. Shea con Lane Kirkland el 13 de noviembre de 1996. La administración de Carter intentó detener un conflicto entre la organización de sindicatos AFL-CIO en Polonia y la Unión Soviética, sin éxito.

104

En el ducto de agua fría, Sutano Hidalgo siguió refiriendo:

—En su entrevista con los periodistas Don R. Kienzle y James F. Shea, Lane Kirkland les dijo: "Hubo un precursor de Solidaridad en Polonia. Fue una especie de organización encubierta llamada KOR, con la cual tuvimos contactos por medio de Irving Brown en nuestra oficina de París. Les dimos alguna ayuda durante el periodo previo a las huelgas que llevaron a la formación de Solidaridad. Y por supuesto, cuando Solidaridad surgió en 1980 y 1981, estuvimos decididamente en su apoyo. Organizamos el fondo de ayuda polaca, aun cuando un sector de nuestro propio gobierno se opuso: el secretario de Estado Ed Muskie".

Sutano siguió avanzando. Nos dijo:

—Según Bennet Kovrig en su libro *Of Walls and Bridges*, "Brzezinski usó a Lane Kirkland y otros canales para comunicarse con Solidaridad, y él personalmente telefoneó al papa". Según Grover C. Furr, Tom Braden, ex jefe de la División de Asuntos Internacionales de la CIA, reveló en 1967 que Irving Brown era un agente de la misma y que "agrupó a exnazis y a mafiosos de Córcega, muchos de ellos pesadamente involucrados en el contrabando de heroína, y trabajando para la CIA, para infiltrar a sindicatos comunistas y para aterrorizar a los trabajadores en Europa, todo con financiamiento de la propia CIA".

Seguí gateando con las manos y las rodillas dentro del agua.

—Todo esto es horrible.

Sutano continuó:

—Y el plan funcionó. Cuando los rusos vieron que estaba comenzando el levantamiento sindical rebelde de los católicos, mordieron el anzuelo. Enviaron sus tanques. Cortaron las comunicaciones. Declararon el estado de excepción. Fue entonces cuando Marcial Maciel Degollado pagó a la CIA la radio que permitió al papa Juan Pablo II seguir en comunicación con el líder de la rebelión, Lech Walesa, que acabó convertido en presidente de Polonia. Así comenzó el "inicio del fin" de la URSS. Por el lado de Asia, los soviéticos acababan de morder el mismo anzuelo unos meses antes, en Afganistán: el anzuelo de la Operación Cyclone para apoyar al hoy llamado Al Qaeda; y ahora estaban haciendo lo mismo en Polonia: reprimir un movimiento con violencia. Los estadounidenses lo habíamos hecho excelentemente: los acabábamos de enfrascar en dos guerras civiles que iban a destruir sus reservas. Brzezinski había logrado darles "su propio Vietnam".

En el fondo del oscuro túnel vi un resplandor de color verde: una figura. Era una mujer. Su vestido comenzó a emitir una luz verdosa. "No, Dios… —me dije—. No puede ser."

Era la bailarina Sabrina Minardi, una vez más. Gateó hacia nosotros, con las manos metidas en el agua. Me sonrió. Resplandecieron las gotas en su cara.

—No puede ser… —les dije a todos—. ¡Estoy teniendo alucinaciones! ¿Es la morfina…? —y me volví hacia Sutano—. ¿Esto es lo que pasa con la morfina?

La bella amante del mafioso Enrico de Pedis me susurró en el oído:

—Nunca pierdas la esperanza. Busca ahora mismo al papa. Todo está comenzando de nuevo.

—Justo lo que me faltaba.

105

En el Vaticano comenzaron a sonar las gigantescas seis campanas de 11 toneladas de la basílica de San Pedro —llamadas *campanone*, de 2.5 metros de diámetro cada una—. Por encima de los campanarios, en la terraza de la fachada, el colosal Cristo Redentor, de 5.5 metros de altura, pareció volver sus ojos hacia sus doce apóstoles, también de 5.5 metros de altura, para reiniciar la evangelización del mundo.

Abajo, en el Palacio Apostólico, el Santo Padre se le aproximó al poderoso secretario de Estado, Tarcisio Bertone, quien, rodeado por sus hombres, lo miró desde su majestuosa altura con la expresión sonriente y dominante del actor cómico Will Ferrell.

—Su Santidad… —y le apretó fuertemente las manos—. Usted sabe que yo tengo un especial aprecio por el señor Paolo Cipriani, que hasta hace poco fue el segundo al mando en el Banco Vaticano. Usted ha decidido que se vaya, y yo deseo preguntarle si puede estar de regreso —y le sonrió.

Sonó una nueva campanada.

—Querido cardenal Tarcisio Bertone, está usted despedido.

En realidad no utilizó esas palabras. Fue entonces cuando le avisaron que el presidente Putin había llegado.

Afuera, la periodista Maria Antonietta Calabro del diario *Corriere della Sera*, al tanto de la inesperada cumbre, informó en el micrófono: "El papa Francisco acaba de suspender de su cargo al segundo hombre más poderoso del Vaticano: Tarcisio Bertone. Éste es el fin de una era, la "Era Bertone". Bergoglio nombra en su lugar al nuncio del Vaticano en Venezuela, monseñor Pietro Parolin, que es veinte años más joven y que trabajó para el anterior secretario de Estado Angelo Sodano. A su vez, para el puesto de secretario general del Gobernorato de la Santa Sede del Vaticano, el papa ha designado al padre español Fernando Vérgez Alzaga, en remplazo de monseñor Giuseppe Sciacca, consagrado obispo hace dos años por el cardenal Tarcisio Bertone.

Se desplegó en los corredores un imponente operativo de seguridad con 40 hombres: oficiales de la Guardia Suiza vaticana y agentes de la Federal'naya sluzhba bezopasnosti Rossiyskoy Federatsii —Servicio de Seguridad Federal de la Federación Rusa, el ex KGB—. Entre las lanzas y las bayonetas avanzó hacia el papa Francisco el presidente de Rusia, Vladimir Putin.

Se abrazaron bajo los candelabros. Por detrás de ambos líderes se enderezaron para las fotografías el arzobispo Pietro Parolin, nuevo secretario de Estado del Vaticano; el arzobispo Dominique Mamberti, secretario de Relaciones con Estados, y el diplomático ruso Yuri Ushakov. El presidente Putin suavemente estrechó las manos del papa.

—Gracias por su carta —y le sonrió.

El fotógrafo de la agencia RIA Nóvosti, Michael Klimentyev, disparó el botón de su cámara.

El asesor de Putin Yuri Ushakov, ejecutivo de política exterior —y ex embajador ruso ante los Estados Unidos—, les sonrió a los reporteros:

—La carta que el Santo Padre ha enviado al presidente Putin ha servido como un muy constructivo fondo para la discusión sobre la crisis de Siria, en preparación para la reunión cumbre de líderes del mundo en el G-20. Después de esta carta se han presentado desarrollos bastante interesantes y positivos, tomando en consideración las iniciativas sugeridas por nuestro presidente —y miró hacia el papa.

—¿Usted cree que las dos potencias van a retirar sus apoyos militares a las partes en conflicto en Siria? —le preguntó un reportero—. ¿El presidente Putin está realmente dispuesto a retirar cualquier presencia rusa del territorio sirio, si los estadounidenses hacen lo mismo?

Yuri Ushakov, de apariencia impecable, se llevó la mano al abdomen:

—El presidente Putin está plenamente confiado en la labor que el papa Francisco puede lograr para que triunfen la paz y el entendimiento en el mundo.

Las puertas se cerraron.

Adentro, en la biblioteca, cuyos techos estucados tenían relieves dorados iluminados desde los lados por lámparas ocultas, frente a un muro con el retrato de tres metros de altura de la resurrección de Jesucristo, el presidente de Rusia y el papa intercambiaron imágenes de la Virgen María. Las colocaron cuidadosamente sobre una mesa de terciopelo de color rojo, en el centro de la biblioteca.

El líder ruso se arrodilló en el piso, ante el regalo del papa. Cerró los ojos. Suavemente abrazó con las manos a la Virgen María. La besó en la frente.

Afuera, el diácono Keith Fournier, editorialista de Catholic Online, informó: "El patriarca Cirilo ha enfrentado oposición dentro de la Iglesia ortodoxa rusa por su diálogo con la Iglesia católica. Sin embargo, él no ha mostrado ningún signo de desear retroceder en este acercamiento, particularmente en sumar esfuerzos para combatir la cultura de la muerte y el relativismo moral. No olvidemos la carta que la hermana Lucía dos Santos, vidente de Fátima, le dio al papa Juan Pablo II el 12 de mayo de 1982, donde ella le refiere las palabras de la Virgen: 'Si mis peticiones son cumplidas, Rusia va a ser convertida, y va a haber paz. Si no, Rusia va a esparcir sus errores a través del mundo, causando guerras y persecuciones contra la Iglesia. Los que son buenos van a ser martirizados; el Santo Padre va a tener muchos sufrimientos, y varias naciones van a ser aniquiladas' ".

106

—Se refieren a convertir a Rusia al catolicismo —me dijo Sutano Hidalgo en el maldito ducto de corriente de agua helada, que me siguió golpeando en la cara—. El hecho de que el papa Juan Pablo II haya destruido a la Unión Soviética y que haya derrumbado el "comunismo", al parecer, no satisfizo en lo más mínimo a la Virgen de Fátima, pues Rusia sigue siendo ortodoxa rusa. No se convirtió al catolicismo. En pocas palabras: no sirvió para nada. El mundo está bajo una maldita amenaza profetizada en Fátima, y en cualquier momento se va a detonar el pinche apocalipsis, a menos de que los rusos dejen de ser ortodoxos y "se conviertan".

Seguimos avanzando, muy consternados.

—Pues eso de que los rusos se conviertan no parece tan difícil —dije yo.

Clara Vanthi me miró con sus enormes ojos verdes de gato. "Tiene razón Sutano Hidalgo. Pío del Rosario demuestra ser todo un legionario de Cristo. En su mente sólo existen los Legionarios de Cristo. Todo lo demás es un decorado irrelevante del mundo, al cual se le puede utilizar como simple objeto de caridad. Padece de autismo autoexcluyente".

En Moscú, Rusia, a seis cuadras del Kremlin, dentro de la enorme catedral de Cristo Salvador —una enorme mole de color blanco, con domos dorados en forma de cebollas—, un hombre vestido con una túnica completamente negra y la cabeza cubierta por un sombrero con mantas negras hacia los lados —un sacerdote de la Iglesia ortodoxa rusa— gritó hacia miles de creyentes:

—¡De ninguna manera nos vamos a convertir al catolicismo! ¿Qué fantasía están pensando? ¡Nosotros somos la verdadera Iglesia de Cristo!

¡Son ellos los que se separaron hace mil años! —y con gran energía levantó un pesado libro—. ¡Éstas son las palabras de nuestro amado patriarca de Moscú y de todas las Rusias, Alexis I, en 1946, dirigidas a los pocos católicos que aún quedaban en Rusia!: "¡Libérense a sí mismos! ¡Ustedes deben romper las cadenas con el Vaticano, que los ha arrojado al abismo del error, de la oscuridad y de la decadencia espiritual! ¡Apúrense! ¡Regresen a su verdadera madre, la Iglesia ortodoxa rusa!"

—Como ustedes ven —nos dijo Sutano en el túnel— se trata de un problema complejo.

Afuera del Vaticano, en la Piazza del Risorgimento, junto a un quiosco octagonal de color verde situado en medio de los árboles, el padre Paul Leonard Kramer, con sus grandes barbas y su melena semejantes a los de un poderoso león, alcanzó a ver por encima de la muralla la cúpula de la basílica de San Pedro.

Un hombre de anteojos oscuros se le aproximó:

—El presidente Putin ya está conversando con el papa.

El padre Kramer lentamente asintió con la cabeza. Se llevó las manos juntas a la boca. Cerró los ojos.

—Recemos por la conversión de Rusia.

107

En el ducto de regulación de torrentes del río Tíber, tragando agua, Sutano Hidalgo nos dijo:

—Pero la pesadilla de Juan Pablo II, el papa polaco, no terminó después de que atentaron fallidamente contra su vida el 13 de mayo de 1981, día que curiosamente se conmemoraba la supuesta primera visión de la Virgen en Fátima. Justo al año del atentado, el 12 de mayo de 1982, Juan Pablo II fue a Fátima para colocar una de las balas de su atentado en el altar de la Virgen. Para su sorpresa, ese día le sucedieron dos cosas "apocalípticas": bajo el enceguecedor resplandor del sol de la tarde contra la blanca e imponente torre de aguja del templo de la Virgen, entre la muchedumbre, un joven cura español de la Fraternidad Sacerdotal de San Pío X, José María Fernández y Krohn —hombre de densas barbas negras y anchas cejas, ordenado personalmente por el obispo rebelde francés Marcel Lefebvre—, se le aproximó con gran entusiasmo al papa.

—¡Su Santidad! ¡Muera el Concilio Vaticano II!

A los lados de Karol Wojtyla, sus dos hombres se enderezaron: su secretario personal —también polaco—, Stanislaw Dziwisz, y el Gorila Paul Marcinkus, con su habitual cara de odio. Con sus grandes brazos de Chicago comenzó a apartar a las personas.

Fernández y Krohn le gritó a Juan Pablo II:

—¡Su Santidad, Su Santidad! —y le enterró una bayoneta en el abdomen. La gente comenzó a gritar.

—¡No otra vez! ¡No otra vez! ¡Están atentando contra el papa! ¡Se está repitiendo el atentado!

No podían creerlo.

El cardenal Stanislaw Dziwisz vio con claridad el objeto metálico saliendo con sangre del cuerpo de Su Santidad. El papa comenzó a caer. El sacerdote español le gritó de nuevo:

—¡Muera el Concilio Vaticano II! ¡Muera el comunismo! ¡Este papa está ligado con los socialistas! ¡El Vaticano está entregado a la Unión Soviética! ¡Juan Pablo II es un agente secreto de los soviéticos!

El Gorila Marcinkus procedió a sujetar al sacerdote Krohn. En la confusión, un hombre joven gritó:

—¡Viva el verdadero y auténtico papa Gregorio XVII, a quien nunca le permitieron ocupar su trono petrino! ¡Viva la Sociedad Ordo 400! ¡Estamos bajo ocupación masónica!

Horas más tarde, dentro del santuario de Nuestra Señora de Fátima, en una habitación apagada, el Santo Padre estaba de nuevo tendido sobre la cama.

—Nadie debe saber que usted fue efectivamente herido el día de hoy —le sonrió el presidente del Banco Vaticano, Paul Casimir Marcinkus. Le acarició la cabeza—. Pueden saber que fue atacado, pero no herido. ¿De acuerdo? Recuerde que yo lo rescaté. Yo le salvé la vida.

El cardenal polaco Stanislaw Dziwisz estaba pasmado. Observó las manchas de sangre en la sotana blanca del Santo Padre.

—¿Por qué hacen todo esto? ¿Por qué aquí, en Fátima? ¿Por qué justo en estas fechas simbólicas de la aparición de Nuestra Señora?

La puerta de la habitación empezó a rechinar. Todos permanecieron en silencio. Lentamente entró una persona de muy baja estatura, envuelta en un ropaje gris, con el rostro cubierto. Sus ojos eran sólo dos brillos ocultos por la tela. Habló con chirridos:

—La hermana Lucía ha permanecido encerrada demasiado tiempo en el convento de Coímbra. Ningún papa, ningún obispo en todo este tiempo se ha dignado cumplir la petición que nos hizo la Virgen en Fátima hace sesenta y cinco años.

Sonó una campanada. La persona envuelta en ropajes grises continuó:

—No fue hasta hace dos meses, en marzo pasado, cuando el nuncio suyo aquí en Portugal, Santidad, se dignó reunirse con la hermana Lucía. Ella le explicó lo que tiene que hacerse para la conversión de Rusia: una consagración de Rusia al inmaculado corazón de María. Pero el nuncio intencionalmente omitió decirle a usted que la consagración de Rusia debe hacerse debidamente, es decir: en un gran sínodo, con todos los obispos del mundo, y en forma pública, con los medios de comunicación.

El papa, en la cama, miró hacia el techo. Observó las manchas causadas por la humedad. Lentamente se llevó la mano hacia su herida.

—¿Quieren que yo inicie un acto de provocación para encolerizar a los líderes de la Unión Soviética?

El cardenal Stanislaw Dziwisz se volvió hacia Marcinkus. Marcinkus le sonrió. Dziwisz frunció el ceño. La persona de ropajes grises suavemente levantó un documento:

—Santísimo Padre: esta carta se la acaba de escribir la hermana Lucía —y comenzó a llorar. Extendió la mano. El poderoso Paul Casimir Marcinkus recibió el papel entre sus anchos dedos. Miró al papa a los ojos. Leyó:

—"La tercera parte del secreto se refiere a las palabras de Nuestra Señora: si Rusia no se convierte va a esparcir sus errores a través del mundo. Causará guerras y persecuciones contra la Iglesia. Los buenos van a ser martirizados. El Santo Padre va a sufrir y varias naciones van a ser aniquiladas. Si mi petición es cumplida, Rusia será convertida y habrá paz. Pero como nosotros los humanos no hemos cumplido esta simple petición de Nuestra Señora, Rusia ha invadido el mundo con sus errores. Nos estamos acercando hacia el cumplimiento final de la profecía a grandes pasos" —y Markincus miró al cardenal Stanislaw Dziwisz—. "Y no digamos que es Dios el que nos castigó; al contrario, son los hombres los que preparan por su cuenta su propio castigo. Dios nos advierte con premura y nos llama al buen camino, respetando la libertad que nos ha dado. Por lo tanto, son los hombres los responsables" —y el cardenal norteamericano se aclaró la garganta. Miró al Santo Padre en una forma espeluznante.

108

—Esta pequeña monjita, esta diminuta mujer aterró al mundo —nos dijo Sutano Hidalgo—. Lucía dos Santos, haya o no haya visto a la Virgen en Fátima, tiene hasta el día de hoy temblando a más de mil millones de seres humanos. Desde 1941, año en el que escribió por primera vez y publicó los dos primeros secretos, ha tenido a su merced a ocho papas: Pío XII, Juan XXIII, Paulo VI, Juan Pablo I, Juan Pablo II, Benedicto XVI y Francisco.

—Estás mintiendo —le dije—. La hermana Lucía murió en 2005. Los últimos dos papas no pudieron estar "a su merced".

—Lo están —y me sonrió—. El que ella haya muerto ya no importa en lo más mínimo. La visión de Fátima es tan poderosa que nos tiene a todos a su merced, en el maldito filo, y el mismo mundo puede irse al demonio como consecuencia de esa visión, que no es más que una versión moderna del apocalipsis de Juan. Lo esencial es lo siguiente: si el mundo no se destruye por la voluntad misma de la Virgen, si su "mandato de consagrar a Rusia" es desobedecido, la destrucción del mundo la van a llevar a cabo los propios humanos, los mismos millones de fanáticos que creen que ese mensaje es cierto.

Avancé contra el agua.

—No te entiendo.

Clara suavemente me tomó la mano, dentro del agua.

—No te preocupes, Pío. Dicen que hay píldoras para aumentar el coeficiente intelectual —y con mucha ternura me sonrió.

—Es claro que querían obligar al papa Juan Pablo II a hacerle una especie de declaración de guerra a Rusia y al comunismo —nos dijo Sutano—, incluso a la Iglesia ortodoxa rusa; crear y levantar un "frente aliado" compuesto por docenas de naciones protestantes y católicas que iniciaran una nueva cruzada, la Décima Cruzada, como la que hace mil años iniciaron los papas Gregorio VII y Urbano II, en 1074 y 1095, cuando comenzaron la invasión ario-germánica del Medio Oriente utilizando la religión como un pinche pretexto para apoderarse de territorios y rutas de comercio mundiales.

Clara Vanthi lo miró asombrada. Me susurró:

—Sutano Hidalgo es un hombre muy inteligente, muy brillante y muy culto, y también es muy valiente e interesante. Pero yo te prefiero. Yo también necesito píldoras para aumentarme la inteligencia —y me sonrió.

—Querían que Juan Pablo rompiera con su amigo el socialista presidente de Italia Sandro Pertini. Cualquier acercamiento a los socialistas debía ser castigado. Cuando Juan Pablo visitó el santuario de Fátima, la Virgen pareció descargar toda su ira contra el pontífice de su propia Iglesia por no ser suficientemente anticomunista.

—¿Por qué hicieron algo como esto? ¿Por qué tanto odio contra los comunistas?

Sutano continuó avanzando en la oscuridad, tragando litros de agua del río Tíber.

—Se llama dinero. Antes de la caída de la Unión Soviética, treinta países del mundo actual estaban bajo su dominio: doce por ciento de la población humana. Albania, Bulgaria, Checoslovaquia, una gran lista. Ese gigantesco bloque estaba cerrado para los comerciantes estadounidenses. No podían venderle cosas. El total del dinero que ahora sacan de todo ese bloque que antes era "soviético" es de setenta mil millones de dólares. Los McDonalds, las Coca-Colas, las computadoras, los bancos. Ahora hay cuatrocientos millones de personas aportando sus ahorros a las compañías del Tío Samuel. Eso es la "promesa de la Virgen de Fátima". Para que me entiendas: esto es como en la película *Matrix*, sólo que sin robots. Las máquinas chupadoras de dinero son empresas transnacionales. El dinero viaja hacia "los controladores", y con ese dinero ellos crean más mitos para mantenerte aportando. Si no te tragas la "realidad teatro" que ellos te dan como alimento, entonces gastan un poco más, te envían escuadrones para asesinarte, o soldados para que no hagas escándalos.

Clara Vanthi me dijo:

—¿Sabes? Ojalá sí fueras más como Sutano Hidalgo —y lo tomó de la mano.

Miré la pared. Sentí dolor en mi estómago. Sutano me miró:

—Pío del Rosario, yo dejé todo para venir a ti, para venir a salvarte. Eres demasiado importante para mí, para mi vida.

Cerré los ojos. Para todos era importante, pero nadie me decía por qué, ¡maldita morfina! Vi la borrosa habitación donde murió Marcial Maciel Degollado. Los sacerdotes ahora fueron manchas oscuras moviéndose deformadas. En las cortinas, junto al espejo, vi la figura de un hombre.

—Tú eras el hombre de la CIA.

Sutano me dijo:

—Pío: como ves, la conspiración para matar al papa Juan Pablo I y la conspiración para matar al papa Juan Pablo II son exactamente la misma. No ha terminado. El papa Benedicto XVI renunció porque recibió una maldita amenaza de muerte y nadie sabe aún quién está detrás de todo. Pero si Benedicto recibió amenazas, el papa Juan Pablo II recibió cuatro balazos en su cuerpo. Le encajaron una bayoneta. Gobernó y fue papa durante todos esos años, pero todos esos años lo hizo amenazado. Hay un poder que aún no conocemos dentro de la Iglesia católica. Eso es lo que tenemos que encontrar hoy mismo, y lo vamos a encontrar —y siguió avanzando.

Llegamos a un callejón sin salida.

—¿Estás diciendo que la aparición de Fátima fue un cuento? —le pregunté a Sutano Hidalgo—. ¡Cómo te atreves, maldito sabelotodo!

Comencé a golpearlo.

En realidad, estábamos en el fin del túnel. Ya no había nada hacia delante, sólo una maldita pared de concreto. Teníamos las piernas metidas en el agua helada. Hacia arriba había un ducto vertical sin ninguna clase de asidero o escalerilla que nos pudiera ayudar a salir. En lo alto vimos una luz brillante, aproximadamente a veinte metros de altura. Desde lo alto nos cayeron litros y más litros de agua del río Tíber.

Sutano me gritó:

—¡No estoy discutiendo si la aparición de la Virgen ocurrió o no! Sólo quiero saber qué fue lo que pasó realmente. Si la Virgen María, madre de Cristo, vino al mundo para amenazar a una pobre niña de diez años, eso me parece realmente extraño. Así no era la Virgen María en la época de Cristo: era amorosa, a todos perdonaba. ¿En qué maldito siglo le cambió el carácter? ¿Por qué ahora sólo habla del apocalipsis? Cuando estuvo en México, ¿acaso no dijo: "No tengas miedo, mi niño, si yo estoy aquí contigo"? ¡Y eso fue hace sólo quinientos años!

Me golpeó en la cara.

—¡Eres un maldito manipulado! —y me arrojó al agua—. No tengas miedo de explorar el camino hacia la verdad ¿Acaso aún no te has dado cuenta de que el secreto de Fátima es un arma, y que ahora te están usando? ¡Estos hombres han empleado esa arma magnífica cada vez que desean dirigir a un idiota fanático como tú para asesinar o derrocar a un nuevo papa! —y de nuevo me golpeó en la cara—. ¡Despierta a la vida, mi amigo! ¡Abre tus ojos y despierta! ¡Vine hasta aquí para salvarte!

Clara Vanthi nos gritó:

—¡¿Qué les pasa, malditos animales?! ¡No se han dado cuenta de que el hombre que venía con nosotros ya no está! ¡¿Dónde diablos se quedó?! ¡¿No les importa?!

—La verdad, no —le respondimos al mismo tiempo. Le di un revés a Sutano en la cara. Le dije:

—¿Cómo esperas que te creamos todas las malditas mentiras que nos estás diciendo? Dices que eres un agente de la CIA y te la has pasado hablando mal de la CIA. ¿Qué agente con mediana lealtad hace eso? ¿No juraste algún voto de silencio?

—Yo nunca te dije que soy un agente de la CIA.

—¿No eres un agente de la CIA, maldito mentiroso? ¿Y qué hay de tu estúpida moneda de un dólar? ¿No nos dijiste: "Este dólar de oro me lo dio el director de operaciones de la CIA, mi 'maestro' Ted Shackley"?

—Sí soy un agente de la CIA, pero tú lo afirmas como si yo te lo hubiera confirmado. Lo diste por hecho, y sólo te basaste en tu propia idiotez. Yo nunca te respondí. Tú mismo lo hiciste. Eso se llama ser un pendejo —y me golpeó en el pecho con su zapato. Me fui hacia atrás en el agua—. Por eso te digo que eres un maldito manipulado. Nunca has tenido un pensamiento propio ni cierto porque has vivido de lo que otros te dan han dado de tragar, y por eso te han manejado como a un siervo. ¿Acaso creíste eso de que los Legionarios de Cristo te eligieron por tu "capacidad de liderazgo"? ¡Te han estado manipulando! No sabes para quién trabajas y no tienes ni el cerebro ni la voluntad para investigar para quién trabajo yo, o esta linda periodista sin empleo —y le guiñó el ojo a Clara.

Me enderecé para salir del agua. Sutano me dijo:

—Pío del Rosario, yo dejé todo para venir a ti. Vine hasta aquí para salvarte. ¿Así es como me agradeces? ¡Mal parido! —y me golpeó en la cabeza—. ¡Dejé a una mujer que fue el monstruo abominable del que Satanás escapó cuando fue a encerrarse al maldito Infierno! —y me golpeó en la espalda. Comencé a tambalearme. Caí de nuevo al agua. Escuché mis propias burbujas. Las tragué. Debajo del agua intenté gritar:

—¡Te aborrezco, maldito jardinero!

Cuando salí del agua, Clara y Sutano estaban mirando hacia arriba, hacia la luz desde la que estaba cayendo el agua a cántaros. Clara le gritó:

—¡Deja a Pío en paz! ¡No tiene la culpa de las condiciones de su nacimiento! ¡¿Cómo vamos a salir de aquí?!

—No lo sé —respondió—. Vamos a tener que regresarnos por donde vinimos —y señaló hacia el ducto.

—¿Estás loco? —dijo ella entre los chorros de agua—. ¿Para eso nos hiciste mojarnos tanto? ¡Allá están los masones que nos están persiguiendo! ¿No los viste? ¡Nos están esperando con la maldita Policía de

Finanzas! Nos van a llevar arrestados a la Torre del Banco Vaticano, a los calabozos del prelado, si no es que nos sacrifican vivos aquí abajo. Son parte de la misma logia. ¡Son Ordine Nuovo!

—Es verdad —le dije—. Por tu maldita culpa estamos innecesariamente mojados.

Me llevé las manos a la cara.

—Esto no está pasando. Esto no está pasando —y me pasé las manos llenas de agua por la cara—. Todo esto es tan horrible.

Sutano miró hacia arriba.

—Conservemos la calma. La desesperación puede convertir a un soldado capaz en un sujeto ineficaz para tomar decisiones —y me miró a los ojos—. Debemos administrarnos con la economía de las emociones. "Si la ira no ayuda al soldado a tener éxito para sobrevivir, entonces la frustración aumenta aún más. Un ciclo destructivo entre ira y frustración continúa hasta que la persona se deprime física, emocional y mentalmente".

El agua me empezó a caer de lleno en la boca. Toda mi ropa estaba adherida a mi cuerpo, como una goma congelada. Al otro lado de los chorros que me estaban corriendo sobre los ojos vi a Clara Vanthi. Ella abrazó a Sutano Hidalgo. Le pegó su cuerpo, porque tenía frío y miedo. Él la abrazó a ella con un solo brazo, como si fuera el héroe de una película de acción. Me sonrió.

—Pío del Rosario: aprende a controlar tus emociones —y me guiñó un ojo.

—Tienes razón —le dije—. Cuando todo esto comenzó yo no tenía nada. Ahora, después de conocerlos a ustedes dos, sigo sin tener nada. Nunca he tenido nada. Pero te prometo que no voy a caer en una maldita depresión. Voy a deprimirte —y le arrojé mi puño, con el rosario metálico entre mis dedos, a la cara.

Con mucha fuerza, Clara nos sujetó a los dos por los brazos.

—¡Esperen, idiotas...! ¡Miren! —y con terror en los ojos señaló hacia el ducto por el que habíamos llegado. Vimos figuras humanas reptando desde el otro lado. Blandieron sus luces, sus linternas.

—Son los guardias de Finanzas.

Con un altavoz nos hicieron llegar un mensaje:

—¡Cuando sea el final del tiempo, cuando sea el tiempo de Saoshyant Mithra, el Sol Invicto se apagará, y la Luna-Mah-Maonghah se volverá de muchos colores, y habrá terremotos y devastación, y temor y terror! ¡Zand-I Vohuman, Yasht 3:4! ¡Día del sacrificio! ¡Día de la ofrenda humana para el renacimiento de Mithra! ¡Atrápenlos!

109

En el Vaticano, afuera de las murallas de la Santa Sede, en la Piazza del Risorgimento, el imponente padre Paul Leonard Kramer, con su poderosa barba de león, observó el atardecer. De entre los árboles vino hacia él, corriendo, un hombre. Venía trotando desde una de las puertas del Vaticano.

—¡Padre Kramer! —le dijo el hombre. Lo tomó por las manos—. El papa Francisco se negó a consagrar a Rusia.

—¿Cómo dices? —y el padre Kramer se enderezó.

—El presidente Vladimir Putin le pidió al papa Francisco que consagrara a Rusia al Inmaculado Corazón de María para que se cumpliera la segunda promesa de la Virgen de Fátima, y el papa Francisco le dijo que no iba a hacerlo.

El padre Paul Kramer miró hacia el piso. Comenzó a negar con la cabeza y miró hacia los árboles. Los pájaros en estallido —miles— salieron de las ramas. Trinaron como una sinfonía del apocalipsis.

—¿Por qué está pasando esto? —se preguntó el padre Kramer—. ¿Por qué rechazar la petición de un líder de estado, cuando es para la salvación del mundo?

Su informante le dijo:

—Allá adentro está el cardenal Gianfranco Ravasi, junto con el papa Francisco. Ravasi es el presidente del Pontificio Consejo para la Cultura. Hace unos días estuvo en las Catacumbas de Priscilla, donde se habló sobre mujeres sacerdotes. Ravasi es un masón. Ravasi observó todo este encuentro con Vladimir Putin frente a la estatua de Nuestra Señora de Fátima. Dijo: "Nosotros destruiremos Fátima".

Hizo una pausa. Le dijo al padre Kramer;

—Usted lo ha advertido, y también monseñor Marini: "Estamos bajo ocupación masónica". El papa Francisco va a publicar mañana una nueva exhortación apostólica. Se llama *Evangelii gaudium*, "La alegría del Evangelio". Es una blasfemia.

110

En el pozo sin salida donde continúabamos siendo sepultados bajo cántaros de agua del río Tíber, observamos a 14 hombres armados. Comenzaron a aproximarse hacia nosotros con sus linternas, con sus armas negras metálicas aseguradas a sus hombros.

Sutano Hidalgo miró hacia arriba. Lentamente cerró los ojos.

—Nos encontramos en el culo del universo —y comenzó a sonreír—. ¿Tú qué opinas, Pío? Siento como si hoy estuviera atrapado en el culo del universo, como si no hubiera salida.

—¿Estás bromeando? —le preguntó Clara—. ¿Qué hacemos?

—Nos está traicionando —le dije—. Trabaja para ellos. Todo el tiempo nos ha estado atrayendo hacia esta trampa. Nos acaba de entregar a estos sujetos.

Sutano miró hacia abajo. Comenzó a negar con la cabeza.

—Pío del Rosario, ya he estado en esta misma situación. He estado aquí una y otra vez —y nos miró a ambos—. He estado aquí atrapado, en el culo del universo, a punto de ser asesinado, a punto de ser violado, a punto de ser aprehendido o aplastado; y cada vez que he estado en esta misma situación, Dios me ha enviado una soga desde algún punto del espacio para rescatarme.

Observé hacia los hombres que estaban aproximándose hacia nosotros. Comencé a persignarme:

—*Vita mutatur non tollitur. Vos estis Lux mundi. Vexilla Regis prudeunt inferni*: "La vida no termina. Cambia. Tú eres la Luz del mundo. Los estandartes del rey del Infierno se aproximan". Señor mío y Dios mío, perdóname por todos mis pecados.

En la oscuridad vi un flamazo rojo. Vi llamaradas. Vi una explosión. Vi una cara con anteojos: el pederasta Marcial Maciel Degollado. Me miró con ojos brillosos. Me dijo: "Sabrás la verdad y la verdad te hará libre, hijo mío".

Los hombres se nos acercaron con las caras encolerizadas. Estaban realmente enfadados. Igual que nosotros, estaban completamente mojados. Algunos se rieron, hablándose en italiano. Me señalaron:

—¡Ése es el hijo del sacerdote Marcial Maciel!

Le pregunté a Sutano Hidalgo:

—Demonios… ¿Qué dice este hombre?

Sutano lentamente cerró los ojos.

—Pío del Rosario: vas a encontrar una salida para todo esto. La vamos a encontrar juntos —y me sonrió—. No somos los que vamos a lograrlo —y señaló hacia arriba—. Es Dios mismo el que nos va a proporcionar la salida —y tiernamente ladeó la cabeza—. Siempre ha sido así. Si crees en la Virgen de Fátima, rézale a ella —y observó hacia la luz del cielo.

Observé la parte alta. Desde la luz en lo alto comenzó a precipitarse hacia nosotros una piedra.

En el Vaticano, dentro del edificio de Prensa Vaticana, los titánicos rodillos de las imprentas comenzaron a girar. Escupieron vapores hirvientes, chorros de tinta a presión. Uno de los maquinistas, con sus guantes de cuero engrasados, tomó uno de los ejemplares calientes. Le leyó a su compañero:

—*Evangelii gaudium*, "La alegría del Evangelio", la nueva exhortación evangélica del papa Francisco. "Algunos en la Iglesia se sienten superiores a otros porque observan ciertas reglas o permanecen intransigentemente fieles a estilos particulares del pasado, con un elitismo narcisista y autoritario" —y miró a su compañero, que era un sujeto esquelético. Se escupió en el guante y pasó las páginas—. "La alegría del Evangelio llena los corazones y vive de todos los que encuentran a Jesús. Con Cristo la alegría constantemente nace de nuevo."

Su compañero le arrebató el ejemplar. Leyó:

—"No a la nueva idolatría del dinero. No a la inequidad que da origen a la violencia. No al sistema financiero que domina en lugar de servir."

Miró a los ojos a su camarada:

—Te apuesto quinientos euros a que los estadounidenses van a tirar a este papa.

El primer maquinista, con los músculos empapados en grasa, le dijo:

—Que lo intenten —y de nuevo tomó el documento—. Yo estoy aquí para defender al papa Francisco. Hoy tengo esperanza.

Afuera, debajo de los gigantescos murales pintados en el Renacimiento por los alumnos de Raffaello Sanzio de Urbino, en la Sala de Constantino del Palacio Apostólico, el prelado arrojó un jarrón florentino contra las columnas pintadas del mural *Bautismo de Constantino*.

Del piso, el prelado lentamente recogió el ejemplar de la exhortación apostólica *Evangelii gaudium*. Les leyó:

—"Sección 247. Las relaciones con el judaísmo" —y los miró a todos—. "Una mirada muy especial se dirige al pueblo judío, cuya alianza con Dios jamás ha sido revocada, porque 'los dones y el llamado de Dios son irrevocables'" —y miró hacia el muro, hacia el *Bautismo de Constantino*, con una columna despostillada—. "La Iglesia, que comparte con el judaísmo una parte importante de las Sagradas Escrituras, considera al pueblo de la alianza y su fe como una raíz sagrada de la propia identidad cristiana. Romanos 11:16-18. Los cristianos no podemos considerar al judaísmo como una religión ajena. Creemos junto con ellos en el único Dios que actúa en la historia, y acogemos con ellos la común Palabra revelada."

El prelado lentamente bajó el impreso. Lo dejó caer al piso de mármol.

—¿Comprenden lo que todo esto significa? —y con sus zapatillas rojas comenzó a caminar sobre las losas— Este antipapa es judío. Esta abominación es la destrucción de dos mil años de magisterio de la Iglesia. Esto es una violación contra la definición dogmática del papa Eugenio III. ¡Ésta es una herejía contra el Concilio Ecuménico de Florencia! ¡Este antipapa trabaja para los judíos!

112

—Estos hombres son máquinas de odio —nos dijo Sutano, en el pozo—. Miró hacia arriba.

Bajo el resplandor de la luz con agua que venía de veinte metros arriba, vimos la gran piedra que cayó hacia nosotros rugiendo, quebrándose contra los muros. Sutano Hidalgo cerró los ojos. Nos dijo:

—Este papa está rodeado de enemigos. Por esto lo quieren destruir: porque él está proclamando el perdón y la misericordia, el amor para todos, el verdadero Evangelio de Cristo. Está buscando el Evangelio perdido, la Fuente Q, que fue destruida y distorsionada hace diecisiete siglos, en el gran momento de transición, cuando los falsos apóstoles "pervirtieron el mensaje de Cristo" y lo hibridaron con la religión persa de Mitra, y con el culto de Apolo, y con *Sol Invictus* para darles gusto a todas las sectas que tenían dividido al Imperio romano y crear el imperio unificado que tanto deseaba Constantino. Lo que creó fue una institución de poder que pronto olvidó el mensaje de Jesús de Nazaret. Los hombres que hoy quieren la caída del papa Francisco lo hacen porque él está volviendo al origen —y con mucha violencia me señaló—: ¡Un hombre bueno, un hombre brillante que ama al mundo y a Cristo, es el que va a ser llamado a iniciar el cataclismo!

A ochocientos metros de nosotros, en la arbolada Piazza del Risorgimento, al pie de las imperiales murallas del Vaticano, cientos de pájaros agitaron sus alas. El cielo comenzó a cerrar como garras sus nubes rojas. Junto a un árbol, en una mesa, el impresionante padre Paul Leonard Kramer, con su barba bíblica de león, comenzó a digitar en su teclado:

"Al pueblo judío, cuya alianza con Dios jamás ha sido revocada. Este texto es una explícita profesión de herejía, directamente opuesta a la solemne definición dogmática del papa Eugenio III y al Concilio Ecuménico de Florencia, y a la doctrina enseñada por el supremo magisterio del papa Benedicto XIV en *Ex Quo Primum."*

Se llevó el vaso de café a la boca. Siguió escribiendo:

"Según la definición de Florencia, el pacto mosaico" —de Dios con los judíos— "ha sido 'revocado' y 'abrogado' " —por el cristianismo—. "He estado diciendo por años que cuando un 'papa' vaya a enseñar oficialmente claras y explícitas herejías, plenamente contradiciendo la infalibilidad definida como dogma de la fe católica, entonces tú sabrás que él es el falso papa profetizado en muchas profecías aprobadas por la Iglesia y en apariciones de la Virgen María. San Roberto Bellarmine, san Alfonso Ligouri, san Antonio y el papa Inocente III, todos enseñan que cuando el papa demuestra por sí mismo ser un manifiesto hereje, él deja de ser papa, porque no es un católico. La herejía de Bergoglio en el número 247 —de su exhortación apostólica *Evangelii gaudium*— es un caso claro de herejía pública manifiesta."

El impresionante sacerdote miró hacia el cielo. Cerró los ojos. Con gran determinación pulsó el botón de "publicar". Su *post* comenzó a difundirse instantáneamente a través de las redes de internet de todo el mundo.

113

En una posición remota del ciberespacio, un articulista de Novus Ordo Watch, cubierto con una capucha en la cabeza, se dirigió hacia la pantalla de su computadora. Comenzó a teclear:

"¡Anuncio bomba! Rechazando a Francisco: el reverendo Paul Kramer se vuelve sedevacantista. ¡Gracias a Dios todopoderoso por su bondad! El reverendo Paul Leonard Kramer anunció en su página de Facebook que él rechaza a Francisco como papa debido a la manifiesta herejía encontrada en su recién publicada exhortación apostólica *Evangelii gaudium."*

En el Vaticano, afuera del edificio de la Prensa Vaticana, una reportera comenzó a hablar a la cámara: "El controversial padre Paul Leonard Kramer ha trabajado muchos años al lado del padre Nicholas Gruner, quien desde 1978 inició lo que hoy se conoce como la revista *The Fatima Crusader* y el Fatima Center, institución focalizada en promover el culto a Nuestra Señora de Fátima, con especial interés en la polémica consagración de Rusia. Gruner ha insistido en que el papa Juan Pablo II no consagró debidamente a Rusia, pues no lo hizo como lo indicó la vidente Lucía Dos Santos, para la cual esta consagración debe realizarse, no en privado, sino con la presencia de todos los obispos del mundo, ante los medios, donde Rusia sea dedicada a la virgen católica. El padre Nicholas Gruner ha afirmado que Juan Pablo II se negó a cumplir estas condiciones debido a un acuerdo secreto firmado por Juan XXIII con el premier soviético Nikita Jrushchov. En 1988, el Gruner convocó al público a escribir cartas para impedir el control de armas".

En la calle Schneider Road, en Fillmore, Nueva York, los hombres de la redacción del informativo católico Most Holy Family Monastery leyeron en la pantalla el post del Padre Kramer. Se miraron unos a otros, consternados.

—¿Qué opinas?

Empezaron a digitar en sus computadoras:

"El 'padre' Paul Leonard Kramer presuntamente rechaza a Francisco como un antipapa… Ahora, debe hacerse claro que Kramer no es un verdadero católico. Él mantiene herejías sobre el dogma de la salvación; él ha ordenado sacerdotes usando el nuevo rito de ordenación, que es inválido."

En la calle, el padre Kramer, ya habiendo iniciado una marea, lentamente se aproximó a la puerta. Comenzó a introducir la llave. En su bolsillo sintió las vibraciones de su teléfono celular. Se llevó hacia los ojos la pantalla. Leyó un mensaje de Twitter: "Reverendo padre Paul Kramer, ¿entonces el trono estaría vacante desde la renuncia del papa Benedicto XVI? Enviado hoy a las 12:37 am".

El padre Kramer comenzó a teclear:

"La conclusión es inescapable. Sede vacante."

114

—Sede vacante. No hay papa.

Esto se lo dijo un hombre misterioso al papa Francisco. Era su misterioso asesor de acolchonados ropajes rojos y guantes blancos con anillos: el prelado —prelado de interrogatorios de la Sagrada Congregación para la Doctrina de la Fe, antes llamada "Inquisición". Al prelado le brillaron los ojos en la oscuridad.

Jorge Mario Bergoglio lentamente se levantó de su cama. Se agarró la espalda. Le tronaron tres vértebras en la parte baja de la columna. Miró hacia el muro de su dormitorio.

—¿Quién está propagando esto? ¿El padre Kramer?

—Su Santidad —le susurró el prelado, sonriéndole, con lágrimas en los ojos—: No sólo está diciendo eso. También está diciendo algo mucho más grave —y con la otra mano le pasó un documento. Decía MATERIAL URGENTE:

El Reverendo Paul Leonard Kramer admite que el papa Francisco, a quien llama 'El Destructor' es un hereje manifiesto. Invoca al Canon 1371 de la Ley Canónica de la Iglesia Católica, que dice expresamente: 'La persona que predique una doctrina condenada por un Pontífice de Roma, o por un Concilio Ecuménico, o que obstinadamente rechace las enseñanzas mencionadas en el canon 752, será objeto de un justo castigo. La nueva Exhortación Apostólica del papa Francisco, en su segmento 247 ataca a la definición dogmática sobre los judíos del papa Eugenio III, y también las disposiciones del Concilio Ecuménico de Florencia.

Debajo del texto había una frase, presuntamente colocada ahí por el padre Kramer:

"Pues en esos días Jesucristo les enviará a ustedes no a un verdadero pastor, sino a un destructor."

FRANCISCO DE ASÍS

El papa cerró los ojos. Los mantuvo cerrados varios segundos, con el ceño fruncido. Comenzó a sentir un zumbido alrededor de su cabeza.

—¿Por qué hay maldad en el mundo? —le preguntó a su mamá, sesenta años atrás. Estaban en la cocina. Al fondo escuchó una ópera: los gritos de Otelo. También escuchó la radio, el partido del San Lorenzo de Almagro. Los hermanos Alberto Horacio, Óscar Adrián, la pequeña Mariela y Marta Regina comenzaron a gritar, saltando sobre los sillones: "¡Goooool!"

Regina María le sonrió a su hijo de dieciséis años. Dulcemente le acarició la cabeza.

—Nunca tengas miedo. Dios está contigo. Y yo nunca me iré. Siempre voy a estar contigo —y en sus manos le puso un vaso transparente, con dulce de leche—. La muerte es sólo el principio de la vida.

Jorge Mario la miró fijamente.

—Mamá, ¿por qué me dices esto?

Comenzó a correr sobre la hierba, hacia el lugar del pícnic, en el parque. Sobre el mantel, encima del pasto, vio sentada a Giovanna, de catorce años. Ella lo vio. Sus ojos reflejaron todas las plantas. "Siempre me has gustado", pensó él. Caminó hacia ella, con las manos mojadas en su propio sudor. "¿Algún día te casarías conmigo?"

Entre los destellos del sol vio a un hombre alto, con los ojos refulgentes como vidrios. Pasó por enfrente de la cruz de la parroquia.

—Ven y sígueme.

—¿Vos sos un sacerdote?

Le vio una Biblia bajo el brazo.

Jorge Mario lo siguió hasta el confesionario. Tras la rejilla vio la cara del sacerdote. En la oscuridad le distinguió los ojos, brillantes como canicas, como "refulgente vidrio".

—El verdadero Evangelio de Cristo no ha sido modificado. El texto está conservado en un lugar sellado. Cambia el mundo.

El sumo pontífice abrió los ojos.

115

A ochocientos metros de distancia, en el costado este del Tíber y dentro de una de las esclusas de regulación de crecidas, veinte metros hacia abajo, en el fondo inundado y oscuro de un pozo bañado por el río, nosotros observamos hacia arriba, con el agua a cántaros cayéndonos encima. Entre los cuatro muros del pozo vimos la roca que venía cayendo sobre nosotros. Estaba detenida a cinco metros de nuestras cabezas, atorada en un tubo de acero, rechinando. Se trozó la junta del tubo. Comenzó a salir vapor a presión.

Nos volvimos hacia abajo, hacia la entrada del ducto. Estaban comenzando a salir los hombres armados, con sus linternas y sus pistolas Beretta, apuntándonos hacia la cara.

Arriba de nosotros, el tubo metálico comenzó a chirriar, a deformarse hacia abajo.

—Esto ya valió madres... —susurró Sutano Hidalgo—. Nuestros culos no se han salvado.

—¡Aquí viene la maldita! —comenzó a gritar Clara Vanthi, viendo hacia arriba—. ¡Nos va a caer encima! ¡¿Qué hacemos?! —y se volvió hacia los hombres armados. Comenzó a levantar los brazos. Su cabello rubio estaba completamente empapado. Observé su camiseta negra sin mangas. La tenía completamente mojada, totalmente pegada al cuerpo. Sus *shorts denim* estaban también pegados por el agua. Con sus verdes ojos de gato me miró a los ojos. Por sus carnosos labios resbalaron los chorros de agua.

—Te he amado desde antes de conocerte, Pío del Rosario —me dijo—. Si no te hubieran convertido en sacerdote estarías casado conmigo. Así estaba programado.

—Diablos… —y la miré fijamente. Vi un destello. Vi la oscura habitación donde murió Marcial Maciel Degollado, en Jacksonville, Florida, el 30 de enero de 2008. Vi a los sacerdotes legionarios caminando de un lado al otro, como sombras borrosas. Escuché un grito: "¡No te les acerques a estas mujeres! ¡Son monjas consagradas!" Vi a dos mujeres.

Abrí los ojos:

—No puede ser… ¿Clara…?

Los policías de Finanzas salieron del ducto gritándonos:

—¡Suban las malditas manos, hijos de perra! ¡Arrodíllense en el agua! —y a mí me golpearon en la cabeza con la dura pistola Beretta—. ¡Al suelo te dije, imbécil! ¡Están bajo arresto por acciones terroristas, por lavado de dinero y por el asesinato de dos elementos de la policía!

Clara miró hacia arriba. La piedra comenzó a torcer el tubo. El rechinido se escuchó a lo largo de todo el pasaje de control de derrames, hasta su salida en las coladeras de Sant'Apollinare. Se tronaron dos de los asideros de acero.

Sutano volvió a mirar hacia arriba.

—Insisto: esto ya valió madres —y cerró los ojos—. Señor mío —y juntó las manos—. Usualmente me envías una soga milagrosa para rescatarme cuando me has colocado en esta misma posición de atrapado en el culo del universo.

—Hasta aquí llegamos, Pío —me dijo Clara. Suavemente me tomó de la mano. Me sonrió, con gotas en sus mejillas—. Desde hace mucho tiempo quise llegar a ti. Tú eres el camino para conocer la verdad sobre el padre Marcial Maciel, sobre su verdadera familia, sobre su relación con los Estados Unidos.

—¿Cómo dices?

Me miró con sus grandes ojos de gato.

—Las dos mujeres que estuvieron en la habitación de Maciel el día de su muerte, las dos son su familia. Norma y Normita. Maciel les dijo que él era Juan Rivas, y que era un agente de la CIA.

Sentí un doloroso tronido en mi cabeza, un punzante piquete en mi brazo.

—¿Es morfina? —les pregunté—. ¿Qué me están inyectando?

Estaba en un cuarto que olía a cloroformo, rodeado de pantallas luminosas. En las cajas de luz estaban mis radiografías: mi cerebro. Vi un relámpago de luces.

—Es la morfina —le dijo un doctor a otro. Los dos olían a acetona con nitrofenol—. Le aplicaron doscientos miligramos en serie. El padre Maciel se inyecta él mismo la morfina. Se la aplicó a José Raúl González Lara, su propio hijo secreto. Todo esto está en el reporte Aristegui, en *Historia de un criminal*. Le administró drogas para que no hablara sobre los abusos.

Años antes, en 1999, el hijo secreto de Marcial Maciel, José Raúl González Lara, en una camilla, chorreando saliva por un lado de la boca, escuchó al psiquiatra Francisco López Ibor, en Madrid:

—El diagnóstico es trastorno esquizofreniforme. Se le están administrando neurolípticos.

La madre de José Raúl, Blanca Estela Lara Gutiérrez, se volvió hacia su "marido", el "agente de la CIA" Raúl Rivas:

—¿Qué le están dando a nuestro hijo? ¡¿Lo están drogando!?

El padre Marcial Maciel Degollado, que para ella no era ningún sacerdote ni la cabeza de ninguna "Legión de Cristo" con valor de 25 mil millones de dólares, sino un oficial encubierto de la Agencia Central de Inteligencia de los Estados Unidos, le dijo:

—Debe tomar más medicamentos —y le sonrió. En la oscuridad le brillaron sus delgados anteojos.

—¡¿Más medicamentos?! —le gritó ella. Se le hincó frente a los doctores—. ¡¿Qué le estás haciendo a nuestro hijo?! ¡¿Le estás borrando el cerebro?! —y observó los flujos que salían de la boca del muchacho. En el pasillo afuera lo escuchó todo el hermano mayor de José Raúl, Omar. También estaba la "tía Norma", llorando, con las manos tapándole su boca.

El joven Omar, que no era hijo de Maciel, en los primeros días de marzo del año 2010 miró a los ojos a la periodista mexicana Carmen Aristegui. Tragó saliva. Le dijo:

—A mí también me violó el señor Rivas. Me mandó a Denver para separarme de mi familia.

En Madrid, el señor Raúl Rivas, "agente de la CIA" —el sacerdote católico Marcial Maciel Degollado— le susurró a su mujer Blanca Estela Lara Gutiérrez:

—Quiero que a nuestro hijo menor, a Cristian, me lo prestes cuando cumpla los ocho años.

—¿Qué estás diciendo?

—Me lo voy a llevar a Irlanda.

—Un momento. ¿Qué le vas a hacer?

Marcial Maciel le sonrió:

—Voy a prepararlo como a Raúl —y en la negrura le resplandecieron los anteojos.

En el cuarto de cajas de luz, me vi rodeado por las radiografías de mi cerebro. Me amarraron las manos con cintas. Sentí mi saliva saliéndome por la boca. Escuché a los doctores:

—Le administraron dosis monstruosas de morfina. Tendremos suerte si no perdió capacidades cognitivas. Tiene destrucción celular en la sección tres del Cornus Ammonis, CA-3 del hipocampo. Es la región de la memoria de corto plazo.

Vi al padre Maciel en la cama, en la habitación de Jacksonville, Florida. Comenzó a retorcerse sobre las colchas, apretando las quijadas; fluía mucha saliva de las comisuras de sus labios. Miró hacia la pared, hacia el retrato de la Virgen de Guadalupe.

—¡Que no! ¡Digo que no! —y cerró los ojos—. ¡No quiero los sacramentos! —y con el brazo alejó el crucifijo que le estaban acercando.

Comencé a ver con más claridad.

—Oh, Dios… —y encontré a Clara Vanthi, mojada debajo de los chorros de agua del pozo. Ella me miró a los ojos con sus enormes ojos verdes de gato.

Vi a 18 personas caminando dentro de la habitación de Florida: vi a Álvaro Corcuera, director de los Legionarios de Cristo. Me sonrió. Vi a Luis Garza Medina, el vicario general de la Legión de Cristo; vi a Evaristo Sada, el secretario general de la orden; vi a Marcelino de Andrés; a Alfonso Corona; al padre irlandés John Devlin, secretario personal del padre Maciel. Me miró por un instante. Bajó la cara. Junto a la cama de Marcial Maciel estaban de pie las dos mujeres. Me miraron.

—¡Son consagradas! —me gritó uno de los legionarios. Comenzó a alejarme con el brazo—. ¡No te les acerques a estas mujeres! ¡Son dos monjas consagradas! —y con su brazo me bloqueó.

Lentamente comencé a avanzar dentro de la habitación. Con toda mi fuerza aparté de mí al joven sacerdote.

—No son consagradas —las señalé—. Ella es la amante de nuestro padre, Norma Hilda Baños. Y ella es su hija, la hija de nuestro padre —y la dulce chica me miró a los ojos. Comenzó a sonreírme.

"Dios… No puedo creerlo… Qué hermosa eres…"

—Hay más familias —me dijo una voz en el oído: un hombre borroso que estaba en la habitación. Se me aproximó desde detrás de las cortinas, junto al espejo. Entró un viento por entre las cortinas. El doctor nos dijo a todos:

—Mi reloj marca las 11:28. Está terminando un nuevo paro cardiaco. El padre Maciel está muerto.

Por la habitación corrió un viento perturbador.

"Ahora está en cada uno de nosotros. Acaba de morir un supuesto agente de la CIA."

Sutano me golpeó en la cara:

—¡Reacciona, aletargado! ¡Nos está cayendo una maldita piedra en la cabeza y estos infernales policías del culo del universo nos están arrestando por tu culpa! —y con una nudillera de metal golpeó a uno de los oficiales en la cara. Me gritó—: ¡Tenemos que largarnos!

Violentamente me tomó por el brazo. Con el agua hasta el ombligo, vi que el muro de concreto se estaba abriendo hacia arriba. Estaba temblando.

—¿Qué está pasando? —le pregunté a Sutano.

Me empujó hacia la abertura.

—¡Tú métete, maldita sea! ¡La vida es justo ahorita! ¡No tengo tiempo para tus pendejadas ni perplejidades!

Miré hacia arriba. La roca empezó a quebrar el tubo. Los sujetos de la policía saltaron hacia nosotros. En mi saco sentí el golpe de una macana.

—¡Me acaban de tronar una costilla! —y miré debajo de mí un hoyo sin fondo—. ¡Maldita sea! ¿Adónde nos estás llevando? ¡No puedo hacer esto!

Sutano me dijo:

—¡En la vida nunca nadie te prepara para nada! ¡Todo lo haces por primera vez, sin saber cómo hacerlo, y lo haces cuando te urge! ¡Ahora salta, maldito perplejo!

Salté hacia un vacío extraño. No vi a Clara. Me impactó un cuerpo de agua en la cara. Le grité a Sutano:

—¿Dónde está Clara? ¿El padre Maciel fue el agente de la CIA que estaba en el cuarto? ¿Fue él todo el tiempo? ¿Lo apoyaron los estadounidenses? ¡¿Dónde está Clara?!

La pared compresora se comenzó a cerrar crujiendo. El agua empezó a caernos a través de algo parecido a una gigantesca coladera, hacia la fosa negra, completamente oscura. Empezamos a correr dentro del agua, con las piernas empujadas hacia atrás por el duro líquido frío.

—¿Qué está pasando? —le grité a Sutano. Clara me jaló por la otra mano.

—¡Tú corre, Pío del Rosario! ¡Tú eres mi llave para tener el premio Pulitzer de Periodismo!

Se encendieron faroles verdes a los lados. Vi ocho puertas en los costados. En el techo vi un símbolo masónico: un compás abierto sobre una escuadra. En medio vi una columna con tres letras: CFG. A la izquierda había una luna con un cuchillo. A la derecha vi un sol con un hacha.

—Demonios —les dije—. ¿Dónde diablos estamos?

116

Sutano Hidalgo señaló hacia el muro. Vimos un gigantesco letrero masónico: CARBONARI RISORGIMENTO.

—Esto debe de haber sido una mina secreta de los carbonarios.

—¿Los qué? —le preguntó Clara.

Sutano miró hacia los lados.

—Este lugar debe de tener más de ciento cincuenta años. Miren los fogones de carbón —y señaló hacia los muros. Vi el esqueleto de un animal colgado de los ladrillos.

—Dios mío, ¿qué demonios es esto? —me pregunté.

Escuché detrás de nosotros los gritos de los policías:

—¡Arrodíllense en el agua, malditos! ¡Están bajo arresto! —y empezaron a disparar contra nosotros.

Sutano se llevó la mano hacia su cinturón de jardinero. Asió un pequeño cilindro metálico. Decía "Fumigazione Odore di Ananas": "Fumigación con olor a piña".

Rápidamente lo agitó y lo lanzó hacia atrás. Cerró los ojos. Ocurrió una explosión. El espacio se llenó de luz amarilla. La detonación nos sumió a todos en el agua. Con mi cara dentro del líquido vi el resplandor. Me dolió en las retinas.

Atrás estaba todo ardiendo en llamaradas. Varios de los policías estaban danzando envueltos en flamas. Otros estaban dentro del agua, quemándose vivos. Les había arrojado fósforo blanco, llamado *Willy Peter*, diseñado por el Ejército de los Estados Unidos para no apagarse en el agua, especialmente durante la Guerra de Vietnam.

Sutano se detuvo en seco. Se volvió hacia los hombres en llamas. Los miró durante varios segundos:

—Los compadezco.

Lentamente comenzó a levantar la mano hacia ellos. Les dijo:

—Yo los despaché, así que yo les administraré los santos óleos. Por esta santa unción —y cerró los ojos en medio del resplandor del fuego— y por su bondadosa misericordia, el Señor los auxilie con la gracia del Espíritu Santo; que los libre ya de sus pecados, los salve y los alivie con su amor. Por Cristo Jesús, y por la Virgen de Fátima, descansen en paz.

Permaneció callado unos momentos, con los dedos suspendidos en el aire.

—¿...*Por la Virgen de Fátima?* —y me miró fijamente—. Pío del Rosario, por tu culpa he perdido mi convicción en la Virgen de Fátima. Esto me va a ser muy difícil perdonártelo. Ahora voy a decirte quién eres —y comenzó a caminar hacia mí señalándome a la cara—. Desde tu nacimiento fuiste criado para lo que vas a hacer ahora —y miró a Clara Vanthi—. Ella lo sabe. Eres un *O Gladio Natus*. Eres un nacido para la Operación Gladio.

—Diablos... ¿Operación Gladio? —y miré a Clara. Ella bajó la cara.

—*Bello Latrociniisque Natus* —me dijo Sutano—. "Nacido para la guerra y para el latrocinio." Procede del libro supremo de Julio César, *La Guerra de las Galias*, del año 40 antes de Cristo. Libro 6, capítulo 35: "Non hos palus in bello latrociniisque natus, non silvas morantur, quibus in locis sit Caesar, Pontifex Maximus", que significa: "Enloquecidos por caer sobre su presa, los nacidos para la guerra y el latrocinio prosiguen adelante sin detenerse por lagunas ni por selvas; y preguntan a los cautivos ¿dónde está el César, el *Pontifex Maximus*?, para matarlo". *Pontifex Maximus* es el sumo pontífice, igual que en los tiempos romanos; sólo que el actual sumo pontífice no es Julio César y no es pontífice de Apolo ni de Júpiter, sino de Cristo, una nueva religión que absorbió la herencia romana. Ahora tú eres un agente seleccionado para la guerra y para el asesinato. Te seleccionaron porque eres un "pájaro azul", del subproyecto 142 de la operación MK Ultra de la CIA.

Caminó sobre el agua, por debajo del símbolo masónico del techo, iluminado por las llamaradas. Ahora todos los hombres estaban en el agua, algunos aún encendidos. Varios de ellos todavía se contrajeron muscularmente dentro del líquido.

Sutano miró hacia las paredes. Señaló los fogones de carbón.

—Los *carbonari* fueron los masones del carbón. Son los que prepararon la unificación de Italia contra el papa Pío VII. Son los que unificaron Italia. El 13 de septiembre de 1821 el papa Pío VII proclamó su bula para excomulgarlos: "Jesu Christo", una condenación contra los carbonarios.

Con sus pies chapuceó en el agua.

—¿Qué es el "Subproyecto 142"? —le pregunté, y miré a Clara—. ¿Qué demonios es "pájaro azul"?

Sutano caminó hacia las escaleras de roca que salían del agua, hacia la parte central del antiguo salón subterráneo. En el muro del fondo vi una estatua de Mitra matando a un toro, hiriéndole el cuello con su cuchillo. Sutano me dijo:

—Subproyecto 142. Proyecto MK Ultra. Memorando del 22 de mayo de 1962: "Proyecto para orientar fondos para un programa biológico de estimulación electrónica del cerebro". Esto, además de la utilización de LSD y morfina con soldados.

—Diablos… —y lentamente me llevé las manos a la cabeza—. ¿De qué estás hablando? ¿Tengo un *implante*?

—Los implantes fueron hechos con tecnología del doctor José Delgado, con fondos del laboratorio de Investigación Aeromédica de la Fuerza Aérea de los Estados Unidos, concesión F29600-67-C-0058. Los cargos debían ser hechos a una cuenta secreta, con el número de asignación 2125-1390-3902. Pío del Rosario: tengo la impresión de que la cuenta de esta operación perteneció todo el tiempo al Banco Vaticano, y que fue creada por el obispo Paul Casimir Marcinkus para sus amigos de la CIA. Marcial Maciel debe de haber sabido todo esto, si no es que él mismo apoyó para que te intervinieran.

Miré hacia el agua.

—Esto no está pasando. ¿Tengo algo dentro del cerebro?

Clara Vanthi me agarró de la mano.

—No te sientas mal, Pío —y me sonrió—. La mayoría de las personas no saben que alguien las está utilizando, pero esto es generalizado. No sólo eres tú. Esta operación nos ha afectado a todos, a todos los seres humanos que estamos vivos en el planeta. Estos hombres son dueños de esta era. Su operación para controlar a la prensa se llama Operación Mockingbird, "Pájaro Cenzontle". Usaron millones de dólares para sobornar a los periódicos, a las televisoras de todo el mundo. El dinero procedió de diversos centros, incluyendo a la mafia y al narcotráfico mexicano y colombiano. Lo lavaron a través de los sistemas bancarios "blindados" del mundo, que por sus leyes de privacidad no podían ser inspeccionados por autoridades anticrimen para sus investigaciones contra la delincuencia y el terrorismo, debido al "secreto bancario", como el Banco Vaticano.

Sutano Hidalgo me dijo:

—Thomas Braden, el jefe de la División de Organizaciones Internacionales de la CIA, declaró, y esto consta en el reporte de Alex Constantine: "Si el director de la CIA quería extenderle un regalo, digamos, a alguien en Europa, por ejemplo, a un líder sindical, le podía dar cincuenta mil dólares y nunca tener que darle cuentas a nadie. Simplemente no había límite en cuanto al dinero que podía gastarse y tampoco en cuanto a qué personas se podía contratar". Cualquier persona del mundo: periodistas, políticos, incluso los directores de los grandes estudios de Hollywood, fueron parte de esta red, como se presume que lo fueron Cecil B. DeMille de Paramount Pictures y William S. Paley de la CBS. Tú no puedes saber quién está siendo controlado. Tienen dinero para comprar a cualquier persona sobre la faz de la tierra y los mecanismos para lavarlo y transferirlo.

Le pregunté:

—¿Cómo esperas que te crea algo de lo que dices, si tú mismo perteneces a la CIA? ¿Maciel fue en verdad un agente?

Sutano siguió avanzando hacia la estatua de Mitra. El dios persa tenía un enmohecido gorro frigio. Observamos su mirada. Su vista se estaba dirigiendo hacia la izquierda y hacia arriba, hacia el perturbador humano con cabeza de sol —con rayos puntiagudos saliéndole como corona— que estaba cercano al techo.

—Todas las respuestas sobre quién eres ya no están en el pasado. Están en el futuro, y estamos a punto de encontrarlas —y comenzó a manosear la estatua.

Clara me sonrió. Suavemente me apretó la mano.

—Pío: tú nos vas a ayudar a llegar hasta el centro de todo este misterio. Tú eres demasiado importante. Te seleccionaron desde que naciste —y me sonrió con lástima.

—Me has estado engañando todo el tiempo —le dije—. Realmente tú tampoco eres una periodista, ¿verdad? Ustedes ya se conocían.

Abrió muy grandes sus ojos de gato. Comenzó a abrir la boca.

Escuchamos un tronido.

Se encendió una potente luz desde el techo. Comenzaron a entrar hombres desde las ocho puertas de los costados. Eran ancianos, con trajes oscuros, anteojos plarizados y medallones en los pechos. Guantes blancos cubrían sus manos. Se colocaron a nuestro alrededor. De sus cintos desenfundaron sus muy brillantes y muy largas espadas. Bajo las luces de los faroles verdes los filos de sus sables brillaron.

—Oh, Señor, ¿acaso no existe ayuda para el hijo de la viuda? —y me miraron. Me sonrieron.

Por en medio de ellos avanzó hacia mí un hombre muy robusto. El traje le quedaba tan apretado que pareció que le iban a reventar los botones. Tenía en la muñeca un reloj muy ancho, de oro, con perlas. Su cara estaba abultada, con brillos de grasa. Su respiración fue con bufidos, como un auténtico perro mastín. Me gritó:

—¡El hombre desnudo del gorro frigio está naciendo de la piedra! —y señaló hacia la pared de la izquierda. En efecto, ahí había una estatua de Mitra; estaba el dios persa con su gorro frigio, con el cuerpo completamente desnudo, emergiendo de una roca, como si naciera de ella. Era un antiguo símbolo persa.

El hombre me colocó el filo de su espada en el esternón, en el centro del pecho. Me gritó:

—¡El hombre desnudo del gorro frigio está debajo del altar, empuñando su puñal! —y colocó la punta de la espada en mi mano—. ¡En la otra mano está portando su antorcha! ¡Nacimiento de Mitra! —y se volvió hacia Sutano Hidalgo—. ¡El hombre del gorro frigio está empuñando su cuchillo, montado sobre el toro, hendiéndole el cuello con el cuchillo! ¡Renacimiento de Mitra! —y violentamente señaló hacia la estatua de Mitra matando al toro.

Sutano se llevó la mano hacia su cinto de jardinero. Les sonrió a los masones. Con los dedos se buscó otra cápsula de explosivo *Willy Peter* o C4. Ya no tenía ninguna. Se dijo:

—Diablos en un mar del chile habanero. Esto es peor que reencontrarme con mi primera mujer, que fue el monstruo hediondo del que Satanás huyó en el Neolítico para irse a esconder en el maldito Infierno.

117

En el subsuelo de Roma, junto a la cámara de nivelación Apollinare del río Tíber, veinte metros por debajo de la superficie, dentro del antiguo "templo subterráneo" de los masones *carbonari*, Clara, Sutano Hidalgo y yo permanecimos inmóviles. Frente a nosotros, 20 masones con espadas desenvainadas nos miraron.

Por delante de ellos, el hombre robusto de anillos dorados lentamente colocó su filosa espada por encima de mi cabeza. Cerró los ojos. Me dijo:

—Poca gente sabe esto —y lentamente abrió la boca—. El 28 de junio de 1963, cuando habían pasado sólo siete días desde el ascenso del papa Paulo VI, un grupo de masones se encerraron en la Capilla Paulina, a cuarenta metros de la Capilla Sixtina. Cerraron la puerta. El cardenal Agostino Casaroli, masón de la logia Propaganda Due, los reunió ahí. Esa noche se celebró una misa negra. El Vaticano fue consagrado a Satanás. Le ofrecieron una víctima humana —y con su filosa espada suavemente me repasó la coyuntura de mi oreja. Me miró con sus ojos brillantes.

Cincuenta años en el pasado, dentro de un salón oscuro, por debajo del dios Mitra —el día 13 de agosto de 1964—, un delgado y carismático hombre de traje azul de seda, el financiero de la mafia Michele Sindona, con los ojos vendados, avanzó jalado de los brazos por dos sujetos.

Lo detuvieron debajo de la potente luz del techo.

En el piso vio pintada una alargada calavera de cuencas deformadas hacia abajo. Decía "Ordine Nuovo". Estaba rodeada por los brazos de una esvástica.

De la oscuridad salió hacia él un aterrador hombre arrugado, de baja estatura, encorvado, con la barba blanca como la de un chivo: el gran maestro de la logia P-2, el venerable Licio Gelli. Se colocó frente a Michele Sindona. Con mucha fuerza le arrancó la venda de los ojos.

El financiero de la mafia Michele Sindona se quedó perplejo. Parpadeó. Observó bajo la luz hacia los lados. Reconoció a muchos masones. En la negrura no les distinguió las expresiones. Miró hacia abajo. En sus pies vio una serpiente metiéndose dentro de su pantalón.

Se paralizó. No pudo moverse. Miró hacia Licio Gelli. "¿Esto es un juego?" El anciano pausadamente comenzó a caminar a su alrededor.

—No sientes miedo… —y le sonrió.

Michelle Sindona no le contestó. Mantuvo la vista hacia el frente. Tragó saliva. Entre la gente que atestiguó esto reconoció la figura enorme del obispo de Chicago, Paul Casimir Marcinkus. También vio la cabeza del cardenal masón Agostino Casaroli.

Licio Gelli le dijo a Sindona:

—Esta serpiente representa todos los males del comunismo, de los enemigos del capitalismo. Pásenme la fotografía de este hombre.

Una persona entró al haz de luz, completamente tapada debajo de una túnica negra. Le entregó a Gelli una pequeña fotografía infantil de Michele Sindona. Desde el otro lado le dieron una copa de cristal brillante.

Con el filo de la fotografía le cortó la piel del cuello a Michele Sindona. Sindona no se movió. El venerable Gelli le adhirió a la piel cortada el borde de la copa. La sangre comenzó a gotear hacia el vaso.

—Serás conocido como 16-12.

—¿16-12...? —y Sindona siguió mirando al frente.

El gran maestro metió la fotografía dentro de la copa con las gotas de sangre.

—Ahora empieza el juramento. Repite conmigo y con tus nuevos hermanos: Yo, Michele Sindona, juro ante ustedes, y ante sus nombres secretos en esta logia Propaganda Due.

—Yo, Michele Sindona, juro ante ustedes, y ante sus nombres secretos en esta logia Propaganda Due... que seré leal a mis nuevos hermanos y a la causa, *in il momento di passare alla azione*, en el momento de pasar a la acción —y pisó el símbolo que estaba en el suelo: la calavera de cuencas deformadas.

—Juro sobre este acero —dijo Michele Sindona, y tocó la espada de Licio Gelli— luchar contra los males del comunismo y contra los enemigos del capitalismo. Y si fallo, que mi cuerpo sea cortado en pedazos.

El gran maestro arrojó la copa contra las llamaradas del fogón de carbón.

—Tu primer acto será confesar aquí, ante nosotros, todos tus secretos —y suavemente le colocó su huesuda palma sobre la cabeza, bajo la luz. Con la otra mano tomó el fólder de color rojo que estaba sobre la columna rota. El fólder tenía estampado un símbolo: un águila con rayos solares saliéndole de la cabeza—. Tengo aquí toda esta información sobre ti, sobre tu pasado, sobre todo lo que eres, sobre tus muchas debilidades y delincuencias. Me la han proporcionado las agencias de inteligencia que están afiliadas a esta logia. Sabemos quién eres —y le sonrió—. Entre nosotros ya no hay nada oculto. Si nos traicionas, tus secretos los va a saber el mundo, y vas a ser castigado por las instituciones del hombre —y le puso la mano en contacto con la frente. Sindona sintió un hielo en su cráneo—. Serás leal desde hoy y para siempre a nuestro verdadero papa, Su Santidad Giuseppe Siri, Gregorio XVII, a quien el usurpador comunista Juan XXIII le robó su trono de san Pedro.

En la cámara subterránea del río Tíber, cincuenta años en el futuro, el hombre robusto de la filosa espada nos dijo:

—Todo esto está documentado por los periodistas David Yallop y Santiago Camacho. David Yallop trató de hacer una película de todo esto, basada en su libro *En el nombre de Dios*.

Sutano Hidalgo, con las manos en alto, le susurró al hombre masón que tenía su filosa espada sobre mi cabeza.

—¿Quiénes son ustedes? ¿Qué diablos quieren hacer con el mundo?

El robusto hombre de abultado rostro, brilloso por el sudor, bufó frente a mí:

—El genio de las finanzas de la familia Gambino, el "financiero de la mafia" Michele Sindona, alias el Tiburón, con el número 501 en la logia Propaganda Due, fue convertido en el operador del Banco Vaticano en 1969, bajo la protección del papa Paulo VI —y lentamente comenzó a cortar la piel de mi cráneo. Me empezó a chorrear la sangre—. Dos años después, el papa Paulo VI nombró a otro masón de la logia, Paul Casimir Marcinkus como presidente del Banco Vaticano. Desde entonces la organización tiene el control completo del Banco Vaticano y de los pontífices. Por eso asesinaron al papa Juan Pablo I, porque quiso investigar. Por eso atentaron contra Juan Pablo II, para que se callara la maldita boca. Por eso sentenciaron a muerte al papa Benedicto XVI. Por esto renunció. Por eso ahora está el nuevo papa. Por eso lo van a destruir si continúa con su "reforma".

Me miró con mucha ferocidad. Sentí en mi cabeza las gotas mojadas de mi propia sangre.

—¿Me está iniciando en la masonería? —le pregunté—. Me parece que ya me iniciaron —y miré hacia Clara Vanthi. Ella empezó a temblar.

Sutano Hidalgo le dijo:

—Escuche, amigo —y lentamente empezó a levantar en el aire un frasco de color verde. Decía "Vitamina B-12"—: Tengo aquí esta unidad de fragmentación. Va a estallar en diez segundos si no nos dejas largarnos en este momento. Se acabó su maldita logia.

El masón le sonrió. Comenzó a caminar en torno de él. Le colocó el filo de su larga espada sobre la cabeza. Le dijo:

—La logia que hizo todo lo que ustedes están investigando no pertenece a la masonería.

Nos miramos entre nosotros. Sutano estaba perplejo. Le preguntó:

—¿Cómo dice? —y parpadeó varias veces.

El masón lentamente le quitó la espada del cráneo. Le sonrió a Sutano.

—El gran maestro de la logia que está detrás de todo Propaganda Due, el gran maestro Licio Gelli no es realmente un masón. Es un infiltrado. No pertenece a la masonería. Trabaja para otra organización que está por encima de la misma masonería.

Nos miramos entre nosotros. Clara empezó a parpadear. Con la mano se recogió el cabello mojado.

—Un momento… ¿El señor Licio Gelli, el jefe de la logia "masónica" que infiltró a la Iglesia católica…, *no es un masón*?

—Amiga —y el robusto individuo le colocó ahora a ella la espada sobre la cabeza—: El Gran Oriente de Italia revocó la carta de aceptación de la logia P-2 desde 1974. La logia P-2 no existe dentro de la masonería. El 31 de octubre de 1981 Licio Gelli fue expulsado de la masonería.

118

Arriba de nosotros, en la orilla del torrencial río Tíber, en el pilar del sistema de aguas del puente San Angelo —antiguamente llamado Pons Helios o Puente de Sol Invicto—, los agentes de asesinato Jackson Perugino y Gavari Raffaello, pertenecientes a los escuadrones del prelado, con sus caras quemadas, miraron hacia abajo, por la exclusa.

—Yo no veo nada —le dijo Gavari Raffaello al furioso Jackson. Gavari se llevó su *cappuccino* de Starbucks a los labios.

Observaron las llamaradas. El humo del C-4 y del fósforo blanco les pegó en las caras. Jackson se llevó su celular a la boca:

—Su Eminencia —le informó al prelado—: Los pederastas están en los sumideros del sistema de aguas. En unos minutos vamos a entregárselos vivos. —En el Palacio Apostólico, el prelado Santo Badman, con los ojos llenos de lágrimas, sonrió:

—Los quiero vivos —y colgó.

Jackson le hizo una señal a Gavari Raffaello. Gavari se volvió hacia los 12 mecánicos que venían con ellos.

—Comiencen —y con los brazos hizo un ademán teatral, semejante al de un director de orquesta—. Quiero que derrumben la sección de Via di Panico —y señaló hacia la fuente que estaba entre los árboles, al lado de la calle—. Quiero todos los accesos laterales bloqueados. Quiero a estos idiotas de abajo acorralados.

Los mecánicos comenzaron a extender sus cordeles de acero. Encendieron los motores humeantes de sus martillos para excavar concreto.

En la Sala de Constantino, el prelado Santo Badman comenzó a desplegar un enorme rollo de papel. La parte inferior llegó hasta el suelo.

—Encuesta de la Universidad Quinnipiac —les susurró a sus allegados: dos hombres con anteojos polarizados—. Según esta encuesta, dos tercios de los ciudadanos de los Estados Unidos aprueban a Francisco cuando él les dice que "nosotros" estamos propagando una "obsesión" sobre el aborto, los gais y los divorciados para desprestigiar al Vaticano.

—Eminencia —le respondió uno de ellos. Colocó su dedo en la parte de en medio de los gráficos—. Si este sondeo es correcto, ochenta y siete por ciento de los católicos son fans de Francisco, y también son sus fans sesenta y tres por ciento de los protestantes y los no creyentes. Dos de cada tres estadounidenses están de acuerdo con el papa.

El prelado miró hacia la ventana, hacia el encerrado patio Sixto V. Se aspiró la nariz. Murmuró con un chirrido:

—Hay una tercera parte que no lo quiere —les sonrió a los hombres—. Ésa es nuestra fuerza —y los señaló con el dedo—: "¡Tú, gran rey, veías una gran imagen! ¡Esta imagen, que era muy grande y cuya gloria era sublime, estaba de pie delante de ti! ¡Su cabeza era de oro! ¡Sus piernas eran de hierro! ¡Sus pies eran en parte de hierro y en parte de barro! Una piedra fue cortada, no con mano, e hirió la imagen en sus pies, y el barro se desmenuzó, y la estatua se vino abajo": Daniel 2:31-33.

Caminó entre los hombres.

—Eminencia, ¿qué es lo que nos está diciendo?

—El pederasta Pío del Rosario, legionario de Cristo, siervo y cómplice de Marcial Maciel Degollado, hoy acusado de lavado de dinero en el caso de Nunzio Scarano, es la piedra que necesitamos para quebrar los pies de barro de la estatua. Inicien la Operación Pájaro Azul.

A cincuenta metros de distancia, el Santo Padre Francisco, con su vestimenta blanca de obispo de Roma, seguido por 20 de sus hombres, caminó hacia la entrada del cilíndrico y rocoso Banco Vaticano.

El corresponsal británico David Willey, de la BBC de Londres, por detrás del grupo, habló hacia el micrófono: "¡Estamos por presenciar un acontecimiento importante para el futuro del Vaticano! Tradicionalmente, el Vaticano se ha opuesto a que la justicia italiana investigue los presuntos crímenes cometidos por sus funcionarios, aduciendo su estatus de inmunidad diplomática, y el secreto bancario en el caso del Banco

Vaticano. Monseñor Nunzio Scarano ha sido acusado de nuevas operaciones de lavado de dinero. Se le han encontrado cuentas e inmuebles por valor de más de ocho millones de dólares. Al parecer, el sacerdote Nunzio Scarano es sólo uno de los diversos clérigos que participan en este complejo sistema de lavado y transferencia de dinero".

El papa Francisco, con la espalda adolorida y la mano en la columna vertebral, avanzó hacia las puertas del Banco Vaticano: hacia el arco de piedra de la Torre Nicolás V, antigua prisión de la Santa Sede. Observó en la parte alta del arco de roca una palabra fragmentada en tres partes: MISERI-COR-DIA. Traspasó la masiva entrada de puertas de hierro. Entró al vestíbulo esférico de color amarillo, luminoso. Era una bóveda etérea, semejante a una burbuja de vainilla. Al fondo vio un enorme crucifijo.

Lo estaban esperando cinco imponentes hombres, integrantes de la Comisión de Inspección del Banco Vaticano. Le sonrieron:

—Buenas tardes, Su Santidad. Sea bienvenido.

Lo miraron con los ojos muy brillosos.

El papa lentamente observó a la redonda, hacia los muros redondeados, iluminados desde atrás por lámparas ocultas. Uno de los hombres que lo estaban recibiendo era el cardenal Tarcisio Bertone, apenas depuesto por el papa como secretario de Estado. El cardenal Bertone lo observó con su expresión sutil y sonriente de águila —semejante a la del actor cómico Will Ferrell.

El papa lentamente levantó la mano:

—Los siguientes integrantes de esta comisión —y, como si los estuviera bendiciendo, los repasó con sus dedos—: cardenal Tarcisio Bertone, cardenal Odilo Scherer de Brasil, cardenal Telesphoro Toppo de la India y cardenal Domenico Calcagno —y los observó cuidadosamente. Ellos le sonrieron—: Están despedidos.

Los comisionados entraron en *shock*. Se miraron unos a otros.

—Pero, Su Santidad,...

—Permanecerá en su cargo sólo el cardenal Jean-Louis Tauran —y lo miró a los ojos—. Los demás pueden retirarse ahora. Van a ser sustituidos por —y señaló hacia atrás, hacia los hombres que tenía a sus espaldas—: el cardenal Christoph Schönborn de Austria, el cardenal Thomas Collins de Canadá, el cardenal Santos Abril y Castillo, y el cardenal Pietro Parolin, que es nuestro nuevo secretario de Estado.

El imponente cardenal Tarcisio Bertone, con la imperial expresión de Will Ferrell, lo observó con un resplandor en los ojos.

119

—¿Le patearon el trasero?

—Por segunda vez —le respondió a Sutano Hidalgo el robusto masón de la filosa espada—. En realidad, no se refirió al verdadero Tarcisio Bertone, sino a otro hombre: el poderoso "gran maestro" de la logia masónica P-2, Licio Gelli.

Caminamos dentro de la oscura y húmeda cámara del ancestral "templo" de los carbonarios. El robusto masón, con su pesado reloj de oro, se dirigió hacia la enorme estatua del dios persa Mitra matando a un toro. Suavemente tomó el metálico cuchillo que estaba en las manos del dios antiguo. Comenzó a jalarlo hacia fuera, como si quisiera separarlo del cuello del toro.

La pared comenzó a tronar por dentro. Escuchamos máquinas retumbando.

El masón nos condujo hacia la grieta. Los que venían con él se salieron calladamente por las puertas de los lados. Susurraron:

—¿Acaso no habrá ayuda para el hijo de la viuda?

El hombre robusto comenzó a avanzar hacia la grieta:

—La Orden 400 nunca se originó de los masones —nos dijo. Penetró dentro de la oscuridad—. Como les dije hace un momento, el Gran Oriente de Italia ya le había revocado su carta de aceptación a la logia P-2 desde 1974, mucho antes de que todo esto comenzara. A partir de este instante yo voy a ser para ustedes la voz de Pepe Rodríguez —y colocó sus brillantes zapatos sobre la deteriorada formación de roca volcánica—: "En junio de 1987, en Córdoba, el invitado de honor al tercer simposio sobre masonería fue el gran maestre del Gran Oriente de Italia, Bruno Castellani, quien en su día ocupó el cargo de presidente de la Corte Central de la Justicia Masónica, que condenó y expulsó de la masonería a Licio Gelli. En su intervención fue claro: la comisión parlamentaria que investigó durante tres años las ramificaciones de la logia P-2 concluyó que no existía ninguna conexión ente la masonería y el círculo privado de Licio Gelli", es decir, los hombres de la Orden 400.

Caminó dentro de la grieta. Lo seguimos. A medida que avanzó por la negrura, se encendieron delante de él barras de luz de color morado. Por debajo comenzó a correr una serpiente de agua.

—Este estrecho fue utilizado para escapes —nos dijo—. Lo usaron muchos hermanos masones. Lo utilizó Giuseppe Garibaldi.

Avanzó por entre las torceduras de la piedra. Continuaron encendiéndose luces moradas adelante. En los muros vimos pinturas muy antiguas.

Una de ellas era de una mujer con alas llenas de ojos. Nos miró con una sonrisa mortífera. El masón nos dijo:

—Ésta es la diosa Vanth, una diosa prehistórica, una divinidad de los etruscos. Vivieron aquí antes del nacimiento de Roma. Nadie sabe el verdadero origen de los etruscos. Vanth fue la diosa etrusca de los muertos. También se le llamó Vatika. Es la protectora de la colina Vaticana. Como su nombre lo indica, el "Vaticano" era el montículo de los "vaticinios", de las "profecías". Las profecías las realizaba Vatika, la diosa del Inframundo.

Sentí un escalofrío. Miré de nuevo a la diosa con alas llenas de ojos. Ella de nuevo me observó en una forma espeluznante.

"Bueno, todo esto pasó hace mucho tiempo", me dije. Miré a Clara Vanthi. Suavemente me sonrió.

—En realidad tu nombre nunca ha sido "Clara Vanthi", ¿verdad? Te lo pusiste como un código para tu operación aquí en el Vaticano.

—No, Pío —y muy suavemente me tomó de la mano—. Yo soy Vatika —y me sonrió de nuevo. Abrió muy grandes sus verdes ojos de gato.

—Lino Salvini, como gran maestro del Gran Oriente de Italia —nos dijo el robusto masón—, confió ciegamente en Licio Gelli, que era el perpetrador de un plan maligno. "A diferencia de Gamberini, Salvini cambió radicalmente de política. Dejó de procurar la vía iniciática y la comunión masónica de los adherentes para primar la presencia masónica en el mundo profano; es decir, le importaban mucho más el número y el prestigio social de los nuevos miembros que la calidad humana de los mismos. Salvini desmontó el aparato de control del Gran Oriente de Italia, y pasó a dirigirlo todo personalmente, incluidas las finanzas, y claro está, las iniciaciones, que se producían sin el debido proceso previo y bajo la fórmula de admisión conocida como *all'orecchio*, al oído. Licio Gelli maniobró a espaldas de Salvini, camuflando su logia P-2 bajo entidades como el 'Centro de Estudios de Historia Contemporánea', y comenzó a iniciar personalmente a los nuevos adherentes de prestigio y posición, usurpando una función que en ese caso sólo podía ejercer el gran maestro Salvini. A finales de 1974 Salvini se dio cuenta de que había perdido el control de la logia P-2. Tomó la decisión de demolerla, esto es: su liquidación y su paso a logia descubierta. En el transcurso de la gran logia Festiva de Nápoles del 14 de diciembre de 1974, por cuatrocientos votos contra seis se decidió la demolición de la logia P-2." Pero algo no salió bien y Licio Gelli se les adelantó y los obligó a nombrarlo venerable so pena de publicar todos los crímenes de Salvini.

Por debajo de las orillas del río Tíber, el robusto masón continuó avanzando en la grieta oscura hacia las profundidades. Nos dijo:

—La masonería italiana vivió un golpe de Estado. Un solo hombre pudo someter a toda la organización masónica. Esto no tenía precedentes en el mundo. Voy a ser para ustedes nuevamente el portador de la voz de Pepe Rodríguez: "Convertido en maestro venerable, Licio Gelli comenzó a construir su imperio. El 18 de diciembre de 1976, Licio Gelli fue condenado por la corte central masónica a la censura solemne". Se le prohibió ejercer cualquier puesto en la masonería. Estaba virtualmente expulsado. Pero Licio Gelli tenía a Salvini amenazado con divulgar la información que le proporcionaban "sus agencias". Salvini le permitió continuar con sus nefastas actividades, "que siguieron siendo absolutamente ocultas ante la masonería legal, celebrando iniciaciones él mismo en el hotel Excelsior", por fuera de la jerarquía de la masonería.

El masón comenzó a subir por unas piedras en la roca, semejantes a escalones. Susurró:

—El hombre desnudo del gorro frigio está naciendo de la piedra. Dice Pepe Rodríguez: "El Gran Oriente de Italia actuó con demasiada lentitud para cortarle la cabeza al monstruo que creció en sus entrañas. El 21 de marzo de 1981, desde la Judicatura de Milán se emitió una orden de captura contra Licio Gelli, acusado de 'buscar informaciones concernientes a la seguridad del Estado'".

A 570 kilómetros de distancia, en el norte de Italia, a mil metros de altura sobre el nivel del mar, treinta años en el pasado, dentro de una cabaña en las heladas cumbres del monte Adamello, el presidente de Italia, Sandro Pertini, de ochenta y cuatro años, se le aproximó al papa Juan Pablo II:

—Tienen gente dentro de mi gobierno. Me tienen infiltrado. Controlan a la policía, a la corte, a las agencias de inteligencia. Los generales de los servicios secretos están en la logia de este hombre. Estoy rodeado por las personas que controla Licio Gelli.

El papa lo miró. El presidente de Italia, del partido socialista, le colocó la mano en el antebrazo al Santo Padre:

—Amigo mío, mi pregunta es si usted, hombre de Cristo, está dispuesto a hacer esto conmigo. ¿Lo hará? ¿Se arriesgará conmigo? Ésta es probablemente la última oportunidad para acabar con todo esto —y en la oscuridad le brillaron los ojos.

El papa Juan Pablo II miró hacia la chimenea. Vio el fuego consumir los leños. Por un segundo vio el rostro de Jesucristo. Cincuenta y tres días después se vio a sí mismo tirado en el piso, con cuatro balas dentro de su cuerpo, sangrando por la boca.

—Eligieron la fecha para dispararle al papa Juan Pablo II —nos dijo el masón. Subió por los escalones de roca. Nosotros lo seguimos. Los escalones eran duros, porosos, mojados. Los zapatos se resbalaban en los contornos desgastados—. Trece de mayo: la fecha exacta en la que supuestamente sucedió la primera aparición de la Virgen de Fátima. Nada de esto ha sido casual. Todas las fechas han sido cuidadosamente elegidas por estos hombres. Todo ocurre en días 13 o 26, que es dos veces trece. Las apariciones, los mensajes, la "revelación" que sucedió en el año 2000 por parte de Angelo Sodano y del cardenal Tarcisio Bertone, incluso la muerte misma de la vidente de Fátima, el 13 de febrero de 2005. Están jugando con la magia, con la superstición, con el miedo —y continuó colocando sus manos en las protuberancias del muro de roca volcánica—. Todo esto ha sido armado para controlar al Vaticano, para tener al mundo completamente aterrorizado, para amenazar a los mismos papas, para hacer que los papas obedezcan a estos hombres.

120

En la Ciudad de México, en un iluminado estudio, con una humeante taza de café a su lado, el joven periodista y experto vaticanista José Alberto Villasana —alguna vez sacerdote de la Legión de Cristo y, según fuentes no confirmadas, secretario particular del padre Marcial Maciel Degollado—, comenzó a teclear en su computadora:

"Últimos Tiempos. 13 de mayo. El verdadero tercer secreto de Fátima. La mayoría conoce y da por auténtica la versión oficial, publicada por el cardenal Angelo Sodano en junio del año 2000, en la que supuestamente se dio a conocer la revelación hecha por la Santísima Virgen María a los tres pastorcitos de Fátima, Portugal, en 1917. También se acepta que la 'hermana Lucía' validó ese texto al año siguiente y falleció el 13 de febrero de 2005. Sin embargo, existen suficientes pruebas de que la verdadera hermana Lucía murió realmente el 31 de mayo de 1949, fiesta de María Reina, y de que la fallecida en 2005 fue en realidad una impostora.

"En las fotos de la verdadera Lucía y de la impostora ('Lucía II') se destacan diversa forma de ojos, nariz, boca, labios dentadura y pómulos.

La caligrafía también es distinta, como lo revela el estudio elaborado por los Speckin Forensic Laboratories, empresa internacional especializada en falsificación de documentos. Las dos Lucías escribían distinto el saludo personal y las letras h y g minúsculas, la n mayúscula y la s tanto mayúscula como minúscula. ¿Quién creó a la falsa hermana Lucía y por qué? Todos los indicios conducen hacia un personaje de alto nivel del Vaticano, con gran poder para influir en los superiores del convento Carmelo —donde estaba enclaustrada Lucía—, pero a espaldas del papa y por motivos de una agenda política personal. Ese hombre era el sustituto de la Secretaría de Estado, monseñor Giovanni Battista Montini. Fue el propio Montini quien intervino para que la hermana Lucía saliera de las Hermanas Doroteas de España y entrara al convento de Clausura del Carmelo en Portugal. Montini se lo pidió personalmente al obispo de Porto el 27 de agosto de 1947."

121

En el Vaticano, el cardenal más anciano de toda la jerarquía católica —el respetado ex secretario personal del papa Juan XXIII, Loris Francesco Capovilla, con sus membranosos y dulces ojos de color gris— miró hacia las paredes. En los exhibidores de luz observó las fotografías del artículo del mexicano José Alberto Villasana, una al lado de la otra: las fotografías de dos mujeres: la vidente de Fátima, Lucía dos Santos, antes del año 1949, y la mujer que murió en el convento de Coímbra, Portugal, el 13 de febrero de 2005.

Lentamente subió las cejas. A su lado estaba su leal asistente, el relleno y bajo de estatura Felitto Tumba, quien con sus dientes separados le sonrió a su jefe:

—Es verdad. No se parecen.

Monseñor Loris Francesco Capovilla observó los ojos en las dos fotografías. En la anterior a 1949 la hermana Lucía tenía el ceño en forma horizontal. En la segunda foto, la anciana mostraba las cejas recorridas hacia arriba, por el centro de la cara. En la primera foto la barbilla estaba como "sumida" hacia atrás de la cara. En la segunda el mentón se veía como estirado hacia fuera.

—¿Son dos personas diferentes? —le susurró su leal ayudante Felitto.

El cardenal Loris Francesco Capovilla arrastró sus zapatillas sobre el piso de mármol. Cuidadosamente observó los dientes en ambas fotografías. En efecto, los anteriores a 1949 eran más alargados hacia abajo y estaban dislocados, pero poco antes de 2005 la anciana ya habría tenido que recortarse los dientes y alinearlos.

Su leal Felitto Tumba le susurró:

—Eminencia: ¿usted cree que esto ya lo sepa el cardenal Angelo Sodano? ¿Usted cree que esto lo sepa ya el cardenal Tarcisio Bertone? ¿Están ocultándoselo al mundo? ¿Usted cree que todo esto lo sepa ya el papa Francisco?

El alguna vez secretario del papa Juan XXIII miró hacia un lado. Sintió un destello en su cabeza. Vio un relámpago azul. Vio la cara del viejo papa —el redondo y narigón Juan XXIII, de alargadas orejas semejantes a las de un *elephantidae*— sumida en las tinieblas, iluminada por un potente reflector desde un costado:

—Escribe por favor una nota sobre todo esto —y con las yemas de los gordos dedos intentó volver a soldar el rojo lacre del sobre que acababa de llegarle desde el convento de Coímbra, en Portugal, con las palabras de la hermana Lucía dos Santos, vidente de Fátima, sobre el tercer secreto revelado a ella por la Virgen.

—¿Una nota? —quiso confirmar el joven Loris Francesco Capovilla. Comenzó escribiendo la fecha: "17 de agosto de 1959". Miró a los ojos al papa. El pontífice estaba llorando.

—Su Santidad, ¿se encuentra bien? ¿Qué dice el documento? —y alcanzó a ver en el resplandor de la potente luz, a través del papel doblado, lo que le parecieron unos 26 renglones.

En la oscuridad Loris Capovilla alcanzó a distinguir la silueta de un hombre alto, delgado, con la nariz aguileña. Sus ojos le parecieron dos grandes canicas luminosas hechas de "refulgente vidrio".

El papa Juan XXIII comenzó a dictarle a Loris:

—Dejo esto para otros que lo comenten o decidan.

El joven Capovilla avanzó hacia el papa:

—Pero ¿usted no va a revelar lo que dice el sobre?

El Santo Padre le mostró el cable que estaba sobre su escritorio.

—Me está llegando esto desde la cancillería de Coímbra. Me informan que la entrevista que le realizó el padre Agustín Fuentes a la monja Lucía dos Santos es falsa. Nunca tuvo lugar. Alguien está fabricando las palabras de esa mujer.

Cinco décadas después, dentro de los muros del Vaticano, el ahora anciano cardenal Loris Francesco Capovilla comenzó a abrir los membranosos ojos. Le pasó a su ayudante Felitto Tumba un papel arrugado, deteriorado y roto. Decía:

"Entrevista a la hermana Lucía dos Santos, por el padre Agustín Fuentes, 26 de diciembre de 1957. La hermana Lucía afirma lo siguiente: 'He vuelto a ser visitada por Nuestra Santísima Virgen, en el convento. La Santísima Virgen está muy triste porque nadie ha prestado atención a su mensaje. El Santo Padre y el obispo de Fátima tienen permitido por la Virgen conocer el tercer secreto de Fátima, pero han decidido no conocerlo. Todas las naciones corren el peligro de desaparecer de la faz de la tierra, y muchas almas ciertamente irán al Infierno si el Vaticano sigue ignorando, como lo ha hecho, lo que ha solicitado en su aparición Nuestra Señora en Fátima, en el año de 1917'."

El ayudante del cardenal, relleno, bajo de estatura y de dientes separados, lo miró extrañado. Comenzó a entrecerrar los ojos. Le preguntó a su jefe:

—¿Qué es lo que la Virgen solicitó en 1917?

Loris Capovilla miró hacia los muros, hacia las fotografías de las dos hermanas Lucías. Comenzó a cerrar los párpados. Recordó a su papa, el santo Juan XXIII: "Lo que va a suceder en poco tiempo va a ser algo extraordinario. Va a ocurrir una manifestación extraordinaria de lo sobrenatural".

—Llévame con el papa. Debo reunirme de inmediato con el papa Francisco. Él debe saber la verdad.

122

A trescientos metros de distancia, en el comedor del hotel del Vaticano —la Casa Santa Marta—, el papa Francisco recibió con un abrazo a uno de sus más queridos amigos de Argentina, el rabino de expresión bondadosa y cabello canoso Abraham Skorka.

—Qué bueno que decidiste quedarte aquí, en el hotel, con nosotros —le dijo el papa—. Así no tendrás que tomar taxis. Y habrá aquí la mejor comida *kosher*.

El rabino, con sus acompañantes, se sentó a la mesa redonda. Le dijo al papa:

—Amigo mío, ¿estás seguro de esto? Tal vez te critiquen por tener esta reunión con nosotros.

—¿A qué te refieres? ¿Por ser judíos ustedes?

—Sí. No quiero que tengas problemas. Ya estás recibiendo demasiados ataques.

—¿Quién va a criticarme? —y el papa les sonrió a todos—. La Iglesia católica no fue creada para criticar a nadie. Tú eres mi hermano. Todos somos hermanos. Eso me lo enseñó un judío como tú, a quien yo amo. Su nombre es Jesucristo.

Entró desde la cocina otro amigo del papa Francisco: el rubio y joven chef de la Guardia Suiza, David Geisser:

—Les preparamos estos platos. En realidad, se los preparó el mejor restaurante judío de Roma, el Ba'Ghetto.

Sobre el blanco mantel, los meseros empezaron a colocar platillos judíos: alcachofas fritas, escarolas, anchoas y *zucchini* salteado.

Comenzaron a comer. El papa le dijo al dueño del Ba'Ghetto:

—Realmente me gusta su *mousse* de pistache —y le sonrió.

El cocinero David Geisser le dijo:

—Sólo le recuerdo de no insistir con los carbohidratos.

El papa se dirigió a sus invitados:

—Esta reunión va a ayudar a nutrir las semillas que hemos plantado juntos —y lentamente se levantó. Señaló hacia el joven David Geisser—. Quiero presentarles a mi querido amigo, y extraordinario chef, David Geisser. Hace el dulce de leche argentino más rico del mundo. Estoy muy orgulloso de él porque acaba de publicar su libro de cocina *Buon Appetito*.

El joven chef les dijo:

—La idea de hacer este libro me la dio mi comandante —y señaló hacia el muro, hacia el poco expresivo hombre de lentes Daniel Rudolf Anrig, jefe de la Guardia Suiza. Éste no movió los músculos de la cara, sólo inclinó la cabeza. El chef se volvió hacia el reportero Nick Squires, de *Telegraph*, del Reino Unido:

—Un soldado sólo puede pelear y librar guerras si ha comido bien —y les sonrió a todos.

El joven Daniel Anrig les dijo:

—Les puedo informar qué comen todos aquí en el Vaticano. El secretario privado del papa emérito Benedicto XVI y de nuestro papa Francisco, el alemán Georg Ganswein, ama la *saltimbocca alla romana* con vino blanco y mantequilla. El nuevo secretario de Estado, Pietro Parolin, prefiere el *gnocci* y las croquetas de papa.

Uno de los invitados le preguntó:

—¿Es verdad que en este libro se incluyen las oraciones que los guardias hacen antes de cocinar y sentarse a comer?

—Así es, señor.

El invitado levantó la copa.

—Brindo por el papa Francisco, y por el amor de todos, y por nuestro Dios, y por la paz del mundo. *L'chaim!*

—¡Por la vida!

123

A doscientos metros de ahí, en un rincón del Palacio Apostólico, el prelado caminó furiosamente por el pasillo de mármol ajedrezado, bajo los candelabros.

—Este antipapa es el destructor del que profetizó san Francisco de Asís hace ochocientos años. ¡Éste es el antipapa corrosivo que se insinúa en las profecías de san Malaquías! San Roberto Berlamino lo dijo claramente: el pontífice que cae en herejía instantáneamente deja de ser papa y es automáticamente excomulgado de la Iglesia. ¡Ya no tenemos papa! ¡Tenemos a un impostor, que además de todo, es un masón! ¡Apúntense ya todos los que deseen ser candidatos!

Trotaron detrás de él dos obispos. Le dijeron:

—En las apariciones de Akita, en Japón, que ocurrieron el 13 de octubre de 1973, cuando Nuestra Señora de Akita se le presentó en la región de Yuzawadai a la hermana Agnes Katsuko Sasagawa, le dijo: "Recen mucho el rosario. Yo sola aún puedo salvarlos de las calamidades que se aproximan". Su estatua lloró ciento una veces, y este fenómeno fue transmitido por la televisión. El obispo de Niigata, Japón, John Shojiro Ito, validó estas apariciones en abril de 1984, tres años después del primer atentado contra el papa Juan Pablo II. En junio de 1988 el obispo Shojiro le llevó el caso al prefecto de la Doctrina de la Fe, Joseph Ratzinger, antes de que se convirtiera en el papa Benedicto XVI. Ratzinger le dijo: "Si desean difundir la aparición, háganlo, pero yo no la apruebo".

El prelado furiosamente siguió caminando:

—¡Todos son unos malditos masones! Todo esto lo pronunció muy claramente mi cardenal Raymond Leo Burke, ex arzobispo de Saint Louis, Misuri, en su libro de 2008 *Mariología: una guía para sacerdotes*: "El trabajo del demonio se infiltrará aun dentro de la Iglesia de tal manera que uno verá a cardenales en contra de cardenales, obispos en contra de obispos" —y soltando muchos gritos comenzó a reír llorando, con los brazos extendidos hacia el iluminado techo de pinturas del Renacimiento—. ¡Satanás se colocará en los puestos clave de la Iglesia católica y reinará sobre un mundo de sangre y devastación! —y empezó a soltar carcajadas—. ¡La Virgen se lo reveló así a Mélanie Calvat, de catorce años, el 25 de septiembre de 1846 en La Salette-Fallavaux, Francia: "Roma habrá de perder la fe y se va a convertir en la sede del anticristo"! ¡Los masones van a infiltrar al Vaticano! ¡Comenzará un gran cisma: el tercer cisma del cristianismo! ¡Se iniciará ya una gran persecución contra los católicos, y van a ser martirizados! ¡Los hombres dejarán de creer en Cristo y comenzará la gran apostasía!

124

—El apocalipsis son ellos —nos dijo el robusto masón de ancho cuerpo sudado. Siguió escalando los húmedos y resbalosos peldaños de piedra, hechos de roca volcánica, con sus relucientes zapatos caros, hacia la gran reja de hierro que estaba arriba de nosotros, chorreándonos agua con fango. A través de los hierros vi el resplandor de la calle. El masón nos dijo:

—Nosotros lo único que deseamos, e imploramos con amor y con respeto, es que la Iglesia a la que amamos no nos odie, que nos acepte como parte de ella, pues muchos masones del mundo somos católicos y deseamos recibir la eucaristía, la carne de Jesucristo: por ello necesitamos que el papa Francisco elimine la excomunión para nuestros hermanos.

Clara Vanthi subió por las rocas. Se cortó las palmas. Le dijo:

—Si lo que ustedes hacen fuera tan bueno, ¿por qué lo mantienen en secreto? El presidente Kennedy lo dijo en uno de sus últimos discursos, y por eso lo mataron: en ninguna sociedad democrática deberían existir comunidades secretas, que le oculten al resto de la ciudadanía sus actividades y sus planes. ¿Qué tanto traman a espaldas de la población del mundo?

El masón se aproximó hacia la reja. El lodo de Roma comenzó a escurrirle por la boca. Le dijo:

—Por qué hacemos todo esto en secreto es algo que yo mismo no entiendo. Son reglas muy antiguas; son herencias que nadie comprende realmente. Igual que en la Iglesia católica, los nuevos no conocemos a fondo el origen de nuestra institución. El origen siempre está borrado o distorsionado por el misterio. Tenemos que redescubrir el pasado y regresar a lo que fue en un principio nuevo.

Por detrás de Clara le noté nuevamente las letras tatuadas en su nuca: "D21S11".

En el Vaticano, el cardenal de noventa y nueve años Loris Francesco Capovilla avanzó arrastrando sus duras zapatillas, a través de un túnel de árboles, del brazo de su fiel ayudante el gordito Felitto Tumba. Se dirigieron hacia el hotel de la Santa Sede: el amarillo edificio de seis pisos y doble estructura llamado Casa Santa Marta, contra los rayos del sol de la tarde. Al lado de ellos, una mujer también nonagenaria, en su hábito de consagrada y apoyada sobre una andadera metálica con ruedas, les dijo con voz ahorcada:

—Las revelaciones de Fátima sólo repiten lo que Dios ya le había entregado en contemplación a san Malaquías, en el año 1139, y que él escribió aquí en Roma para informar al Santo Padre Inocencio II. Le dijo: "Habrá un papa número 107, será pastor y nauta". Ese papa fue Juan XXIII, que antes fue patriarca de Venecia, la ciudad de los navegantes —y le apretó el brazo a Loris Francesco Capovilla, que había sido el máximo confidente de ese gran papa remoto—. Y san Malaquías escribió también: "Habrá un papa número 108, que será *Flos florum*, 'flor de las flores'". Ese vicario de Jesús fue Paulo VI, pues en su escudo tenía una flor de lis. "Habrá un papa número 109, y será *De medietate lunae*", 'de la media luna'. Ese papa fue Juan Pablo I, que sólo gobernó durante treinta y tres días, y que nació en Belluno, la "bella luna". Y Malaquías dijo: "Habrá un papa número 110, y será *De labore solis*". Ese papa fue Juan Pablo II, pues él viajó de sol a sol por el mundo y murió durante el eclipse de sol de abril de 2005. Y san Malaquías dijo: "Habrá un papa número 111, y será *Gloria olivae*", la 'gloria del olivo'. Ese papa fue Benedicto XVI, que nació en un Sábado de Gloria. Y Malaquías dijo: "Habrá un papa número 112, y ese será el último papa. Ese papa es *Petrus Romanus*", Pedro el Romano, el primer Pedro después del primer papa de todos los tiempos: el apóstol Pedro. Ese papa es el papa Francisco.

El anciano Loris Francesco Capovilla cuidadosamente miró hacia arriba, hacia la luz del cielo entre las hojas de los árboles. Vio las amenazantes nubes doradas cerrándose en el cielo. Los rayos del sol lentamente parecieron comenzar a girar en el firmamento. Capovilla empezó a recitar:

—In extrema S. R. E. sedebit Petrus Romanus qui pascet oues in multis tribulationibus, quibus transactis ciuitas septicollis diretur, Judex tremendus iudicabit populum suum. Finis.

Su ayudante, el redondo Felitto Tumba, con sus dientes separados, le sonrió:

—¿Qué dijo, jefe?

—"En medio de una aterradora persecución, en la santa Iglesia romana reinará Pedro el Romano, y él habrá de cuidar a su rebaño en medio de incontables tribulaciones, y después de todo esto, la ciudad de las Siete Colinas", que es Roma, o tal vez Jerusalén, "va a ser aniquilada, y el Juez Tremendo vendrá a hacer el juicio a su pueblo. Fin".

Felitto comenzó a morderse los labios:

—¡¿De veras va a pasar todo esto?! —y miró hacia las nubes doradas—. ¡No, Eminencia! ¿Y mi familia? ¿Es verdad esto? ¿Va a ser el apocalipsis? ¿Va a ocurrir ahora que está el papa Francisco? ¿Él es "Pedro el Romano"?

La anciana monja le susurró a Loris Francesco Capovilla, con voz de chirrido:

—Hace treinta años te he buscado para decirte todo esto —y miró hacia el sol—. Éste es el verdadero secreto que la Virgen le dio a Lucía en Fátima: le dio los nombres de los apóstoles del Infierno, los que ahora van a destruir al mundo que conocemos. Todos ellos ahora están vivos, y están en el Vaticano, y por eso ellos mismos están ocultando el documento de Lucía. Ellos mismos son ahora el Vaticano —y miró hacia Loris—. Tu superior, el papa Juan XXIII, no te permitió leer el texto porque tú habrías ido a matar a todos esos hombres cuando aún eran jóvenes y podías matarlos; pero ahora esos demonios son la cúpula de la Iglesia y están preparando la consagración del mundo a Satanás. Este último papa va a vivir en carne propia el fin de los tiempos.

125

—Todo esto es *bullshit* —nos dijo Clara Vanthi.

Siguió escalando por las piedras. Continuó:

—He estudiado durante dos malditos años las profecías de san Malaquías con tal de obtener este trabajo en la "oficina" del prelado. En 1699 el jesuita Claude-Francois Menestrier demostró que esta profecía de san Malaquías fue fabricada en 1590 "para promover la candidatura al papado de un sujeto llamado Girolamo Simoncelli, cardenal de Orvieto" en remplazo de Urbano VII. El papa número 75 en la lista de "san Malaquías" supuestamente iba a ser llamado *Urbs Vetus* o "Ciudad vieja", que es una forma de decir "Orvieto." Pero ni con esta manipulación Simoncelli ganó la elección de 1590. Se la ganó a él Niccolo Sfondrati, hoy conocido como Gregorio XIV, pero nosotros seguimos creyendo esa estúpida profecía que no se cumplió ni siquiera en el año en el que fue creada por embusteros para manipular al papa Inocencio. ¡Lo más probable es que san Malaquías mismo jamás haya existido! ¡Pío del Rosario, alguien fabrica todas estas cosas!

Sutano colocó una mano sobre la otra para subir hacia la reja de hierro. El lodo de Roma le resbaló por las manos. Distinguió en el fluido el excremento de un ave:

—De acuerdo, amiga, pero necesitan fabricarlas porque estas "profecías" son el alimento para los fanáticos: y estas "profecías para los fanáticos" son lo que se requiere para hacer que le disparen a un papa. Esto es lo que sucedió el 12 de mayo de 1982, cuando enviaron a un "pájaro azul" a hundirle una bayoneta a Juan Pablo II, y ocurrió precisamente en su visita a Fátima. ¿Les parece casualidad, justo cuando Juan Pablo II estaba comenzando a investigar todo esto? —y me miró—. Pío del Rosario: esto es lo que ahora quieren repetir contigo. Naciste con transtorno limítrofe de la personalidad, con una disminución en la materia gris en la circunvolución prefrontal y cingulada de tu cerebro. Naciste con los alelos U y L alterados en tu gen TPH, sintetizador de la serotonina. Nunca vas a ser normal —y siguió subiendo.

Clara me agarró la mano:

—No lo escuches, Pío del Rosario. Yo te quiero tal como eres. Para mí siempre vas a ser perfecto. Tú nunca vas a tener defectos. Sutano me dijo:

—Naciste para ser manipulado. Te engendraron, te criaron, te entrenaron para esta misión de asesinato. Eres el producto de una enorme fábrica, mi amigo. No eres el único. Eres uno de miles y miles. Tienen plantas en todos los continentes. Eres un *Bello Latrociniisque Natus*, un nacido para la guerra y para el latrocinio, igual que Lee Harvey Oswald, el asesino del presidente John F. Kennedy; igual que Gavrillo Princip; igual que David Chapman y Sirhan Sirhan. Eres un *O Gladio Natus*, un hijo de Gladio.

Clara me acercó su hermosa cara. Me pegó a las orejas sus mojados cabellos rubios. Me susurró en el oído:

—El celibato no es dogma, Pío. Cuando todo esto termine te quiero conmigo. Así iba a suceder. Recuerda que íbamos a estar juntos. Nos iban a hacer pareja. Estaba programado.

—¿Cómo dices?

Ella me aproximó los labios a la boca. Sentí el calor de su aliento. Me miró con sus hermosos ojos:

305

—Pío: el celibato nunca lo ordenó Jesucristo. Acepta ese hecho. Ya te recordé a Mateo 8:14: el apóstol Pedro tuvo una esposa. Cristo lo aceptó con su esposa. Ahora tú, Pío del Rosario, puedes darme un beso —y comenzó a rozarme los labios contra los suyos. Me susurró, con su piel tocando mis mejillas—: El celibato católico nunca fue obligatorio hasta 1139, cuando el papa Inocencio II convocó al Concilio de Letrán II para condenar al "antipapa" Anacleto II, que estaba apoyado por el duque de Aquitania, y para obligar a la pobre población a pagarle diezmos. Tú ámame, Pío —y me besó en la boca. Sentí sus dientes contra los míos.

—Pero Clara... —y en mi mente tronó un relámpago: la voz de Marcial Maciel Degollado:

—*Sacerdotalis caelibatus*, la encíclica de Su Santidad Paulo VI —y me sonrió—. Esta encíclica te condena al Infierno eterno si siendo sacerdote caes en el pecado de la sexualidad y del amor en pareja —y comenzó a acariciarme la cabeza.

En la oscuridad vi su cara con anteojos. Resplandeció contra un aterrador rayo de tormenta.

—Acaríciame el miembro —y me jaló la mano hacia sus piernas—. No te va a pasar nada. Tú no te vas a condenar —y me sonrió—. Si tú me lo haces a mí, no va a ser pecado. El papa Pío XII me dio permiso para que tú y otros niños me den estos masajes. Es para curarme. Yo mismo te voy a confesar. Estás perdonado —y cerró los ojos.

—¡No lo voy a hacer! —y lo golpeé en la cara.

—¡Maldito seas! —me abofeteó—. ¡Traigan a un exorcista! ¡Este pecador me está tentando! ¡Traigan a alguien para sacar a este demonio! —y me golpeó en la cara con su puño—. ¡Denle morfina! ¡Denle toda la morfina!

Abrí los ojos. Clara suavemente me comenzó a besar en la cara. Arriba de nosotros Sutano y el masón empezaron a forzar las rejas de hierro.

—¡Debe de haber un pistilo! —le gritó el masón.

Clara me empezó a lamer el oído:

—¿Sabes que el obispo Evans David Gliwitzki está casado; que tiene dos hijas y tres nietos? ¿Por qué él, siendo un obispo católico, está autorizado por la Iglesia hoy mismo para tener una familia, y un amor, una esposa? —y me siguió besando en el cuello—. Porque él fue ministro anglicano antes de convertirse al catolicismo. Si a él le permiten estar con la mujer que lo ama, ¿por qué tú no me permites entregarme al hombre al que yo amo desde hace tantos años?

Lentamente le aparté la cara con la mano.

—Clara, espera… —y la miré a los ojos—. Demonios, realmente eres hermosa…

La luz de la rejilla le brilló en los grandes ojos. Vi un flamazo: una luz. Escuché a los hombres de bata blanca frente a las radiografías de mi cerebro:

—Es la morfina —le dijo un doctor a otro. En el interior de mi nariz sentí la quemadura de la acetona—. Le aplicaron dosis monstruosas de morfina. Tendremos suerte si no perdió capacidades cognitivas. Tiene destrucción celular en la sección tres del Cornus Ammonis, CA-3 del hipocampo. Es la región de la memoria de corto plazo.

Por detrás de los doctores vi a una chica rubia, hermosa. Entró caminando por en medio de ellos. Me miró con sus grandes ojos verdes de gato; en su boca tenía un cubrebocas:

—Quiero que salven a este joven. Es Pío del Rosario, el predilecto de nuestro padre —y sentí su tibia mano apretándome la mía. Escuché los pitidos de las máquinas, de los respiradores. Eran mis pulmones. Con mucha fuerza ella me apretó los dedos. Me encajó sus uñas. Comenzó a morderse los labios—. Pío: te preparamos para ser mi pareja, para que tú y yo tengamos hijos. Así está programado.

—Es la hija del director de operaciones de la CIA.

Abrí los ojos.

—¿Clara…?

Ella me restregó su hermosa cara contra los labios.

—Bésame —me dijo—. Me programaron para necesitarte.

Comencé a besarla.

—*Sancta Sancte Tractanda*. Serás tratada en forma sagrada porque tú misma eres sagrada.

Sutano me jaló por el cuello de la camisa. Me dijo:

—Te sembraron miedos y profecías y supersticiones para controlarte, igual que a millones. Tú vas a asesinar a quien ellos te digan, y cuando te detengan y te apresen tú vas a declarar y pensar que fue tu voluntad.

—¡Suéltame, imbécil! —y miré a Clara—. ¡Estaba hablando con ella!

El masón me aferró por el cuello:

—Querido hermano Pío: necesitamos abrir esta reja. Necesitamos tu ayuda. ¿Acaso alguien acudirá para ayudar al hijo de la viuda? —y en la oscuridad le brillaron los ojos. Miré hacia abajo, hacia Clara. Ella me sonrió. Estaba llorando. Observé a Sutano. Con la muñeca se enjugó la sangre de sus labios.

—Muy bien, Pío —me sonrió—. ¡Así me gusta! Vine hacia ti para salvarte. Conmigo te vas a convertir en un soldado.

Lo señalé:

—¡Tú eres el maldito imbécil que me está manipulando! ¡Todos aquí me están manipulando! —y miré a Clara—. Todo esto es una maldita pesadilla. Yo no voy a asesinar a nadie —y tomé la fangosa reja de hierro. Al otro lado vi el resplandor de la calle. Vi la gigantesca cúpula de la basílica de San Pedro. Comencé a cerrar los ojos. Pensé: "Te amo, Clara Vanthi".

Por debajo de nosotros comenzaron a trotar ocho hombres vestidos con trajes de mecánicos. Nos arrojaron sus sogas. Gritaron:

—¡Allá arriba! ¡Son esos idiotas!

En la negrura vi la imagen de Cristo: un pastor con el rostro afeitado, con una cabra viva sobre sus hombros, rodeado de pájaros azules. La cabra "SRYR". Él mismo me bendijo.

Les dije a todos:

—Si yo pudiera ser manipulado como todos ustedes me dicen, si mi cerebro estuviera tan malformado desde mi nacimiento, con un daño genético que me impide producir serotonina, entonces ¿acaso existe el libre albedrío? ¿Para qué habría creado Dios el mundo, si todo ya está programado?

El robusto masón miró hacia abajo, hacia los mecánicos que estaban subiendo como arañas por los escalones de piedra, gritándonos:

—¡Coloquen sus malditas manos contra el muro, donde podamos verlas!

El masón me puso su pesada mano sobre la cabeza. Cerró los ojos. En la oscuridad le distinguí, en el nudo de su corbata de seda, el brillo de su dorado aro: un cuervo. Debajo decía: CORVUS CORAX.

—Pío del Rosario —me dijo con bufidos—, ellos tienen ahora el poder en el mundo. Todo esto ha sido mucho peor de lo que imaginas. Han usado el Banco Vaticano para financiar operaciones de terrorismo, de tortura. Ahora van a desencadenar un exterminio. Quieren varios pedazos de la Tierra: donde está el petróleo, donde están las rutas militares. Va a haber una guerra. Hay un camino para impedir todo esto, para cambiarlo todo.

Miré hacia abajo. Los mecánicos comenzaron a aproximarse a Clara. El masón me dijo:

—El único camino hacia la identidad de los conspiradores es el prelado. Estuviste con él. Tienes que ganarte de nuevo su confianza. Él es el camino. Debes lograr que él te presente con los hombres que le dan las órdenes. Haz que te lleve hacia ellos, que te entregue a ellos, y gánate sus confianzas. ¿Comprendido? —y me sacudió la cabeza—. ¡Esto es lo te pidió el papa Francisco! ¡Ésta es la única manera de cuidarlo! —y con mucha fuerza me apretó la cabeza—. ¡Ve de nuevo hacia el prelado! ¡Entrégate a él! ¡Humíllate ante él! ¡Haz lo que él te ordene! Dile que has decidido servirlo por amor a la Virgen de Fátima. ¿Entendido?

Miré hacia abajo, hacia Clara. Ella comenzó a asentir con la cabeza.

—¡Haz lo que él te dice, Pío! ¡Yo voy a ir contigo!

Por detrás de ella comenzaron a aproximársele los ocho mecánicos, con sus sogas.

—¡Amarren a esa puta! ¡El prelado la quiere viva!

El masón me dijo:

—Dile al prelado que no te importa morir por la Virgen de Fátima: que estás dispuesto a entregar tu vida para cumplir con la promesa, con el tercer secreto. Hazlo por ella —y señaló hacia Clara. Empezó a sacar su revólver. Lo apuntó hacia los mecánicos, hacia sus cabezas—. Haz que el prelado te lleve hacia sus superiores. Ellos son Ordine Nuovo, la Ordo 400, la gente oculta que financió a la logia P-2 para destruir a la masonería. Ellos son los hombres que le dieron al terrorista Licio Gelli la información de inteligencia con la que sometió y destruyó la integridad de la masonería. Ellos son Gladio.

Comenzó a jalar el gatillo. Desde la rejilla de hierro le entró un disparo a él, en la cabeza. Comenzó a hacerse hacia atrás. Le chorreó sangre por la frente. Su cráneo se quebró por detrás. Empezó a caer hacia la grieta.

Dos enormes brazos musculosos entraron desde arriba. Me sujetaron por la quijada.

—¡Sube, maldito pederasta!

Me jalaron hacia una negra coladera.

—¡Miserable violador de niños! —me golpeó Jackson Perugino, con su cara deformada y quemada por un lado— ¡Miserable pederasta del Tercer Mundo! —y me clavó sus dedos en los ojos—. ¡Voy a exorcizarte con mi flagelo, miserable cerdo gadareno! ¡Quiero que lo torturen, que le entierren las estacas! ¡Y tráiganme viva también a la maldita ramera, a la hermana Carmela, para castigarla también con los hierros!

126

En las puertas exteriores de la Casa Santa Marta, el papa Francisco caminó hacia la calle, hacia la arbolada plaza Santa Marta. Sobre las frondas de los árboles presenció el evento del sol: el resplandor anaranjado del sol entre las nubes doradas. Cerró los ojos. Sintió el calor en la piel del rostro.

Entre los visitantes se le acercó, a treinta metros de distancia, un venerado cardenal de noventa y nueve años proveniente de Sotto il Monte, en el norte de Italia. El papa no alcanzó a verlo.

—*Sua Santità!* —le gritó monseñor Loris Capovilla, subiendo su delgado brazo. A su lado, el gordito y sonriente Felitto Tumba le gritó:

—¡Papa Francisco! ¡Aquí estamos!

El papa le respondió a una de las reporteras de Reuters y de la NBC:

—La Iglesia católica tiene curas casados: católicos griegos, católicos coptos, los hay del rito oriental.

—Entonces —le sonrió la periodista— ¿usted está dispuesto a promover que se elimine el celibato para los sacerdotes y las religiosas en la religión católica?

—No se debate sobre un dogma, sino sobre una regla de vida que yo aprecio mucho, y que es un don para la Iglesia.

—¿No es un dogma?

—Al no ser un dogma de fe, siempre estará la puerta abierta para el debate.

Un reportero le gritó:

—¿Usted va a reformar la Iglesia? ¿Los sacerdotes van a poderse casar y tener relaciones sexuales fuera del matrimonio?

La multitud arrastró al papa hacia delante. Se volvió hacia el reportero. Se le perdió entre las cabezas. El nuevo secretario de Estado, Pietro Parolin, de angulosas cejas y mirada aguda —alguna vez nuncio del Vaticano en México, Venezuela y Nigeria—, continuó explicándole a la prensa:

—El celibato no es un dogma. Podemos discutir sobre el tema, ya que se trata sólo de una tradición eclesiástica.

—Entonces, ¿no es un dogma? ¿Habrá sacerdotes casados? ¿Habrá mujeres sacerdotisas, como las que acaban de descubrir los arqueólogos en las Catacumbas de Priscila bajo la dirección del cardenal Gianfranco Ravasi?

Desde atrás, una mujer de cabellos pelirrojos comenzó a saltar, con su micrófono. Le gritó al papa:

—¿Podrá alguna vez haber una mujer papisa? —y le sonrió. El Santo Padre también le sonrió.

—No lo soporto —dijo desde su ventana el prelado. Lo observó desde lo alto. Frunció su nariz por el asco—. Se mueve entre la gente como si fuera un ídolo, una estrella de *rock*. Quiero mi piedra para quebrar sus pies de barro —y se volvió hacia su asistente supremo, que hasta ese momento había estado en Washington, Lux Pastor.

Abajo, el cardenal norteamericano Raymond Leo Burke, con su roja e imponente vestidura cardenalicia, con la expresión de un inteligente y cuadrado búho o estrigiforme con anteojos, se inclinó hacia el reportero Mantthew James Christoff, de The New Evangelization:

—Desafortundadamente, el movimiento feminista radical ha influenciado demasiado fuertemente a la Iglesia para constantemente dirigirse hacia temas sobre la mujer, sacrificando asuntos críticos para los hombres, como la importancia del padre, ya sea en la unión matrimonial o no; la importancia de un padre para los niños. Y, peor que esto, hubo una actitud catequética muy s
uperficial sobre las relaciones maritales, lo cual ha tenido como consecuencia la anarquía sexual, la abundante pornografía al alcance, la homosexualidad y el abuso sexual de niños.

Otro reportero le preguntó:

—¿Entonces la pedofilia es culpa de las feministas?

Un reportero de Life Site News le preguntó:

—Cardenal Burke, una pareja australiana quiere preguntar ante el sínodo, a los obispos, cómo debe responderle a su hijo homosexual que quiere invitar a su novio a la cena de Navidad. ¿Qué se le puede responder?

El cardenal miró hacia la dirección del papa.

—Debemos abordar esto de una manera muy calmada, serena, razonable y llena de fe. Las relaciones homosexuales son intrínsecamente desordenadas.

Se le aproximó una reportera del periódico *The Wanderer*, de Minnesota:

—Cardenal, además de rezar y ayunar, ¿qué podemos hacer los que tenemos fe?

—Primero que nada, yo subrayaría la necesidad de mucha más oración y ayuno —y dulcemente le sonrió—. La alarmante velocidad con la que la agenda homosexual se está haciendo realidad debiera despertarnos y asustarnos. Ésta es una obra de engaño. Sólo hay un lugar donde este tipo de mentiras se originan, y es Satanás —y siguió avanzando.

Bajo las amenazantes nubes doradas, bajo el resplandor del sol, el cardenal Loris Capovilla continuó aproximándosele al papa:

—¡Su Santidad! —le gritó con la voz entrecortada. Los que pasaron a su lado le tocaron las manos:

—¡Usted es el que fue secretario del papa Juan XXIII! ¡Qué bendición poderlo ver! —y le besaron las delgadas manos de un siglo de antigüedad. El cardenal Capovilla sólo observó al papa, metiéndose dentro del autobús colectivo, para que lo llevara hacia el Palacio—. ¡Su Santidad! —levantó la mano en el aire. Le gritaron:

—¡Cardenal Capovilla! ¿Cuál es el verdadero tercer secreto de Fátima? ¿Es verdad que la versión del año 2000 es una completa mentira que inventó el cardenal Angelo Sodano?

El periodista David Gibson, de Religion News Service, se volvió hacia su cámara: "En las proximidades del sínodo de obispos, el cardenal Raymond Burke, quien ha sido el prefecto de la suprema corte de justicia del Vaticano, llamada "Signatura Apostólica", afirma que "gais, católicos vueltos a casar y asesinos son todos lo mismo".

Dentro del autobús colectivo con dirección al Palacio Apostólico, en medio del bamboleo del vehículo, el Santo Padre le dijo a la rubia y carismática periodista florentina Elisabetta Piqué, del periódico *La Nación*, de Argentina:

—Al cardenal Burke no lo he confirmado para que continúe como prefecto de la Signatura Apostólica —y miró hacia la ventanilla, hacia el rostro del cardenal Loris Francesco Capovilla, que lo estaba saludando desde la multitud en la acera. El papa le correspondió con una sonrisa, cerrando los ojos. Le dijo a la periodista—: Le he dicho al cardenal Burke que pronto quedará sin cabeza la Orden de Malta, que es muy importante. Le he dicho: Te irás a lo de Malta, pero antes podrás participar en el sínodo.

—Entonces —le preguntó la periodista— ¿lo va a correr? ¿Ya no va a ser el prefecto de la corte suprema de la Iglesia católica?

El papa le dijo:

—En la Orden de Malta necesitamos a un estadounidense inteligente, que sepa cómo manejarse ahí, y yo pienso en él para ese puesto —y le sonrió.

—Lo está corriendo.

El papa torció la cabeza. Miró hacia la venana.

—Le sugerí esto mucho antes del sínodo. Le dije: "Esto ocurrirá después del sínodo porque quiero que participes en el sínodo, como cabeza del dicasterio". Él me lo agradeció —y miró a la periodista.

—¿Se lo agradeció?

—En muy buenos términos. Aceptó mi oferta.

Abajo, el cardenal Burke observó el movimiento del autobús colectivo. El vehículo de color blanco pasó bajo los rayos del sol. El cardenal caminó imperiosamente al lado del delgado y frágil cardenal Loris Francesco Capovilla. Se aproximó a la negra y reluciente puerta de un vehículo de color negro. Le abrieron la puerta.

En los pasillos del Palacio Apostólico, a metros de distancia de la Sala de Constantino, el canoso cardenal de Eslovenia Franc Rodé, con su larga nariz semejante a la de un ave acuática, suavemente se inclinó hacia dos reporteros:

—El papa Francisco es excesivamente de izquierdas —y miró hacia la luz, al final del monumental corredor renacentista.

—¿De izquierdas, cardenal?

—Bergoglio es latinoamericano. Esa gente habla mucho, pero resuelve pocos problemas —les sonrió a los agentes de la prensa.

—¿Está comenzando una división aquí en el Vaticano?

—Cardenal, ¿es verdad que usted es uno de los jerarcas que protegieron al sacerdote Marcial Maciel Degollado?

—No tengo comentarios —y se metió por la colosal puerta.

El papa, entre una multitud de periodistas y prelados, se aproximó al gigantesco portal de ocho metros de altura del Palacio Apostólico: un alto y largo rectángulo terminado en un redondo arco de roca. Pasó por en medio de las duras puertas de bronce remachado con enormes clavos —el Portone di Bronzo—. Caminó entre los solemnes y rudos soldados de la Guardia Suiza. Estaban vestidos con sus trajes de franjas moradas y amarillas, abombados hacia los lados. Lo miraron sin expresión, sosteniendo firmemente sus largas lanzas. Sólo movieron los ojos, siguiéndolo.

El papa reconoció a uno de ellos. Había estado con David Geisser y con el propio papa en la cocina, ayudándoles a ambos a cocinar una *pizza*. El Santo Padre se le aproximó. Le extendió la mano:

—Me da gusto verte, amigo.

El guardia se quedó petrificado. No movió sus brazos. Sólo miró hacia su jefe, el comandante Daniel Rudolf Anrig, de delgados anteojos y mirada temible —semejante a un agente Smith de la película *The*

Matrix—. El comandante, con pasos robóticos, vestido de negro, se le aproximó al papa:

—Su Santidad, ¡esto es contra el protocolo! —y lo tomó por el brazo.

127

Fuimos sacados en la forma más violenta hacia la destrozada calle Via di Panico, bajo los árboles de su cruce con la vialidad Lungotevere Tor di Nona, a un costado del torrencial río Tíber. Jackson Perugino, el agente 1502 del prelado, con su cara quemada, hizo estallar la coladera situada abajo de nosotros. Me jaló con una fuerza inaudita:

—¡Vas a pagar por tus pecados, maldito traficante de dinero! —y con sus rocosos nudillos me golpeó en la quijada. Sentí el crujido en mi cuello. Un pico eléctrico se me clavó dentro de las vértebras. Me entró al cerebro como un líquido de fierro con sangre. Empecé a caer hacia la acera de adoquines.

Observé el color verde del Tíber. Pasó un viento frio. Arriba el cielo estaba rojo, con nubes de llamaradas. Vi el puente Sant'Angelo, con sus columnas de roca. De cada una de ellas brotaban estatuas descomunales de ángeles por los dos lados del puente, cada uno de estos ángeles con los cabellos largos ondeando en el aire, con miradas furiosas. Al otro lado del río, en el extremo norte del puente vi el gigantesco Castel Sant'Angelo o Castillo de San Ángel, el gigantesco cilindro de color naranja que fue la prisión de Roma y, aún antes, la tumba de cinco pisos del emperador romano Adriano.

Jackson Perugino me golpeó en la cara con su bota del ejército. Me la restregó, friccionándome la cabeza contra el suelo de adoquines duros. Los filos se me encajaron en la piel. Se me abrió la carne donde están los huesos de los pómulos y las cejas. Me sujetó por el cabello. Con mucha fuerza me jaló hacia arriba, por el cuero cabelludo. Me arrojó contra el musculoso y relamido Gavari Raffaello —agente 1503 del prelado—, que tenía en sus brazos a Clara.

Gavari le arrojó la chica a Jackson. Ella cayó al suelo. Se abrió las palmas y los codos. Gavari me sujetó con los brazos, tan duros como rocas.

—¡Cálmate, Pío del Rosario! ¡No hagas esto más problemático!

Su ropa me olió a loción de afeitar. Era la que utilizó cuando estuvimos en la misma habitación en el Vaticano. Me gritó:

—¡No disfrutamos de lastimar a las personas! ¡Hacemos esto porque es nuestro trabajo! —y miró hacia el ángel de alas abiertas en la "corona" del cilíndrico Castel Sant'Angelo. El resplandor del sol comenzó a producir un brillo dorado en el metal de las alas—. Es tan hermoso... —susurró Gavari, y observó junto a las piernas del ángel a la turista en bikini que estaba posando para la fotografía de su esposo—. Voy a comerte en salsa boloñesa...

Le golpeé la cara con el codo.

—¡Cómete esto, pinche hipócrita!

—¡Pío del Rosario! —me gritó. Trató de aferrarme con la mano. Me tiré hacia abajo—. ¿Adónde crees que vas, maldito?

Desenfundó su revólver. Corrí hacia Clara Vanthi. Fue muy confuso. La luz del sol de la tarde comenzó a pegar justo detrás de los músculos de Jackson Perugino. Me deslumbró los ojos. Jackson me apuntó con su pistola. Con la otra mano sostuvo ahorcada a Clara, estrujándole el cuello. Ella, vestida con su pequeño *short* de mezclilla *denim*, lo golpeó con las piernas, con sus zapatos de goma en los testículos. También le pegó en los costados con sus delgados brazos, que se salían de su apretada y mojada camiseta negra.

—¡Suéltala, miserable simio de mierda! —le grité a Jackson—. ¡Te recuerdo que no eres más que un amargado y pendejo primate hijo de tu chingada! —y le lancé con mucha fuerza mi rosario. El objeto desapareció para mí entre los resplandores del sol.

Atrás de mí, Sutano Hidalgo se curvó como una pantera, girando hacia los mecánicos que lo rodearon como hienas. Comenzaron a amenazarlo con sus sogas. Algunos empezaron a ondearlas en el aire, como si fueran a lazarlo.

—¡A ver, pendejos! —les gritó Sutano—. ¡Échenme sus malditas cuerdas! ¡He estado muchas veces aquí, en esta misma situación culera, atrapado en este maldito culo del universo! ¡Y cada vez que he estado aquí, sin salida, sin oportunidades, sin opciones, a punto de ser capturado, y violado, y asesinado, Dios mismo me ha enviado siempre una cuerda para rescatarme! ¡Y esa cuerda es siempre muy parecida a la que ustedes tienen en sus manos!

Me quedé perplejo. Jackson también lo miró con asombro. Le dije a Jackson:

—Así es Sutano Hidalgo —y lo señalé a la cara—. Suelta a Clara Vanthi.

—¡Querrás decir a la hermana Carmela! —me dijo con su estentórea voz que pareció retumbar en todos los márgenes del río Tíber.

Con su fuerte brazo apretó a Clara por el cuello. Ella no pudo respirar. Trató de arrancárselo con las manos, pateándolo con sus pies.

Clara me miró con los ojos muy abiertos, feroces, torciendo la cabeza.

—¡Yo no soy Clara Vanthi! —me dijo.

—Ohhh, es verdad —le dije a Jackson—. Quise decir: ¿podrías por favor soltar a la hermana Carmela, pinche simio horrible?

Los mecánicos, con gran fuerza, le arrojaron sus cuerdas a Sutano Hidalgo para lazarlo. Se le enredaron en la cabeza. Sutano sujetó una de ellas. Con mucha violencia relanzó la soga hacia otro de los mecánicos. Se la enredó en la cabeza. Tiró con mucha fuerza. El mecánico se llevó las manos al cuello:

—¡Auxilio! —y cayó al suelo. Comenzaron a salírsele los ojos. Sutano jaló. Todos escuchamos el tronido. El cuello se trozó. Sutano le gritó:

—¡Yo te despaché, hijo de puta! —y jaló de otra de las cuerdas. Como un monstruo de odio la arrojó contra otro de los mecánicos. Le lazó la cabeza. Jaló con gran violencia—: ¡Yo mismo te administraré ahora los santos óleos! —y tiró del hombre y lo hizo estrellarse contra otro de ellos—. ¡Por esta santa unción, y por su bondadosa misericordia, el Señor te auxilie con la gracia del Espíritu Santo! —y se arrojó él mismo al piso. Se zafó las cuerdas de su cuello.

Comenzó a gatear como una araña hacia el cinturón de uno de los mecánicos que estaban en el suelo. Tomó sus pinzas de acero. Le gritó a Jackson Perugino:

—¡Que Dios te libre ya de tus pecados! ¡Que te salve y que te alivie con su amor! —y contra la luz del sol, le lanzó las pinzas hacia la cabeza. La herramienta lo golpeó en un ojo.

—¡Mal nacido! ¡Gadareno! —y se llevó las dos manos hacia el ojo.

—¡Por Cristo Jesús —le gritó Sutano— y por la Virgen de Fátima! —y comenzó a gatear hacia mí. Me sujetó con toda su fuerza—. ¡Nos vemos en el Infierno! —y me jaló hacia el río— ¡Tú y yo nos largamos de aquí! ¡Vamos! —y miró hacia la calle Via di Panico. Veinte soldados corrieron entre los rayos del sol hacia nosotros. Sutano tiró de mí como un demonio.

—¡Corre, maldito! ¡Ven conmigo! ¡Tú y yo nos largamos! ¡Tenemos que continuar con esto!

—¡Espera! —le grité. Me volví hacia Clara Vanthi. Gavari Raffaello la estaba sometiendo. La tiró al piso. La jaló por los cabellos. La sujetó frente a su rostro y la golpeó en la cara.

—¡Clara! —le grité. Comencé a patear a Sutano Hidalgo—. ¡Suéltame, imbécil!

Gavari Raffaello comenzó a amarrarle las manos a Clara. La torció por la espalda. La arrastró hacia un vehículo enorme, de color verde.

—¡Hoy voy a cenarte con salsa boloñesa! —y la jaló sobre las piedras, cortándole las piernas.

—¡Suéltame, maldita sea! —le grité a Sutano. Lo golpeé en la cara.

—¡Olvídala ya, Pío! ¡Ella ya no cuenta! ¡Ahora sólo estamos nosotros! —me gritó. Con mucha violencia me jaló hacia el río, por debajo de los árboles, bajo el gigantesco apóstol de piedra de cuatro metros de alto en el principio del puente Sant'Angelo—. ¡El pasado ya no existe para nosotros! ¡Todas las respuestas sobre quién eres y quién vas a ser ya no están en el pasado! ¡Esta mujer ya es parte de tu pasado!

Lo pateé en la espalda:

—¡Suéltame, hijo de la chingada!

Me zafé de él. Comencé a correr hacia Clara. Hacia mí vino corriendo Jackson Perugino, con la mano en la cara, chorreando sangre por el ojo:

—¡Ustedes dos van a pagar, mal nacidos traficantes! ¡Voy a llevarme a la hermana Carmela! ¡La voy a encadenar en la Casita Redonda y la voy a hacer torturar por lo que ustedes dos me han hecho! ¡Atrapen a estos dos enemigos del Estado! ¡Yo mismo les voy a arrancar la piel frente al prelado!

Detrás de él, en el resplandor del sol, vi a Gavari Raffaello metiendo a Clara dentro del vehículo militar. Era de color verde, con enormes llantas para terracería. Era un transportador Volvo C-303. En un costado tenía daños por una explosión.

Clara me gritó antes de cerrársele la puerta:

—¡Estuviste conmigo siempre, Pío del Rosario! ¡Voy a ser tuya para siempre! —y por última vez vi sus verdes ojos de gato.

La metieron al vehículo. El portazo resonó en los bordes de contención del río.

—¡¿Qué van a hacerle?! —le grité a Jackson—. ¡Llévame con ella, maldito simio! —y corrí hacia él. El Volvo C-303, con su motor haciendo un ruido del infierno, se alejó por la calle Via Paola, seguido por las estridentes motocicletas del ejército, bajo los brillantes resplandores del sol.

—¡Tírate al suelo, miserable asesino! —me gritaron los soldados—. ¡Estás bajo arresto por conspiración y terrorismo!

Sutano me agarró por la cabeza, por los cabellos. Me jaló hacia atrás, hacia el río.

—¡Tú vente conmigo, con una chingada!

Caímos cuatro metros hacia el vacío. Nos estrellamos contra el agua. Me atrapó entre sus malditos brazos. Me sacudí para zafarme de él, dentro del agua. Volví a estar sumergido, completamente rodeado de agua. Le grité entre mis propias burbujas:

—¡Te odio, hijo de la chingada!

Él también me respondió, entre sus propias burbujas:

—Yo no inventé la realidad, Pío del Rosario. No me gusta la vida. Sólo estoy aquí mientras se acaba. Yo también he perdido todo. Siempre pierdo todo lo que amo. Estoy acostumbrado. Somos cristianos pero somos gladiadores.

128

El papa Francisco subió por las escaleras hacia los Apartamentos Papales, rodeado de reporteros.

Se le aproximó un hombre delgado, canoso, de anteojos gruesos negros y traje gris oscuro. Gentilmente le ofreció un libro de color blanco.

—Es el doctor Austen Ivereight —le dijo al Santo Padre el prelado, forrado de sus acolchonados ropajes rojos. Afectuosamente los aproximó uno al otro. Alzó la quijada—. Su Santidad: el doctor Ivereight fue el secretario del cardenal Cormac Murphy O'Connor, en Londres, en Westminster. Ahora está presentándole a usted su libro *Francisco, el gran reformador* —y le sonrió.

El papa efusivamente le estrechó la mano. Tomó el libro.

—Gracias. Muchas gracias.

A metros de distancia, la pelirroja y atractiva reportera británica Lizzy Davies, de *The Guardian*, dijo hacia su cámara: "El nuevo documento que hoy está emitiendo el Vaticano, llamado *Relatio post disceptationem*, acorde con la visión del papa Francisco es resultado del diálogo entre los obispos de la Iglesia católica. Afirma que "los homosexuales tienen dones y cualidades que pueden ofrecer a los cristianos". Aunque los obispos no aprueban el matrimonio entre individuos del mismo sexo, afirman que pueden y deben encontrarse maneras de hacer que las personas gais se sientan incluidas dentro del seno de la Iglesia.

Atrás, el barbado e impresionante doctor John Thavis, semejante al doctor Sigmund Freud, autor de *Los diarios del Vaticano*, dijo:

—Este documento refleja claramente el deseo del papa Francisco de adoptar una actitud pastoral de misericordia sobre el matrimonio y los temas de la familia.

Con gran felicidad en su cara, el doctor comenzó a teclear en su teléfono celular un mensaje para tweeter: "An unforgettable day, #TheGreatReformer 7:36 a.m.-21 Nov 2014", y adjuntó su fotografía con el papa. Pulsó: "Publicar en la red".

—"Un día inolvidable" —susurró a unos metros de él el prelado, con la mirada en su propio celular. El mensaje en Tweeter del autor ya estaba dándole la vuelta al mundo. El prelado sonrió. Miró hacia el techo, hacia los ángeles en la altísima bóveda con nubes. Comenzó a caminar hacia el fondo del corredor, hacia el opulento cardenal Raymond Leo Burke, de los Estados Unidos.

En Londres, el joven y delgado editor de asuntos religiosos y sociales de *The Telegraph*, John Bingham, comenzó a escribir en su computadora: "El nuevo libro que se está dando a conocer contiene una revelación asombrosa: los cardenales en el cónclave hicieron una campaña de cabildeo que pavimentaron el camino al pontífice argentino. Esta nueva biografía del papa Francisco revela cómo un grupo llamado *Team Bergoglio* o 'Equipo Bergoglio', compuesto por reformistas, hizo una campaña con cardenales 'por debajo del radar' hacia el cónclave Vaticano —y miró el libro de color blanco, que aún olía a nuevo—. El cardenal Cormac Murphy-O'Connor, entonces líder de la Iglesia católica en Inglaterra y Gales, ayudó a orquestar esta campaña de *lobbying* detrás de escena que culminó con la elección del papa Francisco".

En el Vaticano, el papa recibió el texto de este artículo de *The Telegraph* en la mano. Se lo dio el propio prelado:

—Su Santidad —y frunció el rostro, con lágrimas en las mejillas—, ¡esto me duele mucho! —y le leyó—: "Esta campaña la realizó el cardenal Cormac Murphy-O'Connor con la ayuda del cardenal alemán Walter Kasper, quien ya era famoso por su polémico llamado a permitir la comunión a los divorciados que se han vuelto a casar" —y de reojo observó la actitud del papa—. "El libro del doctor Austen Ivereigh dice que los miembros del *Team Bergoglio* hicieron *tours* de cenas privadas y otras reuniones con cardenales los días anteriores al cónclave..." —y volvió a ver al papa, de reojo.

El Santo Padre miró hacia el piso de mármol. A su alrededor había docenas de personas hablando. El papa miró al prelado a los ojos.

—¿Qué más dice? ¿Esto está relacionado con lo del padre Paul Leonard Kramer, de la encíclica *Evangelii gaudium*?

El prelado le leyó con voz suave:

—"Ivereigh explica en su libro: 'Ellos primero se aseguraron de que Bergoglio estuviera de acuerdo'."

Jorge Mario Bergoglio cerró los ojos. Escuchó la resonancia de la Capilla Sixtina. Abrió los ojos. Vio a cientos de obispos, vestidos de rojo.

—¿Estarías dispuesto? —le preguntó un hombre—. Hace ocho años tuviste los votos para ser el papa, el mando supremo de la Iglesia católica, no Joseph Ratzinger. Tú le regalaste tus votos. Lo dejaste ganar. Le entregaste a Ratzinger el papado y se convirtió en Benedicto.

Volvió a cerrar los ojos. Ahora estuvo de pie, en el mismo lugar, ocho años antes. Tomó a un hombre por los antebrazos:

—Quédate con mis votos. No quiero causar división con los conservadores. Es mejor que tú ganes. Eres inteligente y honesto. Trata de reformar a la Iglesia. Pero si no lo logras, renuncia.

Benedicto lentamente cerró los párpados. Comenzó a llorar. El papa Francisco abrió los suyos.

—Esta vez no lo vuelvas a hacer —le dijo el cardenal Cormac Murphy-O'Connor, de Westminster, Inglaterra—. Debes ser tú. ¿Aceptas ser el papa?

El cardenal Jorge Mario Bergoglio de Buenos Aires volvió sus ojos hacia el muro de la Capilla Sixtina: hacia el mural celeste del Juicio Final. Vio la figura poderosa de Jesucristo junto a su madre. Vio la cara de su hermana María Elena. Ella estaba abrazada por sus hijos José Ignacio y Jorge, y también por su sobrino Walter Sívori, sacerdote igual que su tío:

—Pero ¿y si te hacen papa? —le preguntó Mariela, llorando—. Dicen que esta vez tú vas a ser el papa. ¿Me vas a dejar acá, sola, como cuando se nos fue mamita?

El cardenal Bergoglio oyó las turbinas del avión. Cerró los ojos. Acarició a su hermana con las dos manos. La abrazó. "No quiero soltarte."

—No me van a hacer papa —y suavemente le besó la cabellera. Recordó un momento pasado en la cocina. Vio tomates volando entre los muebles, con la ópera Otelo, con sus hermanos gritando durante el partido. "Todos ellos ya no están vivos. Murieron mientras te hacías sacerdote." Vio a su mamá, la hermosa Regina, convertida en un eco. "Nunca me iré", y ella le acarició los cabellos. "Siempre voy a estar aquí contigo. La muerte es el principio de la vida." El cardenal comenzó a llorar sobre la cabellera gris de Mariela. "Te amo tanto, hermanita", y la apretó duro—. Nos vemos hasta la vuelta. Regreso en dos o tres días. Nunca me iré. Prepárenme una buena *pizza* —y les sonrió a sus sobrinos.

Lo sacudieron los brazos de Cormac Murphy-O'Connor.

—¿Estás dispuesto?

Jorge Mario Bergoglio miró hacia Cristo, en el Juicio Final, junto a su madre.

—En este tiempo de crisis para la Iglesia…, ningún cardenal debería rehusar.

—Debes tener cuidado.

En el corredor, el prelado suavemente se aproximó a cinco cardenales. Ellos lo estaban esperando.

—Todo está listo —les dijo. Les mostró un documento enrollado. Suavemente lo desplegó—: *Universi Dominici Gregis* —y sutilmente se volvió a observar al papa Francisco—, Ley Canónica 81, aprobada en 1996 por el papa Juan Pablo II: "Los cardenales electores deberán abstenerse de cualquier forma de pacto, acuerdo, promesa o cualquier otro compromiso que pudiera obligarlos a dar o negar su voto, bajo la pena de excomunión automática, *latae sententiae*" —y cuidadosamente volvió a enrollar el documento. Les sonrió a los hombres—. Esto significa que todos los cardenales que participaron en el *Team Bergoglio*, incluyendo a O'Connor, Danneels, Kasper y el propio antipapa, quedaron excomulgados automáticamente el 13 de marzo de 2013, antes de que él recibiera los votos. El individuo que hoy está sentado en el trono de san Pedro es producto de una conspiración. No debe ser llamado papa. Difundan esto al mundo. Éste es el papa destructor que está en la profecía de san Francisco y en el tercer secreto de Fátima.

129

En la orilla del río Tíber, debajo de los oscuros y orinados arcos del puente Vittorio Emanuele II, yo respiré agitado. Miré hacia arriba, hacia las primeras estrellas. Observé los edificios de la Via Giulia. Las luces ya estaban encendidas. Miré hacia Sutano Hidalgo. Él también estaba exhausto de tanto nadar. Le grité:

—¡No puedo creerlo, maldito! —y me le lancé a los golpes—. ¡¿Qué le van a hacer a Clara Vanthi?! ¡¿Adónde se la están llevando?!

Sutano con mucha fuerza me apresó las muñecas.

—Tranquilo, Pío del Rosario. Lo más probable es que se la estén llevando hacia la Torre Nicolás V, el mismo lugar donde te interrogaron a ti y a tu amigo pelirrojo, el irlandés. Después de todo, ese edificio es la prisión histórica del Vaticano, la cámara de torturas de la Inquisición —y miró hacia esa dirección, al otro lado del río. Con su dedo me señaló hacia la gigantesca cúpula de la basílica de San Pedro, de iluminación aterradoramente roja—. En algún lugar aplicaban las torturas, Pío del Rosario.

—No puedo creerlo. ¡No puedo creerlo! —y miré hacia la cúpula de la basílica—. ¿Qué estamos haciendo aquí parados? Yo voy a ir hacia allá en este maldito instante —y comencé a trepar por el muro de contención del agua. Sutano me jaló hacia abajo.

—¿Adónde crees que vas, Pío del Rosario? —y me palmeó la espalda—. Ahora estás bajo mi responsabilidad.

Empecé a golpearlo:

—¡Por tu culpa no pude detener esta pesadilla! ¡¿Van a lastimarla?! —y le azoté mis nudillos en la cara—. ¡Por primera vez en la vida alguien me dice que le importo! —y cerré los ojos—. ¡Es tan hermosa…!

En la oscuridad vi su resplandor. Vi su cara mojada. Con sus enormes y verdes ojos de gato me sonrió: "Si no te hubieran convertido en un sacerdote estarías casado conmigo, Pío. Así estaba programado —y comenzó a ladear la cabeza. Le resbaló una gota por la cara—. Te he amado desde antes de conocerte. Soy tuya para siempre."

Vi un destello. Caminé dentro de la habitación donde murió Marcial Maciel Degollado. Escuché afuera el viento, el crujido de las palmas de la Florida. Tronó un relámpago. Vi a los sacerdotes legionarios caminando como sombras borrosas. Uno de ellos me detuvo con el brazo: "No te les acerques a estas mujeres. Son monjas consagradas".

Vi a las dos mujeres. Una de ellas me miró a los ojos. Me sonrió.

—¿Clara…?

Escuché las voces de los doctores.

—Es la morfina —y uno de ellos me metió los dedos dentro de la cabeza—. Tendremos suerte si no perdió capacidades cognitivas. Tiene destrucción celular en la sección tres del hipocampo. Es la región de la memoria de corto plazo.

Por detrás de los doctores, de sus cabezas, vi a una chica rubia, hermosa, con un portapapeles traslúcido en las manos. Uno de los doctores le susurró al otro:

—Ten cuidado con lo que dices. Ella es la hija del director de operaciones de la CIA.

Abrí los ojos. Le dije a Sutano Hidalgo:

—Lo único que me importa ahora es ella. Voy a ir a esa maldita torre ahora —y señalé hacia el poniente, hacia el Vaticano—, voy a sacar a Clara Vanthi de ahí; y si no me vas a ayudar, entonces trata de detenerme.

Comencé a escalar el muro de contención del río. El fuerte brazo de Sutano Hidalgo me volvió a jalar hacia abajo.

—Pío del Rosario, Pío del Rosario… —me dijo con su rasposa voz de George Clooney—. Te estás obsesionando con esta hembra. Sólo es una chica. Hay muchas más en el mundo. Déjala ir. Ya no existe. Ella ahora es parte de tu pasado —y lentamente se levantó—. Las respuestas sobre quién eres ya no están en el pasado. Todo lo que importa está adelante, en el futuro: en lo que viene. Tú mismo vas a construir tu futuro.

Vi mis manos resbalando por los ladrillos mojados. Me dijo:

—No puedes aferrarte a nadie, Pío, o vivirás lastimado. Las mujeres son máquinas de esclavizar hombres —y se sentó a mi lado. Vi de nuevo la cara de Clara, sonriéndome—. Tú ya estás completamente esclavizado. Ella te controla. Esta hembra es la persona que más te ha manipulado en toda tu vida. Así es ella.

—¿Eres el diablo?

—Escucha, hermano, debes calmarte —me sonrió y miró hacia la ciudad, hacia las luces de Roma—. Si te obsesionas, si te llenas de esa ira, nadie va a ganar nada con tu angustia. ¿Me entiendes? Ojalá pudieras observarte. Veo que me odias. Veo que odias la vida misma. Estás lleno de ira, de cólera, de furia —y apretó los puños—. Ahora sólo te vas a destruir a ti mismo. Conozco perfectamente el estado en el que te encuentras. Se llama "camino hacia la autodestrucción" —y suavemente colocó su mano sobre mi hombro. Me puso el índice de la otra mano en la punta de la nariz—. Con el estado mental que tienes, tus posibilidades de lograr algo útil, especialmente para mí, se han reducido francamente a cero —y comenzó a negar con la cabeza—. Tienes que aprender a controlar tus emociones. Es lo primero. Aprenderás a aplicar la economía de las emociones. Es la regla de oro de la vida en el futuro.

—Diablos, ¿estás bromeando? —y miré en el cielo las estrellas—. ¿Economía de las emociones? ¡¡Eres un absoluto imbécil?!

—Repite conmigo —y cerró los ojos—: Debo proteger mi estado de ánimo. De hoy en adelante sólo voy a sentir las emociones que me sirvan para algo. Las emociones que no me sirvan para ningún maldito objetivo serán "economizadas".

—No voy a repetir nada. Todo esto es horrible —y comencé a llorar. En el cielo vi la cara de Clara Vanthi como una constelación. Pensé: "Señor mío, Dios mío, ayúdala por favor. Protégela con tu bondad. No permitas que nadie le haga daño".

Sutano me dijo:

—Pío del Rosario, si haces lo que me estás diciendo —y miró hacia el Vaticano—; si en este momento te vas allá en ese estado psicológico alterado, vas a fracasar. Tu misión va a fallar. Te van a capturar porque estás ofuscado. Te van a torturar frente a ella. A ella la van a torturar frente a ti. Vas a llorar como nunca has imaginado. Es el infierno, créeme. Si tienen mucha suerte, los van a matar —y me acercó la cara—. Pío del Rosario: a estas personas les gusta hacer sufrir. Son sádicos. Son corrosivos. Por eso gustan de hablar de Satanás, del apocalipsis, del derramamiento de sangre. Ellos aman el Infierno más que el recuerdo remoto de Jesucristo. Aman el dolor del mundo y quieren provocarlo. Por eso se camuflan con la religión.

Observé los flujos de agua en las turbulencias del río.

—No pueden matarme. Me necesitan —y miré a Sutano a los ojos—. ¿No me lo dijiste tú mismo? Me necesitan para el maldito asesinato que quieren que cometa.

—Eso fue antes, Pío. Ya no te necesitan ni siquiera para eso. Ahora cualquiera puede cometer el atentado. Sólo te necesitan para ser el acusable.

—¿Acusable?

—Ya crearon tu perfil. Ya eres identificado por la policía de Italia como un pederasta, como un terrorista, como un delincuente vinculado al lavado de dinero por el caso Nunzio Scarano. Te ligaron conmigo, que cometí algunos homicidios en las Catacumbas de Priscila —y miró hacia el norte de Roma—. El atentado lo puede cometer ahora cualquier otro pájaro azul, como tu amigo el pelirrojo o cualquier otro. Los tienen en la torre. Pero te van a culpar, aunque ya estés sepultado, muerto o vivo, siendo torturado junto con tu amiga. Así han hecho con otros.

—No puedo creerlo.

Sutano se alejó de mí. Metió más las piernas dentro del agua. Miró hacia el sur de Roma.

—Vas a ir a rescatar a tu chica. Yo mismo voy a llevarte. Me interesa demasiado lo que está oculto en esa maldita torre, en los Registros Secretos del Banco Vaticano. Ahí está la clave de todo —y me miró a los ojos—: los masones, el origen de la Orden 400, la gente de Washington que mueve los hilos, el verdadero Evangelio de Jesucristo. Quiero llegar al fondo de todo este maldito enigma —y comenzó a avanzar hacia mí—. Pero si vas ahora mismo, si no te serenas, si no aplicas la economía de las emociones ni controlas tu carácter, vas a hacer fracasar la misión y a dañar más a Clara Vanthi, y también vas a dañarme más a mí, que vine hasta ti para salvarte —y me miró fijamente—. Créeme, Pío del Rosario: cuando te estén torturando, nadie va a ganar nada con tu angustia ni con tu cólera.

130

En Londres, Inglaterra, el canoso y preocupado cardenal Cormac Murphy-O'Connor le dijo a su joven y bella secretaria Maggie Doherty:

—¡Haz algo! ¡Envía una carta a ese periódico!

En el *Daily Telegraph*, los editores de la sección de cartas, con cafés en sus manos, se pasaron un cable de mano a mano:

—Complot papal, señor.

—¿Qué dice?

—"El cardenal Murphy-O'Connor quiere descartar cualquier malentendido surgido del libro recién publicado por su anterior secretario Austen Ivereight sobre el papa Francisco. El cardenal O'Connor desea dejar claro que él no tuvo ninguna aproximación con el entonces cardenal Bergoglio en los días previos al cónclave y, por lo menos hasta donde él sabe, con ningún otro cardenal para buscar su aceptación para convertirse en candidato al papado. Lo que ocurrió durante el cónclave", dice el cardenal O'Connor, "está encadenado en secrecía". Esta carta nos la está enviando su secretaria de prensa, Maggie Doherty.

Otro de los editores les mostró un documento:

—¿Ya vieron éste? El canon de la Iglesia católica prohíbe el proselitismo durante las elecciones papales, como el que hizo O'Connor con Francisco. Legalmente el papa Francisco no es papa. Ni siquiera es católico pues, según esta fuente, él mismo y sus impulsores han estado excomulgados en forma automática desde el cónclave.

Se levantó uno de ellos:

—Esto es una sensacional primera plana —y golpeó la mesa.

El prelado, seguido por otros cardenales, abandonó a Su Santidad y revisó el último documento que le habían hecho llegar:

—*Laudato Si'*, la nueva encíclica del papa Francisco. "Laudato Sie, mi Signore cum tucte le Tue creature…" Es un poema de san Francisco de Asís del año 1224, "Cántico al hermano sol". Ésta es una encíclica sobre la ecología, sobre "cuidar el planeta" —y miró hacia uno de los cardenales, de cabeza cuadrada, el "hombre de los contactos".

El cardenal lentamente se levantó. Le sonrió al prelado.

—Parece que el monje ahora sí se acaba de meter en la cueva de los lobos. Me están llamando desde Washington.

En Londres, de vuelta a su silencioso estudio, alarmado por las consecuencias de sus actos, el canoso y anteojudo doctor Austen Ivereigh caminó por el apretado corredor oscuro. Pateó sus propias pantuflas hacia el muro.

Comenzó a leer su propio libro de color blanco.

—Página 355… "Ellos aseguraron su ascenso…" —y miró hacia la pared, hacia la fotografía del papa Francisco. Observó en el librero todos los libros amontonados que había tenido que investigar para hacer la biografía del papa. Sintió un duro nudo en su garganta. Se llevó su celular hacia la cara. Con su libro de color blanco en la otra mano, abierto en la página 355, comenzó a escribir en Tweeter:

"Donde escribí 'Ellos aseguraron su ascenso', en la página 355, debí escribir: 'Ellos creyeron que él no se iba a oponer a su elección'. Esto lo vamos a corregir en futuras ediciones. #El Gran Reformador."

131

—El daño ya está hecho. Debes aprender a reconocer cuando unos hijos de puta te están utilizando —me dijo Sutano. Estábamos en la entrada de la cloaca máxima, las ruinas del antiguo sistema de drenaje de la Roma imperial, en la orilla del río Tíber, construido bajo el dominio de Octavio Augusto—. Lo más importante que tienes que hacer de hoy en adelante en tu vida es lo siguiente: controla tu carácter. ¿Comprendido?

Miré hacia las paredes donde alguna vez fluyeron las cacas de Cicerón.

—Más o menos.

—Escucha, Pío del Rosario: controlar tu carácter no te va a ser nada fácil, porque tú naciste con una propensión genética muy especial que te lleva a descarrilarte. Ya te lo mencioné: se llama trastorno limítrofe de la personalidad. Eres irascible, asustable, aterrorizable, manipulable: todo lo que termine en "able". Por eso te seleccionaron para el papel que jugaste en la Legión de Cristo, como sirviente de Marcial Maciel, un experto en manipular gente. Por esto te cultivaron para la misión que ahora pretenden que cumplas —y me miró fijamente—. El prelado te conoce desde mucho antes de que tú lo conocieras. Tú y tu amigo irlandés fueron seleccionados. Pero recuerda que Dios nos dio a todos una fuerza que es superior a cualquiera de las otras fuerzas del universo: es superior a la fuerza nuclear, a la electricidad, a los hoyos negros.

Me miró fijamente. Me sonrió. Le pregunté:

—¿Sí? Y ¿cuál es?

—La voluntad, Pío del Rosario. El libre albedrío —y me puso la mano sobre el hombro. Comenzó a apretarme la coyuntura—. Escúchame —y me puso el dedo en el ojo—: La furia que sientes ahora, la ira que está quemándote en tus entrañas, que te hace querer destruir el mundo, no te va a ayudar en nada, y menos para rescatar a tu chica. Si no controlas tus emociones, tus emociones te van a controlar y te van a destruir, y eso va a suceder antes de que siquiera logres descubrir si de verdad deseas seguir viviendo o terminar tu maldita existencia en el mundo.

Comencé a respirar profundo. Lo miré a los ojos.

—Está bien —y comencé a asentir con la cabeza—. Voy a aplicar la economía de las emociones. Sólo me permitiré sentir las emociones que me sirvan para este objetivo.

—Así se habla —y se inclinó hacia mí. Me habló casi en el oído—. Vas a ir hoy mismo al Vaticano, a la Torre Nicolás V. Yo mismo voy a llevarte. ¿De acuerdo? Te vas a meter por la puerta principal, la que tiene un letrero de piedra que dice MISERICORDIA. Vas a entrar al vestíbulo principal, que es de color amarillo. Está repleto de guardias armados.

—Okay —y miré hacia el Vaticano.

—No vas a bajar al sótano, ni a los Registros Secretos del banco, que es donde está el calabozo en el que seguramente están encadenando y lastimando a Clara Vanthi. Yo tampoco puedo entrar a esos calabozos desde los ductos de desagüe, porque debajo de la torre los ductos están clausurados con rejas blindadas. Ya lo intenté. Vas a ir hacia la oficina del prelado. Sus hombres van a registrarte. Van a arrestarte. Van a golpearte. Van a escupirte la cara. Van a insultarte. ¿Estás listo para eso?

—Ya me lo hicieron.

—Van a herir a Clara frente a ti, para afectarte. Pero tú vas a estar en perfecto control de tus emociones. ¿De acuerdo? Te vas a entregar tú mismo al prelado. Vas a hacer exactamente lo que el masón te dijo que hicieras, lo mismo que antes te pidió el propio papa: vas a arrodillarte ante el prelado. Vas a decirle que vas a obedecerlo, que te sometes a él. Vas a hacer que él te crea, que confíe totalmente en ti. Vas a lograr que él te lleve con sus superiores, el maldito "Nuevo Orden del Mundo", las cabezas del "gobierno mundial". Ésta es la misión más importante que habrás realizado en toda tu vida, y con ella te harás famoso y salvarás a Clara Vanthi.

Arqueé las cejas.

—No entiendo. ¿En qué parte de tu plan voy a salvar a Clara Vanthi?

—Eso lo voy a hacer yo. Tú has tu parte. Ahora no puedes permitirte fallar. ¿De acuerdo? Esto es ahora una operación militar, una misión de inteligencia. Ahora estás trabajando para la CIA, para la Agencia Central de Inteligencia del gobierno de los Estados Unidos de América.

En alguna parte de mi cerebro comencé a escuchar los ecos del himno de los Estados Unidos.

—Un momento —le dije—, ¿cómo carajos va a creerme el prelado? El prelado no es tan idiota. Va a sospechar inmediatamente. Va a saber que le estoy mintiendo.

Sutano me miró fijamente.

—No va a ser así. Existe un dispositivo contra sus dudas.

—¿De verdad?

—Sí —y siguió observándome fijamente.

—¿Cuál es?

—En cuanto entres con él, le vas a decir que la "hermana Carmela" nunca fue una monja, que es una periodista que se infiltró para espiarlo, para derrotarlo: que lo ha estado espiando todo el tiempo.

—No… —y con mucha violencia lo agarré por el cuello de la camisa—. ¡¿Estás loco?! ¡¿Quieres que la lastimen?!

—¡Escúchame, Pío! —y con toda su fuerza me quitó las manos del cuello—. ¡La van a lastimar de cualquier manera, hagas lo que hagas! ¡El prelado la desea sexualmente desde que la contrató! ¡Por eso la contrató! ¡Le gustan sus piernas! ¡Lo entiendes? ¡Clara Vanthi es el deseo sexual de ese maldito perverso que ahora es un jerarca de la Iglesia católica!

Miré hacia abajo. Él me dijo:

—Le vas a decir al prelado que la "hermana Carmela" es una impostora, y se lo vas a decir estando tú parado frente a ella, cuando ellos la estén lastimando para afectarte psicológicamente. Y se lo vas a decir con tal seguridad que ella misma creerá que la estás traicionando. ¿De acuerdo?

—Todo esto es horrible.

—La vida es horrible, Pío. Yo no inventé la realidad. Sólo soy una más de sus partes.

Los dos miramos hacia el Vaticano. Le pregunté a Sutano:

—¿Quién es realmente Clara Vanthi? No es una periodista, ¿verdad? ¿Tú la conocías desde antes de todo esto?

—No puedo hablarte sobre el pasado. Es clasificado. —Me le aproximé.

—¿*Clasificado...*? ¿Qué diablos estás diciendo?

—De verdad, Pío. Tengo ordenanza de secreto en cuanto a ese dato.

Nuevamente lo tomé por el cuello de su verde camisa de jardinero:

—¿Clara es hija de Marcial Maciel Degollado? ¿Siquiera se llama realmente Clara? ¿Por qué se puso el apellido Vanthi? ¿Por la diosa etrusca de los muertos? ¿Es también agente de la CIA? ¿Es la hija del "director de operaciones de la CIA" que te regaló tu maldita moneda de oro? ¿El famoso Fantasma Rubio?

Sutano no me respondió. Comenzaron a correrle lágrimas por las mejillas. Se las secó con su suéter ensangrentado.

—Lo que haya sucedido alguna vez entre Sandra Samandra y yo no es asunto que te incumba. Lo que importa es ahora. Yo no estoy tan obsesionado como tú por salvarla. Significa que ahora te pertenece más a ti que a mí, aunque ella aún se sienta sexualmente atraída hacia mí. Son cosas de la vida. Las mujeres no olvidan el sexo.

—Claro... —y pensé: "¿Sandra Samandra?"

Comencé a sentir rabia dentro de mi estómago. Sutano comenzó a subir su mano. La movió en el aire, bajo los reflejos de la luna. Me dio una durísima bofetada.

—¡Reacciona, maldito Pío del Rosario! ¡¿Qué tanto me odias ahora?! —y con toda su fuerza me golpeó en la cara con su otra mano—. ¡¿Vas a controlar tus malditas emociones?! ¡¿Qué vas a hacer cuando estés frente al prelado?!

Comencé a levantarme. Me llevé la mano hacia la boca. La tenía empapada con mi propia sangre. Sentí en mi lengua el sabor de mi sangre. Comencé a cerrar el puño.

—Voy a matarte, maldito hijo de tu chingada —le dije.

—¡Vas a fracasar, idiota! —y volvió a golpearme en la cara—. ¡¿Cómo vas a reaccionar ante el prelado?! ¡¿Vas a encolerizarte como ahora aquí conmigo?!

Permanecí inmóvil. Detenidamente lo miré a los ojos. Él lloraba en silencio, mirándome. Sus brazos estaban en el aire, tensos, saltados de venas, listos para seguirme golpeando. Respiró como una bestia en peligro.

Con mucha lentitud le sonreí.

—Nada me afecta a mí —le dije—. Yo sólo siento las emociones que me sirven para lograr mis objetivos. Yo aplico la economía de las emociones —y le sonreí de nuevo.

Sutano comenzó a sonreír. Cerró los ojos. Con mucha fuerza me clavó el puño en el estómago. Me quedé sin aire. Me doblé sobre mí mismo. Empecé a escupir sangre. Me gritó:

—¡¿Me quieres, maldito Pío?! ¡¿Cómo te sientes, pederasta?!

No respondí. Escupí mi sangre hacia el agua. Me agarró por la oreja. Me jaló violentamente. Me metió la cabeza al agua. Me sacó violentamente.

—¡¿Qué sentiste cuando te violó tu padre Marcial Maciel Degollado?!

Lo miré a los ojos.

—A mí nada me afecta. Yo elijo mis emociones —y le sonreí. Sutano me sonrió. Cerró los ojos. Con mucho odio me escupió en la cara. Me dijo:

—Eres una mierda. Pobre idiota sin carácter. No eres digno de siquiera mirar a Sandra Samandra. Ella es mi asistente del sexo oral. Si la tocas voy a partirte la madre. Le voy a enseñar los resultados de las pruebas que te hizo la comisión de Benedicto. La demostración médica y psiquiátrica de que eres un maldito homosexual, un anormal con transtorno limítrofe en el cerebro: un fenómeno que nunca debió haber nacido.

Me quedé sin moverme. En el agua observé el resplandor de la luna. Le sonreí. Con sangre saliéndome de la boca, le dije:

—Su Eminencia —y cerré los ojos, llorando—. He conocido a muchas personas en estos últimos días. He conocido como nunca antes el peligro en el que está el mundo y los pecados contra la fe que está cometiendo el nuevo papa —y lo miré a los ojos—. Quiero dedicar mi vida al Inmaculado Corazón de la Virgen María. Voy a hacer lo que usted me pida. Usted sabe cómo combatir al demonio que se ha infiltrado en el Vaticano. No quiero que el maligno destruya a mi Iglesia. Alguien tiene que estar dispuesto a salvar el mundo, aunque para ello deba entregar su cuerpo al martirio y sacrificar su propia vida. Lléveme a donde usted crea necesario. Prepáreme para que yo entregue mi vida a la causa de Fátima.

Sutano me miró fijamente. Poco a poco cerró los ojos. Me tomó la cabeza por detrás, por la nuca. Me besó en la frente. Sentí sus lágrimas calientes en mi cabeza. Me dijo:

—Eres un hombre inteligente, Pío del Rosario. Sandra Samandra tiene razón. Eres valiente. No te acobardas en el momento del máximo peligro. Si logras esto —y me miró a los ojos— no sólo vas a salvar a tu chica y ella va a ser tuya: vas a salvar al mundo. Serás el joven más importante del que van a hablar todos los libros de historia en el futuro.

Miré hacia las estrellas.

—Hay una cosa que no entiendo —le dije—: Me has dicho hasta el cansancio que la CIA ha respaldado a esa gente. Y ahora tú, como agente de la CIA, ¿estás investigando todo esto?

Sutano miró también hacia las estrellas.

—La CIA no es un solo bloque, Pío. La CIA es como el universo —y con la mano recorrió las estrellas—. Hay gente de todos los credos ahí dentro. Hay algunos que no creen en nada, sólo en el dinero. Yo estoy con los que fundaron la CIA: Bill Donovan, Ted Shackley, James Jesus Angleton, William Casey. Todos ellos fueron católicos —y en la oscuridad me mostró su moneda de oro. En la negrura vi el resplandor dorado de la Estatua de la Libertad y la leyenda UN DÓLAR—. Muchos de ellos pertenecieron a la Orden de Malta, como luego lo fueron varios directores de la CIA: el católico John McCone, el católico William Casey, amigo del papa Juan Pablo II. Rezaban juntos —y me sonrió. Miró hacia el horizonte—. William Casey donó más de un millón de dólares de la propia CIA para el edificio de los Legionarios de Cristo en Connecticut, en el bosque de Cheshire, 475 Oak Avenue, actual Colegio de Humanidades y Noviciado de los Legionarios de Cristo. Un regalo para nuestro padre Maciel —y me sonrió.

132

En Texas, Estados Unidos, dentro de una gigantesca sala de conferencias, frente a quinientos empresarios petroleros, un hombre bajito, calvo, de largos brazos, caminó por delante de una colosal pantalla donde estaba el planeta Tierra:

—Esto es lo que dicen los ecologistas —y señaló hacia arriba, hacia la pantalla—: Hace 150 años el hombre comenzó a quemar por primera vez combustibles fósiles derivados del petróleo. Desde entonces, el nivel de dióxido de carbono en la atmósfera, debido a la combustión del petróleo, se ha elevado como nunca antes en los últimos cien mil años, y como consecuencia de esa nueva capa caliente en el aire, la temperatura del mundo se ha elevado un grado. Según estos hippies, el Panel Intergubernamental de Cambio Climático, el IPCC, ha afirmado que los científicos están en un "94 por ciento" de acuerdo en que esta modificación del clima de la Tierra se debe a las emisiones de carbono, al petróleo, a nuestro negocio —y se sacudió las botas—. Afirman que la nueva temperatura se va a seguir incrementando hasta fundir los polos del planeta, hasta ahogar las costas del mundo sumergiendo ciudades como Nueva York y Amsterdam y Shanghai y Londres y Río de Janeiro y Buenos Aires.

Los magnates se miraron a ver unos a otros. Comenzaron a reír a carcajadas.

—¡Esto son sólo fantasías! —y se llevaron el puro a la boca. A través de las ventanas observaron las torres de los campos de extracción, propiedad de ellos, ventilando toneladas de dióxido de carbono hacia la estratósfera, pintando al horizonte texano de un tono rojizo-negro.

—No pasa nada —se dijeron unos a otros—. Estos hippies quieren que vivamos en la edad de piedra, como unos menonitas.

Subió al escenario un hombre alto, rubio, fornido, en un impecable traje azul con rojo. De la mano trajo consigo a un chico pelirrojo, golpeado en la cara, con el traje negro de un legionario de Cristo.

Le alzó la mano frente al público.

—Les presento a mi nuevo amigo: Iren Dovo.

Comenzaron los aplausos. Los hombres con puros le aplaudieron.

—A continuación, mi amigo Iren Dovo les va a decir lo que a mí me acaba de decir. Adelante, Iren Dovo —y se retiró aplaudiéndole, señalándole el micrófono.

Mi amigo Iren Dovo lentamente se acercó al micrófono.

—Perdón —les dijo a los hombres del público. Con la mano tapó el micrófono—. Por la mañana pude estar en la oficina del papa Francisco, en Roma. Conversé con él por cinco minutos —y miró hacia el hombre rubio, quien sólo le señaló hacia el micrófono—. Bueno, verán, en su escritorio estaba esto —y lentamente levantó un documento.

Los magnates, con sombreros vaqueros en sus cabezas, se aproximaron. El alto hombre rubio de traje azul-rojo le arrebató el documento a Iren Dovo. También le arrebató el micrófono:

—¡Lo que mi nuevo amigo no logra explicarles, es que este documento es la nueva encíclica que el papa Francisco quiere publicar y presentar ante el pleno de la Asamblea de las Naciones Unidas, para hacer un llamado a todos los gobiernos de la Tierra, para regular las emisiones de carbono, para ponerles restricciones a las industrias que emiten gases de calentamiento global! —y los observó a todos, con sus hundidos ojos azules—. ¡Sí! ¡Para que nuestras industrias detengan sus emisiones de dióxido de carbono hacia la atmósfera! ¡Para que disminuyan su consumo del maldito petróleo que nosotros producimos! ¡Porque, según este antipapa, nosotros estamos modificando al clima, y este maldito planeta va a ser inhabitable para el hombre dentro de cien años!

Comenzaron a gritarle. Le arrojaron frutas a Iren Dovo. Mi amigo se cubrió la cabeza.

—¡Momento! —les gritó el alto hombre rubio, de musculosa espalda y también botas vaqueras—. ¡Mi amigo Iren Dovo no es parte del problema! ¡Él sólo es nuestro sistema de recolección de información en el Vaticano!

El Prelado miró al Santo Padre. Le sonrió:

—¿Está usted diciendo que los humanos debemos dejar de consumir petróleo? —y caminó con él por el pasillo.

—No —y lo tomó por el hombro—. Estoy diciendo que el hombre no fue creado por Dios para destruir a la tierra, ni a la vida.

—Su Santidad… ¿Sabe usted cuánta gente vive del petróleo? —y lo miró con los ojos entrecerrados—. El 3 por ciento de todo el dinero que genera este planeta lo recolectan los empresarios del petróleo, los hombres a los que usted va a afectar con esta encíclica. Y más si la lleva a las Naciones Unidas. La sexta parte de la economía del mundo es un resultado directo del petróleo que diariamente producen estos hombres. Son 5.7 terawatts diarios de energía. ¿Va usted a quitarle al mundo esta energía con la que las personas se transportan y comen, gracias a las máquinas que cosechan los campos de cereales de la Tierra?

—Esta es una buena filtración —le dijo el alto rubio a Iren Dovo, en Texas. Le puso la mano sobre la cabeza—. Tú serás llamado Vatileaks 4.

—¿De verdad? —y lo miró, con ojos brillosos—. Muchas gracias… En el Palacio Apostólico, bajo los candelabros de la "truculenta" Sala de Constantino, el prelado, con sus acolchonados ropajes pegados al cuerpo, arrastró sus ruidosas zapatillas sobre el suelo. Miró hacia Constantino, el emperador romano del año 325, que estaba en el muro levantando su filosa espada Gladius.

—¡Su nueva encíclica, *Laudato Si'*, contiene una abominación, una blasfemia: la herejía del malthusianismo: ¡la creencia de que la Tierra, que sólo es un maldito planeta, es más importante que el hombre! —y los miró a todos—. ¡Cuando Dios dijo en el Génesis 1:26: "Hagamos al hombre a nuestra imagen y semejanza, y que él señoree a los peces del mar, y a las aves de los cielos, a las bestias en toda la tierra, y a todo animal que se arrastra sobre la tierra", Él no dijo: "Hagamos a la Tierra a nuestra imagen y semejanza, y que ella señoree al hombre"! —y con mucha violencia les arrojó a los obispos el decreto de Florencia. Le aplaudieron.

Se aproximó a donde estaba el prelado, tímidamente, el golpeado joven irlandés pelirrojo Iren Dovo. Se lo acercó un hombre alto, rubio, de hundidos ojos azules.

—El viaje en el helicóptero Augusta W101 nos tiene un poco cansados.

El prelado tomó a Iren Dovo por los antebrazos.

—Necesito que sigas buscando en las Escrituras cualquier cosa que haga sonar esta encíclica como blasfemia o herejía. También puedes repasar todos los textos del magisterio de la Iglesia. Son dos mil años de textos escritos por papas, santos o antipapas. Siempre hay algo que puede servir. Si necesitas gente, tenemos a cien analistas pagados por la agencia.

El alto hombre rubio le sacudió los cabellos rojos a Iren Dovo. Iren le sonrió.

"Aquí sí me tratan bien. Deben saber que mis papás son príncipes en Irlanda. Donaron millones para nuestro padre. Son benefactores del Vaticano. Amo al Vaticano".

El prelado se volvió hacia los obispos. Les gritó:

—¡Hermanos en Cristo! ¡Necesitamos ahora a un líder sano para nuestra Iglesia! ¡Necesitamos a un testigo capaz de defender nuestra fe de las traiciones de un antipapa! ¡Necesitamos a alguien que tenga los tamaños y el temperamento para proteger las instituciones del capitalismo! ¡Lean la Ley Canónica 171 S2!

Comenzó a gritar como desquiciado, mirando hacia el techo, llorando, sufriendo de placer: "¡Cardinales electores praeterea abstineant ab omnibus pactionibus, conventionibus, promissionibus aliisque quibusvis obligationibus, quibus astringi possint ad suffagium cuidam vei quibusdam dandum aut recusandum! ¡Pena excommunicationis latae sententiae innodamus! ¡Veteri tamen non intellegimus, ne per tempus! ¡Sedis

334

Vacantis! ¡Sedis Vacantis! ¡Sedis Vacantis de electione sententiae invicem communicentur!"

133

Al otro lado de la gigantesca basílica de San Pedro, en el rosado edificio del hotel del Vaticano —la Casa Santa Marta, ahora iluminado desde abajo, contra las estrellas—, dentro de la sencilla habitación 201 —habitación y oficina del papa Francisco—, un ser humano de apariencia inusual se aproximó hacia la puerta. El papa lo vio contra la luz del pasillo.

—¿Santo Padre? —lo llamó desde afuera.

Los introdujo hacia la habitación el canoso y sonriente obispo de Plasencia, España, Amadeo Rodríguez Magro, de expresión dulce y anteojos cristalinos.

—Su Santidad, le presento a don Diego Neria Lejárraga.

El papa, con una sonrisa, saludó al hombre de cuarenta y ocho años. Casi totalmente calvo, con un bigote hacia abajo y pequeños anteojos rectangulares, le mostró sus dientes salidos de un conejito. Junto con don Diego Neria llegó su prometida, una mujer rubia.

—Papa Francisco —le dijo don Diego, conteniendo su nerviosismo—, ella es Macarena.

—Bienvenidos —y los invitó a sentarse a la mesa.

—Santo Padre —y don Diego tomó a Macarena de la mano—, yo soy transgénero —y suavemente bajó la cabeza.

El papa lo miró con mucha bondad. Le sonrió. Escuchó una campanada. Extendió las manos hacia ambos. Les apretó los dedos.

—Gracias por aceptar esta invitación para conversar conmigo.

—Su Santidad —le dijo don Diego, y miró hacia abajo. Se lamió el bigote. Tragó saliva—. Si yo hubiera podido elegir, no habría elegido mi vida —y miró al papa—. Yo quería ser niño —y de nuevo miró hacia abajo—. Mi cárcel es mi propio cuerpo. Nunca se correspondió con lo que mi alma sentía. Yo no era una niña —y se le llenaron de lágrimas los ojos—. Yo nunca conocí un verano feliz en el que pudiera ir a la piscina con amigos —y miró hacia la ventana, hacia la colosal basílica de San Pedro—. Me decían: "¿Cómo te atreves a entrar aquí, a la iglesia, con tu condición?"

El papa comenzó a enderezarse. Sintió dura su garganta.

—¿Quién te dijo eso, Diego?

Don Diego comenzó a llorar. Cerró los ojos. Bajo la luz del techo, el papa Francisco le apretó muy duro los dedos. Diego le dijo:

—Me dijeron: "No eres digna de entrar a la iglesia" —y miró hacia fuera, hacia la noche—. Una vez un sacerdote vino corriendo detrás de mí. Me arrojó piedras. Me dijo: "Eres la hija del diablo".

El papa cerró los ojos. Don Diego prosiguió:

—Papa Francisco —y lloró sobre su mano—, ¿existe algún lugar en la Iglesia donde aún pueda estar alguien como yo?

El papa comenzó a levantarse de su asiento. Se le torció la espalda. Le tronaron dos vértebras del cóxis. Se agarró la espalda con la mano. Comenzó a arrastrar sus zapatos viejos hacia Diego. Lo tomó por el brazo. Lo trató de jalar hacia arriba.

—Ven. Abrázame —y lo jaló hacia su pecho. Comenzó a apretarlo en sus brazos, a mecerlo, a acariciarle la cabeza, a llorar sobre su cabello. Diego también lloró con él. El papa le dijo—: Por supuesto que tú eres un hijo de la Iglesia. Tú eres un hijo de Dios, y Él es tu padre, y Él te acepta exactamente como tú eres.

134

—El libre albedrío sólo puedes usarlo cuando eres libre para usarlo.

Esto se lo dijo mi amigo irlandés Iren Dovo al prelado. Le sonrió. El prelado suavemente lo acarició por sus rojos cabellos celtas.

—Verás, mi amigo de hablar con brincos: el antipapa está haciendo todo lo que le están ordenando los promotores del homosexualismo. Éste es el cumplimiento del tercer secreto de Fátima. Quieren que ahora todos seamos homosexuales. Esto es el apocalipsis —y le sonrió—. ¿No te parece?

Iren Dovo miró hacia el piso.

—Su Eminencia. En el año 2012 el doctor Richard Ryan, de la Universidad de Rochester, publicó un estudio llamado "Los homofóbicos podrían ser homosexuales ocultos" —y lo miró con ojos brillantes.

—¿Qué estás diciendo?

—Lo que dice el estudio es que las personas normales no se alteran ante un homosexual. Sólo se alteran las que se proyectan, las que sienten atracción hacia el homosexual.

—¡Cómo te atreves! —y lo abofeteó. Lo hizo caer al piso—. ¡Estás insinuando que yo soy un homosexual! —y comenzó a manosearle la cara—. ¡Dios va a utilizarme para disciplinarte, para castigarte, demonio de la tentación! ¡El papa Pío XII me dio autoridad para hacer esto, porque yo soy santo! ¡Porque yo soy privilegiado! ¡Si yo te lo hago no es pecado!

Sonó su teléfono celular.

El prelado, con sus blancos guantes engalanados con joyas, se llevó su abrillantado celular hacia los ojos.

—Santo Badman —y miró hacia el techo—. ¿Quién me llama?

135

En la Cloaca Maxima, Sutano Hidalgo apagó su teléfono.

—El prelado te acaba de dar una cita. Te va a ver mañana muy temprano.

Asentí con la cabeza. Respiré hondo.

—Está bien.

—Pero no va a verte donde pensamos. No te va recibir en la Torre Nicolás V, sino en un lugar mucho más siniestro.

Miré hacia las paredes de la cloaca máxima.

—¿Más siniestro que éste?

—Sí, Pío. Mucho más. Es el convento de San Gerónimo de los Croatas, a veinte cuadras de aquí —y señaló hacia el norte—. Lo ofreció el papa Nicolás V a los croatas o "yugoslavos" después de que el 7 de abril de 1448 logró hacer renunciar al "antipapa" Felix V. Logró que lo reconocieran a él como "papa" en el Concilio de Basilea.

—Bravo por los antipapas —le dije.

—No es broma, Pío del Rosario. ¿Tú crees que Felix V alguna vez dijo "yo soy un antipapa"? ¡Desde luego que no! Él decía "yo soy el papa; mi enemigo es el que es un antipapa". Somos nosotros los que hoy decimos que Félix fue un antipapa sólo porque perdió contra Nicolás V, que tuvo el apoyo del rey alemán Federico III. Si no hubiera tenido ese apoyo, hoy la torre donde tienen presa a Sandra Samandra, donde están los Registros Secretos del Banco Vaticano, no se llamaría "Torre Nicolás V", sino "Torre Félix V", y la historia del mundo actual sería totalmente diferente.

—Wow! —y miré hacia las paredes de la cloaca máxima. Escuché una gotera—. Todo sería al revés —le dije a Sutano—: antipapas, antimateria, antiuniversos... —y miré hacia el techo—. ¿Por qué dices que es "siniestro"?

Sutano con sus manos cicatrizadas acarició el suelo de la cloaca. Arrancó pedazos de barro seco.

—Ahí es donde empezó todo, Pío del Rosario. Es un convento Gladio. Es parte de la red a la que pertenece Ordine Nuovo, la Orden 400, la Operación Gladio.

—Diablos. ¿A qué te refieres? ¿Qué es realmente la Operación Gladio?

—Me refiero al Banco Vaticano, a los masones, a la logia P-2, a la intervención de la CIA en el Vaticano, a los nazis, al terrorismo, a los asesinatos, al sistema que ha mantenido a los últimos seis papas amenazados y esclavizados. Me refiero a la forma en la que estos hombres obligaron a Benedicto XVI a renunciar. Me refiero a la amenaza para matarlo, la carta Murdkomplott. Me refiero a lo que está sufriendo el actual papa.

—Habla claro.

Sutano se tiró al piso. Se dejó caer sobre las piedras donde alguna vez circuló el excremento de los emperadores romanos.

—Vamos a dormir —me dijo—. Siento como si estuviera investigando el complot más real y más maldito del mundo: el Secreto Vaticano. No soporto el sueño —y se giró sobre sí mismo. Se acurrucó como un bebé. Comenzó a roncar.

Miré hacia el techo, hacia el domo de bloques trozados, hacia el agujero que tenía en medio. Una estrella brilló en el cielo. El sol entró por el agujero. El haz de luz giró dentro de la cavidad olorosa. Recorrió el muro, hasta el grafiti antiguo que decía: "Excremento del Toro".

—Háblame claro —desperté a Sutano Hidalgo con mi zapato. Lo pateé en la cabeza. Se levantó con mucho esfuerzo:

—¿Qué es? ¿Un pastel? Gracias, mamá.

Pestañó varias veces.

—¿Qué pasa? —me preguntó.

—Háblame claro —le dije—. ¿Qué es la Operación Gladio?

—Mejor ya vamos a dormir.

136

En la Torre Nicolás V, cuatro niveles por debajo de la superficie, en una oscura habitación de piedra cerrada por cuatro rejas y con dibujos en los muros —antiguos mártires de la Iglesia católica, crucificados, quemándose vivos, gritando en la tortura—, Clara Vanthi, en el piso, con su dorado cabello ahora mojado y duro, completamente desnuda excepto por

dos delgados cintos de eslabones y cuentas de cristales de santos ro-
deándola y sujetándole firmemente su pelvis y sus pechos, con las muñecas atadas con correas, vio entrar al prelado.

El hombre de acolchonados ropajes rojos de esponjosa tela la miró
desde lo alto. Frunció la nariz como si ella le diera asco. Le sonrió. Se
sacudió sus blancos guantes. Detrás de él entraron tres personas con armas: el agente Gavari Raffaello, con su cara cicatrizada; el agente asesino Jackson Perufino, francamente deformado, con un ojo morado y
desviado, y un joven de traje oscuro, con corbata: el representante del
prelado en Washington: Lucas "Lux" Pastor.

—Su Eminencia —le sonrió el perfumado Lux Pastor—, el senador
le envía esta reliquia desde el Capitolio. La encontraron sus hombres
en las excavaciones de Dublín, en Irlanda.

Le acercó un muy largo palo retorcido por arriba, como para sujetar
el ganado por el cuello. En la madera había demonios tallados. Tenía
agujeros para incrustaciones de oro y joyas.

—Éste es el Bachal Isu —le susurró al prelado—. En el año 1129
Morrough lo interceptó para que no llegara a las manos del legítimo
arzobispo de Armagh, Maelmhaedhoc O'Morgair, nuestro venerado san
Malaquías, pero este cayado de Cristo llegó a sus santas manos el 7 de
julio de 1135. Con este cayado san Malaquías hizo la profecía de los
últimos papas.

El prelado, con absoluto éxtasis, recibió en sus manos el supuesto
"cayado de Cristo". En sus blancos guantes anillados sintió el peso de la
dura madera. Se le salieron dos lágrimas.

—Gracias —y le sonrió—. Ahora pueden retirarse. Déjenme solo
con esta ramera. Con ella voy a estrenar este cayado.

Jackson y Gavari se miraron. Torcieron sus cabezas. Abrieron las rejas. El diplomático Lux Pastor miró a Clara de arriba abajo. "Qué sabrosa
eres." Salieron todos. Cerraron las rejas. El prelado comenzó a caminar
por arriba de Clara.

—Siempre supe que tú no eras una monja —y la miró a los ojos. Ella
lo observó desde abajo, con sus verdes ojos de gato. El prelado le pasó el
palo de madera por las piernas.

—Me diste esas falsas referencias, diciéndome que eras una hermana
consagrada del Instituto Mater Ecclesiae de los Legionarios de Cristo, en
Greenville, Rhode Island —y le puso la punta de la vara en el cuello. Se lo
empujó contra la tráquea—. ¿Creíste que yo era un idiota? —y le sonrió.

Clara abrió los ojos. Miró hacia abajo. El prelado le dijo:

—Hablé con las adjuntas de la directora de las mujeres consagradas de los Estados Unidos, Nancy Nohrden. Hablé con los allegados al vocero de los Legionarios de Cristo, Jim Fair. Me dijeron que sólo quedaban doce alumnas en ese instituto y que estaban por cerrarlo. Me dijeron que tú nunca estuviste en ninguna de sus listas.

Clara Vanthi miró hacia los muros. En la pared vio la imagen de santa Lucía envuelta en llamas, gritando. El prelado le puso la punta del cayado en la mejilla:

—Me dijiste que el cardenal Norberto Rivera Carrera de México te envió para trabajar conmigo, y me diste una carta de recomendación firmada por él. ¿Acaso no crees que yo le llamé por teléfono para saber si me estabas mintiendo?

Clara miró hacia un lado. Lentamente, el prelado giró su larga vara. Le pasó el cayado por detrás de la nuca. Le rodeó el cuello y lo sujetó por la terminación curvada, como si ella fuera una cabra. Comenzó a levantarla por las quijadas.

—¡*Cultores Sui Deus Protegit!* ¡Dios defiende a los que lo adoran! ¡Adórame, bastarda! ¡Implórame el perdón! ¡Eres tú, hembra demoniaca! ¡Eres tú el demonio mismo que el padre me envía aquí para tentarme! ¡Por eso voy a castigarte!

—Está enfermo —le dijo afuera de las rejas Gavari Raffaello a Perugino Jackson. Siguió sorbiendo del popote su refresco Coca-Cola. Miró su reloj—. Llámalo —y miró hacia la reja—. Cuando llegue la hora, recuerda que tenemos la cita con Pío del Rosario en Saint'Girolamo.

137

Descansamos como nunca; sólo me despertaba el olor de las cacas de los emperadores romanos, que parecía no haberse ido. Sutano fue el primero en levantarse y me movió. Salimos a la calle. Afuera, en la orilla del río Tíber, Sutano siguió caminando hacia el convento de San Gerónimo de los Croatas. Me dijo:

—Al final de la segunda Guerra Mundial el Vaticano estaba quebrado, igual que Italia. El representante de los Estados Unidos ante la Santa Sede, Harold Tittmann, en realidad era un emisario de Myron C. Taylor, un masón, presidente de la corporación del acero más grande de los Estados Unidos y del mundo: U. S. Steel, que era propiedad del hijo de J. P. Morgan y de su amigo y protector Thomas W. Lamont, los modeladores del Nuevo Orden Mundial de 1919, después de la primera Guerra Mundial. Hicieron demasiado dinero durante las dos conflagraciones. Vendieron el acero a las fábricas de armamento europeas que se prepararon para las guerras. En 1932 los Estados Unidos exportaron 328 000 toneladas; en 1934, 871 000; en 1936, 1.1 millones; en 1939, 2.36 millones; en 1940, 7.34 millones. Todo esto se convirtió en tanques, buques, ojivas, bombas. En esa guerra murieron ochenta millones de seres humanos.

—¡Dios!

—¿Te das cuenta? Ellos a su vez fueron asesorados por el que también fue embajador estadounidense en México, Dwight Morrow, uno de los directivos de J. P. Morgan. En su documento "La Sociedad de las Naciones Libres", él diseñó la Liga de las Naciones, antecedente de las Naciones Unidas.

Observé las aguas del río Tíber. Había niños corriendo al otro lado, con sus mamás. Tenían globos en las manos.

—No entiendo cómo están tan frescos. Yo me siento como si hubiera dormido en una maldita cloaca de los romanos.

—Atiéndeme, Pío —y me pegó en la cabeza—. Te voy a decir cosas que espero que conectes por ti mismo en tu cabeza, porque no voy a tener tiempo para explicártelas de nuevo. Necesitas entender todo esto para enfrentar y vencer al prelado.

—*Okay* —y lo miré atentamente.

—Antes de todo esto, antes de la creación del Banco Vaticano en 1942, existió un "Proto-Banco-Vaticano". Se creó en 1929 cuando el presidente Mussolini —y señaló hacia el sur, hacia el Palazzo Venezia— decidió hacerse "amigo de la Iglesia" y destruir los "logros masónicos" de los *carbonari*, que le habían quitado territorios y poderes al Vaticano. Mussolini decidió "regresarles" a los prelados parte del patrimonio decomisado por los masones. Pero para ello necesitaba dinero: cien millones de dólares. Él no los tenía. Así suele pasar con los políticos. El dinero siempre lo sacan de otro lado. ¿Quién crees que aportó esos cien millones de dólares para Mussolini y para el Vaticano?

Miré hacia la ciudad de Roma.

—¿Me preguntas?

Volvió a pegarme en la cabeza.

—¡Interésate por el mundo, maldita sea! ¡Por un momento deja de lado tu autismo autoexcluyente! ¡Dales el ejemplo a los Legionarios de Cristo! ¡El dinero se lo prestó a Mussolini el banco J. P. Morgan!

—Ooops! —tragué saliva.

—J. P. Morgan le dio el dinero a Mussolini, y Mussolini se lo dio al papa Pío XI y casi de inmediato intervinieron dos hombres en este proyecto económico: dos hombres del grupo de J. P. Morgan: Bernardino de Nogara y Giovanni Fummi, representante en Italia de J. P. Morgan —y señaló hacia la derecha, hacia la calle Via Po 23—. Nogara invirtió parte de estos cien millones en las empresas de armamento Reggiane, Nazionale Aeronautica y Breda. Se fabricaron los bombarderos Breda BA-88 con ametralladoras de 12 milímetros y también el bombardero Reggiane Ariete que usaron los nazis.

Abrí los ojos.

—Demasiada información para una sola mañana.

—Aún no comienzo, Pío. Pero eres tan tonto y perezoso del cerebro que voy a tener que reducir todo esto al mínimo. Cuando empezó la segunda Guerra Mundial, los estadounidenses, que primero habían apoyado con dinero a Mussolini, se volvieron sus enemigos porque él apoyó a Hitler, aunque Hitler había recibido dinero de los propios estadounidenses. El papa Pío XII había condenado a los nazis, pero tardó bastante en tomar partido claro por los Estados Unidos. La guerra quebró a Italia y también al Vaticano. Pío XII se quedó sin dinero y sin aliados, y amenazado por el miedo pues los rusos, comunistas y "ateos", estaban masacrando a los cristianos ortodoxos en la propia Rusia, y amenazaron con destruir el cristianismo si ganaban la guerra y se apoderaban de Europa. Entonces fue cuando entró el Tío Sam.

—¡*Vaya*¡—le dije—. ¿El Tío Sam?

—El Tío Sam fue el masón que acabo de decirte: el presidente de la acerera U. S. Steel, Myron C. Taylor, hombre poderoso del grupo de J. P. Morgan, ahora enviado por el presidente Franklin Delano Roosevelt como "embajador" al Vaticano. El Tío Sam debía ganarse al Vaticano para controlar el Nuevo Orden del Mundo. Mayron C. Taylor estableció una organización llamada American Relief For Italy, un fondo de ayuda. Juntó más de seis millones de dólares en fondos públicos para ayudar a sacar del hoyo a Italia y al Vaticano. Así es como comenzaron a comprar a los países de Europa, con lo que luego se llamó "Plan Marshall", usando el mismo dinero que los propios europeos les habían dado antes, cuando les compraron el acero para el armamento que se usó en la maldita guerra. ¿Me entiendes? ¡Todo es parte de lo mismo: el dinero de la guerra! En 1942 se creó el Banco Vaticano, con este apoyo y con cláusulas increíbles que no hay en ningún otro banco en el mundo.

—¿Ah, sí? —y lo miré—. ¿Qué cláusulas?

—"La ricordata Amministrazione delle Opere di Religione sia eretta in persona giuridica, allo scopo di dare ad essa un ordenamiento piu rispondente alla nessesitá dei tempi e di far apparire ancor piu espressamente separata e distinta la responsabilitá, che ognora la Santa Sede ha voluto nettamente disgiunta, dell'amministrazione anzidetta da quella degrli uffici della Santa Sede."

—Extraño a Clara... —le dije. Miré hacia el agua.

—Significa: el Banco Vaticano es creado para ser "espressamente separato e distinto della Santa Sede": una entidad orgánicamente separada y expresamente distinta de la jerarquía de la Santa Sede, es decir, independiente del papa —y me miró a los ojos.

Me detuve en seco.

—¿Independiente del papa?

—Así es, Pío. Ya comprendiste el Secreto Vaticano. El Banco Vaticano no es parte del Vaticano. Es un monstruo que vive en el mismo lugar, pero lo controlan otras personas. Y con esto, ellas controlan a los papas y a la población católica del mundo, que son mil doscientos millones de seres vivientes, la sexta parte de la población humana.

—Diantres. ¿Es verdad esto?

—Por eso amenazaron de muerte al papa Benedicto: porque él quiso cambiar esto. Por eso están complotando para derrocar al papa Francisco, porque Francisco desde mucho antes apoyó estas reformas, y ahora él es el que las está realizando. La gente no lo sabe, Pío. El mundo no sabe lo que está ocurriendo aquí en el Vaticano —y miró hacia la cúpula de la basílica de San Pedro—. La Operación Gladio es el plan global para financiar operaciones de terrorismo y de guerra en el mundo más secreto que ha existido, con dinero de origen criminal que es lavado y traficado aquí mismo en Roma, contra la voluntad y ajeno a la supervisión de los propios papas, en las tuberías "autónomas" y "orgánicamente separadas" del Banco Vaticano. Por eso nunca van a dejar que sea tocado.

—Diablos. ¿Cuáles son esas "operaciones de terrorismo"?

Sutano señaló hacia delante, hacia el blanco y silencioso convento de San Gerónimo de los Croatas. Sonó una campanada.

—Estás a punto de conocerlas. Estás a metros de entrar a la dimensión más maligna y oscura de la historia del mundo: la organización secreta Orden 400, la Operación Gladio.

138

En su brillosa limusina negra, el prelado avanzó, en el asiento trasero, por en medio de las cercas de bronce del Vaticano. No saludó a los guardias que se le cuadraron. Tomó su teléfono:

—Su Eminencia —le dijo una voz—: El cardenal Burke está declarando ante la prensa que el papa Francisco ha sumido a la Iglesia católica en una situación de "barco sin timón".

El prelado sonrió.

—Perfecto. Simplemente perfecto. ¿Qué más?

—Hemos encontrado más cosas. En Suecia, la *obispa* luterana Eva Brunne, que es lesbiana, está proponiendo quitar los símbolos cristianos del Templo de los Marineros para que las personas de otras religiones se sientan más cómodas al entrar. Según este reporte de Leo Hohmann para WND Faith, "la *arzobispa* primada de Suecia, Antje Jackelen, cuando fue profesora de la ELCA —el seminario de la Iglesia Evangélica Luterana en América— firmó una carta declarando su apoyo a la evolución y rechazó el relato bíblico de la creación y del arca de Noé". Las dos son amigas del papa Francisco.

—Tenía que ser. ¡Blasfemas! —y el prelado miró hacia la calle—. Difúndanlo. ¿Qué más?

—El muy importante portal católico Josephmaryam.worldpress. com está publicando este artículo: "Sede usurpada. Estamos viviendo la época en que la sede de Pedro ha sido usurpada. Tiempo profetizado por los antiguos y los modernos profetas. Tiempo oscuro para la Iglesia… Sólo el romano pontífice tiene todo el poder en la Iglesia y, por lo tanto, todos y cada uno de los pastores se hallan sometidos a él".

El prelado le gritó:

—¡Por supuesto! —y con sus blancos guantes con anillos golpeó el cristal de la limosina—. ¡Es lo que les digo! ¡Difundan todo esto, maldita sea! ¡Boletínenlo ahora mismo a los medios! ¡Quiero que esto lo lean los presidentes de las naciones! ¿Qué más? —y comenzó a salirle saliva por la boca. Recordó a Clara Vanthi en el calabozo de la Torre Nicolás V. Cerró los ojos. Susurró—. ¿Qué más? —y le vio las piernas a la chica. "Sólo unas horas. Ahorita nos vemos."

Su analista le dijo en el teléfono:

—La periodista Rosie Scammell, de Religion News Service, está publicando un reportaje: "El Vaticano apoya un plan para que una plaza pública en la ciudad de Roma se llame Martín Lutero, el protestante".

—¡¿Cómo dices?! ¡¿Dónde va a terminar esta blasfemia?! —y miró hacia la calle. Se trepó en la ventanilla.

—En la colina Oppio, Su Eminencia, al sur de la colina Esquilina. Esa plaza tiene una buena vista hacia el Coliseo. Debe de valer mucho el metro cuadrado. El próximo mes la van a llamar "Martín Lutero".

—Difunde también eso. Envíaselo a los periódicos latinoamericanos.

—Según la reportera Scammell, "aun cuando en 1521 la Iglesia católica excomulgó a Martín Lutero, el diálogo entre ésta y los luteranos fue cimentado en un documento firmado por obispos de las dos Iglesias en 2013. El papa Francisco ha mostrado una apertura hacia diferentes Iglesias".

—¡Es un blasfemo! ¡¿Cómo puede haber unión entre nosotros y otras religiones?! ¡Sólo hay una verdad, maldita sea, y es la nuestra! ¡No va a haber ninguna maldita unión! —y comenzó a golpear el techo de la limosina—. ¡Debemos "atacar, conquistar y someter a los musulmanes, a los paganos y a todos los enemigos de Cristo, dondequiera que los encontremos"! ¡Así nos lo manda el santo papa Nicolás! ¡Los que no son católicos deben inclinarse ante nosotros porque nosotros somos la Verdad! ¡Están condenados a la "servidumbre perpetua"! ¡Esto es una cruzada y yo no voy a parar! —y se serenó—. ¿Qué más? —y le sonrió a una chica que estaba en su bikini junto al río, con su perro *puddle*. Le guiñó un ojo. Ella le regresó una mueca de asco. El perrito alzó la pequeña pata para orinarlo.

—¿Qué más?

Al otro lado de la línea mi amigo pelirrojo, el irlandés Iren Dovo, revolvió sus papeles.

—Verá, Su Eminencia —y miró hacia sus siete analistas. Ellos siguieron escarbando entre sus pilas de documentos, bajo las calientes lámparas de la Torre Nicolás V—: Se anunció que dentro de pocos segundos el papa Francisco va a transmitir un mensaje por Radio Vaticano.

—¡Me lo hubieras dicho antes, maldito deforme! —y le gritó a su chofer—: ¡Sintoniza Radio Vaticano!

Un asistente de Iren Dovo le dijo:

—No nos pagan lo suficiente. Me siento como de vuelta en la Edad Media.

En las bocinas de la limosina, el prelado escuchó el mensaje del papa Francisco: era su voz rasposa con acento argentino:

—Queridos hermanos y hermanas. La división es una herida en el cuerpo de la Iglesia de Cristo. Y nosotros no queremos que esta herida permanezca abierta. La división es la obra del padre de las mentiras, del padre de la discordia, el cual hace todo lo posible para mantenernos divididos. Juntos hoy, aquí en Roma, ustedes y yo, vamos a pedirle al Padre que nos envíe el Espíritu de Jesús, el Espíritu Santo, y que nos dé la frazada para ser uno. Pienso que voy a decir algo que a algunos les va a sonar polémico —e hizo una pausa que millones notaron en sus radios—. Esto a algunos tal vez les va sonar herético, pero hay Uno que sabe que, a pesar de nuestras diferencias, somos uno" —y en el estudio de Radio Vaticano, junto al micrófono, señaló hacia arriba. La productora, con las manos en la boca, comenzó a llorar—. Si son evangélicos, ortodoxos, luteranos, católicos o apostólicos, todos somos cristianos. Hoy, queridos hermanos y hermanas, estamos viviendo un "ecumenismo de sangre".

En un lugar remoto, en el interior de la catedral de San Basilio, en Moscú, el impresionante jefe de la Iglesia ortodoxa rusa, el patriarca Cirilo, se llevó las manos a la boca. Comenzó a cerrar los ojos.

En su limosina, el prelado gritó:

—¡Ecuménico! —y con su largo cayado de san Malaquías comenzó a golpear los interiores del vehículo—. ¡Está ignorando el Concilio de Florencia! ¡"No sólo los paganos, sino también los judíos, los herejes y los cismáticos tienen vedado participar de la vida eterna"! ¡"Para ellos está reservado el fuego que nunca termina, puesto que fue preparado para el demonio y para todos sus ángeles"! ¡Que lea Mateo 25:41!

Miró su largo cayado de madera. Con la parte curvada le ensartó el cuello al chofer. Lo jaló hacia atrás:

—¡Este antipapa está ignorando la encíclica *Orientalis Ecclesiae*, N 16, del papa Pío XII! ¡Dice textualmente: "Ni siquiera bajo la consigna de promover la unidad está permitido desensamblar el único y solo dogma"!

En Estrasburgo, Francia, dentro del salón de sesiones del colosal edificio blanco flanqueado de banderas llamado Consejo de Europa —semejante a un crucero—, sede del Moneyval o Consejo de Europa contra el Terrorismo y el Lavado Internacional de Dinero, auditorio semejante a una nave espacial, un hombre calvo se levantó de su asiento.

—Hace siete décadas el Banco Vaticano comenzó a ser uno de los drenajes del mundo para mover fondos destinados a crear terrorismo y guerrillas a escala planetaria. Sus estatutos de secreto bancario y de autonomía y separación respecto al gobierno vaticano lo han convertido en un sistema blindado. No podemos investigar las cuentas desde las que se mueve este dinero para el terrorismo. Las autoridades del Banco Vaticano nos han rechazado una y otra vez cualquier orden policial para revelar quiénes son los propietarios de esas cuentas y la procedencia de los fondos.

Levantó un papel para que lo vieran todos:

—Por fin está comenzando a haber cambios. Este informe del propio Vaticano dice lo siguiente: tras la contratación de firmas internacionales de auditoría, "el banco, una vez sumido en escándalos, ha pasado por un proceso de drásticas reformas a medida que han sido limpiadas sus cuentas. En 2014 ha trabajado también en recortes a los gastos de operación. Han sido cerradas y eliminadas quinientas cincuenta y cuatro cuentas que no eran apropiadas a los objetivos y el perfil de los clientes del Instituto para las Obras de Religión", también llamado Banco Vaticano.

En la fachada del edificio de la agencia ANSA comenzó a correr un cinto luminoso: "Cambios en el Banco Vaticano: las utilidades del banco han dado un salto enorme en 2014 respecto al año 2013. Suben de tres millones de euros en 2013 a 69.3 millones de euros en 2014".

139

—Este papa, el papa Francisco, está iniciando la revolución —me dijo Sutano Hidalgo—. No sólo está modificando el interior del búnker blindado del crimen y del terrorismo que hasta hace poco ha sido el Banco Vaticano, sino también está volviendo hacia las enseñanzas originales de Cristo, hacia la verdad de lo que sucedió hace dos mil años.

Siguió avanzando hacia la blanca y romana fachada del silencioso convento de San Gerónimo de los Croatas. Me pareció un elevado pastel de crema de leche.

—¿Qué es la Operación Gladio? —le pregunté—. ¿Qué es la maldita "Orden 400"? ¿Cuáles son las "operaciones de terrorismo" que se han hecho usando al Banco Vaticano?

—Eric Frattini lo dice: "¿Cómo funcionaba el blanqueo de dinero a través del Banco Vaticano, conocido también como IOR? Es sencillo: el corrupto o mafioso entregaba una cantidad de dinero en efectivo a un religioso con funciones en la Santa Sede. Éste tenía diversas cuentas a su nombre en el IOR, y allí depositaba el dinero del mafioso. Entonces, el Banco Vaticano distribuía ese 'dinero negro' en diversas cuentas, también del IOR, a nombre de fundaciones, congregaciones u órdenes religiosas y, desde ese momento, el dinero, ya blanqueado, seguía dos rutas: una parte volvía a ser desviado a otra cuenta en el IOR".

—¡Dios! —le dije a Sutano—. ¿El papa Benedicto XVI sabía esto?

—Insisto: el periodista Eric Frattini lo ha expresado mejor que nadie: "Los estatutos del IOR le permiten operar como si fuera un banco *offshore*, es decir, colocado al margen de cualquier tipo de control, como sucede con las entidades radicadas en las Islas Caimán, en las Bahamas, en Luxemburgo, Singapur o Suiza. Al igual que hacen los banqueros de estos paraísos fiscales, los del IOR aseguran a sus exclusivos clientes una absoluta discreción, transacciones opacas. ¿Qué más se le puede pedir a un banco cuando lo que se desea es blanquear dinero?" —y me sonrió.

—No puedo creerlo —y miré hacia el convento de San Gerónimo de los Croatas. En la parte alta vi un triángulo de estilo romano. En realidad, todo el templo me pareció un auténtico santuario de los antiguos romanos. No me recordó en absoluto el origen semítico y hebreo de Cristo. A los lados tenía nichos para colocar figuras del culto, pero estaban extrañamente desocupados—. ¿Blanquear dinero para qué? ¿Qué hacen con ese dinero? —le pregunté a Sutano.

140

En la sombría sede mundial del Banco Vaticano, en la Torre Nicolás V, debajo de tres niveles subterráneos, Clara Vanthi, encadenada, con correas en sus muñecas y desnuda salvo por cintos con perlas de santos, miró hacia las rejas. Una de ellas se abrió. Entró a visitarla un hombre alto, musculoso, de raza negra, con el rostro quemado. Estaba desnudo. En su manto traía un largo crucifijo, de rojizo cobre. Era Jackson Perugino.

—El prelado me envió para disciplinarte.

Cuatro años atrás y cuatro pisos arriba, en la redondeada oficina del presidente del Banco Vaticano, el segundo hombre al mando, el señor Paolo Cipriani, con su sonriente mirada inteligente de una vivaz ave, le dijo a un sujeto de acolchonados ropajes rojos y guantes blancos con gemas, el prelado Santo Badman:

—Ésta es la carta que el presidente del banco, Ettore Gotti Tedeschi, le está escribiendo al secretario del papa Benedicto —y le leyó el papel—:

"Querido monseñor Georg Gänswein: el delito del que nos están acusando a mí y a mi colaborador, el señor Paolo Cipriani, es no proporcionar informaciones sobre quién es el dueño de la cuenta que está moviendo los veintitrés millones de euros hacia el banco J. P. Morgan de Fráncfort. Creo que ahora es necesario acelerar cualquier procedimiento para que nuestro banco sea insertado en la 'lista blanca' del Moneyval, del Consejo de Europa contra Lavado de Dinero y Financiación del Narcotráfico".

Cerró la carta. Miró hacia el prelado.

—¿Qué le parece, Su Eminencia?

El prelado levantó su largo "cetro de Constantino".

—Este Ettore Gotti Tedeschi se cree que aún está en el Banco Santander —y le sonrió a Paolo Cipriani—. Aquí no es él el que manda, ni tampoco el maldito papa. Se hará lo que sea necesario para detener a este par de idiotas. El Banco Vaticano es para el control del mundo.

A 42 kilómetros hacia el noroeste, en lo alto del monte Albano, por arriba del cristalino lago Albano, el presidente del Banco Vaticano, el canoso Ettore Gotti Tedeschi, con sus desaliñadas melenas grises y sus gruesas y anguladas cejas negras, caminó con sus muchos papeles bajo el brazo por el enorme pasillo de arcos llamado "Albano", de la residencia de verano del papa Benedicto XVI, Castel Gandolfo.

Al fondo vio la figura delgada, frágil, sonriente del pontífice, de ochenta y tres años. Benedicto lo miró con sus mojados ojos grises.

Sonaron las campanadas del *Angelus*.

—Ettore… —le susurró el papa. En una de sus manos estaba levantando un documento de 10 páginas—: Estoy aprobando ahora mismo el proyecto de la Ley 127. Esto es lo que va a cambiarlo todo. Estamos aquí para servir a Cristo, para mejorar el mundo —y le entregó el documento—. Tienes que hacerlo realidad —y suavemente lo tomó por los antebrazos. Le apretó las muñecas—. Sabes que esto es peligroso. Van a tratar de impedirlo. Hazlo lo antes posible. No te detengas ante nada.

El presidente del banco, de desordenados cabellos grises, con sus anchas cejas de pico, le dijo:

—Su Santidad: ¿está usted preparado para las consecuencias de esto?

—Estoy absolutamente preparado.

Sutano me dijo:

—Eso fue lo que desató lo que estamos viviendo en el mundo: la renuncia del papa Benedicto, las amenazas contra el papa Francisco, el reinicio de las hostilidades entre los Estados Unidos y Rusia; la nueva guerra fría, la nueva guerra entre las religiones del mundo: el nacimiento del Estado Islámico, la nueva persecución de contra católicos, contra judíos, contra musulmanes.

—¿Qué es la Ley 127?

—Ése es el misterio, ¿no es cierto? La Ley 127... —y Sutano se aproximó hacia el blanco y silencioso convento de San Gerónimo de los Croatas. A cuarenta metros de nosotros vimos aproximarse la limusina del prelado Santo Badman, seguida por dos camiones blindados de policías armados de la Guardia de Finanzas.

141

En el edificio Nicolás V, torre del Banco Vaticano, sonó una campanada. El calendario marcó la fecha: 18 de marzo de 2011. El segundo funcionario a cargo del Instituto para las Obras de Religión, el inteligente hombre de mirada despierta y sonriente como una vivaz ave —Paolo Cipriani—, recibió en sus manos un documento de una hoja.

—Aquí está el informe psiquiátrico del señor Ettore Gotti Tedeschi —le dijo su amigo Pietro Lasalvia, psiquiatra—. Observé sus conductas durante la cena a la que nos invitaste.

—Fantástico, amigo. Dime tus conclusiones.

—Alejamiento, egocentrismo, narcisismo y un parcial alejamiento de la realidad asimilable a una psicopatología conocida como "pereza social".

Paolo Cipriani alzó una ceja. En su mano resplandeció un anillo pesado.

—¿"Pereza social"? Eso suena muy grave, ¿no?

—Señor Gotti Tedeschi —le dijo un hombre al presidente del banco, que estaba caminando de regreso—: Está ocurriendo algo muy serio. El Consejo de Supervisión acaba de emitir un memorando —y le mostró el papel—. Lo están acusando de inestabilidad psicológica. Esto ya lo difundieron a los diarios. Todos lo están publicando. Quieren que usted renuncie. Si permanece en el cargo van a acosarlo hasta por el detalle más íntimo de su vida. Van a destruirlo en los medios, y también a su familia.

El presidente del Banco Vaticano lentamente miró hacia la ventana de su oficina redondeada.

—No puedo creer esto. Le prometí al papa Benedicto permanecer aquí hasta que la Ley 127 sea un decreto.

—Van a destruir también al papa. Estos hombres están diciendo que los respalda la logia P-4 y también el cardenal secretario de Estado, Tarcisio Bertone.

En su oficina del palacio veraniego de Castel Gandolfo, junto al balcón con vista hacia el lago Albano y escuchando el canto de los grillos, el anciano papa Benedicto XVI, mirando la luna con su respiración entrecortada, oyó una voz.

—Su Santidad —le dijo su secretario, monseñor Georg Gänswein—, viene a visitarlo el cardenal Castrillón Hoyos, de Colombia.

El papa se dio vuelta. Le sonrió:

—¿Darío…? —y comenzó a levantar los brazos.

Se le aproximó el cardenal canoso, con la expresión bondadosa y solemne de un importante pelícano.

—Querido Santo Padre —y lo tomó por los antebrazos—: Acabo de enterarme de algo que me ha alarmado demasiado. Por eso busqué verte de inmediato —y lo jaló hacia el barandal, hacia el borde de la montaña—. Acabo de enterarme de que el cardenal Paolo Romeo escuchó en Pekín, China, que estás bajo amenaza de muerte.

El papa Benedicto lentamente torció la cabeza hacia el colombiano. Escuchó un grillo. Sintió el aire frío en su cara.

—¿Cómo dices?

El cardenal Darío Castrillón Hoyos suavemente le mostró un documento de una página. Estaba escrito en alemán. Decía:

Estrictamente confidencial. Diciembre 30, 2011.

Seguro de sí mismo, como si lo supiese con precisión, el cardenal Paolo Romeo ha anunciado que al Santo Padre le quedan sólo doce meses de vida. El cardenal Romeo ha profetizado la muerte del papa en los próximos doce meses. Las declaraciones del cardenal fueron expuestas por una persona probablemente informada de un serio complot delictivo con tal seguridad y firmeza que sus interlocutores en China han pensado, con horror, que se está programando un atentado contra el Santo Padre. MURDKOMPLOTT. Complot de asesinato.

El papa Benedicto abrió los ojos. Miró hacia el muro, hacia la fornida hormiga que se estaba aproximando a una negra grieta, escarbándole los bordes.

—¿Por qué está haciendo esto Paolo Romeo? —y se volvió hacia el cardenal colombiano—. ¿Paolo no está conmigo?

—Santo Padre —le susurró el cardenal Castrillón, y se volvió hacia los interiores del palacio—: En una atmósfera de mucha confidencialidad, el cardenal Romeo les dijo a estas personas que tú literalmente "odias" al cardenal Tarcisio Bertone, tu secretario de Estado, y que hace tiempo que quieres remplazarlo, pero que no hay otro candidato adecuado para ese cargo. Les dijo que estás preparando en secreto a un hombre para que te remplace, alguien que es muy cercano a tu propia personalidad, para que sea el nuevo papa de la Iglesia católica: el cardenal Angelo Scola.

El papa Benedicto se volvió hacia el oscuro lago Albano. En silencio se sonrió a sí mismo. Cerró los ojos. Sintió los calurosos brazos de un hombre jesuita que lo abrazó en el cónclave del año 2005. Lo escuchó como en un eco:

—Amigo Ratzinger: no quiero causar división con los conservadores. Ellos no quieren la reforma de la Iglesia, ni del banco. Sé que tú sí la quieres. Eres un hombre muy inteligente y muy honesto. Es mejor que tú ganes. Quédate con mis votos. Trata de reformar a la Iglesia. Pero si no lo logras, renuncia.

142

—Es el actual papa Francisco, el cardenal argentino Jorge Mario Bergoglio —me dijo Sutano Hidalgo—. Benedicto XVI comenzó a prepararlo desde antes de su renuncia. Sabía que a él ya lo tenían bajo amenaza, que iban a asesinarlo. Necesitaba colocar en el mando a otro hombre, diez años más joven y más fuerte. Un hombre que fuera valiente. Ahora, por primera vez en seiscientos años, tenemos no un papa, sino dos papas. Se respaldan el uno al otro. Esto es un duunvirato, como en los tiempos de la antigua Roma, y los romanos lo implantaron por exactamente las mismas razones: si los criminales asesinaban o sobornaban o amenazaban a uno de los cónsules, estaba el otro.

Comenzó a caminar por afuera del convento de San Gerónimo de los Croatas.

—¿Cómo sabes todo esto? —le pregunté—. ¿Estás seguro de todo esto?

—No estoy completamente seguro. Nunca estás completamente seguro de nada. Sólo Dios tiene la verdad absoluta de todas las cosas, porque él las hizo. Todo aquel que te diga: "Yo sé la verdad absoluta" o "Hay una sola verdad, un solo dogma", es un absoluto pendejo. Cualquiera que haya investigado la historia del mundo sabe que las ideas han ido cambiando y que aquello que un día sabes mañana será falsedad demostrada. Sólo en el territorio de Dios, que está por fuera de la dimensión estúpida del hombre o "primate avanzado", existe algo que es realmente real sobre este universo —y comenzó a acariciar el blanco muro del convento—. Los que afirman sus verdades "absolutas" como "dogmas" lo hacen sólo porque no han tenido acceso a esta historia del mundo, porque lo único que conocen del mundo son las doctrinas microscópicas que les metieron por el culo los manipuladores, y de las cuales, por su ignorancia, son fanáticos.

—¿Qué es la Ley 127? —insistí—. ¿Por qué amenazaron al papa Bendicto XVI por esa ley?

—Cómo quisiera una Coca-Cola… —y miró hacia la calle. Aún no llegaba la limosina del prelado—. La Ley 127… —y me miró a los ojos—. El antecedente lo puso catorce años antes el papa Juan Pablo II, en 1996. De nuevo te voy a dar partes del informe de Eric Frattini: "En 1996, por orden de Juan Pablo II, la Santa Sede impuso que el IOR adoptase los principios establecidos por el FATF", que significa Financial Action Task Force o Grupo de Acción Financiera Internacional, "para combatir el lavado de dinero y la financiación del terrorismo. Pero la orden del sumo pontífice no llegó con la suficiente fuerza a los sectores vaticanos que debían hacerla posible, y puesto que la petición se hizo de modo independiente, no hay previsto ningún tipo de control de las operaciones del IOR por parte del FATF".

—No entiendo. ¿Qué me estás diciendo?

—Significa que nunca se implementó. Fue una simulación.

—Diablos.

—"La Santa Sede no está entre los treinta y cuatro países que forman parte del FATF, entre los que sí se encuentran otros paraísos fiscales, como Luxemburgo, Suiza, Singapur y Hong Kong." El Banco Vaticano, te repito, es un búnker blindado para una operación criminal secreta que promueve el terrorismo y la guerra en el mundo —y suavemente acarició la pared de yeso del convento de San Gerónimo de los Croatas—. El propio Frattini lo dice: "El Banco Vaticano cuenta con un estatuto que impide que sea controlado por los altos miembros de la Santa Sede".

—Diantres.

—"Ni siquiera el secretario de Estado puede averiguar qué clase de transacciones realiza el IOR sin pasar por un estricto filtro de directivos y comités."

—¿Qué es la Ley 127?

—"Lo que implica que se pueden abrir cuentas corrientes y operar con ellas en el corazón de Europa sin tener que respetar la legislación internacional referente a acuerdos y barreras bancarias contra el blanqueo de capitales." El 15 de julio de 1987, el masón de la logia P-2 Donato De Bonis, bajo el nombre en clave "Roma", abrió la cuenta número 001-3-14774-C, a nombre de la Fundación Cardenal Francis Spellman. Para diciembre de 1992, esta cuenta tenía ya veintiséis millones de euros. Pero, como lo indica Eric Frattini con información de Gianluigi Nuzzi: "La cuenta a nombre de la Fundación Cardenal Francis Spellman era completamente ilegal. Sencillamente, la Fundación Cardenal Francis Spellman no existía".

—Todo esto es horrible.

—La realidad es que esa cuenta la usaba el primer ministro de Italia, Giulio Andreotti, bajo el alias "Omissis", para financiar un partido político: la Democracia Cristiana, y también a los Legionarios de Cristo.

Me rasqué la cabeza. Me dijo:

—Frattini informa: "Las cuentas, en total catorce, estaban cifradas e identificadas por un código numérico de nueve dígitos. Tan sólo la oficina de cifras del banco conocía el nombre que se escondía detrás de cada cuenta". Ningún papa tuvo el acceso para saber que Andreotti era el verdadero dueño de esa cuenta, y que él estaba operando con una fuerza exterior a Italia. Cuando un papa intentó meterse dentro de alguna de esas cuentas secretas, como lo hicieron Juan Pablo I, Juan Pablo II y Benedicto, fue asesinado, herido o amenazado. Esas cuentas tenían una finalidad que aún no ha sido completamente descubierta. Lo está haciendo el papa Francisco —y comenzó a acariciar el yeso del convento de San Gerónimo de los Croatas—. Se está enfrentando al secreto global de la Operación Gladio, de la Orden 400.

—¡¿Qué es la Ley 127, maldita sea?!

143

En la Torre Nicolás V, cuatro niveles bajo tierra, el musculoso Jackson Perugino, desnudo, con la piel sudada, caminó con su largo crucifijo bajo la lámpara del calabozo. Ondeó el crucifijo de rojizo cobre.

Con su deformada cara —fundida por el fuego—, con su expresión diabólica y furiosa miró hacia Clara Vanthi, que estaba en el piso, sin ropa, encadenada; sólo le cubrían sus partes íntimas dos delgadas cintas de cuero con cuentas de santos. Le vio el brillo de su sudor femenino en las piernas. Comenzó a bufar hacia dentro, como un toro.

—Quiero que me digas qué es lo que sabes sobre la Ley 127 —le dijo a ella.

Clara miró hacia el muro, hacia los dibujos de los santos siendo martirizados. Vio a Sebastián atado a un árbol, girándose, con flechas enterradas en el cuerpo. Le dijo a Jackson:

—La noche del 30 de diciembre del 2010 Benedicto ordenó a Ettore Gotti Tedeschi que publicara la Ley 127, en contra del lavado de dinero. Esto se hizo con la emisión de una carta apostólica. Dice: "Constituyo la Autoridad de Información Financiera, AIF, indicada en el artículo 33 de la Ley Sobre la Prevención y la Lucha contra el Blanqueo de Ingresos Procedentes de Actividades Criminales y de la Financiación del Terrorismo".

Jackson, con su largo crucifijo ondeando en su mano —el crucifijo hecho de brilloso y rojizo cobre—, le dijo:

—¿Qué más sabes, ramera?

Clara miró hacia las rejas de hierro. Estaban abiertas.

—El papa Benedicto obligó a su secretario de Estado, el cardenal Tarcisio Bertone, que firmara esta ley.

Afuera del convento de San Gerónimo de los Croatas, un aire fresco nos corrió en la cara. Sutano Hidalgo me dijo:

—En su informe, Eric Frattini declara: el 24 de febrero de 2011, por orden del papa Benedicto XVI, su secretario de Estado Tarcisio Bertone envió una carta "a Thorbjorn Jagland, secretario general del Consejo de Europa, con el fin de situar a la Santa Sede, lo más rápidamente posible, bajo el control del Comité de Expertos para la Evaluación de Medidas contra el Lavado de Dinero y la Financiación del Terrorismo". En inglés, el acrónimo de esto es Moneyval —Anti-Money Laundering Measures and the Financing of Terrorism.

En Estrasburgo, Francia, dentro del monumental edificio flanqueado de banderas de Moneyval, el secretario del Consejo de Europa, el alto y canoso noruego Thorbjorn Jagland, de apariencia imponente —antes primer ministro de Noruega y presidente del comité que otorga los Premios Nobel—, recibió el papel en sus manos. Observó a sus colaboradores. Les leyó:

—"Estimado secretario general: le estoy escribiendo para pedirle que la Santa Sede quede sujeta a los procedimientos de mutua evaluación del Moneyval, con lo cual el Banco Vaticano se compromete a compartir su información bancaria con todos los demás sistemas bancarios de Europa, para evitar su uso en acciones encubiertas de lavado de dinero y financiación del terrorismo. Atentamente, cardenal Tarcisio Bertone, secretario de Estado del Vaticano."

Comenzó a levantarse. Abrió los ojos.

—Demonios. ¿Pueden creer esto? —sus colaboradores gritaron.

—Había acabado una era de crimen auspiciado bajo la sombra y la protección de la "santidad" del Vaticano —me dijo Sutano Hidalgo—. Por primera vez un papa había atacado al monstruo, al tumor del Vaticano. Pero el tumor se defendió. El Banco Vaticano tenía otros dueños, y ellos contraatacaron. En octubre de 2011, el secretario de Estado Tarcisio Bertone visitó a uno de sus hombres de confianza, Giuseppe Dalla Torre.

En su oficina, de paredes de caoba, el canoso y majestuoso experto en leyes Giuseppe Dalla Torre, integrante de la Unión de Juristas Católicos de Italia, lentamente se levantó de su asiento.

—Cardenal Bertone… —y le estrechó la mano. El imperial cardenal secretario de Estado, con su sonriente y monárquica mirada confiada, semejante a la del actor cómico Will Ferrell, se descansó sobre el asiento:

—Quiero que vea esto —y le mostró el documento de la Ley 127. El importante jurista tomó el fajo de folios. Se ajustó los anteojos.

—¿Qué es esto? —y comenzó a revisar los papeles.

—Mi pregunta es—le dijo el cardenal Tarcisio Bertone. Le sonrió al experto en leyes. Lo miró con la expresión astuta y tranquila de un águila—: ¿Existe algún mecanismo legal para que el Vaticano no cumpla con lo que está en este documento?

El jurista Giuseppe Dalla Torre se enderezó los anteojos.

—No entiendo. ¿Qué es lo que desean?

En la habitación entró una entidad oscura. Susurró:

—Ningún banco del mundo debe revisar la información de las operaciones anteriores al primero de abril de 2011. Cualquier intento de hacerlo será castigado.

En el calabozo de la Torre Nicolás V, cuatro pisos debajo de la tierra, Clara Vanthi, con las muñecas amarradas con correas que ya la estaban lastimando por la irritación salada de su propio sudor, le dijo al desnudo y musculoso Jackson Perugino:

—El 15 de octubre de 2011, Giuseppe Dalla Torre le dio un documento de cuatro páginas a Tarcisio Bertone, con la lista de los recursos legales para justificar ante Moneyval y el Consejo de Europa que el Vaticano no pudiera entregar información del Banco Vaticano anterior a abril de 2011, y tampoco a ningún tribunal europeo, a ningún banco, a ninguna instancia de las policías de investigación internacionales.

En el muro del convento de San Gerónimo de los Croatas, mirando la hora en su reloj de pulsera, Sutano Hidalgo me dijo:

—Con el documento de Giuseppe Dalla Torre, otro hombre de Tarcisio Bertone, el cardenal Giuseppe Bertello, creó lo que se conoce como Decreto CLIX.

—¿"Decreto CLIX"…? —le pregunté.

—Significa que le pintaron mocos al papa Benedicto. Le pintaron "huevos". Tomaron su Ley 127 y se la metieron a un reciclador de basura por el agujero. ¿Me entiendes? El Banco Vaticano siguió sin dar informes a nadie sobre las operaciones de terrorismo y de financiación de guerrillas y levantamientos en todo el mundo: los programas encubiertos de la Orden 400, de la Operación Gladio —y con la mano siguió acariciando el muro de blanco yeso del convento de San Gerónimo de los Croatas.

—¿Qué es la Operación Gladio? —le pregunté— ¿Cuáles son esas malditas "operaciones de terrorismo y de financiación de guerrillas"?

144

Sutano miró hacia la calle. Aún no llegaba la limosina del prelado. Sin embargo, escuchamos un retumbido. Lo sentimos en las suelas de nuestros zapatos. Eran los vehículos militares de la policía de Finanzas, cargados de soldados.

—Todo comenzó aquí, en este convento —me dijo—. En 1943, el papa Pío XII autorizó al joven Licio Gelli, oficial nazi de enlace, con código fascista 42-RR-PT-573, utilizar este convento, un lugar "santo" e "inaccesible" para los militares, como centro de contrabando del oro que había sido confiscado a los judíos capturados y asesinados por los nazis, y también como centro de tráfico de humanos perseguidos, para enviarlos a Sudamérica.

Abrí los ojos.

—¿Licio Gelli?

—Sí, el que unos años después fue convertido en "gran maestro" de la logia P-2, que con el apoyo de la Orden 400 penetró y sometió a la masonería mundial y luego infiltró con sus propios "masones P-2" el Vaticano, control que continúa hasta el día de hoy. Citaré a Jack Doherty: "Licio Gelli ayudó al Vaticano, a través del padre Draganovic, a administrar las 'líneas de ratas' del Vaticano".

—¿*Líneas de ratas?* —y abajo del muro, en la coladera, vi una rata real metiéndose entre las rejillas.

—Citaré a Lucien Gregoire: "Las líneas de ratas de Licio Gelli sirvieron como embudo para trasladar a los nazis hacia Sudamérica". Licio Gelli mismo había sido nazi, camisa negra con Franco. En julio de 1942 fue inspector del Partido Nacional Fascista. Fue comisionado para hacerse cargo del "tesoro italiano" del rey Pedro II de Yugoslavia, que había sido confiscado por el Servicio de Información Militar. Se trataba de sesenta toneladas de oro en lingotes.

—¿Sesenta toneladas? —y sentí un brillo en mis ojos.

—Sí, Pío del Rosario. Es lo que pesa una ballena azul. Cuando cuatro años más tarde regresaron el tesoro a Yugoslavia, es decir, a la "Tierra de los Croatas", sólo devolvieron cuarenta toneladas. ¿Dónde quedaron las otras veinte toneladas? Nunca se ha sabido, pero se piensa que Licio Gelli se las quedó para sí mismo, o para la Orden 400. Cuando en 1981 la policía de Milán entró a su casa, a la Villa Wanda, sólo encontraron ciento setenta y nueve lingotes de oro, con un peso de ciento sesenta y ocho kilos, que equivale a la masa de tres humanos flacos; esto, además del "Documento negro", que vincula a Licio Gelli con la CIA, con el gobierno de los Estados Unidos.

—Diablos.

—Esto, además del oro judío —me dijo—. Son al menos cuarenta y cuatro toneladas de oro que fue robado a los judíos por los nazis. Ese oro de anillos, pulseras, collares fue convertido en lingotes e ingresado en secreto al sistema bancario vaticano, al Banco Vaticano.

—¡Diablos! ¡¿Es verdad esto?!

—Citaré a Phayer: el agente de la OSS estadounidense, organización antecesora de la CIA, William Gowen, testificó que en 1946 el coronel Ivan Babic trasladó diez camiones de carga llenos de oro desde Suiza hasta el colegio pontificio. ¿Sabes cuál es?

Apuntó hacia la figura de yeso que acariciaba: "Pontificio Colegio Croata de San Gerónimo".

—¡No mames! —le grité—. ¡¿Aquí estuvo todo ese oro?!

Imaginé, dentro del convento, una enorme ballena azul hecha completamente de oro macizo. "Ya somos ricos."

—Ese dinero era de personas, Pío. Era de judíos. Era de abuelos, de niñas, de sus padres. Nunca les fue devuelto.

—¿Dónde está todo ese oro? ¿Sigue estando aquí?

—Nunca se ha sabido —y siguió acariciando el muro de yeso—. Probablemente esté aquí abajo. Probablemente esté debajo de la Torre Nicolás V, en los sótanos del Banco Vaticano, donde ahorita está atrapada Sandra Samandra. Probablemente está en otro de los muchos conventos Gladio, en la "línea de ratas". Tal vez esté en uno de los principales nodos, el que fue el trampolín nazi hacia Sudamérica: Portugal.

—¿Portugal?

—Te voy a dar un premio por repetir todo lo que digo. El oro o parte de él lo traficaron los Ustase, los terroristas del Movimiento Revolucionario Croata, una organización fascista, terrorista y católica. Asesinaron a judíos, a serbios, a gitanos, siempre bajo la aureola nazi. El 15 de noviembre de 1999, el abogado Emil Alperin, representando a miles de víctimas del holocausto nazi, demandó al Banco Vaticano y a este convento, San Girolamo dei Croati, porque funcionó como una "tubería del terror", y con el objetivo de que el Vaticano les regresara a las familias judías ese dinero o las tabletas de oro.

Miró hacia la calle. Vimos entrar tres camiones militares de enormes llantas. Sutano me jaló hacia el costado del convento para ocultarnos.

—En 2003 la corte del distrito norte de California desechó esta demanda. En 2005 la reinició la corte de apelaciones del noveno circuito, pero ella misma la desechó también, y para siempre, en 2010, el año en el que Benedicto exigió la reforma del Banco Vaticano. ¿Me entiendes? Por eso nunca llegó a juicio. Y nunca va a llegar. Esta gente está protegida desde el gobierno de los Estados Unidos.

—Diablos. ¡No te entiendo!

—Es Ordine Nuovo. Es la Orden 400. Es la Operación Gladio, el plan para la propagación del terrorismo y de la guerra, para la desestabilización política y social del mundo. Está escrito en el Documento Negro. Te lo diré de memoria, Pío:

Operación Gladio
Aginter Press, Coímbra, Portugal
División Ordine Nuovo
Policía Secreta Portuguesa / PIDE

Cap. Yves Güerin-Serac / PIDE-Gobierno de Portugal
Informe proveniente vía Richard Cottrell / Mujahid Kamran

La forma para destruir a los Estados o países debe ser llevada a cabo por medio de acciones de terrorismo encubierto, financiadas con sistemas bancarios secretos, bajo la cubierta o fachada de "actividades comunistas", para crear aborrecimiento contra la Unión Soviética. La opinión pública debe ser polarizada para que la sociedad se divida. Se debe provocar miedo, agresión y conflicto, inestabilidad y destrucción.

OPERACIÓN TERRORISMO GLADIO (PIDE / DGS, Aginter Press, División de Ordine Nuovo)
Rua Antero de Quental 125, Coímbra, Portugal
Coordenadas N40 12'22/W8 25'4

"La CIA ha estado detrás de la Operación Gladio. Lo ha estado todo el tiempo. La CIA está detrás del control secreto del Banco Vaticano. Es una operación de los arios que gobiernan a los Estados Unidos.

Le dije a Sutano Hidalgo:

—¿Coímbra…? ¿No es ahí donde está el convento de la hermana Lucía…?

Me puso la mano sobre el hombro:

—¿Comienzas a ver cómo está conectado todo?

145

Vimos frenarse la limosina. El chofer bajó. Por enfrente de los soldados formados, avanzó con su gorra. Con su blanco guante le abrió la puerta al prelado. El prelado, envuelto en sus acolchonados y calurosos ropajes de terciopelo rojo, comenzó a arrastrar sus rojas zapatillas por el suelo.

Sutano me dijo:

—Te voy a explicar la Operación Gladio en cuatro minutos. Pon atención: "Yves Guérin-Sérac, terrorista, ayudó al 'buen' dictador de Portugal António de Oliveira Salazar, creador del 'Estado Novo' de Portugal: una dictadura de derecha, anticomunista, católica. Yves Guérin-Serac, asociado de Vincenzo Vinciguerra, terrorista de Italia, directivo de Ordine Nuovo, fue contratado por el gobierno de Portugal para ser el instructor de la Legaio Portuguesa, soldados paramilitares antiguerrilla, anticomunistas. Asesoró a la Policía Secreta portuguesa, la PIDE. Su operación de terrorismo y asesinatos la escondió con una empresa falsa: Aginter Press, una supuesta 'imprenta' o 'agencia de prensa' apoyada por la CIA, por el gobierno de los Estados Unidos, con financiamiento vinculado al Banco Vaticano. Salvador López Arnal informa: 'En 1969, en Mozambique, que era colonia portuguesa, Aginter Press asesina a Eduardo Mondlane, líder del Frente de Liberación de Mozambique. La existencia de ejércitos de la CIA vinculados a la OTAN en Portugal fue revelada por primera vez en 1990, siguiendo los pasos del Gladio italiano. La prensa local afirmó ese mismo año que el ejército secreto en Portugal era llamado Aginter Press'. Bajo el titular 'Gladio actuó en Portugal', señala Ganser, el periódico portugués *O Jornal* informó a los sorprendidos lectores que 'La red secreta, creada en el seno de la OTAN, la Organización del Tratado del Atlántico Norte, y financiada por la CIA, cuya existencia ha sido revelada recientemente por Giulio Andreotti, tuvo una rama en Portugal en los años sesenta y setenta. Era denominada Aginter Press y habría estado implicada en operaciones de asesinatos en Portugal, así como en las colonias de Portugal en África'. Aginter Press no imprimía libros ni panfletos de propaganda anticomunista. Entrenaba a terroristas ultraderechistas. La organización estuvo apoyada por la CIA. Aginter Press organizó campos de entrenamiento en los que instruyó a mercenarios y terroristas: colocación de bombas, asesinato silencioso, técnicas de subversión, comunicación e infiltración clandestinas y guerra colonial."

—¡Dios! —le dije. Me asomé por el borde del convento. Observé al prelado. Caminó como un monarca. Arrastró sus rojas zapatillas sobre las losas. Se dirigió hacia la puerta del monasterio. Lo rodearon sus dos filas de soldados, con sus ametralladoras levantadas.

—Vamos a ver qué quiere este idiota pederasta de Pío del Rosario —se sonrió a sí mismo. En su mano alzó su cayado de san Malaquías, de olorosa y antigua madera "irlandesa".

Sutano me dijo:

—Durante la segunda Guerra Mundial, Portugal fue el centro del espionaje europeo. En los informes del gobierno de los Estados Unidos llamaban a Portugal "la Capital del Espionaje".

—¿Portugal?

—Lee el reporte de Robert B. Durham: False Flags, Cover Operations and Propaganda. Operación Gladio, página 420: "En 1966, la CIA

361

estableció Aginter Press, que, bajo la dirección del capitán Yves Güerin-Serac, dirigió un ejército secreto *Stay Behind* y entrenó a sus miembros en técnicas de acción encubierta, como terrorismo, detonación de bombas, asesinatos silenciosos, técnicas de subversión y rebelión, comunicaciones clandestinas e infiltración y modos de guerrilla en colonias".

—Diablos... Todo esto es horrible —y observé al prelado. Se detuvo ante la puerta del convento. Miró hacia un lado y hacia el otro. Miró su reloj.

—¿Dónde está el maldito Pío del Rosario?

Con sus blancos guantes con anillos acarició la jaladera del portal del templo.

—Búsquenlo. Debe de estar aquí cerca, observándonos. Debe de haber venido con sus estúpidos amigos de la CIA.

146

—Entérate, Pío —y Sutano, mi salvador, sacó de una de las bolsas de su camisa de jardinera un papel que leí:

Operación Gladio
Aginter Press, Coímbra, Portugal
División Ordine Nuovo
Policía Secreta Portuguesa / PIDE
Cap. Yves Güerin-Serac / PIDE, Gobierno de Portugal

"Nuestra actividad política.

"Nuestra creencia es que la primera fase de la actividad política debe ser la de crear las condiciones que favorezcan la instalación del caos en todas las estructuras de un régimen. En nuestra visión, el primer movimiento debe ser el de destruir la estructura del Estado democrático por medio de actividades que parezcan comunistas o prochinas."

OPERACIÓN TERRORISMO GLADIO (PIDE / DGS, Aginter Press, división de Ordine Nuovo)
Rua Antero de Quental 125, Coímbra, Portugal
Coordenadas N40 12'22/W8 25'4.

Sutano continuó:

—¿Recuerdas el evento terrorista de 1969, en Piazza Fontana, Milán, donde 90 personas fueron mutiladas, y se hizo creer al mundo que había sido hecho por los comunistas, por Rusia? El magistrado italiano Guido Salvini, investigando el estallido, dijo: "En estas investigaciones ha emergido información que confirma los vínculos entre Aginter Press, Ordine Nuovo y Avanguardia Nazionale o Vanguardia Nacional", una organización terrorista nazi, también apoyada por la CIA. "Ha trascendido que Guido Giannettini tuvo contactos con Yves Güerin-Sérac de Aginter Press en Portugal desde 1964. Instructores de Aginter Press vinieron a Roma entre 1967 y 1968 y entrenaron a los miembros de Avanguardia Nazionale en el uso de explosivos". El jefe del servicio de inteligencia italiano, Pablo Emilio Taviani, que había sido ministro de la Defensa y ministro del Interior de Italia, declaró en una entrevista: "Parece un hecho que agentes de la CIA estuvieron entre los que aprovisionaron los materiales y entre los que enturbiaron las aguas de la investigación". Esto lo publicó Philip Willan en *The Guardian* el 21 de junio de 2001. Significa una cosa: el estallido, el ataque terrorista fue creación de los Estados Unidos.

—No puedo creerlo —le dije—. ¿El prelado es parte de esto?

Sutano me dijo:

—Carlo Diglio, miembro de Ordine Nuovo, confesó que sus contactos con la inteligencia estadounidense, a través del comando FTasa de Verona, fueron el capitán David Carret, de la Marina de los Estados Unidos, y el capitán Theodore Richards. A ellos les informó del atentado que se estaba planeando para la Plaza Fontana. Así lo informa Anna Cento Bull en *Italian Neofascism: The Strategy of Tension*, página 57: Carlo Diglio confesó que el capitán Carret le dijo a él: "La situación está bajo control; Ordine Nuovo no va a ser tocado en las investigaciones".

—Pero lo tocaron. Si no fuera así, "Carlo Diglio" no hubiera confesado y no me estarías contando nada de esto.

147

En el centro de Roma, en la calle Via di Pietra número 84, en el edificio deteriorado con una gran calavera de yeso decolorado y cuencas deformadas hacia abajo, un joven secretario del papa, "John Apostole", lentamente miró hacia arriba, hacia las carcomidas letras "Ordine Nuovo. Ordo 400. O Gladio Natus".

Observó la calavera de yeso.

—¿Qué me ves? —y le sonrió. Le metió un dedo en la nariz.

Con un objeto semejante a una ganzúa, que colocó sobre el cerrojo, tronó la puerta. Se detonó la alarma. Comenzó a sonar como sirena. En el exterior del convento de San Gerónimo de los Croatas, el prelado sintió la vibración en su celular.

—¿Qué demonios…?

El secretario del papa —John Apóstole— caminó silenciosamente hacia el interior del deteriorado edificio abandonado. Avanzó por el interior. Era un espacio arrumbado, con viejas computadoras de los años ochenta inclinadas contra las columnas rotas. Escuchó la alarma. En la tierra del piso vio huellas militares. Miró hacia arriba, hacia las escaleras. Escuchó un tronido.

148

—Detente ahí —me dijo Sutano—, te voy a decir la lista de las explosiones y atentados de la Operación Gladio. Prepárate para un viaje por el más horrible mundo del horror, del terror y de la pesadilla del infierno, que no es el más allá, sino en nuestra propia realidad; y nada de esto que te voy a decir es ficción. Todo esto es real: en 1947, según lo informaron Paul L. Williams y Mujahid Karman, la CIA colocó trescientos cincuenta millones de dólares en el Banco Vaticano para "apoyo económico y para pagos políticos". Ese dinero fue desviado. En 1948 la CIA colocó otros sesenta y cinco millones que se utilizaron para sabotear la elección de Italia, para que los italianos no votaran por el Partido Comunista.

Abrí mucho los ojos.

—¿Partido Comunista?

—Volveremos a esto. El de 1948 es el año clave para entender el evento de Fátima, las elecciones de Italia que fueron manipuladas, el "Milagro de Ascoli". Todo está conectado. En 1970, el 7 de diciembre, Licio Gelli, "gran maestro" de la logia P-2, organizó el secuestro del presidente de la República Italiana, Giuseppe Saragat. El 26 de marzo de 1971 asesinaron a Alessandro Floris; acusaron a un movimiento "de extrema izquierda", el "Grupo 22 de Octubre". En 1973, el 16 de abril, les prendieron fuego, vivos, a los dos hijos de Mario Mattei, un pronazi del "Movimiento Social Italiano". Se acusó a "radicales de izquierda", de la organización Potere Operaio. Ese mismo año, el 17 de mayo, un terrorista arrojó una bomba dentro de la Questura di Milano, sede del comando de la policía de Milán. Mató a cuatro personas e hirió a cuarenta y cinco. Ahí dentro estaba el ministro del Interior de Italia, Gianfranco Bertoli. En 1990 se supo que Bertoli era un informante del SID y miembro de Gladio. Todo esto fue para callarlo.

149

En la terrible torre, Clara se volvió hacia las rejas.

—¿Me vas a dejar salir? —y miró hacia Jackson—. Estoy segura de que el prelado tiene planes horribles para mí. Déjame salir ahora, por favor.

Jackson la miró con furia, ella desnuda sólo con unas cuentas con figuras de santos, él totalmente desnudo.

—Antes de que mueras te voy a contar todo lo que es Gladio —le dijo—, para que sepas lo que nunca vas a contar en ningún periódico, ramera.

Clara Vanthi entrecerró sus grandes ojos de gata.

—Ordine Nuovo es Gladio. Hemos estado en todos los ataques terroristas en Europa, con armas pagadas con cuentas secretas del Banco Vaticano, inauditables. Son de agentes de la CIA. Ni siquiera los papas lo han sabido. Los hemos usado. Sólo aquí en Italia, en abril de 1974 secuestraron al juez Mario Sossi. Un mes después, en mayo, hicieron estallar una bomba en la Piazza della Logia, en Brescia, habiendo niños jugando. Mató a ocho personas y mutiló a noventa. En 2005 la prensa descubrió que el perpetrador fue Delfo Zorzi, de Ordine Nuovo, la organización secreta del terrorista Vincenzo Vinciguerra, cuyo miembro cofundador, Pino Rauti, periodista según el reporte parlamentario de la Coalición Árbol de Olivo, había recibido fondos de un oficial de prensa en la embajada de los Estados Unidos —y señaló hacia el noreste, hacia la Via Vittorio Veneto—, y, como ya te dije, según el capitán de la Marina estadounidense David Carret, Pino Rauti trabajaba para la CIA.

—¡Dios! —le dijo Clara—. Como diría Pío del Rosario: todo esto es horrible. Jackson continuó:

—Sucedieron más acciones de Gladio en el mundo —y se volvió hacia el muro, hacia los dibujos de los santos siendo martirizados—. En 1960 provocaron el golpe de Estado en Turquía; asesinaron el primer ministro Adnan Menderes cuando él advirtió que el apoyo de los Estados Unidos vía Plan Marshall ya era insuficiente, que iba a ir a Moscú para pedirle al *soviet* financiamiento. En 1964, en Italia, con la Operación Solo, enviaron amenazas de muerte a los ministros que decían ser socialistas o que habían manifestado alguna "amistad" con comunistas. Gran parte de estos ministros renunciaron a sus puestos debido a la amenaza de decapitarlos —y miró hacia Clara.

—¿Como Benedicto XVI?

—Así es. Como Benedicto XVI. En 1967 provocaron en Grecia el golpe de Estado "de los Coroneles" por medio de la "Fuerza de Incursión Helénica". En 1973, por medio de la ETA, asesinaron en España al almirante Luis Carrero Blanco, hombre de Franco que se negó a ayudar a los Estados Unidos en la guerra árabe-israelí. Lo asesinaron al día siguiente de que se entrevistó con el secretario de Estado de los Estados Unidos, Henry Kissinger.

Clara cerró los ojos.

—Diablos —y miró a Jackson—. Entonces todo esto es por el comunismo, ¿cierto? ¿Era una guerra entre los Estados Unidos y Rusia? ¿Quién está al mando ahora?

—En 1976, el 8 de junio, las "comunistas" Brigadas Rojas asesinaron al juez Francesco Coco. Pero Philip Agee, ex agente de la CIA, declaró en su documento *Inside the Company* que la CIA tuvo infiltrado el movimiento Brigadas Rojas desde el principio. Los infiltrados o "sembrados" fueron Giovanni Senzani y Mario Moretti. Trabajaban para la CIA, para el gobierno de los Estados Unidos. A través de ellos la CIA maniobró en el movimiento desde dentro para dirigir los ataques.

—Diablos, ¿desde dentro?

—Se llaman "agentes maniobra", "agentes sondas", "agentes mano" o "infiltractores". Esto se supo porque Moretti reclutó a dos sujetos que después lo acusaron: Renato Curcio y Alberto Franceschini, arrestados en Roma desde 1974. El prelado fue parte de Ordine Nuovo.

—¡¿Cómo dices?! —y ella levantó la cabeza.

—Paul L. Williams ya reveló dónde estuvo el centro de dispersión: los ingenuos jóvenes realmente comunistas de las Brigadas Rojas, algunos de ellos bastante idealistas y tontos, se reunían en la escuela de idiomas *Hyperion*, en París, "sin saber éstos que había sido fundada por la CIA". Los reunían con grupos terroristas internacionales, como la ETA. Los estaban entrenando para hundir al comunismo, que amaban como fanáticos.

—¡Dios Santo! —le dijo Clara. Miró hacia las rejas abiertas—. Una pregunta: ¿no me vas a dejar salir? ¿Podrías abrirme estas correas? —y suavemente le ofreció sus esposadas manos.

Jackson la miró desde arriba.

150

—No.

Esto me lo dijo a mí Sutano Hidalgo. Me jaló hacia atrás, hacia el costado de blanco yeso del convento de San Gerónimo de los Croatas.

El prelado se estaba desesperando frente a la gran puerta negra. En el blanco mármol, por arriba, en la cornisa, leyó: TEMPLUM FUNDAMENTIS FREXIT PONT SVI ANO IIII.

Volvió a mirar su reloj.

—¡Se está desesperando! —le grité a Sutano—. ¡Ya tengo que ir!

—¡Que no! —y volvió a jalarme hacia detrás del muro—. Primero tienes que saber qué es lo que sucedió en este maldito convento. No vas a triunfar con Santo Badman si primero no sabes todo esto. El papa Pío XII fue el que inició todas estas líneas de ratas, cuando hizo su pacto, su alianza con los estadounidenses. El periodista Carl Bernstein llama a esto "The Holy Alliance", la Santa Alianza. Pero los estadounidenses, por medio de la CIA y de su antecesora, la OSS, comenzó esta "Santa Alianza" con un proyecto abominable: la Operación Paper Clip: rescatar a "ilustres" nazis del gobierno de Hitler para hacerlos parte de la propia CIA, del gobierno de los Estados Unidos.

—No me digas —y me asomé por el borde de yeso. Lo tomé por el cuello—: ¡No me digas, maldito! ¡¿Esto es cierto?! ¿El prelado fue un nazi?

—Citaré a Neal Bascomb: "Una cadena de monasterios y conventos en Alemania, Suiza, Austria e Italia sirvieron como refugios a lo largo de las líneas de ratas nazis. El papa Pío XII no aprobó oficialmente el involucramiento del Vaticano en esta red, pero ciertamente se hizo de la vista gorda". Citaré a Lucien Gregoire: el torturador nazi Josef Mengele "pudo haber escapado a través de la red de líneas de ratas de Pío XII, de monasterios desde Polonia hasta Nápoles y hacia Sudamérica".

—¿Sudamérica? —Me asomé para ver al prelado. Estaba hablando con sus soldados. Les señaló hacia varios lugares. Comenzó a golpear el piso con su cayado de san Malaquías. Le trozó la parte de abajo.

Empezó a golpear a uno de los soldados en la cara, con el cayado. Cerré los ojos. Sutano me dijo:

—Argentina y Brasil, Paraguay, Uruguay. Gelli mismo fue uno de estos nazis. Desde el 8 de septiembre de 1943, integrado a la "República de Saló", funcionó como "agente de enlace" entre el gobierno de Italia y el *Reich* del Führer, de Hitler. Gelli se refugió en Argentina. Este convento es el inicio de todos esos puntos de fuga. Por medio de estas "tuberías de ratas" evacuaron y "salvaron" a treinta mil nazis. Se les envió al Cono Sur para que comenzaran una nueva vida —y me sonrió—. Si se hubieran quedado aquí en Europa, las autoridades europeas los habrían juzgado por sus crímenes de guerra, por torturar, por exterminar a las razas "no arias" o "impuras". Probablemente los habrían condenado a muerte.

—¿Los salvó un papa?

—Los salvó la CIA, en su precursora encarnación, la OSS, es decir: el gobierno de los Estados Unidos.

—Diablos, ¿para qué querrían salvar a unos nazis?

—Para la nueva operación que iba a iniciarse en el mundo: Gladio.

—No —y me asomé por el muro. El prelado estaba volteando hacia nosotros. Me escondí de nuevo. Mi corazón empezó a retumbar.

—Pero llegaron a las tierras andinas. Reiniciaron sus vidas: los criminales del Holocausto Klaus Barbie, Adolph Eichmann, Franz Stangl, Erich Priebke, Edward Roschmann, Aribert Heim, Andrija Artukovic, Ante Pavelic, Walter Rauff, Alois Brunner, Gustav Wagner, el propio Mengele, entre otros miles.

—Sutano... —le dije. Con los ojos comencé a observar hacia el borde del muro.

—Según Mark Aarons y John Loftus, el obispo católico Alois Hudal fue el primer clérigo que se "dedicó a crear rutas de escape". Era un pronazi. Estos conventos fueron para las personas y los lingotes lo mismo que el Banco Vaticano para el dinero: una tubería subterránea, un drenaje blindado, protegido por la "Santa Sede", por su aureola intocable de "santidad cristiana". Nadie pudo asomarse con órdenes de cateo a estos "santos" conventos y molestar a unos monjes, o explorar las cuentas del Banco Vaticano para ver este contrabando.

—Todo esto es tan... —y volví a asomarme hacia el borde del convento. En el piso vi la sombra de un hombre—. Sutano... —y lo tomé por el brazo.

—Llegaron a Sudamérica, al paraíso del samba y el tango; llegaron a las selvas llenas de mangos y papagayos, y de nativos charrúas y mapuches y kanamarís. Debe de haber resultado un espacio bastante extraño para unos alemanes nazis que amaban su rigidez "aria" y ansiosos de hacer desaparecer todas las razas "impuras".

Cerré los ojos. Escuché a miles de pájaros, pelícanos, guacamayas en la selva olorosa del norte de Argentina, en la frontera con Bolivia. Sentí en mi cara los raspones de dos insectos voladores.

—Señor Altmann Hansen —me sonrió un hombre bajito, moreno, un antiguo indígena kolla, con gorro militar de Bolivia. Me colocó en la mano un pasaporte del ejército de Bolivia. Decía: "Cédula Militar y de Identidad Personal número 33300252, grupo de sangre 'O positivo'. Grado de arma o servicio: teniente coronel *ad honorem*".

El sujeto se me cuadró:

—Señor Altman: por instrucciones de mi comandante, usted es ahora mi teniente coronel. Su verdadero nombre es Klaus Barbie, el Carnicero de Lyon.

151

—¡No! —y comencé a golpearme en la cara. Sentí mi corazón latiendo como una locomotora.

Sutano me dijo:

—Klaus Barbie fue uno de los que escaparon metiéndose a este convento. Hitler lo había enviado a Francia. En el hotel Terminus, en la ciudad francesa de Lyon, él utilizó los sótanos para personalmente torturar a sus secuestrados, incluyendo mujeres y niños. Les rompía las extremidades, les aplicó electrochoques, los violó en presencia de otros soldados, incluso con perros.

—No quiero escuchar esto.

—Una niña vio todo eso, una francesita. Su papá era el líder de la Resistencia francesa. Estaban luchando para librarse de la invasión de Hitler a Francia. A ella misma la llevaron a ese sótano para que viera cómo torturaban a su papá. Ella vio cómo el mismo Klaus Barbie lo torturó: lo golpeó, lo despellejó vivo: le colocó la cabeza en una cubeta con amoniaco. Este demente se encargó en persona de desaparecer y torturar y matar a catorce mil seres humanos en Francia.

Vi la sombra en el piso hacerse más grande. Escuché la voz del prelado. Me dijo:

—¿Pío del Rosario? ¿Estás ahí? —y en el piso vi la sombra de su cayado de san Malaquías. Vi también las sombras de tres de sus soldados.

Sutano me dijo:

—El Tío Sam lo volvió estadounidense. Desde 1947 hasta 1951 fue miembro del US Army, del Ejército de los Estados Unidos, de un cuerpo de contrainteligencia y espionaje. El Carnicero de Lyon recibió el nombre de un rabino: "Altmann". A través de esta tubería de conventos llegó hasta Bolivia. En 1955 arribó a la capital del mundo inca: La Paz. En 1967 lo nombraron gerente general de la "Compañía Transmarítima Boliviana", una empresa falsa para encubrir el tráfico de armas de la CIA en apoyo al dictador proestadounidense y "muy cristiano" René Barrientos Ortuño. En 1971 y 1980 ayudó a los generales Hugo Bánzer y Luis García Meza a derrocar gobiernos y usurpar el poder por medio de golpes presuntamente armados por la CIA. El 17 de julio de 1980, el general Luis García Meza, completamente ligado al narcotráfico de cocaína, tomó el poder. Se le llama el "Cocaine Coup" o "Golpe Cocaíno".

—¿Golpe Cocaíno?

—Asesinaron a los intelectuales, como Marcelo Quiroga Santa Cruz. El golpe lo dieron el narcotraficante Roberto Suárez y el exnazi Klaus Barbie. Ahora era un hombre del Tío Sam. No torturaba personas en los Estados Unidos, sino en Latinoamérica, un área de control de la CIA. Se llamó "Operación Cóndor".

—Diablos —y observé en el borde del muro de yeso cómo salía un dedo, envuelto en un blanco guante. Escuché la voz del prelado:

—¿Pío del Rosario? ¿Estás ahí atrás? —Sutano me dijo:

—Citaré a Peter Dale Scott y Jonathan Marshall, de la Universidad de California: todo esto, al parecer, fue supervisado por el militar Guillermo Suárez Mason, "el Carnicero del Olimpo", que era miembro de una logia impulsada desde los Estados Unidos. ¿Puedes decirme cuál era el nombre de esa logia?

Observé en el blanco guante del prelado el brillo de su anillo. Vi la redonda cabeza de un sol con rayos, con el cuerpo de un hombre. Debajo decía: "Propaganda 2". Sutano siguió:

—Klaus Barbie y Licio Gelli, con el apoyo de su aliado el narcotraficante Roberto Suárez, colocaron como ministro del Interior de Luis Meza a un general amigo suyo: el coronel Luis Arce Gómez. Todo ello "estuvo marcado por arrestos en masa, golpizas y tortura". Pero lo más importante: "Un mes antes del golpe, en junio de 1980, los seis mayores traficantes de Bolivia se juntaron con los militares para planificar el golpe". El brazo derecho de Luis Arce Gómez para reprimir a los bolivianos fue un terrorista de la Operación Gladio: Stefano Delle Chiaie,

alias "Caccola", miembro de Avanguardia Nazionale y de Ordine Nuovo, y del centro de terrorismo en Portugal, Aginter Press en Coímbra,
en la calle Antero de Quental, y fue amigo íntimo de Licio Gelli y del
nazi Klaus Barbie.

—Dios… ¡Dios! —y sentí un brazo jalándome. Violentamente me
arrojó hacia el aire. Sentí en mi oreja un duro golpe de Sutano. Con
mucha rapidez me metió un objeto helado dentro del agujero del oído.
Me lo encajó hasta el fondo, hasta el tímpano, como una aguja. Comencé a sentir un zumbido. En el aire escuché la voz de Sutano Hidalgo,
deformada. Me gritó:

—¡Pío del Rosario! ¡Asesinaron al presidente de Bolivia, Juan José
Torres! ¡Asesinaron a los políticos uruguayos Héctor Gutiérrez Ruiz y
Zelmar Michelini! ¡En tu país asesoraron a los represores en los años de
la Dirección Federal de Seguridad! ¡El prelado trabajó para Klaus Barbie!
¡El prelado es una agente del gobierno de los Estados Unidos!

152

Por debajo del Banco Vaticano, en los sótanos de la Torre Nicolás V,
la "encadenada" Clara Vanthi miró al musculoso y desnudo Jackson
Perugino.

—Entonces…, ¿no me vas a soltar? ¿No me vas a aflojar estas correas?

El enorme Jackson comenzó a negar con la cabeza. Lentamente subió su dorado y rojizo crucifijo de cobre. Lo apoyó contra el muro.

—Al general nazi Reinhard Gehlen, que fue el jefe de Hitler encargado de espiar a Rusia, los estadounidenses lo nombraron asesor de
inteligencia el 6 de diciembre de 1946. Lo apoyaron para crear una
empresa falsa, la South German Industrial Development Organization.
A la sombra de ella reclutó a cuatro mil exnazis para ser ahora agentes
de los Estados Unidos. Se le llamó "Organización Gehlen". Ésta fue la
cuna de la Organización Gladio. La muy católica Orden Militar de los
Caballeros de Malta lo nombró uno de sus caballeros en 1948.

Jackson Perugino le siguió refiriendo a Clara:

—Te voy a decir lo que informó William Wertz en LaRouchePub:
para la Operación Cóndor se contó "con la asesoría de al menos dos
connotados criminales de guerra nazis: Walter Rauff en Chile y Klaus
Barbie en Bolivia. La línea de ratas nazi de Allen Dulles y James Angleton", de la CIA, "ayudó a ambos a escapar a Sudamérica".

—Quiero irme de aquí —le dijo Clara.

El negro y musculoso Jackson, completamente desnudo, con su ojo izquierdo deformado por el fuego, se acuclilló frente a ella. La miró a los ojos.

—Debajo de nosotros hay algo del tamaño de una ballena azul, hecho completamente de oro. Pero eso no es ahora lo que importa.

153

En el muro de San Gerónimo de los Croatas, escuché en mi oído interno la voz de Sutano Hidalgo:

—¡El Secreto Vaticano está en el secreto de Fátima!

El prelado violentamente me arrojó contra el piso, debajo del azul cielo con nubes rasgadas, enfrente de la blanca fachada del templo:

—¡¿A qué estás jugando, maldito mexicano indeciso?! ¡¿Por qué te escondes de mí, si tú mismo me citaste?! ¡¿Cómo puedes jugar así con mi tiempo?! ¡Yo soy importante! ¡Tu impuntualidad me quita tiempo! ¡Yo hago cosas importantes con el mundo!

Sus soldados me levantaron por el cuello. Me mantuvieron flotando en el aire. Me volví con los ojos hacia atrás. Sutano Hidalgo ya no estaba.

En el sótano de la Torre Nicolás V, Jackson Perugino también tomó a Clara Vanthi por el cuello. Le dijo en el oído.

—La respuesta final de todo está en Fátima. Averigua qué es lo que realmente sucedió en 1917.

—¿Tú lo sabes? —le preguntó Clara—. ¿Existe el tercer secreto de Fátima?

—Como tal no existe ni existió nunca. El secreto real es quién y por qué armó todo esto para manipularnos a todos en el mundo —y Jackson comenzó a insertar su gran crucifijo de cobre entre los las correas, entre las muñecas de Clara, en los eslabones.

—Diablos —le dijo ella—. ¿Es falso? ¿Todo es falso? ¿La Virgen no se apareció nunca a los tres niños pastores? —y se sacudió su largo cabello dorado en la cara de Jackson.

Jackson, desnudo como estaba, le gritó en la cara:

—¡Debajo de tus pies hay una bodega gigantesca! —y con el crucifijo comenzó a tronarle las correas—. ¡Quiero que busques a Ioannes, John Apóstole, el apóstol Juan! ¡Tal vez la bodega esté llena de oro, el que robaron a los judíos durante el Holocausto, o tal vez el que se incautó al rey de Yugoslavia y que Licio Gelli regresó mermado. ¡Tal vez esté completamente vacía y no encuentres nada! ¡Pero se llama desde hace cinco siglos la Caverna del Apocalipsis, la Caverna de Vanth, la diosa etrusca de esta colina del Vaticano! ¡Se llama la Caverna del Secreto Vaticano! Aquí abajo vas a encontrar la verdad sobre Fátima, y la verdad sobre el Apocalipsis. Todo fue falsificado.

—Diablos —y Clara sintió el tronido del aro de una de sus correas—. ¿Y por qué me estás ayudando? ¿Por qué viniste desnudo? ¿Para ayudarme? ¡Pensé que venías a violarme! —y lo miró con sus grandes y verdes ojos de gato.

Perugino lentamente le sonrió. La arrojó contra el piso. Bajó la cabeza.

—No es que me falten las ganas. "Y así estaban al principio, Adán y su mujer, desnudos, y no se avergonzaban." Vine sin nada —y con sus grandes manos aferró fuertemente el crucifijo—. Dile a tu "amigo", a Pío del Rosario, el cerdo gadareno, que nos vamos a reencontrar él y yo en el Infierno, donde los demonios y los ángeles estamos hechos de luz —y lentamente subió el crucifijo de rojizo cobre hacia el techo. Lo colocó debajo de la lámpara. Lo estrelló contra la bombilla, contra la fuente del voltaje. Comenzó a electrocutarse. Empezó a gritar:

—¡Cuando sea el final, va a ser claro para todos cuál es el misterio escondido desde los siglos de los siglos en Dios, que creó todas las cosas! ¡Efesios! ¡3:9!

—¿¡Qué haces!? —le dijo Clara y comenzó a saltar frente a él, para ayudarlo. Lo agarró por el musculoso brazo, para jalarlo. Sintió una poderosa descarga: una metralla de hielos calientes disparados contra su cuerpo. Se quedó inmóvil, paralizada, con el corazón latiéndole como una bomba.

Jackson le gritó:

—¡Baja a la bodega! ¡Pasillo tres! ¡Puerta nueve! ¡Todo está en la Caverna del Apocalipsis, el Decreto Gelasiano! ¡Llévaselo al papa! ¡Es el secreto de Fátima!

Clara lo vio sacudiéndose, chorreando sangre por los orificios, con los ojos saliéndosele de la cara.

154

—Qué pinche horror… —me dije a mí mismo.

El prelado me arrastró hacia la puerta del templo, con mi cuello dentro de la curvatura de su cayado de san Malaquías. Jaló de mí como si fuera un costal de su pertenencia. Me remolcó con sus brazos. Sus soldados abrieron las puertas de golpe.

Me arrastraron por dentro de la iglesia, un espacio arquitectónico exquisito. Exquisito mármol rojo-rosa. Fue como estar dentro de un pastel de chocolate con frambuesa.

—"Chiesa di San Girolamo dei Croati..." —susurré, leyendo los letreros dorados del techo. Cerré los ojos. Recordé el evento que todos me habían descrito: la misa negra, satánica, que celebraron los "masones" de la logia P-2 en la Capilla Paulina el 28 de junio de 1963, cuando sólo habían pasado siete días desde la entronización del papa Paulo VI.

—¿Me van a sacrificar? —le pregunté al prelado.

En mi oído escuché los gritos de Sutano Hidalgo:

—¡No seas idiota, Pío del Rosario! ¡No le muestres miedo! ¡¿No te dije que debes controlar tus malditas emociones?! ¡Tienes que ganarte su confianza, hacer que él te lleve con sus superiores! ¡Si no le muestras fuerza, ¿cómo diablos esperas que te haga de su equipo?!

Me había insertado un micrófono en el tímpano.

Miré hacia arriba, hacia los increíbles trabajos de pintura. Eran de color vino, con los marcos de brillante recubrimiento dorado.

El prelado les gritó a sus 30 soldados:

—¡Acérquenme todos los candelabros! ¡Llamen a la logia! ¡Tráiganme flagelos! ¡Tráiganme una cubeta con amoniaco!

155

En la Torre Nicolás V Clara comenzó a correr por los pasillos. En su mente siguió escuchando la voz de Jackson Perugino: "Pasillo 3. Puerta 9. Efesios. Decreto Gelasiano. Caverna del Apocalipsis". Sintió hormigueos dolorosos en sus brazos. "Es la electricidad", y siguió corriendo. Recordó las palabras de Jackson: "Una ballena azul." "Un tesoro hecho de oro macizo, del tamaño de una ballena azul."

Pasó por la entrada hacia un enorme corredor curvado, torcido. Decía: CORRIDOIO 1. DOCUMENTI SEGRETI. Clara alcanzó a ver, bajo las luces amarillas, nueve puertas de acero. En el muro vio destellos, piedras de luz verde incrustadas en el mármol.

—¡¿*Chrestus?!* —se detuvo. En la oscuridad sintió ver a Sutano rodeado por todas esas luces. Recordó su voz. Sutano le dijo:

—*Chrysos* significa oro. Se transformó en el latín *Chrysolithos*, "piedra preciosa", "cristal dorado". Es la actual crisolita, crisoberilo, aluminato de berilio. Es la roca que ilumina todo en la oscuridad.

Clara empezó a gritar:

—¿¡Estamos viendo las estrellas!?

Sutano la tomó por el brazo:

—La palabra romana *Chrestus* que registró Suetonio proviene del griego. Cristo es la luz que ilumina las tinieblas. El verdadero mensaje, la verdad sobre el Apocalipsis —y le señaló hacia el fondo del pasillo, hacia la imagen antigua de una cabra sobre los hombros del joven pastor, en el fondo del muro, un fresco arcaico de tiempos anteriores a Constantino—, el mensaje de Chrysos aún está guardado, inalterado, en las entrañas de esta cueva. Es la verdad de todas las cosas.

Clara siguió corriendo hacia ese fresco del pasado. Arriba decía: "Corredor 3. Caverna del Apocalipsis".

Sintió en su oído la voz de Jackson Perugino recordándole los asesinatos de la CIA. Clara siguió trotando. Vio cada vez más cerca la cara de Cristo. El joven de rostro moreno, sin barba, con una alegre cabra sobre los hombros le sonrió desde el muro. Clara Vanthy le dijo:

—¡¿Chrysos?! —y comenzó a llorar, corriendo hacia él—. ¡Quiero abrazarte!

Escuchó pasos detrás de ella, hombres trotando, golpeando el piso de roca con sus armas:

—¡Deténganla! ¡La arrestó el prelado Santo Badman! ¡Acaba de asesinar al agente Perugino! —la vieron desnuda, sólo tapada con dos delgadas cuerdas con cuentas y escapularios de santos. Clara escuchó en su cabeza la voz de Jackson:

—En 1980 hicieron estallar la Estación Central de Bolonia. El prelado participó en el atentado con los hombres de Ordine Nuovo, con la Banda Della Magliana de Enrico de Pedis; con los hombres de Licio Gelli, con la Orden 400; con el Nuclei Armati Rivoluzionari. Infiltraron la organización terrorista con sus "agentes de maniobra," "agentes mano", "agentes sonda", "infiltractores"; los movilizaron para cometer el atentado, como lo hicieron tantas veces antes con las Brigadas Rojas. La explosión mató a ochenta y cinco personas. Doscientos niños y mujeres fueron llevados a los hospitales. El mundo volvió a ponerse en alerta, en la frecuencia del miedo, del terror.

—¿Para qué hicieron todo eso? —le preguntó Clara—. ¿Cuántos atentados provocaron? ¿Lo siguen haciendo? —y miró a Jesucristo. Le tocó la cara—. Te quiero —y le besó la mejilla—. Jesús mío y Dios mío —y se persignó.

La mano de Jesús le indicó "hacia la izquierda".

—¿Lo siguen haciendo? —le siguió preguntando, y comenzó a correr hacia su izquierda. Vio extenderse frente a ella un largo pasillo curvado hacia la izquierda, expandiéndose como un torbellino, con luces amarillas, con nichos de dioses antiguos. Vio nueve puertas. Comenzó a correr más rápido.

—¡¿Lo siguen haciendo?! ¡¿Sigue en acción la Operación Gladio?! ¡¿Por eso hicieron renunciar al papa Benedicto?!

156

Mil cuatrocientos veinte kilómetros hacia el noroeste, en París, en la calle Nicolas-Appert número 10, dos sujetos vestidos de negro, con las caras tapadas, saltaron con sus ametralladoras. Los terroristas empezaron a golpear la puerta blindada.

Le gritaron a la mujer que estaba a unos metros, paralizada, con su café en la mano —la caricaturista Corinne Rey—. Violentamente la tomaron por el brazo. Ella comenzó a gritarles, a patalear. El café caliente se estrelló contra el piso. La arrastraron contra el panel eléctrico para abrir la puerta.

—¡Teclea el maldito el código! ¡Llévanos al segundo piso! ¡Llévanos a la maldita redacción de esta revista!

—Es en el tercer piso —les dijo ella. Señaló hacia arriba.

—¡No nos mientas! —y la golpearon en la cabeza. Ella digitó los cuatro caracteres. La puerta se abrió con un tronido. Empezaron a correr hacia dentro. La arrastraron por el piso.

Comenzaron a acribillar con ametralladoras Tokarev, de fabricación rusa, y Skorpion —las utilizadas por las Brigadas Rojas—. Sobre el escritorio de la recepción se sacudió, salpicando sangre, el empleado de mantenimiento Fréderic Boisseau.

La jalaron hacia el segundo piso. Con las botas tronaron las puertas de la redacción.

—¡¿Quién de ustedes es "Charb"?! ¡¿Quién es el que hizo la caricatura de Mahoma?!

Entre los 15 hombres que estaban sentados a la mesa de redacción, uno comenzó a levantarse, aterrorizado, con las manos en alto.

Empezaron a descargarle las metrallas. Su cuerpo se sacudió en el aire. Los terroristas vaciaron sus armas sobre los demás individuos que estaban en la mesa, entre ellos el caricaturista Georges Wolinski y Jean Cabut.

Los terroristas gritaron:

—¡Al-lahu-ákbar!: "Alá es el más grande".

En el Vaticano, en el Salón de Audiencias Paulo VI, el secretario del Santo Padre Francisco lo tomó por el brazo:

—Acaba de perpetrarse un atentado por parte de los terroristas del Estado Islámico. Acribillaron las oficinas de una revista en París.

El papa subió hacia el estrado. Tomó el micrófono:

—Queridos hermanos y hermanas, buenos días. Las madres del mundo son el más fuerte antídoto contra la difusión del individualismo centrado en uno mismo.

En el convento de San Gerónimo de los Croatas, que olía a incienso, los soldados del prelado me arrojaron contra el altar, contra los duros escalones de mármol color frambuesa. Miré hacia arriba, hacia los celestiales frescos habitados por reyes y ángeles en ascenso hacia una hermosa luz amarilla.

"¿Esto me va a pasar?"

Se le aproximó corriendo al prelado un joven alto, vestido con un impecable traje, con un periódico en la mano:

—¡Su Eminencia! —y le mostró el diario— ¡El antipapa quiere imponer el tema del cambio climático en la Asamblea de las Naciones Unidas, para restringir las emisiones de bióxido de carbono!

El prelado se volvió hacia el joven.

—¡Eco-ecuménico! ¡Hereje! ¡Dios no nos dio el mundo para someternos a él, sino para explotarlo! —y me miró desde arriba. Yo estaba en el piso, sujeto por cuatro soldados. Me dijo:

—Te pedí que actuaras a tiempo, Pío del Rosario —y colocó su roto cayado de san Malaquías contra mi cuello—. Tú eras mi agente recolector. Mi Vatileaks 3. No hiciste tu trabajo. Tu antipapa ahora está comenzando a alborotar a los malditos líderes del mundo. Tráiganme la cubeta de amoniaco.

Cerré los ojos. Vi a los médicos. Vi las radiografías de mi cerebro.

—Es la morfina —le dijo uno de los doctores al otro—. Tendremos suerte si no perdió capacidades cognitivas. Es la región de la memoria de corto plazo. Por detrás de los doctores se les aproximó un hombre imponente, con gorro pontificio, envuelto en sus rojos ropajes acolchonados, de terciopelo, con sus blancos guantes llenos de anillos.

—Quiero que me lo preparen para una operación de infiltración. Vamos a sembrarlo en el Vaticano. Preparen también a la chica.

Abrí los ojos.

—Diablos… ¿Clara…?

157

Un reportero se le aproximó al papa:

—Santidad, ¿qué tiene usted que decir sobre el ataque terrorista que acaba de suceder en París: el ataque de los terroristas musulmanes de la organización criminal Estado Islámico contra los caricaturistas que dibujaron a Mahoma? ¿La Iglesia católica debe quedarse cruzada de brazos ante este nuevo ataque de la comunidad islámica contra los ciudadanos de Occidente?

El papa Francisco lentamente se volvió hacia sus asesores, hacia el vocero del Vaticano, Federico Lombardi, y hacia el coordinador de viajes papales, el doctor Alberto Gasparri.

Suavemente tomó por el brazo al periodista:

—Mi querido amigo, si el doctor Garparri me dijera ahora un insulto contra mi madre, él puede esperar un golpe en su cara —le sonrió al periodista, y con su puño hizo el ademán de soltar un golpe.

El periodista se quedó pasmado. El papa le dijo:

—La libre expresión es un derecho de todos, pero no puedes provocar. No se puede insultar la fe de otros. No puedes hacer burla de la fe de otros. Y por supuesto uno no puede ofender, hacer la guerra, matar en nombre de su propia religión. Matar en nombre de Dios es una aberración.

—¡Está de parte de ellos! —me gritó a mí el prelado—. ¡Tu antipapa está de parte de los musulmanes! ¡¿No ve que están comenzando a amenazar a Europa, a los católicos?! ¡Están secuestrando a mujeres católicas en Medio Oriente, en África! —y me estrelló el cayado de san Malaquías contra la cabeza. Se le despedazó un fragmento de la punta.

El prelado se llevó la parte de abajo del largo palo hacia los ojos. Le acarició la filosa madera astillada. Comenzó a llorar.

—Las están secuestrando los islámicos para esclavizarlas, para convertirlas en objetos sexuales —y me miró a los ojos—. Las están

378

obligando a renunciar al cristianismo, a convertirse al islam. ¿Comprendes lo que eso significa? Esto es lo que hace mil años profetizó san Malaquías. Todo esto iba a suceder con el último papa, Pedro el Romano. Tu antipapa. Ésta es la gran persecución final contra la Iglesia —y comenzó a acuclillarse sobre mí—. Éste es el gran llamado de Satanás para desencadenar el final de los tiempos —y me sonrió. Le corrieron lágrimas por la cara.

Comenzó a acariciarme las mejillas.

—¡Los están crucificando en masa! Estos terroristas están asesinando a los niños católicos. ¡El papa de Roma debería tener el coraje de defender la verdad de Cristo! —y se levantó como un monstruo—. ¡Debería tener los tamaños como para defender al mundo de estos terroristas malignos! ¡Debería levantar una gran cruzada mundial contra los que atacan a Cristo, como lo hicieron en su tiempo el papa Gregorio VII, en el año 1074, y el papa Urbano II el glorioso 27 de noviembre del año 1095!

—Dios… —le dije— ¿Una "Cruzada"…?

—¡Sí! —y me sonrió—. ¿Sabes cuánto petróleo queda aún en las reservas no explotadas del Medio Oriente? ¡Novecientos mil millones de barriles! Eso es suficiente para mantener al mundo quemando combustible los próximos treinta años, hasta que las reservas globales se acaben! ¡Los Estados Unidos se están quedando sin reservas! Pero tu antipapa quiere destruir la industria del petróleo.

En mi oído escuché la voz electrónica de Sutano Hidalgo. Me dijo:

—No reacciones ante ese mensaje. Te coloqué un microtransmisor de cien voltios. No debes mojarlo, o te vas a electrocutar la cabeza. No se deben dar cuenta.

El prelado me puso en el cuello el cayado de san Malaquías:

—¿Me has comprendido? ¡Acérquenme la cubeta! ¡Métanle la maldita cabeza!

Sutano me susurró por la señal de audio:

—No pierdas el control de tus emociones. Debes proteger tu estado de ánimo. Sólo te permitirás sentir las emociones que sirvan para alcanzar tu objetivo. ¿Comprendido? El prelado trabajó para Licio Gelli, para la Orden 400. Es un agente del gobierno de los Estados Unidos. Es un agente desestabilizador. Está detrás de todo. Es un agente de maniobra. Yo también trabajo para el gobierno de los Estados Unidos, pero lo hago para la otra ala del gobierno. Haz que te lleve con sus superiores.

El prelado se me acercó al oído.

—¡¿Qué es ese maldito ruido que está saliendo de tu cabeza?!

158

En la Torre Nicolás V, Clara Vanthi corrió hacia la puerta que decía: PORTA 9. GROTTA DELL'APOCALISSE. Tocó el cráneo de bronce. Tenía las cuencas deformadas hacia abajo. Miró a la derecha. Hombres armados vinieron corriendo hacia ella. Le gritaron:

—¡Detente ahí, maldita ramera! ¡Informen al prelado Santo Badman que la idiota se está metiendo a la caverna!

Clara comenzó a levantar el cráneo de bronce. Era una manija. El metal rechinó hacia arriba. Clara escuchó un crujido. Empujó la puerta de acero hacia dentro. Al otro lado vio un espacio rocoso, completamente oscuro hacia el fondo. Era una gruta de piedra porosa: roca volcánica o toba, de la erupción del monte Albano ocurrida cinco mil años atrás. Empezó a correr hacia dentro.

"Te estás aproximando a uno de los recintos más antiguos de la historia del Vaticano."

159

Al otro lado del mundo, en Buenos Aires, capital de la Argentina, en la ciudad de Villa Elisa, el sobrino del papa Francisco, Walter Sívori, joven sacerdote de cabellos negros, enchinados, dentro de la oficina de la parroquia miró hacia la ventana, hacia el patio. Sonó el teléfono y lo descolgó:

—¡Hola! —sonrió. Miró hacia fuera, hacia los niños que estaban corriendo en el patio. La voz del auricular le dijo:

—Te voy a decapitar.

El padre Walter se quedó paralizado.

—¿Perdón?

—Si no es a vos, voy a decapitar a tu tío. Voy a decapitar al papa Francisco.

Walter sintió que su corazón comenzó a palpitar con toda la fuerza. La línea se cortó.

—¿Aló? ¿Quién es usted?

En el centro de la capital, el periodista Claudio Corsalini, del informativo *Perfil*, empezó a dictar hacia el micrófono: "El cura sobrino del papa acaba de ser amenazado y tendrá que contar con una custodia policial. Las amenazas de muerte que recibió el cura párroco de Villa Elisa, Walter Sívori, han cambiado el perfil bajo que tenía hasta ahora, pues pocos sabían antes de este acontecimiento sobre su parentesco con el papa. Ahora va a tener que convivir con un custodio policial y la presencia de un patrullero frente a la iglesia. Pero lo que más preocupa de este episodio, que aún está en plena etapa de investigación…" —y se cortó la comunicación.

Las editoras de evangelizadorasdelosapostoles.wordpress.com empezaron a informar a su público: "El sacerdote pide custodia policial para que lo mantengan a resguardo. El párroco de la platense ciudad de Villa Elisa y sobrino del papa Francisco, Walter Sívori, denunció haber recibido en las últimas horas llamados telefónicos de un hombre. El padre Walter, titular de la parroquia de Nuestra Señora de los Milagros, denunció las amenazas una vez que éstas comenzaron a involucrar al sumo pontífice".

Otro reportero informó:

—Esto, además de grafitis que fueron pintados en la fachada de la parroquia —y preguntó al padre Walter—: ¿Usted ya informó a su tío?

—El padre Walter, con las manos entrelazadas, miró hacia el piso.

—Tengo órdenes de arriba de que no se difunda nada.

—¿De que no se difunda nada? ¿No está el papa Francisco bajo amenaza?

El padre Walter miró hacia el muro. Cerró los ojos.

—Su Santidad desestimó estas amenazas. Está acostumbrado a recibir este tipo de alertas.

160

En el Palacio Apostólico, dentro de la majestuosa Sala Regia, el papa Francisco se aproximó apresuradamente, arrastrando sus viejos zapatos ortopédicos, con la espalda torcida por el dolor de sus vértebras, hacia su visitante, el secretario general de la Organización de las Naciones Unidas, el sudcoreano Ban Ki-moon, que vino hacia él rodeado de periodistas y funcionarios de Estado. Le estrechó las manos.

—Señor secretario general, gracias por visitarnos. Sea usted bienvenido a su casa, al Vaticano.

—Su Santidad, yo aplaudo su liderazgo. El cambio climático está ocurriendo justamente ahora, y las actividades humanas son la principal causa.

Ambos comenzaron a caminar cuando un asistente le entregó un papel al papa Francisco:

—Su sobrino Walter acaba de ser amenazado.

El papa se detuvo por un segundo. Miró hacia atrás, hacia el auditorio. Vio cientos de cabezas. Varios de ellos le sonrieron en una forma perturbadora.

Cerró los ojos.

"Su Santidad", escuchó a su lado, "alguien está filtrando su proyecto de encíclica. Alguien se enteró de todo esto mucho antes de estos eventos. Su Santidad, a partir de este instante usted está rodeado de enemigos".

161

—¡¿Ves lo que está haciendo este antipapa?! —me gritó el prelado. Con su larga vara me azotó la cara. Me cortó la mejilla.

En mi oído escuché la voz de Sutano Hidalgo:

—¡No te dejes paralizar por el miedo, Pío del Rosario! ¡Mantén bajo control tu maldito estado de ánimo! Ahora todo depende de ti. Haz que el prelado te lleve hacia sus superiores. Es la única esperanza para el mundo. Haz que confíe en ti. Haz que te convierta en una parte de su equipo. ¡Muéstrate fuerte ante él! ¡Dile que viniste a obedecerlo! ¡Dile que vas ser un soldado de la Virgen de Fátima, que vas a ayudarlo a cumplir con las profecías de san Malaquías!

El prelado lentamente comenzó a aproximárseme al oído.

—¿Qué es este maldito sonido? —me preguntó. Comenzó a meterme su dedo en la oreja. Me miró entrecerrando sus ojos—. ¿Qué tienes aquí escondido?

162

En Gante, Bélgica, el joven periodista Michaël Temmerman, del informativo Nieuwsbald.be, comenzó a escribir las palabras "Franciscus werd paus dankzij kardinaal Danneels": "Francisco se volvió papa gracias al cardenal belga Danneels. El cardenal Godfried Danneels fue parte del *Team Bergoglio*, un grupo de cardenales que lograron que se eligiera al argentino. Esto lo revela una nueva biografía sobre el papa. El vaticanista experto Tom Zwaenepoel afirma: "Si esto es cierto, la elección podría ser inválida".

El prestigioso vaticanista de barba de candado, el joven Antonio Socci, comenzó a redactar para el público del mundo: "El libro de Austen

Ivereigh, una biografía sobre Bergoglio, en una luz enteramente positiva en cuanto al papa argentino, contiene algunas líneas que lo despellejan vivo. Uno tiene que recordar: él fue el vocero del cardenal Murphy O'Connor. Él, por tanto, habla de la existencia de un 'Equipo Bergoglio', compuesto precisamente por los cardenales Murphy-O'Connor, Kasper, Danneels y Lehmann para promover al prelado argentino hacia el papado. En mi opinión, los hechos citados en el libro del inglés no ponen en discusión, *per se*, la legitimidad de la elección".

El cardenal Wilfrid Fox Napier, de Durban, Sudáfrica, respondió a los reporteros:

—No hay evidencia de nada de esto.

Comenzó a teclear en su teléfono celular, en Tweeter: "Cardinal napier @CardinalNapier para @BrAlexisBugnolo ¡No está siquiera en la agenda! ¡No hay evidencia sustancial o verificable siquiera para pedir que esto se discuta!" El mensaje se transmitió a las 7:07 am.

En la red de Tweeter, el hermano Alexis Bugnolo le contestó: "@Br AlexisBugnolo para @CardinalNapier ¿Cómo puede ser esto? Todos los testigos están atados por voto para no hablar sobre el caso y, sin embargo, Ivereigh afirmó el 6 de junio que dos cardenales le dijeron todo esto a él". El mensaje se publicó a las 7:21 am.

Pocos segundos después se publicó otro mensaje suyo: "Y el cardenal Dolan le dio el visto bueno a su libro. Sólo Danneels niega que se comprometieron votos. Cinco semanas después de que el libro se publicó.

El cardenal Wilfrid Fox Napier, de Sudáfrica, vio los mensajes aparecer catastróficamente en la red mundial. Miró hacia el cielo. Olfateó el aire de la sabana africana. Comenzó a teclear: "Cardinal Napier para @BrAlexisBugnolo @TitoEdwards ¡No otra vez, POR FAVOR! ¡Por la misericordia!"

En Roma, un grupo de prelados caminaron por el interior de la Sala de Constantino. Miraron hacia los lados. Tronaron sus zapatillas contra el mármol. Se dirigieron hacia el mural mayor: el de *La batalla de Constantino* contra Majencio —inicio de la "Era Constantina" del mundo.

Uno de los jerarcas tomó con sus guantes blancos la brillosa espalda o *Gladius* del emperador romano —primer protector imperial del cristianismo y, para algunos, primer "papa *de facto*". Empezó a vibrar el muro. Los paneles inferiores comenzaron a levantarse.

—Ahora es aplicable la ley canónica *Universi Dominici Gregis* número 81. El papa Francisco es ilegal. Vamos a tirarlo.

En Argentina, en la airosa Buenos Aires, de calles con olor a orégano y albahaca, y tomates, en el barrio de clase media Villa las Naciones, calle Posta del Pardo número 800, el otro sobrino del papa Francisco: el alto y castaño deportista José Ignacio Bergoglio, hijo de la sonriente Mariela, salió con su dulce novia Marina Muro de la casa de ella. Ya estaba oscuro por la noche.

—¿Adónde querés ir a cenar? —le sonrió él. Le abrió la puerta de su automóvil Chevrolet Corsa. Ella se metió. José Ignacio caminó hacia la otra puerta. Se metió al auto.

Por el costado se les aproximó un vehículo blanco, Peugeot 308, con los vidrios polarizados.

—¿Quiénes son éstos? —le preguntó Marina.

Tres hombres se bajaron saltando, azotando las portezuelas, con armas.

José Ignacio con su cuerpo cubrió a Marina.

—¡A ella no la toquen! ¡¿Qué quieren ustedes?!

Los hombres armados lentamente les dieron vuelta. Los observaron a través de las ventanillas. Marina le gritó:

—¡Enciende el auto! ¡Enciéndelo!

Los hombres les apuntaron sus armas a la cabeza. Uno de ellos caminó hacia la ventanilla de Marina. Otro le gritó a José Ignacio:

—¡Baja del vehículo! ¡Baja ahora mismo!

José Ignacio lentamente aproximó su mano hacia la manija de la puerta.

—¡Baja ahora mismo! —repitió el asaltante—. ¡Mira la carta! ¡Dale la vuelta, maldita sea!

—¿La carta…?

Clara comenzó a bajar por unas escaleras espirales labradas en la roca. En los muros vio las imágenes de Mitra. Empezó a respirar con el corazón batiéndose contra el pecho. Recordó las palabras de Jackson Perugino: "Caverna del Apocalipsis. Busca el decreto gelasiano. Busca el origen de todo. ¡Llévaselo al papa! ¡Es el secreto de Fátima!"

En la iglesia del convento de San Gerónimo de los Croatas, observé la cubeta con humo que colocaron al lado de mi cabeza. En las fosas de mi nariz percibí el penetrante olor: una concentración muy ácida de orina podrida. Cerré los ojos. Le dije al prelado:

—Su Eminencia, vine para decirle la verdad sobre la hermana Carmela, lo que ella le ha estado ocultando.

Él se detuvo.

—¿De qué hablas? Ya lo sé todo.

—La hermana Carmela —y lo miré a los ojos— me ha dicho la verdad: que usted es el hombre que ella más admira en el mundo.

El prelado frunció la nariz.

—¿Cómo dices? —y se volvió hacia sus soldados—. ¡Pónganle la maldita cabeza dentro del hidróxido de amonio! ¡Quiero aflojarle la carne antes de comenzar a pelarle el cráneo!

—Su Eminencia —le dije—. El Santo Padre me envió hacia usted para espiarlo. Pero yo vengo aquí para entregarle a usted la información sobre el papa, sobre la encíclica que sigue a ésta.

El prelado permaneció inmóvil. Arqueó las cejas.

—¿Una nueva encíclica? —y miró hacia un lado. Con su cayado de san Malaquías suavemente empezó a dibujar un amplio círculo en el aire.

—Su Eminencia —le dije—, vengo a aquí a obedecerlo a usted. Ahora sé que los hombres que están en el Vaticano tienen un complot contra la Iglesia, que quieren destruirla desde dentro.

Me miró fijamente.

—¿De qué trata esa "nueva encíclica"?

Miré hacia los soldados. Me observaron sonriéndome, señalándome con sus dedos. Observé detrás de mí. Estaba la cruz de Cristo. Cristo mismo me miró a los ojos. Cerré los ojos de nuevo.

—Se llama *Veritas Mutare Mundo*: "La verdad para cambiar el mundo".

El prelado torció la boca por un lado.

—¿Qué maldito título es ése? ¿De qué se trata?

Lentamente observé el techo, el gran mural de la bóveda. Recordé imágenes fragmentarias. Vi el escritorio del papa. Vi fotografías de catacumbas.

—Se trata de buscar y de encontrar algo extremadamente valioso, algo que ha estado perdido y olvidado durante diecisiete siglos, desde el año 325, porque lo sepultaron donde no podía ser encontrado —y frente a mí vi una cara envuelta en fuego: Sutano Hidalgo.

—¿El año 325? —me preguntó el prelado—. ¿De qué estás hablando?

Vi un relámpago. Vi la habitación donde murió Marcial Maciel Degollado. Vi la cortina metiéndose hacia los cuartos, empujada por una ráfaga de aire helado. Vi afuera cómo las palmeras se azotaron. Vi junto al espejo a un hombre borroso. Se me aproximó. "¿Eres tú el agente de la CIA?" Sutano Hidalgo me dijo: "Ellos alteraron el Evangelio. Ahora están buscando la Fuente Q, el documento más antiguo".

—En el año 325 —le dije al prelado—, el emperador Constantino fusionó a la religión cristiana verdadera con la religión persa de Mitra, y también con el culto romano al dios Apolo, el dios del "Sol Invencible" que se celebraba todos los domingos. Por eso nosotros celebramos la misa los domingos, y no los sábados como lo hicieron nuestros ancestros, los primeros cristianos. Ése es el día de Mitra, el día romano del Sol Invictus —y en mi mente vi el verde resplandor del bronce de la Estatua de la Libertad de los Estados Unidos.

El prelado me colocó en el cuello el filo de su astillado cayado.

—Si es verdad esto que me estás diciendo, y si realmente están buscando el Documento Q, este antipapa es el verdadero destructor que profetizó san Francisco.

Le pregunté:

—Su Eminencia... —y lo miré a los ojos—. ¿Existe realmente el Documento Q? ¿Es verdad que ese escrito hoy perdido existió antes que nuestros cuatro Evangelios?

El hombre arrugó su nariz.

—No está perdido —y lentamente me sonrió.

165

Clara tropezó en los escalones y cayó sobre las escaleras espirales de roca. Resbaló un metro y medio. Se abrió la piel de las rodillas.

—¡Maldita sea! —comenzó a gritar hacia el abismo. Miró hacia arriba, hacia los hombres armados que empezaron a bajar como animales, batiendo sus linternas, haciendo ruido con sus metales.

—¡Dios...! —y Clara comenzó a persignarse—. Señor mío y Dios mío. Te amo, Cristo —y con sus labios besó la cruz que hizo con sus dedos.

Observó un inquietante dibujo en la pared: una cabra. Junto a ella vio el dibujo de un pergamino enrollado, con las letras arcaicas SRYR. A un lado vio un pájaro de color azul.

—¿Sryr...? —y lentamente comenzó a acercarse.

Una voz desde la oscuridad le dijo con una voz muy ronca:

—Los sonidos "sryr" y "spr" son variantes arameas del término "spyr", que significa "cabra".

En la negrura Clara sintió cómo esa entidad la tomó por la muñeca. Suavemente la jaló hacia la izquierda, hacia el pasado.

—Estos vocablos significan "verdadero" y "documento".

Clara comenzó a ver destellos brillantes en el muro: chispazos de cristal de color dorado, verdoso.

—¿Crisolita...? —y le sonrió a la entidad que la tenía tomada por el brazo— ¿Crisoberilo...? ¿La piedra preciosa que brilla en la oscuridad...?

—Estás a punto de entrar a *Chrysos*, al espacio más profundo donde está el origen de todo.

—Dios... ¿Cuál es el origen de todo?

—El mensaje que Jesucristo entregó al mundo fue distorsionado hace diecisiete siglos. Lo deformaron los enemigos de la paz del mundo.

En el convento Gladio, el prelado me dijo:

—Tu propia vida la profetizó hace cien años nuestra señora de Fátima. Se la reveló a la pastora de diez años Lucía dos Santos. Ella me habló sobre ti; me lo dijo en el convento de Coímbra, en Portugal. Tú eres uno de los apóstoles del final del mundo, del Apocalipsis. Lo sé porque tienes esta marca —y suavemente me puso la punta de su astilloso cayado sobre la piel de la nuca, en el comienzo de la espalda.

Recordé la imagen de mí mismo: una fotografía. Un círculo con tres rayos saliendo desde dentro. Miré hacia los muros: hacia las pinturas de la hermosa iglesia de mármol color frambuesa. Cerré los ojos. En mi oreja, en el fondo de mi tímpano, la voz electrónica de Sutano Hidalgo me dijo con un zumbido:

—No te alteres, Pío del Rosario. No te dejes inmutar por este hombre. Respira. Economía de las emociones. Tú debes dominarlo a él. Está jugando contigo como lo hace con todos. Él es el que mueve los hilos, pero hay alguien más poderoso por encima de él. Haz que te lleve hacia sus superiores. De eso depende ahora la seguridad del papa Francisco. De eso depende ahora el futuro del mundo.

Comencé a respirar. Le sonreí al prelado.

—Su Eminencia, yo estoy aquí para cumplir lo que usted me dijo desde un principio: voy a hacer lo que sea necesario para detener la destrucción de mi Iglesia. Quiero que usted me diga cómo detener lo que está reformando el nuevo papa. Hoy juro mi lealtad total a la Virgen de Fátima. Hoy juro mi lealtad total al verdadero papa, Su Santidad Giuseppe Siri, quien en 1958 fue elegido por los cardenales y luego obligado a no asumir el trono de san Pedro, y que se llamó Gregorio XVII, y cuyo heredero legítimo es usted, con todos sus leales cardenales que quieren también el renacimiento de la Iglesia.

El prelado arqueó una ceja. Me miró fijamente. Me comenzó a sonreír. Lentamente colocó la quebrada punta de su cayado de san Malaquías sobre mi corazón.

—Escúchame, infame espía asesino. Si en verdad estás dispuesto a hacer esto, recuerda que tengo en mi poder a tu chica. La tengo en una celda, y tú vas a hacer todo esto perfectamente, porque si no lo haces, nunca vas a tener el perdón de la Virgen de Fátima —y me sonrió. Comenzó a llorar.

Caminó unos pasos lejos de mí. Se llevó las manos a los ojos. Se enjugó sus lágrimas. Sin voltearme a ver, me dijo:

—Quiero que vayas a Portugal.

—¿Portugal? —y comencé a enderezarme.

—Sí, a Coímbra, Portugal. Vas a ir a la Rua Antero de Quental, al número 125. Vas a entrar a una casa muy grande. Es una oficina secreta. Te van a conducir mis hombres. Vas a entrar al antiguo centro del sistema de la Policía Secreta. Ahí vas a preguntar por mi viejo amigo Klaus Altmann Hansen. Quiero que te entregues a él. Quiero que le digas que ahora eres un hijo de Gladio. Juntos, él y yo, que éramos dos jóvenes nazis, torturábamos a los jóvenes portugueses y de Mozambique —y me sonrió—. Ellos querían liberar a sus sociedades de "el sistema". Él te va a transformar en cuatro horas. Vas a tomar un helicóptero, vas a ir a Coímbra, vas a entrar a esa casa. Klaus Altmann Hansen te va a entrenar como nunca antes has sido entrenado en tu vida —y lentamente caminó alrededor de mí—. Altmann Hansen te va a cambiar las huellas y también va a modificar algunas características de tu cara.

Abrí los ojos.

—Dios, ¿de mi cara? —y me toqué las mejillas.

Se volvió hacia sus hombres.

—Llévenlo a la base aérea de Gaeta —y me miró a los ojos—. Es una base aérea del sistema militar de los Estados Unidos. Llévenlo a Portugal, a la base de Coímbra, a la capital de la unidad de entrenamiento Aginter Press.

Se adelantó hacia mí, por entre los soldados, con su cabello relamido, con su cara quemada por un lado, el agente de asesinatos encubiertos Gavari Raffaello: el operador número 1503 del prelado. Me sonrió.

—Yo voy a ir contigo, cerdo gadareno —y se sacudió el engomado cabello.

En mi oído, en el minúsculo y doloroso transmisor que Sutano me había encajado dentro del tubo del tímpano, escuché su voz electrónica:

—No tengas miedo de nada, Pío del Rosario. Yo voy a ser para ti como Rut la de la Biblia: "A donde tú vayas yo iré, y tu pueblo será mi pueblo, y tu Dios será mi Dios". Para eso te puse ese maldito transmisor GPS en la cabeza.

166

—El secreto está en Fátima, el secreto de todo.

Esta frase se la dijo un hombre a otro en la oscuridad, dentro del Vaticano, debajo del macizo edificio norte del hotel Casa Santa Marta, en el sótano de máquinas. Suavemente tocó el metal brillante del enorme tanque de gas propano.

—¿Por qué crees que el convento donde tuvieron recluida, enclaustrada a la hermana Lucía dos Santos durante más de cincuenta años, bajo el más estricto y opresivo voto de silencio, está a sólo quinientos metros del centro de detención más represivo de la operación secreta Gladio de la CIA? ¡Ese convento fue parte de las líneas de ratas de la operación Paper Clip de la CIA, junto con el gobierno del dictador António de Oliveira Salazar!

El otro individuo, junto al tanque caliente, miró hacia la profundidad, hacia los tubos.

—Eso no es cierto.

Su compañero le dijo:

—Escúchame —y lo tomó por la solapa—: Lucía dos Santos fue ingresada al convento de Coímbra en 1948, pero hasta sólo dos años antes, en 1946, el convento de Coímbra estuvo tomado y ocupado por los militares. ¿Lo sabías? ¡¡Sabías eso?!

—¡Eso no es cierto, maldita sea!

—¡Fue una instalación militar, una unidad de control de la Organización del Tratado del Atlántico Norte!

—¡Eso no puede ser cierto! —y con un golpe se quitó del cuello la mano de su compañero—. ¿Para qué habría soldados estadounidenses en ese convento? ¡Portugal no participó en la segunda Guerra Mundial! ¿Por qué habría soldados ahí? ¿Para cuidar qué?

—Sólo te respondes a ello si ese convento hubiera tenido alguna clase de función.

—¿Cuál?

—El 9 de octubre de 1910 Portugal se proclamó república. La comunidad de Santa Teresa fue rodeada y aislada por soldados. La zona permaneció militarizada hasta 1946, y se usó como un punto de control el convento de Coímbra.

—No puede ser. ¡¿La historia de Fátima es falsa?!

—No estoy diciendo eso. El gobierno del dictador António de Oliveira Salazar fue total y absolutamente católico; totalmente anticomunista, aliado con los Estados Unidos. Se llamó el "Estado Novo" o "Estado Nuevo". Salazar fue un dictador "bueno". Nadie duda que fue un gran político. Sacó a Portugal del abismo, pero fue un dictador. Él mismo estudió en la Universidad de Coímbra, a seiscientos metros del convento. ¿Sabes cuántas personas escaparon de Europa a través de la ruta de Portugal? El FBI acaba de revelar setecientos documentos clasificados. Esto lo está investigando el History Channel. Los documentos del proyecto "Persiguiendo a Hitler", "indican que el Führer pudo haber escapado a América del Sur cuando la Alemania nazi se derrumbó".

—¿Ahora "Hitler"?

—Los exploradores de History Channel están investigando todo esto: "Prófugos nazis y tal vez el propio Hitler fueron vistos, según testigos actuales, vestidos como monjes en Tuy, España, refugiándose en conventos, y de ahí se fueron al probable destino final de Hitler, la Argentina, igual que Licio Gelli, Klaus Barbie y Gehlen. En Tuy, Vigo, en la provincia de Pontevedra, España, el convento más importante o uno de los más importantes fue el de las Hermanas Doroteas en Pontevedra. Adivina quién estuvo ahí pocos años antes del avistamiento del posible Hitler, en el convento de Pontevedra, teniendo ella misma "avistamientos" de la Virgen.

—¿Lucía dos Santos?

—Vivió ahí. Fue ingresada a ese convento en 1925. Tenía dieciocho años. ¿Cómo le haces eso a una muchacha? Nunca le fue permitido vivir la vida de un ser humano. Nunca salió de esos conventos. Estuvo encerrada desde los catorce años hasta el día mismo de su muerte, ya sea que ocurriera el 31 de mayo de 1949 o el 13 de febrero de 2005. De ahí la pasaron hacia Coímbra, a sólo unos kilómetros de distancia. También era un convento controlado por Gladio.

—Dios. ¡Eso no puede ser!

—Son muchos los que escaparon vía Portugal hacia el resto del mundo, incluso gente grandiosa: Peggy Guggenheim, Menachem Mendel Schneerson, Marc Chagall, el historiador Arthur Koestler, Otto Von Habsburg, el pintor Max Ernst.

Sesenta años atrás, en el pasado, dentro de una oficina de color gris, bajo la luz de lámparas violetas, el encargado de Asuntos Binacionales de la embajada de los Estados Unidos en Lisboa, capital de Portugal, el calvo George Kennan, de gruesas cejas negras, con sudor en la cara, comenzó a escribir una carta para el presidente de los Estados Unidos:

Octubre 13, 1943

Señor presidente F. D. Roosevelt:

He insistido al mandatario de Portugal, António de Oliveira Salazar, en cuanto a nuestra necesidad urgente de colocar en el Atlántico una base militar para nuestra Fuerza Aérea en las islas Azores, que son propiedad de Portugal. El mandatario Oliveira Salazar, igual que muchos portugueses en Lisboa, está demostrando miedo de asociarse con nosotros, los estadounidenses, apenas un poco menor que el que tiene de asociarse con los rusos. Espero sus indicaciones.

En su oficina de la Casa Blanca, el canoso y delgado presidente Franklin Delano Roosevelt comenzó a leer la carta.

En el Senado, el poderoso y canoso secretario de Estado, Dean Acheson, avanzó como un monstruo hacia el templete en la sesión ejecutiva del Comité de Relaciones Exteriores. Les gritó a los congresistas:

—¡Portugal es de la más vital importancia para nosotros —y golpeó la mesa—, y esto se debe a las islas Azores!

En la Casa Blanca, suavemente, el presidente Roosevelt se volvió hacia su secretario. Con su voz temblorosa debida a la polio, le dictó:

—Señor presidente António de Oliveira Salazar. Querido amigo: hoy, día 20 de octubre de 1943, me permito comunicarle a usted lo siguiente: no necesito decirle que los Estados Unidos no tenemos planes de invadir el territorio de Portugal ni tampoco ninguna de sus posesiones en el mundo, como lo son Mozambique, Angola, Macao, Dandra, Goa en la India y Timor. Lo que les estamos proponiendo es una alianza, una alianza contra el comunismo.

En Portugal, el joven dictador, de cabellos negros, húmedos, se hincó sobre una sola rodilla, frente a la cruz de Cristo.

—¡Todo por la nación! ¡Nada contra la nación!

En el sótano de mantenimiento del hotel del Vaticano, sesenta años después, el hombre vestido de traje gris oscuro le dijo a su compañero:

—El dictador Salazar entregó las islas Azores a los Estados Unidos en 1944, antes de que terminara la segunda Guerra Mundial, para que los estadounidenses colocaran ahí su actual Base Aérea Número 4, llamada Lajes Field, Azores Air Zone Command. Operada por el Grupo Base Aérea 65, desde ese punto del planeta se controlan hoy las operaciones del comando aéreo de los Estados Unidos en el océano Atlántico. A cambio, los Estados Unidos apoyaron a Salazar para recuperar Timor de los japoneses. Diez años más tarde, según lo reportan Douglas Brinkley y Richard T. Griffiths, el nuevo secretario de Estado norteamericano, John Foster Dulles, cuyo hermano era ya el director de la CIA, Allen Dulles, le dijo al nuevo presidente, Dwight Eisenhower: "Los portugueses se están mostrando reacios a seguir de cerca nuestro liderazgo en el campo internacional. Debemos hacerles seguir nuestra línea". Significó Operación Gladio. Infiltraron a la policía portuguesa. Tomaron el control de las instituciones del Estado.

—¿Y qué diablos tiene que ver todo esto con la niña de Fátima, con la hermana Lucía dos Santos? ¡¿Qué tiene que ver todo esto con ese convento en la ciudad portuaria de Coímbra?!

El sujeto lo tomó por las solapas.

—¿Qué, no entiendes lo que está pasando? —y miró hacia arriba, hacia las habitaciones—. ¿Acaso no entiendes lo que sucede, lo que está documentado en la tesis de José Alberto Villasana: que la verdadera Lucía dos Santos murió el 31 de mayo de 1949, no en el 2005? ¡Alguien colocó en su lugar a otra mujer ahí en el convento de Coímbra! ¡Fue esa mujer, y esto ya no lo afirma Villasana; fue esa "impostora", la que ellos usaron todo el tiempo para amenazar a cinco papas, para horrorizar a todos los católicos del mundo con el terror del apocalipsis, para que ellos forzaran al mundo a la "conversión" de Rusia y levantaran a todas las naciones "capitalistas" en esa cruzada, como mil años antes lo hicieron los papas Gregorio VII y Urbano II para servir a los intereses de los reyes de Francia e Inglaterra y Alemania! ¡Un llamado para invadir con armas una parte del mundo!

En la oscuridad, un brazo se levantó. La yema de un dedo oprimió un gatillo. El proyectil de veintidós milímetros comenzó a surcar el aire, hacia el enorme tanque de gas propano. Se inició el estallido.

Aterricé en la colina Sete Fontes, a doscientos metros de la carretera exterior de Coímbra, llamada Circular Interna de Coimbra. El musculoso Gavari Raffaello me empujó hacia fuera del helicóptero.

—¡Avanza, maldito! ¡Ya me has causado demasiados problemas!

Comencé a caminar sobre la hierba. Me dolieron las piernas. El aire de las hélices, con olor a plantas extrañas, me sacudió los cabellos. Miré hacia abajo, hacia la ladera. Vi la ciudad de Coímbra.

—Es hermosa… —le susurré a Gavari Raffaello—. ¿Eso de ahí es la Universidad de Coímbra? —y señalé hacia un enorme complejo que estaba emergiendo de los árboles: un complejo de edificios con tejados de color anaranjado.

—¡Mueve tu maldito trasero! —y me pateó en las asentaderas.

En el Vaticano, el cardenal de noventa y nueve años Loris Francesco Capovilla, de la mano de su fiel ayudante el gordito y risueño Felitto Tumba, avanzó por el enorme pasillo, de techo curvado con candelabros, arrastrando sus duras zapatillas. Les gritó a los guardias suizos:

—¡Llévenme con el papa! —y comenzó a batearlos con sus manos—. ¡Llévenme con el Santo Padre Francisco! ¡Llévenme ahora! ¡Tiene que saber la verdad! ¡Tiene que saber la verdad sobre el secreto de Fátima!

Treinta metros hacia dentro, por detrás de varios muros del laberinto vaticano, el papa Francisco recibió un informe urgente en su mano:

—Su Santidad: su sobrino José Ignacio acaba de sufrir un asalto. —El papa tomó al hombre por los brazos.

—¡¿Cómo dices?! ¿Está bien? ¡¿Mi sobrino José Ignacio?! —y cerró sus ojos. Vio a su hermana Mariela, con sus largos cabellos blancos, llorando. Comenzó a caer sobre sus rodillas. "Prométeme que nunca te vas a ir. Júrame que vas a estar conmigo siempre." Escuchó una canción de niños, con pequeñas campanas. Escuchó un eco: "Nunca me iré. Voy a estar contigo siempre. La muerte es sólo el principio de la vida. Nunca dejes sola a tu hermanita". Comenzó a caer hacia el piso.

—¿Está usted bien, Su Santidad? —lo detuvieron de los brazos.

"Quiero estar con ellos", y miró hacia los inmensos frescos pintados en el Renacimiento por los discípulos de Raffaello, pagados con el dinero de miles de católicos de Europa.

—¡Tráiganle agua! ¡Traigan un médico! ¡Su Santidad!

—Alguien asaltó a su sobrino José Ignacio.

—¿Está bien?

—Al parecer está bien, Su Santidad —y se le acercó un hombre a la cara. Era el prelado. El arropado Santo Badman. Le sonrió al papa Francisco—. Al parecer, no pasó nada con su sobrino. Sólo les robaron sus celulares. No asaltaron la casa.

—¿La casa de mi hermana? ¿Mi hermanita está bien?

Cuatro kilómetros hacia el centro de Roma, el joven y prestigiado vaticanista Antonio Socci, con su barba de candado, comenzó a escribir: "*Newsweek* ha puesto en portada a Bergoglio y este título: '¿El papa es católico?' Subtítulo: 'Naturalmente que sí. Pero eso no va de acuerdo con lo que se lee en la prensa'. En efecto, es lícita la pregunta visto que el papa argentino va a rezar a la mezquita y declara en entrevista a Scalfari: 'No existe un Dios católico'. En el interior de la Iglesia la preocupación se ha agigantado. De hecho, con los dos *motu proprio* sobre la nulidad matrimonial tenemos un acto oficial del magisterio de Bergoglio donde, según opiniones acreditadas, se sale de las vías instituyendo una suerte de 'divorcio católico'. Algo que significaría la negación del mandamiento de Cristo sobre la indisolubilidad del matrimonio y la anulación de dos mil años de magisterio de la Iglesia".

El periodista miró hacia la ventana. Se acercó el vaso de capuchino. "Si el mismo cardenal Müller, jefe del ex Santo Oficio, en años pasados, en referencia al sínodo —y de nuevo miró hacia la ventana—, ha hablado de un posible cisma".

En el Vaticano, el cardenal Capovilla comenzó a presionar para que lo recibiera el Santo Padre:

—¡Déjenme verlo, por Dios! —y golpeó las puertas— ¡El papa tiene que saber la verdad sobre el secreto de Fátima! ¡Yo sé lo que me dijo a mí el papa Juan XXIII en 1959!

169

En Argentina, el cardenal Walter Kaspers, de ochenta y dos años, amigo del papa Francisco, de rostro anguloso y piel rosada, con delgados anteojos cuadrados, caminó hacia el modesto dormitorio del seminario de Villa Devoto. El periodista Mariano de Vedia, de *La Nación*, le preguntó:

—Cardenal, ¿qué implica la decisión del papa Francisco de promover el perdón para las mujeres arrepentidas que confiesan su aborto?

—Francisco es el papa de las sorpresas —le sonrió al periodista—. El papa Francisco relaciona el perdón con el profundo sufrimiento de las mujeres que abortan.

—¿Puede generar reacciones adversas en sectores conservadores?

—El perdón implica la metanoia, que exista una sincera conversión.

—¿Una "sincera conversión"? ¿Qué hay de los que ya están hablando de una división en sectores de la Iglesia, de un cisma inminente?

El cardenal alemán se detuvo.

—A muchos la doctrina les resulta muy alejada de la realidad. Hay un cisma práctico.

—Un cisma práctico…

En Ratisbona, Alemania, el canoso cardenal Gerhard Ludwig Müller, poderoso prefecto vaticano de la Congregación para la Doctrina de la Fe —puesto antes ocupado por el cardenal Joseph Ratzinger, Benedicto XVI—, con la fuerte expresión de un fornido *bulldog*, con su magenta gorro cardenalicio, por delante de un brillante fondo azul, avanzó entre los periodistas:

—Existe la posibilidad real de una seria división en el interior de la Iglesia católica, en lo tocante a los temas del matrimonio y la sexualidad. Se está tratando de desfigurar la doctrina católica del matrimonio.

—Señor cardenal, ¿se refiere usted al papa Francisco? ¿El papa Francisco es el que está desfigurando la doctrina católica del matrimonio?

El cardenal habló en italiano:

—Non si tratta di adattare la rivelazione del mondo, ma di vincere il mondo a Dio —y miró hacia arriba—. No se trata de adaptar la revelación al mundo, sino de entregar el mundo a Dios —y miró a los reporteros de InfoCatólica.Com—. No podemos engañar a las personas acerca de la sacramentalidad del matrimonio, de su indisolubilidad, de su apertura a los hijos y de la complementariedad fundamental entre ambos sexos. La ayuda pastoral no debe perder de vista la salvación eterna —y con el dedo enfatizó—: No se trata de adaptar la revelación al mundo, sino de ganar el mundo para Dios.

—Cardenal Müller, ¿cree usted que nos aproximamos a un cisma como el de 1517, cuando se separaron los protestantes?

—Se intenta por todos los medios: exégesis, historia dogmática, psicología y sociología, deconstruir y relativizar la doctrina católica sobre el matrimonio, que se deriva del magisterio de Jesús, con el único propósito de que la Iglesia tenga una apariencia que se adapte a la actual sociedad —y miró hacia abajo—. Pero ahora todo aquél que permanece fiel a la doctrina de la Iglesia es atacado públicamente, e incluso difamado diciendo que es adversario del papa.

El canoso periodista Marco Tosatti, de *La Stampa*, habló hacia el micrófono: "Il Cardinale Müller, Prefetto della Congregazione della Fede, teme lo scisma al Sinodo sulla Famiglia".

170

—El cardenal Müller, prefecto de la Congregación para la Doctrina de la Fe, teme que se producirá un cisma durante el inminente Sínodo de la Familia, en el que el papa Francisco piensa reunir a los obispos del mundo —le dijo el prelado a Su Santidad Francisco. Suavemente lo apoyó contra los acolchonados cojines del sofá, en la cámara de descanso de la Sala Regia.

El papa Francisco miró hacia el techo, hacia los destellos de las luces. Las mejillas del prelado se llenaron de lágrimas. Le sonrió al papa. Tiernamente comenzó a acariciarle la cara.

—Se puede evitar este cisma, Su Santidad —y detenidamente miró hacia los muros—. Hace mil años, un papa como usted, León IX, vivió o permitió la separación de las Iglesias ortodoxas. Hace quinientos años, el papa Clemente VII vivió o permitió la separación de las Iglesias protestantes, que le arrancaron a la Iglesia todo el norte de Europa. ¿Volverá a ocurrir ahora? —y el prelado le sonrió. Le mostró la pared, llena de imágenes del pasado—. ¿Cuál de todas es la verdadera Iglesia de Cristo?

El papa, con un dolor profundo en su espalda, le susurró:

—Jesús no vino a dividir al mundo. Todos somos uno.

—¡No! —le dijo el prelado—. ¡Eso es ecumenismo! —y le sonrió.

En la redacción del informativo Forosdelavirgen.org, los analistas comenzaron a dictar: "¿Se producirá un cisma en la Iglesia católica? Las noticias sugieren que hay dos grupos que van navegando hacia una confrontación en el Sínodo de la Familia, y tan fuerte es esta confrontación que ya se oyen voces de que podría suceder un cisma en la Iglesia".

Uno de ellos se aproximó sobre la mesa: "La posición por defecto de los católicos siempre ha sido y va a ser anticisma". "Pero tenemos que recordar que estamos viviendo los tiempos finales. Esto incluye la gran apostasía."

—La gran apostasía. Ésta es la más grande, la más amenazante, la más imperiosa, la más aterrorizante profecía que anunció al mundo la niña Lucía dos Santos, la vidente de la aparición de la Virgen en Fátima, el 13 de octubre de 1917.

Esto se lo dijo, en una caverna profundamente oscura que olió a nitratos de azufre, a la prácticamente desnuda Clara Vanthi, de largos cabellos dorados, un sujeto completamente cubierto por una desgastada y antigua túnica gris, con la tela despuntada.

Clara miró hacia arriba, hacia los hombres que estaban bajando trotando por las escaleras de roca, con sus linternas.

—No te preocupes por ellos —le dijo el sujeto—. En este momento estás bajo la protección del Creador de Mundo.

—¿Creador de Mundo…? —y miró hacia los haces de luz. Se movieron como espadas, entre gritos.

—Lo que tienes que ver aquí abajo lo deberás llevar a todas las naciones. Este secreto ha estado aquí esperando más de mil setecientos años. No eres la primera que ha llegado.

Clara lentamente se recogió el dorado cabello. Comenzó a caminar detrás del hombre. Colocó sus pies sobre las duras piedras porosas. Trató de encontrarle la cara al hombre por debajo de la túnica de cortada lana. No vio nada. Sólo la propia negrura de la caverna.

—¿Usted es "Ioannes"? ¿Usted es "John Apóstole"? ¿El "apóstol Juan"? —y recordó la expresión de Jackson Perugino—. ¿Ésta es la "bodega" donde hay una "ballena azul" hecha "completamente" de oro?

—El apóstol Juan es uno de los más grandes misterios de la historia del mundo. En los próximos minutos vas a descubrir que uno de sus libros, el que más ha afectado a la historia del mundo, nunca fue escrito por él y nunca provino de Cristo. Fue una falsificación sembrada desde fuera para deformar el futuro del cristianismo.

—Diablos —le preguntó Clara—. ¡¡Cuál libro?!

El sujeto suavemente movió una palanca de madera con partes de fierro, semejante a una catapulta. El mecanismo comenzó a tronar, como una matraca. Se quebró parte del muro. Entre las piedras y el polvo comenzó a formarse un agujero.

—Bienvenida. Estás entrando a la Caverna del Secreto del Apocalipsis.

En Portugal, en la arbolada, irregular y ondulante geografía de Coímbra, a cuarenta kilómetros del litoral del océano Atlántico, el musculoso y engomado agente 1503, Gavari Raffaello, con su olorosa loción de frutas, me empujó con mucha fuerza contra un muro de color blanco. La parte de abajo era una banda muy larga pintada de color rojo

—Nunca me caíste mal, Pío del Rosario. Por un momento pensé que podíamos ser amigos —y miró hacia los deshojados árboles. Me parecieron los raquíticos dedos de un cadáver—. Yo también comencé siendo un idiota como tú, Pío. Yo también me inicié en el seminario. ¡¿Pero por qué tenías que hacernos todo esto a mí y a mi amigo?! —y se puso la pistola en la cara.

Comenzó a golpearme en la quijada, con la Beretta. Empezó a llorar, a gritarme. Me tomó por el cuello.

—¡¿Por qué, Pío?! ¡¿Por qué lo hiciste?!

Con el otro brazo se limpió las mejillas.

—¿Sabes desde hace cuánto tiempo conozco a Jackson?

Miré hacia el piso.

—No lo sé. Lo siento.

Me puso la punta de su revólver en la boca.

—Te voy a perdonar, Pío del Rosario, porque Jesús nos dijo: "Perdona a tus enemigos porque no saben lo que hacen". Y tú no sabes lo que haces.

—Así no va.

El engomado Gavari miró hacia la costa, hacia la hermosa y enorme Universidad de Coímbra. Respiró muy hondo el olor fresco de Coímbra.

—Tienes razón, Pío. Así no va. Yo no soy un hombre de letras como tú. Ahora quiero que toques este timbre —y señaló hacia el muro, hacia el pequeño crucifijo donde estaba el número "16"—. Acabas de llegar al momento en el que vas a convertirte en lo que realmente eres. Tu existencia anterior va a ser borrada.

Miré hacia arriba, hacia el letrero de piedra, en el concreto. Decía "Rua Santa Teresa". Miré hacia la calle.

—¿Aquí es la casa donde está la Policía Secreta? ¿Aquí es Aginter Press? ¿No era en la calle Rua Antero de Quental?

En mi pecho comencé a sentir un muy duro latido de mi propio corazón. Comencé a sudar sangre. En mi oído escuché la voz electrónica de Sutano Hidalgo. Me dijo en mi tímpano, con una vibración:

—No sientas miedo, Pío del Rosario. Ahora yo soy para ti Rut la de la Biblia: "A donde tú vayas yo estoy yendo contigo. Tu pueblo será mi pueblo, y tu Dios será mi Dios". Estoy justo detrás de ti, a quince metros. No voltees. Haz que te lleven hasta la cabeza de la Organización Ordo 400.

Le pregunté a Gavari Raffaello:

—¿Es aquí la casa de la Policía Secreta? ¿Aquí es donde el prelado torturaba a jóvenes portugueses con su amigo Klaus Altmann Hansen?

—No, Pío del Rosario —me sonrió. Con su boca infló un gran globo de goma, de color verde. Se tronó el globo en la cara—. Aquí es donde el señor Shaphor viene a recibir misa, cuando está de visita —y en la calle vi un enorme vehículo Hummer de color negro, reluciente. Detrás habían otros cuatro carros escolta—. Te va a recibir aquí. Van a rezarle juntos a la Virgen. Lo vinieron acompañando cuatro hombres de la CIA.

Miré hacia la perturbadora pared.

—Okay —y me puse la mano en el corazón. Cerré los ojos—. ¿Te refieres a…? ¿El señor "Shaphor" es… Klaus Altmann Hansen, el que antes se llamaba Klaus Barbie; aún vive?

Gavari se lamió el dedo. Pulsó el timbre. Escuchamos dentro del convento el tañido de las campanas.

—Pío del Rosario: éste es el convento de Coímbra. Aquí es donde murió la hermana Lucía dos Santos hace nueve años. Te vamos a llevar a su celda, para que hagas penitencia. Aquí es donde te vamos a consagrar para la Virgen de Fátima. Aquí es donde comienza tu misión, y la vas a cumplir hoy mismo. Tú vas a ser el agente del apocalipsis.

173

En Roma, un reportero del informativo católico Life Site News lentamente aproximó el micrófono hacia el rosado cardenal de los Estados Unidos Raymond Leo Burke, a quien tenía sentado de frente.

—Cardenal, ¿qué es lo que los devotos deben pensar y hacer cuando ven a los padres de este sínodo sugerir posiciones heterodoxas en cuanto a la homosexualidad y el divorcio?

El cardenal, contra un muro color crema, con su cabeza cuadrada e inteligente estrigiforme —búho—, le sonrió:

—Nosotros seguimos a Nuestro Señor Jesucristo. Él es nuestro Maestro. Y todos debemos ser obedientes hacia Él y a su palabra, comenzando por el Santo Padre y los obispos.

—¿Comenzando por el Santo Padre?

—Si un obispo, o un sacerdote, o cualquiera anunciase algo, o declarase algo que fuera contrario a la verdad de Nuestro Señor Jesucristo, como está comunicada a nosotros en la enseñanza de nuestra Iglesia, nosotros seguimos a Cristo.

El reportero se le aproximó:

—Cardenal: algunos están sugiriendo que en realidad hay muy poco desacuerdo real dentro del sínodo, y que los medios están manufacturando todo este "conflicto" donde en verdad no lo hay. ¿Qué piensa usted?

El cardenal suavemente se echó hacia atrás.

—Primero que nada, debo calificar mi observación y decir que yo no soy parte del sínodo —y miró hacia un lado—. Por otra parte, tengo entendido que hay muy fuertes discrepancias dentro del sínodo —y comenzó a levantar las cejas.

Afuera, el joven periodista Anthony Faiola, del *Washington Post*, de anchas cejas, comenzó a transmitir: "El cardenal norteamericano Raymond Leo Burke, si bien no participa en este sínodo de obispos, señala lo siguiente: 'Hay quienes quieren oscurecer la verdad sobre el divorcio en nombre de la misericordia' ".

El corresponsal de PeriodistaDigital.com empezó a informar: "Los sectores ultraortodoxos ponen trabas a las reformas planteadas por el papa. Los conservadores no apuntan directamente a él, sino a la 'confusión' por 'la enseñanza moral católica'".

En un video, los obispos vieron al cardenal Raymond Leo Burke hablando en entrevista con los periodistas franceses:

—Hay que estar muy atentos con respecto al poder del papa. Este poder no es "absoluto". Uno debe estar muy atento en cuanto al poder del papa.

Afuera del edificio Prensa Vaticana, una reportera comenzó a gritar hacia su cámara: "¡Si en este sínodo el esfuerzo del papa Francisco vence sobre los opositores de sus reformas, la Iglesia podrá probablemente comenzar a ordenar mujeres! ¡Éste es el principio de la transformación más profunda de la Iglesia desde el nacimiento mismo de Cristo!

Dentro del Palacio Apostólico, el cardenal Loris Francesco Capovilla, de noventa y nueve años, con el cuerpo más frágil de cualquier ser humano vivo dentro del Vaticano, se empujó a sí mismo contra los obispos, contra la puerta de la Sala Regia.

—Tengo que ver al papa Francisco —y comenzó a levantar su quebradiza mano. Señaló hacia los soldados de la Guardia Suiza.

A su alrededor, los obispos, todos mucho más jóvenes que él —incluso los "viejos"—, le sonrieron:

—¡Cardenal Capovilla! ¡Usted fue el eminentísimo secretario personal del papa Juan XXIII!

Comenzaron a rodearlo. Lo abrazaron.

—¡Su Eminencia! ¡Todos sabemos que una tarde como ésta, pero en 1959, en el mes de agosto, usted estuvo junto con el papa Juan XXIII en su oficina, que está allá adentro —y señalaron hacia detrás del muro—, y todos aquí sabemos que él abrió, estando usted presente, el sobre que contiene el tercer secreto de Fátima!

Todos lo miraron. Permanecieron en silencio. El mismo Loris Capovilla permaneció en silencio. Sus grises ojos membranosos brillaron. Comenzó a sonreír sutilmente, para sí mismo. Los obispos se le aproximaron:

—Cardenal Capovilla. Díganos ya, por favor, por el amor a Cristo, qué es lo que realmente dice el tercer secreto. Usted es la última persona viva que vio el sobre llamado "Plico."

El cardenal suavemente comenzó a levantar las manos. Cerró los ojos.

—Queridos hermanos, queridísimos —y abrió los ojos—. Quiero que ustedes me ayuden ahora. Quiero que me lleven ahora mismo con el papa, quiéranlo o no estos guardias —y miró a los guardias suizos—. El papa Francisco tiene que saber ya de una vez por todas la verdad sobre el secreto. El secreto para el mundo ha terminado.

174

En Polonia, en la remota región de Redzikowo, municipio de Slupsk, nueve gigantescas excavadoras de veinte toneladas, con llantas de tres metros de altura, empezaron a tronar la tierra. Cientos de obreros empezaron a gritarse en polaco.

A metros de distancia, dos reporteros de la agencia de noticias y televisora rusa Russia Today comenzaron a informar hacia su cámara de video: "¡En este lugar del mundo está comenzando a ocurrir algo que puede cambiar el futuro de la tierra, y que no sucedía desde el final de la

Guerra Fría! ¡Los Estados Unidos están comenzando aquí la construcción de una gigantesca estación para misiles! ¡Los estadounidenses han asegurado que los dispositivos que van a dispararse desde estos silos sólo son de tipo defensivo, es decir, para destruir posibles misiles detonados por Rusia! ¡En realidad, según los informes dados a Interfax por el secretario adjunto del Consejo de Seguridad de Rusia, Evgeni Lukianov, estos silos pueden perfectamente usarse para proyectar misiles nucleares hacia Rusia!"

En Moscú, el secretario Evgeni Lukanov habló a los reporteros de Interfax: "Los lanzadores del sistema de defensa antimisiles que están siendo instalados por los estadounidenses en Rumania y Polonia serán capaces de lanzar misiles para destruir nuestros misiles tanto balísticos como de crucero. Se trata de un arma ofensiva. Puede ser equipada con misiles nucleares".

El presidente Vladimir Putin tomó los micrófonos: "Lamentamos profundamente esto. Nosotros no estamos buscando la guerra. No estamos ante un sistema de defensa. Estos sistemas no son de *defensa*. Éste es un elemento ofensivo, en nuestras fronteras, que va a aumentar la capacidad de los Estados Unidos para atacar en un momento dado a Rusia".

En Washington, el secretario adjunto de Estado para el Control de Armas y Verificación, Frank Rose, se dirigió a la prensa:

—Señores: hemos explicado en más de una ocasión que no vamos a aceptar ofrecer garantías vinculantes, ni limitar en ninguna forma las capacidades de defensa de los Estados Unidos o de nuestros aliados. Lo que pide Rusia respecto a limitar la disponiblidad de esas instalaciones restringiría considerablemente nuestras posibilidades de respuesta a las amenazas nucleares.

175

—Quieren su apocalipsis, y van a lograrlo. Así comenzó la Guerra Fría —le dijo a Clara Vanthi el hombre cubierto por una túnica gris deshilachada. En la oscuridad, Clara le distinguió en la cara una cubierta: la tenía tapada con el esqueleto seco de una tortuga.

El hombre continuó bajando hacia la negrura. Estaban descendiendo por el borde externo de una enorme gruta antigua, con la forma de un caracol. En medio de todo Clara vio algo que le pareció "una piscina de cristales". El hombre le susurró con voz chirriante:

—Como consecuencia de las obras militares en Polonia por parte de los estadounidenses, el presidente Putin ahora está comenzando a responder: "Estamos iniciando negociaciones estratégicas con Bielorrusia, con el presidente Aleksandr Lukashenko. Iniciaremos juntos la construcción de un sistema de bases aéreas rusas en Lida, Bielorrusia, para nuestra defensa conjunta; una base de despegue para nuestros jets 24-Su-27SM3".

El hombre se volvió hacia Clara.

—¿Comprendes lo que está ocurriendo?

Ella se perturbó al mirar la cara del sujeto, compuesta al parecer por costillas de quelonio seco.

—¿Adónde me está llevando usted?

—Para comprender el pasado primero debes comprender el futuro, debes mirar el último eslabón de la cadena —y con una mano hecha de huesos señaló hacia la profundidad—. El secreto de Fátima.

Clara frunció el entrecejo. Trató de ver en la oscuridad.

—No comprendo.

El hombre le dijo:

—Nunca se ha sabido cuál fue el verdadero tercer secreto de Fátima. La mujer que dice haber hablado con la Virgen ya está muerta, y cuando vivió, sus palabras siempre estuvieron bajo sospecha de ser alteradas por otros para manipular al resto del mundo.

—¿Quiénes la manipularon?

—Durante setenta años miles de seres humanos hemos especulado sobre cuál pudo haber sido ese verdadero mensaje. Antonio Socci lo ha escrito, en *El cuarto secreto de Fátima*: "Pero ¿de qué se trata exactamente? Según Paolini, 'sin excluir otras posibilidades específicas, noto que hay dos temas recurrentes y por lo demás verosímilmente relacionados. Uno es la gran apostasía en la Iglesia por parte de su cúspide, testimonio del cardenal Ciappi; y el otro es, expresándolo con una imagen, Satanás, que consigue introducirse en lo más alto de la Iglesia, según la formulación de la 'versión diplomática'; o 'el papa bajo el control de Satanás', según el padre Malachi Martin. En La Salette, estos temas están en conexión: 'Roma perderá la fe y se convertirá en la sede del anticristo'; y recuerdo que el cardenal Ratzinger, en la famosa entrevista, hablaba del tercer secreto señalando precisamente contenidos de este tipo, y aseverando que éstos están ya presentes en otras apariciones reconocidas por la Iglesia".

Clara miró hacia delante.

—¿Por eso ésta es la "Caverna del Apocalipsis"? ¿Aquí es donde va a terminar todo? ¿Aquí es donde yo voy a morir? ¿Usted me va a sacrificar aquí?

El hombre continúo descendiendo.

—Antonio Socci refiere en su libro lo que ha dicho Paolini, y es lo siguiente: "Todo esto, como afirmaba también Ratzinger, vendría acompañado por catástrofes planetarias" —y el hombre tapado con la túnica gris se volvió hacia Clara.

—¿Y cuál es la verdad?

El hombre le dijo:

—Por miles de años se ha afirmado que el final del tiempo va a ser de sangre y fuego. La profecía de ese final aterrador apareció por primera vez en Juan, el apóstol de Jesús, cuando él la escribió en una prisión en la isla de Padmos, en el mar de Grecia, cerca del año setenta, en el libro del Apocalipsis.

Clara sintió un electrizante escalofrío en su cuerpo.

—En el año 1595 aparecieron las profecías de san Malaquías. En ellas su autor predijo que iba a existir un último papa de la Iglesia de Cristo, y hoy creemos que ese último papa es Francisco, y que éstos son los últimos tiempos, y que somos nosotros quienes vamos a vivir el final del tiempo.

Clara lo buscó con la mirada.

—¿Y no es así?

—Cuando en el año 2000 los cardenales Angelo Sodano y Tarcisio Bertone publicaron lo que dijeron que era el verdadero tercer secreto de Fátima, dijeron que eran cuatro páginas con la letra de Lucía dos Santos, y no la única página con veintiséis renglones que Loris Francesco Capovilla dijo haber visto el 17 de agosto de 1959, cuando abrió un sobre con el papa Juan XXIII. Pero más importante aún que todo esto... —y miró a Clara a través de los huesos secos del esqueleto de una tortuga.

Clara le preguntó:

—¿Y bien?

El sujeto continúo descendiendo.

En Coímbra, nos abrieron la puerta. Dos personas de cara cubierta, completamente vestidas de negro, nos mostraron un largo pasillo de piso gris de roca, con las paredes blancas, con puertas de madera hacia los lados.

Comencé a caminar. Gavari Raffaello me empujó hacia delante.

—Camina, Pío del Rosario. Me echaste a perder la vida. Ahora vamos a echar a perder la tuya.

Al fondo del corredor vi un enorme lienzo, un óleo antiguo. Abarcaba del piso al techo. Era la escena de la crucifixión de Cristo. Apareció una pequeña monja a mi lado. Suavemente me tomó por el brazo.

—Bienvenido, niño —me dijo. Traía puestos unos gruesos anteojos. Sus ojos parecían salidos, como los de un sapo.

En la Caverna del Apocalipsis, en los subterráneos del Vaticano, Clara tomó por el brazo al hombre de la túnica gris deshilachada:

—Espere un momento: ¿qué es "lo más importante sobre el tercer secreto según fue revelado en el año 2000 por Angelo Sodano y Tarcisio Bertone"? ¡Dígame!

El sujeto la miró por entre las costillas resecas de la tortuga muerta.

—Lo más importante de ese material que ellos dieron a conocer es lo siguiente: en su versión del tercer secreto de Fátima, un hombre vestido de blanco, probablemente un obispo, camina a través de una ciudad que está mitad destruida y mitad temblando; y este hombre de blanco comienza a subir por una montaña, hacia la cruz que está en la cima; y al llegar a esta cima, al tocar la cruz, es acribillado con balas y con flechas; y lo más importante: dos ángeles, uno a cada lado de la cruz, comienzan a recoger la sangre de este hombre de blanco con aspersorios de metal, como los que se usan en las iglesias para rociar agua bendita.

Clara se quedó perpleja.

—No entiendo nada. ¿Qué está diciendo?

El hombre le dijo:

—Los que diseñaron este texto deben de conocer los orígenes de todos estos símbolos. Todo esto es un código pagano. Todo esto es ajeno al cristianismo.

—¿Perdón?

176

En Coímbra, la pequeña y bondadosa monja de los anteojos enormes nos acercó hacia el final del pasillo, hacia el enorme lienzo que estaba colgado del muro, en completo silencio. Vi el cielo azul. Vi la gran cruz. Me persigné. Vi a Jesús clavado en el crucifijo.

Vi el letrero en lo alto de la cruz. Decía INRI. A los lados vi dos ángeles flotando. Uno era de color verde. El otro de color oro. Los dos tenían en sus manos vasos metálicos. Con ellos estaban recolectando los chorros de la sangre de las manos de Cristo. Comencé a torcer la cabeza.

La monja nos dijo:

—Ésta es una réplica del cuadro *Crocifissione Gavari* o *Crucifixión en el Calvario*, pintado por Raffaello Sanzio de Urbino en el año de 1503.

Me volví inmediatamente hacia Gavari Raffaello. Él simplemente apreció el cuadro.

—Extraordinario —susurró con su cara quemada.

Le pregunté:

—Amigo: ¿tu verdadero nombre es Gavari Raffaello? ¿Cuál es tu verdadero nombre? ¿Te borraron tu pasado?

La monja nos dijo:

—Como ustedes ven —y me apretó el antebrazo—, en la esquina superior izquierda hay un círculo del sol. En el extremo superior derecho está el disco negro de la luna. Sólo existe otro cuadro en el mundo donde se plasmó con tanta claridad el motivo de estos dos ángeles recolectores de sangre —y señaló hacia su derecha, hacia otro pasillo.

Como en un espejismo, observé el otro lienzo al fondo de este nuevo pasillo. Comencé a sentir una intranquilidad en mi estómago. El lienzo era mucho más siniestro. Vi a Cristo de nuevo, con colores más antiguos. A sus lados vi dos ángeles flotando, recolectando su sangre. Arriba de ellos vi dos círculos: uno amarillo, el rostro del sol; y otro negro: la cara negra de la luna.

La pequeña monja nos dijo:

—Ésta es una réplica de *Pala de Monteripido*, pintado en 1502 por el maestro de Raffaello, Pietro di Perugino. El original está en la Galleria Nazionale dell'Umbria, en Perugia.

—Este sol y esta luna son un motivo pagano de la religión persa —le dijo a Clara Vanthi el hombre que estaba cubierto con la túnica de color gris.

—¿Un motivo pagano?

—Los Evangelios no mencionan nunca a dos ángeles recolectando la sangre de Cristo a los lados de la cruz el día de la crucifixión. Busca en tus Evangelios. No vas a encontrarlo. Es un invento que ciertas personas hicieron "revivir" en el Renacimiento. Es una clave persa, de Mitra.

El hombre señaló hacia el muro. En la oscuridad, Clara distinguió una silueta: el gorro frigio de Mitra. Por debajo vio el rostro del dios persa. Mitra estaba volteando hacia arriba, hacia la izquierda, hacia una figura humana con la cabeza de un sol y una corona de rayos. Al otro lado, a la derecha, había un cuerpo con cabeza de luna.

—Son Khor y Mah, los dioses persas del sol y de la luna —le dijo el hombre—. Son los que giran alrededor de Mitra, que es el centro de la "trinidad persa": Ahura Mazda, Mitra y Apam Napat, enemigos del "antidios": Ahriman, ancestro de lo que tú llamas "el Demonio".

—¡Dios! ¿Por qué se utilizó todo esto en simbología sobre Cristo?

El hombre continuó descendiendo por el corredor espiral del gran caracol subterráneo.

—No puedes creer que tu religión, que teóricamente está basada sólo en una revelación directa de Dios al pueblo hebreo, y luego completada con la voz directa de otro hebreo, Jesucristo, tenga todas estas contaminaciones persas, ¿cierto? Las imágenes de los ángeles recolectores fueron prohibidas en el Concilio de Constantinopla, que proscribió estrictamente utilizar símbolos paganos en las representaciones de Cristo. Esta cara de sol y esta luna son signos apocalípticos persas.

—Demonios. ¿Persas?

El hombre continuó descendiendo.

—El apocalipsis no es cristiano —le dijo a Clara—. Se trata de la mayor mentira de la historia del hombre. El apocalipsis en el que creen hoy mil doscientos millones de católicos en el mundo, y novecientos millones de protestantes, no procede de Cristo. Nunca provino de Cristo. Procede del emperador persa Sapor I. Lo hizo para destruir al Imperio romano.

—No…

177

Treinta metros arriba, en el Palacio Apostólico, en el pasillo que conduce a la Sala Regia, el cardenal de noventa y nueve años Loris Francesco Capovilla, escoltado por nueve obispos y por su leal ayudante Felitto Tumba, se encajó entre los periodistas.

—¡El cardenal Capovilla tiene que hablar con el papa Francisco! —comenzaron a gritar los obispos.

Los guardias suizos empezaron a detenerlos con los brazos.

—¡Esperen! ¡No hay espacio para visitas adicionales hoy en la agenda! ¡Tranquilícense, por favor!

El cardenal Capovilla les gritó:

—¡Tengo que entrar ahora! ¡Tengo que ver al papa Francisco ahora! ¡Tiene que ver la caja fuerte de Su Santidad Juan XXIII! ¡El secreto está dentro del sobre! ¡El papa Francisco tiene que saber ya la verdad sobre el apocalipsis!

Los obispos formaron un afilado embudo alrededor del cardenal Capovilla. Comenzaron a empujar hacia dentro, contra los guardias suizos. Algunos comenzaron a reír. Fue la primera vez que hicieron algo como eso.

—¡¿Qué demonios está pasando?! —les preguntó el jefe del comando—. ¡¿Qué está pasando aquí?!

El papa Francisco abrió la puerta desde dentro.

—¿Están todos bien aquí? —y se oprimió la espalda con la mano, para calmarse el dolor de la ciática.

Detrás de él se aproximó el prelado Santo Badman. Observó a Loris Capovilla de arriba abajo, con expresión de asco.

—El sumo pontífice no tiene tiempo para atender visitas no programadas.

El Santo Padre suavemente tomó al cardenal Capovilla por el brazo.

—Ven conmigo, querido amigo. Ven con nosotros —y lo metió a la Sala Regia. El prelado le dijo:

—Santidad, estamos tratando un asunto importante. Que se vaya.

Se cerró la enorme puerta.

En Coímbra, la pequeña monja de gruesos lentes nos escoltó a Gavari y a mí hacia un lejano dormitorio. Comencé a sentir una alteración en mi pulso cardiaco. Observé la puerta negra, de madera. Estaba barnizada con un betún muy oloroso. Tenía clavada una gran cruz en medio, con dos ángeles, uno a cada lado.

—¿Aquí es donde vivió encerrada la hermana Lucía? —le pregunté a la monja. Gavari me dijo:

—Pío del Rosario, ahora ésta va a ser tu habitación. No vas a volver a salir nunca más en tu vida —y me empujó adentro—. Espero que te agrade la vida monástica.

—¿Cómo dices? —y comencé a forcejear con él.

En la Sala Regia, el anciano Loris Francesco Capovilla comenzó a acercarse al papa Francisco. Le besó la mano. El papa lo abrazó entero.

—¿Qué quieres decirme, querido amigo mío? ¿Por qué llegas acá con tanta prisa?

El cardenal, con sus manos temblorosas, comenzó a sacar de su casaca un juego de fotografías. Se las mostró al papa. El Santo Padre vio una imagen del Sol: una imagen tomada por satélite.

—Santo Padre —le dijo el cardenal—, ésta es una reconstrucción de la segunda más grande explosión solar documentada en la historia —y le puso la fotografía en las manos—. Ocurrió el 13 de mayo de 1921.

El prelado suavemente les tomó la foto.

—¿Esto qué importancia tiene? —y la tiró al suelo—. ¡Estamos tratando asuntos de mayor importancia! ¡La Iglesia se está enfrentando a un cisma! —y le puso el dedo en el pecho a Loris Francesco Capovilla—. El Santo Padre está siendo acusado de participar en un acto que viola los códigos para la elección en el cónclave. Están a punto de forzarlo a su renuncia.

El cardenal Loris Capovilla, con sus grises ojos, comenzó a caminar en torno al prelado. Sin dejar de mirarlo, le dijo al sumo pontífice:

—Ese día de 1921 los astrónomos detectaron en el Sol una mancha de ciento cincuenta mil kilómetros de diámetro, doce veces el tamaño de nuestro planeta. Ésta no es información de la Iglesia, es información astronómica que fue registrada en los observatorios del mundo. Hoy está en las tablas de los ciclos solares. El Sol desprendió una gran cantidad de plasma hacia el espacio. Cuando impactó la Tierra, esa materia generó auroras luminosas en el hemisferio norte como nunca antes habían sido vistas. El ferrocarril central de Nueva York dejó de funcionar por las descargas eléctricas, por la acción de estos millones de trillones de electrones provenientes del Sol.

El prelado lo tomó por el brazo. Comenzó a jalarlo hacia fuera.

—No tenemos tiempo para esto.

El papa Francisco lo detuvo:

—Un momento. Por favor, déjelo que siga.

—La sobrecarga de electricidad solar fue tan grande que las personas vieron llamaradas salir de los cables. Es un efecto similar al que conocen los marinos, el fuego de san Telmo: los relámpagos causan presencia de energía que hace brillar los metales. Gran parte de la costa este de los Estados Unidos sufrió un apagón de horas en las comunicaciones. La radiación solar dejó marcas atómicas en Groenlandia: nitratos y berilio-10. Hoy todo esto puede ser excavado por los geólogos.

—¿Berilio-10? —le preguntó el prelado—. No encuentro relevancia en toda esta cátedra sobre el espacio.

El cardenal lentamente le mostró al papa otra fotografía:

—Esta otra imagen corresponde a un evento similar: la tormenta solar 41 del ciclo solar 15. Los astrónomos contaron ciento cinco manchas solares. El Sol arrojó al espacio una masa de plasma eléctrico de aproximadamente dieciséis mil millones de toneladas, es decir, algo tan pesado como la mitad de la materia de la que está hecho el monte Everest, con una velocidad de tres mil doscientos kilómetros por segundo. Se le llama eyección de masa coronaria. La gente vio al Sol "moviéndose" o "girando". Realmente tenía razón para describirlo así. Un pedazo del Sol literalmente golpeó nuestro planeta: entró a nuestra atmósfera.

—¿De qué está hablando? —le preguntó el prelado.

Con su mano, el papa le indicó al prelado que se callara. Capovilla les dijo:

—Fue una tormenta solar. Las auroras boreales, extremadamente intensas en Canadá, por primera vez fueron vistas en lugares mucho más al sur, como Florida. Fue un milagro, el milagro del Sol. Realmente sucedió. Está plenamente documentado por la comunidad astronómica actual. Está en los registros solares. Este evento tuvo su máxima intensidad el 21 de agosto de 1917.

El cardenal le ofreció al papa Francisco un antiguo recorte de periódico, un papel muy oloroso, quebradizo, casi desmoronado:

Chicago Daily Tribune, 9 de agosto de 1917.
Nota de primera plana.
Aurora boreal afecta líneas telegráficas.

La corporación Western Union indica que fue la aurora boreal. *El Postal Telegraph* dice que fue una mancha solar. Como fuera, esta noche las comunicaciones dejaron de funcionar en Chicago, Pittsburgh, Omaha, Buffalo y Filadelfia. El fenómeno fue intermitente desde las nueve de la mañana hasta la medianoche, dijo C. E. Newlon, jefe operador asistente en Western Union.

El papa Francisco abrió los ojos.

—Señor, ¿esto es lo que la gente vio en Fátima?

Loris Capovilla asintió lentamente. Le pasó otro resquebrajado recorte de periódico:

The Washington Post, 9 de agosto de 1917.
Nota de la página 2.
Corrientes terrestres desactivan cables.

Los cables de teléfono y de telégrafo hacia Nueva York y hacia todas direcciones fueron seriamente afectados poco después de la medianoche por la aurora boreal o "corrientes terrestres", como llaman a este fenómeno los telegrafistas. La perturbación comenzó poco después de las once horas, y afectó los cableados entre Nueva York y Atlanta.

—Santo Padre... —le susurró Loris Francesco Capovilla, y de su casaca comenzó a sacar otra fotografía—. Su Santidad, ésta es la fotografía que todo el mundo conoce sobre el evento solar de Fátima.

Colocó en las manos del papa Francisco la imagen que Juan Pablo I había visto en su dormitorio el día de su muerte. Decía: "Fátima, 13 de octubre de 1917. Milagro del Sol".

En blanco y negro, el papa Francisco vio a miles de personas mirando hacia el cielo, asombradas. El papa observó al cardenal.

—Conozco esta foto. ¿De modo que el milagro tiene una explicación científica?

—Santo Padre —le dijo el cardenal—. Estas fotos las recibió por primera vez el cardenal Federico Tedeschini, hombre del papa Pío XII, el 23 de octubre 1951. Se las dio a él un leal miembro del comité del proyecto del santuario de Fátima, el doctor Joao Mendoca. En febrero de 1952, el cardenal Tedeschini y el papa Pío XII, junto con otros hombres, se reunieron para discutir sobre estas impresionantes fotos de las multitudes presenciado el evento. Se decidió utilizarlas. Las publicaron en *L'Osservatore Romano* de marzo de 1952, y se reprodujeron en *Time Magazine* el 17 de marzo de 1952 y en *La Voz de Fátima* de marzo de 1952. Comenzaron a circular por el mundo. Son las fotos que todo el mundo conoce hoy sobre la visión del Sol de 1917. La fama que se logró con estas fotos consiguió que en ese mismo año, el 20 de agosto, el productor de cine Bryan Foy estrenara la película *Our Lady of Fatima*, de la Warner Brothers, que se convirtió en un fenómeno mundial: un poderoso llamado, muy conmovedor, con el que la Virgen alertó al mundo, por medio de tres niños pastores, sobre los peligros del comunismo, sobre la necesidad de unirse para convertir a Rusia por parte del papa de Roma.

El prelado se indignó.

—¡¿Qué importancia tiene todo esto?! ¡No estamos en una clase de historia del cine!

—El problema —le dijo el cardenal Capovilla al papa, y suavemente le dio la vuelta a la fotografía— es que años después el hermano del doctor Joao Mendoca, Antonio Mendoca, reveló al mundo la verdad. Estas fotografías nunca fueron de Fátima. Él mismo tomó estas fotografías.

Son de la población de Batallha. Tampoco son de 1917. Son del evento solar de 1921.

Tanto el Santo Padre como el prelado se quedaron mudos. El papa miró al prelado.

—¿Tú sabías algo sobre esto?

178

En Coímbra me metieron a la celda donde murió Lucía dos Santos —murió el 13 de febrero de 2005. Sentí una desesperante opresión en el pecho. En la pared vi recortes de periódico:

The New York Times, 18 de octubre de 1951.
El papa Pío XII asegura ver milagro semejante al de 1917, pero se niega a hablar sobre ello.

The New York Times, 18 de noviembre de 1951.
Fotografías son presentadas como prueba del milagro. Reportaje especial del *New York Times*. El periódico del Vaticano, *L'Osservatore Romano*, publicó ayer las fotografías del sol cayendo de clavado sobre Portugal en 1917, como en la reportada visión de la Virgen. Son dos fotografías que se dice documentan el milagro que ocurrió en la cueva de Iria cerca de la aldea de Fátima en Portugal, ocurrido el 13 de octubre de 1917.

The New York Times, 10 de febrero de 1952.
Por Thomas M. Pryorhollywood.
Comunicado de Hollywood: filmarán el milagro de Nuestra Señora de Fátima. Warner Brothers tendrá una escena que no ha sido escrita dentro del guión por Crane Wilbur.

Gavari Raffaello me dijo:
—Le robó esta foto a su hermano —y señaló hacia el muro. Vi la foto de la multitud viendo al Sol.
—¿Perdón?
—El que tomó esta foto la puso en su álbum. Su hermano se la robó. Se la dio a los cardenales que organizaron la propaganda de Fátima —y señaló hacia otra fotografía en blanco y negro. Había un sujeto de traje besándole la mano a un cardenal de apariencia monárquica y

cadavérica—. Éste es el cardenal Federico Tedeschini. Fue el delegado del papa Pío XII en el santuario de Fátima. Aquí está platicando con Luigi Gedda, presidente de la organización política Acción Católica, contra el comunismo. Luigi Gedda recibió doscientos diez millones de dólares por parte de la CIA. El dinero se le entregó a través de cuentas secretas del Banco Vaticano y por medio de agentes encubiertos que llevaron maletas llenas de dinero. Los encuentros se hicieron en el hotel Hassler. Todo esto lo tiene documentado el periodista Tim Weiner.

179

En el hotel Hassler, sesenta y cinco años atrás, con una banda de violinistas tocando polkas en el recibidor, el joven agente de la CIA Felton Mark Wyatt, con el corazón golpeándole muy fuerte en el pecho, empujó la maleta llena de liras italianas debajo de una mesa metálica.

—Aquí está el dinero. Diez millones de dólares.

—¡Diablos…! —le sonrió el representante de Luigi Gedda, con un gran crucifico en el pecho—. ¿Cómo consiguieron todo este dinero? —y por debajo de la mesa comenzó a palpar la maleta—. ¿El Congreso de los Estados Unidos aprobó esta operación?

Mark Wyatt miró hacia los lados. Observó al grupo de violinistas.

—Me estoy muriendo del maldito terror —y le sonrió—. Estamos violando nuestros estatutos. ¿Lo sabías?

—¿Nada de esto es legal? ¿No lo autorizó el Congreso?

Mark Wyatt se le aproximó:

—Mira: el secretario del Tesoro de los Estados Unidos, John W. Snyder, está transfiriendo hacia esta operación recursos del Fondo de Estabilización Bursátil. Esto se encuentra clasificado, ¿me comprendes? Este fondo es para usarlo cuando se desploma la bolsa. Lo están desviando hacia cuentas bancarias de algunos millonarios, amigos de Dulles y de Forrestal. Ellos están haciendo estas transferencias. El dinero se moviliza hacia empresas fantasmas que son de la CIA —y alzó las cejas—. ¿Comprendido? De ahí sale todo esto —y le empujó la maleta.

—Entonces…, ¿esto no es legal? —y el hombre de la Acción Católica lentamente comenzó a levantarse.

Mark Wyatt lo aferró por la muñeca. Lo jaló hacia la silla.

—Desde ahora todo es ilegal. Observa esto —y le aventó un documento. Decía:

Memorando NSC 4/A / RG 273, 9 de diciembre de 1947.
Consejo de Seguridad Nacional de los Estados Unidos.
Operaciones psicológicas.
Referencia SANACC 304/11/1—/1/Documento 249.

Se iniciarán pasos para conducir operaciones psicológicas encubiertas diseñadas para contrarrestar las actividades soviéticas y las inspiradas por el *soviet*. / Las conducirá la Agencia Central de Inteligencia.

Mark Wyatt replegó su papel. Le dijo al hombre:

—Vamos a comenzar aquí, en Italia. Cuarenta y uno por ciento de la población de este país quiere votar por los malditos comunistas, ¿puedes creerlo? —y miró hacia los diplomáticos que estaban en el vestíbulo—. Parece que no aprendieron nada en Portella della Ginestra —y en su cinturón sintió su propio revólver—. Si los soviéticos vencen aquí, en Italia, en el centro de Europa, en la cuna misma de la civilización occidental, los demás países de Europa se van a alinear con la Unión Soviética —y lentamente se echó hacia atrás—. Los Estados Unidos no podemos permitir que eso suceda.

180

En la Caverna del Apocalipsis, Clara continuó descendiendo hacia las profundidades, por detrás del hombre que estaba oculto debajo de una túnica gris, afelpada y deshilachada. Él le dijo:

—En 1945, cuando terminó la segunda Guerra Mundial, los que se habían aliado para destruir a Hitler, rusos y estadounidenses, se volvieron enemigos. Se pelearon por el control de sus dos mitades del mundo. Los rusos comenzaron a apoderarse de todos los países que pudieron. Los convirtieron al "comunismo". Los estadounidenses se aterraron. Por un momento pareció que toda Europa se iría del lado de los comunistas. Los rusos se apoderaron de Rumania, Estonia, Lituania, Letonia, Finlandia, Polonia, Alemania Oriental, los Balcanes. En 1948 fue el momento decisivo: las elecciones presidenciales en Italia.

—¿Italia…? ¿1948…?

El sujeto continuó bajando. A su lado, en el rocoso y oscuro costado se iluminaron fotografías antiguas que colgaban de unos tubos. Carteles oxidados con imágenes de Italia.

—Todo comenzó un año antes, en 1947, el día primero de mayo. Aunque los estadounidenses no querían el comunismo, la población de Portella della Ginestra votó por los comunistas, por una simple razón: muchos de ellos eran pobres. Santiago Camacho lo informa: "Los comunistas ganaron las elecciones en Portella della Ginestra; los mafiosos Salvatore Giuliano y Gaspare Pisciotta lideraron un grupo de asesinos cuya misión fue dejar bien clara su opinión sobre los resultados electorales. El balance fue una docena de muertos y más de cincuenta heridos".

Clara se quedó inmóvil.

—¿Los acribillaron por votar por el comunismo?

El hombre de cara cubierta por los huesos de una tortuga la tomó del brazo. La continuó jalando hacia abajo:

—Desde ahora ya no puedes votar por lo que tú elijas. Si votas por lo que nosotros no queremos, te asesinamos por medio de terroristas. La CIA se creó oficialmente el 18 de septiembre de 1947, a partir de la Oficina de Servicios Estratégicos y de la Ley de Seguridad Nacional del 26 de julio de 1947, que firmó en su avión VC-54C el presidente de los Estados Unidos, Harry Truman. Los protagonistas de esta nueva historia del mundo iban a ser católicos romanos: William Donovan, Ted Shackley, Frank Wisner, James Jesus Angleton…, y nazis que los ayudaron a crear la red subterránea del terror global: hombres como Reinhardt Gehlen, Klaus Barbie y Licio Gelli. La primera gran misión de la agencia para sabotear a un país fue manipular las elecciones de Italia de 1948.

Se encendieron los reflectores en todo ese sector de la caverna. Clara observó lo que le pareció una galería de antiguos carteles italianos. Estaban impresos sobre metal, ahora oxidados, fijados sobre tubos corroídos por medio de abrazaderas.

—Las elecciones se iban a realizar el 18 de abril de 1948. Comenzaron a aparecer estos carteles en toda Italia.

Clara los observó uno a uno. El primero era de una mujer vestida de blanco protegiendo a sus dos niños. Al fondo se acercaban, en un horizonte sepia, negros ejércitos con picos, con banderas rojas, con símbolos del comunismo. Decía en letras horribles: MADRE! SALVA I TUIO FIGLI DAL BOLSCHEVISMO! VOTA DEMOCRAZIA CRISTIANA.

—"Madre, salva a tus hijos del comunismo. Vota por la Democracia Cristiana."

El segundo cartel era un paisaje horrendo: un mapa de Europa ardiendo en fuego. Al frente, una calaca con un uniforme de espía soviético, con la estrella roja en la frente. Decía: VOTA O SARÀ IL TUO PADRONE.

—"Vota, o él será tu patrón."

El tercer cartel era un verdadera pesadilla: sobre un fondo negro aparecía una calavera tapada con un manto rojo siniestro, semejante a la muerte, con un látigo de picos, secuestrando a un niño aterrado, separándolo de su madre, gritando: MADRI D'ITALIA, IL MOSTRO ROSSO VUOLE IL VOSTRO SANGUE, RICORDATELO!

—"¡Madre de Italia, el monstruo rojo quiere tu sangre, recuérdalo!"

Clara Vanthi lentamente comenzó a asentir con la cabeza. Le dijo al hombre:

—Grandes carteles. Grandes diseños. Mejores que cualquiera de una película de *Viernes 13*.

Lentamente caminó hacia el cuarto cartel. Era negro, con una calaca atrapada detrás de una alambrada de púas. Decía: "100 000 prigionieri italiani non sono tornati dalla Russia. Mamma votagli contro anche per me!"

El quinto era aún más aterrador: bajo un cielo tormentoso de color rojo sangre, Clara vio salir de una nube de pesadilla, con la sombra de la hoz y el martillo comunistas, a un niño en medio de la nada, en virtuales pañales, bajo una luz siniestra, gritando: PAPÁ SALVAMI!

El hombre de la túnica gris le dijo:

—En el blog del Viejo Topo está toda la secuencia. De estos catorce carteles se imprimieron cinco millones de ejemplares. Gran proporción del costo se financió con dinero de la CIA, canalizado en parte a través de cuentas secretas del Banco Vaticano. La CIA organizó los Comités Cívicos de la Iglesia. Se movilizaron vente mil comités locales. Fue una operación de escala gigantesca. Pero lo mejor aún no ha empezado —y siguió bajando.

Se encendió una nueva sección de la caverna. Clara vio dos grandes carteles. Sólo tenían letras.

CURIA VESCOVILE DI PIACENZA

DOPO IL DECRETO DEL SANTO UFFIZIO

AVVISO E'PECCATO GRAVE:

1. Inscriversi al Partito Comunista

2. Favorirlo in qualsiasi modo, specie col voto

APOSTATA DALLA FEDE E SCOMUNICATO

e non puo essere assolto che dalla Santa Sede

Il Signore illumini e conceda ai corpecoli
in la materia tanto grave, il pleno ravvadimiento,
poiche e in pericolo la stessa salvezza nell eternita.

—Diablos —susurró Clara—. En pocas palabras, votar por el Partido
Comunista ¡¿es pecado?! ¿Lo convierte a uno en un "apóstata de la fe",
en un "excomulgado"?

—Así es —le respondió "Ioannes".

—Quiero ver tu rostro.

—Sandra Samandra —le dijo el hombre—: No voy a mostrarte mi
rostro. No tengo rostro —y señaló hacia los carteles—. Como ves, la
operación de 1948 fue la mayor operación de propaganda negra y de
guerra psicológica que había ocurrido hasta ese momento en la historia
del hombre. Fue la base para lo que sucedió en las siguientes seis décadas. Así comenzó lo que estamos viviendo.

Clara se llevó la mano hacia la cabeza. Se alació el dorado cabello.

—¿Y qué hay del secreto de Fátima? ¿Qué tiene que ver con todo
esto? ¿Qué tiene que ver el apocalipsis?

El hombre, de debajo de su túnica, lentamente sacó una pequeña esfera metálica, de cobre. Con suavidad comenzó a girarla en el aire. Clara
distinguió las marcas en su circunferencia; los números. El número 13
relució bajo la luz.

—Esto se llama "Esfera de Costa-Lobo". Lo inventó un astrofísico portugués, Francisco Miranda da Costa-Lobo, una de las más grandes mentes
que han existido para la investigación de los ciclos solares. Desarrolló la
más importante investigación mundial sobre las erupciones solares de
1859, 1917, 1921 y 1938. Lo hizo en la Universidad de Coímbra.

—No…. ¿Coímbra…?

—Fue un impulsor de la alianza de Portugal con la Gran Bretaña.
Organizó reuniones con el embajador británico para crear el Observato-
rio Isaac Newton en Coímbra. Recibió la Gran Cruz de la Orden de Alfonso XII. Fue miembro de la Academia Pontificia de las Ciencias, del
Vaticano.

—¡No me diga! ¿Lo usaron para crear las bases científicas del milagro del Sol?

El hombre miró a Clara a través de su careta, hecha de los huesos
secos de la tortuga muerta.

—Ahora vas a conocer la joya de esta vasta operación ejecutada en
1948, que es la base del Nuevo Orden del Mundo y forjó la alianza que

sometió al Vaticano al poder económico de los Estados Unidos. ¿Estás preparada?

Clara abrió sus verdes ojos de gato. Comenzó a aproximarse hacia el hombre. Asintió con la cabeza.

El hombre lentamente encendió un nuevo reflector. Se iluminó una enorme fotografía metalizada, también oxidada. Abarcaba gran parte del muro. Clara vio en la imagen antigua, de color sepia, a miles de personas amontonadas, arremolinándose contra algo semejante a la falda de una montaña; todos mirando hacia arriba, hacia algo asombroso; algunas mujeres portando velos; otras persignándose ante la visión de algo extraordinario.

Clara comenzó a aproximarse.

—*Okay...* —le dijo al hombre— ¿Esto son las apariciones de Fátima?

—No. Esto es aquí, en Italia.

—¿Aquí en Italia? —y lo volteó a ver.

—Esta foto es de la aparición de la Virgen en Ascoli, Italia, a la niña Anita Federici el 3 de abril de 1948, quince días antes de las elecciones de 1948. La Virgen vino a pedirles a los católicos que no votaran por el Partido Comunista.

Clara miró hacia el piso.

—Dios Santo. ¿Esto es real?

181

Cuarenta metros arriba, en la Sala Regia, el papa Francisco le preguntó al cardenal Loris Capovilla:

—Dios santo... ¿Todo esto es real?

El cardenal suavemente tomó la mano del pontífice. Comenzó a jalarlo hacia la puerta.

—Por favor, Santo Padre, vayamos juntos hacia el dormitorio pontificio, hacia los Apartamentos Papales, hacia las Estancias de Rafael. En el dormitorio está la caja del Santo Oficio.

El papa suavemente lo jaló hacia atrás:

—Querido amigo mío, yo no duermo aquí —y le sonrió—. Yo duermo en la Casa Santa Marta —y señaló hacia atrás, hacia el suroeste.

—Lo sé, Santo Padre —le dijo el cardenal Capovilla, y siguió avanzando con él hacia la puerta—. Quiero que usted me acompañe a la habitación donde durmieron los anteriores papas; donde durmió y murió mi superior, el Santo Padre Juan XXIII, a quien yo serví cuatro años, hasta su muerte en 1963, y donde durmió y fue asesinado el papa Juan Pablo I. Sobre el escritorio Barbarigo hay una caja de madera. En esa caja hay un sobre. En ese sobre está el tercer secreto de Fátima.

—Querido amigo, he escuchado todas esas historias. Eso es parte del pasado.

—Santísimo Padre: lo que está en ese sobre es la letra del puño de la hermana Lucía, sobre lo que realmente ocurrió el 13 de octubre de 1917.

El papa Francisco avanzó hacia la gran puerta.

En Coímbra, dentro de la habitación de la hermana Lucía, el relamido y musculoso Gavari Raffaello me apuntó con su pistola Beretta.

—Se acabó este teatro. Me pidieron que te volara los sesos —y se chupó los dedos de la otra mano. Se peinó la cabeza—. Si quieres hacer oración antes de irte, tienes cuatro segundos.

Me quedé paralizado.

—Un momento —le dije—. ¿Vas a matarme? ¿No se suponía que yo iba a verme aquí con este señor… "Klaus Altmann Hansen"?

Con el revólver me pegó en la tapa del cráneo.

—No voy a discutir contigo. Ponte de rodillas. Voltéate hacia la pared. No me gusta que me vean cuando disparo. No me vas a dejar sentimientos de culpa.

Sentí mis piernas heladas. Empecé a arrodillarme.

—¡Dios! Esto no iba a ser así. Todo esto es horrible.

—Tienes cuatro segundos. Comienza. Pide tu absolución. Es lo recomendable.

Le dije:

—Espera un momento, amigo. ¿No se suponía que yo iba a ser el "agente del apocalipsis"? —y me volví hacia él—. ¿No me iba a entrenar aquí ese señor "Klaus Altmann Hansen"? ¿No me iba a cambiar la cara y las huellas digitales para ir de regreso con el papa?

Gavari me dijo:

—Mi estimado, resultaste demasiado imbécil. ¿Creíste que el prelado era tan estúpido como para no darse cuenta de que lo estabas engañando? Estamos varios kilómetros por delante de ti. Fue obvio que llegaste para utilizarnos, para infiltrar la red de Ordine Nuovo. Sabemos que trabajas para la División de Operaciones. Como espía resultaste un fracaso. Sólo me hiciste perder cuatro horas en vuelos, y en esta ciudad no hay buena *lasagna*.

Agucé mi oído. Ése era el momento para escuchar alguna buena idea de la voz de Sutano Hidalgo. Me llevé las manos hacia la nuca. Miré hacia la pared.

"Esto se acabó." Cerré los ojos. Vi la habitación donde murió Marcial Maciel Degollado. Vi los grandes ojos de Clara Vanthi. Me dijo: "Te amo". Imaginé a los hombres del prelado lastimándola. Comencé a sentir mis propias lágrimas en la cara. Comencé a orar:

—Señor mío, Jesucristo, Dios y Hombre verdadero. Por favor, protege siempre a Clara Vanthi. No me importa que a mí me hagas arder eternamente en el Infierno. Te lo suplico en el nombre del Padre, del Hijo y del Espíritu Santo.

Gavari me dijo:

—¿Ya terminaste? No has pedido tu absolución. Es lo que se recomienda.

En el muro vi unas letras que me perturbaron: AETERNUM CONFITEMUR ESSE DAMNATAM.

Debajo había un dibujo mal trazado, hecho al parecer con una navaja: una cabra. En su costado tenía dibujado un pez, hecho sólo de dos líneas, como el de los antiguos cristianos. Debajo de sus patas había algo parecido a un "costal subterráneo", una "fosa". En su interior decía: PAPA GELASIUS. XII-II-MMV. Pensé en Lucía dos Santos.

Miré hacia el techo. Vi dos grietas. Miré hacia el piso. Estaban los restos de un mueble. "Murió aquí, sobre esta cama."

Gavari Raffaello me pegó el filo del revólver a la cabeza. Me dijo:

—Cuando llegues con Dios, dile que yo no hice esto por maldad. Éste es mi trabajo. Dile que sólo te ahorré varios años de calvario aquí en la tierra.

Le pregunté:

—¿Sabes lo que significa la frase que está escrita en el muro? Si te diste cuenta, es lo último que Lucía dos Santos escribió aquí. La fecha es el día en que murió.

Gavari arqueó las cejas.

—¡Ah, qué carambas!

Comenzó a leer la frase, paladeando las palabras:

—¿Aeternum confitemur esse damnatam?

—¿Sabes lo que significa? —le pregunté.

—Claro que sé lo que significa. Es latín: "La confesamos condenada para toda la eternidad".

—¿Pero sabes lo que eso significa?

420

Afuera, en el corredor hacia la puerta, cuatro tiernas monjas estaban tiradas en el suelo, sin vida, empapadas en sus propios charcos de sangre. La puerta del convento estaba abierta, con la cerradura reventada con un explosivo.

Dentro de la celda, le dije a Gavari Raffaello:

—Yo te puedo decir lo que eso significa. Lucía dos Santos vivió aquí encerrada sus últimos sesenta años de vida. Antes la tuvieron enclaustrada en otros conventos. Desde los catorce años nunca conoció la luz de una vida normal. Durante la segunda mitad del siglo veinte sus superiores publicaron muchas versiones de lo que ella supuestamente dijo. En 1957, el padre Agustín Fuentes publicó una entrevista con ella. Dos años después, las autoridades de aquí, de Coímbra, informaron confidencialmente al papa Juan XXIII que el padre Agustín Fuentes había inventado toda la entrevista. En agosto de 1959, el padre Paul-Pierre Philippe, comisionado de la Congregación del Santo Oficio, actual Congregación para la Doctrina de la Fe, le entregó al papa Juan XXIII la caja fuerte de la congregación, la llamada caja Secretum Sancti Officii o Secreto del Santo Oficio. El papa Juan XXIII abrió la caja y abrió el sobre. Paul-Pierre Philippe le dijo que la hoja que contenía el sobre era el tercer secreto de Fátima, escrito por Lucía; que era una revelación de la Virgen; que el papa debía cumplir con las ordenanzas que estaban escritas en esa hoja. Pero el papa Juan XXIII, en presencia de su secretario el padre Loris Francesco Capovilla, se negó a cumplirlas. Le pidió a su secretario que escribiera una nota para adjuntarla al sobre: "Dejo esto para que otros lo comenten o decidan".

Gavari Raffaello me dijo:

—¿Qué decía la hoja?

182

En el Palacio Apostólico, perseguidos por los gritos del prelado, el papa Francisco y el cardenal de noventa y nueve años Loris Francesco Capovilla subieron los últimos dos escalones. Comenzaron a avanzar hacia los Apartamentos Papales, hacia el dormitorio pontificio.

Loris Capovilla cerró los ojos.

Vio a su jefe, el obeso papa Juan XXIII, como si aún estuviera vivo:

—Por favor, escribe en el Involucro lo siguiente: "Dejo esto para otros que lo comenten o decidan".

El joven secretario papal comenzó a aproximársele.

—¿Su Santidad…? ¿No pidió la Virgen a Lucía que su tercer secreto fuera revelado a más tardar el próximo año, antes de terminar 1960?

En la oscuridad el joven distinguió a un hombre alto, delgado, por detrás del papa; con los ojos grandes y echados hacia fuera, como luminosas canicas, como hechos de "refulgente vidrio".

El papa Juan XXIII comenzó a llorar en silencio. Empezó a cerrar de nuevo el papel. Con las yemas de los dedos intentó volver a soldar el pastoso y rojo lacre sellado.

—Lo que está en esta página no puede ser revelado, o tú y yo vamos a desencadenar una guerra del mundo.

El cardenal Capovilla abrió los ojos. Le dijo al papa Francisco:

—En 1946, monseñor Harold Colgan, con la bendición de Su Santidad Pío XII, creó en los Estados Unidos la organización que se llama Ejército Azul, los defensores de Fátima, organización que hoy tiene veinte millones de fieles. Cuando Colgan lo fundó, dijo: "Nosotros seremos el ejército azul de María y Cristo, contra el rojo del mundo y de Satán". Rojo, cabe notar, era el color de la bandera de la Unión Soviética. Simbolizaba al comunismo en el mundo. En 1947, el propio Harold Colgan se reunió con la hermana Lucía. Juntos escribieron lo que hoy se conoce como la "Fatima Pledge", el llamado de la Virgen a convertir a Rusia para el Sagrado Corazón de María. Ese mismo año, el día 15 de julio, William T. Walsh le preguntó directamente a la hermana Lucía: "¿Nuestra Señora le ha hecho a usted alguna revelación sobre el fin del mundo?" Ella le contestó: "No puedo responder a esa pregunta". Todo esto está documentado en el informe *El cuarto secreto de Fátima*, de Antonio Socci.

Avanzaron con velocidad hacia la puerta. El cardenal Capovilla cerró los ojos. Vio al papa Paulo VI, sucesor de Juan XXIII, entrar por esa misma puerta, el 27 de junio de 1963:

—Su Santidad —le dijeron a Paulo VI el cardenal Fernando Cento y Joao Pereira, obispo de Leiria —Coímbra, Portugal—. Le suplicamos una bendición para la hermana Lucía. Lo felicita por su nombramiento como papa.

El papa Paulo VI se detuvo. Los miró a ambos.

—¿Es respecto a la aparición de Fátima?

Ellos asintieron con la cabeza.

—Su Santidad —le dijeron los prelados—: Lo más importante ahora para el futuro de la Iglesia está contenido en las revelaciones de Fátima.

Las ordenanzas de la Virgen María no han sido cumplidas. Nuestra Señora ha ordenado que el papa realice la consagración de Rusia.

El papa Paulo VI miró hacia el techo.

A kilómetros de distancia, en el monsasterio de las hermanas de los "Poverelle", en la Via Casilina, el aún joven Loris Francesco Capovilla levantó el auricular del enorme teléfono.

—Buona sera?

—Soy monseñor Angelo dell'Acqua, secretario sustituto de la Secretaría de Estado.

Loris Capovilla, ahora retirado del Vaticano, alzó las cejas.

—A sus órdenes, monseñor Dell'Acqua. ¿En qué puedo servirlo?

—El papa Paulo VI quiere ver el sobre donde supuestamente está guardado el tercer secreto de Fátima, el llamado "Plico" que tú viste con el anterior pontífice. ¿Dónde está?

Loris Capovilla miró hacia las monjas de los Poverelle. Con sus manos delineó los espacios del dormitorio pontificio.

—En el cajón a la derecha del escritorio.

—¿En el escritorio Barbarigo?

—Sí, el Barbarigo.

El secretario sustituto colgó el teléfono.

Ahora, a sus noventa y nueve años, el cardenal Loris Francesco Capovilla, con el corazón batiéndole dentro del pecho, traspasó la puerta por primera vez en sesenta años. Vio la cama. "Es aquí donde murió Juan Pablo I." En la pared encontró una fotografía vieja: una multitud en blanco y negro: miles de personas viendo hacia el cielo. Debajo decía: "Fátima. Milagro del Sol. 13 de octubre de 1917."

A la izquierda buscó el escritorio Barbarigo. Ya no estaba ahí.

—Dios mío… El escritorio…

"Se lo llevaron."

Cerró los ojos de nuevo. Recordó la mañana del 28 de junio de 1963, día siguiente de la llamada del secretario sustituto Angelo dell'Acqua. Se abrió la puerta de la oficina de Loris Capovilla. Se levantó de golpe. Estaba entrando el sumo pontífice, Paulo VI.

—Tu nombre está en el sobre del tercer secreto de Fátima.

—¿Perdón…?

El Santo Padre Paulo VI lo tomó por el hombro.

—Quiero que me digas qué es lo que te dijo el papa Juan XXIII. ¿Qué te dijo sobre el tercer secreto de Fátima?

Loris Capovilla, ahora, cincuenta años después, miró hacia las oscurecidas paredes del dormitorio abandonado.

—Todo está cambiado… —le susurró al papa Francisco. En la pared vio fotografías del papa Benedicto con el presidente George W. Bush. Cerró los ojos. Vio las negras ojeras de Paulo VI.

—¿Qué te dijo el papa Juan XXIII?

El joven Loris Capovilla miró hacia un lado. Le respondió:

—Sólo sé lo que escribí en la nota, en el Involucro. "Dejo esto para otros que lo comenten o decidan".

El papa Paulo VI también se volvió hacia un lado.

—¿Nada más? ¿Eso es todo lo que te dijo?

—Nada más.

El papa Paulo VI comenzó a retirarse. El joven Loris Capovilla lo aferró por el brazo:

—¡¿Qué dice el documento de Lucía?! ¡¿Cuál es el tercer secreto de Fátima?!

El papa Paulo VI miró hacia el techo.

—Si hacemos lo que está escrito en esa hoja, si cumplimos con las ordenanzas que están en esas veintiséis líneas, vamos a iniciar una guerra.

—¿Una guerra?

—La guerra más horrenda del mundo. Ellos quieren el apocalipsis.

183

En el dormitorio pontificio, con su voz ronca y débil, el cardenal de noventa y nueve años Loris Francesco Capovilla le susurró al papa Francisco:

—Estaba aquí… —y con las manos delineó el espacio tridimensional donde alguna vez estuvo el escritorio Barbarigo—. Estaba aquí, y encima estaba la caja fuerte. Era de madera—. ¿Usted nunca lo ha visto, Su Santidad? ¿Aún no le han mostrado el texto, el documento de Lucía?

El Santo Padre miró hacia la ventana. Comenzó a aproximarse hacia el cristal. Miró hacia el cielo. Cerró los ojos. Vio la mañana con resplandores de sol en la que fue al pícnic a ver a la rubia niña Giovanna.

"Si no te casas conmigo, me vuelvo sacerdote." Vio al prelado. El prelado le gritó a la cara: "¿Sabes cuánto perdiste de tu vida por volverte sacerdote? ¿Cuántas veces dejaste de ver a tu propia madre? ¡¿Dónde vas a ir a buscarla ahora que está muerta?!"

Cerró los párpados. Se le endureció la garganta. Vio al sacerdote alto, delgado, que pasó frente a él, por enfrente de la cruz de la basílica de Flores. "Ven y sígueme." Comenzaron a correrle lágrimas por las mejillas.

—Lo seguí hasta el confesionario —le susurró al cardenal Loris Francesco Capovilla, sin dejar de ver hacia la ventana—. Eso fue lo que me convirtió en sacerdote. Seguí al padre hasta el confesionario. No sé qué vi en él. Sentí el llamado de Cristo. Tenía sólo dieciséis años.

El cardenal de brazos delgados suavemente lo tomó por el brazo.

—¿Qué te dijo exactamente ese sacerdote?

—No lo recuerdo completamente.

"Cambia al mundo. El verdadero Evangelio de Cristo no ha sido modificado. El texto está conservado en un lugar sellado."

El papa Francisco buscó en su memoria.

—Era un hombre de ojos azules. Se los distinguí detrás de las rejillas del confesionario. Le brillaron como canicas. Me dijo: "Cambia el mundo".

Loris Capovilla miró hacia el piso.

—¿Ojos brillantes, como "de refulgente vidrio"? —y vio dentro de esa misma habitación, pero medio siglo atrás, bajo el resplandor de un potente relámpago, por detrás de la espalda del papa Juan XXIII, a un hombre alto, de enormes ojos azules, como vidrios. Le sonrió.

Le apretó el brazo al papa Francisco:

—Santo Padre, ¿ha pensado alguna vez que ese sacerdote que vio el 21 de septiembre de 1953 pudo haber llegado a Argentina desde Coímbra, junto con los hombres que se refugiaron en los monasterios? ¿Ha pensado que ese hombre pudo haber conocido a Lucía dos Santos, y que visitó al papa Juan XXIII para contarle su secreto?

El Santo Padre abrió los ojos.

En Buenos Aires, en el barrio de clase media de Ituzaingó, en su vivienda de un piso la hermana del pontífice, la bondadosa Mariela, al lado de su enérgico hijo José Ignacio, comenzó a desdoblar una vieja carta. Estaba dura por los años. Le crujieron las partes dobladas. Mariela le susurró a su hijo:

—Esta carta me la escribió tu tío hace más de cincuenta años, cuando él tenía sólo veinticuatro, menos que tú ahora, cuando estaba recién ordenado en el seminario de los jesuitas:

Con su dulce voz le leyó: "Te voy a contar algo. Yo doy clases de religión en la escuela a tercer y cuarto grado. Los chicos y las chicas son muy pobres. Algunos hasta vienen descalzos al colegio. Muchas veces no tienen nada que comer. En invierno sienten frío, mucho frío, con una crudeza que tú y yo nunca conocimos. Tú no sabes lo que es esto, pues nunca te faltó la comida; y cuando sientes frío te acercas a una estufa. Te digo esto para que pienses. Cuando estás contenta hay muchos niños que están llorando. Te quiero, Gordita. 5 de mayo de 1960."

José Ignacio miró hacia la chimenea, hacia los leños en llamas.

—Mamita, el asaltante me dijo por la ventana: "Mira la carta. Dale la vuelta".

—¿Eso te dijo el asaltante?

—Sí —y José Ignacio cerró los ojos. Vio al asaltante, detrás del cristal, saltando de su automóvil Peugeot blanco.

—¡Baja ahora mismo! ¡Mira la carta! ¡Dale la vuelta, maldita sea!

José Ignacio abrió los ojos.

—¿*Dale la vuelta...?* —le preguntó su bondadosa madre, la dulce Mariela, de largos cabellos blancos. Se volvió hacia la carta que tenía cincuenta años de haber sido escrita en un seminario de los jesuitas. Lentamente comenzó a darle la vuelta.

184

En el convento de Coímbra, dentro de la celda donde murió la hermana Lucía, le dije al engomado y musculoso Gavari Raffaello:

—La mujer que murió aquí nunca pudo ser libre. Apareció en muchas fotos, siempre sonriendo. Pero siempre estuvo atada por un voto de silencio.

Cerré los ojos. Me vi a mí mismo arrodillado frente al padre Marcial Maciel Degollado.

—No tengas miedo —me susurró el sacerdote con cabeza de foco con anteojos. Me sonrió. Dulcemente me acarició los cabellos—. Si me tocas aquí abajo no va a ser pecado. Eres mi hijo. El papa Pío XII me dio permiso para que mis niños me den estos masajes. Si tienes miedo del castigo a tu pecado, yo mismo puedo confesarte —y con los dedos comenzó a apretarme la cabeza—. Pero nunca le digas a nadie nada de esto. Es nuestro voto de secreto. Si traicionas este voto, Cristo mismo nunca va a perdonarte.

Escuché un relámpago. Le dije a Gavari Raffaello:

—El convento de Santa Clara-a-Nova, muy cerca de aquí, estuvo ocupado en su parte norte por el ejército. Este convento, esta misma celda, fue una instalación militar hasta un año antes de que trajeran a

Lucía. En 1944 comenzó oficalmente la colaboración militar y de espionaje entre Portugal y los Estados Unidos, por medio del dictador António de Oliveira Salazar y de la organización de secuestros Aginter Press, la agencia encubierta de la CIA —y señalé hacia el norte, hacia la casa de torturas que estaba ubicada a sólo quinientos metros de distancia—. Usaron cuentas blindadas del Banco Vaticano, sin el conocimiento de los papas, para financiar atentados, explosiones, asesinatos, secuestros de primeros ministros; para causar en el mundo el terror y la convicción de que todos esos ataques terroristas los estaban haciendo las brigadas rojas "comunistas". Cuando el papa Juan Pablo I intentó abrir varias de las cuentas de la Operación Gladio, fue asesinado. El Banco Vaticano había sido creado y diseñado con ayuda financiera de los Estados Unidos para ser una entidad completamente autónoma y separada del gobierno del Vaticano.

Gavari Rafaello me sonrió.

—Ya eres un buen detective. Estás haciendo que sienta remordimientos cuando te mate —y me apuntó con su Beretta.

Le dije:

—Si tú hubieras sido Lucía Dos Santos —y le señalé la cama sin colchas—; si cada carta que hubieras escrito, cada libro publicado, cada hoja, cada palabra, si todo hubiese sido revisado cuidadosamente por tus superiores, y probablemente por militares, para que tus letras tuvieran siempre mensajes políticos dirigidos contra el comunismo, contra la Unión Soviética, para aterrorizar al mundo; si de hecho te hubieran obligado a escribir todo lo que alguna vez se hizo público de tu puño y letra, traicionando tu propia verdad de los hechos; si todo lo que alguna vez dijiste ante periodistas hubiera sido parte de un disco rayado que otras personas te forzaron por años a repetir como un perico; si durante todas esas décadas te hubieran obligado a contar cosas horribles que nunca te dijo la Virgen, y si lo hicieron para que fueras un arma con que manipular a papas y a millones de creyentes; si así hubiera sido, ¿querrías haber dejado en alguna parte una pista hacia la verdad, hacia lo que realmente te hicieron, hacia lo que realmente te sucedió el 13 de octubre de 1917?

Gavari miró hacia la ventana.

—Sin duda. Me gustaría hacerlo ahora mismo —y me miró a los ojos—. A mí tampoco me gusta mi trabajo, Pío del Rosario. Yo mismo estoy encerrado en una maldita cárcel, igual que esta monja. No tengo forma de escapar, como ahora tú tampoco —y me señaló con la pistola—. Hago esto porque no pude ir a la primaria —y comenzó a llevarse el revólver a la cabeza.

—Un momento... —le dije—. Tenemos una opción para cambiar el mundo.

Comenzó a ladear la cabeza. Lentamente señalé hacia el muro, hacia la cabra.

—¿Has pensado que este dibujo puede ser lo único verdadero que alguna vez escribió la hermana Lucía, para revelar la verdad? Por eso está en clave. Por eso tiene la fecha del día de su muerte. Este mensaje es el verdadero secreto de Fátima.

Gavari llevó la punta de su revólver hacia sus gomosos cabellos. Se los comenzó a peinar con el barril de metal. Observó el extraño dibujo raspado con una navaja. La cabra nos miró a nosotros. En su costado vimos el pescado de los antiguos cristianos. Debajo vimos la "fosa". Dentro decía: PAPA GELASIO. XIII-II-MMV.

Trece de febrero del año 2005. AETERNUM CONFITEMUR ESSE DAMNATAM.

185

En el Vaticano, en el dormitorio pontificio, el papa Francisco violentamente golpeó con el codo el muro de yeso. Se tronó. Le susurró al cardenal Loris Francesco Capovilla:

—Vaya, es una pared falsa —y le sonrió.

Por un instante él y el cardenal Capovilla se quedaron absortos, inmóviles. Se miraron a los ojos. Inmediatamente después comenzaron a arrancar los pedazos. Detrás de los trozos de muro empezaron a ver algo: la madera de las patas de un escritorio.

—¡El escritorio Barbarigo!

Loris Capovilla cerró los ojos. Juntó sus manos. Comenzó a orar en silencio.

Vio al papa Paulo VI.

—Su Santidad —le dijo al ojeroso y narigudo Paulo VI—, el cardenal Ottaviani acaba de publicar esto: "Las profecías del texto escrito por Lucía, y que está en el escritorio Barbarigo, son equiparables con las profecías de la Biblia. Están envueltas en el misterio. No han sido expresadas en una forma que pueda ser comprensible. Es exactamente el lenguaje del Apocalipsis".

En la caverna, Clara Vanthi avanzó hacia lo profundo, hacia la curva negra del embudo de rocas. El hombre que estaba oscurecido debajo de una túnica de lana deshilachada y grisácea le susurró con un rechinido:

—Todo lo que alguna vez has sabido o creído sobre los Evangelios cristianos, sobre el canon al que llamas Nuevo Testamento, fue reelaborado por los romanos del emperador Constantino en el año 325, durante el Concilio de Nicea. Los hombres Gladio van a acusarte si dices esto. A ellos no les conviene que se sepa esta verdad. Les conviene que el mundo siga creyendo enfermizamente en el mensaje distorsionado por ellos llenándolo de odio, de visiones persas de destrucción y de racismo, que son las necesarias para apoderarse del mundo.

—No le entiendo —le dijo Clara.

El sujeto violentamente arrancó del muro una estaca que tenía anillos de hierro. La golpeó contra las rocas. Se encendió con una flama de color rosa. Era una antorcha.

—Cuando Jesús vino al mundo difundió un mensaje de amor, de aceptación universal y de perdón nunca antes pronunciado en la historia del mundo. Ese mensaje arde aún como esta flama, a pesar de que lo destrozaron, a pesar de que los hombres de Constantino lo hibridaron con la religión pagana del dios Mitra, el dios racista de los arios.

Con la antorcha iluminó un enorme espacio de roca. Tenía una antigua inscripción en arameo. Abajo estaba su traducción en griego. Más abajo, al pie de un jeroglífico con forma de cabra, la versión en latín, que en español sería:

EUSEBIO DE CESAREA, AÑO 333.

Los romanos están difundiendo la idea entre nosotros los cristianos, para confundirnos, de que el libro llamado Apocalipsis fue escrito por el mismo apóstol de Cristo, Juan, que escribió uno de los cuatro Evangelios. Las palabras de estos dos libros no se asemejan en nada. Fueron escritos por dos personas diferentes. El autor del Apocalipsis no es Juan el apóstol, y deberá ser llamado "Juan el Presbítero" porque no fue apóstol de Cristo. El dicho libro Apocalipsis no es acorde con la enseñanza de Jesucristo. Por tanto, no deberá ser incluido dentro del canon del cristianismo.

Clara miró al sujeto. En la oscuridad le distinguió, cubriéndole la cara, los secos huesos del esqueleto de una tortuga.

—Diablos… ¿Esto es verdad?

—Estás llegando a lo más profundo de la historia verdadera del cristianismo. El Apocalipsis nunca fue expresado por Jesucristo. La parte favorita del Nuevo Testamento para millones de católicos y protestantes en el mundo, que es la que habla de la destrucción y del horror, es falsa. Observa —y con la antorcha iluminó otra gran roca. Tenía una inscripción en griego. Decía:

—Se llama chiliasmo, también milenarismo —le dijo a Clara Vanthi el sujeto de la túnica—. En un principio, los cristianos lo consideraron pagano: la idea de un final aterrador para el mundo. Siempre provino de Persia, lo mismo que sus manifestaciones en los libros anteriores de la Biblia, que fueron escritos bajo la influencia persa. Jesús nunca habló sobre un final horrible en su mensaje al mundo. Enseñó sólo el amor, la esperanza.

Clara comenzó a fruncir el ceño.

—Pero… En el Evangelio hay muchas menciones de Cristo al final de los tiempos —y con los ojos buscó en el espacio—. Recuerdo a… Mateo 24: "Porque se levantará nación contra nación, y reino contra reino, y habrá pestes, y hambres, y terremotos en diferentes lugares, y todo esto va a ser el principio de dolores". Todo esto supuestamente lo dijo el mismo Cristo.

El sujeto suavemente, con sus dedos semejantes a huesos, la tomó por el brazo:

—Los Evangelios que tú conoces están alterados. Ése fue el problema del año 325. La verdad anterior fue suprimida. Nadie ha encontrado en ningún lugar del mundo los Evangelios auténticos, los que escribieron con su puño y letra Mateo, Marcos, Lucas y Juan. El papiro más antiguo alguna vez encontrado es el Papiro 52, que está hoy bajo preservación en la Biblioteca John Rylands de Manchester, Inglaterra. Es del año 125 después de Cristo. Tiene partes diferentes a los Evangelios actuales que utiliza el mundo.

—Diablos. ¿Qué cosas diferentes dice?

El hombre miró hacia los muros:

—Hubo alguna vez un primer texto, un primer Evangelio, escrito antes que el de Marcos, que, por su composición, arqueólogos y exégetas han deducido que fue integrado en el año 69, y antes que el de Mateo, y que el de Lucas, y que el de Juan, que se integró hacia el año 100. Ese primer Evangelio se llama Documento Q. Hasta el día de hoy no se ha encontrado.

Clara abrió los ojos. El hombre lentamente se le aproximó:

—Ese documento es lo más cercano a lo que realmente dijo Cristo al mundo. Todos los arqueólogos del planeta lo están buscando en este momento. Se llama *Veritas Mutare Mundo*: "La verdad para cambiar el mundo".

Con gran fuerza removió una losa. El gran pedazo de roca se quebró contra los muros. El polvo que levantó le pegó a Clara en la nariz y en los ojos. Bajo la luz rosada de la antorcha, el polvo empezó a bajar. El hombre le señaló a Clara un gran bloque de piedra. Decía:

DECRETUM GELASIANUM.

ANNUS CDXCIV.

ITEM DICTUM EST: INCIPIT DECRETALE DE RECIPIENDIS ET NON RECIPIENDIS LIBRIS QUI SCRIPTUS EST A GELASIO PAPA SEPTUAGNTA VIRIS ERUDITISSIMIS EPISCOPIS IN SEDE APOSTOLICA URBIS ROMAE.

El sujeto le dijo a Clara:

—Significa: "Año 494. Aquí comienza el decreto escrito por el papa Gelasio y los setenta más eruditos obispos en la sede apostólica de la ciudad de Roma, sobre los libros que deben ser incorporados y los que no deben ser incorporados".

Clara abrió los ojos.

—¿Papa Gelasio?

—Gelasio fue el papa número cuarenta y nueve de la Iglesia católica. Fue el último de los tres papas africanos. Fue de raza negra.

Debajo, la losa decía:

EVANGELIA QUAE FALSAVIT HESYCHIUS. OPUSCULA FAUSTI MANICHEI. INPRIMIS ARIMINENSEM SYNODYUM A CONSTANTIO CAESARE CONSTANTINI FILIO CONGREGATUM MEDIANTE TAURO PRAEFECTO EX TUNC ET NUNC ET IN AETERNUM CONFITEMUR ESSE DAMNATAM .

Clara susurró:

—¿*Aeternum confitemur esse damnatam?* ¿Qué significa la inscripción de la losa?

—Significa: "Deben ser rechazados: los Evangelios que falsificó Hesychius o Hesiquio, y los escritos de Fausto el Maniqueo, que es persa.

Primero confesamos que el Sínodo de Sirmio, convocado por Constancio César, el hijo de Constantino, por medio de su prefecto Taurus, es una herejía contra el cristianismo, y la confesamos condenada para toda la eternidad".

186

En el dormitorio pontificio, con sus frágiles manos, el cardenal Loris Francesco Capovilla violentamente arrojó contra el piso de mármol la gran "caja fuerte" de madera. Se tronó. Se dobló su placa de metal que decía "Secreto del Santo Oficio".

—Nunca supe la combinación de esta caja —le sonrió al papa Francisco. Afuera, otros hombres comenzaron a golpear la puerta con mucha fuerza.

—¡Su Santidad! —le gritó el prelado—. ¡Aquí hay un grupo de obispos que están advirtiendo ya sobre el inminente cisma de la Iglesia! ¡Otros están pidiendo su renuncia! ¡Tengo aquí la carta de los que están advirtiendo sobre el cisma! ¡Trece obispos que están contra la deformación del dogma que usted está haciendo! ¡Vamos, compañeros! ¡Son los cardenales Gerhard Ludwig Müller, prefecto de la Congregación para la Doctrina de la Fe; Timothy Michael Dolan, de los Estados Unidos; Wilfrid Fox Napier, de Sudáfrica; John Njue, de Nairobi; Thomas Christopher Collins, de Toronto; Carlo Caffarra, arzobispo de Bolonia; Robert Sarah, de Guinea; Willem Jacobus Eijk, de Utrecht; George Pell, que es el prefecto de Economía…!

Adentro, el papa Francisco y el cardenal Loris Capovilla miraron hacia el piso. Entre los trozos de madera vieron el material de color amarillo del sobre.

—¡Dios! —comenzó a respirar agitadamente el cardenal de noventa y nueve años. Se le abrieron sus grises ojos membranosos. Lentamente empezó a descender sobre sus rodillas. Comenzó a aproximar sus manos hacia el sobre. Miró al papa —: Su Santidad… ¿Puedo tomarlo?

—Claro que sí, mi querido amigo. Por lo que veo has esperado mucho tiempo para este momento.

Con su espalda torcida, agarrándose las vértebras con la mano, el papa Francisco también cayó sobre sus rodillas.

—Ésta es la verdad de todos los tiempos —y le sonrió al cardenal Capovilla.

Cuarenta metros debajo de ellos, en la Caverna del Apocalipsis, Clara miró al hombre de la túnica gris.

—¿Por qué los persas habrían querido introducir su religión dentro del cristianismo?

El sujeto, con su mano hecha de huesos, empezó a sacudir el polvo de otra enorme piedra. Decía:

EMPERADOR DIOCLECIANO.
Edicto.
Año 296.
Ordenamos que los organizadores y los líderes de la religión del dios Mitra sean castigados y condenados al fuego por sus abominables escrituras.

El hombre de la túnica le dijo a Clara:

—Todo esto lo documentó el investigador Isaac Asimov. Él tiene la respuesta a tu pregunta en su trascendental documento *El Imperio romano*: "El emperador Diocleciano pensaba que los maniqueos debían de ser agentes del gran adversario de Roma, Persia. Por ello, en el año 297 inició una campaña oficial para reprimirlos, seis años antes de su campaña militar contra el cristianismo".

—¿Qué significa eso? ¿Los persas enviaron agentes para infiltrar Roma?

—Te lo voy a decir más fácil. En el año 66 el emperador Nerón derrotó al rey de Armenia, Trídates, que era adorador de Mitra y aliado de Persia. Trídates viajó a Roma como virtual esclavo del imperio, para sometérsele, para jurarle que ahora iba a ser "leal" a Roma, y no a su enemiga Persia. Pero Trídates, en realidad fiel al mitraísmo persa, convenció a Nerón de que él, el emperador, era Sol-Mitra. Nerón se convirtió al culto de Persia.

—¡Cómo! —se sorprendió Clara.

—Así es como se manipula a los pueblos. Primero te apoderas de las cabezas de sus líderes.

—Dios…

—Este ciclo de manipulación se consumó primero en el año 251, cuando el emperador Hostiliano recibió en su frente la marca de la X, la llamada SPHRAGIS. Es el signo de Mitra. Se convirtió en uno de los *sindexoi*: uno de los iniciados en los siete niveles secretos o grados del mitraísmo. Los persas habían logrado así que la propia cabeza del imperio enemigo ahora los obedeciera por medio de los niveles sacerdotales que acababan en Ctesifonte, la capital de Persia. La X después pasó al cristianismo como "ceremonia de las cenizas". Los cristianos del mundo no saben nada de esto.

El hombre señaló hacia el muro. Clara vio un relieve antiguo. Era el emperador Hostiliano. Estaba rodeado por cientos de soldados. En su frente tenía una X quemada sobre la piel: la cruz de Mitra.

—Diablos —y Clara se tocó la frente—. He recibido la cruz del Miércoles de Ceniza. ¿Es lo mismo?

—La conversión de Hostiliano está en el sarcófago de Ludovico, a unos metros del templo de Sant'Apollinare, aquí en Roma, donde tú acabas de estar hace muy poco. En el año 260, el emperador de Persia Sapor I quiso ejercer más control sobre Roma: secuestró al emperador romano Valeriano. Lo mantuvo cautivo durante cuatro años, bajo tortura, cortándole partes del cuerpo para mantener aterrorizados a los romanos. Según Lactancio, Sapor el Persa lo hizo beber oro fundido. Así fue como comenzó el fin del Imperio romano. El emperador Sapor I el Ario, llamado a sí mismo "Sahan-sah-aryan", "Rey de Reyes de los Arios", envió a Roma a sus agentes para infiltrar la religión romana con el mitraísmo: envió a Mani, y con él a su agente Psattiq. Fueron los "apóstoles persas". La función de Mani fue la de crear una religión fusionada: tomar elementos del zoroastrismo persa, del cristianismo, que ya comenzaba a dominar en Roma, y del budismo de la India, y unificarlos en una sola "metarreligión" para crear las bases de un imperio euroasiático unificado: el que deseaba Sapor el Ario. Mani influyó definitivamente en el cristianismo, como tú lo puedes ver aquí —y suavemente tocó, en el DECRETUM GELASIANUM las palabras OPUSCULA FAUSTI MANICHEI.

—¿Fausti Manichei...?

—Fausto el Maniqueo. "Maniqueo" significa "seguidor de Mani el Persa". Fausto fue apenas uno de los muchos apóstoles o emisarios enviados desde Persia, enviados por Sapor el Ario. Eran los *magi*, palabra persa que significa "sacerdote" y que llegó a nosotros como "mago". Los magos aparecen en el Nuevo Testamento llevándole regalos al Niño Jesús. Pero, en realidad, su aparición dentro de la escena del pesebre sucedió trescientos años después de los hechos: fueron zambutidos en del texto cuando éste fue deliberadamente modificado.

—Dios...

—El proyecto de Mani, su *maniqueismo* o *Shapuragan*, es decir: la fusión de las tres religiones dominantes del mundo de entonces para fincar el imperio "global" que deseaba su jefe Sapor de Persia, se acabó convirtiendo en una de las bases del actual cristianismo, donde Dios tiene un enemigo que compite con Él por el poder del universo, igual que en la religión persa: el "antidiós" al que nosotros hoy llamamos Satán, una absoluta creación persa.

—¿Satán es una "creación persa"? —quiso confirmar Clara. Cerró los ojos. Comenzó a persignarse.

El hombre le dijo:

—Te transmitiré lo que contiene la investigación de Isaac Asimov según su *Guía de la Biblia, Nuevo Testamento*, página 506: "El dragón" que aparece en los versículos 12:7 a 12:9 del libro del Apocalipsis, "simboliza a Satanás o al Anticristo. Está dispuesto a devorar al Mesías en el momento de su nacimiento. Esto refleja las leyendas surgidas en la época postexiliar" de los hebreos cuando estuvieron cautivos en Babilonia, "bajo la influencia persa. Dios y Satanás dirigen ejércitos rivales. Pero sólo en el Apocalipsis recibe la quintaesencia canónica ese dualismo persa". El mismo Asimov lo dijo más claramente en el primer tomo de la misma guía, página 364: "En la versión preexiliar de la historia", es decir, antes de vivir los hebreos cautivos en Babilonia, "sólo a Dios se le considera origen de todas las cosas. [...] Pero algún tiempo después de la cautividad en Babilonia, surgió el concepto de que existía un enemigo sobrenatural, un ser cuya misión específica consistía en trabajar por el mal del hombre".

—¿El diablo…?

—"Hacia el año 400 antes de Cristo [...] los persas se habían convertido en la nación dominante de Asia, y es de esperar que el pensamiento persa tuviera gran influencia sobre todas las naciones que, como Judá, estaban bajo su dominio. [...] La religión persa acababa de organizarse a través de un gran profeta, Zaratustra. [...] El zoroastrismo ofrecía una visión dualista del universo. Había un principio del bien, Ahura Mazda, y un principio del mal, Arimán."

—Entonces ¿todo es de Persia? ¡¿Satanás no existe?!

El hombre tapado por la túnica gris lentamente volvió su oscuro rostro hacia Clara. Ella sólo le distinguió en la cara las costillas secas de una tortuga muerta.

—En realidad, Satán, el "dios del mal", es un regalo para nosotros por parte de los persas. La religión hebrea original era realmente monoteísta. Esto lo descubrirás completo en el proyecto arqueológico Secreto-Biblia. Los persas lograron contaminar el Antiguo y el Nuevo Testamento con dos conceptos que cambiaron y horrorizaron, y siguen horrorizando, al mundo: el demonio y el Apocalipsis. Con esos dos "regalos" han hecho que veamos a Dios como un ser que no posee el dominio absoluto del universo, pues hay una entidad maligna muy poderosa que tiene la capacidad de ir contra su voluntad.

—Dios...

Clara miró hacia la oscuridad. El hombre le dijo:

—En la religión de los persas, el bien y el mal están luchando todo el tiempo: una guerra entre Dios y Satán, al que ellos llaman Arimán. La batalla final, en el zoroastrismo persa, se va a llamar Frashokhereti o "Fin de los Tiempos", y se va a librar entre "ángeles" y "demonios". Es lo que tú y miles de otros cristianos actuales llaman el apocalipsis.

—Dios... No puedo creer esto.

—Todo ello está en el Avesta Bundahisn, uno de los más sagrados textos persas. Capítulo 33, verso 33: "Cuando se acerque el final del milenio de Ushedarmah, Dahak-Zohak, el Gran Dragón Serpiente, será liberado de sus cadenas para sembrar el terror en el mundo con un diabólico deseo". Capítulo 34, verso 18: "Entonces Airyaman Yazad y el fuego derretirán el metal de las montañas, y este metal fluirá como un río. Y harán que todo hombre pase dentro del metal derretido". Capítulo 36, verso 6: "Y entonces el reinado del milenio vendrá a Escorpio, y Dahak-Zohak reinará por mil años".

—¿Dahak-Zohak?

—Significa "Gran Serpiente". También se le llama Azi Dahaka. Es un monstruo de tres cabezas, con seis ojos. En la mitología persa, había permanecido encadenado al monte Damavand, en la costa sur del mar Caspio, preparándose para su liberación durante el fin del mundo. Los nativos aún miran hacia el nevado monte Damavand y dicen: "Ay dive sepide pai dar band". Significa "Oh demonio blanco con los pies en cadenas". No sé si te recuerda a un famoso versículo de tu Evangelio de bolsillo, que se refiere específicamente al anticristo: "Cuando los mil años se cumplan, Satanás será suelto de su prisión, y saldrá a engañar a las naciones".

—¿Es el apocalipsis?

—Así es: Apocalipsis 26:7. Sólo que en el Apocalipsis el dragón Dahak aparece con una pequeña modificación: siete cabezas, no tres. ¿Imaginas por qué?

Clara negó con la cabeza.

—Apocalipsis 12:3 dice textualmente: "Apareció en el cielo otra señal: vi un dragón de color de fuego, que tenía siete cabezas y diez cuernos, y sobre la cabeza siete coronas". ¿Qué crees que significa "siete cabezas" y "siete coronas"?

Clara miró hacia abajo.

—No sé. ¿Qué significa?

—Se hace aún más claro en Apocalipsis 13:1: "Vi cómo salía del mar una bestia, que tenía diez cuernos y siete cabezas; y sobre las cabezas, nombres de blasfemia". Y se hace todavía más claro en Apocalipsis 17:9: "Esto, para la mente que tenga sabiduría: las siete cabezas son siete montes, sobre los cuales se sienta la mujer". Es la mujer o "gran ramera" a la que se refiere todo el capítulo 17 del Apocalipsis: la gran ramera "que en su frente tiene un nombre escrito, un misterio: Babilonia la Grande, la madre de todas las rameras". ¿Aún no adivinas? ¿Quién es esa "gran ramera"? ¿Quién es ese gran monstruo de siete cabezas, que en realidad son siete colinas?

Clara, en la oscuridad, observó el rostro de Mitra.

—Diablos. No. No adivino. ¿Qué significa?

187

—Te voy a dar una última oportunidad para demostrar tu inteligencia. Si este texto, el Apocalipsis, es en realidad un fraude, si fue escrito por un persa para engañar a los primeros cristianos, para decirles: "Miren, amigos, acabamos de encontrar este Evangelio que ustedes no habían visto, que estaba perdido: lo escribió el apóstol Juan, observen", ¿qué crees que el falsificador hubiera deseado que aquellos cristianos inocentes creyeran sobre la identidad de esa "bestia"?

Clara comenzó a ladear la cabeza.

—Me rindo. No adivino.

—Asimov, *Guía de la Biblia, Nuevo Testamento*, página 507: "La bestia (con las siete cabezas y diez cuernos habituales) es, por supuesto, el Imperio romano". Página 494: "La ciudad de Roma, como era sabido en todas partes en esa época, se construyó sobre siete colinas". Era un mensaje, disfrazado de religión y dirigido a todo el mundo, para destruir a Roma.

—Diablos...

El hombre miró de reojo a Clara.

—El golpe maestro de todo emperador, en este caso Sapor I de Persia, es hacer que su enemigo muera a manos de su propio pueblo. Es lo que hicieron los Estados Unidos para derrumbar a la Unión Soviética, auxiliados por el evento de Fátima. Sapor, por medio de sus agentes

Mani y Psattiq, logró que los mismos cristianos de Roma, ya de por sí aborrecedores del Imperio romano, creyeran que Dios mismo había llamado al mundo a levantarse contra Roma por ser "el monstruo del fin del mundo", "la Bestia". Incluso el número 666, que aparece en Apocalipsis 13:18, significa nada menos que "Nerón". Asimov lo dice en la página 509 de su obra: "Si Nerón César se escribe en letras hebreas, entonces el valor numérico total es precisamente 666". Es geomatría hebrea, y lo supo Asimov, que fue hebreo. Era un mensaje que cualquier cristiano primitivo iba a entender: Nerón es Roma. Roma es Satán. Hay que destruir a Roma.

—No puedo creerlo. ¿Cómo puede ser tan fácil manipular a la gente?

—Créelo. Sapor I, el Ario, hizo las cosas de tal manera que convenció a los propios ciudadanos romanos de destruir a Roma como designio de Dios. Nadie lo puso en duda. Todos lo creyeron de inmediato. Se atribuyó el texto a Juan, el apóstol de Cristo, que había muerto doscientos años atrás en una isla. Esto es grandeza. Hacia el año 292, las estrategias de infiltración cultural de Sapor funcionaban tan perfectamente que las fronteras del Imperio romano ya eran mitraicas, fieles a Persia. Para 325, cuando ya fue evidente que todo se aproximaba al colapso, el emperador romano Constantino decidió convertirse él mismo al cristianismo, pero su imperio estaba fracturado entre los fieles de Mitra y los de Cristo. Fue él quien llevó a cabo la gran fusión final, la gran transición que Sapor había ambicionado. Integró elementos de Mitra a Cristo —y señaló hacia el muro.

Clara vio una antigua imagen de Cristo. Ahora tenía en la cabeza una corona hecha con los rayos del sol.

—Los Evangelios fueron modificados. Nunca vamos a saber cuánto de Mitra y de la mitología persa fue integrado al cristianismo, porque todo fue mezclado y fusionado. Pero hay algo más importante: tal vez nunca sepamos cuál fue la identidad primera de Cristo ni la versión original de su mensaje al mundo, porque nos las robaron. Cien años más tarde de esta fusión, en el año 476, terminó de existir el Imperio romano de Occidente. Pero comenzó el imperio del cristianismo, la era del Vaticano.

El hombre desvió su rosada antorcha hacia el muro frontal de la caverna.

En el fondo destellaron muchos cristales. Clara comenzó a aproximarse. En la oscuridad vio una enorme inscripción. Estaba escrita con cientos de jeroglíficos extraños. Debajo de todo vio un águila, con las alas abiertas hacia los lados, rodeada por los brazos giratorios de una esvástica.

—¡Dios! ¿Qué es esto?

—Es escritura persa —le dijo el hombre—. Es el Zand-I Vohuman, uno de los más importantes libros del zoroastrismo. Pasaje 3:56: "Después de que grite el Apóstata, Az-i Dahak se levantará frente a él, a través del miedo". Pasaje 3:23: "Cuando sea el final de los tiempos, oh Zarthosht, Spitaman, esos enemigos serán destruidos como la raíz. Cuando sea la noche, cuando llegue el invierno del mundo, vendrán a reinstalarse estas naciones en Irán, que yo, Ohrmazd, creé. Y con gran velocidad vendrá el espíritu maligno con las razas más viles de demonios, y con furiosa espada y lanza, vendrán para asistir a esos adoradores de demonios, oh, Zartosht, Spitaman".

Debajo de todo aquello Clara vio un símbolo: el águila con un sol, dentro de los brazos giratorios de la esvástica.

—¿Qué es eso, ese símbolo? ¿Es nazi?

—El ave es Frahavar, el símbolo del zoroastrismo, la religión de los arios.

En los Estados Unidos, por enfrente de una gigantesca águila —símbolo de la Unión Americana— en cuyas garras había 13 flechas y 13 hojas de olivo, el presidente Barack Obama dijo a los representantes de la República Checa:

—Mientras la amenaza de Irán persista contra nosotros, contra los Estados Unidos, vamos a continuar con el desarrollo de un sistema de misiles, que está dentro de un presupuesto razonable y que será efectivo para nuestra defensa. En sus ojos brilló una luz de color rojo.

Un periodista le gritó:

—Señor presidente: ¿vamos a crear un complejo para el lanzamiento de misiles nucleares en Polonia, en la localidad de Redzikowo? ¿Es verdad esto? ¿Eso no va a incrementar la tensión, la posibilidad de que realmente se inicie un conflicto entre los Estados Unidos y Rusia? ¡Redzikowo está en la frontera misma de Rusia!

Respondió Obama:

—Como comandante en jefe del Ejército de los Estados Unidos, mi más alta prioridad es la seguridad de los ciudadanos de mi país. En los últimos años hemos luchado consistentemente contra los terroristas que nos amenazan. Hemos atacado a Al Qaeda. Gracias a nuestro ejército y a nuestros profesionales del contraterrorismo, los Estados Unidos ahora están más seguros —y le sonrió.

—Señor presidente, ¿es verdad que algunos líderes del movimiento terrorista Estado Islámico han tenido contactos con elementos encubiertos de la CIA? ¿Es verdad que el armamento de este movimiento terrorista procede en gran parte de los Estados Unidos, de los suministros que nosotros mismos hicimos llegar "secretamente" a los rebeldes de Siria para derribar al gobierno sirio?

El presidente se aclaró la garganta. Miró hacia un lado, hacia sus asesores de prensa.

—El movimiento terrorista ISIL representa una amenaza para la gente de Irak y para Siria, y para todo el Medio Oriente, incluyendo a los ciudadanos de los Estados Unidos. Los líderes del ISIL han amenazado a los Estados Unidos y a nuestros aliados —y adoptó una actitud muy firme, una voz impresionante—: Esta noche, con un nuevo gobierno iraquí, y siguiendo las consultas con aliados en el exterior y con el Congreso aquí en casa, yo anuncio que los Estados Unidos van a levantar una amplia coalición de naciones para derrotar a esta amenaza terrorista.

188

—Ahora el "islam", como hace muy poco tiempo fue "la Unión Soviética", es el nuevo "monstruo del Apocalipsis".

Esto se lo dijo el hombre de la túnica a Clara Vanthi. Ella, virtualmente sin ropa, comenzó a sentir frío. Se talló los brazos.

—Simplemente se revirtió la geografía. Lo que quieren los actuales arios del "Oeste" o "los Estados Unidos" es el control del Medio Oriente, del que alguna vez salieron sus antepasados; quieren la reserva petrolífera del antiguo mar de Tetis, el gran océano del periodo cretácico que hoy son los desiertos de Irán e Irak. Éste es el último pulmón de energía biológica para mantener en funcionamiento la maquinaria industrial del mundo. Pero Rusia también quiere el control de esa zona del planeta. Éste es el verdadero apocalipsis.

—¿Todo esto lo sabe la gente de la Iglesia, del Vaticano? ¿Saben sobre el verdadero origen del apocalipsis?

—Desde luego que lo saben.

—¡Diablos! ¡¿Por qué no han dicho nada?! ¡¿Cuánta gente sabe sobre esto?!

Cuarenta metros arriba, en el dormitorio pontificio, el papa Francisco lentamente tomó entre sus manos la quebradiza hoja que había permanecido dentro del sobre "Plico" durante más de cincuenta años.

Comenzó a leer en silencio. Eran 26 líneas: las palabras de puño y letra de la monja Lucía dos Santos. Miró al cardenal Loris Francesco Capovilla.

—¿Tú qué opinas, querido amigo mío?

El cardenal, consternado, miró hacia el muro, hacia el Milagro del Sol.

—Es increíble… —y miró hacia el papa Francisco—. ¿Tú qué opinas?

El papa se volvió hacia la ventana.

—Si lleváramos a cabo lo que está en esta hoja, si hiciéramos lo que está escrito aquí, iniciaríamos la tercera guerra mundial. Nadie puede hacer lo que está escrito aquí —y miró hacia Loris Capovilla—. Esto es lo que iniciaría el apocalipsis.

—Eso no pudo decirlo la Virgen.

Esto lo pensé yo, en Coímbra, dentro de la celda donde murió la hermana Lucía. Le dije a mi "amigo" Gavari Raffaello:

—Piénsalo: cuando la Virgen se apareció a tres niños pastores en Fátima, Portugal: Lucía dos Santos, de diez años; Jacinta Marto, de siete, y Francisco Marto, de nueve, ¿por qué les reveló a ellos la verdad más importante del futuro del mundo si sabía que dos de ellos iban a estar muertos, enterrados, en menos de tres años?

Gavari arqueó las cejas.

—Ah, qué carambas —y con la pistola se rascó la cabeza—. Explícate.

—Cuando llegó el año de 1918, ocurrió en el mundo una de las más graves epidemias de toda la historia: la pandemia de la influenza española: un regalo más de la primera Guerra Mundial. Se infectó por lo menos un tercio de la humanidad: seiscientos millones de seres humanos. La población total entonces era de mil ochocientos millones. Murieron treinta y cinco millones de personas. Esto es: uno de cada cuarenta humanos vivientes sobre la tierra se fue a una tumba. Fue una cepa del actual virus H1N1. Eso fue lo que mató a los niños Jacinta y Francisco Marto, en 1919 y 1920: la peste que es considerada hoy la más aterradora y arrasadora de toda la historia del mundo, por encima de la peste negra de la Edad Media. ¿Por qué la Virgen María no profetizó esa peste, esa epidemia? ¿Por qué no les dijo a los tres niños que ése era el evento que debían evitar o del que tenían que informar al mundo para salvar a millones?

Gavari frunció las cejas.

—Caray…, nunca me lo había preguntado —y me miró torciendo la cabeza—. Continúa.

—Pero estos dos niños murieron y su muerte dejó a la aparición de Fátima, la más importante aparición de la Virgen María en los últimos cien años, sin dos de sus únicos tres testigos. De la cortísima vida de estos dos niños que murieron no existe ningún informe periodístico, al menos yo nunca conocí ninguno. No existe un solo documento donde ellos mismos, Jacinta y Francisco, hayan contado su historia: ya sea en una entrevista a un periódico de esa época, o cualquier otro medio que haya dejado una huella consultable hoy en las hemerotecas del mundo. Lo que se sabe de ellos es únicamente por boca de terceros que hablaron después de que los niños habían muerto. Pero según la única sobreviviente, Lucía, la Virgen les ordenó a los tres que su mensaje lo difundieran al mundo en el año de 1960. ¿Por qué habría elegido ella para esta misión tan importante a dos personas que estaban a punto de morir, que nunca iban a llegar al año 1960?

Gavari comenzó a ladear la cabeza.

—Sigue.

—¿Por qué murieron a esa edad? ¿Por qué una persona muere a los nueve años y otra a los diez? Y casualmente ¿los dos hermanos? ¿Por qué murieron? ¿Para que no hubiera testigos? ¿Para que sólo quedara una persona sobre la cual construir toda una historia? ¿Qué es lo que realmente vieron esos niños? ¿Vieron algo?

189

En la Caverna del Apocalipsis, el hombre del rostro cubierto con el esqueleto de una tortuga le dijo a Clara:

—En 1948, después de la gran operación de la CIA con dinero transferido por medio del Banco Vaticano para manipular las elecciones presidenciales de Italia, después de la masacre de 1947 contra la población de Portella della Ginestra, cuando los ciudadanos votaron por el comunismo y fueron castigados por ello con ametralladoras, el papa Pío XII y los hombres de la CIA iniciaron la operación de control del mundo más compleja de la historia, y la seguimos viviendo.

Clara lo miró a los ojos.

—¿Gladio?

—El periodista español Santiago Camacho lo ha reportado ampliamente: "El papa Pío XII y varios miembros de la curia pidieron a James Jesus Angleton, jefe de la oficina romana de la OSS, futura CIA, que colaborara con la cruzada anticomunista de la Iglesia y la Democracia Cristiana. Poco antes de las elecciones de 1948 se convocó, a iniciativa del cardenal Montini", futuro papa Paulo VI, "a una multitudinaria manifestación que reunió a cientos de miles de católicos en la plaza de San Pedro. Pío XII, más que un discurso o un mensaje pastoral, pronunció una verdadera arenga, más propia de las cruzadas que de la víspera de unas elecciones. Se les dijo a los feligreses que votar por los comunistas suponía caer en pecado mortal".

Clara le dijo:

—Increíble. Es como si el propio papa trabajara para la CIA.

—Así fue —le dijo él—. Eso fue exactamente lo que ocurrió. El Vaticano se convirtió en una sucursal manipulada por el gobierno de los Estados Unidos en su gran guerra psicológica y de propaganda contra su nuevo enemigo planetario: Rusia.

—Dios…

—El 20 de agosto de 1952, la Warner Brothers, el gran estudio de cine, presentó al mundo la película *The Miracle of Our Lady of Fatima* o *El milagro de Nuestra Señora de Fátima*, estelarizada por Susan Whitney en el papel de Lucía dos Santos; fue producida por Bryan Foy, que nueve años atrás había hecho con 20th Century Fox la película *Diario de Guadalcanal*, sobre la batalla de Guadalcanal, con el ejército de los Estados Unidos. La película fue un enorme éxito. Fue lo que se necesitaba para convertir la aparición de Fátima en un tema universal.

—¿Una película?

Con su antorcha de rosada flama, el hombre apuntó la luz hacia la derecha, hacia un enorme cartel oxidado hecho de lámina. Clara vio las letras rojas con el título del film por encima de una luz divina que caía desde el cielo sobre los tres niños pastores.

—La conversión de Rusia…

El hombre le dijo:

—Así es. La Décima Cruzada, igual que el llamado que hace mil años hicieron los papas Gregorio VII y Urbano II. En la Universidad de Georgetown, dentro de la Colección de Cinematografía del Departamento de Defensa de los Estados Unidos, están los expedientes 59367 y 59354, con las cartas que intercambiaron los militares del Ejército de los Estados Unidos y Bryan Foy, el productor de la película: correspondencia de 1945 a 1956 para la producción de las películas *Battlestations* o *Estaciones de batalla*, de Paramount Pictures, sobre el submarino USS Franklin, y *Bamboo Prison* o *Prisión de bambú*, sobre la Guerra de Corea.

En esos expedientes hay memorandos del Departamento de la Defensa. Fueron proyectos para el Ejército de los Estados Unidos.

Clara le preguntó:

—¡Diablos! ¿La película *The Miracle of Our Lady of Fatima* fue también un proyecto militar, del gobierno de los Estados Unidos?

El hombre la miró a los ojos.

190

Cuarenta metros arriba, en el dormitorio de los papas, el papa Francisco le acercó al delgado cardenal Loris Capovilla la quebradiza hoja con las 26 líneas escritas por Lucía dos Santos. Con el dedo le señaló el último de los renglones:

—Lo que me llama la atención es esta última línea. AETERNUM CONFITEMUR ESSE DAMNATAM.

Bajo esta frase, el cardenal Capovilla vio un pequeño dibujo hecho por la monja Lucía dos Santos: un dibujo muy simple de una cabra. En sus costillas aparecía el pescado de dos trazos que usaban los antiguos cristianos. La cabra estaba parada sobre una fosa o agujero, en cuyo interior se leía: PAPA GELASIUS.

Los dos hombres permanecieron en silencio.

Afuera, el prelado comenzó a golpear la puerta.

—¡Su Santidad! —gritó—. ¡El obispo Renatus Leonard Nkwande, de Tanzania, está declarando en su homilía que exhorta a los delegados de este sínodo a que se aferren a la línea de resistencia contra las presiones que están dando la bienvenida a los católicos homosexuales y a los divorciados vueltos a casar! ¡Afirma que "nos resistiremos a comprometer al Evangelio y a sacrificar la revelación divina a visiones extrañas y a enseñanzas nuevas"!

El cardenal Loris Francesco Capovilla miró al papa Francisco.

—El verdadero Evangelio es el que usted está proclamando —y le puso la mano sobre el brazo—. El Evangelio de Cristo es lo que usted está trayendo de vuelta al mundo: la alegría del Evangelio. *Evangelii Gaudium. Veritas Mutare Mundo* —y suavemente colocó su dedo sobre el dibujo de la cabra—. Esto es arameo. Spyr significa "cabra". Pero si se pronuncia "Spr" significa "manuscrito", y si se pronuncia "Sryr" significa "verdadero".

Su dedo subió hasta las palabras AETERNUM CONFITEMUR ESSE DAMNATAM.

—Esta frase sólo existe en un documento en el mundo: el decreto del papa Gelasio del año 494, que es acorde con lo escrito por Eusebio de Cesarea cien años antes en su *Historia eclesiástica*, pasaje 3.39.4: el lenguaje y el material teológico del Evangelio del apóstol Juan, querido discípulo de Cristo, y el lenguaje del libro del Apocalipsis son completamente ajenos uno al otro. No los escribió la misma persona.

El papa abrió los ojos.

—He leído ese decreto.

—Es una mentira que ha creído la civilización por mil setecientos años. El Apocalipsis es de origen sasánida. El decreto del papa Gelasio condenó el Concilio de Sirmio, donde el hijo del emperador romano Constantino incluyó en los Evangelios cristianos el maniqueísmo persa. Desde entonces los cuatro Evangelios fueron modificados. Esto lo saben en la Congregación para la Doctrina de la Fe pero nunca se le ha dicho al mundo. El decreto gelasiano fue enterrado, igual que el primer Evangelio de Cristo. Los poderes prefirieron la versión persa del fin del mundo. Fue mejor para establecer un control sobre la gente. La obra del papa Gelasio ha estado oculta, igual que su vida, igual que el primer manuscrito. El papa Gelasio fue el último hombre que intentó proteger el mensaje original de Jesucristo.

El papa Francisco cerró los ojos.

—¿Te refieres a la "Fuente Q"? ¿El documento que los arqueólogos llaman "Quelle", el que es parte de la investigación Secreto-Biblia?

El cardenal Loris Capovilla lentamente asintió.

El papa se volvió hacia la ventana. En sus manos acarició la quebradiza hoja escrita por Lucía dos Santos.

—Esta chica fue realmente lista. Nos dejó aquí su mensaje. Tardamos cincuenta años en descifrarlo, pero lo hemos descifrado esta noche. Ahora todo está claro —y miró hacia Loris Capovilla—. La aparición fue real. Los tres pastorcitos tuvieron el contacto. Todo aconteció. Esta frase, este dibujo. Esto es el verdadero mensaje de la Virgen. Éste es el verdadero mensaje de Fátima.

Cerró los ojos. Vio al sacerdote, sesenta años antes, tras las rejillas del confesionario. Dos ojos brillantes como canicas, como "refulgente vidrio".

"Cambia el mundo."

El papa Francisco se volvió hacia Loris Capovilla:

—El verdadero Evangelio de Cristo no ha sido modificado. Está conservado en un lugar sellado —y de nuevo miró hacia la ventana—. Éste es el verdadero mensaje de la Virgen de Fátima. Éste es el verdadero secreto de Fátima: la madre enseñándole al mundo dónde está guardado el mensaje de su Hijo. Éste es el Secreto Vaticano.

Con su dedo tocó, en el papel de Lucía, la fosa dibujada debajo de las patas de la cabra, donde decía PAPA GELASIUS.

Con la otra mano tomó por el brazo a Loris Capovilla. Le dijo:

—El Documento Q, el verdadero Evangelio de Jesús, está guardado en la tumba del papa Gelasio —y señaló hacia la ventana—. La tumba del papa Gelasio está sepultada desde hace quinientos años en la Necrópolis, debajo de las ruinas de la primera basílica de San Pedro, debajo de la actual basílica de San Pedro.

191

En Coímbra, le dije a Gavari Raffaello:

—En realidad, tú quieres hacer el bien. Ayúdame.

—¿De qué hablas? ¿Estás loco?

—Dime quiénes son los hombres que están encima del prelado. Dime para quiénes trabaja. ¿Por qué quieren dañar al papa? ¿Qué quieren hacer con el mundo?

—Estás loco. ¡Yo no te voy a decir eso! —y me apuntó con su pistola.

Comencé a aproximármele:

—¡¿Para quién trabaja el prelado?! ¡¿Quiénes le dan las instrucciones?! ¡¿Quiénes integran la Orden 400?!

—¡Detente ahí, Pío del Rosario! ¡Hace diez minutos debí apretar este maldito gatillo! ¡Si te mantuve vivo fue sólo porque me entretenías con tu extraño relato!

Del muro tomé un hermoso crucifijo de madera olorosa. Lo alcé en el aire.

—Te voy a estrellar esto en la cabeza si no me das ahora mismo la respuesta. ¡Dime quién es el que da las órdenes al prelado! ¡¿Quiénes son las personas que controlan el Vaticano?! ¡¿Quiénes son la Orden 400?! ¡¿Usaron el caso de Fátima, y las profecías de los "antipapas" y de la "gran apostasía" para mantener siempre dividida a la Iglesia, siempre aterrada; para poder siempre calumniar a cualquier papa que no obedeciera a la Orden 400 y decirle al mundo: éste es un "antipapa"?!

—¡Detente ahí, Pío del Rosario! ¡Tú debías saber todo esto! ¡Tú eres un agente de la CIA!

Me quedé inmóvil.

—Demonios —le dije—. ¿Qué estás diciendo? —y con mucha fuerza aferré la cruz para golpearlo.

Gavari comenzó a bajar la pistola.

—Te entrenaron desde hace mucho tiempo. Eres parte de la Operación *O Gladio Natus*. Los Pájaros Azules. Fuiste entrenado para la guerra y para el latrocinio. Eres un *Gladio Natus*. Nacido para *Gladio*.

Miré hacia el muro.

—Dios… "*Bello latrociniisque natus…*" ¿El texto del libro *La Guerra de las Galias*, de Julio César?

Cerré los ojos.

"Por eso llamaron 'Legionarios de Cristo' a los legionarios de Cristo, como los legionarios romanos. Por eso la basílica de San Pedro no es un templo de estilo 'Judea' o con motivos de pescadores, como lo fueron los discípulos de Cristo, sino una basílica romana, como las basílicas dedicadas al Sol Invictus y a Júpiter Optimus Maximus, y a Cibeles. Por eso los templos cristianos no son como barcos. Por eso el máximo jerarca de la Iglesia se llama *Pontifex Maximus*, 'sumo pontífice', que era el cargo religioso supremo que usó Julio Cesar para invocar a Júpiter y a Marte. Todo es una herencia del Imperio romano."

—Somos sólo un eco del Imperio romano —le dije a Gavari Raffaello—. Ahora lo entiendo todo. Toda esta era ha sido una sombra, un brillo en las brasas apagadas, los restos de chispas que se apagan en los carbones después de la luz del mundo que fue Roma.

Gavari me apuntó con su pistola a la cabeza.

—No quise hacerte esto. Ya me cansaste.

Gavari apretó el gatillo. El percutor golpeó la parte trasera del casquillo de la bala. El proyectil comenzó a salir hacia el hueso de mi cabeza. Supe que iba a morir.

Cerré los ojos. "Señor mío, Jesucristo, en ti confío."

Escuché en mi interior una voz: la rasposa voz del "jardinero del Vaticano", Sutano Hidalgo: "Siento como que estoy atrapado en el culo del universo. He estado en situaciones peores que ésta. Y cada vez que he estado en la misma situación, en el culo del universo, Dios me envía una soga para rescatarme".

Un mazo golpeó el revólver. Era Sutano Hidalgo. Me gritó:

—¡Corre, imbécil! ¡Esto se acabó! ¡Esta operación ya valió madres! ¡Vámonos!

Arriba de nosotros escuché veinte helicópteros. Comencé a correr.

—¡¿Qué está pasando?! ¡¿Adónde vamos?!

La cabeza de Gavari Raffaello estalló como una toronja. Sutano le disparó con su pequeña Glock de balas expansivas. Por los pasillos escuché gente corriendo, gritando. Venían hacia nosotros.

—¡Todo esto es por ti! —me gritó Sutano—. ¡Resulta que eres mejor que yo para llamar la atención! ¡La policía de Lisboa nos está buscando ahora! ¡Están enviando escuadrones especiales para chingarnos!

Corriendo detrás de él, le sonreí:

—¡Pensé que no ibas a venir!

—¡Siempre voy a venir por ti! ¡Dejé todo para venir a ti, para salvarte! ¡Dejé a mi primera mujer, que fue el...! —y se frenó. Del pasillo cogió una larga banca de madera—. ¡Ayúdame, Pío! ¡Estrellemos esta madre contra la ventana! ¡Nos está esperando afuera un helicóptero de la CIA!

—Diablos. ¿De la CIA? —y arrojamos la banca contra los cristales. Se quebraron. Los pedazos me cayeron incluso en los brazos—. ¡Mierda! ¡Todo esto es horrible!

Afuera comenzaron a sonar las sirenas de protección civil de Coímbra. La gente, asustada, empezó a salir de sus casas. Sutano me dijo:

—Averigüé varias cosas mientras estabas con tu amigo engomado —y comenzó a arrancar con sus manos los pedazos de vidrio aún adheridos a la ventana, cortándose los dedos—. ¡Salta, Pío! A los hombres que redactaron el "Pliego de Fátima" con la hermana Lucía en algún momento posterior a 1946, los llamados *Blue Army of Fátima* de los Estados Unidos, el "Ejército Azul de Fátima", la Unión Soviética los acusó de ser "un arma de la CIA y de movilización política en Portugal". Todo eso está publicado en el documento LarouchePub, del 27 de noviembre de 1984.

—No... —le dije a Sutano—. ¿La CIA estuvo detrás de la redacción del Pliego de Fátima, del "disco rayado" de Lucía dos Santos?

Sutano me jaló hacia el patio, quebrando trozos de vidrio con mi cabeza, cortándomela. Desde las puertas del patio empezaron a correr hacia nosotros varias monjas, gritándonos, con palos en las manos. Con mis brazos tuve que quitar a una hermana.

—¡Sáquese, hermana! ¡Tenemos prisa!

Me golpeó en la cabeza con un rodillo de cocina. Me gritó:

—¡El Demonio está invadiendo nuestro santuario! ¡Traigan ya mismo al exorcista! ¡Llamen ahora mismo al exorcista!

Sutano me jaló hacia la gran puerta del convento. Estaba cerrada. Vi a tres soldados. Empezaron a apuntarnos con sus ametralladoras. Nos gritaron:

448

—¡De aquí no van a pasar, miserables! ¡Alto y al suelo!

Arriba de nuestras cabezas, cuatro negros helicópteros batieron estruendosamente sus aspas.

—¡No estoy diciendo eso! —me gritó Sutano.

—¿De qué hablas? —le pregunté.

—Del Ejército Azul de Fátima, de la CIA. No tengo las pruebas. Averigüé algo mucho más importante. En 1963, cuando estuvo a punto de estallar la guerra mundial entre los Estados Unidos y Rusia, y de llenarse todo el maldito mundo con radiaciones nucleares porque Rusia acababa de construir bases de misiles atómicos cerca de los Estados Unidos, en Cuba, el papa Juan XXIII se ofreció a mediar para encontrar la paz, para evitar que estallara la guerra nuclear, para que se congraciaran el presidente estadounidense John F. Kennedy y el premier ruso Nikita Jrushchov. Todo esto lo hizo Juan XXIII por medio de dos "embajadores secretos": un amigo del presidente Kennedy, Norman Cousins, y el jerarca de la Iglesia ortodoxa rusa, el metropolitano Nikodim.

—¿*Nikodim…?* —y corrí hacia la puerta, hacia los soldados que me estaban apuntando a la cara. La puerta comenzó a cerrarse—. ¿El que murió de un ataque cardiaco frente al papa Juan Pablo I cuando visitó el Vaticano?

—Según Santiago Camacho, el papa Juan XXIII "asombró a la curia al afirmar que la cruzada contra el comunismo había fracasado, y ordenó a los obispos italianos que se mantuvieran 'políticamente neutrales'". Esto fue un golpe contra los Estados Unidos. "La CIA vio todo esto con espanto." Juan XXIII estaba sepultando lo que los estadounidenses habían logrado para someter a Pío XII. Era como si el papa Juan XXIII se hubiera olvidado de quienes ayudaron a la Iglesia a establecer el Banco Vaticano.

Sutano sacó de su bolsillo una pequeña esfera. La aplastó con los dedos. La arrojó contra los soldados. Les estalló en la cara. Sus cerebros reventaron hacia la calle, igual que sus costillas y pulmones. Me gritó:

—¡Corre, Pío! ¡Nos está esperando el helicóptero al otro lado de esta puerta! ¡En el helicóptero te aguarda la sibila de Eritrea, la profetisa del Imperio romano que provenía de la actual Turquía, y que está pintada en el techo de la Capilla Sixtina desde hace quinientos años, junto con los profetas de la Biblia!

—¿De qué hablas? ¿Sibila de Eritrea? ¿En el helicóptero?

—¡La religión romana y el cristianismo están mezclados en el techo de la Capilla Sixtina, donde eligen a los papas! ¡Es intencional! ¡Los pontífices máximos son monarcas de dos imperios: del imperio cristiano y del nuevo Imperio romano!

—¡Diantres! ¿De qué hablas?

—¡Pero el nuevo Imperio romano ahora está bajo el control de los Estados Unidos, y los papas han querido liberarse! Santiago Camacho reportó que el papa Juan XXIII ordenó "que el libre acceso al Vaticano que habían tenido los agentes estadounidenses debía cesar. El temor de los norteamericanos se incrementó cuando supieron que Juan XXIII intentaba un cauteloso diálogo con Nikita Jrushchov, el líder soviético"

—¿Por eso los que ahora odian al papa Francisco también odian a Juan XXIII? ¿Es porque los dos quieren la paz?

—¡Escucha, Pío! —y corrió hacia el estruendoso helicóptero—. Cuando los Estados Unidos vieron que no podían controlar al papa Juan XXIII, porque rehusó obedecer el mandato de Fátima de exigir masivamente, en un sínodo con todos los obispos del mundo, la "conversión" de la Unión Soviética al catolicismo, en una absoluta provocación para iniciar una guerra, los hombres de la cúpula se decidieron a crear otra historia para destruir a Juan XXIII: se inventó que en el cónclave donde Juan XXIII fue elegido papa, en 1958, el verdadero ganador de las votaciones había sido otro hombre, el cardenal Giuseppe Siri, y que ese "elegido" había caminado hasta el balcón para proclamarse Gregorio XVII, pero que "los masones" lo detuvieron y designaron a un impostor: Juan XXIII.

—¡Dios! —y corrí hacia el verde y hermoso helicóptero. Sus hélices se estaban moviendo. Había dos hombres y una mujer de blanco llamándonos con los brazos. Sutano me dijo:

—Es lo mismo que ahora dicen del papa Francisco. Es la misma historia: dicen que hubo otro que ganó las elecciones, Angelo Scola, y que se acercó al balcón para proclamarse "Juan XXIV", pero que "los masones lo detuvieron". El problema es que ahora se sabe quién es el que primero iba a llamarse "Juan XXIV": el propio Francisco, Jorge Mario Bergoglio.

—Diantres.

—El mayor postulante de esta teoría, llamada "Sede Vacante", según la cual el propio papa Juan XXIII nunca fue papa, y por lo tanto tampoco ninguno de sus sucesores, fue el padre Marcel Lefebvre, fundador de la Sociedad Sacerdotal Pío X. Los miembros de esta gran corriente de la Iglesia dicen que los últimos papas han sido falsos, y por lo tanto han creado una "ola" que tiende a dividir a la Iglesia; que la "cúpula" está tomada por el "maligno"; que se va a desencadenar la "gran apostasía" que aparece en todas las profecías, incluso en el Apocalipsis: una masa de gente que va a dejar de creer, y que va a iniciarse un gigantesco "cisma". Pero Pío: ¡ellos mismos son el maldito cisma! ¡Ellos mismos son la gran apostasía! ¡Ellos son los que la están provocando con su maldita teoría, y ni ellos mismos lo saben porque son agentes manejados por otros a los que ni siquiera conocen! Son los agentes para la destrucción de la Iglesia. ¡Los están condicionando mentalmente para volver a destruir a Roma!

—Déjame adivinar —y pisé el estribo del helicóptero. Atrás de mí sentí el zumbido de tres disparos. Me jalaron hacia arriba cuatro brazos—. ¿Todo esto es una campaña del gobierno de los Estados Unidos para mantener a los papas alineados, para que cualquiera de ellos que se salga de la línea sea llamado "masón" o "antipapa"?

—Acertaste, Pío. La teoría de la "Sede Vacante" es el mejor electrodo para mantener bajo obediencia a cualquier papa actual. Se le aplicó aún más al papa que siguió a Juan XXIII: Paulo VI. Esto lo documenta el periodista Leopoldo Mendívil Echevarría en su libro *Sí, soy el papa*: "Cuando Paulo VI inició el acercamiento con el mundo comunista todos le aplaudieron, salvo los fanáticos de derecha; pero con el tiempo muchos más se unieron a estos últimos recriminando al pontífice que, aunque abrió diálogos con los enemigos naturales de la religión, poco o casi nada logró modificar sus posiciones políticas y doctrinales a favor de la Iglesia". Al amigo del papa Paulo VI, que era amigo de los socialistas, Aldo Moro, primer ministro de Italia, lo secuestraron las Brigadas Rojas. Lo mataron en 1978 los hombres de Licio Gelli. El papa Paulo VI lloró por eso. Murió tres meses después.

Nos arrojamos contra los asientos. El helicóptero violentamente se levantó hacia la atmósfera. Sentí un duro hueco en el vientre.

192

Desde los lados, otras aeronaves nos lanzaron proyectiles. Sutano me gritó:

—Lo que descubrí es lo siguiente, Pío: según Crux Fidelis, "La Nobleza Negra" de Italia "hizo tratos con la CIA. El coronel Fletcher Prouty y otros miembros de la agencia se reunieron con ellos para arreglar la elección de 1948. Con la elección de Juan XXIII al trono de Pedro, las cosas para la Nobleza Negra comenzaron a ser un caos. La CIA no confiaba en el nuevo papa, con su lenguaje de paz en vez de guerra. La embajada estadounidense se quejó con el cardenal Otavianni sobre lo 'suave que es el papa con el comunismo'. La Reina Negra, Elvina Pallavicini Medici, optó por apoyar en 1977 a Marcel Lefebvre".

—¿Cómo dices?

—Todo está en el reporte de LaRouche Pub del 4 de febrero de 2005, nueve días antes de la muerte de Lucía dos Santos. Lo escribió Allen Douglas: la princesa italiana Elvina Pallavicini, conocida como la "Reina Negra" de Italia, "fue la máxima financiadora, tanto en Roma como en el mundo, del arzobispo cismático Marcel Lefebvre".

—¡Dios! —le dije a Sutano—. ¡No puede ser esto! ¡¿Todo lo inventaron?! Maldita sea. ¡¿Y quiénes son la Orden 400?! ¡¿Averiguaste eso?! ¡Yo no pude averiguar nada en Coímbra, especialmente porque tú le volaste la cabeza al único informante que tenía!

Sutano se metió la mano al bolsillo. Me arrojó su gran moneda de oro de un dólar.

—Ahora es tuya. Me la regaló mi maestro, el director de operaciones encubiertas de la CIA, el "Fantasma Rubio" Ted Shackley.

Me le aproximé:

—¿Quiénes son la Orden 400? Pudiste averiguar eso?

Me miró fijamente.

—Según Jürgen Elsässer, en su informe "Der Gejagte: Papst Benedikt XVI. Tritt zurück", "En 1981, el servicio militar y de inteligencia italiano, el Sismi, informó al Parlamento de Italia, en una investigación, cuáles fueron las razones de la formación de la logia P-2". El resultado fue el siguiente: "Fue Ted Shackley, director de todas las operaciones encubiertas de la CIA en Italia, en los años setentas".

—¡¿Cómo dices?! —y observe la maldita moneda. Vi el resplandor dorado de la Estatua de la Libertad, con su "gorro con rayos" de Mitra—. ¡¿Fue tu "maestro"?! ¡¿Fue "Ted Shackley"?!

Sutano me dijo:

—El informe dice lo siguiente: el oficial Alexander Haig y Henry Kissinger, del gobierno de los Estados Unidos, "le dieron a Licio Gelli en el otoño de 1969 la autorización para que reclutara a cuatrocientos italianos de alto nivel y a oficiales de la Organización del Tratado del Atlántico Norte, la OTAN".

—No... —le dije a Sutano—. ¡¿Ésa es la "Orden 400"?! ¡¿Ellos crearon la logia masónica?! ¡¿La logia P-2?!

—Sí, Pío del Rosario. La logia masónica P-2 de Licio Gelli, que infiltró y sometió a la masonería en Italia y a la masonería en el mundo; la que, por medio de esta "masonería infiltrada", infiltró y sometió también a la Iglesia católica; y que asesinó a un papa, y que atentó contra otro papa; y que ejecutó la operación secreta de terrorismo mundial Gladio, con sus ramas Cóndor y Safari en América Latina y en África, para sembrar el mundo de miedo con atentados terroristas y movimientos financieros blindados del Banco Vaticano, esa logia fue una creación de la CIA. Ésa es la Orden 400. Todo fue producto de un grupo de personas que tenían su base en los Estados Unidos.

Miré hacia la ventana.

—No puedo creerlo. ¿Cómo pudo Dios crear todo esto? ¿Por qué existe la maldad?

—Lo peor no es esto, Pío del Rosario.

—¿No? —y lo miré. Ya estábamos volando sobre el mar Mediterráneo, de vuelta hacia Roma.

—Lo peor es que tu función como "pájaro azul", como *O Gladio Natus*, como agente para asesinatos, no ha terminado. La CIA está infiltrada por estos hombres. Yo represento a la otra ala de la CIA. Estas personas ya decidieron el derrocamiento del papa. Quieren someter al gobierno de los Estados Unidos.

—¿Qué estás diciendo?

—No eres el único. Entrenaron a otros. Son miles como tú —y miró hacia la ventana—. Están formando a cientos, a miles de jóvenes con perfil psicológico de trastorno limítrofe y antisocial para estas actividades de terrorismo, para adoctrinarlos con ideologías religiosas extremistas, apocalípticas, tanto islámicas como cristianas o de cualquier tipo. Un nuevo Gladio.

—Diablos. ¿Un nuevo "Gladio"?

A su lado, una muy bella mujer, muy joven, vestida de blanco, con largos y lacios cabellos negros, con grandes ojos oscuros, muy brillantes, de piel morena, de grandes pestañas, me dijo:

—Para ti, yo voy a ser la voz de Sibel Edmonds, ex intérprete del FBI. Me despidieron en marzo de 2002 de la Oficina de Campo de Washington del FBI. Provengo de Turquía, antigua Eritrea. Existe hoy una nueva operación. Se llama Gladio B.

—¿Gladio B?

—El FBI adoptó este nombre clave para las comunicaciones entre el Pentágono y la CIA, junto con las otras agencias de inteligencia de los Estados Unidos, con la organización terrorista Al Qaeda, que en la actualidad se ha ramificado y ha formado el llamado Estado Islámico.

—Dios —y miré a Sutano Hidalgo—. ¿Esto es cierto?

—Escúchala. Esto no ha terminado.

—Estas comunicaciones las detectó el FBI desde 1997, cuatro años antes de que ocurriera el atentado contra las Torres Gemelas.

—¿Qué tipo de comunicaciones? ¿Comunicaciones de la CIA con terroristas antes de los atentados? —y miré a Sutano—. ¿Es como en las Brigadas Rojas? ¿Hay agentes de maniobra, agentes mano, agentes controladores?

—Reuniones entre agentes de la CIA y el "actual" líder de Al Qaeda, Ayman Al-Zawahiri, en la embajada de los Estados Unidos en Azerbaiyán.

—Diablos, no puedo creer esto. ¿Están otra vez detrás de los terroristas? —y con la mano me pegué en la cabeza—. ¿Están usando otra vez al Banco Vaticano? ¿Por eso están enojados con el papa Francisco? ¿Les quitó su "tubería" para pagar atentados?

—Pío —me dijo la bellísima chica turca—: Algunos están siendo entrenados en Turquía. Se trata de expertos en terrorismo, en operaciones de desestabilización.

—¡Maldita sea!

En un encuentro con la prensa, el ex agente especial del FBI Dennis Saccher les dijo a los reporteros:

—Lo que está dando a conocer Sibel Edmonds debería ser de primera plana. Es un escándalo mucho más grande que Watergate.

En el helicóptero, la chica de grandes pestañas turcas me dijo:

—Los periódicos están recibiendo amenazas por publicar estos hechos. Ahora estamos en peligro, incluyéndote, si estás con nosotros —y lentamente se me aproximó. La luz del cielo le entró hacia la cara—. La indicación es la siguiente: "Tienes que atacar a civiles, a mujeres, a niños, a gente inocente, a personas desconocidas que estén fuera del juego político".

Me eché hacia atrás, en mi asiento. Sutano me dijo:

—Pío: el prelado es parte de toda esta red. Tú también lo eres. Eres la pieza para la operación Fátima-3.

—¡Ya basta! ¿De qué estás hablando?

Me miró fijamente.

—Pío: la operación Fátima 3, para el derrocamiento del papa, está programada para hoy. Por eso te estoy llevando a Roma.

Miré hacia el techo.

—Sí, claro.

Pensé: "Todo esto es horrible". Los dos me miraron fijamente.

—Yo no voy a participar en esto —les dije—. ¡¿Qué están pensando?! ¡¿Son idiotas?! ¡Váyanse los dos al carajo! ¡Yo quiero a este papa! ¡Yo amo a este papa! ¡Yo jamás voy a participar en nada para lastimarlo! ¡Y si alguien de ustedes lo intenta, yo les voy a romper la maldita cabeza! —y me levanté—. ¡Si siguen involucrándome en todas estas porquerías, voy a arrancarles la piel, se lo juro!

—Pío —y Sutano me jaló suavemente por el brazo—, equilibra tus emociones. No te dejes alterar por la vida. Tienes que proteger tu estado de ánimo. Recuerda la economía de las emociones, ¿*okay*? Sólo debes permitirte sentir las emociones que te sirvan para lograr alguno de tus objetivos. No te estoy pidiendo que participes en el derrocamiento del papa al que amas. Yo también lo amo. Quiero que participes en impedirlo.

—No te entiendo.

Los dos se miraron a los ojos.

—Reclutaron a otros. No eres el único —me dijo Sutano—. La operación se llama "Gavrilo Princip". Gavrilo Princip es el que disparó en 1914 contra un príncipe en Yugoslavia. Con eso empezó la primera Guerra Mundial. Pero ubicaron a otros tiradores en la ruta del príncipe. Si Princip fallaba, estaban otros cinco para ejecutar el objetivo. Fue un plan a prueba de fallas. Tú eres ahora sólo uno de los *forcados*.

—Diablos. ¿*Forcado*…?

—Reclutaron a tu amigo Iren Dovo. Él ya está ubicado.

—Diantres… Todo esto es… —y de nuevo miré hacia la ventana—. ¿Qué puedo hacer yo? ¿Cómo puedo yo impedir todo esto? —y lo miré a los ojos—. Dime qué demonios tengo qué hacer.

193

En la Caverna del Apocalipsis, el hombre que estaba cubierto con una túnica gris deshilachada le dijo a Clara Vanthi.

—Pequeña amiga —y con su mano hecha de huesos le señaló hacia la oscuridad—: Eso que ves ahí es la salida de esta gruta. Se llama *In-*

traneum. La construyó el emperador Octavio Augusto para el desagüe profundo. Camina de frente y no te detengas. Vas a salir por afuera de las murallas del Vaticano, al parque de la Piazza del Risorgimento. ¿De acuerdo?

Clara le sonrió.

—Estoy de acuerdo.

El hombre se quitó su túnica. Se la entregó a Clara en la mano. En su cara conservó su "máscara" hecha de huesos. Clara le vio la piel del cuerpo traslúcida, con las capas cutáneas semejantes a gelatina. El hombre suavemente le entregó la antorcha de rosado fuego.

—Ahora busca al papa Francisco. Vas a llevarlo hacia el Documento Q, hacia el primer Evangelio de Cristo. Ahí está la verdad para cambiar el mundo. Está en el sepulcro del papa africano. Ahora van a comenzar el descubrimiento más importante de todas las eras y el principio del futuro: el secreto de la Biblia. Lo que sigue es el origen mismo del Antiguo Testamento.

A mí, en el helicóptero, me dijo Sutano:

—Irás a hablar con el papa. Vas a entrar a su habitación. Vas a informarle todo lo que ahora sabes. Ésa es la única forma de proteger su vida —y me tomó por el antebrazo. Me dijo—: Victor reuertar aunt prope te ic, Quintus Fabi, dimicans cadam —y me apretó el brazo—. "Regresaré victorioso o moriré luchando aquí mismo junto a ti, hermano Quinto Fabio." Tito Livio, *Ab Urbe Condita*, pasaje 56, verso 6.

Le dije:

—Tu nombre nunca ha sido "Sutano Hidalgo", ¿verdad? ¿Quién eres realmente?

Me sonrió.

—Pío del Rosario: tú y yo somos lo mismo. Trata de deletrear mi nombre al revés. Eso es lo que yo soy, y eso es lo que tú eres.

—¿Al revés…? —y miré a la bella chica de Turquía. Ella también me sonrió.

Cerré los ojos. "Sutano Hidalgo." Comencé a reacomodar las letras en mi cabeza: O GLADIO NATUS.

—Diablos…

Vi un relámpago. Vi la habitación gris donde murió Marcial Maciel. Vi la cortina al fondo, transparente. El viento suavemente la metió dentro del cuarto. Fue ése el instante en el que Maciel perdió la vida. Afuera, en la tempestad del 30 de enero de 2008, las palmeras se trozaron por el trueno. Junto al espejo vi al hombre borroso acercándose a mí. En realidad, no fue junto al espejo, sino dentro del espejo. No era Sutano Hidalgo.

Era yo. Yo era el hombre de la CIA.

Abrí los ojos.

En Roma, justo por debajo de las murallas del Vaticano, por una coladera de hierro salió Clara Vanthi, envuelta en una afelpada túnica gris deshilachada. Se asomó hacia el cielo. Se alació el dorado cabello. En lo alto vio las nubes rojas. Vio el perturbador fondo amarillo del "apocalipsis".

Frente a ella vio los árboles de la Piazza del Risorgimento. Se estremecieron. Comenzaron a sacudirse. Escuchó un chirrido en el viento. Vio a un niño tirando su refresco, gritando "¡Mamá!" Por los lados Clara vio a cuarenta hombres corriendo hacia ella, vestidos de negro, con las máscaras tapadas como hombres del Medio Oriente, con machetes en las manos, con ametralladoras.

Le gritaron:

—¡Sólo Dios es grande! ¡Súbanla a la camioneta! ¡Llévenla al campo de entrenamiento!

194

Adentro del amurallado Vaticano, los periodistas se acercaron a los cardenales. El cardenal Robert Sarah, de Guinea, prefecto de la Congregación para los Sacramentos y el Culto Divino, le dijo a un reportero:

—La Iglesia de África se opondrá firmemente a cualquier rebelión contra la enseñanza de Jesús y del magisterio de la Iglesia.

—¿Se refiere usted al papa Francisco? ¿Van a oponerse al papa?

En los Estados Unidos, el redactor encargado del informativo de RINF comenzó a escribir:

—Supremacistas blancos amenazan con asesinar al "antiblanco" papa Francisco ahora que está a punto de venir a los Estados Unidos para su participación en la Asamblea General de las Naciones Unidas. Supremacistas blancos han estado haciendo llamamientos al asesinato del papa Francisco como resultado de sus exhortos a los europeos para dar refugio a quienes están huyendo de Siria. Los comentarios fueron *posteados* en el infame blog supremacista ario Stormfront como respuesta a un artículo del *Washington Post*.

En el sitio web de la comunidad "blanca" Stormfront se publicó el mensaje: "Este *motherfucker* necesita un tercer ojo justo en medio de donde tiene sus dos ojos existentes. Atentamente, Amante de la Libertad".

Abajo se publicó otro: "La gente blanca necesita ser protegida del genocida papa antiblanco y de la religión antiblanca genocida que él impulsa.

Afuera del dormitorio pontificio, el prelado tomó un muñeco de plástico en sus manos. Les dijo a sus obispos:

—Este muñeco del papa Francisco lo está fabricando en los Estados Unidos la empresa Bleacher Creatures. Lo venden en 19.99 dólares. ¿Pueden creerlo?

Uno de los obispos lo comenzó a acariciar.

—¿Es de felpa?

En Plymouth, Pensilvania, en las oficinas de cristal de Bleacher Creatures, el joven, calvo y enérgico empresario Matthew Hoffman, director ejecutivo de la compañía, con un muñeco del papa Francisco sobre el escritorio, les dijo a los reporteros DE CNN México:

—Todos estamos de acuerdo en que el papa Francisco es una figura inspiradora; que es extremadamente popular en todo el mundo.

En el Palacio Apostólico, el prelado miró hacia la puerta del dormitorio pontificio. Les susurró a sus cardenales:

—Se está convirtiendo en un héroe.

195

En Nueva York, dentro de las instalaciones del American Jewish Committtee o Comité de Judíos Estadounidenses, el director de Asuntos Religiosos del mismo, el rabino David Rosen, sonrió a los periodistas:

—Ambos, judíos y cristianos, tenemos una misión común, basada en la alianza, para perfeccionar el mundo bajo la soberanía del Todopoderoso. Ninguno de nosotros puede llevar a cabo la misión de Dios en este mundo por separado.

A metros de distancia, el periodista Juan Vicente Boo, de ABC de España, comenzó a informar para Reuters ante su cámara: "Este momento, este encuentro, no tiene precedente. Esto pone fin a una división que comenzó hace dos mil años. El histórico documento ha recogido en sólo una semana la firma de más de dos mil rabinos ortodoxos de todo el mundo. Este histórico documento ha sido redactado por veinticinco destacados rabinos ortodoxos de Israel, los Estados Unidos y Europa".

A su lado, el periodista mexicano Alejando Cárdenas Quintero, futuro Premio Nobel de Medicina, informó: "Este evento puede ser el resultado de las declaraciones de unión pronunciadas desde el inicio de su papado por Francisco, quien también ha extendido los brazos de la Iglesia católica hacia los protestantes y las Iglesias cristianas ortodoxas de Rusia y de Grecia. Lo que se ha logrado este día también sucederá dentro de pocas horas: el papa Francisco se reunirá y se abrazará, por primera vez en mil años, con el patriarca de la Iglesia ortodoxa Rusa, el patriarca Cirilo. Será la primera vez que suceda desde el gran cisma iniciado en el año 1054 por el papa León IX y el patriarca Miguel Cerulario, quienes el día 24 de julio se excomulgaron mutuamente".

196

El papa Francisco salió de la habitación de todos los anteriores papas. Lo miraron todos los obispos. Comenzaron a aplaudirle. Algunos le gritaron:

—¡Viva Francisco!

En el mundo, los resultados de la encuesta WIN / Gallup, aplicada en 64 países, comenzó a retransmitirse en los medios. En Londres, los redactores de BBC News comenzaron a teclear: "El papa Francisco es el líder con mayor popularidad en el mundo de acuerdo con esta nueva encuesta, más popular que cualquier otro líder político; once puntos por encima de su más cercano rival, el presidente Barack Obama. Más de la mitad de los protestantes, e incluso la mayoría de los ateos y los agnósticos, se declaran en favor del papa Francisco".

En Roma, la joven periodista pelirroja Elise Harris, de la Catholic News Agency, escribió: "El del papa Francisco es el nombre más popular *online*, informa la encuesta Global Language Monitor".

En los Estados Unidos, Matthew Bell, de Public Radio International, escribió: "Todo el mundo ama al papa Francisco, incluso los ateos. La encuesta del Pew Research Center revela que setenta por ciento de los estadounidenses es favorable al sumo pontífice".

En Hollywood, la actriz Kerry Washington dijo a la prensa:

—Yo creo que él es especial. Es tan humilde, tan enfocado en servir. Creo que está realmente dedicado a hacer el bien en el mundo.

A metros de distancia, otro actor, el conocido Chris Rock, dijo:

—Este nuevo papa es el Floyd Mayweather de los papas. Puedo estar loco, pero tengo esta extraña sensación de que este nuevo papa puede ser el hombre viviente más grande que existe.

En el estudio de televisión del programa *Good Morning America*, el barbudo actor Russell Crowe le dijo a la conductora Robin Roberts:

—Mira, yo no soy católico. Nunca tuve ninguna clase de conexión con ningún otro papa, pero sí con éste.

En Nueva York, en la arquidiócesis de Nueva York, tras hablar ante los asistentes a la reunión de preparación de la inminente visita del papa a los Estados Unidos y las Naciones Unidas, el actor católico Martin Sheen dijo a los reporteros de *Radio Times*:

—Esto es realmente el vigor de Cristo en la Tierra, el ser ese humano.

En el Vaticano, la bella actriz de Hollywood Salma Hayek, ganadora del premio a la paz "Medalla de la Oliva Scholas", a punto de entrar a audiencia para afinar su apoyo a los programas de educación impulsados por el papa Francisco, les dijo a los reporteros:

—Francisco es el mejor papa que ha existido. Qué importante es él en el mundo en este momento, cuando más que nunca el mundo necesita justamente esta clase de líderes.

El prelado lo observó con ojos vidriosos.

El papa lentamente cerró los ojos. En su mente comenzó a escuchar una frase repitiéndose una y otra vez: "El Evangelio de Cristo no fue modificado. Está resguardado en un lugar del mundo. Ese documento es la verdad para cambiar el mundo".

A muchos kilómetros de distancia, en la atmósfera, yo miré hacia el horizonte negro rojizo. "Está comenzando a cambiar la tierra."

El teléfono de Sutano Hidalgo empezó a sonar, con un pitido semejante al de un submarino. Se llevó la mano hacia el aparato. Lo encendió. Se lo acercó para ver la pantalla. La luz verde le iluminó la cara.

Me susurró con un tono de voz que nunca voy a olvidar.

—Somos Gladio B. Tenemos en nuestro poder a la amiga del sacerdote legionario. Si alguno de ustedes revela algo sobre lo que han investigado, o si pretenden modificar en alguna forma los planes que existen en cuanto al papa Francisco, o si investigan en la Necrópolis algo sobre el secreto de la Biblia, sobre la Fuente Q, ella va a pagar las consecuencias.

Me miró a los ojos.

—Tienen cinco minutos para cambiar su ruta y dirigirse hacia la base militar del Sector Cuatro de Libia o su helicóptero va a ser derribado. Los estamos esperando.

Cerré los ojos. En la oscuridad vi a Clara Vanthi. En las tinieblas, ella me observó con sus grandes ojos verdes. Me sonrió. Por las mejillas le corrieron dos gotas del río Tíber.

Lentamente comenzó a susurrarme, tan en silencio que apenas formó un sonido.

—No hay final de los tiempos. No hay apocalipsis. Cada instante es el comienzo. Ahora te voy a decir quién es mi padre. Encuentra la Fuente Q. Encuentra el secreto de la Biblia. Haz esta exploración con el papa. Ésta es la exploración que va a cambiar el mundo.

197

En el edificio de Prensa Vaticana, frente a la redonda torre del Banco Vaticano, dentro de la sala de reporteros, una máquina impresora comenzó a expulsar un comunicado. Decía:

Comunicado oficial.
Oficina de Prensa de la Santa Sede, 9 de diciembre de 2015.
La organización interbancaria del Consejo de Europa, compuesta por los miembros del Comité de Expertos en la Evaluación de Medidas contra el Lavado de Dinero y la Financiación del Terrorismo, el Moneyval, aplaude las clarificaciones y las importantes mejoras en la estructura legal de la Santa Sede y el Estado de la Ciudad del Vaticano en cuanto al tema del combate al lavado de dinero y la lucha contra la financiación del terrorismo (AML-CFT).

Esto confirma los significativos progresos que se están haciendo dentro del Vaticano.

Hacia el origen

Hacia el secreto de la Biblia

Fuente Q

Las profecías se acabarán, y se acabarán las lenguas, pero el amor permanecerá para siempre. Ahora vemos como en un espejo: oscuramente, pero entonces veremos cara a cara. Y entonces conoceré como fui conocido.

Y ahora permanecen la fe, la esperanza y el amor, estos tres: pero el mayor de ellos es el amor.

Primera Carta de San Pablo a los Corintios 13:8-13.

"Nunca dejes de buscar la verdad, hasta encontrarla."

Palabras de Jesucristo, según el Evangelio de Tomás (que no forma parte del canon oficial del Nuevo Testamento por decisión de obispos en el siglo IV. Encontrado en ruinas en 1945, en Nag Hammadi, sur de Egipto. Se le considera una derivación próxima a la Fuente Q, que aún no se ha encontrado).

Este repertorio [de material que está contenido en los actuales Evangelios de Mateo y Lucas] se ha perdido en la actualidad. Su existencia sólo es inferible de manera indirecta. Normalmente se le designa por Q, del alemán *Quell*, que significa "fuente".

Isaac Asimov, *Guía de la Biblia, Nuevo Testamento*.

La verdad sobre el origen de la Biblia —tanto del Antiguo Testamento como del Nuevo Testamento; así como la investigación sobre los manuscritos originales llamados "J" y "Q", que son las versiones originales más antiguas de la religión hebrea y del cristianismo— es la trama de la próxima novela de Leopoldo Mendívil López: *Secreto Biblia*, también editada bajo el sello Grijalbo, que desentrañará...

† La verdad sobre la intervención del emperador romano Constantino en fusionar tres religiones y crear el actual cristianismo.

† La intervención de los emperadores persas —reyes de Eranshahr, "la nación de los arios"— para deformar desde el siglo VI a. C. la religión original hebrea y posteriormente el cristianismo, y contaminar para siempre la idea inicial del monoteísmo mosaico, y convertir a ambas religiones en "credos emparentados con el zoroastrismo".

† Los momentos específicos en los que la Biblia, como texto, fue alterada para integrar la versión que ha llegado a nosotros, así como los motivos políticos detrás de este acto.

† La identidad real de los personajes Moisés, Abraham, David, Saúl, y Jesús —cuyas existencias han sido puestas en duda por connotados arqueólogos del mundo, inclusive judíos y cristianos—. *Secreto Biblia* presenta la evidencia arqueológica de que sí existieron, y de que sus nombres aparecen en monumentos y documentos antiguos de Egipto, Babilonia, Siria y Roma, así como los investigadores que defienden estas correlaciones recientemente descubiertas sobre la historia real subyacente a la Biblia.

Expertos sobre el Vaticano cuya investigación ha sido consultada para *Secreto Vaticano*:

Mark Aarons, Philip Agee, Marco Ansaldo, Carmen Aristegui, Mariano Armellini, Isaac Asimov, Neal Bascomb, Bernardo Barranco Villafán, Clark Bentson, Carl Bernstein, Jason Berry, <blogdelviejotopo.blogs pot.mx>, Michelle Boorstein, Sara Carreira, César Cervera, Adam Chandler, Alex Constantine, Claudio Corsalini, Peter Dale Scott, Lizzy Davies, Peter Dychtiar, Jack Doherty, Allen Douglas, Robert B. Durham, Daniel Estulin, Octavio Fitch Lazo, Deacon Keith Fournier, Daniel Ganser, Roberta Garza, David Gibson, Carol Glatz, Jack Greene, Anthony Faiola, Paul B. Farrell, Massimo Franco, Grover C. Furr, David Gibson, Alberto Giovannetti, Laurie Goodstein, Lucien Gregoire, Peter Hebblethwaite, Ana B. Hernández, Jason Horowitz, Steve Jalsevac, Mujahid Kamran, Don R. Kienzle, David Paul Kirpatrick, Bennet Kovrig, Paul Leonard Kramer, Antonio Carlos Lacerda, Patricia Lee Wynne, John Loftus, Salvador López Arnal, Jesús López Sáez, Maurilio Lovatti, Fr. Alexander Lucie-Smith, Jonathan Marshall, Alessandro Massignani, Tom McCarthy, Josh McDowell, Josephine Mckenna, Manuel Mejido, Leopoldo Mendívil Echevarría, Darío Menor, Robert Mickens, Ignacio Montes de Oca, Carlos Montiel, Max Morgan-Witts, Bill Morlin, Herminia Pasantes, Elisabetta Piqué, Rafael Plaza Veiga, Raúl Olmos, Michael O'Lughlin, Hugh O'Shaughnessy, Paul Owen, Antonio Socci, Edward Pentin, Thomas Reese, Juan Manuel Reyes, Martino Rigacci, Jesús Rodríguez, Pepe Rodríguez, Inés San Martín, Rosie Scammell, Victor Sebestyen, James F. Shea, Idoia Sota, Andrew Stiles, Carlo Tecce, Gordon Thomas, Marco Tosatti, Gian Guido Vecchi, Mariano de Vedia, José M. Vidal, José Alberto Villasana, George Weigel, William F. Wertz, Jr., John-Henry Westen, Philip Willan, David Willey, Nicole Winfield, David Yallop.

Fuentes recomendadas

Renzo Allegri. *Una Alianza Inusual* y *Fatima. La Historia Detrás de los Milagros.*

Carmen Aristegui. *Marcial Maciel: Historia de un Criminal.*

Mariano Armellini. *La Iglesia de Roma.*

Bernardo Barranco. *Las Batallas del Estado Laico.*

Carl Bernstein. *La Santa Alianza-Vaticano-Estados Unidos.*

Santiago Camacho. *Biografía no autorizada del Vaticano.*

César Cervera. *Los interrogantes abiertos sobre la extraña muerte del papa Juan Pablo I.*

Erik Frattini. *Los Cuervos del Vaticano* y *Secretos del Vaticano.*

Roberta Garza Medina. *Entrevistas otorgadas a Jason Berry y Fernando M. González.*

Fernando M. González. *Marcial Maciel y los Legionarios de Cristo.*

Jesús López Sáez. *El Tercer Secreto* y *La Extraña Muerte de Juan Pablo I.*

Josh McDowell. *Evidencia que exige un veredicto.*

Francisco Martín Moreno. *México ante Dios.*

Manuel Mejido. *Con la Máquina al Hombro.*

Leopoldo Mendívil Echevarría. *Sí, soy el papa: Juan Pablo II y México.*

Gianluigi Nuzzi. *Las Cartas Secretas de Benedicto XVI.*

Gianluigi Nuzzi. *Via Crucis.*

Raúl Olmos. *El Imperio Financiero de los Legionarios de Cristo.*

Pedro Ángel Palau. *El Dinero del Diablo.*

Pepe Rodríguez. *Masonería al Descubierto.*

Victor Sebestyen. *Revolución 1989.*

Antonio Socci. *El Cuarto Secreto de Fátima.*

Gordon Thomas y Max Morgan-Witts. *Pontífice: El Vaticano, la KGB y el Año de los Tres papas.*

José Alberto Villasana. *Portal Los Últimos Tiempos.*
Tim Weiner. *Legado de Cenizas. La Historia de la* CIA.
David Yallop. *En el Nombre de Dios.*

Agradecimientos especiales:

Azucena Ramírez Pérez —hermosa—. Patricia Mendívil López. Mónica Mendívil López. Leopoldo Mendívil Echevarría. Ramón López Guerrero. Carlos García Peláez. Ramón Cordero. José Lupercio. Belinda Barbadillo. Guillermo Fárber. Fernando Amerlinck. Raúl Domínguez. Vicente Rodríguez. Isaac Ajzen. Daniel Hiram Gutiérrez Mendívil. Fernando Morales. Arnoldo de la Garza —y su nombre artístico: "Nicasio"—. Juan Antonio Negrete. Sandra Quezada. Ricardo "Richo" Pérez. Sócrates Campos Lemus. Héctor Suárez Gomís. Alfonso Segovia. Javier Licea. Alejandro Cruz Sánchez. César Daniel González Madruga. Ernesto Gallegos. Andrés Ramírez. Antonio Ramos Revillas —por darle la forma final y toques mágicos a este texto—. Rafael Cortés Déciga —por proponer la idea inicial de abordar esta novela—. Alejandro Cárdenas Cantero. Enrique Guzmán Güereca. Quetzalli de la Concha y Paulina Vieitez —ambas por proporcionar sabiduría—. Nora Núñez.

Secreto Vaticano de Leopoldo Mendívil López
se terminó de imprimir en marzo de 2023
en los talleres de Impresos Santiago S.A. de C.V.,
Trigo No. 80-B, Col. Granjas Esmeralda, C.P. 09810,
Alcaldía Iztapalapa, Ciudad de México, México.